Dennis L. McKiernan

Elfenzauber • Elfenkrieger

cbt

DER AUTOR Dennis L. McKiernan, geboren 1932 in Missouri, lebt mit seiner Familie in Ohio. Mit seinen Romanen aus der magischen Welt Mithgar gehört er zu den erfolgreichen Fantasy-Autoren der Gegenwart.

Dennis L. McKiernan

Elfenzauber
Elfenkrieger

Aus dem amerikanischen
Englisch von Christian Jentzsch

cbt

cbt

cbt ist der Jugendbuchverlag
in der Verlagsgruppe Random House

FSC Mix
Produktgruppe aus vorbildlich bewirtschafteten Wäldern und anderen kontrollierten Herkünften
www.fsc.org Zert.-Nr. SGS-COC-001940
© 1996 Forest Stewardship Council

Verlagsgruppe Random House FSC-DEU-0100
Das für dieses Buch verwendete
FSC-zertifizierte Papier *München Super Extra*
liefert Arctic Paper Mochenwangen GmbH.

1. Auflage
Sonderausgabe cbt Taschenbuch Oktober 2010
Gesetzt nach den Regeln der Rechtschreibreform

Die amerikanischen Originalausgaben erschienen
unter dem Titel »The Dragonstone – Part 1«
und »The Dragonstone – Part 2«

Übersetzung: Christian Jentzsch
Lektorat: Natalja Schmidt
Umschlaggestaltung: Network!
Werbeagentur GmbH, München,
unter Verwendung einer Illustration
von Arndt Drechsler
he · Herstellung: AnG
Satz: C. Schaber Datentechnik, Wels
Druck und Bindung: GGP Media GmbH, Pößneck
ISBN: 978-3-570-30702-1
Printed in Germany

www.cbt-jugendbuch.de

Inhalt

Ein Teil v

Nordmeer
Kairn
Rwn
Arbor
Atala
Anster
Gelen
Jillische
Dalara
Thol
Wellen
Trellinat
Jütland
Rungar Arm
Gothon
Tugal
Basq
Westonischer Ozean
Portho
Vancha
Castilia
Kistan
Straße von Kistan
Khalfsh
Hyree
Talakgebirge

Mithgar

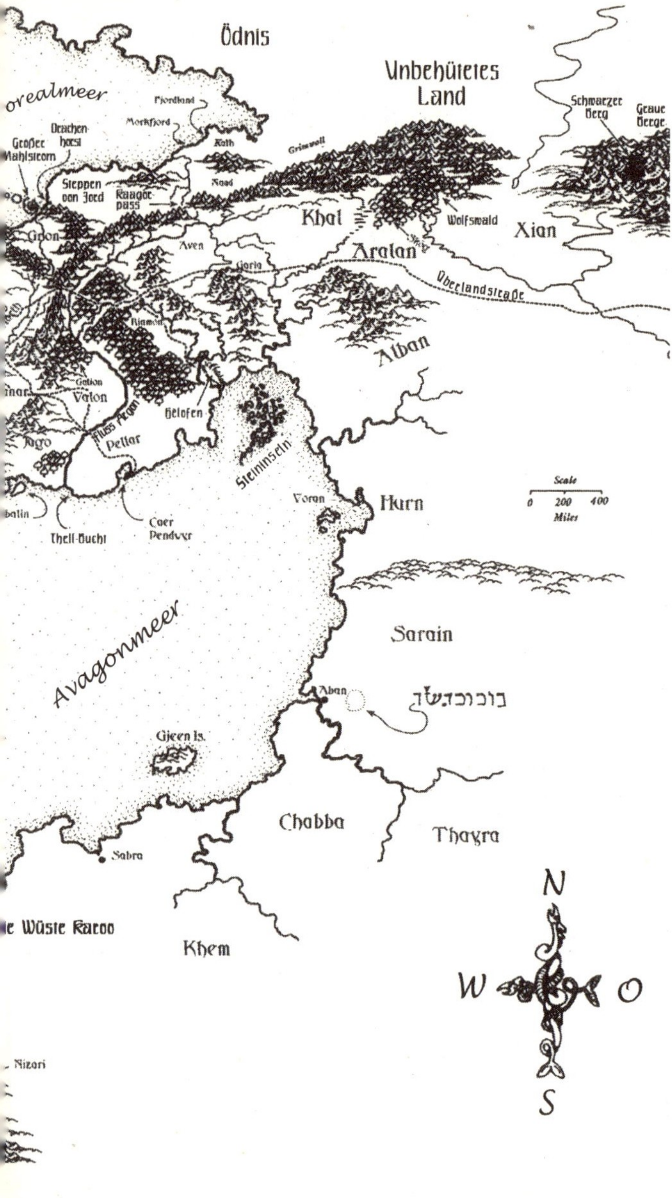

Ödnis
Unbehütetes Land
Schwarzer Berg
Graue Berge
orealmeer
Fjordland
Morkfjord
Drachenhorst
Großer Mahlstrom
Kath
Grimwall
Naud
Steppen von Jord
Kraggor-pass
Khal
Wolfswald
Xian
Gron
Aven
Aralan
Gorla
Überlandstraße
Riamon
Alban
Gelion
Valon
Fluss Argon
Jugo
Pellar
Steininseln
Voran
Hurn
Scale
0 200 400
Miles
balin
Thell-Bucht
Caer Pendwyr
Sarain
Avagonmeer
Aban
Gjeen Is.
Chabba
Thyra
Sabra
Wüste Karoo
Khem
Nizari
N
W
O
S

Elfenzauber

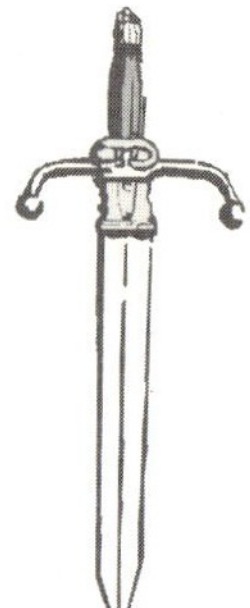

»Nur so viel, Zauberer Zelanj: Ich will wissen, ob Visionen Dinge vorhersagen, die eintreffen *müssen*, oder vielmehr von solchen Dingen künden, die eintreffen *könnten*.«

»Ha! Ihr habt eine der ältesten Fragen von allen gestellt: Ist das Schicksal unwandelbar und kann nicht verändert werden, oder haben wir die freie Wahl? Was die Beantwortung dieser Frage angeht, dauert die Debatte noch an. Ich weiß die Antwort darauf jedenfalls nicht.«

Vorwort

Wenn ich so über die Landschaft Mithgars schaue, sehe ich dort viele rote Pantoffeln liegen, die nur darauf warten, untersucht zu werden, denn jeder hat eine Geschichte zu erzählen, wenn ich ihn nur eingehend genug untersuche.

Rote Pantoffeln? Rote Pantoffeln? Wovon um alles in der Welt redet der Mann?

Hier ist des Rätsels Lösung:

Obwohl dies meines Wissens nach niemals geschehen ist, kann ich mir doch vorstellen, wie Dr. Watson eine Erzählung wie folgt beginnt: »Es begab sich, kurz nachdem Holmes und ich den eigenartigen Fall des einzelnen roten Pantoffels gelöst hatten, dass es an der Tür unseres Domizils Baker Street 221-B klopfte. Als ich die Zeitung beiseite legte und Anstalten machte, mich zu erheben, legte Holmes einen Finger auf die Lippen und zischte: ›Öffnen Sie die Tür auf keinen Fall ohne Ihre Pistole in der Hand, Watson, denn es kann niemand anders sein als der bengalische Meuchelmörder ...‹«

Und Watson würde fortfahren, uns über einen faszinierenden Fall aufzuklären.

Aber wissen Sie was? Wir finden niemals etwas über den roten Pantoffel heraus, der in seinem einleitenden Satz Erwähnung fand.

Doch jene von uns, die Watsons Erzählungen begierig verfolgt haben, wissen, dass *zwischen* diesen Fällen, von denen wir gelesen haben, der große Detektiv unterwegs war und andere heikle Probleme gelöst hat. Wenn wir nur die Augen offen hielten, könnten wir ihn vielleicht tatsächlich dabei beobachten, wie er Hinweise findet, die für ihn offenkundig, für uns aber vollkommen obskur sind ... das heißt, bis sie erläutert werden, wozu Lestrade dann sagen könnte: »Oh, wie simpel. Das muss doch jedem auffallen.« – Worauf Sie wetten können.

Ich wiederhole, soweit ich weiß, hat Watson keinen *Fall des Roten Pantoffels* geschildert und auch nichts über einen bengalischen Meuchelmörder veröffentlicht ... aber solche Dinge hätte es gewiss geben *können*. Schließlich gab es den Fall der Riesenratte von Sumatra, und es gab auch eine Schilderung der Addington-Tragödie, die Geschichte des roten Egels, den schrecklichen Tod Crosbys des Bankiers und viele, viele andere Fälle, auf die angespielt wird, die aber niemals veröffentlicht wurden ... jeder einzelne ein roter Pantoffel in der Holmesschen Landschaft.

Rote Pantoffeln liegen auch überall in Mithgar herum, und ab und zu hebe ich einen auf, untersuche ihn eingehend auf die beste mir mögliche Sherlock-Art und erzähle Ihnen, was ich sehe.

Einige rote Pantoffeln aus Mithgar waren: ein kleines silbernes Horn, das im Hort Schlomps gefunden wurde, ein Logbucheintrag hinsichtlich eines Kristallspeers, die Erwähnung eines lange gehüteten Geheimnisses der Châkka, ein Steinmesser, das in einem eisernen Turm verschwand, ein silbernes Schwert, das einem erschlagenen Elfenfürsten aus der Hand genommen wurde, und einige mehr.

Einige rote Pantoffeln sind gewaltig, wie zum Beispiel ein Wandteppich, auf dem ein Schlüsselaugenblick des Großen Bannkrieges dargestellt wird. Andere sind klein, haben aber gewaltige Auswirkungen, wie zum Beispiel ein Steinring, der einem unmöglichen Kind gegeben wird. Dies alles sind rote

Pantoffeln, die ich eines Tages aufheben könnte, um nachzuschauen, welche faszinierenden Geschichten sie Ihnen und mir zu erzählen haben.

Aber es gibt ein Problem bei der Untersuchung, denn jedes Mal, wenn ich einen aufhebe, um seine Geschichte zu erzählen, scheinen mehr rote Pantoffeln herauszufallen.

Nun ja ...

Wie dem auch sei, begleiten Sie mich, wenn ich nun einen dieser roten Pantoffeln aufhebe, und lassen Sie uns nicht nur nachschauen, was wir finden, sondern auch, welche anderen roten Pantoffeln vielleicht herausfallen.

- DENNIS L. MCKIERNAN

ANMERKUNGEN DES AUTORS

Elfenzauber ist eine Geschichte, die vor der Separation spielt, als noch mythische und mystische Völker und Kreaturen auf dieser Welt lebten.

Die Geschichte findet *vor* dem Großen Bannkrieg statt, und daher können die *Rûpt* nicht nur in der Nacht, sondern auch am Tage frei umherstreifen, obwohl es heißt, dass sie ihre Missetaten lieber in der Dunkelheit anstatt im Licht der Sonne ausführen.

Die Geschichte des Drachensteins wurde aus den Fragmenten eines langen Liedes rekonstruiert, das einem Barden namens Delon zugeschrieben wird. An mehreren Stellen habe ich die Lücken mit Bemerkungen aus anderen Quellen aufgefüllt, aber im Wesentlichen hält sich die Geschichte an die Vorlage.

Wie in anderen Werken von mir habe ich transkribiertes Altgriechisch benutzt, um die magische Sprache der Schwarzmagier darzustellen, und Latein für die magischen Worte aller anderen Magier.

In vielen Fällen reden unter dem Druck des Augenblicks Menschen, Magier, Elfen und andere in ihrer Muttersprache. Um jedoch lästige Übersetzungen zu vermeiden, habe ich, wo erforderlich, ihre Worte in Pellarion dargestellt, der Gemeinsprache Mithgars. Einige Worte und Redewendungen eignen sich jedoch nicht für die Übersetzung, und diese habe ich unverändert gelassen. Darüber hinaus mögen verschiedene Wörter falsch aussehen, sind tatsächlich aber korrekt – so ist zum Beispiel DelfHerr nur ein einzelnes Wort, obwohl mitten im Wort ein großes H steht.

Die Elfensprache Sylva ist sehr altertümlich und förmlich, aber im Interesse der Lesbarkeit sind die meisten altertümlichen Ausdrücke und Redewendungen eliminiert worden.

Für die Neugierigen: Das *w* in Rwn wird wie *uu* ausgesprochen (w ist schließlich nichts anderes als ein doppeltes u). Rwn wird also nicht Renn ausgesprochen, sondern Ruhn.

1. Kapitel

Ein Blitz zuckte durch die Nacht, dessen greller Schein durch die schmalen Fenster drang. Ein Donnerschlag folgte ihm auf dem Fuß. Dann ging ein Wolkenbruch auf die kleine, baufällige Hafentaverne nieder, während der Wind an Tür und Seitenwänden rüttelte und einen lockeren Fensterladen hin und her schlagen ließ. Wellen schwappten heftig gegen das Pfahlwerk unter der Schänke.

Innerhalb des verwitterten Gebäudes war das Unwetter nicht ganz so laut, und Olar, der die spitzen Ellbogen auf die breite, raue Planke gestützt hatte, welche als Tresen diente, beugte sich vor und zischte Tryg zu: »Was wohl die beiden Frauenzimmer hier wollen, hm?« Er schob sein schmales Kinn seitwärts in Richtung der im Schatten liegenden Ecke, wo die beiden Fremden gerade außerhalb des gelben Lichtkreises der einzigen Laterne in der Taverne saßen, die über dem Tresen hing. »Vielleicht sind es Dirnen, die darauf hoffen, dass die Kaperfahrer wiederkommen, aye?«

Tryg, der Besitzer der Taverne »Schlupfwinkel«, schnaubte bei Olars Bemerkung, dann beugte er sich vor und sagte gerade so laut, dass sein Gegenüber ihn trotz des heulenden Windes und des prasselnden Regens verstehen konnte: »Lass sie nicht hören, wie du sie nennst, Junge, sonst könnten dir deine Familienjuwelen abhanden kommen.«

Yngli, die einzige andere Person in der Taverne, lachte bei

dieser Bemerkung und schlug mit der Hand auf den Tresen, aber Olar sah Tryg überrascht an: »Warum sagst du das?«

»Weil eine von ihnen eine Elfe ist und die andere eine, eine ... tja, ich weiß nicht, wie ich es beschreiben soll, aber sie hat verdammt gefährlich aussehende Schwerter bei sich.«

Olar stieß einen leisen Pfiff durch die gespitzten Lippen aus und warf einen Blick auf die im Schatten liegende Ecke, als es gerade wieder blitzte und kurz darauf der Donner grollte.

Der Blitz beleuchtete kurz die Gesichter der Fremden, die sich als gleichermaßen anmutig und exotisch erwiesen. Die linke Frau hatte helle Haut – wie aus Elfenbein und Alabaster – und schräg stehende, haselnussbraune Augen. Kastanienfarbene Locken, durch welche spitze Ohren ragten, fielen ihr bis auf die Schultern. Die rechte Frau war von dunklerer Hautfarbe – Gold und Safran –, und ihre geschlitzten Mandelaugen funkelten wie Onyx. Die kurz geschnittenen, rabenschwarzen Haare glänzten seidig. Aber ihre Ohren waren nicht spitz.

Die Fremden saßen mit dem Rücken zur Wand in der Ecke, schweigend, ungerührt, als warteten sie auf ein unbekanntes Ereignis. Vor der Frau mit der safranfarbenen Haut lagen zwei blanke Schwerter, eines lang, das andere kürzer, beide leicht gekrümmt. Die Klingen funkelten tückisch im Licht eines neuerlichen Blitzes.

Olar erbleichte und richtete den Blick rasch wieder nach vorn. Nach einem Moment sagte er: »Was glaubst du, welcher Grund die beiden nach Mørkfjord geführt hat, hm?«

Tryg zuckte mit den Achseln, während er die Kanne neigte, um den Krug des hageren Fischers wieder zu füllen. »Sie suchen eine Reisegelegenheit, würde ich meinen, aye?«

Olar zog eine Augenbraue hoch, aber Yngli schüttelte den Kopf. »Ich glaube, dass sie gekommen sind, weil sie ein Drachenschiff samt Mannschaft anwerben wollen – um ihre Feinde zu überfallen, aye? Vielleicht warten sie auf die Rückkehr von Orris Boot, weil er als Erster rausgefahren ist und auch als Erster wiederkommen müsste, würde ich sagen.«

Regen prasselte herunter, als Olar noch einen raschen Seitenblick auf die nun wieder im Schatten liegende Ecke warf. Dann beugte er sich vor und schlürfte den Schaum von seinem Krug. »Die Elfe«, zischte er, nachdem er sich mit dem Handrücken den Mund abgewischt hatte, »glaubt ihr, sie ist eine Lian, eine dieser Hüter?«

Tryg schüttelte den Kopf. »Dafür ist sie zu klein. Eher eine von denen, die im tiefen Wald leben …«

»Dylvana, meinst du?«, warf Yngli ein.

»Könnte gut sein.«

Yngli lächelte. »Dann hat sie meine Größe.«

Tryg sah das Grinsen auf Ynglis Gesicht. »Vielleicht hat sie deine Größe, mein kleiner Freund, aber wenn dich das auf Ideen bringt, solltest du deine Hoffnungen auf künftige Nachkommen gleich begraben, nach allem, was ich über Dylvana-Frauen gehört habe.«

»Was ist mit der anderen?«, flüsterte Olar. »Glaubst du, die ist auch eine Elfe?«

Tryg zuckte die Achseln.

»Sie hat Schlitzaugen«, murmelte Yngli.

»Aber keine spitzen Ohren«, erwiderte Tryg.

Yngli beäugte die Schwerter. »Meint ihr, sie sind hier, um Ärger zu machen? Vielleicht sogar, um jemanden zu töten, der ihnen Unrecht getan hat?«

»Oder um ihm wichtige Teile abzuschneiden?«, fragte Olar schaudernd.

Tryg öffnete den Mund, um etwas zu sagen, aber in diesem Augenblick flog die klappernde Tür auf und ließ Wind, Regen und einen mageren alten Mann ein, dem das Wasser aus den ungekämmten Strähnen langer Haare, aus dem struppigen Bart und aus seinem ramponierten Mantel rann.

»Raus mit dir, Alos!«, schrie Tryg, um den Lärm des Gewitters zu übertönen. »Und mach die Tür hinter dir zu!« Der alte Mann schwankte noch ein paar Fuß weiter in die Taverne hinein und ließ dabei eine Spur der Nässe hinter sich zurück. »Ich hab's dir schon mal gesagt, ich will dich hier bei mir nicht sehen, Alos!« Der Tavernenwirt trat drohend hinter dem Tresen hervor, während der alte Mann mit seitlich abgewandtem Kopf etwas Unverständliches stammelte, abwehrend eine Hand hob und schwankend zwischen die wenigen Tische floh. Hinter ihm schlug die Tür im Takt mit dem lockeren Fensterladen auf und zu, und der Wind trieb Regenschwaden in die Taverne und ließ die Laterne an ihrer Kette hin und her schwingen. Die Schatten, die von ihrem Licht geworfen wurden, schwankten wie trunken an den Wänden umher.

Vor sich hin fluchend, ging Tryg auf den alten Mann los. »Halt die Tür für mich auf, Yngli«, rief der massige Tavernenwirt, »dann werfe ich diesen Tunichtgut hier raus.«

Yngli sprang auf, ging zu der klappernden Tür, hielt sie fest und stellte sich daneben, während Tryg den wimmernden alten Mann bedrängte.

Der Alte irrte ziellos im Schankraum umher und versuchte, Tryg auszuweichen. Schließlich duckte er sich unter einen Tisch, doch ohne Erfolg, denn der Tavernenwirt packte ihn rasch am Kragen seines Mantels und zerrte ihn darunter hervor. »Alos, ich hab dir gesagt, ich will dich nie wieder hier sehen.«

Im schwankenden Licht der Laterne schaute der alte Mann zu Tryg auf. Sein linkes Auge war braun und blutunterlaufen, das rechte hingegen blind und vollkommen weiß. »Nur einen Becher, Meister Tryg ...« – seine Stimme war jammervoll –, »... mehr brauche ich gar nicht.«

Die linke Hand an Alos' Kragen, die rechte im durchweichten Stoff seiner Hose, zog Tryg den Alten auf die Zehenspitzen hoch und beförderte ihn zur Tür, wo Yngli wartete. Doch Ynglis Augen weiteten sich plötzlich. Er stieß ein heiseres Keuchen aus und wich zögernd zurück, den Blick auf eine Stelle hinter Alos und Tryg gerichtet.

»Pass auf, Tryg«, japste Olar mehr, als dass er es rief.

Gleichzeitig tönte ein »Halt!« aus den Schatten.

Tryg fuhr herum und schnappte unwillkürlich nach Luft. Alos in seinem Griff war praktisch vergessen, denn direkt hinter ihm stand die goldhäutige Frau, die Schwerter in den Händen, deren Klingen in dem wechselhaften Licht gefährlich glänzten. Sie hatte ihren Mantel zurückgelassen, und Tryg konnte zum ersten Mal erkennen, dass sie kein Kleid trug, wie eine *anständige* Dame es tun sollte, sondern stattdessen in braunes Leder gehüllt war – Weste, Hose und Stiefel. Auf die Weste waren gehämmerte Bronzeplättchen genäht, die wie Schuppen übereinander lagen. Darunter trug sie ein Seidenwams in der Farbe von Sahne. Ein braunes Lederstirnband, in das rote Zeichen geritzt waren, sorgte dafür, dass ihr die rabenschwarzen Haare nicht in das Gesicht mit den hohen Wangenknochen fielen. Wie ein Krieger stand sie da, ausbalanciert und sicher, und sie war zum Schlag bereit. *Wie eine dieser jordischen Kriegermaiden ... nur dass sie mit ihren Schlitzaugen und der gelben Haut und allem sicher keine Jordierin ist.*

Bewaffnet und gerüstet sah sie Tryg aus ihren schräg stehenden Augen dunkel und gleichmütig an. »*Kanshu*, meine Gebieterin möchte mit diesem Mann reden«, sagte sie ruhig und mit einem sonderbaren Akzent, während sie mit einem Kopfnicken auf Alos deutete. Der alte Mann grinste sie an und zeigte dabei ebenso viele Zahnlücken wie verbliebene gelblich braune Zähne.

Tryg warf einen Blick auf die Dylvana in der Ecke und wandte sich dann wieder an die Kriegerin. »Gute Frau, er ist doch nur ein bettelnder Trunkenbold, der nichts Gutes mit sich bringt.«

Die Schwerter bewegten sich ein wenig und funkelten dabei bedrohlich.

Endlich ließ Tryg von Alos ab. »Aber das geht auf Eure Kappe«, murmelte er leise, während er vor der Frau zurückwich. »Sagt nicht, ich hätte Euch nicht gewarnt.«

Betont würdevoll richtete Alos sich kerzengerade auf, packte die Aufschläge seines nassen Mantels, zog das Kleidungsstück gerade und reckte dabei seinen schmutzverkrusteten, mageren Hals. Dann richtete er sein weißes Auge auf seine Retterin, schüttelte den Kopf und grinste. »Zuerst genehmigen wir uns was zu trinken, aye?«

Die Frau mit den Schwertern beäugte ihn einen Moment ungerührt. Dann änderte sie mit einer raschen Drehung ihrer Hände den Griff um den Knauf ihrer Waffen und schob sie mit einer flüssiger Bewegung in die Scheiden zurück, machte auf dem Absatz kehrt und ging zu den Schatten, wo die Dylvana wartete. Der alte Mann leckte sich erwartungsvoll die Lippen, als er ihr tropfend folgte.

2. Kapitel

Noch bevor Tryg den Tisch wieder verlassen konnte, hatte der durchnässte alte Mann sein Ale heruntergestürzt und fuhr mit einem schmierige Finger den Rand des Bechers entlang, um den verbliebenen Schaum aufzuwischen und dann seinen Finger sauber zu lecken. Er sah zuerst Tryg und dann die beiden Damen erwartungsvoll an und grinste, während sein Kopf eifrig hin und her schwankte.

Die schwarzhaarige Kriegerin betrachtete ihn lediglich gleichmütig. Die Dylvana seufzte und schaute in das blinde Auge des alten Mannes, als wäge sie ihre Möglichkeiten ab.

Tryg wandte sich mit fragend hochgezogener Augenbraue an die Dylvana. Sie war ebenfalls wie ein Mann gekleidet und trug ein langärmliges, hellgrünes Seidenwams und eine ockerfarbene Hose, dazu braune Stiefel. Ihre kastanienfarbenen Haare wurden von einem grünen Seidenband gebändigt. Er schätzte, dass sie sieben oder acht Fingerbreit kleiner war als die safranhäutige Frau – also vielleicht nicht größer als vier Fuß sechs oder sieben –, obwohl das schwer zu sagen war, solange sie saß. Soweit er sehen konnte, war sie im Gegensatz zu ihrer Begleiterin unbewaffnet. Er räusperte sich. »Edle Dame?«

Sie musterte ihn mit ihren braunen Mandelaugen und nickte. Tryg nahm den leeren Krug und ging zum Tresen. Die ganze Aufmerksamkeit des alten Mannes gehörte jetzt seinem Rücken.

»Der Tavernenwirt scheint zur anständigen Sorte zu gehören, Aiko«, sagte die Dylvana. »Ich glaube, er hätte unseren Gast auch losgelassen, wenn Ihr ihm Eure Schwerter nicht gezeigt hättet.«

Aikos wachsame Augen folgten Tryg ebenfalls. »Ein Schwert in der Hand sagt mehr als viele Worte, Dara.«

Die Dylvana lächelte, dann wandte sie sich an Alos, aber der Alte war völlig in die Beobachtung Trygs versunken, der seinen Becher nachfüllte. Die Dylvana seufzte erneut, sagte jedoch nichts, sondern musterte vielmehr das Gesicht des alten Mannes, wobei ihr Blick immer wieder zu seinem blinden Auge zurückkehrte.

Nach kurzer Zeit kam der Tavernenwirt wieder zum Tisch zurück, und Alos streckte beide leberfleckigen Hände aus, um den Becher begierig entgegenzunehmen. Wiederum leerte er ihn rasch und wischte den Restschaum auf, um ihn abzulecken. Er sah die Dylvana erwartungsvoll an und lächelte wieder, aber seine Miene verdüsterte sich rasch, als sie den Kopf schüttelte, Tryg mit einer Handbewegung entließ und sagte: »Zuerst reden wir, dann trinken wir vielleicht noch mehr Ale.«

»Aber mein Täubchen, ich könnte viel besser reden, wenn ...«

Aikos Hand zuckte flink wie eine Viper über den Tisch und schloss sich um das noch immer feuchte Handgelenk des Alten. »*Kojiki,* du wirst sie mit ›edle Dame‹ oder ›Dara‹ anreden«, zischte sie. Wie um ihre Worte zu unterstreichen, zuckte ein Blitz über den Nachthimmel, und ein greller Schein drang für einen Moment durch das Fenster, sodass die Umrisse von Aikos Gesicht deutlich hervortraten.

Der alte Mann wimmerte laut und versuchte sich zu befreien, doch ohne Erfolg.

»Aiko«, erklangen die leisen Worte der Dylvana. »Lasst ihn.«

Aiko stieß Alos grob von sich, und der alte Mann schob seinen Ärmel zurück, rieb sich sein Handgelenk und hielt nach Schaden Ausschau, ohne welchen zu finden.

»Dieser unreine *Yodakari* kann es nicht sein«, sagte Aiko zu der Elfe.

Die Dylvana schüttelte den Kopf. »Aiko, das wissen wir nicht.«

Einen Moment später sah Aiko weg, und der Blick ihrer dunklen Augen war wieder gleichmütig.

Die Dylvana griff über den Tisch, um Alos' Hand zu tätscheln, aber der alte Mann zog sie so rasch zurück, als ob sich ein giftiger Skorpion nähere. Sie brach die Geste ab und nahm stattdessen ihren Weinbecher, um in dessen Tiefen zu starren, als suche sie etwas darin. Schließlich stellte sie den Becher wieder auf den Tisch und sagte: »Ich werde Arin genannt, und meine Gefährtin heißt Aiko. Wir sind weit gereist, um nach Mørkfjord zu gelangen ... vielleicht, um Euch zu sprechen.«

Alos nickte, aber sein gesundes Auge war auf ihren fast vollen Weinbecher gerichtet, den sie geistesabwesend in ihrer Hand drehte.

»Sagt mir, Alos, seid Ihr die einzige einäugige Person in diesem Weiler?«

Für den Moment verblüfft, sah er sie an, und sein weißes Auge schien zu funkeln. Dann grinste er und sagte: »Soviel ich weiß, Täu... äh ... edle Arin.«

Bei dieser Antwort warf Arin einen kurzen Blick auf Aiko, doch die Kriegerin schüttelte lediglich den Kopf und sagte nichts. Arin widmete sich erneut Alos, der wieder ihren Weinbecher fixierte. Arin deckte den Becher mit der Hand ab, und ein Ausdruck resignierter Enttäuschung legte sich auf Alos' Gesicht, während er seufzend ausatmete und sie ansah.

Arin lehnte sich zurück, weg von dem Alten. *Er riecht wie ein nasser Ziegenbock, und sein Atem würde ein Pferd umwerfen. Er ist über und über dreckverschmiert und hat mindestens seit einem Jahr oder noch länger weder Wasser noch Seife gesehen. Trotzdem könnte er derjenige sein, denn es scheint keine andere Möglichkeit zu geben, jedenfalls nicht in diesem Dorf.*

»Wisst Ihr noch von einer anderen einäugigen Person, die hier in der Nähe lebt? Vielleicht in einem anderen Ort?«

Er schüttelte den Kopf und murmelte: »Ich weiß von keiner, edle Arin.«

»Euer blindes Auge, Alos, ist von Narbengewebe umgeben, wie bei einer alten Verbrennung. Wenn es Euch nichts ausmacht, darüber zu reden, dann erzählt mir doch bitte, wie es zu der Blindheit gekommen ist.«

Alos zuckte zusammen, schaute zu Boden und bedeckte sein weißes Auge mit der rechten Hand. »Ich nehme an, Ihr sucht einen Einäugigen, edle Arin, richtig?« Er ließ die Hand auf den Tisch sinken und starrte sie mit seinem weißen Auge an. »Wenn er eine Belohnung bekommen soll, bin ich Euer Mann. Wenn er eine bringen soll, bin ich es allerdings nicht.«

Arin lächelte. »Euer Akzent, Alos. Für meine Ohren klingt er nicht fjordländisch.«

»Ich bin eigentlich Tholier von Geburt. Von der Langen Küste.« Der Blick des alten Mannes wanderte von seinem leeren Becher zu Tryg. Dann fragte er flehentlich: »Gute Frau, könnten wir nicht noch einen Schluck trinken?«

Seine Augen weiteten sich, als Arin ihm ihren Becher zuschob, denn er bekam nur selten Wein zu trinken. Er hielt sich den beinah vollen Becher unter die Nase und genoss das Aroma. Vielleicht war dies ein Becher von Trygs Bestem, wo sie doch eine Dame war und eine Elfe noch dazu? Er trank den Wein in zwei Schlucken, und seine Wärme erfüllte seinen Magen und breitete sich von dort aus. Er schmatzte mit den Lippen und ließ seinen abgeleckten Finger auf dem Grund des Bechers kreisen, um nach dem einen oder anderen übrig gebliebenen Tropfen zu suchen.

Aiko starrte den verdreckten alten Mann gleichmütig mit ihren funkelnden dunklen Augen an, während er seinen Finger in den Mund schob, unter dessen gespaltenem Nagel noch eine Menge Schmutz vergraben war.

»Ah. Von der Langen Küste Thols«, sagte Arin. »Ja. Jetzt erkenne ich Euren Akzent. Doch wie kommt es, dass Ihr nun hier in Mørkfjord lebt?«

Alos atmete langsam aus und rülpste dann geräuschvoll. Ein angewiderter Ausdruck trat auf Aikos Gesicht, und sie rümpfte die Nase, schaute Arin an und hob eine Augenbraue, doch die Dylvana schüttelte lediglich den Kopf.

»Mein Schiff ... äh ... es ist gekentert«, erwiderte Alos. »Ja ... gekentert.«

Arin wartete darauf, dass er fortfuhr und die Umstände näher erklärte, doch er sagte nichts mehr.

Ein Blitz flammte auf, fast sofort gefolgt von lautem Donner, während Alos suchend in den Weinbecher starrte. Dann schob er den leeren Becher beiseite und richtete den Blick auf seinen Alekrug. Sein verbliebenes Auge weitete sich, und er setzte den Krug an, um noch einen Tropfen des Gebräus mit der Zunge aufzufangen, während der Regen auf das Tavernendach prasselte. Er schmatzte und rülpste wieder laut, und eine Blase aus schaumigem Speichel tauchte in einem Mundwinkel auf, die er rasch wieder einsog.

Aiko sah angewidert weg, doch Arin holte tief Luft und beugte sich vor. »Alos, es ist kein Zufall, dass wir hier bei Euch sind.«

»Hier? Im Schlupfwinkel? Bei mir?« Alos' gutes Auge verengte sich. »Woher wusstet Ihr, dass ich hier sein würde?«

Arin zuckte die Achseln. »Wir haben herumgefragt. Man sagte uns, Ihr würdet wahrscheinlich einen Zug durch die Tavernen machen, und es gibt nur drei in Mørkfjord. Diese hier ist Eurer ... Schlafstätte am nächsten.«

Mit den Fingern kämmte Alos die langen, nassen Strähnen weißer Haare rings um seinen Kopf und glättete seinen struppigen Bart. Er zupfte an den Aufschlägen seines durchweichten Mantels. Dann schaute er Arin an. »Dann seid Ihr also gekommen, um mit mir persönlich zu reden.«

Arin nickte. »Vielleicht.« Sie sah Aiko kurz an und wandte sich dann wieder an Alos. »Wir sind in einer Mission unterwegs, und es scheint so, als hättet Ihr damit zu tun.«

Aiko seufzte.

Das wässrige braune Auge des Alten weitete sich, und er sah sich nach Tryg um. Dann lächelte er sein lückenhaftes Grinsen und sagte zu Arin: »Eine Mission, sagt Ihr? Und ich habe damit zu tun? Nun denn, lasst uns mehr Wein trinken – oder vielleicht sogar Branntwein, was? –, während Ihr mir von dieser Mission erzählt, aye? Es muss gar nicht der beste Branntwein sein oder der beste Wein. Eigentlich könnte es auch Ale sein, wenn ich ...«

Durch den Gewitterlärm waren plötzlich Stimmen zu hören, und der Pier erbebte wie unter einem Schlag. Tryg trat hinter seinem Tresen hervor und ging zur Tür, aber Olar und Yngli waren vor ihm dort.

»Es ist ein Schiff«, rief Yngli, der nach draußen in den Regen lugte. »Es macht gerade fest.«

»Wer ist es?«, fragte Tryg.

»Schiffslaterne hin oder her, ich kann es nicht sagen«, erwiderte Yngli. »Ist zu dunkel in diesem verwünschten Regen.«

»Ein paar Leute kommen vom Schiff hierher«, sagte Olar. »Sie tragen irgendwas oder irgendwen auf einer Bahre.«

»Tretet zurück und passt auf«, befahl Tryg, »wenn sie in den Schlupfwinkel kommen.«

Aiko war bereits auf den Beinen und hatte ihre Schwerter gezückt. Arin hatte sich ebenfalls erhoben, obwohl ihre Hände leer waren. Hinter ihnen schlich Alos davon und verkroch sich in einer dunklen Ecke unter einem Tisch.

Durch die Tür trat ein großer, stämmiger Mann mit einer Laterne in den Händen. Er trug einen Helm und einen schweren Mantel und darunter eine Lederhose und Halbstiefel. Ihm folgten zwei weitere Männer, die einen bewusstlosen vierten Mann trugen.

»Orri!«, rief Yngli. »Ihr seid wieder zurück!«

»Jemand soll den Heiler holen!«, rief der stämmige Mann, während er die Laterne abstellte und die Krüge vom Tresen fegte. »Legt ihn hierher«, befahl er seinen Begleitern. Als sie ihre Last auf den Tresen hievten, fiel der Blick des stämmigen Mannes auf Yngli. »Du, Yngli. Lauf und hol Thar. Diese verdammten Jüten! Der Bruder des Herzogs hat Egil einen Schwerthieb verpasst, und die Wunde hat sich entzündet.«

»Sofort, Orri!« Yngli stürzte den Rest seines Ales herunter, schnappte sich dann seinen Mantel und Orris Laterne und verließ die Taverne im Laufschritt.

Als das gerade angekommene Drachenschiff vertäut war, kamen mehr Männer in den Schlupfwinkel. Einige trugen Verbände, aber den meisten setzte lediglich das Unwetter zu. Orri sah sich um, als der Schankraum langsam voller wurde, dann warf er eine Hand voll Silbermünzen auf den Tresen und rief dem Wirt zu: »Diese Männer haben gekämpft wie wilde Wölfe, Tryg, und davon haben sie großen Durst bekommen. Also mach deine Zapfhähne ganz weit auf, und lass das Ale in Strömen fließen!«

Freudiges Gejohle ertönte, und die Männer eilten zum Tresen. »Aber was ist mit Egil?«, rief Tryg, der brüllen musste, um überhaupt gehört zu werden.

»Bis Thar kommt, können wir nichts für ihn tun«, übertönte Orri den Lärm. »Außerdem, Fieber hin oder her, sollte Egil aufwachen, wird er selbst ein Ale wollen.«

Während die Männer nach vorn drängten, um sich einen der Krüge zu sichern, die über Egils reglos daliegende Gestalt gereicht wurden, wand Olar sich durch die Menge, um sich selbst ein Ale zu holen. Als er hinter Orri stand, reckte er den Hals und schaute dem Kaperfahrer über die Schulter, um einen Blick auf den Verwundeten zu werfen. »Adons Tochter Elwydd«, platzte es aus Olar heraus. »Egil hat ein Auge verloren!«

Bei diesen Worten holte Aiko, die unbemerkt im Schatten an der Wand stand, tief Luft und warf einen Blick auf Arin, die gerade vortreten wollte.

3. Kapitel

»Heda! Was ist denn los ...?« Die Männer am Rand der lärmenden Menge drehten sich um und sahen ...

»Macht Platz für die Dara.«

... eine kleine goldhäutige Frau in einem bronzenen Schuppenpanzer, die sich durch die Reihen drängte, um Platz zu machen für ...

»Beim großen Schnappfisch, eine Elfe! Oder zwei?«

... die noch kleinere Frau, die ihr folgte.

Die hoch gewachsenen Krieger traten beiseite, denn hier waren zwei höchst erstaunliche Wesen: eine schwarzhaarige, bewaffnete und gerüstete Frau mit safranfarbener Haut und schwarzen Schlitzaugen ...

»Adons Schaum, sie ist ja gelb!«

»Sie reicht mir nicht mal bis zum Kinn!«

»Aber die hinter ihr ...«

... und eine weißhäutige Elfe mit braunen Mandelaugen ...

»... meine Güte, sie kann mir nicht höher als bis zur Brust reichen.«

... und beide Frauen waren wie Männer gekleidet, als seien sie weit gereist.

Stille, welche nur vom Prasseln des Regens auf dem Dach und durch gelegentliche Donnerschläge gestört wurde, legte sich über die Kaperfahrer, als sie sich teilten, um ein Spalier für die exotischen Fremden zu bilden. Aikos Hände ruhten auf dem Knauf ihrer Schwerter, und ihre dunklen Augen musterten die Krieger, als sie Arin zu dem bewusstlosen Mann auf dem Tresen führte.

Mit weit aufgerissenen Augen trat Orri beiseite. Aiko hielt sich zurück, während Arin vor die Holzplanke trat und den dort liegenden Mann betrachtete. Er war schlank, hatte dunkelblondes Haar und war vielleicht Anfang dreißig. Seine Haut war vom Fieber gerötet. Während sich die anderen Piraten um sie drängten, legte Arin dem Mann eine Hand auf die Stirn und keuchte dann: »*Vada!*« Sie drehte sich um und machte Anstalten, auf die andere Seite zu gehen. Einige Männer standen ihr im Weg.

»Aus dem Weg, Svan, Bili!«, bellte Orri. »Seht ihr denn nicht, dass sie vorbei muss?«

Svan machte einen Schritt zurück und stolperte gegen Bili, der genau hinter ihm stand. Beide verschütteten einen Teil ihres Ales und wären beinah gefallen. Halb ineinander verkeilt, gelang es ihnen, beiseite zu treten, um Arin vorbei zu lassen.

Mit düsterem Blick sah Aiko Orri an. Die Kriegerin wirkte plötzlich viel größer als ihre fünf Fuß und zwei Fingerbreit. »Kapitän?«

Orri nickte.

»Lasst Eure Krieger zurücktreten, Kapitän. Die Dara wird sich um Euren verwundeten Kameraden kümmern ... wenn es noch nicht zu spät ist.«

Orri befahl seinen Männern gerade lautstark, Platz zu machen, als die Tür aufflog und Yngli mit einem weißhaarigen Mann im Schlepptau hereinkam, der einen Lederrucksack trug.

»Hier kommt Thar!«, rief Yngli, wobei er die Tür hastig schloss, um Wind und Regen wieder auszusperren. »Er kann Egil behandeln.«

Ynglis Worte wurden mit Jubelrufen begrüßt, während der

weißhaarige Mann seinen Rucksack absetzte und seinen nassen Mantel auszog.

Arin, die jetzt auf der anderen Seite des Tresens stand, achtete nicht auf den Tumult, sondern untersuchte vielmehr Egils Gesicht. Eine feuerrote Schramme zog sich von der Stirn zur Wange herunter, und sein linkes Auge war unrettbar zerschnitten. Arin schaute zu Orri. »Warum habt ihr ihn nicht verbunden?«

Orri breitete die Hände aus. »Er hat sich den Verband in seinen Albträumen abgerissen, edle Dame. Im Fieber.«

»Hattet Ihr keinen Heiler bei Euch?«

»Wir versorgen unsere Wunden selbst, edle Dame, wie wir auch ihn versorgt haben«, sagte Orri ärgerlich. »Aber wir waren den größten Teil des Rückwegs zu beschäftigt damit, uns des Herzogs von Rache und seiner Männer zu erwehren, bis es uns schließlich gelang, ihre Segel in Brand zu setzen. Wir haben sie dann im Dunkeln abgeschüttelt, und ich wette, sie haben genug geflucht, als sie merkten, dass wir ihnen entkommen sind. Dabei wurde jeder gesunde Mann gebraucht, und keiner konnte sich um Egil und seine Wunde kümmern. Außerdem hat er auch gegen die Jüten gekämpft, obwohl er verwundet war und Fieber hatte und nur mit einem Auge sehen konnte. Als der Kampf zu Ende war, haben wir uns um ihn gekümmert – wir haben seine Wunden mit Salzwasser ausgewaschen, damit sie sich nicht entzünden, und ihm Verbände angelegt. Aber Egil hatte schlimme Träume, edle Dame, vielleicht haben sie das Fieber noch schlimmer gemacht, und er hat sich den Verband immer wieder abgerissen. Am Ende haben wir ihn dann einfach in Ruhe gelassen.«

Während Arin sich Orris Erklärungen anhörte, trat Thar neben den Verwundeten. Die Augen des alten Heilers weiteten sich ein wenig beim Anblick der Dylvana und ihrer gerüsteten Gefährtin, aber dann schüttelte er den Kopf, als wolle er ihn von allen seltsamen Eindrücken befreien, und begann mit der Untersuchung Egils.

Arin sprach Thar an. »Das, was noch von dem Auge übrig ist, muss heraus.«

Thar nickte. »Seid Ihr eine Heilerin, edle Dame?«

»Ich habe gewisse Fähigkeiten auf diesem Gebiet«, erwiderte Arin. »Aber ich habe weder Kräuter noch Heilpflanzen zur Hand und auch keine Instrumente.«

»Ich habe meine dabei«, sagte Thar und deutete mit einer Geste auf seinen Lederrucksack. »Aber er soll ruhig Euer Patient sein, edle Dame. Sagt mir nur, was Ihr braucht.«

Arin nahm das Angebot mit einem Kopfnicken an, dann wandte sie sich an Tryg, den Wirt, der die Krüge füllte. »Habt Ihr eine Kiste, auf der ich stehen kann?«

Tryg bedeutete Olar, den Ausschank des Ales zu übernehmen, dann maß er die zierliche Dylvana mit geübtem Blick. Er verschwand im Vorratsraum und tauchte einen Moment später mit einer breiten Holzkiste wieder auf, die er auf den Boden stellte. Die Dara lächelte, als sie auf die Kiste stieg, und sagte dann: »Ich werde ein Messer brauchen, rot glühend vor Hitze. Zwei, wenn das möglich ist. Und eine Flasche Eures stärksten Branntweins.«

Tryg griff unter den Tresen, holte eine Flasche hervor, stellte sie neben ihr ab und sagte: »Das ist der beste, den ich habe.« Dann nahm er zwei Messer und ging mit ihnen zu dem kleinen Holzkohlenbrenner, auf dem er sonst Glühwein machte.

Arin entkorkte den Branntwein und roch daran. Sichtlich zufrieden, goss sie etwas davon auf ihre Handflächen, wusch sich damit die Hände und wandte sich an Thar. »Habt Ihr eine kleine Drahtzange? Eine Nadel und Zwirn, um die Schwertwunde zu nähen? Und sauberes Tuch für Verbände?«

Thar durchsuchte seinen Rucksack und fand darin eine gekrümmte Bronzenadel, dünnen Faden und eine Pinzette aus zurechtgebogenem Draht. Außerdem holte er eine Rolle Musselin heraus.

Unter dem Tresen fand Arin eine Kerze mit Halter und entzündete den Docht. Sie fuhr einige Male mit der Bronzenadel durch die Flamme.

»Ah«, murmelte Thar, der aufmerksam verfolgte, was sie tat. »Ihr verbrennt die schlechten Dämpfe, aye?«

Arin nickte. »Ich brauche ein Stück sauberen Stoff, damit ich die Gerätschaften darauf legen kann.«

Thar nahm das Musselin, riss ein Stück ab und breitete es aus. Arin legte die im Feuer gereinigte Nadel und den Faden auf den Stoff, dann nahm sie die Pinzette und reinigte sie ebenfalls in der Kerzenflamme. »Was machen die Messer?«, rief sie Tryg zu.

Der Wirt schaute ins Feuer und hob dann eine Hand mit der Innenseite nach außen. »Sind bald so weit.«

»Wir werden ihm auch die Egel ansetzen müssen«, sagte Thar.

»Die Egel?«

»Um ihn zur Ader zu lassen und das Fieber auszubluten, edle Dame.«

Arin schüttelte den Kopf. »Nein, Heiler. Egel würden ihn nur schwächen, und das zu einem Zeitpunkt, wo er alle seine Kräfte am dringendsten braucht.«

»Aber einen Fiebernden muss man immer zur Ader lassen«, protestierte Thar.

Arin fixierte ihn mit einem Auge. »Kuriert Ihr dadurch die Kranken oft?«

»Gut die Hälfte von ihnen«, erwiderte Thar mit einem gewissen Stolz.

»Dann bedeutet das auch, dass Ihr die andere Hälfte verliert, oder?«

»Wir verlieren einen Teil, aye, aber damit muss man rechnen.«

»Nein, Heiler. Durch den Blutverlust wird der Kranke weiter geschwächt. Ihr solltet das Blut vielmehr stärken und nicht vergeuden.«

»Stärken?«

»Genau.«

»Wie?«

»Sie werden langsam rot glühend!«, rief Tryg.

»Wie?«, wiederholte Thar seine Frage.

»Ihr habt die Mittel dazu ganz in der Nähe«, sagte Arin und winkte Aiko zu sich.

»Dara?«

»Reitet rasch zum Hochmoor und sammelt eine Hand voll der blauen Blumen, die wir am Fuß des Gletschers gesehen haben. Sammelt außerdem etwas sauberen Schnee, packt die Blumen hinein und kehrt so schnell wie möglich zurück.«

Aiko schaute nach links und rechts, dann beugte sie sich vor und zischte: »Dara, ich will Euch nicht allein lassen mit diesen *Iyashii*-Männern.«

Die Dylvana machte ein entschlossenes Gesicht. »Reitet los, Aiko. Mir wird nichts geschehen, und dieser Mann braucht Hilfe, sonst wird er sterben, und er ist vielleicht derjenige, den wir suchen.«

Yngli nahm Orris Laterne und trat neben Aiko. »Ich besitze zwar kein Pferd, werde aber mit Euch reiten, das heißt, mit auf Eurem Pferd, wenn Ihr mich mitnehmen wollt. Ich weiß eine Abkürzung zum Moor und kann Euch leuchten.«

Aiko sah erst Yngli an und dann Arin. Als die Dylvana nickte, ging Aiko zu ihrem Tisch zurück und zog ihren Mantel an. Dann bedeutete sie Yngli, ihr zu folgen.

Als die beiden den Raum verlassen hatten, wandte Thar sich an Arin und hob fragend eine Augenbraue.

Arin legte die im Feuer gereinigte Pinzette neben die Bronzenadel, dann befeuchtete sie die Finger und löschte die Kerze. »Als wir nach Mørkfjord geritten sind, haben wir im

Hochmoor am Fuß des Gletschers kleine blaue Blumen gesehen.«

»Blaue Blumen? ... Ah, Gedenkemein.«

»Gedenkemein in Eurer Sprache, *arél* in meiner. Doch egal, wie man sie nennt, ein Tee aus ihren frischen Blüten ist ein starkes Mittel gegen Fieber.«

»Die Messer sind kirschrot, edle Dame«, warf Tryg ein.

Arin atmete tief ein, während sie Egil ansah. »Habt Ihr einen Schlaftrunk, Thar?«

Der Mann schüttelte den Kopf. »Nein, meine Dame. Egil wird es wohl einfach ertragen müssen.«

Arin seufzte und wandte sich dann an Orri. »Ich werde sechs Eurer stärksten Männer brauchen.«

»Sechs?«

»Einen für jedes Glied und zwei, die seinen Kopf festhalten, Orri«, sagte Thar. »Wir können nicht zulassen, dass er herumzappelt, wenn sie ihn mit einer glühenden Klinge schneidet.«

»Aye.« Orri gab fünf Männern ein Zeichen und trat dann selbst an den Tresen.

»Noch einen Augenblick, Kapitän«, sagte Arin. Dann nahm sie die Flasche und wusch sich noch einmal mit Branntwein die Hände, während sie Thar und Tryg bedeutete, es ihr nachzutun. Schließlich wandte sie sich an Orri. »Jetzt haltet ihn fest, Kapitän.«

»Arme und Beine, Männer, und haltet gut fest. Er wird sich gewaltig wehren. Bili, hilf mir hier oben.«

Die Männer packten Egils Glieder, und Orri und Bili stellten sich einander gegenüber und fixierten seinen Kopf an Kiefer und Schläfen.

Arin wandte sich an Thar. »Seid Ihr bereit?«

Als der Heiler nickte, streckte Arin eine Hand nach Tryg aus, und der Wirt fasste das Messer mit einem sauberen Stück Tuch am Griff und reichte es der Dylvana. Die Klinge glühte leuchtend rot.

Arins Hand schloss sich um den mit Stoff umwickelten Griff, nahm die Pinzette und sagte: »Zieht ihm die Augenlider hoch, Heiler, und Ihr anderen haltet ihn gut fest.«

Im Stall zog Aiko im Licht der Laterne den Sattelgurt fest. Sie zog sich die Kapuze ihres Mantels über den Kopf und führte, gefolgt von Yngli, das Pferd nach draußen, wo es immer noch wolkenbruchartig regnete und beständig Blitze über die am Himmel wogenden Wolken zuckten. Sie stieg auf, dann reichte sie Yngli einen Arm und machte einen Steigbügel für ihn frei. Er schwang sich hinter ihr in den Sattel. Plötzlich hörten sie Schreie, die zwar durch das Unwetter und die Entfernung gedämpft wurden, aber immer noch markerschütternd klangen. Yngli schauderte und schaute weit bergab auf das Licht, das aus den Fenstern des Schlupfwinkels fiel. Dann gab Aiko ihrem Pferd die Sporen, und sie ritten in die schwarze Nacht.

4. Kapitel

Nachdem sie die Blumen gepflückt hatten, kehrten Aiko und Yngli so schnell wie möglich wieder nach Mørkfjord zurück, wobei Yngli einen Lederbeutel trug, in dem sich der Schnee und die frisch gepflückten Blumen mit den blauen Blüten befanden. Als sie durchnässt und mit Schlamm bespritzt zum Hafen gingen, fiel der Regen nur noch spärlich. Das Unwetter war nach Osten gewandert, und der Himmel wurde nur noch ab und zu vom Widerschein entfernter Blitze erhellt. Yngli öffnete die Tür des Schlupfwinkels und folgte Aiko hinein. Der kleine Mann hielt den Beutel in die Höhe und verkündete allen Anwesenden: »Hoy, wir sind wieder da und haben einen hübschen Strauß Blumen mitgebracht.« Diese Erklärung wurde mit lauten Rufen begrüßt, während Yngli und seine Begleiterin ihre tropfenden Mäntel ablegten.

»Ah, gut gemacht, Aiko. Gut gemacht, Yngli«, sagte Arin, die gerade Egils Schwertwunde nähte und bei diesen Worten von ihrer Arbeit aufsah. Sie hatte die Wunde wieder aufschneiden müssen, damit die Ränder ordentlich zusammenwachsen konnten, und ihre Finger und Hände waren mit frischem Blut beschmiert. »Thar, trennt die Blumen und den Schnee. Tryg, hängt einen Kessel über die Holzkohle. Wir benutzen das reine Schmelzwasser, um den Tee zu kochen.«

Yngli trat an den Tresen und reichte Thar den Beutel, während Arin weiternähte. Dann schlug er sich auf die Brust, zeigte auf Aiko und sagte: »Hoy, Tryg, gib uns beiden einen Branntwein. Wir sind nass bis auf die Knochen, und es ist eiskalt.«

Tryg grunzte Alar etwas zu, und der Fischer holte eine Flasche und zwei Becher, die er fast bis zum Rand füllte.

Yngli nahm die beiden Becher, reichte einen Aiko und trank dann einen Schluck aus dem anderen. *»Ack!«,* keuchte er und bekam beinahe augenblicklich einen Hustenanfall. Bili schlug ihm wiederholt auf den Rücken, bis er wieder Luft bekam und seine Stimme wiedergefunden hatte. Mit Tränen in den Augen sah er sich im Schlupfwinkel um und verkündete schließlich: »*Puh!* Guter Stoff.«

Als das Gelächter verklungen war, warf Yngli einen Blick auf Egil und fragte Orri dann: »Wie war es, Kapitän? Mit Egil, meine ich.«

Orri schüttelte den Kopf, und Yngli sah erst jetzt, dass der Pirat eine blutige Nase hatte. »Beim großen Schnappfisch, er ist aufgewacht, als sie« – Orri deutete mit einem Kopfnicken auf Arin –»ihn mit dem glühenden Messer bearbeitet hat. Hat sich wie toll aufgeführt. Elf Mann waren nötig, nur um ihn unten zu halten. Er hat mir die Nase gebrochen, glaube ich. Dann hat sie Egil mit einem Lied beruhigt und mit Branntwein betrunken gemacht, bis er eingeschlafen ist. Adons Blut, Yngli, sieh ihn dir an: Er ist zufrieden wie eine Muschel, so voll ist er. Oder er wäre es jedenfalls, wenn er wach wäre.«

»Ich glaube nicht«, sagte Thar kopfschüttelnd. »Wäre er wach, hätte er trotz des Branntweins starke Schmerzen.«

Arin setzte den letzten Stich, verknotete den Faden und schnitt das Ende ab. »Es ist vollbracht. Thar, würdet Ihr die Wunden dieses Mannes verbinden?«

Thar nahm das Musselin und machte sich an die Arbeit. Dabei begutachtete er das Werk. »Besser kann man eine Wunde nicht vernähen, edle Dame – fest, eng, kleine Stiche –, ich selbst hätte es lange nicht so gut gekonnt. Er wird eine Narbe zurückbehalten, aber dank Eurer hervorragenden Arbeit nur eine ganz dünne.« Er wickelte Egil sorgfältig den Verband um Stirn, Auge und Wange, sodass Nase, Mund und das gesunde Auge frei blieben.

»Er wird noch tagelang Schmerzen haben«, sagte Arin, während sie ihre Hände und Arme in der Schüssel wusch, die Tryg gebracht hatte. »Habt Ihr überhaupt keinen Schlaftrunk? Nichts, um die Schmerzen zu lindern?«

Thar zuckte die Achseln und murmelte, »Nichts«.

Arin seufzte. »Dann müssen wir selbst etwas zubereiten, wenn wir die Zutaten finden können.«

»Was braucht Ihr denn?«, fragte Thar, während er die Stoffenden verknotete.

Über der glühenden Holzkohle fing der Teekessel an zu zischen und zu dampfen.

»Gleich, Heiler«, sagte Arin, die sich zum Kessel umsah, während sie sich abtrocknete. »Ich muss den *Arél*tee machen. Über die Tränke reden wir später.«

Die Dylvana wandte sich an Tryg. »Habt Ihr eine Teekanne? Nein? Dann reicht auch ein Tonkrug.«

Thar sah zu, wie Arin die blauen Blüten von den Blumen abzupfte und in einen von Trygs Glühweinkrügen warf. Als sie fand, dass es genug waren, goss sie das mittlerweile kochende Schmelzwasser darauf. Ein süßlicher Duft stieg aus dem Krug auf und erfrischte alle, die dabei standen.

»Aiko, Yngli«, rief sie die beiden zu sich, während sie das Getränk ziehen ließ. »Ihr müsst gleichfalls eine Tasse davon trinken, denn ich will nicht, dass Ihr krank werdet, so durchnässt, wie Ihr wart.«

Als einige Augenblicke verstrichen waren, schöpfte Arin einen Teelöffel voll von der dampfenden Flüssigkeit ab, blies darauf und kostete dann. Mit einem Nicken füllte die Dylvana eine Tasse und bedeutete Aiko, für sich und Yngli ebenfalls eine Tasse abzufüllen. Während Aiko tat, wie ihr geheißen, trat Arin auf die Kiste und stellte sich neben Egil. Sie wartete lange, bis sich der dampfende Tee abgekühlt hatte, wobei sie ab und zu die Temperatur prüfte. Schließlich begann sie damit, Egil die klare Flüssigkeit langsam und behutsam in den Mund zu träufeln, während er instinktiv schluckte. Nach einer Weile ließ sie Thar diese Aufgabe übernehmen.

Arin wandte sich an Orri. »Kapitän.«

»Edle Dame.«

»Die Wunden Eurer Besatzung ...«

»Sind nicht so schlimm wie Egils. Alle Schwerverletzten sind gestorben. Die anderen haben wir größtenteils an Bord zusammengeflickt.«

Thar sah auf und sagte: »Ihr habt genug getan, edle Dame. Ich werde mich um ihre Kratzer kümmern.«

Arin schenkte dem Heiler ein Lächeln und wandte sich wieder an Orri. »Ist Egil verheiratet, verlobt oder versprochen?«

»Ha!« Orri lachte dröhnend. »Nein, meine Dame. Er ist ein freier Mann.«

»Dann, Kapitän, möchte ich darum bitten, dass Eure Männer ihn, wenn er den Tee getrunken hat, zur Schwarzstein-Herberge und in mein Quartier dort bringen, wo ich ihn in den nächsten Tagen pflegen werde.«

Orris Augen weiteten sich, aber er sagte nur: »Aye, edle Dame.«

Arin goss sich selbst eine Tasse *Arél*tee ein und ging dann zu Aiko und Yngli. Während die Dylvana sich einen Stuhl heranzog, sagte sie zu Aiko: »Egil wird zur Schwarzstein-Herberge und in unser Quartier gebracht.«

Aikos dunkle Augen verrieten keine Spur von Zustimmung oder Ablehnung. Vielmehr nahm Aiko Arins Worte lediglich mit einem unmerklichen Kopfnicken zur Kenntnis.

»Wir können es uns nicht leisten, ihn zu verlieren«, fügte die Dylvana hinzu, was Aiko wiederum mit einem Nicken quittierte.

Yngli wandte sich an die schwarzhaarige Kriegerin. »Ich würde Euch ja bitten, zu mir nach Hause zu kommen, aber ich glaube, meine Frau würde mit der Axt auf mich losgehen.«

Aiko musterte ihn ausdruckslos und sagte dann: »Wenn ich ihr nicht mit dem Schwert zuvorkomme.«

Yngli lachte zunächst herzlich, doch dann verstummte er, als er in die Augen der Kriegerin blickte. Er schauderte und schlang sich die Arme um den Leib. »Du meine Güte, ich glaube wahrhaftig, Ihr würdet das tun.« Yngli leerte abrupt seine Tasse *Arél*tee und erhob sich. »Solange Kapitän Orri noch bezahlt, sollte ich mir wohl noch ein Ale besorgen.« Er wandte sich an Arin. »Vielen Dank für den Tee, edle Dame.«

»Ich danke Euch für die Hilfe, Meister Yngli«, erwiderte sie.

Yngli verbeugte sich vor beiden – »Meine Damen« –, machte auf dem Absatz kehrt und rief: »Heda, Tryg, zapf mir einen Krug Ale!«

Eine Weile trank Arin schweigend ihren Tee, dann wandte sie sich an Aiko. Doch bevor sie ein Wort sagen konnte, rief Thar: »Dylvana, Egil hat jetzt seinen Tee getrunken.«

Müde rieb Arin sich die Augen und erhob sich dann. »Kapitän Orri?«

»Bili, Svan, Angar, Rolle ... nehmt Egils Trage und bringt ihn zur Schwarzstein-Herberge in das Quartier der Dylvana.«

»Deckt ihn gut mit Mänteln zu«, fügte Thar hinzu. »Es regnet immer noch.«

Während sie den Bewusstlosen nach draußen trugen, erhob Aiko sich, schlüpfte in ihren noch nassen Mantel und sagte leise: »Dann glaubt Ihr also ebenso wie ich, dass dies der Mann aus Eurer Vision ist?«

Arin nahm ihren eigenen Mantel und wandte sich an die Kriegerin. »Vergesst Ihr etwa Alos?«

Aikos Mundwinkel fielen herab. »Dara, wie könnt Ihr an Alos denken, wenn doch Egil der Richtige ist?«

»Alos hat auch nur ein Auge«, erwiderte die Dylvana, während sie sich umsah. »Und da wir gerade von ihm reden, wo ist er geblieben?«

Sie fanden den mageren alten Mann unter einem Tisch in der Ecke, von leeren Alekrügen umgeben und mit einer leeren Branntweinflasche im Arm, wo er in seinem eigenen Erbrochenen schlief.

Aiko hielt sich angewidert die Nase zu, doch Arin sagte mit einem Seufzer. »Wir müssen ihn auch mitnehmen.«

Aikos Augen weiteten sich, dann sagte sie. »Zum Bootshaus, wo er schläft, oder?«

»Nein, Aiko. In unser Quartier in der Herberge.«

Aiko betrachtete Alos angeekelt. »Aber Dara, er ist widerlich, *fuketsuna,* unrein.«

Arin streifte sich den Mantel über. »Dann werden wir ihn baden müssen.«

»Huah!« Aiko schüttelte den Kopf. »Ihn schrubben, meint Ihr. Und ihm die Zähne mit Bimsstein abreiben, seinen Atem mit Minze erfrischen und auch seine Kleider verbrennen.«

»Das reicht, Aiko«, wies Arin sie zurecht. »Er hat nur ein Auge, und wir müssen herausfinden, ob er derjenige ist, den wir suchen«

»Jikoku«, grollte Aiko, doch dann seufzte sie. »Wenn es Euer Wille ist, Dara.«

Damit griff Aiko unter den Tisch und zerrte Alos am Knöchel darunter hervor, wobei Alekrüge schepperten und ihm die Branntweinflasche aus den Armen glitt. Dann hievte sie ihn sich auf die Schultern. Unter den verwunderten Blicken Orris und seiner Kaperfahrer folgte sie Arin durch die Taverne und nach draußen in die feuchte Nacht, während ein dünner Faden aus Speichel und Erbrochenem aus Alos' Mundwinkel rann und eine nasse Spur hinter sich zurückließ.

5. Kapitel

Es war schon weit nach Mitternacht, als Arin in die Flammen starrte und zu ergründen versuchte, welcher einäugige Mann es war, den sie suchte, doch ohne Erfolg. Im Bett hinter ihr schlief Egil, und der Branntwein in seinen Adern sorgte dafür, dass er nicht aufwachte. Aus dem Nebenzimmer drang ein gequältes Heulen, da Aiko den alten Mann schrubbte und den Widerspenstigen dabei von einem Zuber in den anderen zerrte, wenn das Wasser im letzten zu schmutzig geworden war, während der Herbergsjunge hin und her lief und frisches heißes Wasser anschleppte, nachdem er das Schmutzwasser durch die Abflussrinne des Badezimmers nach draußen geschüttet hatte. Vielleicht war es dieses Jaulen, was sie daran hinderte, eine Vision zu empfangen. Arin wusste es nicht, aber sie hielt den Blick weiterhin starr ins Feuer gerichtet.

Während der Herbergsjunge mit den Kleidern des alten Mannes durch das Zimmer ging, um sie im Kamin zu verbrennen, kam Thar mit einem prall gefüllten Ledersack herein. Er hielt kurz inne und runzelte die Stirn, als er den Lärm im Nebenraum hörte, dann huschte ein Schimmer des Begreifens über sein Gesicht. Er ging zur Dylvana, hob die Stimme, um das Geheul zu übertönen, und sagte: »Also, edle Dame, ich habe die Kräuter und Steine und Pulver, um die Ihr gebeten habt, obwohl es gar nicht so leicht war, einiges davon zu beschaffen. Ich musste alle meine Sachen durchforsten. Und für einiges musste ich sogar die alte Maev aufwecken.« Er stellte den Sack auf dem kleinen Tisch neben der Spiegelkommode ab.

Aus dem Nebenzimmer war ein dumpfer Schlag zu vernehmen, und plötzlich verstummte das Geheul.

»Aiko?«, rief Arin.

»Er hat versucht zu fliehen, Dara, ist aber ausgerutscht und hat sich den Kopf gestoßen«, kam die Antwort.

Arin hob skeptisch eine Augenbraue, fragte aber nicht weiter nach. Thar zeigte auf den Ledersack. »Seht kurz durch, was ich mitgebracht habe, und vergewissert Euch, dass alles dabei ist, was Ihr haben wolltet. Ich sehe kurz nach Alos, ob er wirklich verletzt ist oder nicht. Aber bitte, Dylvana, fangt nicht ohne mich an, die Arzneien zu mischen. Ich kann das Wissen über die Zubereitung des Schlaftrunks gut brauchen, um in Zukunft allen helfen zu können, die eines solchen Tranks bedürfen.«

»Einen Schlaftrunk und einen zur Linderung der Schmerzen, Thar. Ich werde Euch beides zeigen.«

Thar neigte den Kopf und ging dann ins Nebenzimmer, während Arin den Inhalt des Sacks auspackte: Harfwurz, Lakaried, Salzstein, Fischöl ...

Der Herbergsjunge kam mit einem frischen Kübel dampfenden Wassers zurück. Augenblicke später stand er neben Arin und trat verlegen von einem Fuß auf den anderen. »Bitte um Verzeihung, edle Dame, aber« – er schluckte – »*sie* will den Kaustab, den B-b-bimsstein und die M-minzeblätter ... äh ... ›sofort‹, hat sie gesagt, ja, das hat sie, edle Dame, Entschuldigung.«

Arin packte den Rest des Beutels aus, fand die gewünschten Gegenstände und gab sie dem Jungen.

Er lief wieder in das andere Zimmer, während Thar zurückkehrte. »Alos ist wach und hat nichts Schlimmeres davongetragen als eine Beule am Kopf, obwohl ich nicht sagen kann, ob er sie sich bei einem Sturz zugezogen hat oder nicht.«

Arin seufzte und warf einen Blick in Richtung des Zimmers, aus dem man Aiko in ihrer Muttersprache murmeln hören konnte. Dann richtete die Dylvana ihre Aufmerksamkeit wieder auf die Gegenstände auf dem Tisch.

»So bereitet man einen Schlaftrunk zu, Thar«, begann Arin.

Aus dem Badezimmer drang das Jaulen von Alos, das sofort in ein gedämpftes Stöhnen überging, als sei ihm etwas in den Mund gerammt worden.

Arin stieß einen resignierten Seufzer aus und nahm dann Mörser und Stößel. »Zuerst müsst Ihr den Salzstein ganz fein zerstoßen, so etwa ...«

Wieder saß Arin vor dem Feuer und starrte angestrengt in die Flammen, doch kein Gesicht wollte sich einstellen. Welchen dieser beiden – den geschrubbten und gescheuerten alten Mann, der auf einer Matte auf dem Boden lag und im Schlaf wimmerte, oder den verbundenen jungen Mann im Bett – ihre Vision gemeint hatte, konnte sie nicht sagen.

In einer Ecke saß Aiko mit dem Rücken zur Wand im Lotussitz auf einer Tatami, einer gewobenen Strohmatte aus dem Heim ihrer Familie in Ryodo, die sie auf allen Reisen begleitet hatte. Ihre Hände ruhten entspannt auf den Oberschenkeln. Ihre Augen waren geschlossen, wenngleich sie nicht schlief, sondern nur in tiefe Meditation versunken war. Sie trug nun eine schwarzseidene Tunika, und man konnte gerade noch die kunstvolle Tätowierung eines roten Tigers zwischen ihren Brüsten erkennen. Ihre Rüstung aus Leder und Bronze lehnte an der Spiegelkommode, aber ihre beiden funkelnden Schwerter lagen vor ihr auf der Matte. Ihre Haare waren noch nass von ihrem eigenen Bad, denn sie hatte sich selbst vom Makel der vielen Schmutzschichten des alten Mannes reinigen müssen.

Ein gequältes Stöhnen brachte Arin auf die Beine. Egil

rührte sich und begann gleich darauf zu schreien und um sich zu schlagen, während seine Hände an den Verbänden zerrten. Sie eilte zu ihm und versuchte, ihn festzuhalten, aber trotz seines geschwächten Zustands hatte sie dazu nicht die Kraft. Aiko tauchte auf der anderen Seite des Bettes auf und ergriff einen Arm des Verwundeten. Egils eines Auge war weit aufgerissen, und in ihm stand der Wahnsinn. Er zischte in gedämpftem Zorn, aber betäubt, wie er war, konnte er die beiden nicht überwinden. Plötzlich erschlaffte er, fing an zu weinen und murmelte die Namen von Männern – »Ragnar, Argi, Bram, Klaen ...« –, wobei seine Stimme immer leiser wurde, bis sein Auge sich schloss und er wieder bewusstlos wurde. Arin fühlte seinen Puls. Er schlug kräftig und regelmäßig.

Mit einer stummen Frage in den Augen sah Aiko die Dylvana an. »Orri sagte, er habe schlecht geträumt«, flüsterte Arin.

»Ist es ungefährlich, ihn loszulassen, Dara?«

Arin nickte. »Er ist wieder eingeschlafen.« Sie schaute durch das Fenster. Es war noch Nacht. »Ruht Euch weiter aus, Aiko. Ich werde Wache halten.«

Als das erste Tageslicht durch die Herbergsfenster fiel, stand Arin auf, reckte sich und ging dann zum Bett, um erneut Egils Puls zu fühlen. Dabei schaute sie in sein Gesicht und musste feststellen, dass sein verbliebenes Auge auf sie gerichtet war und sein Blick nun von Vernunft kündete. Der Wahnsinn war von ihm gewichen.

»Bin ich tot, edle Dame? Gestorben und jenseits des Himmels?«

Arin lächelte. »Nein, Egil, Ihr seid noch in Mithgar.«

Egil legte eine Hand an seinen verbundenen Kopf. »Ich hätte es mir denken können. Ich habe viel zu starke Schmerzen, um tot zu sein. Obwohl Ihr wie ein *Angil* ausseht.«

»Angil?« Arins Gesicht umwölkte sich einen Moment. Dann

lachte sie. »Ah, ich verstehe: wie jemand, der jenseits des Himmels lebt.«

Ein schwaches Lächeln glitt über Egils Züge, dann stöhnte er und richtete seinen Oberkörper auf. »Wo bin ich? Wer seid Ihr? Ich weiß nur noch, dass die verdammten Jüten uns verfolgt haben und Brandpfeile um uns herumschwirrten wie Fliegen um einen Misthaufen.«

Arin begann mit der Zubereitung eines Tranks, indem sie abgestandenes Wasser auf ein weißes Pulver in eine Tasse goss und dann umrührte. »Ihr hattet hohes Fieber.«

Wiederum berührte Egil die Verbände um seinen Kopf, fuhr mit den Fingern die Wange entlang bis unter das Kinn und wieder zurück. »Ich frage mich, ob die Klinge vergiftet war.«

Arin schüttelte den Kopf. »Ich glaube nicht. Schmutzig vielleicht, aber nicht vergiftet. Eure Kameraden haben es richtig gemacht und die Wunde mit Salzwasser behandelt. Das hat zwar allen Schmutz aus der Wunde gespült, aber erst, als schon etwas davon in Euer Blut gelangt war und Ihr unter den Auswirkungen zu leiden hattet. Doch nun seid Ihr auf dem Weg der Besserung, denn Thar und ich haben die Wunden und das Fieber behandelt.«

»Thar? Der Heiler Thar? Dann bin ich in Mørkfjord?« Egil sah sich in dem Raum um.

»Genau. In der Schwarzstein-Herberge.«

Egils Auge weitete sich beim Anblick Aikos, die so reglos wie eine Statue aus Gold dasaß, und des alten Mannes, der auf dem Boden schnarchte und dessen Finger im Traum an der Matte zupften. »Ich frage Euch noch einmal: Wer seid Ihr, und wer sind Eure Begleiter?«

»Ich bin Arin, Dylvana aus Darda Erynian, dem Grünen Haus.«

Zum ersten Mal sah Egil, was sie war. »Eine Elfe«, flüsterte er ehrfürchtig.

Arin neigte den Kopf zu Aiko. »Meine Gefährtin ist Aiko,

die in Ryodo geboren wurde und eine ehemalige Kriegerin der Magier des Schwarzen Berges ist. Aber nun steht sie in meinen Diensten.«

Egil erschrak und starrte auf die meditierende Frau. »Kriegerin? Magier? Schwarzer ...?«

»Den alten Mann müsstet Ihr kennen, denn das ist Alos aus Mørkfjord.«

»Alos?« Egil schüttelte langsam den Kopf und zuckte dann bei der Bewegung zusammen. »Ich hätte in ihm niemals den armseligen alten Mann erkannt, der in Norris Bootshaus schläft. Du meine Güte, zur Abwechslung ist er sogar einmal sauber.«

Arin lächelte schwach. »Von Aiko unermüdlich geschrubbt.« Die Dylvana legte den Löffel beiseite und hielt Egil die Tasse hin. »Trinkt das. Es wird Eure Schmerzen lindern.«

»Gut«, seufzte Egil. »Mein Kopf dröhnt, und mein Magen ist in Aufruhr wie nach einer zehntägigen Zechtour. Mein linkes Auge brennt, als sei es in eine Grube der Hèl getaucht worden.«

»Euer Kopf dröhnt so, weil wir Euch mit Branntwein betrunken machen mussten, bevor wir Eure Wunden versorgen konnten. Euer Magen leidet mit darunter.«

Egil lächelte über den Rand seiner Tasse hinweg.

»Eure Stirn und Wange schmerzen von dem Schwerthieb. Die Wunde ist noch nicht verheilt, wenn auch mittlerweile genäht. Ihr werdet sie noch einige Tage spüren. Und sie wird eine Narbe hinterlassen.«

»Eine hübsche Narbe, hoffe ich«, sagte Egil. »Was ist mit meinem Auge?«

Arin antwortete nicht sofort, sondern wartete, bis er seine Tasse ausgetrunken hatte. Dann sagte sie: »Egil, Ihr habt Euer linkes Auge verloren. Es wurde vom Schwert eines Jüten zerstört.«

Egil holte tief Luft, dann reichte er ihr die leere Tasse. »Dann ist es so, wie ich befürchtet habe: Ich bin jetzt Egil Einauge.«

Arin nickte zögernd.

Als unter einem bewölkten Himmel der Morgen graute, fiel Egil wieder in einen unruhigen Schlaf. Arin kehrte auf ihren Platz am Feuer zurück, und einige Zeit verstrich.

Es klopfte an die Tür.

Aiko öffnete die Augen.

Wieder das Klopfen.

Mit ihren Schwertern in der Hand erhob Aiko sich. Sie warf einen Blick auf Arin, die angestrengt in die Flammen starrte und im Augenblick für ihre Umgebung weder Augen noch Ohren hatte. Aiko schlich zur Tür und öffnete sie. Thar stand dort, begleitet von einem Serviermädchen, das ein großes Tablett mit Rührei, Speck, Tee, Röstbrot, Marmelade und Butter trug.

Thar betrachtete die goldhäutige Frau mit dem schwarzen Gewand, aus dessen Ausschnitt ihn ein roter Tiger anfunkelte, und sagte dann: »Würdet Ihr mit mir frühstücken?«

Aiko trat beiseite und bedeutete ihm mit ihrer kürzeren Klinge einzutreten.

Thar ging zum Bett und fühlte Egils Puls, während das Serviermädchen ins Zimmer huschte, das Tablett auf dem Tisch abstellte und diesen dann mit dem Geschirr deckte. Währenddessen warf die junge Frau immer wieder rasche Blicke auf die goldene Kriegerin und ihre funkelnden Schwerter. Als sie fertig war, verabschiedete sie sich mit einem eiligen Knicks und floh aus der Kammer.

Mittlerweile war auch Arin auf den Beinen. Aiko sah sie an, eine Augenbraue hochgezogen. Arin schüttelte den Kopf, *Nein*, und trat gegenüber von Thar auf die andere Seite des Bettes.

»Kräftig und gleichmäßig«, sagte Thar, indem er Egils Hand wieder auf das Bettlaken sinken ließ. Er legte Egil eine Hand auf die Stirn. »Das Fieber ist zurückgegangen, und er scheint sich gut zu erholen.« Thar sah Arin an. »Aber was ist mit Euch? Ihr seht erschöpft aus. Habt Ihr heute Nacht überhaupt ein Auge zugemacht, meine Liebe?«

Bei dieser vertraulichen Anrede knurrte Aiko tief und kehlig: »*Bureina yabanjin*« und trat vor, doch mit einem weiteren Kopfschütteln hielt Arin sie zurück.

Mitten in ihrem Frühstück erwachte Alos. Der alte Mann schmatzte mit den Lippen und sah sich verschlafen um. Als sein einäugiger Blick auf Aiko fiel, schrie er auf und kroch auf Händen und Knien zur Tür, um vor ihr zu fliehen, nur um laut zu kreischen und mit den Händen seine Blöße zu bedecken, als ihm aufging, dass er nackt war. »Meine Kleider! Jemand hat meine Kleider gestohlen!«, schniefte er. Wenig erfolgreich in seinen Bemühungen um Sittsamkeit, kroch er zur Matte zurück, wo er seine Decke nahm und sie sich um den mageren Leib wickelte, während er den Blick nicht von Aiko wandte, als befürchte er einen Angriff von ihr.

Thar lachte hämisch. Aiko starrte Alos angewidert an. Arin erhob sich lächelnd, und in diesem Augenblick duckte sich der alte Mann und hob abwehrend und wie zum Schutz eine Hand. »Nicht schlagen!«

»Ich habe nicht die Absicht, Euch zu schlagen, Alos, sondern wollte Euch einladen, mit uns zu frühstücken.« Sie deutete auf den gedeckten Tisch.

Vorfreude huschte über sein Gesicht, als er den Hals reckte und auf das Essen auf dem Tisch starrte. »Gibt es ein Morgen-Ale? Nicht?« Er verzog die Mundwinkel, dann hellte sich seine Miene wieder auf. »Wein? Einen herzhaften Frühstückswein vielleicht?«

Aiko schnaubte verächtlich, doch Arin sagte: »Nein, Alos. Weder Ale noch Wein, noch Branntwein, noch andere berauschende Getränke. Aber es gibt reichlich zu essen und Tee zu trinken.«

Alos seufzte und murmelte: »Tee? Nur Tee?«

»Wollt Ihr Euch zu uns gesellen, Freund?«

»Freund?« Alos sah sie überrascht an.

Arin lächelte.

»Nun ja« – Alos rappelte sich auf und wickelte sich noch enger in die Decke –, »vielleicht nehme ich einen Happen zu essen.« Er warf einen furchtsamen Blick auf Aiko und strich sich mit der Hand über den Kopf, wobei er zusammenzuckte, als er die Beule auf seinem Schädel ertastete. »Aber nur, wenn Ihr diesen gelben Dämon fern haltet.«

Aiko fuhr auf – *»Inu!«* – und machte Anstalten, sich zu erheben, während Alos sich duckte und zurückwich, aber auf ein scharfes Wort von Arin beruhigte Aiko sich wieder. Dann richtete die Dylvana den Blick auf den alten Mann und lächelte. Alos, der dies als Zusage auffasste, trat an den Tisch und nahm sich einen Teller, während er beständig leise vor sich hin murmelte: »... hätte mir gerne die Haut abgerieben, jawohl ... und die Zähne herausgebrochen ... – Und noch ganz was anderes abgerissen ...«

Leises Gelächter erklang vom Bett und dann: »Ohh, das Lachen tut weh.« Arin drehte sich um. Egil war wach.

»Wollt Ihr mit uns frühstücken, Egil?«

Egil nickte. »Aye, das will ich. Aber zuerst muss ich mich erleichtern.« Er machte Anstalten, die Beine aus dem Bett zu schwingen.

»Egil, wartet!« Arin eilte zum Bett. »Aiko, helft mir.«

»Adon«, rief Egil, während er sich an der Matratze festhielt. »Das Zimmer dreht sich.«

»Das sind die letzten Auswirkungen des Fiebers«, sagte Arin und legte sich seinen linken Arm um die Schultern. Aiko tat dasselbe mit seinem rechten Arm, und gemeinsam richteten sie ihn auf und führten ihn langsam in das angrenzende Badezimmer. Blinzelnd schaute er nach rechts und links und auf sie nieder: Egil war mit seinen fünf Fuß und zehn Fingerbreit volle acht Fingerbreit größer als Aiko und vierzehn größer als Arin. Beide Frauen wirkten zu zierlich, um ihn zu tragen, obwohl er mit hundertfünfundvierzig Pfund keineswegs schwer war. Vielmehr war er schlank und sehnig und hatte kräftige Muskeln.

Sie stützten ihn, während er sich an seiner Hose zu schaffen machte. Er sah sie an. »Wollt Ihr daneben stehen und zusehen?«

Aiko seufzte. »Wollt Ihr lieber zusammenbrechen, *orokana ningen*?«

Egil schnaubte und stützte sich mit einer Hand an der Rückwand ab. »Seht Ihr?«

Widerstrebend ließen sie ihn los und wandten sich ab.

Augenblicke später griff er verzweifelt nach ihnen, um nicht einfach umzukippen. Für Schamgefühl war es noch zu früh.

Nach dem Frühstück schlief Egil wieder ein, und Thar erhielt eine Botschaft von der Witwe Karl und musste die Herberge verlassen. Kurz nach dem Aufbruch des Heilers wurde Alos' neue Kleidung geliefert, die Arin noch in der Nacht in Auftrag gegeben hatte: eine weiche braune Wollhose, ein Leinenwams, passende Wollstrümpfe, helle Leinenunterwäsche, braune Stiefel, einen braunen Ledergürtel mit einer schwarzen Eisenschnalle, eine dunkelbraune Wolljacke und ein Taschentuch. Er streifte die neuen Kleidungsstücke über seine hagere Gestalt und stolzierte vor dem kleinen Spiegel der Kommode umher, baute sich im Profil davor auf und zog seinen kleinen Spitzbauch ein, der weniger auf überflüssiges Fett, sondern mehr auf eine gebeugte Haltung zurückzuführen war.

»Ein schönes Mannsbild«, verkündete er, während er mit den Handflächen die langen, dünnen Strähnen widerspenstiger Haare glättete und dann dasselbe mit seinem struppigen weißen Bart versuchte. Dann wandte er sich an Arin und lächelte. Seine Zähne hatten einen nicht mehr ganz so gelben Überzug, wiesen aber immer noch braune Flecken auf. »Und nun, meine Damen, muss ich mich verabschieden. Viel zu tun, müsst Ihr wissen.«

Aiko schüttelte ungläubig den Kopf, doch Arin sagte: »Nein, Alos, ich möchte, dass Ihr bleibt.«

»Ich soll bleiben?«

»So ist es. Ich will Euch eine Geschichte erzählen, aber erst, wenn Egil wach ist, denn er soll sie auch hören.«

»Aber im Hirsch gibt es einen oder zwei Männer, die mir einen Krug Ale kaufen würden, da bin ich ganz sicher, und ich darf sie nicht warten lassen.«

»Yopparai«, murmelte Aiko mit offenkundigem Abscheu.

Arin holte tief Luft und setzte zu einer Antwort an.

»Wenn Ihr bleibt, Alos, lasse ich Ale aufs Zimmer bringen.«

Alos rieb sich lebhaft die Hände und zeigte erneut seine Zahnlücken, als er grinste. »Tja, so gesehen kann der Hirsch wohl noch warten.«

Arin stand am Fenster und beobachtete Aiko, die sich im Hof aufhielt. Die ryodotische Kriegerin trug jetzt ihre Rüstung und arbeitete sich mit den Schwertern in den Händen langsam durch komplizierte Übungen. Auf der anderen Seite stand der Stallknecht und sah ihr mit offenem Mund zu. Koch und Herbergsjunge standen ebenfalls nicht weit entfernt und beobachteten Aiko gleichermaßen fasziniert.

Am Fuß der steilen Hänge konnte Arin das tiefe Wasser des schmalen Fjords sehen. Mørkfjord war trefflich benannt, denn das Wasser war wahrhaftig dunkel, beinah schwarz.

»Ich sage es noch einmal, meine Dame, mein Becher scheint leer zu sein«, jammerte Alos hinter ihr.

»Ihr hattet bereits drei, Alos«, erwiderte Arin, ohne den

Blick von Aikos Morgenübungen zu nehmen. »Ich lasse noch einen Krug kommen, sobald Egil aufwacht.«

Verstimmt putzte Alos sich die Nase mit seinem neuen Taschentuch. Während er das Ergebnis betrachtete, sagte er: »Aber ich bin sicher, meine Freunde im Hirsch hätten mir mittlerweile sicher schon vier oder fünf bestellt.«

Arin drehte sich um. »Alos, Ihr könnt gehen und es darauf ankommen lassen, dass Eure Freunde im Hirsch Euch alles Ale ausgeben, wonach Euch der Sinn steht, oder Ihr könnt hier bleiben und das Ale nehmen, das sicher kommen wird, wenn ich bereit bin, es zu bestellen.«

Seufzend rollte Alos sein feuchtes Taschentuch zusammen und stopfte es in seine Hose. Dann lugte er noch einmal in seinen Becher auf der Suche nach ein, zwei übersehenen Tropfen, die jedoch nicht mehr da waren.

Zeit verstrich ...

Aiko kehrte zurück, ging ins Badezimmer, entkleidete sich, wusch sich den Schweiß vom Körper und reinigte auch ihre Rüstung und ihre Waffen.

Schließlich rührte sich Egil und öffnete sein Auge. Einen Moment lang schien er nicht zu wissen, wo er sich befand. Arin trat neben ihn. »Ah«, sagte Egil. »Mein *Angil.*«

Beim Klang von Egils Stimme schaute Alos von seinem Becher auf. »Gut. Er ist wach. Jetzt können wir einen Krug bestellen, aye?«

»Sogleich«, erwiderte Arin, während sie Egil die Hand auf die Stirn legte und seinen Puls fühlte. »Ihr werdet kräftiger, Egil.«

»Ich könnte etwas zu trinken vertragen.«

»Ich auch«, verkündete Alos lautstark.

Arin löste die Verbände um Egils Kopf, um die Wunde zu untersuchen.

»Ich würde es gern sehen, Dara Arin«, sagte Egil.

»Alos, bringt mir bitte den Handspiegel, der auf der Kommode liegt.«

Alos hörte auf, den leeren Becher auf dem Tisch hin und her zu schieben und holte den Spiegel, um dann mit dem Krug in der Hand stehen zu bleiben und von einem Fuß auf den anderen zu treten.

Egil betrachtete die Schwertwunde. »Hässlich.«

»Es wird verheilen und eine weiße Narbe zurücklassen.«

Egil sah Arin an. »Eine Augenklappe. Ich brauche eine Augenklappe. Welche Farbe würdet Ihr empfehlen? Rot? Gelb? Auf jeden Fall etwas Farbiges. Etwas, das die Jüten nicht vergessen werden, wenn Egil Einauge zurückkehrt und an ihnen Rache übt.«

»Vielleicht verschiebt Ihr Eure Vergeltung, wenn Ihr die Geschichte gehört habt, die ich Euch erzählen werde.«

»Ha! Nicht sehr wahrscheinlich«, meinte Egil entschieden. »Wie die Zwerge sagen, verschobene Rache ist verwehrte Rache.«

Arin antwortete nicht und umwickelte seinen Kopf mit frischen Verbänden.

Kaum trat sie zurück, als Alos sagte: »Und jetzt das Ale, aye?«

Egil sah den alten Mann an. »Ich hätte selbst nichts gegen einen Becher einzuwenden, Alos. Ich habe einen ziemlichen Durst, nachdem mich die Jüten beinahe entzweigeschlagen haben.« Er wandte sich an Arin. »Frau Angil?«

Aiko erhob sich von ihrer Tatami und ging zu Egils Bett. »Ihr mögt verwundet sein und immer noch Fieber haben, aber Ihr werdet der Dara den Respekt entgegenbringen, der ihr gebührt, und sie entsprechend anreden.«

Egil fixierte sie mit seinem blauen Auge. Sie starrten sich einen Moment an, dann lachte er. »Also gut, edle Kriegerin, ich werde höflich sein und aufhören, sie meinen *Angil* zu nennen.«

Nur Alos hätte den Schatten der Enttäuschung sehen können, der über Arins Gesicht huschte, aber der alte Mann war zu beschäftigt damit, in seinen leeren Becher zu starren, um es zu bemerken.

Arin ging zum Badezimmer, um das Blut aus den benutzten Verbänden zu waschen. »Alos, ruft den Herbergsjungen. Bestellt einen großen Krug Ale und einen zusätzlichen Becher für Egil.«

Alos war zur Tür hinaus und rief nach der Bedienung, bevor Arin zwei weitere Schritte machen konnte.

Während Aiko sehr zu Alos' Bestürzung das Ale ein- und zuteilte, setzte Arin sich auf einen Stuhl und neben das Bett und bedeutete Alos, sich in die Nähe zu setzen. »Ich habe eine Geschichte zu erzählen, die Ihr beide hören sollt, denn darin geht es um nicht weniger als um das Schicksal Mithgars.«

Mit einem Seufzer rückte der alte Mann seinen Stuhl näher.

»Aiko und ich sind weit gereist, um nach Mørkfjord zu gelangen und nach einem einäugigen Mann ...«

»Oder einer einäugigen Frau«, warf Aiko ein.

»Oder nach einer Frau zu suchen«, fügte Arin hinzu.

Sowohl Egil als auch Alos hoben unbewusst eine Hand zum Gesicht, Alos an sein blindes weißes Auge, das rechte, und Egil an sein verbundenes linkes.

»Ihr habt nach uns gesucht?«, fragte Egil mit einem Blick auf Alos.

»Nach einem von Euch beiden, so scheint es.«

»Nach welchem?«

Arin zuckte die Achseln. »Das weiß ich nicht ... noch nicht.« Sie schaute ins Feuer. »Aber vielleicht erfahre ich es in den nächsten Tagen.«

Zögernd schüttelte Egil den Kopf. »Aber warum, Dara? Warum solltet Ihr hierher kommen und nach einem verwundeten Kaperfahrer suchen oder einem ... einem ...« Egil zeigte auf den alten Mann.

»Fuketsuna yopparai«, schlug Aiko mit einem angewiderten Blick auf Alos vor.

Arin bedachte Aiko mit einem missbilligenden Blick, aber die Kriegerin starrte ungerührt zurück.

Alos schaute von seinem Krug auf. »Worum geht es denn, edle Dame? Was ist das Schicksal Mithgars?«

»Es geht um einen grünen Stein, Alos, den Grünen Stein von Xian.«

Egil sah Aiko an. »Xian? Du meine Güte! Wo der Schwarze Berg liegen soll? Und wo angeblich die Magier leben?«

»Sie leben dort und auf der Insel Rwn«, erwiderte Arin.

»M-magier?«, stotterte Alos. Er wandte sich an Aiko. »Ich brauche noch etwas zu trinken.«

Aiko blickte zu Arin und füllte den Becher des alten Mannes auf deren Nicken.

Egil führte seinen Becher an die Lippen und trank einen Schluck. »Vielleicht kommt Ihr mit Eurer Geschichte rascher voran, wenn Ihr sie uns in einem Stück erzählt und wir Euch nicht unterbrechen.«

Arin nickte. »Es ist eine lange Geschichte, aber sie ist es wert, in voller Länge erzählt zu werden, denn sonst könnt Ihr nicht beurteilen, ob Ihr Euch unserer Mission anschließen wollt.«

»Mission?«, fragte Alos mit hohler Stimme.

»Still, *inu*!«, befahl Aiko.

Alos schauderte, kauerte sich auf seinem Stuhl zusammen und trank schnell einen Schluck Ale.

Während Arin ins Feuer starrte und sich sammelte, kehrte Stille ein, und nur die gedämpften Geräusche aus der Herberge drangen in das Zimmer: das Klirren von Geschirr in der Küche, Gelächter im Schankraum, eine Axt, die draußen Holz hackte. Im Zimmer knackte ein brennender Scheit im Kamin, und schließlich schüttelte Arin den Kopf und begann ihre

Erzählung.

»Ich bin eine Flammenseherin, und manchmal habe ich Visionen, wenn ich tief ins Feuer schaue: Gesichte, Orakel, Geschichten. Sie künden von dem, was geschehen ist, was gerade geschieht und was irgendwann noch geschehen wird. Diese Visionen sind meistens von großer Bedeutung, als seien eben nur wichtige Dinge groß genug, um gesehen zu werden. Manchmal sehe ich freudige Ereignisse und manchmal auch grimmige Katastrophen. Aber meine Visionen sind mysteriös und oft verworren, und ihre Bedeutung zu ergründen, ist äußerst schwierig. Es sind Rätsel, die gelöst werden müssen, und oft gelingt mir das nicht. Ich habe keinen Einfluss auf das, was ich sehe, denn diese Gesichte kommen ganz nach ihrer Lust und Laune. Ich kann sie nicht steuern. Meistens, wenn ich in die Flammen schaue, geschieht überhaupt nichts, aber manchmal erblicke ich auch etwas von Bedeutung – etwas aus der Vergangenheit, was sich vor langer Zeit zugetragen hat, oder auch erst kürzlich. Etwas aus der Gegenwart, nah oder fern. Oder etwas aus einer noch bevorstehenden Zukunft.

Und eben das habe ich getan, in die Flammen gestarrt, als ich den Schrecken des Grünen Steins erblickte ...«

6. Kapitel

Zwischen dem Rimmen-Gebirge im Norden und Osten, dem Fluss Rissanin im Süden und dem gewaltigen Strom Argon im Westen liegt ein riesiger Wald namens Darda Erynian, auch das Grüne Haus genannt. Durch den nördlichen Teil dieses ehrwürdigen Waldes zieht sich eine uralte Handelsroute in Ost-West-Richtung, die Überlandstraße, und Kaufleute und Reisende folgen diesem Weg. Gewöhnliche Leute bereisen dieses Waldgebiet auf keiner anderen Route, denn es heißt, dass diese Wälder von Elfen und riesigen Menschen und, noch schlimmer, von den Verborgenen bewohnt seien, die alle im dichten grünen Blattwerk und den Schatten lauern mögen. Von den Kaufleuten und Reisenden, den Karawanen und Gruppen, den Reitern und Fußgängern, die diesen Weg nehmen, entfernt sich nur ganz selten jemand von der Straße, bis sie den tiefen, unheimlichen Wald hinter sich gelassen haben.

Selbst im Winter, wenn die Blätter abgefallen sind und nur noch kahle Stämme und nackte Äste in den Himmel zeigen, selbst dann sorgt der Wald bei den Reisenden für Beklommenheit, vielleicht noch mehr als im Sommer, denn dann sieht das nackte Gesträuch so aus, als wollten raue, hölzerne Krallen jeden lebenden Dummkopf in Reichweite packen und zerreißen.

Angesichts seines Rufs kann es nicht überraschen, dass gewöhnliche Reisende ängstlich sind, wenn sie den Wald durchqueren sollen. Manche sagen, der Wald werde tatsächlich von den Verborgenen beschützt – von zornigen Bäumen, lebenden Hügeln, ächzenden Steinen, gewaltigen Riesen und anderen Kreaturen aus Sagen und Legenden. *Wehe der unglücklichen Seele, welche die Warnungen ignoriert und zu tief in dieses schattige Gefilde eindringt* ... oder jedenfalls heißt es so.

Trotz aller Sagen und Legenden wohnen in Darda Erynian die Dylvana, denn die Elfen kennen die Wahrheit über diesen Wald.

7. Kapitel

Auf einer grünen Lichtung in Darda Erynian saß Arin und starrte tief in die Flammen. Sie hörte weder den entfernten Klang der Jagdhörner noch das Donnern entfernter Hufe, während Rissa und Vanidar und die anderen die Jagd genossen. Nein, sie hörte sie nicht, noch war sie bei ihnen, und ihr eigener Bogen lag neben ihr – nicht gespannt und von ihr unbeachtet, da sie sich um eine Vision bemühte.

Seit Tagen spürte sie den Zug der Flammen, als rufe ihr die Essenz des Feuers zu, dass sie etwas darin suchen und finden müsse. Als ihre Gefährten im Lager aufgesessen waren, hatte Arin sie also mit einem Winken verabschiedet. Nun fütterte sie auf der einsamen Lichtung unter den wandelnden Sternen das kleine Feuer mit winzigen Zweigen. Tief schaute sie in die Flammen, während in weiter Ferne ein Hirsch verzweifelt um sein Leben rannte, dem berittene Jäger hinterherjagten.

Arin, die Seherin am Feuer, war eine Seltenheit unter den Elfen, denn manchmal wurden ihr Ereignisse gewahr – nah und fern, vergangen, gegenwärtig und zukünftig –, sowohl bekannte als auch unbekannte. Für jene, die selbst nicht zauberkundig sind, ist jedes Ausüben dessen, was gewöhnliche Leute *Magie* nennen, in der Tat sehr wundersam. Doch Arins Blicke über Jahreszeiten und Entfernungen schienen zufällig und sporadisch zu sein, und sie kamen nur, wenn sie ins Feuer schaute.

Arin hatte bislang nur von einer anderen Elfe gehört, die das zweite Gesicht besaß. Rael, eine Lian, die gegenwärtig in Darda Galion wohnte, dem großen Greisenbaumwald im Südwesten. Sie konnte ebenfalls Ereignisse jenseits der normalen Wahrnehmung erblicken, obwohl sie angeblich einen Kristall anstelle eines Feuers als Fokus benutzte.

Zwei Frauen waren es unter allen Elfen, die Visionen empfingen. Lag es daran, dass die Männer ihrer Rasse nicht die Kraft hatten? Oder lag es daran, dass nur die Frauen die Geduld besaßen? Arin wusste es nicht.

Sie schüttelte den Kopf, um diese Überlegungen zu vertreiben, um ihren Geist zu leeren und ihn ganz den Flammen zu öffnen. Doch die Vision wollte sich nicht einstellen ... und nicht einstellen ... und nicht einstellen ... obwohl das Feuer heiß in ihrer Seele brannte.

Arin wusste nicht, wie lange sie in die lodernden Flammen gestarrt hatte, aber schließlich wurde sie von Hörnerschall und sich nähernden Hufen aus ihrer Versunkenheit gerissen. *»Hai roi!«*, rief eine Stimme, als Arin sich erhob, und ein Elf ritt ins Licht des Feuers – Vanidar, auch als Silberblatt bekannt und einer der Lian. Perin und Biren folgten ihm mit den anderen. Über dem Widerrist von Silberblatts Pferd lag ein Hirsch, zweifellos von einem Pfeil getötet, der von Vanidars weißem Knochenbogen abgeschossen worden war, denn der erfolgreiche Jäger hatte stets das Recht, die Beute zu tragen.

Silberblatt brachte sein schaumbedecktes Pferd mit einem einzigen Wort zum Stehen, schwang ein Bein über den Hals und sprang zu Boden, wo er mit der Eleganz einer Katze landete. Wie alle unsterblichen Elfen schien Vanidar auf den ersten Blick nur ein zartgliedriger Jüngling zu sein, obwohl sein tatsächliches Alter ein Jahrhundert oder deren zehn oder noch mehr hätte betragen mögen. Er hatte schulterlanges, goldenes Haar, das von einem schlichten Lederstirnband zurückgehalten wurde, wie es bei den meisten Lian und Dylvana üblich war. Er trug grau-grüne Kleidung und einen goldenen Gürtel mit einem langen Messer. Seine Füße steckten in weichen Lederstiefeln, und er war vielleicht fünf Fuß und neun oder zehn Fingerbreit groß – mehr als einen ganzen Kopf größer als Arin. Tatsächlich war Silberblatt größer als alle Dylvana, deren Männer üblicherweise zwischen vier Fuß elf und fünf Fuß fünf groß sind, während die Frauen vier bis sechs Fingerbreit weniger messen.

Hinter Vanidar stiegen auch Rissa, Perin, Biren, Ruar und Melor ab. Auch ihre Pferde schäumten von dem Ritt. Die Dylvana waren mit ihren weiten Wämsern und engen Hosen ähnlich gekleidet wie Silberblatt, obwohl die meisten warme Töne bevorzugten, ein erdiges Braun, sattes Grün oder herbstliches Rot. Nur die schöne, dunkeläugige Rissa trug ein dunkles, beinahe schwarzes Blau.

Während er sich umdrehte, um den Hirsch vom Pferd zu ziehen, warf Vanidar Arin über die Schulter einen Blick zu und bedachte sie mit einem Lächeln und einem Zwinkern seiner hellgrauen Augen. »Ihr hättet bei uns sein müssen, Arin. Es war eine wunderbare Jagd. Wir hätten ihn beinah verloren, aber Rissa« – Silberblatt zeigte auf die schwarzhaarige Dylvana, die gerade den Sattelgurt löste und ihrem Pferd den Sattel abnahm – »hat ihn wieder aufgescheucht, und dann ging die Jagd weiter.«

Arin lächelte. »Kümmert Euch um den Hirsch, Silberblatt, ich kümmere mich um Euer Pferd.«

Vanidar hievte sich den Hirsch auf die Schultern und ging zu einer Eiche in der Nähe. Er legte den Bock auf den Boden und holte zwei Seile. »Wir haben ihn noch nicht ausgeweidet. Ich werde ihn hier ausbluten lassen.« Er ging wieder zu dem Hirsch, hockte sich hin und band ihm die Seile direkt über den Hufen um die Hinterläufe.

Mittlerweile hatte Arin Vanidars Pferd abgesattelt und rieb

das Tier mit Grasbüscheln trocken. »Muss ich ihn noch bewegen?«, rief sie, während sie ihm über die Flanke strich.

»Ich glaube nicht«, antwortete Ruar. »Wir haben den Rückweg im Schritt zurückgelegt ... bis kurz vor der Lichtung.«

Rissa ging vorbei und zu Vanidar, der die Seile gerade über einen kräftigen Ast warf. »Lass mich dir zur Hand gehen, *Chieran.*«

Gemeinsam zogen die beiden den Hirsch an den Hinterbeinen in die Höhe, bis er in der Luft hing und das Geweih dicht über der Grasnabe schwang.

Während Arin auch die andere Flanke von Silberblatts Pferd trockenrieb, zückte Vanidar sein rasiermesserscharfes Langmesser und schnitt dem toten Hirschbock die Kehle auf.

Blut floss heraus und benässte den Boden.

Arins Blick fiel auf das scharlachrote Rinnsal, das Hals und Kinn herunterlief, auf den Boden tropfte und in der Erde versickerte.

Sie wandte den Blick ab und schaute erneut ins Feuer.

Ihre Augen weiteten sich, und sie keuchte voller Bestürzung, während ihr Atem durch ihre zusammengebissenen Zähne entwich. Pferd, Hirsch, ihre Gefährten, alles war vergessen, als die Vision über sie kam.

Tränen traten ihr in die Augen und liefen ihre Wangen herunter, und sie schrie gequält auf, konnte den Blick aber nicht von dem Gesicht abwenden.

Dann verlor sie das Bewusstsein und fiel ohnmächtig zu Boden.

8. Kapitel

»Dara ... Dara ...«

Wer ruft mich aus der Ferne?

»Dara ...«

Näher.

»Dara ...«

Noch näher.

»Dara.«

Arin öffnete die Augen. Biren mit den rötlich-braunen Haaren kniete mit besorgter Miene neben ihr, rieb ihre Handgelenke und sagte noch einmal: »Dara.« Die anderen Elfen standen beunruhigt hinter ihm.

Arin nickte benommen und machte Anstalten, aufzustehen, doch Biren schüttelte den Kopf und hielt sie zurück. »Wartet noch einen Moment, Dara.«

Sie holte tief Luft. »Was ist passiert?«

»Ihr seid in Ohnmacht gefallen.«

Plötzlich strömten Bilder der Vision auf sie ein. »Ach, Adon, lass es nicht zu«, rief sie voller Bestürzung.

»Was denn?« Perin, Birens Zwillingsbruder, kniete jetzt auf ihrer anderen Seite, und seine hellbraunen Augen verrieten, wie besorgt er war. »Was soll er nicht zulassen?«

»Ein Blutbad, Perin«, erwiderte sie. »Ein furchtbares Gemetzel. Einen Krieg, der alles überkommt.« Arin schob Birens

»Vielleicht ein Krieg an einem weit entfernten Ort?«, mutmaßte Perin.

Arin schüttelte den Kopf. »Nein, Perin, es ist mehr als das, denn ich habe noch nicht alles erzählt.«

»Da ist noch mehr?«

»Ich habe eine Landkarte von Mithgar gesehen, und ein großer Blutfleck hat sich darauf ausgebreitet und das ganze Land überzogen.«

Vanidars Kiefermuskeln spannten sich, und seine Hand fuhr zu seinem Langmesser. »Dann habt Ihr ein großes Verhängnis vorhergesehen, vielleicht den Untergang der Welt.«

Ruar seufzte und sah Silberblatt an. »Dann glaubt Ihr, dass es sich um ein zukünftiges Ereignis handelt?«

Vanidar nickte. »Ja, Ruar. Ich stimme mit Dara Arin überein. Ein Krieg, der sich über ganz Mithgar ausbreitet, ein Krieg, an dem Drachen beteiligt sind, ein Verhängnis, das die ganze Welt bedroht ... das hat es noch nie gegeben.«

»Wer würde so wahnsinnig sein, so etwas zu tun?«, fragte Perin.

Alle Augen richteten sich auf Arin. Bestürzt und verunsichert drehte sie die Hände, sodass die Innenseiten nach oben zeigten, und sagte dann: »Da ist noch mehr.«

Ruars Augen weiteten sich. »In Eurer Vision?«

»Ich habe noch nicht alles erzählt.«

»Dann fahrt fort, bitte.«

Arin schaute ins Feuer. »Im Gefolge des Krieges kommen Seuchen und Hungersnöte, und lange, nachdem das Klirren grausamen Eisens verstummt ist, werden noch Zehntausende sterben – nur Haut und Knochen, mit großen, nässenden schwarzen Beulen, die aufplatzen und gelbes Gift verspritzen. Und um sich von den Toten zu ernähren, kommen Ratten und Käfer und anderes kriechendes Ungeziefer.«

Arin hielt inne, um noch einen Schluck zu trinken, und keiner sagte etwas; alle warteten schweigend. Melor machte

Anstalten, Wasser nachzugießen, doch sie schüttelte den Kopf. »Da ist noch eine letzte Sache, die von großer Bedeutung für die Vision ist: ein Stein ... ein grüner Stein ...«

»Ein Kieselstein?«, fragte Perin.

»Ein Edelstein?«, fügte Rissa hinzu.

»Still«, sagte Silberblatt. »Lasst sie reden, dann wird sie es uns sagen.«

»Er war hellgrün wie Jade, und durchsichtig«, sagte Arin. »Er war glatt und hatte Ähnlichkeit mit einem Ei, obwohl ich nicht sagen kann, wie groß er war, denn es gab nichts, womit ich ihn hätte vergleichen können. Aber ich weiß, dass er das Entscheidende an der Vision ist, denn alle anderen Bilder haben den Stein umkreist, als sei er das Auge eines Mahlstroms, der Kern des ganzen Verhängnisses.«

Schweigen breitete sich unter ihnen aus, das schließlich von Perin gebrochen wurde. »Woher wisst Ihr, dass dieses Ding ein Stein war? Könnte es nicht auch tatsächlich ein Ei sein?«

Arin schüttelte den Kopf. »Schlicht ist der Stein nicht, Alor Perin, und er ist auch kein Ei. Woher ich das weiß, kann ich nicht sagen, aber es ist ganz sicher ein grüner Stein.«

Beklommen blickten sie einander an. Dann fragte Melor: »Gibt es über Euer Gesicht sonst noch etwas zu berichten?«

Arin runzelte die Stirn, während sie sich konzentrierte, und starrte auf den Boden, als wolle sie einen flüchtigen Gedanken erhaschen. Schließlich sagte sie: »Ich bin nicht sicher. Vielleicht war da noch mehr, aber mein Verstand ist vor dem schrecklichen Gesicht geflohen, und die Schwärze ist über mich gekommen.«

Wiederum kehrte Schweigen ein. Schließlich wandte Rissa sich an Silberblatt. »Was sollen wir damit anfangen, *Chieran?*« Er antwortete nicht, sondern stand gedankenverloren da und bemerkte gar nicht, dass er angesprochen worden war. Dann schweifte Rissas Blick über die anderen und blieb schließlich auf Arin haften. »Hat jemand einen Vorschlag?«

Jetzt waren alle Augen auf Arin gerichtet. Sie seufzte. »Wir müssen uns mit dem Coron der Dylvana und seinem Hof beraten, und auch mit dem Coron der Lian. Vielleicht weiß jemand, was zu tun ist.«

Silberblatt nickte zögernd und sagte dann: »Wir können uns noch an jemand anders wenden: an Dara Rael, denn sie hat Gesichte, so wie Ihr, Dara Arin.«

Am nächsten Tag ritten sie nach Süden zu den Hauptlichtungen Darda Erynians, wo der Coron der Dylvana seine Wohnstatt hatte. Sie passierten das Häuschen der Baeron-Familie – ein Mann und eine Frau mit zwei Töchtern und einem Sohn –, die im nördlichen Teil des Großen Grünen Hauses lebte. Anders als andere Menschen, denen der Zutritt zu diesem Wald verwehrt war, wohnte der Baeron-Klan innerhalb der Grenzen Darda Erynians – und auch im Großwald im Südosten –, denn er hatte in der Vergangenheit den Verborgenen sehr geholfen und war daher willkommen. Die Elfen hielten sich gerade lange genug für einen Schluck kühlen Wassers auf, und sie überließen dem Baeron-Haushalt den Großteil des Hirschfleisches sowie das Fell, obwohl Vanidar das Geweih behielt, aus dem er Messergriffe und vielleicht noch andere nützliche Gegenstände schnitzen würde. Obwohl selbst gute Jäger, nahm die Baeron-Familie Fleisch und Fell mit Dank in Empfang. Während der Mann das Wildbret im Räucherhaus aufhängte und seine Kinder das Fell auf einen Gerbrahmen spannten, brachte die Frau den Elfen zwei Fleischpasteten, die diese gerne annahmen.

»Gibt es sonst noch etwas?«

Ein Ausdruck der Konzentration legte sich auf Arins Gesicht, und sie antwortete zunächst nicht, doch dann seufzte sie und schüttelte den Kopf. »Einige vage Bilder, mein Coron, aber ich kann mich einfach nicht daran erinnern, mag ich mir auch noch so große Mühe geben. Anscheinend war die Vision zu Ende, als ich ohnmächtig wurde.«

Langsam schaute Remar, Coron aller Dylvana, der Reihe nach alle Elfen an, die Arin zum Hof in Bircehyll begleitet hatten, und einer nach dem anderen schüttelte den Kopf, wenn der Blick des Coron auf ihn fiel, denn sie hatten Arins Worten nichts hinzuzufügen. Zuletzt wandte Remar sich an Vanidar, den einzigen Lian unter ihnen. »Was sagt Ihr dazu, Hüter?«

Der leichte Wind ließ die Silberbirken rauschen, während Vanidar an einer Antwort überlegte. Schließlich sagte er: »Dieses Zeichen darf nicht ignoriert werden. Wenn es eine Möglichkeit gibt, dieses Unheil abzuwenden, müssen wir Schritte ergreifen, um dafür zu sorgen, dass der Welt solch ein Schicksal erspart bleibt.«

Remar sah Arin an. »Glaubt Ihr denn, dass diese Ereignisse sich abwenden lassen?«

Arin drehte die Handflächen nach oben. »Das weiß ich nicht, Coron. Aber Vanidar hat Recht: Wenn es eine Möglichkeit gibt ...«

Sie beendete den Satz nicht, aber alle wussten, was sie meinte.

Schweigen kehrte ein, bis Rissa sich schließlich räusperte. Der Coron wandte sich ihr zu. »Habt Ihr etwas hinzuzufügen?«

»Nur eine Frage, mein Coron.«

»Eine Frage?«

»Ich habe darüber nachgedacht, ob sich eine vorhergesehene Zukunft überhaupt ändern lässt ... oder ob sie fest und unveränderlich ist, was wir auch tun mögen?« Sie nahm Arins Hand in ihre. »Dara, habt Ihr je versucht, den Lauf eines von Euch erblickten Ereignisses zu verändern?«

Arin schüttelte den Kopf. »Noch nie. Viele waren längst vergangen und ließen sich ohnehin nicht mehr ändern. Und was jene in Gegenwart und Zukunft betrifft, waren es größtenteils solche, die zu ändern oder abzuwenden ich nie versuchen würde. Aber die Schrecken dieser Vision ...«

Rissa drückte Arins Hand, um sie zu trösten.

Silberblatt wandte sich an Remar und sagte: »Ich schlage vor, wir suchen den Rat von Dara Rael im Lerchenwald. Vielleicht weiß sie, ob sich ein vorhergesehener Lauf der Dinge ändern lässt. Wenn ja, besteht vielleicht die Aussicht, dieses grässliche Schicksal von der Welt abzuwenden.«

Remar fuhr sich mit den Fingern durch die kastanienfarbenen Haare, und Stille senkte sich über die Grünfläche. Gedankenverloren schaute er den Hügel hinunter auf das unter ihm liegende Tal. Schließlich sagte er. »Wir werden Folgendes tun: Dara Arin, Ihr werdet den Rat Dara Raels suchen, wie Alor Vanidar vorgeschlagen hat. Sie mag in der Tat wissen, ob die Zukunft feststeht oder veränderbar ist. Sucht auch den Rat des Coron der Lian, denn Aldor ist weise und kann Euch vielleicht weiterhelfen.« Remar wandte sich an Vanidar. »Silberblatt, Ihr werdet Dara Arin nach Darda Galion begleiten ...« Remar hielt inne und vollführte dann eine weit ausholende Geste, welche alle Anwesenden einschloss. »Eigentlich wäre es mir sehr lieb, wenn Ihr alle die Dara auf dieser Mission in den Lerchenwald begleiten würdet, denn Ihr wart ihre Gefährten, als die Vision sie überkommen hat, und vielleicht spielt Ihr alle eine Rolle in den Ereignissen, die da kommen werden.« Der Coron schaute von einem zum anderen und fragte dann: »Was sagt Ihr?«

Arin neigte den Kopf in stummer Zustimmung wie alle anderen auch. Biren fügte hinzu: »Alor Remar, wer soll noch von diesem Gesicht erfahren? – Menschen, Zwerge, Magier, Verborgene, die versprengten Waerlinga? Als Warnung, auf dass sie sich vorbereiten mögen?«

»Aber wir wissen nicht, wann dieses Verhängnis eintritt«, protestierte Perin. »Heute, morgen oder erst in vielen Jahren – das hat Arins Vision nicht verraten.«

Biren wandte sich an seinen Zwillingsbruder. »Nach allem, was wir wissen, nimmt irgendwo auf Mithgar gerade das Unheil seinen Lauf. Eine Warnung ist das Mindeste, was wir tun können.«

Perin hob warnend die Hand. »Mein Bruder, wir wissen nicht, ob das Unheil bereits begonnen hat oder sich überhaupt erst zusammenbraut. Vielleicht verursachen wir Verzweiflung, wo keine angebracht ist.«

Biren ballte die Faust. »Aber vielleicht besiegeln wir das Verhängnis erst, wenn wir abwarten.«

»Und vielleicht ist es die Vorbereitung auf den Krieg, der ihn herbeiführt«, entgegnete Perin.

»Akka!«, fauchte Melor. »Verloren, wenn wir etwas tun, und verloren, wenn wir nichts tun.«

Remar schüttelte den Kopf. »Genau das, würde ich meinen, ist das Problem mit dieser Vision, denn wir wissen nicht, ob wir sie durch unsere Reaktion erst herbeiführen oder ob wir sie geschehen lassen, wenn wir nichts tun.« Er wandte sich an Biren. »Aber ich werde Folgendes tun, Alor Biren, Alor Perin: Wenn Dara Arin und Dara Rael es für klug halten, werde ich Abgesandte zu allen Herrschern der Freien Völker schicken und sie warnen. Bis dahin sage ich nichts.«

Beide neigten das Haupt, da sie Remars Erklärung zustimmten, doch Biren fügte hinzu: »Und ich werde zu Adon beten, dass uns, sollte eine Warnung angebracht sein, noch genug Zeit dafür bleibt, bevor das Verhängnis hereinbricht.«

Am nächsten Tag brachen sie auf und ritten in westlicher Richtung durch den Wald, mit dem Ziel, rasch die offene Hochebene beiderseits des Argon zu erreichen. Während sie durch Darda Erynian ritten, flitzten Schatten zwischen den Baumstämmen umher, als halte eine unsichtbare Truppe mit ihnen Schritt. Dies beunruhigte die Elfen nicht, denn sie waren an die Verborgenen gewöhnt, die sie durch das Wechselspiel aus Sonnenlicht und Schatten innerhalb des Waldes begleiteten – Fuchsreiter und Loogas und Sprygt und andere –, sei es aus Neugier, aus dem Wunsch zu beschützen oder aus nur ihnen bekannten Motiven.

Zwei Tage später erreichten sie am Nachmittag den Rand des Grünen Hauses und ritten auf die Hochebene, die kahle, hügelige Prärie, die sich von Darda Erynian bis zum Argon erstreckte, der zehn Meilen weiter im Westen floss. Sie bogen nach Süden ab und hielten sich parallel zum Fluss.

Wie auch die Tage zuvor ritten sie den ganzen nächsten Tag und hielten nur an, um etwas zu essen oder um die Pferde ausruhen und etwas trinken zu lassen. Doch sie stiegen immer wieder auf und setzten den Weg fort, bis sich der Tag dem Ende neigte und sie ein Lager aufschlugen, wo sie die Tiere versorgten und schließlich selbst ruhten.

Kurz nach Anbruch des dritten Tages auf der Hochebene erblickten sie Bäume, die an den breiten Argon grenzten. Hier an diesem Ort wallte Morgennebel vom träge fließenden Wasser ins offene Moor, und die Elfen hielten sich auf höher gelegenem Gelände und oberhalb der Nebelschwaden. Doch als die Sonne aufging und der Nebel langsam verdunstete, ritten sie die Hänge hinunter, da es sie verlangte, den gewaltigen Strom zu sehen. Schließlich hatten sich auch die letzten Nebelschwaden zwischen die Bäume verzogen und schienen plötzlich gänzlich zu verschwinden, als die klare Morgensonne hell vom Himmel schien. Jetzt glitzerte das Wasser des Flusses im Tageslicht, der träge dem weit entfernten Meer entgegenströmte.

Die sieben Elfen folgten seinem Band nach Süden zur entfernten Insel Olorin, wo sie mit der dortigen Fähre über den gewaltigen Argon setzen wollten. Die eigentliche Insel lag gut neunzig Meilen weiter mitten im Fluss, unweit der Stelle, wo Darda Erynian auf der Ostseite endete und Darda Galion auf der Westseite begann. Angesichts ihres Tempos würden sie noch drei oder vier Tage brauchen, um diese Strecke zurückzulegen.

Den ganzen Morgen stieg das Gelände sanft an, bis der Trupp schließlich auf den steilen Klippen des Ostufers ein ganzes Stück oberhalb des Flusses ritt. Unten am Fuß der Klippen wurde die Strömung schneller, denn zwischen den Felsen wurde das Flussbett schmaler und hatte zudem eine stärkere Abwärtsneigung. Hier begannen die Argon-Schnellen. Reisende, die nach Norden unterwegs waren, mussten den Strom hier verlassen und ihren Kahn eine Weile am Ufer entlang tragen, doch der Verkehr nach Süden – wenn die Kapitäne und Steuermänner denn geschickt genug waren und das Wagnis eingingen – brauchte sich nur in der rauschenden Mitte des Flusses und von den zerklüfteten Klippen fern zu halten.

Als die Mittagssonne den Zenith erreichte, gelangte der elfische Trupp zu der Stelle, wo sich die Schlucht einwärts neigte und einen langen, engen Spalt bildete. Aus den Tiefen dieser Schlucht drang ein donnerndes Tosen, da der eingeengte Argon hier die schmalste Stelle einer ohnehin schmalen Rinne passierte. Dies war der gefährlichste Teil der Schnellen, denn hier schoss das Wasser brausend und schäumend zwischen den eng stehenden Klippen hindurch und brach sich an verborgenen Hindernissen und gewaltigen Felsen. In der reißenden Strömung konnte der kleinste Fehler einen Steuermann Kahn und Fracht ebenso wie Leib und Leben kosten.

Die sieben Gefährten folgten dem Weg über die Klippen, während tief unter ihnen der tosende Schwall des Wassers rauschte. Sie erreichten eine Stelle auf den Wällen der Schlucht, wo die Westklippe nur noch einen Steinwurf entfernt war, und hier endete der Engpass plötzlich, da sich die Klippen auf beiden Seiten abflachten und voneinander entfernten, und das Wasser unter ihnen rauschte eine lange Rampe hinunter in ein tiefes Becken, und kurz danach verbreiterte sich der Strom wieder.

Die Elfen ritten weiter durch das hügelige Land, und bald wurde aus dem Tosen der Schnellen hinter ihnen ein Rauschen und schließlich ein entferntes Murmeln. Als sie in jener Nacht ihr Lager aufschlugen, war nicht einmal mehr ein wisperndes Echo geblieben.

Den ganzen nächsten Tag ritten sie auf der Hochebene neben dem bewaldeten Flusstal. Der Weg folgte einer Biegung des Flusslaufs und führte jetzt mehr nach Osten. Als die Dämmerung hereinbrach, schlugen sie wieder ihr Nachtlager auf.

Es war schon fast Mittag des nächsten Tages, als sie das Nordende der Insel Olorin erspähten und Rauch aus den Häusern der dort wohnenden Flussleute aufsteigen sahen. Die Elfen verließen die Hochebene und ritten durch einen schmalen bewaldeten Saum am Ufer des Argon zum Fluss, wo sie einem überwachsenen Pfad folgten. Eine Viertelmeile weiter erreichten sie flussabwärts die Anlegestelle der Fähre. Vom Pier führte ein ausgetretener Pfad neben dem Fluss weiter nach Süden. Alle stiegen ab und freuten sich, nach dem langen Ritt ein wenig umhergehen zu können; dann zog Vanidar am Glockenseil, um den Fährmann zu rufen.

Nach einer Weile legte die Fähre mit vier Mann an den Rudern vom Inselpier ab. Ein Maultier stand zwischen ihnen. Bei der Überquerung trieb die Strömung die Fähre nach Süden ab. Sie würde unterhalb der Elfen flussabwärts vom Pier anlegen.

»Sollen wir zu ihnen reiten?«, fragte Melor.

Silberblatt schüttelte den Kopf und zeigte auf den Weg am Ufer. »Das Maultier wird die Fähre hierher ziehen, sonst würden wir die Insel auf der Rückfahrt verfehlen.«

Arin hob eine Augenbraue. »Warum sollten wir zur Insel fahren? Wir wollen doch ans andere Ufer und nicht auf die Insel.«

Rissa lachte laut, denn sie hatte diese Fahrt schon einmal gemacht, und Vanidar sagte: »Die Flussleute haben es so eingerichtet: eine Fähre, die uns gegen Bezahlung zur Insel bringt, und eine andere Fähre, die zum anderen Ufer fährt ... natürlich gegen eine zweite Bezahlung.« Vanidar fiel in Rissas Gelächter ein.

»Huah! Wasserstraßenraub«, verkündete Ruar, lächelte aber dabei.

Melor knurrte, »Unerhört«, doch Perin und Biren sahen einander an und zuckten die Achseln.

Einige Zeit später kam das Maultier mit der Fähre im Schlepptau über den Pfad getrottet, wobei das Tier von einem Mann geführt wurde, während die anderen drei mit Stangen dafür sorgten, dass die Fähre nicht ans Ufer stieß und irgendwo hängen blieb.

»Ihr könntet uns rudern helfen«, sagte der Flussmann und spie in den Argon, um dann mit seinem stoppeligen Kinn auf die zusätzlichen Ruder zu zeigen. Er und seine Kameraden legten sich bereits in die Riemen.

»O nein, guter Mann«, erwiderte Ruar. »Für die nicht unerhebliche Summe, die wir Euch bezahlt haben, werden wir auf der Überfahrt keinen Finger rühren.«

»Bei dieser Last könnten wir die Insel verpassen, solltet Ihr wissen«, erwiderte der Flussmann. »Und die Bellon-Fälle heruntertreiben und in den Kessel stürzen.«

»Bitte, nur zu«, sagte Ruar fröhlich, denn er wusste ganz genau, dass die gewaltigen Bellon-Fälle hundert Meilen weiter flussabwärts waren, wo der Argon über den Rand des Hohen Abbruchs und tausend Fuß in die brodelnden Tiefen des so genannten Kessels stürzte. »Ich wollte schon immer einmal im Kessel schwimmen.«

Der Flussmann knurrte, sagte aber nichts mehr und legte sich mächtig in die Riemen, denn er wusste, wenn sie tatsächlich die Insel verpassten, würden sie keine doppelte Bezahlung kassieren.

Die Barke landete gut drei Meilen weiter flussabwärts am langen Ufer der Insel Olorin, wo die Elfen ausstiegen, aufsaßen und dem Treidelpfad zur Nordspitze der Insel folgten, wo die zweite Fähre festgemacht hatte.

Während sie am Ufer entlangtrabten, sahen sie Boote vom Inselufer ablegen und in den Strom rudern, wo die Ruderer Treibgut einholten, das auf den Wellen schaukelte.

Vanidar zügelte sein Pferd zu einem langsamen Schritt, erhob sich in den Steigbügeln und schirmte die Augen vor der Mittagssonne ab. Die anderen wurden ebenfalls langsamer. »Umh«, murmelte Silberblatt. »Das sieht ganz so aus, als sei weiter flussaufwärts ein Schiff gekentert.«

»Die Schnellen?«, fragte Arin.

»Höchstwahrscheinlich«, antwortete er und seufzte dann. »Das ist noch eine Erwerbsmöglichkeit der Flussleute. Sie bestreiten einen Teil ihres Lebensunterhalts mit dem Unglück anderer.« Er spornte sein Pferd wieder zu einem rascheren Tempo an, und seine Begleiter folgten seinem Beispiel.

Nach kurzer Zeit erreichten sie das Nordende der Insel und ritten zwischen den wenigen Wohnhäusern hindurch, größtenteils baufällige Hütten, obwohl hier und da auch ein stabiler gebautes Haus stand. Erwachsene waren nicht zu sehen, aber ein paar kleine Kinder – schmutzig und schlecht gekleidet – standen am Pier und sahen zu, wie die Ruderer das Treibgut aus dem Wasser fischten. Die Kinder drehten sich um und betrachteten die an ihnen vorbeireitenden Elfen. Erst nachdem die Fremden verschwunden waren, wandten sie sich wieder dem Strandgut zu.

Als der Trupp schließlich bei der Westfähre ankam und abstieg, war nur ein Maultier da, um sie in Empfang zu nehmen.

»Wo ist die Besatzung?«, fragte Melor, während er sich umsah, aber niemanden entdecken konnte.

Arin zeigte auf den Fluss. »Wrackteile bergen, kann ich mir vorstellen.« Sie sah Vanidar an, der bestätigend nickte.

»Dann warten wir?«, fragte Perin.

»Entweder das, oder wir müssen die Fähre stehlen«, antwortete Biren.

Es dämmerte schon fast, als die Flussleute vom »Wasserlesen« zurückkehrten, wie sie das Bergen der Wrackteile nannten. Eine Besatzung für die Fähre wurde zusammengestellt, und als sie das andere Ufer erreichten, war bereits die Nacht hereingebrochen.

Als der Elfentrupp die Pferde von der Barke führte, hallte eine Stimme durch die Dunkelheit: *»Kest!«*

»Vio, Vanidar!«, erwiderte Silberblatt. *»Vi didron enistori! Darai Rissa e Arin, e Alori Ruar, Melor, Perin, e Biren.«*

Ein hoch gewachsener Lian trat aus der Dunkelheit in den Schein der Laternen an Bord der Fähre. *»Vio Tarol. Vhal sa Darda Galion.«*

Silberblatt drehte sich zu seinen Gefährten um und lächelte. Sie waren endlich in Darda Galion angekommen. In zwei, vielleicht drei Tagen würden sie das Herz des Waldes erreichen, wo Rael wohnte. Und dann würden sie vielleicht erfahren, wie sie das furchtbare Verhängnis abwenden konnten, das Arin in den Flammen gesehen hatte.

9. Kapitel

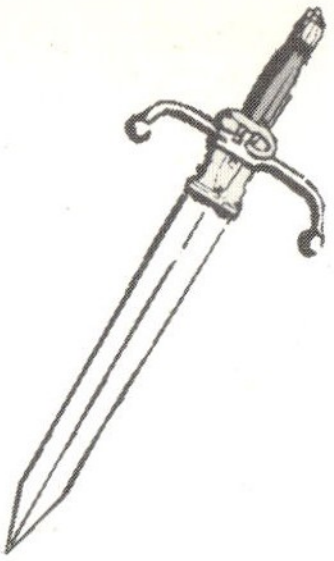

Alos schmatzte mit den Lippen und schaute zuerst auf seinen Becher und dann auf den großen Ale-Krug, die beide leer waren. »Ihr wisst eine spannende Geschichte zu erzählen, Dara Arin. Sie macht mich sehr durstig, müsst Ihr wissen. Und der Krug ist rasch leer, wenn Egil mittrinkt.«

Egil grinste und schaute auf seinen Becher. Es war sein erster, und er war immer noch halb voll.

Aiko starrte den alten Mann ausdruckslos an.

Alos schaute noch einmal in den leeren Tonkrug und wandte sich dann an Arin. »Ist die Geschichte zu Ende? Ganz sicher nicht. Und glaubt Ihr nicht, dass Egil hier noch mehr Ale braucht, um ihn durch den Rest zu bringen? Ich weiß jedenfalls, dass Eure Erzählung mich ziemlich durstig gemacht hat, oder habe ich das schon erwähnt?«

Arin seufzte. »Nein, Alos, meine Geschichte ist noch nicht zu Ende. Es gibt noch mehr zu erzählen. Viel mehr.«

»Tja, wenn es so ist, würde ich sagen, dass wir noch ein oder zwei Krüge brauchen, nicht wahr?«

Aiko ging zum Fenster und schaute mit geballten Fäusten in den Tag hinaus.

Arin trat neben Egil, legte ihm eine Hand auf die Stirn und zählte seinen Puls. »Könnt Ihr noch zuhören? Ich will Euch nicht überanstrengen.«

Egil schenkte ihr ein Lächeln. »Es geht mir nicht schlecht.«

Dann wurde sein Gesicht ernst. »Ich will noch mehr von diesem Verhängnis hören, das Ihr vorhergesehen habt, und warum es Euch hierher geführt hat.«

Alos nahm den Krug. »Aber zuerst lassen wir noch frisches Ale kommen, Dara Arin. Richtig?«

Die Dylvana schüttelte den Kopf. »Nein, Alos. Zuerst erzähle ich noch mehr von der Geschichte, danach könnt Ihr Euch um den nächsten Krug kümmern.«

Die Miene des alten Mannes verdüsterte sich, und er starrte trübsinnig zu Boden.

Egil lächelte und hielt ihm seinen noch halb gefüllten Becher hin. »Hier, Alos, vielleicht kannst du dich damit noch einen Moment trösten.«

Behände trat Alos neben Egils Bett und nahm das Trinkgefäß entgegen, während er ein unterwürfiges Lächeln zeigte. Er trug seine kostbare Last zum Tisch und setzte sich auf seinen Stuhl.

Aiko blieb stehen und starrte weiter aus dem Fenster, während Arin auf ihren Platz am Feuer zurückkehrte und den Faden ihrer Geschichte wiederaufnahm:

»Wir hatten gerade das Gebiet von Darda Galion erreicht ...«

10. Kapitel

Im Norden von niedrigen Gebirgsausläufern und einer offenen, windumtosten Hochebene eingerahmt, im Süden von dem tausend Fuß steil abfallenden Hohen Abbruch, im Westen von den zerklüfteten Spitzen des hoch aufragenden Grimmwalls und im Osten vom gewaltigen Strom Argon umgeben, liegt ein elfisches Land, das bekannt ist als Darda Galion, als Greisenbaumwald, und auch als das Land der Silberlerchen. Es ist ein riesiger Wald aus gigantischen Bäumen, den *Greisenbäumen*, Bäumen, die nicht auf Mithgar wachsen, sondern die als Setzlinge von der Hohgarda zur Mittegarda, also von der Hohen Ebene zur Mittelebene gebracht und in diesem üppigen Land voller Flüsse angepflanzt worden sind. Die Leistung der Elfen, einen ganzen Wald nach Mithgar zu bringen, ist wahrhaft Schwindel erregend.

Die Bäume ragen jetzt viele hundert Fuß in die Höhe, und jeder Stamm hat einen Umfang von vielen Schritten. Das erforderliche Alter, um diese Höhen zu erreichen? ... Das kennen nur die elfischen Waldhüter.

Doch die enorme Zeitspanne, die dafür nötig ist, hat für die Elfen keine große Bedeutung. Schließlich sind sie ein unsterbliches Volk, dessen Leben auf ewig gerade erst beginnt, wie alt sie auch sein mögen. Und was macht es da, dass es tausend oder gar zehntausend Jahre gedauert hat, den Wald anzulegen und viele hundert Fuß in den Himmel wachsen zu lassen? ... Was macht es? Den Elfen macht es gar nichts. Wichtig ist nur, dass die Greisenbäume sie an ihre Heimat erinnern.

Das Holz dieser Waldgiganten ist kostbar – wertvoller als jedes andere Holz –, aber von den Elfen ist noch kein einziger dieser Bäume jemals gefällt worden. Dennoch wird manchmal eine Art Ernte eingebracht, denn gelegentlich zieht ein Sturm oder Gewitter von den weiten Ebenen Valons unterhalb des Hohen Abbruchs herauf, sodass Äste abgerissen werden, und diese werden von den Holzlesern der Lian aufgesammelt, und jedes einzelne unbezahlbare Stück wird lange studiert, ehe die Werkzeuge der Schnitzer damit in Berührung kommen. Sanfte elfische Hände fertigen teure Schätze aus diesem kostbaren Bruchholz mir seiner wunderschönen Maserung.

Es heißt, die Zeit stehe still in der luftigen Stille dieses dämmrigen Landes, doch das kann nicht sein, denn dann wären die Bäume immer noch Setzlinge.

Zum Rand dieses riesigen, uralten Waldes kamen Arin und sechs andere mit einer dringenden Aufgabe.

11. Kapitel

Während die Fährleute das Maultier vor die Barke spannten, sagte Tarol, der elfische Waldhüter, auf Sylva: »Heute werdet Ihr in unserem Lager willkommen sein und uns erzählen, was es Neues gibt.« Er warf einen Blick auf die Männer, die jetzt bereit waren, das Floß über den Treidelpfad flussaufwärts zu ziehen. Als er sich wieder den anderen Elfen zuwandte, senkte er die Stimme und sagte: »Aber zuerst werden wir diesen Flussleuten folgen und uns vergewissern, dass sie kein Holz sammeln, sondern sofort wieder zur Insel Olorin zurückkehren.«

Silberblatt hob eine Augenbraue. Er neigte den Kopf in Richtung der Männer. »Gibt es einen Grund, ihnen zu misstrauen?«

»Gerüchte«, antwortete Tarol. »Wir reden darüber, sobald das Boot fort ist.«

Der Flussmann am Ufer rief den Männern auf der Barke etwas zu, und nach deren knapper Antwort führte er das Maultier stromaufwärts, das die Fähre an einem langen Seil hinter sich herzog. Auf der Barke gingen die drei Männer einer nach dem anderen zum Bug, stemmten ihre Stangen gegen das Ufer und stießen sich davon ab. Danach gingen sie langsam zum Heck, um dort den Vorgang zu wiederholen. Auf diese Weise verhinderten die drei Männer, dass ihr Floß auf Grund lief. Die Elfen folgten ihnen den Pfad entlang, mit Tarol an der Spitze. Die anderen blieben mit den Pferden am Zügel hinter ihm. Die

Sterne gingen am Himmel auf und legten einen Gutteil ihres nächtlichen Weges darüber zurück, ehe die Fähre am Pier des Westufers ein gutes Stück nördlich der Inselspitze anlangte. Die Flussmänner ruhten sich kurz aus. Dann spannten sie das Maultier aus, brachten es an Bord, wickelten das Seil auf, verstauten die Stangen und machten die Ruder klar. Einer der Männer spie in den Argon, dann legten sie nach Olorin ab, wo in der Ferne am Pier Fackelschein zu sehen war.

Arin und ihre Begleiter setzten sich im Markwartlager zwischen den riesigen Greisenbäumen ans Feuer und nahmen gemeinsam mit den Mitgliedern der elfischen Grenzwache ein spätes Mahl ein. Die sieben waren eingetroffen, als die Wache gerade abgelöst werden sollte, und einige Lian verabschiedeten sich, um auf ihre Posten zu gehen, während andere ans Feuer kamen, um eine warme Mahlzeit zu sich zu nehmen.

Einige redeten kurz mit Silberblatt und den Dylvana und tauschten Neuigkeiten aus Darda Erynian gegen Neuigkeiten aus Darda Galion aus. Über ihre Mission erzählten die sieben nichts, sondern sagten nur, dass sie zuerst mit Coron Aldor darüber sprechen würden.

In einer Gesprächspause deutete Melor auf das Lager, dann fragte er Tarol: »Wie kommt es, dass Ihr Grenzwachen braucht?«

Tarol lächelte. »Das hat zwei Gründe, mein Freund. Zum einen schützen wir die Greisenbäume. Sie sind kostbar, und wir wollen keine ungebetenen Besucher, die das Holz stehlen – wie es manchmal die Flussleute versuchen. Und zweitens gibt es – anders als in Darda Erynian – keine Verborgenen in diesem riesigen Wald – nicht, dass sie unwillkommen wären, nein, wir würden sie mit offenen Armen aufnehmen.«

»Oh«, rief Melor. »Meiden sie Darda Galion? Wenn ja, warum?«

Tarol seufzte und schüttelte den Kopf. »Sie *meiden* diesen

Wald nicht. Vielmehr wohnen hier keine, weil dieser Wald noch nicht existiert hat, als die Fey nach Mithgar gekommen sind. Also haben sie anderswo Wurzeln geschlagen.«

Silberblatt nickte zustimmend. »Das stimmt. Sie hatten sich längst in Darda Erynian niedergelassen, als wir begannen, die Setzlinge von der Hohen Ebene in dieses Land der vielen Flüsse zu bringen. Bei der Entstehung des Waldes habe ich als Coron Abgesandte zu den Verborgenen geschickt und sie eingeladen, sich hier niederzulassen. Sie haben abgelehnt. Nicht aus bösem Willen oder Abneigung, sondern einfach deshalb, weil sie sich in ihrem eigenen behüteten Wald bereits zu ihrer Zufriedenheit eingerichtet hatten.«

Tarol wandte sich an Silberblatt. »Ihr wart Coron von Darda Galion?«

»Früher, vor langer Zeit, als der Wald noch so hoch war.« Vanidar hielt eine Hand einen guten Fuß hoch über den Boden. »Aber dann begannen mich andere Dinge zu interessieren, und Elmaron übernahm die Aufgabe.«

Tarol warf einen Blick auf die gewaltigen Bäume, dann neigte er das Haupt in Vanidars Richtung. »Gut gemacht, Silberblatt. Gut gemacht.«

Vanidar lächelte, sagte aber nichts.

Melor schaute tief in die Schatten des Greisenbaumwaldes, dann sagte er: »Hm. Keine Verborgenen. Es muss ... sehr einsam sein.«

Tarol zuckte die Achseln. »Vielleicht. Ich kann es nicht sagen, denn ich habe noch nie anderswo als in Darda Galion gewohnt.«

Melor klopfte Tarol freundschaftlich auf die Schulter. »Würdet Ihr unter Fey leben, würdet Ihr feststellen, dass sie ein geselliges Völkchen sind.«

Am Ende ihrer Mahlzeit, als sie Tee tranken und Mian aßen, das wohlschmeckende Elfenbrot, fragte Vanidar: »Tarol, was sind das für Gerüchte über die Flussmänner?«

Tarol füllte seine und Melors Tasse auf. Als er die Kanne wieder abstellte, sagte er: »Böse Gerüchte, mein Freund, sehr böse Gerüchte. Es scheint so, als würden zu viele Handelsschiffe in den Schnellen untergehen.«

Biren hielt beim Kauen seines letzten Bissen Brotes inne. »Was hat das mit den Flussleuten zu tun?«

Perin wandte sich an seinen Zwillingsbruder. »Hast du es nicht gesehen? Die Flussleute bergen die Wrackteile unterhalb der Schnellen.«

Biren zuckte die Achseln. »Aber die Schnellen sind gefährlich, und Unfälle gibt es immer wieder.«

Sie sahen Tarol an. Der trank aus seiner Tasse und sagte dann: »In letzter Zeit sind auch viele gute Steuermänner zerschellt, sagen die Kaufleute – Steuermänner, die schon oft durch die Schnellen gefahren sind.«

Ruar nahm sich noch ein Stück Mian. »Und Ihr glaubt, dass etwas daran faul ist und die Flussleute dafür verantwortlich sind?«

»Das wissen wir nicht«, antwortete Tarol.

Arin hielt nachdenklich inne und sagte dann: »Um die Boote in diesen gefährlichen Gewässern ins Verderben zu locken, wäre jemand an den Schnellen oder noch weiter flussaufwärts vonnöten.«

Tarol nickte. »Ganz genau, Dara. Vergesst nicht, dass gute hundert Meilen nördlich der Schnellen die Flussleute ihre Festung auf der Großen Insel haben – sie nennen sie *Vrana*, und Flusshüter nennen sie sich selbst ... und kassieren Maut als Schutzgebühren.«

»Dieses Nest der Flussleute habe ich mir vorgestellt«, erwiderte Arin. »Fahrt fort.«

Tarol zuckte die Achseln. »Eine Möglichkeit ist, dass die Flusshüter zu der Ansicht gelangt sind, mit ihren Flussbergungen lässt sich mehr verdienen, und mit ihren Kollegen auf der Insel Olorin dafür sorgen, dass es genug Bergungen gibt.«

»Ha!«, rief Perin, während er aufsprang und seine Klinge aufblitzen ließ. »Dabei würde ich sie gern erwischen.«

Biren ballte die Faust und reagierte auf den Einwurf seines Zwillingsbruders mit einem energischen Kopfnicken.

Während Perin sich wieder setzte, fragte Rissa: »Unternehmt ihr etwas, um diese Gerüchte entweder zu bestätigen oder zu widerlegen?«

Tarol nickte. »Die Waldläufer der Täler – die Baeron – überwachen jetzt die Schnellen und die Festungsinsel, während wir Olorin im Auge behalten.«

»Huah, die Baeron stehen flussaufwärts auf Wache?«, rief Ruar mit skeptisch hochgezogener Augenbraue. »Wir haben keine gesehen.«

Vanidar lächelte. »Das liegt daran, dass sie nicht gesehen werden wollten, mein Freund.«

Kurz darauf kehrten alle Lian von der ersten Wache zurück. Die Elfen nahmen ihre Mahlzeiten ein und unterhielten sich ein wenig, legten sich dann aber rasch schlafen. Schließlich rollten auch die sieben ihre Schlafsäcke und Decken aus, da sie sich in dieser Nacht gut von anderen bewacht wussten.

Ein liebliches Jubilieren kündigte den neuen Tag an, da die *Vani-lêrihha* hoch oben in den Bäumen sangen.

Arin gähnte, reckte sich und rieb sich die Augen, dann lugte sie zu den schattigen Kronen der riesigen Bäume empor in dem Versuch, einen der trillernden Vögel zu erspähen. *Wo bist du, kleine Silberlerche? Du hast den Dämmerritt aus der Hohen Ebene hierher genommen, und ich würde dich gerne sehen, bevor du bei Sonnenuntergang wieder nach Adonar zurückkehrst.* Sie entdeckte einen silbrigen Schemen, als eine der Lerchen davonflog. Arin seufzte. *Ja, kleiner Vogel, es ist dein gutes Recht, deinen eigenen Plänen zu folgen und wegzufliegen.*

Es wird Zeit, dass wir ebenfalls aufbrechen. Sie setzte sich auf und warf einen Blick auf ihre Begleiter, von denen die meisten ebenfalls wach waren.

Nach dem Frühstück brachen die sieben auf, von den guten Wünschen der Waldhüter begleitet. Tarol verabschiedete sich von ihnen und wünschte ihnen Glück für ihre Mission. Dann trabten sie in den hohen Wald.

Der Weg führte durch die sanften Schatten der riesigen Bäume. Der Hufschlag ihrer Pferde wurde durch Moos gedämpft, und was an Geräuschen übrig blieb, verlor sich in den dämmrigen Höhen der Schatten spendenden Baumkronen hoch über ihnen.

Auf ihrem Ritt durch den Wald studierte Arin die Greisenbäume. Die Stämme waren wahrhaft gewaltig. Obwohl die Morgensonne hell leuchtete, blieb es im Wald dämmrig, denn dies waren die Greisenbäume aus der Hohen Ebene von Adonar, und Elfen lebten zwischen ihnen, also nahmen die Blätter eine dunkelgrüne Farbe an und *zogen* die Dämmerung *an.*

Als die Elfen an einer Stelle abstiegen und die Pferde am Zügel durch die Stille des Waldes führten, fragte Arin Rissa: »Was meint Ihr, wie hoch sie sind?«

»Die Bäume?«

Arin nickte.

Rissa schaute zu den Baumwipfeln empor und schätzte. »Vanidar sagt, hier draußen am Rand sind sie nicht so hoch wie im Innersten des Waldes, denn diese hier sind zuletzt gepflanzt worden.« Rissa hob die Stimme und rief Silberblatt zu: »*Chier,* wie hoch sind diese Bäume?«

Ohne sich umzudrehen, rief Vanidar zurück: »Ich würde schätzen, wenn wir an den Stämmen emporgehen könnten, würden wir nach hundert Schritten oben ankommen. Aber die ersten, die wir beim Herz des Waldes gepflanzt haben, sind mindestens hundertachtzig Schritte hoch.«

Arin warf einen Blick auf den vor ihr gehenden Silberblatt und versuchte seine Schrittlänge einzuschätzen – etwas weniger als drei Fuß pro Schritt. »Dann ist es so, wie ich es mir gedacht habe: Diese Bäume sind noch nicht so groß wie die in Adonar.«

Mit der freien Hand machte Vanidar eine verneinende Geste. »Nein, sie müssen noch eine lange Zeit wachsen, bevor sie ihre volle Größe erreichen.«

Arin schaute in die dämmrigen Höhen. »Die Bäume, Vanidar. Sie ziehen das Dämmerlicht an. Wisst Ihr, wie sie das tun?«

Silberblatt drehte sich um, lächelte und schüttelte den Kopf. »Nein. Ich kann nur sagen, dass die Bäume irgendwie die Anwesenheit von uns Elfen spüren. Auf unerklärliche Art sind wir miteinander verbunden.«

Arin sah Rissa an, doch die neigte den Kopf und zuckte die Achseln. »Falls es jemand weiß, ich bin es nicht.«

Arin nickte und marschierte schweigend weiter. Schließlich saßen sie wieder auf und ritten weiter in südwestlicher Richtung. Vanidar wollte zu einer Furt im Fluss Rothro etwa dreißig Meilen entfernt. Der Greisenbaumwald war ein Land mit vielen Flüssen – dem Rothro, dem Quadrill, dem Cellener und dem Nith sowie all ihren Nebenflüssen –, deren glitzernde Fluten von der Hochebene und dem nicht weit entfernten Grimmwall herab durch den Wald flossen, um schließlich in den breiten Strom des gewaltigen Argon zu münden. Insgesamt mussten die Elfen zwei der Hauptflüsse des großen Waldes überqueren – den Rothro und den Quadrill –, wenngleich sie außerdem auch noch durch viele kleinere Bäche und Wasserläufe reiten würden.

Sie hatten die Furt noch nicht erreicht, als die Sonne hinter dem Horizont versank und sich die Abenddämmerung auf den Wald legte. Jetzt begannen die Silberlerchen ihr Nachtlied, und bei ihrem herrlichen Gesang schwoll Arin das Herz, und Freudentränen liefen ihr über die Wangen. Plötzlich war das Flattern unzähliger Flügel zu vernehmen, und das Geträller steigerte sich zu einem Crescendo, während die *Vani-lêrihha* elegant zwischen den Bäumen umherschwirrten ... und verschwanden, als die Lerchen den Dämmerritt beschritten und nach Adonar zurückkehrten, sodass ihr Gezwitscher schlagartig verstummte.

Arin wurde das Herz schwer ob ihrer plötzlichen Abwesenheit, und sie seufzte und rieb sich mit den Handballen die Wangen trocken, während sie durch die Baumwipfel die ersten Sterne funkeln sah. Unter ihrem tröstlichen Licht schlugen die sieben ihr Lager auf, denn keiner von ihnen wollte seinen Weg jetzt noch fortzusetzen.

In jener Nacht schreckte Arin keuchend aus dem Schlaf und schoss kerzengerade in die Höhe. Gesicht und Körper waren in Schweiß gebadet.

Rissa stöhnte ebenfalls im Schlaf, wachte aber nicht auf.

Perin, der Wache hatte, fragte: »Was ist los, Dara?«

»Ich dachte, ich hätte Schreie gehört«, erwiderte Arin.

Sie hielten den Atem an und lauschten.

Nichts war zu hören, außer dem Geräusch der sanften Brise in den Bäumen.

Schließlich sagte Perin: »Vielleicht war es nur ein böser Traum.«

Arin seufzte, als zweifle sie daran, legte sich aber wieder hin und schloss die Augen. Doch der Schlaf stellte sich erst viel später ein, und dann träumte sie von blitzenden Klingen.

Wieder wurde Arin im Morgengrauen vom Gesang der Silberlerchen geweckt. *Ah, meine kleinen* Vani-lêrihha*! Kein Wunder, dass die Sterblichen diesen Wald Lerchenwald nennen – wie könnte jemand euren Liedern widerstehen?* Doch trotz ihrer Freude über den Lerchengesang erfüllte sie die Erinnerung an ihre Träume der vergangenen Nacht mit Unbehagen.

Am späten Vormittag erreichten sie die Furt im Rothro und ritten durch das kristallklare Wasser. Mitten in der Furt hielten sie an, um die Pferde trinken zu lassen.

»Jetzt reiten wir weiter nach Süden«, sagte Vanidar, der seinem durstigen Ross den Hals tätschelte, »zur Furt durch den Quadrill.«

»Wie geplant«, sagte Arin.

»Wie weit ist es noch bis zum Herz des Waldes?«, fragte Ruar.

»Vielleicht fünfundzwanzig Meilen«, erwiderte Silberblatt, während er an den Zügeln zog. »Wir werden es morgen Früh erreichen, wenn nicht sogar noch heute Abend.«

Nachdem sie die Pferde getränkt hatten, durchquerten sie den Fluss und ritten weiter ins Dämmerlicht dahinter.

Kurz nach Mittag erreichten sie das Nordufer des rasch fließenden Quadrill. Vanidar wandte sich nach Westen und ritt stromaufwärts am Ufer entlang. Die Sonne hatte sich zwei volle Handspannen weiter über den Himmel bewegt, ehe die Reiter das östliche Ende einer Insel mitten im Fluss erreichten, wo der Strom breit und seicht war. Hier wateten sie mit den Pferden ans andere Ufer.

Das Herz des Waldes lag noch gut zwanzig Meilen weiter südlich.

Sie ritten weiter durch die gewaltigen Stämme, deren Baumkronen hoch über ihnen ein dichtes Laubdach bildeten. Das Land ringsumher war noch immer in ein sanftes Dämmerlicht gehüllt, obwohl die Sonne hoch am Himmel stand.

Die Nacht war bereits hereingebrochen, als die sieben eine weitere Wache der Lian passierten. Sie hatten endlich das Herz des Waldes erreicht, die Siedlung der Elfen, und fanden ein friedliches Dorf vor. Sie ritten in eine Ansammlung beleuchteter Wohnstätten, die sich zwischen die gigantischen Greisenbäume schmiegten, und weiter nach Süden, an strohgedeckten Hütten vorbei, durch deren Fensterläden gelber Lampenschein fiel.

Sie folgten den moosigen Wegen, bis sie ein großes, niedriges Gebäude in der Mitte der anderen fanden. Dies war das Coron-Haus, wo ein Wächter nach ihren Namen fragte, während Bedienstete sich um ihre Pferde kümmerten.

»Vio Vanidar«, erwiderte Silberblatt. *»Vio ivon Darda Erynian,* ebenso wie meine Gefährten. Wir möchten mit dem Coron sprechen.«

»Der Coron und seine Gemahlin sind mit einem Großteil des Hofes auf einem Bankett, Alor Vanidar, ehemaliger Coron«, erwiderte der Wächter respektvoll, indem er beiseite trat. »Sie feiern die Verlobung von Dara Rael und Alor Talarin. Ihr und Eure Gefährten seid gewiss dort willkommen.«

Der Wächter rief einen Pagen, der sie zuerst in eine Eingangshalle und dann in das sanft erleuchtete Innere des Coron-Hauses führte, wo sie von lebhaften Farben, dem Gemurmel zahlreicher Gespräche sowie dem Duft guten Essens begrüßt wurden. Prächtig gekleidete Elfen drehten sich beim Eintreten Silberblatts und der Dylvana um. Der Gesprächslärm senkte sich zu einem Flüstern, und das Gelächter verstummte, denn von wenigen Ausnahmen abgesehen, lebten die Dylvana sehr zurückgezogen und besuchten Darda Galion nur selten. Wenn sechs Dylvana gleichzeitig im Coron-Haus auftauchten, musste es einen ganz besonderen Anlass geben. Von Silberblatt angeführt, gingen die Dylvana an der langen, mit Köstlichkeiten überladenen Tafel vorbei, an der die Lian saßen. Hier und da Freunde mit einem Nicken grüßend, schlug Vanidar den Weg zum Podium ein, wo der Coron und seine Gemahlin am Kopfende der Tafel saßen, und wie es bei Verlobungsbanketten der Lian Sitte war, wurden sie rechts und links von den beiden Verlobten und ihren zwei ausgewählten Trauzeugen flankiert.

Aldor lächelte, als er Vanidar sah, und erhob sich, um ihn zu begrüßen. »Silberblatt, willkommen im Land der Silberlerchen und in diesem Haus.« Aldors Haare glänzten wie polierte Bronze, und er war ganz in Dunkelbraun gekleidet, mit lohfarbenen Einsätzen in Ärmeln, Brust und Beinen. Seine Augen waren haselnussbraun.

Vanidar verbeugte sich. »Coron Aldor, ich bringe Euch einige Dylvana aus Darda Erynian: die Darai Rissa und Arin und die Alori Ruar, Melor, Perin und Biren.« Während die Dylvana vorgestellt wurden, grüßten sie den Coron mit einer knappen Verbeugung, wie es bei ihnen üblich war.

Bevor Aldor reagieren konnte, beugte sich eine goldhaarige Dara mit dunkelblauen Augen vor. Ihre Kleidung war grün, und in ihre Locken waren grüne Bänder geflochten. »Dara Arin? Die Flammenseherin?« Auf Arins Nicken sagte die Lian: »Schon lange habe ich mir gewünscht, Euch kennen zu lernen. Ich bin Rael.«

»Auch ich wünschte, Euch zu begegnen, Kristallseherin«, erwiderte Arin.

Aldor lachte. »Es scheint, die Gespräche entwickeln sich rascher als die Vorstellung, doch ehe sie vollkommen enteilen, lasst mich einige Namen nennen: *Darai Elora e Rael e Irren, Alori Talarin e Rindor.*« Während seine Gemahlin und die Verlobungsgesellschaft Vanidar und die Dylvana begrüßten, fragte Aldor Silberblatt leise: »Seid Ihr mit Nachrichten gekommen?«

Vanidar nickte.

»Dringliche Angelegenheiten?«, fragte Aldor.

Bevor Vanidar antworten konnte, sagte Arin: »Ich bin gekommen, um Dara Raels Rat zu suchen, aber ich glaube, das kann bis morgen warten.«

Aldor hob eine Augenbraue. Vanidar sah Arin an und sagte dann: »Gut. Heute Abend werden wir essen und trinken, wir alle gemeinsam, und die Verlobung feiern.«

Aldor schaute von Silberblatt zu Arin. »So soll es sein«, verkündete er und rief dann: »Macht Platz für unsere Gäste.«

Während sie zu den Tischen gingen, wurden die Gespräche und das Gelächter im Coron-Haus wieder aufgenommen. Arin jedoch betrachtete die fröhliche Gesellschaft und fragte sich, ob dieses Fest vielleicht das letzte war, das dieses Haus je erleben würde.

12. Kapitel

Elora beugte sich vor, und ihre ungebändigten schwarzen Haare fielen ihr dabei ins Gesicht. »Und mehr habt Ihr in Eurer Vision nicht gesehen?«

Arin schüttelte den Kopf. »Ich glaube mich zu erinnern, dass es noch andere Bilder gab, aber was sie gezeigt haben, kann ich nicht sagen.«

Sie saß beim gemeinsamen Frühstück im Gemeinschaftsraum des Gästehauses mit Coron Aldor, dessen Gemahlin und der Kristallseherin Rael. Arin und die anderen Dylvana waren um die lange Tafel platziert. Silberblatt und Talarin waren ebenfalls anwesend.

Aldor nippte an seinem Frühstückstee. »Eine schlimme Vision, die Euch überkommen hat.« Er wandte sich an Rael. »Habt Ihr etwas Ähnliches gesehen?«

Rael schüttelte ihre goldenen Locken. »Nein, Coron.«

Neben Rael saß Talarin, der hoch gewachsene Elf, der nun graue Kleidung trug. Wie Rael hatte er ebenfalls goldene Haare, aber seine Augen waren grün. Er legte Rael eine Hand auf die Schulter. Sie lächelte ihn kurz an und wandte sich dann an Aldor. »Dass ich nichts dergleichen gesehen habe, ist ohne Bedeutung, mein Coron, und macht die Vision nicht weniger wahr, denn die Gesichte achten nicht darauf, wem sie sich offenbaren. Wahrscheinlich gibt es unter tausend Sehern keine zwei, die dasselbe sehen, jedenfalls sagt das Elgon der Magier.«

»Nicht einmal Ereignisse von solcher Tragweite?«

Rael drehte die Handflächen nach oben. »Nicht einmal diese.«

Arin räusperte sich. »Dara Rael, können vorhergesehene Ereignisse abgewendet werden?«

Raels Stirn legte sich in Falten, während sie überlegte. Melor goss sich noch eine Tasse Tee ein. »Ich habe es noch nie versucht«, sagte Rael schließlich. »Das hieße, das Schicksal herauszufordern ... und wer weiß, was dann geschehen würde? Vielleicht könnten die Zauberer so etwas tun. Aber ich nicht.«

Arin seufzte. »Wie Ihr, Dara, habe auch ich es noch nie versucht. Aber bei dieser Vision kommt es mir so vor, als seien wir verpflichtet, das drohende Verhängnis abzuwenden.«

Arin hielt einen Augenblick inne und fragte dann: »Was ist denn mit dem grünen Stein? Hat irgendjemand hier schon einmal von einem solchen Stein gehört?«

Die Lian sahen einander an, und alle schüttelten den Kopf.

»Nicht einmal ein Gerücht?«

»Vielleicht ist er ein Gegenstand der Drimma«, mutmaßte Talarin. »Sie arbeiten mit Edelsteinen und Jade, und Eurer Beschreibung nach könnte es etwas in dieser Art sein.«

»Das ist wahr«, erwiderte Arin. »Aber ich habe unter den Artefakten der Zwerge noch nichts Vergleichbares gesehen.«

»Ich frage mich gerade, ob es eine Schöpfung der Magier sein könnte«, meldete Perin sich zu Wort.

Biren wandte sich an seinen Zwilling. »Warum sollten sie so etwas erschaffen? Zu welchem Zweck?«

Perin zuckte die Achseln. »Wer kennt sich schon mit den Zauberern aus?«

Aldor schüttelte zögernd den Kopf. »Wer immer ihn auch gefertigt hat – seien es Drimma, Zauberer oder gar Götter –, dieser grüne Stein scheint ein wirklich machtvoller Gegenstand zu sein.«

»Dennoch ist Perins Überlegung so stichhaltig wie jede andere«, sagte Elora. »Irgendjemand auf der Welt weiß ganz gewiss etwas darüber.«

Aldor stellte seine Teetasse ab. »Ich werde vorsichtige Erkundigungen unter den Lian einholen. Außerdem werde ich Abgesandte nach Drimmenheim schicken und den DelfHerrn zu diesem Artefakt befragen. Aber was die Zauberer angeht ...«

»Was die Zauberer angeht«, nahm Rael Aldors Faden auf, »würde ich vorschlagen, dass Dara Arin einen der Magier aufsucht.«

Arin wandte sich an die Kristallseherin. »Ihr selbst habt einen Magier erwähnt, Dara Rael – Elgar?«

»Elgon«, erwiderte Rael.

»Er kennt sich mit Sehern und Visionen aus?«

»Durchaus ... obwohl es nicht seine Spezialität ist.«

»Dann sollte ich ihn vielleicht aufsuchen«, schlug Arin vor.

Rael schüttelte den Kopf. »Ich weiß nicht, wo er wohnt.«

»Rwn? Schwarzer Berg?«

Rael zuckte die Achseln. »Vielleicht. Aber es gibt einen, der viel näher lebt: Dalavar in Aralan. Er wohnt in Darda Vrka, das hat man mir jedenfalls gesagt.«

»Im Wolfswald?« Rissa hob eine Augenbraue. »Den kenne ich. Und Dalavar ebenfalls.«

Die anderen sahen sie an. »Ich bin Dalavar Wolfmagier einmal begegnet, als ich in früheren Zeiten den Wolfswald durchquert habe«, erklärte sie. »Der Wald ist recht verwildert ... und gut bewacht.«

Rael runzelte die Stirn. »Bewacht?«

»Von den Draega, den Silberwölfen.«

»Draega in Mithgar?«, entfuhr es Ruar. »Ich dachte, sie wohnten nur in Adonar.«

»Offensichtlich nicht«, sagte Silberblatt, während er Rissa ein inniges Lächeln schenkte und ihre Hand nahm.

»Dieser Darda Vrka, wo liegt der?«, fragte Arin.

»Im Nordosten Aralans«, erwiderte Rissa, »fast zweieinhalbtausend Meilen, wie der Falke fliegt, aber mehr über Land auf dem Weg, den wir nehmen würden.«

Biren sah Perin an. »Achtzig bis hundert Tage zu Pferde, bei gutem Tempo.«

»Sehr viel weniger mit Reservepferden«, erwiderte sein Zwillingsbruder.

Arin seufzte. »Und wo liegt der Schwarze Berg?«

»Noch hinter Darda Vrka«, sagte Rissa. »Noch sechshundert Meilen weiter. Im Reich Xian.«

Arin überlegte einen Augenblick. »Können wir mit dem Dämmerritt Zeit sparen?«

Die Elfen sahen einander an, doch keiner wusste zunächst etwas zu sagen. Schließlich meldete sich Silberblatt zu Wort: »Ich weiß von keinen Dämmerritt-Kreuzwegen, die kürzer wären als die direkte Verbindung.«

Arin ächzte. »Ich hatte gehofft, durch einen Ritt zuerst nach Adonar und dann wieder nach Mithgar Zeit zu sparen – notfalls auch durch mehrere Wechsel.«

Ruar räusperte sich. »Wäre es nicht schneller, zuerst nach Rwn zu gehen? Wir könnten zum Avagonmeer reiten und uns auf einem arbalinianischen Kauffahrer einschiffen.«

Aldor schüttelte den Kopf. »Man hat mir berichtet, dass die Piraten von Kistan die Meerenge blockiert haben. Kein Schiff außer der *Eroean* soll es geschafft haben, die Blockade zu durchbrechen.«

»Aravans Schiff«, sagte Arin mit leuchtenden Augen. »Er würde uns an Bord nehmen.«

Aldor schüttelte den Kopf. »Der Bote des Königs sagte, dass Aravan nicht mehr im Hafen liegt, sondern die Blockade wieder durchbrochen habe und weitergesegelt sei. Der Bote hat auch gesagt, dass der Hochkönig eine Flotte zusammenstellt, um den Würgegriff der Piraten zu lösen. Das könnte aber eine ganze Weile dauern, vielleicht sogar Monate.«

»Wir könnten nach Norden reiten und über das Borealmeer segeln ... oder weiter westlich nach Ryngar«, schlug Melor vor, »und hoffen, einen Kauffahrer zu erwischen, der in unsere Richtung fährt.«

»Oder ein Schiff mieten«, fügte Ruar hinzu.

»Rwn oder Darda Vrka oder der Schwarze Berg in Xian«, sagte Arin seufzend, »wofür wir uns auch entscheiden, es wird dauern.«

»Da wäre noch etwas zu bedenken«, sagte Rael. »Wenn Ihr nach Darda Vrka geht, um bei Dalavar Antworten zu suchen, und er Euch nicht helfen kann, dann ist der Schwarze Berg nicht mehr weit.«

Rissa nickte. »Darda Vrka liegt tatsächlich auf dem Weg nach Xian.«

»Dann würde ich vorschlagen ...«, begann Aldor, verstummte aber, als entfernter Hörnerschall durch die Greisenbäume hallte. »Ein Alarm?«, murmelte Aldor. Er erhob sich und ging zum Vorderfenster des Gästehauses.

Wiederum ertönte das Horn, diesmal näher.

Jetzt erhoben sich alle Elfen.

Silberblatt schnallte sein Langmesser um. Die Dylvana nahmen Schwerter und Bögen. Elora nahm Aldors Schwert vom Tisch und gab es ihm.

Aldor wandte sich vom Fenster ab und nahm die Waffe entgegen. Dabei meinte er zu Arin. »Lasst mich Euch Folgendes sagen, Dara, ehe es dieser Alarmruf aus meinen Gedanken verdrängt: Ich würde vorschlagen, dass Ihr und Eure Begleiter Dara Raels Rat befolgt und nach Darda Vrka reist. Sucht diesen Dalavar auf und bittet ihn um Rat. Und wenn Dalavar Euch nicht helfen kann, reist weiter zum Schwarzen Berg, denn niemand ...«

Der Hörnerschall wurde jetzt schrill.

»... niemand hier kennt diesen grünen Stein, aber die Zauberer können Euch vielleicht helfen. In der Zwischenzeit werde ich alles tun, was in meiner Macht steht, um etwas über seine Bedeutung in Erfahrung zu bringen.«

Ein Pferd und ein elfischer Reiter donnerten ins Dorf, denen eine Kette von Reservepferden an langen Zügeln folgte. Wieder blies der Reiter in sein Horn.

Aldor trat durch die Tür nach draußen, und die anderen gingen ihm hinterher.

Die Pferde hielten vor dem Coron-Haus, und der Reiter sprang von seinem dampfenden, schaumbedeckten Ross ab und rannte die Treppe empor, um vom Wächter an der Tür ans Gästehaus und die dort versammelte Gruppe verwiesen zu werden.

Das Horn noch in der Hand, begegnete ihnen der Reiter auf halbem Weg zwischen Gästehaus und Coron-Haus, und zwischen zusammengebissenen Zähnen presste er hervor: »Mein Coron, die *Rûpt* am Grimmwall haben neun Greisenbäume gefällt.«

»Kha!« Aldor ballte vor Zorn die Faust, während um ihn her bestürzte Rufe laut wurden. Der Coron stieß den Atem aus und fragte dann: »Und die *Rûpt*, Loric, was ist mit den *Rûpt*?«

»Tot. Von den Markwarten erschlagen.«

»Blæ!«, fauchte Elora mit grimmigem Blick. »Zu leicht. Für diesen Frevel hätten sie leiden müssen.«

Aldor knirschte mit den Zähnen. »Die *Rûpt*: Waren es Rucha, Loka, Ghûlka?«

»In der Hauptsache Rucha, obwohl auch zwei Loka unter ihnen waren.«

»Wie viele insgesamt?«

»Zweiundzwanzig.«

»Wann?«, fragte Aldor.

»Gestern Nacht«, erwiderte der Reiter. »Nein, wartet, ich bin die ganze Nacht geritten, also war es vorgestern Nacht.«

Arins Augen weiteten sich. *Vor zwei Nächten? Mein Traum, die Schreie, die blitzenden Klingen.*

Arin sah Perin an, und ihre Lippen formten lautlos *Mein Traum*. Er nickte, und dann sahen beide Rissa an, die in dieser Nacht ebenfalls im Schlaf gestöhnt hatte, aber Rissa schien sich nicht mehr daran zu erinnern.

Arin warf nun einen Blick auf die Greisenbäume in der Nähe. *Vanidar hat gesagt, wir seien irgendwie verbunden, und das sind wir tatsächlich: Sie spüren unsere Anwesenheit, ich habe ihren Schmerz gespürt.*

»Diese *Spaunen*, wer hat sie geschickt?«, fragte Silberblatt.

»Das wissen wir nicht«, erwiderte der Reiter. »Wir waren wie wahnsinnig vor Kummer, und die *Rûpt* waren alle tot, ehe wir daran dachten, einen Gefangenen zu machen.«

Silberblatt schlug sich auf das Bein und sagte zu Aldor: »Diese Untat bedarf noch einer anderen Antwort.«

»Dessen bin ich mir bewusst«, erwiderte Aldor, dessen Augen sich verengten. »Wir müssen herausfinden, wer hinter dieser schändlichen Tat steckt, und den *Rûpt* eine harte Lektion erteilen.«

»Vergeltung«, fauchte Elora zähnefletschend. »Schnell und hart. Denn dies darf nie wieder geschehen.«

Arins Augen weiteten sich angesichts der vor Zorn verzerrten Miene von Aldors Gemahlin. *Fängt er so an? Der Krieg aus meiner Vision?*

Vanidar holte tief Luft und sagte: »Vergeltung für meine Bäume.«

»Eure Bäume?«, fragte Talarin.

Vanidar nickte. »Ich war Coron, als dieser Wald gepflanzt wurde.«

Jetzt sah Talarin Silberblatt aus großen Augen an, und er sagte: »Dann hat Euch dieser Darda mehr zu verdanken als den meisten hier. Es wäre mir eine Ehre, neben Euch reiten zu dürfen, wenn wir unsere Rache zu den *Rûpt* tragen.«

Aldor machte eine weit ausholende Geste, welche Lian und Dylvana sowie das gesamte Herz des Waldes einschloss. »Wir wären alle geehrt, neben Euch zu reiten, Silberblatt. Wollt Ihr mein Kriegsführer sein?«

Vanidar schaute von einem Mitglied der Gruppe zum anderen, doch als sein Blick auf Arin fiel, schüttelte sie den Kopf. »Silberblatt, so sehr mich der Tod der neun Bäume auch schmerzt, ich kann meine erste Pflicht nicht zurückstellen.« Sie wandte sich an ihre Begleiter. »Geht alle mit Vanidar und den Lian, um für diese üble Tat Vergeltung an den *Rûpt* zu üben. Eure Anwesenheit wird die *Rûpt* lehren, dass auch die Dylvana solche Missetaten nicht ungestraft geschehen lassen. Doch ich ... ich muss stattdessen nach Aralan reisen, nach Darda Vrka, um den Rat des Zauberers Dalavar zu suchen. Mein Coron hat mir die Aufgabe übertragen, der Spur des grünen Steins zu folgen und zu versuchen, das Verhängnis abzuwenden.«

Vanidar ballte die Fäuste so krampfhaft, dass seine Knöchel weiß hervortraten. Dann wandte er sich an Aldor. »Arin hat Recht. So sehr ich es auch ersehne, die schändliche Tat zu sühnen, ich kann nicht Kriegsführer sein. Coron Remar hat uns in Darda Erynian mit der Aufgabe betraut, Arin auf ihrer Mission zu begleiten, und genau das werde ich tun.«

Silberblatt sah die anderen an, die einer nach dem anderen seufzten und dann den Kopf neigten.

Aldor ließ den Blick über sie schweifen. »So sei es«, verkündete er. Er wandte sich an den Reiter. »Loric, gebt das Signal zum Sammeln. Wir werden in großer Zahl in die Grimmwall-Mark reiten.«

Während Lorics Horn erklang, trat Arin neben Silberblatt. »Es tut mir Leid, Alor Vanidar, denn Ihr habt diesen Wald gepflanzt, und wenn jemand Vergeltung für das Fällen der Bäume suchen sollte, dann seid Ihr es.«

Nachdem sie ihre Sachen gepackt hatte, warf Arin noch einen letzten gründlichen Blick auf ihr Quartier im Gästehaus, um sich zu vergewissern, dass sie nichts vergessen hatte. Dann trat sie durch die offene Tür und auf die Veranda der langen strohgedeckten Hütte, wo ihre Gefährten bereits warteten. Wenig wurde gesagt, während sie langsam zu den Ställen gingen und dabei die Häuser der Lian passierten, in denen sie elfische Krieger und Kriegerinnen sehen konnten, die sich auf den Feldzug vorbereiteten und ihre Waffen anlegten. Ab und zu donnerte ein Reiter in dringender Mission an ihnen vorbei, und Arin schlug das Herz im Halse. *Hängt dieser Vorfall auf irgendeine Weise mit meinem Gesicht zusammen?* Sie seufzte, denn gegenwärtig ließ sich diese Frage nicht beantworten.

Die Ställe waren praktisch leer – nur wenige Pferde und ebenso wenig Geschirr waren noch da. Arin sattelte ihr Ross, legte ihm das Zaumzeug an, füllte ihre Satteltaschen mit Hafer und befestigte ihre Reiseutensilien an den Haltegurten des Sattels. Schließlich waren sie reisefertig, und Arin und ihre Gefährten ritten langsam aus dem Herz des Waldes und in den dämmrigen Wald, während Rael ihnen mit besorgter Miene nachblickte.

Die Pferdehufe verursachten kaum ein Geräusch auf den bemoosten Wegen. Nach einer Weile schaute Arin sich um und sah nichts mehr als hoch aufragende Bäume. Sie wandte sich wieder nach vorn und folgte den anderen zum Anlegeplatz der Fähre zur Insel Olorin und weiter nach Caer Lindor. In dieser Festung am Fluss Rissanin würden sie Proviant für die lange Reise ins Land Aralan aufnehmen. Dort würden sie Dalavar aufsuchen, um festzustellen, ob er etwas über den grünen Stein, dieses Artefakt der Macht, wusste und vielleicht eine Möglichkeit sah, das furchtbare Verhängnis abzuwenden.

13. Kapitel

»Artefakt der Macht?« Trotz der Menge, die Alos getrunken hatte, redete er keineswegs undeutlich. »Und was könnte das für ein Artefakt sein, hm?«

Aiko schnaubte, aber Arin sagte: »Etwas, dem die Macht verliehen wurde, eine Bestimmung zu erfüllen.«

»Hm?« Alos schüttelte den Kopf. »Macht verliehen? Bestimmung? Ihr sprecht in Rätseln, und ich brauche noch etwas zu trinken.« Er hob seinen leeren Becher, sein weißes Auge starr auf Arin gerichtet.

Aiko knurrte und bewegte eines ihrer Schwerter, sodass die Klinge funkelte. Alos stellte den leeren Becher hastig wieder auf den Tisch, streckte abwehrend die Hände aus und jammerte: »Nichts für ungut, beste Dame. Ich wollte niemandem zu nahe treten. Es ist nur so, dass mich düstere Geschichten durstig machen ... und Artefakte der Macht sind ganz sicher düstere Kunde mit ihren Bestimmungen und Verhängnissen und allem.«

Egil rührte sich in seinem Bett. »Ich würde auch gern mehr über diese Artefakte hören. Nach allem, was Ihr sagt, mein *Angil* – Dara Arin, meine ich, kommt es mir so vor, als trügen sie auch Wyrds ... wie wir alle.«

»Wyrds?« Aiko hob eine Augenbraue.

»Aye«, antwortete Egil, dessen eines blaues Auge im Lampenschein funkelte, denn im Laufe von Arins Erzählung war die Dämmerung hereingebrochen, und der Raum war jetzt von einem weichen gelben Schein erleuchtet. »Wyrds: das, was Männer zu ihren Taten treibt ... oder das, was sie am Ende erwartet.«

»Pah. Nur Männer? Ihr schwafelt wie die Priester von Hodakka. *Baka-gojona dokemono.*« Aiko wandte sich ab und starrte aus dem Fenster.

»Glaubt Ihr, dass Ihr ein Wyrd habt, Egil?«

»Aye, Dara Arin: ein Speer durchs Herz, ein Schwertstreich, Tod auf See oder etwas in der Art. Was es ist, kann ich nicht sagen, aber ein Wyrd erwartet mich gewiss.«

Aiko fixierte ihn erneut mit ihrem finsteren Blick. »Und was ist, wenn Ihr an Altersschwäche im Bett sterbt?«

Egil lachte laut. »Ich? Im Bett sterben? Unwahrscheinlich.«

Arin warf einen Blick auf Aiko und wandte sich dann an Egil. »Vielleicht hat Euer Wyrd Euch bereits ereilt, Egil. Vielleicht ist es Euch in Jütland begegnet.«

Egil berührte seine Verbände, antwortete aber nicht.

Alos lugte erneut in seinen leeren Becher und seufzte. »Wyrds verstehe ich. Oh, nicht, dass ich an sie glauben würde ... Aber diese Artefakte der Macht, tja, die scheinen ganz was anderes zu sein.« Er sah Arin an. »Was sind sie, und woher wisst Ihr davon?«

Alle Augen richteten sich auf Arin. Sie hob eine Hand und sagte: »Artefakte der Macht – manchmal sind sie schwer zu erkennen, zu anderen Zeiten sind sie allen bekannt. Sie können zum Guten oder zum Bösen dienen: Gelvins Verhängnis war ein dunkles Artefakt der Macht. Das war auch der Schwarze Thron in Hadrons Saal. Auch für das Gute sind welche bekannt: Eines ist der *Kammerling*, Adons Hammer, dessen Bestimmung es ist, den größten Drachen von allen zu erschlagen – obgleich niemand weiß, wo der Kammerling ist. Außerdem gibt es ein Schwert in Adonar, *Wehe* mit Namen, das zu diesen gehört, obwohl niemand weiß, welche Bestimmung es hat. Andere scheinen etwas zu sein – ein Edelstein, ein Dolch, ein Ring, ein Schmuckstück –, sind aber in Wirklichkeit etwas ganz anderes. Viele sehen ganz unscheinbar aus, bis sich ihre wahre Natur zeigt.«

Alos schüttelte verwirrt den Kopf. Doch Egil sagte: »Was, wenn ich eines dieser Artefakte der Macht hätte – sagen wir einen Ring oder dergleichen –, aber wenn die Zeit gekommen wäre, wüsste ich es nicht zu benutzen oder würde versuchen, es zu benutzen, es aber nicht schaffen? Was ist dann mit der Bestimmung?«

»Aye«, plapperte Alos, »was, wenn Egil es nicht schafft?« Alos hob abwehrend eine Hand zur Entschuldigung in Richtung des jüngeren Mannes im Bett. »Nicht, dass so was wahrscheinlich wäre, Egil. Nichts für ungut.«

Sie sahen beide Arin an.

Die Dylvana erwiderte ihren Blick. »Was mit der Bestimmung wäre, wenn es euch nicht gelingt, den Gegenstand so zu benutzen, wie er benutzt werden sollte?«

Sie nickten beide.

»Ein Artefakt der Macht scheint Mittel und Wege zu haben, seine Bestimmung zu erfüllen«, antwortete Arin. »Wenn es euch tatsächlich nicht gelingen sollte, würde das Artefakt immer noch danach trachten, seine Bestimmung zu erfüllen. Wenn nicht durch Eure Hand, dann durch eine andere.« Sie holte tief Luft.

»Ich muss zugeben, Artefakte der Macht sind rätselhaft, vielleicht aus der Ferne von Adon gelenkt oder von Gyphon ... oder Elwydd oder Garlon oder einem der anderen – wer kann das sagen? Doch niemand außer den Göttern weiß mit Sicherheit, welche Gegenstände Artefakte sind ... bis sich ihre Bestimmung erfüllt. Aber hört mich an, denn eines glaube ich ganz fest: Der Stein aus meiner Vision ist ein Artefakt der Macht, aber eines, dessen Bestimmung sich hoffentlich niemals erfüllen wird.«

Stille senkte sich über den Raum, die nur vom Kratzen des Alekrugs gestört wurde, den Alos auf dem Tisch hin und her drehte. Schließlich sagte Egil: »Wenn Ihr Recht habt, dann will mir scheinen, dass wir alle getrieben werden, die Bestimmungen dieser Artefakte der Macht zu erfüllen. Was spielt es dann für eine Rolle, dass wir uns abmühen, unsere eigenen Ziele zu erreichen? Denn ob wir es wollen oder nicht, wir stehen unter dem Einfluss dieser Gegenstände. Ich hoffe, ich werde niemals Bekanntschaft mit einem machen.«

Aiko sah Egil an. »Denkt über Folgendes nach: Vielleicht ist es Euer Wyrd, mit einem solchen Gegenstand Bekanntschaft zu machen. Vielleicht habt Ihr keine Wahl.«

Egil erwiderte den Blick. »Was denkt Ihr, Aiko? Über Artefakte der Macht, meine ich, und ob sie uns zwingen, ihre Bestimmung zu erfüllen?«

Aiko überlegte kurz und sagte dann: »Sollte ich mit einem Bekanntschaft machen, würde ich das Artefakt vielleicht an mich nehmen, wenn es meinen Zwecken dienlich wäre, und vielleicht würde das Artefakt mich aus demselben Grund auswählen.«

»Dann glaubt Ihr, dass Ihr das Artefakt auch ablehnen könntet, wenn es Euren Zwecken nicht dienlich wäre?«

Aiko nickte.

»Dann, Kriegerin, glaubt Ihr, dass die Wege der Artefakte und ihrer Träger ohnehin in dieselbe Richtung laufen, aye?«

»Ja, Egil Einauge, das glaube ich. Ich habe die freie Wahl, wenn es sonst keine Einflüsse gibt.«

»Wenn es sonst keine Einflüsse gibt? Was meint Ihr damit?«

»Nun: Die Götter wollen vielleicht aus einem anderen Grund, dass ich etwas tue, was ich sonst lieber nicht täte. Dann hätte ich in der Angelegenheit überhaupt keine Wahl.«

Egil nickte. »Abgesehen von meinem Wyrd glaube ich auch, dass ich in allen Dingen die uneingeschränkte Wahl habe. Aber meinem Wyrd muss ich folgen. Welchen Weg ich auch beschreite, am Ende begegne ich der Klinge, die meinen Namen trägt. Wie alle anderen Männer auch, kann ich meinem Wyrd nicht entgehen. Die Macht, die sogar über die Götter herrscht, will es so, obwohl auch die Götter ihre Hand im Spiel haben können.«

»Pah!«, schnaubte Alos. »Die Götter sind launisch und bringen nur Kummer über die Menschheit.« Er senkte den Kopf und legte eine Hand auf sein vernarbtes, blindes Auge ... und fing plötzlich an zu weinen. Besorgt ging Arin zu dem alten Mann und legte ihm eine Hand auf die Schulter. Unkontrolliert schluchzend, sah Alos zu ihr auf, das Gesicht von innerer Qual verzerrt. Vor sich hin schluchzend, tastete er schwach nach seinem Taschentuch.

Aiko sah den alten Mann angewidert an. Dann wandte sie sich wieder an Egil und fragte: »Haben nur Männer Wyrds? Was ist mit Frauen ... und was ist mit den Dylvana und Lian, mit den Zwergen und allen anderen Schöpfungen Elwydds? Und was ist mit den bösen Kreaturen, die Gyphon gemacht hat? Bin ich und sind all diese anderen von Wyrds vollkommen ausgenommen?«

Während Alos sich geräuschvoll die Nase putzte, sah Egil Aiko erstaunt an. Dann neigte er den Kopf und überlegte. Alos wollte anscheinend gar nicht mehr aufhören, sich zu schnäuzen. Schließlich sagte Egil: »Ja, Aiko, alle haben Wyrds. Es ist nur so, dass ich ...«

»Es ist nur so, dass Ihr noch nie an etwas anderes als an Euresgleichen gedacht habt. *Rikotekina otoko!*« Sie drehte ihm verärgert den Rücken zu.

Alos hörte auf, in sein Taschentuch zu schniefen. Dann knüllte er das feuchte Stückchen Stoff zusammen und stopfte es sich in die Tasche. Immer noch weinend, grinste er Arin mit seinen Zahnlücken an und sagte: »Lasst uns alle einen trinken, aye?«

In dieser Nacht erzählte Arin ihre Geschichte nicht weiter, denn Egil war geschwächt und müde, und sie bestand darauf, dass er genug Schlaf bekam.

Alos wollte unbedingt seine übliche Runde durch die Tavernen machen, beschloss dann aber doch zu bleiben, nachdem Arin ihm sagte, es gebe noch mehr zu erzählen und folglich am nächsten Tag noch mehr Ale. Er überlegte einen Moment und schaute zur Tür, dann lächelte er bei sich und erklärte sich einverstanden.

Und so machten sich alle für die Nacht bereit. Egil schlief in seinem Bett. Aiko kauerte mit untergeschlagenen Beinen meditierend vor der Tür, die Schwerter auf der Tatami vor sich. Alos lag auf seiner Matte, bestürzt, weil er nicht in der Lage war, das Zimmer zu verlassen, ohne die safranhäutige Kriegerin zu wecken, falls sie überhaupt schlief. Arin saß am Feuer und starrte versunken hinein.

Irgendwann vor Tagesanbruch fing Egil an, im Bett um sich zu schlagen, Namen zu rufen und zu fluchen. Dabei hatte er einen Berserkerausdruck in seinem offenen, aber nichts sehenden Auge. Arin trat an sein Bett und versuchte, ihn zu beruhigen, doch ohne Erfolg. Aiko hielt sich bereit für den Fall, dass sie gebraucht würde. Immer noch schreiend und fluchend, wachte der Kaperfahrer schließlich auf und sah sich verstört um. Dann vergrub er das Gesicht in den Händen und begann zu weinen. Arin setzte sich auf die Bettkante und sang leise ein elfisches Lied, bis Egil sich wieder beruhigte. Nach einer Weile schlief er ein. Arin kehrte auf ihren Sessel zurück und Aiko auf ihre Tatami-Matte. Die Dylvana starrte ins Feuer, schaute aber rasch weg, da sie sich nicht konzentrieren konnte, denn ihre Gedanken kehrten immer wieder zu dem Mann im Bett zurück. *Böse Träume, in der Tat.*

Am nächsten Morgen, während sie gerade frühstückten, kam Thar vorbei, um nach dem Patienten zu sehen. Nachdem Arin eine Salbe auf die Wunden aufgetragen hatte, legten der Heiler und die Dylvana Egil frische Verbände an.

Thar blieb lange genug, um etwas zu essen, verabschiedete sich dann aber, um seine tägliche Runde zu machen.

Danach kam Orri – gutmütig-derb und mit viel guter Laune – und brachte eine lederne Augenklappe mit, die in einem grellen Scharlachrot gefärbt und mit einem kleinen goldenen Symbol verziert war. »Das ist ein Geschenk von der Mannschaft. Die Männer wollen, dass du sie trägst. Ach, Junge, du wirst eine gute Figur als Fjordsmann abgeben, wenn wir zu den Jüten zurückkehren und du deine Rache nimmst. Wir haben sie sogar mit Adons Zeichen geschmückt – mit dem Kriegshammer, Kammerling soll er wohl heißen. Und er passt genau, denn was könnte man auf einem Rachefeldzug besser als Symbol tragen als ein Ding, das die Zwerge den Zornhammer nennen, aye?«

Orri blieb bis zum späten Vormittag und teilte sich einen Krug Ale mit Alos – sehr zu dessen Bestürzung, denn Orri trank den größten Teil seiner Hälfte aus, bevor er ging.

Es war kurz vor Mittag, als Arin schließlich ihre Geschichte fortsetzte.

14. Kapitel

Arin und ihre Gefährten ritten durch Darda Galion zurück, durch die Schatten des dämmrigen Waldes. Sie durchquerten moosige Senken und Mulden und ritten durch die Bäche und Flüsse des bewaldeten Landes – von denen manche rasch dahinschossen und weiß und tosend durch Klippen und Felsen schäumten, während andere träge zwischen langen, von Farnen bewachsenen Ufern oder hohen Felswänden herflossen und leise wisperten.

Die Stille des Greisenbaumwaldes legte sich auf Arin, und sie nickte ein, döste vor sich hin und verlor in dem zeitlosen Dämmerlicht jegliches Zeitgefühl.

Bei Tagesanbruch und in der Dämmerung trällerten die silbernen Singvögel ihre Melodien und erfüllten den Wald mit der Schönheit ihres Gesangs.

Sie überquerten den rasch fließenden Quadrill und dann den langsameren Rothro, da sie auf dem Weg zurückkehrten, den sie erst vor wenigen Tagen entlanggeritten waren.

Schließlich erreichten sie das Lager, wo sie die erste Nacht in Darda Galion verbracht hatten, und Silberblatt erzählte den Markwarten, dass neun Bäume gefällt worden seien. Die Wächter waren bestürzt über die Untat der *Spaunen* an der Flanke zum Grimmwall. Viele wären am liebsten gleich zurückgeritten, um sich Aldor anzuschließen, aber sie konnten ihren Posten nicht verlassen und waren daher erfüllt von ohnmächtigem Zorn.

Der nächste Morgen dämmerte bei stetigem Regen, und ein niedergeschlagener Tarol begleitete die sieben zum Pier, wo sie die Glocke läuteten, um die Fähre von der Insel Olorin zu rufen, die im wallenden Nebel kaum zu sehen war.

Sie wechselten von einer Fähre der Flussleute auf die andere und erreichten schließlich das Ostufer des mächtigen Argon.

In nordöstlicher Richtung ritten sie durch die Südspitze von Darda Erynian, um an jenem regnerischen Abend die Ufer des Rissanin zu erreichen. Der nächste Tag dämmerte unter einem bewölkten Himmel, aber der Regen hatte nachgelassen. Sie folgten dem Westufer des Flusses, und unterwegs wurde es langsam heller. Als schließlich der Abend hereinbrach, sichteten sie mitten im Fluss die grauen Steintürme von Caer Lindor, die in der untergehenden Sonne hellrot leuchteten.

Sie überquerten die Pontonbrücke im Westen, um auf die Festungsinsel zu gelangen, ein Vermächtnis der elfischen Erbfolgekriege aus alten Zeiten, als weder Mensch noch Fey, noch Zwerg, noch Magier, noch sonst jemand die Welt Mithgar bevölkert hatte und es dort nur die Elfen gab, die damals noch vom Wahnsinn befallen waren. Diese Zeiten waren lange vorbei, doch die massige, wuchtige Festung gab es immer noch. Sie war ein Außenposten für den Fall einer zukünftigen Notlage, diente dieser Tage aber als Zwischenstation für Reisende. Hier, an der Grenze zwischen dem bewachten Silberlerchenwald im Norden und dem Großwald im Süden, kamen nicht viele Reisende des Weges, und die wenigen waren meistens Elfen oder Baeron, wenngleich ab und zu auch eine andere abenteuerlustige Seele darunter war.

An diesem Abend kamen sechs Dylvana und ein Lian über die Brücke auf der Suche nach Maultieren oder Packpferden sowie Proviant für eine lange Reise nach Osten. Doch über ihre Mission erzählten sie nichts, obwohl sie den Kriegern der elfischen Garnison vom Fällen der neun Bäume berichteten.

Trotz dieser grimmigen Nachricht wurden sie in jener Nacht

ein wenig von zwei Waerlinga aufgeheitert, die anscheinend auf einer Floßreise zunächst den Rissanin und dann den Argon entlang gekommen waren. »Wir wollen nach Avagon«, sagte Tindel, mit drei Fuß drei Fingerbreit der Größere der beiden, der seinen Begleiter Brink um volle zwei Fingerbreit überragte.

»Wir wollen das Meer sehen«, fügte Brink hinzu, während seine Saphiraugen funkelten, »und uns vielleicht auf einem arbalianischen Kauffahrer einschiffen.«

»Er will als Schiffsjunge anheuern«, sagte Tindel abfällig, indem er mit dem Daumen auf Brink wies.

»Tja, ist nicht wahrscheinlich, dass sie uns als Steuermänner nehmen, du Dussel«, erwiderte Brink. »Auch nicht als Bootsmänner oder Matrosen oder etwas dergleichen. Oder willst du Kapitän werden?«

»Wir könnten uns als Ausguck verdingen, würde ich sagen«, konterte Tindel, indem er mit dem Finger auf seine Augen zeigte, die im Laternenschein bernsteinfarben glitzerten. »Vor allem bei Nacht.«

»Was, und ganz allein in luftiger Höhe herumklettern? Ich nicht, Kumpel. Wenn du auf einen hohen, schwankenden Mast steigen willst, ist das deine Sache. Was mich betrifft ...«

Und so ging es zwischen den beiden hin und her, zwei Herzensfreunde, denen ihre kleine Streiterei Freude machte.

Und die Elfen lächelten über ihr Gezänk.

Am nächsten Morgen bereiteten sich Arin und ihre Gefährten mit sechs beladenen Maultieren auf den Aufbruch vor. Als sie auf die östliche Pontonbrücke ritten, die über den Rissanin in den Großwald führte, sahen sie, dass die Waerlinga ihr voll beladenes Floß zum Ablegen bereitmachten.

Arin reichte Melor den Zügel ihres Maultiers und ritt dann hinunter zum Floß. »Hütet Euch vor den Bellon-Fällen. Die wollt ihr gewiss nicht herunterfahren.«

»Bellon-Fälle?«, fragte Brink.

»Ein Wasserfall im Argon. Gut sechzig Meilen südlich von der Stelle, wo der Rissanin in den Argon mündet.«

Tindel wandte sich an Arin. »Was sollen das für Fälle sein?«

»Dort stürzt der Argon über den Hohen Abbruch tausend Fuß tief in den Kessel darunter.«

»Tausend Fuß!«, rief Brink. Er griff in eine Kartentasche, holte eine Rolle Pergament heraus, betrachtete sie einen Moment, schüttelte dann den Kopf und sagte: »Keine Fälle. Keine Böschung. Kein Kessel. Wir müssen diese Karte berichtigen lassen, Tin.«

Arin riss vor Überraschung die Augen weit auf. *Man stelle sich vor, diese beiden machen sich auf eine Floßreise, ohne die Gefahren des Flusses vor sich zu kennen.*

»Ich danke Euch, Dara Arin«, sagte Brink.

»Aye, vielen Dank«, fügte Tindel hinzu. Dann deutete er mit einem Kopfnicken auf die Festung. »Komm schon, Brink. Es ist heller Tag.«

Während die Waerlinga zur Festung zurücktrotteten, hörte Arin Tindel sagen: »Ich habe dir doch gesagt, man kann einem Flussmann nicht trauen. Du meine Güte, wir wären beinah in diesen Stromschnellen flussaufwärts ertrunken, und jetzt finden wir heraus, dass auf der Karte, die wir gekauft haben, weder die Fälle noch der Abbruch noch ...«

Arin gesellte sich wieder zu ihren Gefährten auf der Pontonbrücke, und kurz bevor sie in den Wald eindrangen, drehte sie sich noch einmal zu den Waerlinga um. Sie winkten ein fröhliches Lebewohl und verschwanden hinter den hochgezogenen Fallgattern.

Arin drehte sich wieder um und folgte ihren Gefährten in das Grün des Großwalds. Caer Lindor verlor sich rasch im Blattwerk hinter ihnen. Und während sie immer tiefer in den Wald eindrangen, fragte Arin sich, welche unerwarteten Stromschnellen, Wasserfälle, Abgründe und unbekannte Gefahren wohl noch vor ihr lagen.

15. Kapitel

Im Norden durch den Rissanin begrenzt, im Osten durch die Ebenen Riamons, im Süden durch die Glaveberge und im Westen durch den breiten Argon und einem Teil des Hohen Abbruchs liegt ein ausgedehntes Waldland, das sich gut siebenhundert Meilen in der Länge und zweihundert Meilen in der Breite erstreckt.

Es ist der Großwald, eines der mächtigsten Waldgebiete in ganz Mithgar.

In diesem Wald wohnt die Menschenrasse, die unter dem Namen *Baeron* bekannt ist. Sie sind zumeist groß gewachsen, die Männer messen bis zu sechs Fuß zehn und mehr, die Frauen bis zu sechs Fuß sechs. Und wie ihre Verwandten im Grünen Haus im Norden verehren sie das Land und alles, was es mit sich bringt.

Auch gibt es Gerüchte, dass Verborgene im Großwald wohnen, aber dieser Wald hat nicht die Aura des Schutzes wie Darda Erynian.

Falls im Großwald Verborgene leben, lassen sie es die anderen Bewohner nicht merken.

In der Mitte der nördlichen Hälfte des Großwalds gibt es ein riesiges Gebiet, wo nur Gras wächst. Bäume gibt es nicht auf dieser gewaltigen Wiese, die achtzig mal vierzig Meilen misst. Sie wird schlicht »Die Lichtung« genannt, und hier versammeln sich die Baeron in der Woche vor und nach dem Mittjahrestag, um von den Taten ihrer Verwandten zu singen und sich eine Frau oder einen Mann zu suchen. Das sind Tage des Feierns und der Werbung, und wenn sie vorbei sind, verschwinden die Baeron, einige von ihnen frisch vermählt, wieder in diesem riesigen Wald und kehren in ihre versprengten Dörfer oder einsamen Hütten zurück.

16. Kapitel

Es war nicht die Zeit der Sonnenwende, als Arin und ihre Gefährten durch den Großwald ritten. Vielmehr war es Juli, und die Sonne schien hell und heiß. Doch unter dem schützenden Dach der Baumkronen blieb es in den langen Tagen erträglich, in denen der elfische Trupp langsam durch das dichte Waldgebiet ritt. Auf ihrem Weg nach Osten begegneten sie keinem Baeron, und sie bemerkten auch kein Anzeichen für die Anwesenheit von Fey. Nur die Vögel und Tiere des Waldes kreuzten ihren Weg, oder jedenfalls schien es so. Eines späten Nachmittags, sieben Tage nachdem sie in den Großwald geritten waren, erreichten sie die hügelige Prärie Riamons.

Bei Anbruch des folgenden Tages nieselte es, als die Elfen ihren Weg fortsetzten, der sie mit einer kleinen Abweichung nach Norden beinah gerade nach Osten führte. In der Ferne konnten sie auf der linken Seite durch den Nieselregen die niedrigen Kuppen eines Ausläufers des Rimmen-Gebirges sehen. In den nächsten vier Tagen ritten sie parallel zu diesem Ausläufer, ehe er nach Norden abknickte, um sich mit dem in Ost-West-Richtung verlaufenden Hauptmassiv zu vereinigen.

In dieser Zeit blieben die Berge vor dem entfernten nördlichen Horizont immer im Blick, während die Elfen über das offene Land ritten. Und weitere fünfzehn Tage verstrichen, ehe sie zur Mittagszeit das Dorf Bridgeton erreichten, wo die Überlandstraße den Fluss Eisenwasser überquerte. Dort begann auch die Meerstraße, die dem Eisenwasser südwärts bis nach Rhondor folgte, einer Stadt am Fuß der Berge oberhalb des großen Beckens namens Hélofen. Die Straße schlängelte sich dann an Fluss und Bergausläufern entlang zur Küste des Ozeans, anstatt durch das Becken selbst zu verlaufen, denn diese Gegend war angemessen benannt: heiß, öde, trocken und unfruchtbar, war das Becken eine tiefe Schüssel, die sich hundert Meilen weit erstreckte, um dann abrupt vor einer hohen Felsbarriere zu enden, hinter der sich das Avagonmeer befand.

Arin und ihre Gefährten stiegen im Gasthaus *Zur Roten Gans* in Brückenstadt ab und ruhten sich den Rest des Tages und den gesamten nächsten Tag aus. Sie frischten ihren dezimierten Proviant auf und erfreuten sich an den Annehmlichkeiten ihrer Unterkunft, genossen ein warmes Bad, eine gute Mahlzeit und einen vollmundigen Roten.

Und sie sangen traurige und liebliche und erhebende Lieder im Schankraum des Gasthauses – zum Entzücken der Gäste wie auch der Städter, denn wiewohl ab und zu ein Barde durch die Stadt kam, war doch allgemein bekannt, dass elfische Lieder und elfische Sänger die besten waren. So dauerte es nicht lange, bis die Taverne brechend voll war, nachdem sich die Neuigkeit herumgesprochen hatte: »Elfen, richtige Elfen, singen in der Gans!«

Am folgenden Tag überquerten die Elfen die Steinbrücke über den Eisenwasser, und dabei winkten ihnen zwei Männer auf einem großen, primitiven Floß aus mit Seilen zusammengebundenen Holzpflöcken fröhlich zu, die flussabwärts trieben, möglicherweise Holzhändler aus Dael, die ihre Ware nach Rhondor verschifften.

Die Elfen wollten der Überlandstraße nach Osten bis nach Vorlo an der Grenze zu Aralan folgen, deshalb ließen sie die

Ausläufer des Rimmen-Gebirges zu ihrer Linken liegen. Sie ritten bei Tag und übernachteten in den Scheunen kleiner Bauern, in Gasthäusern am Wegesrand oder unter freiem Himmel. Am neunten Tag, nachdem sie Brückenstadt verlassen hatten, ritten sie eine lange Steigung zu einer niedrigen Hügelkette empor, und am Nachmittag des nächsten Tages überquerten sie die Kuppe der Hügelkette, welche das Rimmen-Gebirge im Norden mit dem Skarpalgebirge im Süden verband. Sie befanden sich mittlerweile in Garia und zogen über die weiten Prärien dieses Landes. Es war der zwanzigste Augusttag, und bis Darda Vrka waren es noch gut achtzehnhundert Meilen.

Sie folgten weiter der Überlandstraße, die jetzt parallel zum Skarpal-Gebirge im Süden verlief. Unterwegs sahen sie immer mehr Anzeichen für das nahende Ende des Sommers, da überall die Bauern auf ihren Feldern die Kornernte einbrachten und Schäfer mit Hunden das Vieh von den Bergweiden in die Täler trieben. Diese Anzeichen für das Verstreichen der Jahreszeiten machten Arin nervös, denn sie hatte ihre Vision am ersten Julitag gehabt, und nun war schon beinah September. Sie ärgerte sich über ihre Reisegeschwindigkeit, aber sie konnten nicht schneller reiten, weil sie Pferde und Maultiere schonen mussten. So ritten sie an frisch abgeernteten Feldern und Äckern mit reifem Getreide vorbei, und dabei fragte sich Arin ständig, ob sich das furchtbare Verhängnis bereits näherte und wohl über sie hereinbrechen würde, bevor sie etwas tun konnte, um es abzuwenden, falls es sich denn überhaupt abwenden ließ. Langsam ließen sie Meile um Meile hinter sich, während sie über das Antlitz der Welt wanderten.

Spät am Abend des dreizehnten Septembertages trafen sie schließlich in Vorlo ein, einer Stadt am Westufer des Flusses Venn. Am anderen Ufer begann das Gefilde von Aralan.

Sie verbrachten die Nacht und auch noch den nächsten Tag

und die darauf folgende Nacht in dieser Grenzstadt, da sie sich wie in Brückenstadt, das nun achthundertfünfzig Meilen und vierunddreißig Tage hinter ihnen lag, ausruhten und ihren dezimierten Proviant auffrischten. Sie hatten jeden Tag vierundzwanzig Meilen zurückgelegt, und weitere tausend Meilen lagen bis Darda Vrka noch vor ihnen. Arin seufzte. *Mittlerweile wären wir längst in Rwn angekommen, wäre die Blockade der verwünschten Kistani-Piraten nicht.*

Am folgenden Morgen führten sie ihre Tiere zur Fähre über den Venn und setzten nach Aralan über. Sie folgten der Überlandstraße etwa eine Meile, bogen dann nach links in nordöstlicher Richtung ab und ritten parallel zum Venn weiter, dessen Quellflüsse im weit entfernten Grimmwall entsprangen. Auf ihrem Weg zum Venn fließt eine Vielzahl von Strömen aus großen Höhen herab, die sich alle in den riesigen Khalischen Sümpfen vereinen, wo die Wassermassen nur noch träge nach Süden fließen, um letzten Endes im Kleinen Sumpf zu müden, woraus dann der Venn entspringt. Dieser Wasserstraße folgten die Elfen, zumindest einige Tage, denn sie waren weder zu den Sümpfen noch zum Grimmwall unterwegs, sondern zum Wolfswald.

Gut zwei Wochen behielten sie das Venntal im Blick, in dem die Blätter der Bäume ganz allmählich ihre Farbe veränderten. Danach entfernten sie sich immer mehr vom Fluss, bis das Tal auf ihrem Weg ins Kernland Aralans ihren Blicken vollkommen entschwunden war, während Rissa sie immer noch in nordöstlicher Richtung nach Darda Vrka führte.

In diese zwei Wochen fiel auch der Herbstanfang, und am Abend dieses Tages, an dem Tag und Nacht genau gleich lang sind, feierten die Dylvana und Silberblatt im Licht eines hellen, zu drei viertel vollen Mondes mit großem Ernst das elfische Ritual des Erntedanks und des Jahreszeitenwechsels.

Sie zogen ihre besten Gewänder an und stellten sich auf, wie es Brauch war, die Darai mit dem Gesicht nach Norden, die Alori nach Süden gewandt, und dann begannen sie ein Ritual, das weit in die Vergangenheit zurückreichte. Umgeben von Mondlicht und Melodie schritten die Elfen einher und sangen, und ihre Herzen waren voller Freude.

Ihre Schrittfolge war nicht zufällig oder wahllos, sondern folgte einem ganz bestimmten Muster, einem ganz bestimmten Zweck, doch welcher Zweck das war, wissen nur die Elfen zu sagen.

Durch das uralte Ritual ein wenig getröstet, schaute Arin zum sternenhellen Himmel – der Mond war mittlerweile unter den Westhorizont gesunken und im Zeitraum des arkanen Rituals über ein Viertel des Firmaments gewandert. Seine Bewegung erinnerte sie lediglich daran, dass die Zeit unaufhaltsam verstrich.

Am Abend des sechzehnten Oktobertages sichteten sie den Skög, einen uralten Wald im Norden Aralans. In diesen Wald hatte der Herbst bereits vollständig Einzug gehalten, denn die Blätter waren alle golden und schimmerten in dem frischen Wind, der vom entfernten Grimmwall hereinwehte. Dieser Wind brachte bereits einen Anflug des bevorstehenden Winters mit, und der zotteligen Wolle nach zu urteilen, die den Pferden und Maultieren bereits wuchs, würde es ein grimmig kalter Winter werden.

Arin und ihre Gefährten ritten beinahe acht Tage am Waldrand entlang, in denen die goldenen Blätter rot wurden und die Nächte kälter, aber schließlich erreichten sie die Ausläufer des Darda Vrka.

Von Rissa geführt, hatten sie endlich den Wolfswald erreicht, und irgendwo darin hofften sie den Magier Dalavar zu finden.

17. Kapitel

Im Norden durch den hohen Grimmwall begrenzt, im Osten durch den rasch fließenden Fluss Wolf, im Süden durch die hügelige Prärie Aralans und im Westen durch ein Stück offene Steppe, das bis zu den Khalischen Sümpfen reicht, liegen zwei riesige Waldgebiete, der Skög und Darda Vrka, die sich gemeinsam vierhundert Meilen in Ost-West-Richtung und zweihundertfünfzig Meilen in Nord-Süd-Richtung erstrecken.

Es heißt, der Skög sei der älteste Wald in Mithgar, und vielleicht stimmt das, denn auch bei den Elfen wird dies gesagt. Sie nennen ihn nicht einmal Darda, sondern nur Skög. Doch da der Skög mit Darda Vrka verbunden ist, kann man das Alter der beiden nur schwer auseinander halten.

Doch von den beiden ist es Darda Vrka, der Wolfswald, den die Barden in ihren Liedern besingen, Lieder, die einen mit Sehnsucht nach den Zeiten der Legende erfüllen und allen Zuhörern ein Leuchten in die Augen treten lassen. Es sind Lieder vom Wolfswald, wo früher und vielleicht auch heute noch Bestien aus alten Zeiten wohnten: Hochadler, Weißhirsche, Einhörner, Bären, die einmal Menschen waren, und viele, viele dieser mystischen Kreaturen mehr ... Beherrscht wird der Wald von den großen Silberwölfen – den Draega von Adonar – oder vielleicht auch von dem Magier, von dem manche behaupten, er wohne darin. Es ist der Wolfswald, den die

Barden verewigt haben: ein großer Wald, ein alter Wald, ein verzauberter Wald, ein bewachter Wald, der von allen gemieden wird, die Dunkelheit im Herzen tragen.

Aber die Barden singen niemals Lieder und erzählen auch keine Geschichten über den alten, ehrwürdigen Skög, noch erwähnen sie, wer oder was tief in den Schatten darin wohnt.

18. Kapitel

Rissa ritt durch einen rasch fließenden Bach und in das Gold und Rot der Bäume hinein. Arin und die anderen folgten ihr, und in den nächsten beiden Tagen schlugen sie auf der Suche nach dem Herz Darda Vrkas eine nordöstliche Richtung ein und legten insgesamt vierzig Meilen zurück. In dieser Zeit hatten sie noch kein erdgebundenes Anzeichen dafür entdecken können, dass hier ein Magier lebte, obwohl seit eben diesen zwei Tagen ein schneeweißer Falke hoch oben am Himmel kreiste, und zwar immer über ihnen.

»Dalavars Augen, kann ich mir vorstellen«, sagte Biren, als er ihn zum ersten Mal sah.

»Glaubst du das wirklich?«, fragte Perin, indem er die Augen mit der Hand abschirmte und nach oben schaute.

»Er stößt nie zur Erde herab«, erwiderte Biren. »Außerdem, wann hast du je so einen Vogel gesehen? Weiß wie frisch gefallener Schnee. Falken sehen nicht so aus, außer Geierfalken.«

»Vielleicht ist es ein Geierfalke.«

»Ich glaube nicht, Bruder. Dafür ist er zu klein, und wir sind hier zu weit im Süden. Außerdem, wenn es ein Geierfalke wäre, dann wäre sein Gefieder um diese Zeit des Jahres grau, nicht wahr? Und dieser hier ist weiß.«

»Geisterhaft, könnte man sagen«, fügte Perin hinzu.

»Dalavars Augen«, wiederholte Biren. »Vielleicht sehen wir ihn bald.«

»Vielleicht«, pflichtete Perin ihm bei.

Und sie ritten weiter und folgten den anderen in den Wolfswald, während über ihnen der weiße Raubvogel kreiste.

Früh am nächsten Morgen trat Arin, die Wache hatte, die rauchende Asche auseinander und legte ein paar Zweige auf die Reste der Glut. Als kleine rötliche Zungen über das Reisig leckten, schaute sie durch den Morgennebel auf den gerade noch sichtbaren Weiher in der Nähe, wo sich die Nebelschwaden aus dem Wasser hoben und zu den umliegenden Bäumen trieben, um das gesamte Waldland in ein silbriges Tuch zu hüllen. Mit einem Kessel ging sie zum Ufer des klaren Teichs und füllte ihn mit Wasser. Irgendwo im Nebel hörte sie etwas platschen. *Ein Fisch ... oder ein Frosch,* dachte sie zuerst. Hinter ihr schnaubte ein Maultier, und eines der Pferde wieherte. Mit wenigen raschen Schritten war sie wieder im Lager und weckte die anderen.

»Psst«, zischte sie, »etwas oder jemand kommt.«

»Woher?«, flüsterte Vanidar, während er seinen Knochenbogen mit den Silbergriffen aufhob. Das leise Kratzen von Stahl ertönte, als die anderen Elfen ihre Waffen zogen. Die in einer Reihe zwischen zwei Bäumen angebundenen Pferde und Maultiere tänzelten nervös hin und her, die Augen weit aufgerissen, die Ohren gespitzt und die Aufmerksamkeit auf eine unsichtbare Stelle jenseits des Weihers gerichtet.

»Von dort«, hauchte Arin und zeigte mit dem Kinn zum Weiher, während sie das aufflackernde Lagerfeuer mit Wasser aus dem Kessel löschte. Die Glut zischte leise und fügte dem Nebel etwas Dampf hinzu. »Etwas auf der anderen Seite hat einen Frosch veranlasst, ins Wasser zu springen. Und die Pferde sind unruhig. Etwas schleicht sich an.« Arin stellte den Kessel ab und griff nach ihrem Kampfstab.

»Das ist Darda Vrka«, zischte Rissa protestierend, während sie mit dem Schwert in der Hand ihre Stellung im Abwehrkreis der Elfen einnahm. »Hier dürfte es nichts geben, das uns Übles will.«

Silberblatt nickte, während er sein Langmesser vor sich in den Boden stieß, sodass es in bequemer Reichweite war, und einen Pfeil auf die Bogensehne legte. »Trotzdem ist es besser ...«

»Da!«, hauchte Melor, indem er mit dem Speer auf eine Stelle rechts neben dem Weiher zeigte. »Sie kommen.«

In Nebel gehüllt, glitten dunkle Gestalten zwischen den Bäumen umher und näherten sich dem Lager.

Arin starrte auf die vagen Formen, neigte den Kopf und konzentrierte sich, als starre sie in ein Feuer – was ihr in der Vergangenheit schon mehr als einmal ansonsten verborgene Dinge enthüllt hatte. Doch so sicher, wie Wasser Flammen auslöschte, war ihr der Nebel über.

»Hier drüben«, zischte Ruar, indem er mit seinem Säbel nach links wies. »Da kommen noch mehr.«

Pferde und Maultiere schnaubten und wehrten sich gegen die Halteleinen.

»Wie viele insgesamt?«, flüsterte Vanidar.

»Vier. Nein, fünf ... sechs«, erwiderte Ruar, während die Gestalten im Nebel näher kamen.

»Und hier sind es auch sechs«, fügte Melor hinzu, indem er ein, zwei Schritte nach außen machte. »Sie bewegen sich im Rudel und auf vier Beinen und sind ...«

»Draega!«, rief Rissa freudig, als endlich einer der großen Silberwölfe deutlich sichtbar wurde. Jeder war so groß wie ein Pony, und sie trotteten mit offenen Mäulern, glänzenden weißen Reißzähnen und hängender Zunge aus dem Nebel ins Lager.

Rissa schob ihr Schwert in die Scheide, schlang dem ersten der großen Wölfe die Arme um den Hals und vergrub das Gesicht in seinem weichen weißen Fell. Der Wolf ließ die Umarmung stumm über sich ergehen.

Während Biren und Perin die schnaubenden Pferde und grunzenden Maultiere beruhigten, versammelten sich insgesamt zwölf Draega um das Lager.

Mit einem Seufzer der Erleichterung drehte Arin sich zur Seite, um ihren Kampfstab abzulegen, als sie aus dem Augenwinkel ein Flackern wahrnahm. Doch als sie hinschaute, war nichts da. *Ein Streich, den der Nebel dem Auge spielt?* Wie sie es zuvor schon getan hatte, neigte sie den Kopf und konzentrierte sich in dem Versuch, wiederum auf ihre *besondere* Art etwas zu entdecken, was ansonsten verborgen war ... und plötzlich sah sie einen Magier am gelöschten Feuer stehen.

Er war vielleicht sechs Fuß groß – also größer als die meisten Elfen –, und wie bei allen Magiern standen seine Augen ein klein wenig schräg, und seine Ohren waren ein wenig spitz, wenn auch weniger ausgeprägt als die der Dylvana und Lian. Seine Haare waren lang und weiß und hingen ihm über die Schultern. Sie schimmerten ähnlich wie das Fell der Wölfe, wenn auch etwas dunkler. Trotz seiner weißen Haare schien ihm das Alter nicht zu schaffen zu machen. Er trug weiches graues Leder und einen schwarzen Gürtel mit einer silbernen Schnalle um die Taille. Seine Füße steckten in schwarzen Stiefeln. Die Augen waren so durchdringend wie die eines Adlers und vielleicht von grauer Farbe, obwohl das in dem Nebel schwer zu erkennen war. An seinem Hals glitzerte etwas Silbernes, vielleicht ein Amulett an einem Lederband, und Arin hatte den Eindruck, als leuchte es ganz schwach.

Keine der anderen Elfen schien ihn zu bemerken, und sie blickten überallhin, nur nicht auf ihn. Die Draega schienen hingegen zu wissen, dass er da war, denn ab und zu schaute der eine oder andere den Magier an, als erwarte er einen Befehl.

Der Mann sah Arin direkt an und lächelte. »Könnt Ihr mich sehen und hören?« Auf Arins Nicken wurde sein Lächeln breiter. »Dann müsst Ihr über wilde Magie verfügen.«

Rissa ließ schließlich den Wolf los und schaute sich um. Als sie nicht fand, wen oder was sie suchte, wandte sie sich an das Tier an ihrer Seite und sagte: »Du musst einer von Dalavars Wölfen sein. Wo ist dann aber dein Herr?«

»Ich bin hier ...«, sagte der Magier.

»Vada!«, rief Ruar erschrocken, denn der Zauberer tauchte praktisch aus dem Nichts auf: Zuerst war er nicht da, und dann stand er plötzlich vor ihnen.

»... aber ich bin nicht der Herr dieser Draega«, fuhr Dalavar fort. »Vielmehr würde ich sie meine Freunde nennen.«

Rissa, die sich von ihrer Überraschung schnell erholt hatte, trat vor und umarmte den Magier. »Es ist schön, Euch wiederzusehen, Dalavar Wolfmagier.«

Der Zauberer lächelte sie an und erwiderte ihre Umarmung. Dann betrachtete er die anderen Elfen.

Rissa drehte sich um. *»Dalavar Wolfmagier, vi didron enistor: Dara Arin, e Alori Vanidar, Ruar, Melor, e Perin e Biren.«* Während Elfen und Zauberer einander mit einem Kopfnicken begrüßten, wandte Rissa sich wieder an den Magier. »Wir sind in einer äußerst dringlichen Mission unterwegs und suchen Eure Hilfe.«

Die Sonne hatte den Morgennebel vertrieben, während Arin von ihrer Vision erzählt hatte. Langsam schüttelte Dalavar den Kopf, als ihre Geschichte beendet war. Er trank einen Schluck von seinem kochend heißen Tee, während die Elfen schweigend abwarteten. Sie saßen am Lagerfeuer, und um sie herum lagen überall Draega, bis auf drei, die das Lager bewachten. Schließlich sagte Dalavar: »Ich weiß nichts über diesen grünen Stein.«

Perin und Biren seufzten gemeinsam, und Arin senkte niedergeschlagen den Blick.

Der Wolfmagier drehte die Hände, sodass die Innenseiten

nach oben zeigten. »Es ist lange her, seit ich diesen Wald verlassen habe ... lange her, seit ich mit meinesgleichen gesprochen habe. Doch dies kann ich sagen: Wenn es unter uns welche gibt, die von diesem grünen Stein wissen, werdet Ihr sie in der Magierfeste im Schwarzen Berg finden.«

Silberblatt neigte den Kopf. »Nicht auf Rwn?«

Dalavar schnalzte mit der Zunge. »Ah, ja. Auch auf Rwn. Das ist ein Ort des Wissens, denn dort ist die Akademie, und die Bibliotheken sind sehr umfangreich.«

»Bibliotheken?«, fragte Arin.

»Ja. In der Akademie der Magier in der Stadt Kairn an der Westküste von Rwn.«

»Hmm«, sann Arin. »Ich wollte, wir hätten nach Rwn reisen können.«

»Die Blockade«, knurrte Ruar.

»*Kha* über alle Kistani!«, fauchte Rissa.

Dalavar hob eine Augenbraue. »Blockade?«

Ruar nickte. »Piraten blockieren die Meerenge, die Straße von Kistan.«

Dalavar seufzte. »Also streiten die Menschen immer noch.«

Ruar nickte wieder, und Silberblatt fügte hinzu: »So schlimm die Menschen auch sind, die *Spaunen* sind schlimmer. Für die Menschen besteht immerhin noch Hoffnung, aber für die *Rûpt* ... Lasst mich von ihrer jüngsten Missetat erzählen.«

»Missetat?«

»Ja: das Fällen der neun Bäume.«

Sie verbrachten eine Woche mit Dalavar, dessen Hütte auf einer Lichtung in der Mitte des Waldes stand. Sie ruhten sich aus, denn sie waren weit gereist, ohne längere Pausen einzulegen, und die Pferde und Maultiere brauchten Zeit, um wieder zu Kräften zu kommen. Außerdem füllten sie ihren Proviant aus Dalavars Vorräten auf, denn sie hatten eine ganze Weile auf der offenen Prärie verbracht, wo es nur wenige Bauernhöfe und keine nennenswerten Dörfer gab. In dieser Zeit erzählten sie Dalavar, was sie an Neuigkeiten wussten, denn der Magus war beinahe hundert Jahre nicht mehr draußen in der Welt gewesen. Er erzählte ihnen wiederum vom Wolfswald und den Kreaturen darin, doch was er sagte, ist nicht aufgezeichnet, und die Elfen redeten anschließend mit niemandem über seine Worte.

Während sie sich ausruhten, veränderte sich der Wald und nahm die Farben von Kupfer, Bronze und Gold an, und wenn es regnete, blieben hier und da auch schon einmal kahle Zweige zurück.

Am dritten Novembertag, hundertsechsundzwanzig Tage nachdem Arin ihre Vision hatte, verabschiedeten sie und ihre Gefährten sich von Dalavar und machten sich auf zum Schwarzen Berg, der Magierfeste in Xian. Auf ihrem Ritt durch den Wald blieben zwei Draega in ihrer Nähe, während überall die Blätter fielen, und begleiteten sie.

Am Nachmittag des folgenden Tages sprengten Arin und ihre Gefährten durch eine Bachfurt und ließen den Wolfswald hinter sich. Dalavar stand zwischen den nun kahlen Bäumen und sah ihnen nach. An seiner Seite saß ein einzelner Silberwolf. Als die Elfen die Flanke eines Berges umrundet hatten und nicht mehr zu sehen waren, wandte der Wolfmagier sich an den Draega neben sich. »Komm, Graulicht, lass uns laufen.« Ein dunkler Schimmer legte sich über Dalavar, und dann rannten zwei Silberwölfe in die Tiefen des Waldes, während es sacht zu schneien begann.

19. Kapitel

»Licht!«, rief Ruar Arin zu, die hinter ihm auf seinem Pferd saß. Seine Stimme war vor dem Heulen des Schneesturms kaum zu hören.

Arin schlug die Kapuze ihres Mantels zurück und lugte über Ruars Schulter. Vor ihnen im Tal konnte sie ebenfalls ein gelbes Flackern in der Dunkelheit ausmachen. Sie drehte sich zu den anderen um, die hinter ihnen in einer Reihe ritten und in dem Schneetreiben kaum zu erkennen waren, winkte ihnen zu, zeigte dann nach vorn und rief: »Lampenschein! Vielleicht ein Dorf!« Ihre Worte waren in dem Getöse allerdings fast nicht zu verstehen.

Die sechs Pferde schleppten sich durch das von tiefen Schneewehen durchzogene Tal. Das siebte Pferd, Arins, lag tot hundert Meilen und zwölf Tage hinter ihnen. Noch weiter zurück, fast fünfhundert Meilen, lagen die Kadaver der beiden Maultiere. Ein Schneesturm hatte sie in Panik versetzt, und sie hatten sich losgerissen, waren aus dem Lager geflohen und hatten sich im zweiten der heulenden Winterstürme verirrt. Ihre Kadaver hatten sie drei Tage später gefunden, als der Sturm schließlich nachließ. Arins Stute war hingegen einfach zusammengebrochen und gestorben. Ihr Herz hatte versagt, als sie sich durch den Tiefschnee geschleppt hatte, den mehrere Stürme zurückgelassen hatten. Und jetzt war der fünfte Wintersturm über die Elfen gekommen, und sie mühten sich durch die Dunkelheit, um Schutz zu suchen, und endlich sahen sie voraus einen Lampenschein, oder jedenfalls glaubte Arin das.

Doch Ruars Pferd war stehen geblieben und konnte nicht weiterlaufen, da es alle seine Kraft verbraucht hatte. »Absteigen!«, rief er Arin zu, und das taten sie beide.

Arin kämpfte sich durch den tiefen Schnee nach vorn, und indem sie dem Pferd gemeinsam gut zuredeten und am Zügel zogen, konnten sie es dazu bringen, sich wieder in Bewegung zu setzen. Die anderen Elfen hinter ihnen folgten ihrem Beispiel.

Während Wind und Schnee ihnen auf das Heftigste zusetzten, gelangten sie schließlich in das winzige Gebirgsdorf Doku, achthundert Meilen und dreiundfünfzig Tage vom Heim Dalavars des Magiers entfernt, von denen sie einundfünfzig im Schnee zurückgelegt hatten.

Es war ein Dorf aus windschiefen Hütten und Schuppen. In der Mitte gab einen kleinen Marktplatz, auf dem sich auch der Gemeinschaftsbrunnen befand. All das entdeckten sie, als Arin und ihre Gefährten über die mit Schnee und gefrorenem Schneematsch bedeckten Straßen schritten, während der unbarmherzige Wind tobte und wütete, sie mit stechenden Eiskristallen beschoss und ihnen die Wärme zu rauben versuchte.

Da es kein Gasthaus und keine Taverne zu geben schien, wählte Arin eine der größeren Hütten aus und klopfte mit ihrem Kampfstab laut an die Tür, sodass man es trotz des Windes hören konnte.

Nichts.

Keine Antwort.

Arin klopfte noch einmal, diesmal mit dem Knauf des Stabes.

Augenblicke später glitt die Tür beiseite und gab den Blick auf einen kleinen Mann mit safrangelber Haut frei. Überrascht, dass er einen Besucher hatte, musterte er die Frau vor sich – kastanienbraune Haare, alabasterfarbene Haut, schräge Haselnussaugen, spitze Ohren, ein großer Stab ...

»Waugh!«, rief er und sprang rückwärts, denn dies war gewiss ein Schneedämon, der gekommen war, um ihn zu holen, denn wer sonst würde in einem heulenden Schneesturm aus den Bergen an seine Tür kommen?

Die Dämonen verbrachten zwei Tage im Schutz Dokus, bis der Sturm sich legte, und als sie weiterzogen, saß einer auf einem zotteligen Gebirgspony, und vier weitere dieser robusten Tiere waren mit Proviant beladen und folgten ihnen am Zügel.

Die Dörfler waren froh, diese Dämonen gehen zu sehen, obwohl sie keine einzige Person getötet und sich auch kein einziges Mal in die grässlichen Ungeheuer verwandelt hatten, die sie tatsächlich waren. Vielmehr waren die Dämonen höflich gewesen und hatten das Dorf mit zwei Edelsteinen für den Proviant sowie fünf Ponys samt Hafer außerordentlich großzügig bezahlt. Nichtsdestoweniger war es eine große Erleichterung, die sieben Dämonen verschwinden zu sehen.

Die großen Dämonenpferde folgten dem gefrorenen Weg durch Schneewehen und hielten sich dann links. Vielleicht wollten sie zum Gebirgspass, um in das Gefilde der hoch aufragenden Grauen Berge im Osten einzudringen, wo andere Dämonen hausten.

Als nichts mehr von ihnen zu sehen war, feierte das gesamte Dorf.

Am vierten Tag, nachdem sie Doku verlassen hatten, ritten Arin und ihre Gefährten zwischen grauen Felswänden bergauf, die sich zu gewaltigen, dunklen Bergriesen auftürmten, welche in Eis und Schnee gehüllt waren.

Obwohl die Sonne auf die Elfen schien, erzeugte dieses Licht wenig Wärme, denn es war das tote Licht des Winters –

erst sieben Nächte zuvor hatten sie die längste Nacht des Jahres gefeiert und dabei das elfische Ritual der Wintersonnenwende vollführt, ehe der Schneesturm eingesetzt hatte. Der Tag war zwar klar, und die Sonne stand tief am Südhimmel, aber sie war klein und diamanthell und hüllte weder sie noch die grauen Berge ringsumher in Wärme.

Pferd und Pony trotteten weiter durch dieses windumtoste, gefrorene harte Land aus dunklem, unnachgiebigem Fels, von Elfen zu Fuß geführt, während die Luft immer dünner wurde. Auf ihrem Weg durch den Pass konnten sie in der Ferne vor sich Gipfel um Gipfel sehen, die an einem unsichtbaren Horizont vorbeizogen.

Doch im Nordosten überragte eine schneebedeckte Bergkuppe alle anderen, und wo Fels hindurchschien, war dieser schwarz wie die Nacht.

»Da«, sagte Rissa, indem sie darauf zeigte. »Das ist unser Ziel.«

»Der Schwarze Berg«, murmelte Perin.

»Die Zaubererfeste«, fügte Biren hinzu.

Arin schüttelte den Kopf. »Wir wissen nicht, ob das unser Ziel ist. Wenn sich der grüne Stein dort befindet, dann ist der Berg vielleicht der Endpunkt unserer Suche. Vielleicht muss ich den Zauberern nur von meiner Vision erzählen, und alles ist erledigt. Aber möglicherweise ist er auch nur eine Zwischenstation auf unserem vorherbestimmten Weg.«

Die anderen Elfen sahen sie an und stimmten ihr ernst zu. Silberblatt sagte: »Wenn das Schicksal das für uns vorgesehen hat, dann soll es so sein.« Und er richtete den Blick wieder auf das schwarze Felsmassiv.

Sie blieben stehen und starrten noch lange Augenblicke auf das trostlose Bergmassiv, dann setzten sie ihren Weg durch den Pass fort, wobei sie die Tiere immer noch hinter sich am Zügel führten. Der Weg führte nach Nordosten in ein Tal, das zu dem schwarzen Felsriesen führte. Die Nacht brach herein, ehe sie es erreichten, und so schlugen sie müde ein Lager in der Biegung einer Felswand auf.

Während sie zusammengekauert mit dem Rücken zur kalten Wand saßen, wärmte sie kein Feuer, denn es gab kein Holz hier in diesen Höhen, das sie hätten verbrennen können.

Das fahle Licht des Morgengrauens am Jahresendstag fand die Elfen bereit zum Aufbruch, weil sie in der eisigen Nacht nicht gut geschlafen hatten, denn selbst Elfen können frieren, obschon nicht so leicht wie Menschen.

Durch den Pass ging es weiter bergab, und als sie in das gewundene, öde Tal ritten, ging die Sonne auf, fern und kalt, und ihren harten grellen Strahlen fehlte jegliche Wärme. Immer noch starrte der stumme graue Fels der hohen, kahlen Berge Xians auf sie herab, als dringe die Gruppe in ein Land ein, in dem sie nichts verloren hatte und wo sie nicht willkommen war. Doch der dunkle Berg voraus lockte sie weiterzuziehen, bis es dunkel wurde und sie ein Lager aufschlugen.

Vier weitere Tage trotteten sie durch das harsche, graue Land und quälten sich durch den tiefen Schnee, wobei das Führungspferd, das den anderen den Weg durch den hohen Schnee bahnte, beständig wechselte. In jenen vier Tagen kamen sie der dunklen Zinne allmählich näher, obwohl es Arin so schien, als kämen sie kaum oder gar nicht voran.

Am folgenden Tag, kurz vor Mittag, während Arin den großen, nicht mehr so weit entfernten schwarzen Berg beäugte, rief Melor plötzlich: »Huah!« Seine Stimme hallte den hohen, kahlen Fels entlang. Er ging zu Fuß zu einer Stelle, wo die Schneedecke nur ganz dünn war, kauerte sich nieder und wischte den weißen Belag weg. Darunter wurde dunkler Pflasterstein sichtbar. »Dies ist eine Handelsstraße.«

»Eine Handelsstraße?«, fragte Rissa. Sie ging zu Melor, kniete sich neben ihn und half ihm, noch mehr Schnee wegzufegen, sodass zusätzliche Steinplatten sichtbar wurden, die den Boden bedeckten. Sie wandte sich an Silberblatt. »Vanidar, er hat Recht – es ist tatsächlich eine Straße.«

Perin wandte sich an seinen Zwillingsbruder. »Vielleicht führt sie direkt zur Zaubererfeste.«

»Sehr wahrscheinlich sogar«, erwiderte Biren. »Sie müssen sich schließlich alles Mögliche anliefern lassen: Essen und Kleidung und auch Komponenten für die Zauberei.«

Perins Augen weiteten sich. »Hilfsmittel für die Zauberei?«

Biren zuckte die Achseln und hörte dabei das *Chrk!* einer Schneegans und dann Flügelschlag. Als er aufschaute, sah er den Vogel in weißem Wintergefieder nach Norden wegfliegen.

Den gesamten Rest des Tages kam die Gruppe rascher voran und den großen schwarzen Hängen immer näher. Je tiefer sie in die Berge kamen, desto sicherer waren sie, dass sie auf dem richtigen Weg waren, denn hin und wieder konnten sie Anzeichen dafür sehen, dass es sich in der Tat um eine Straße handelte. Pflastersteine zogen sich in ununterbrochenen Abschnitten über Entfernungen bis zu einer Achtelmeile, ehe sie wieder unter einer Schneedecke verschwanden. An einer Stelle waren hundert Schritte eines erhöhten Randsteins auf der rechten Seite zu sehen. Sie passierten eine Brücke über einen gefrorenen Bach. Steinhänge waren bearbeitet worden, um neben den steilen Felswänden Platz zu schaffen. All dies verriet ihnen, dass die Handelsstraße ein regelmäßig benutzter Weg war.

Als das Land anstieg, ritten sie über Anhöhen und wieder hinunter in die aufgeworfenen Täler, wobei sie langsam immer höher kamen. Auf jeder Kuppe konnten sie in die Ferne schauen und sahen Gipfel ohne Zahl, so weit das Auge reichte. Doch der alles beherrschende Anblick war immer der riesige schwarze Berg, der in den Himmel zu ragen schien.

Allmählich wurde der Fels ringsumher dunkler, und je weiter sie ritten, desto tiefer wurde die Schattierung. »Das ist die

Dunkelheit des Zaubererbergs«, stellte Vanidar Silberblatt fest, »die um sich greift, um sich noch weiter auszubreiten.«

Die Wintersonne zog tief über den Himmel und sank hinter die entfernten Berge, und die Nacht brach über das Land herein. Wieder schlug die Gruppe ein Lager ohne Feuer auf und nächtigte am kalten, dunklen Fels, während weit entfernte Sterne über ein eisiges Firmament zogen, und kurz vor Morgengrauen ging die dünne, fahle Sichel des abnehmenden Mondes auf und stieg vor der Sonne in den Himmel.

Sie ritten den ganzen Tag und auch den folgenden bis zu den Flanken des Schwarzen Berges. Jeden Tag um die Mittagszeit sahen sie eine Schneegans nach Norden fliegen.

»Die Augen der Zauberer?«, fragte Perin.

»Das mag sein«, erwiderte Biren nachdenklich.

Perin nickte, und gemeinsam beobachteten sie den Flug des schneeweißen Vogels zu dem schwarzen Fels voraus.

Kurz nach dem Aufbruch am nächsten Morgen erreichten sie das Ende der Straße. Vor ihnen, in den pechschwarzen Fels eingelassen, standen zwei massive, in Schatten gehüllte und mit Reif überzogene Eisentore.

Sie hatten endlich die Zaubererfeste erreicht.

20. Kapitel

Alos zitterte und stürzte den Inhalt seines Bechers hinunter. Er wandte sich an Arin. »Dieses Gerede über Zauberer und das Finstere Volk gefällt mir nicht.«

»Habt Ihr etwas gegen die Magier? Oder gegen die *Rûpt*?«

Wieder zitterte Alos. Er öffnete den Mund, als wolle er etwas sagen, und sein gesundes Auge, wässrig und hell, starrte die Dylvana an.

Arin beugte sich vor. »Alos?«

Er sah sie mit gequälter Miene an, als habe er Mühe, auch nur ein einziges Wort herauszubringen ... und in diesem Augenblick klopfte es an die Tür.

Der alte Mann schaute zum Eingang, sank auf seinem Stuhl in sich zusammen und stieß einen tiefen Seufzer aus, dann setzte er sein braunfleckiges Grinsen auf und sagte: »Trinken wir noch mehr Wein, ja?«

Als Aiko aufstand und zur Tür ging, seufzte die Dylvana und füllte Alos' Glas, dann schaute sie zu Egil, aber der schien tief in Gedanken – oder Erinnerungen – versunken zu sein, und seine Miene war freudlos. »Egil?«

Er sah sie an.

»Mehr Wein?«

Stirnrunzelnd schüttelte er den Kopf, *Nein,* und senkte dann den Blick, als seine Gedanken sich wieder nach innen richteten.

Wieder klopfte es an der Tür, gerade in dem Augenblick, als Aiko sie öffnete. »Meine Güte!«, rief das Serviermädchen und hielt dann beim Anblick der fremdländischen Kriegerin den Atem an, während das Geschirr auf dem Tablett klirrte. »Ich bringe das Mittagessen, edle Dame«, stotterte sie schließlich. Das Mädchen quetschte sich an Aiko vorbei und deckte dann hastig den Tisch.

Während Aiko wieder ihren Platz auf dem Boden einnahm, schüttelte Egil den Kopf, als wolle er schlimme Erinnerungen abschütteln, und holte tief Luft. Dann wandte er sich an Arin und lächelte. »Ich würde gern mehr von Eurer Geschichte hören, denn ich bin neugierig, was Euch nach Mørkfjord gebracht hat. Aber zuerst würde ich gern sehen« – er neigte den Kopf in Richtung Badezimmer –, »ob ich es allein dorthin und wieder zurück schaffe. Und dann lasst uns essen. Ich sterbe vor Hunger.«

Nach dem Mittagessen lehnte Egil sich an seine aufgestellten Kissen und sagte: »Und nun erzählt uns mehr von Eurer Geschichte, mein *Angil*, denn ...«

Aiko knurrte etwas und machte Anstalten, sich zu erheben, doch Arin hob abwehrend eine Hand, und die Ryodoterin ließ sich mit verdrossener Miene wieder zurücksinken.

Egil lachte, wurde dann aber rasch ernst. »Es tut mir Leid. Ich habe mein Wort gegeben. Und ich habe es allein heute schon zweimal gebrochen. Es ist nur so, dass ... nur so, dass« – er suchte nach Worten, und dann platzte es aus ihm heraus – »Ihr mein *Angil seid*, Dara Arin.«

Plötzlich spürte Arin, dass ihr Herz raste, und sie wandte sich von ihm ab und starrte in den Kamin, als suche sie dort ein Vorzeichen, obwohl an diesem warmen Tag kein Feuer brannte.

Egil sah, dass er sie verwirrt hatte, und streckte flehentlich eine Hand aus, ließ sie dann aber wieder auf die Decke sinken, statt Arin zu berühren. Er räusperte sich und sagte: »Nun denn, das Mahl ist zu Ende. Schenk mir ein Ale ein, Alos, und dir gleich auch eins. Und dann, Dara Arin, wenn es Euch recht ist, würde ich gern mehr hören. Warum seid Ihr nach Mørkfjord gekommen? Und wo sind Eure elfischen Gefährten? Es ist ihnen doch kein Unheil widerfahren, oder?«

Arin wandte den Blick vom Kamin ab und sah Aiko an.

Egil folgte ihrem Blick, doch Aikos Miene verriet nichts. Er schaute wieder zu Arin und fügte hinzu: »Erzählt uns doch auch von Eurem Besuch bei den Zauberern und von ihren Zaubereien.«

Mit lautem Krach ließ Alos den Alekrug die letzten paar Fingerbreit auf den Tisch fallen, aber er landete aufrecht, und obwohl das Ale darin schwappte, wurde nichts verschüttet. Zittrig reichte der alte Mann Egil einen vollen Becher, dann nahm er seinen eigenen und stürzte die Hälfte seines Inhalts in einem Zug herunter.

21. Kapitel

Als Arin die tiefen Schatten betrachtete, von denen die massiven Tore verhüllt waren, kam ihr unwillkürlich ein Gedanke: Heute ist Neumond. *Ist es ein schlechtes Omen, dass wir ausgerechnet an diesem Tag hier eintreffen?*

»Die Eisentore sehen aus wie von Drimmen gemacht«, verkündete Perin, während er das massive Portal betrachtete, das tief im soliden schwarzen Fels verankert war.

»Ja«, stimmte Biren zu, »ebenso wie die Steinmetzarbeiten. Ist das hier eine Magierfeste oder nicht?«

Alle Augen richteten sich auf Arin. Sie zuckte die Achseln, da sie ebenfalls keine Antwort wusste. »Uns bleibt nichts weiter übrig, als an die Tür zu klopfen und zu fragen.«

Arin stieg ab und führte ihr Reittier durch den breiten Vorhof, der zu den Toren führte. Die geschützte, gepflasterte Stelle war mit nicht mehr als einem Hauch pulverfeiner Schneeflocken bedeckt. Die anderen Elfen stiegen ebenfalls ab und gingen links und rechts von Arin. Schließlich erreichten sie die großen Tore, deren Eisen mit Reif bedeckt war.

»He, hier drüben«, rief Ruar. »Runen! Sie scheinen nach Art der Drimmen abgefasst zu sein. Darunter befindet sich noch eine andere Schrift. Ich kann beide nicht lesen.«

Vanidar Silberblatt ging zu Ruar und lachte dann. »Das ist eindeutig die Signatur eines Drimms.«

»Was steht denn da?«, fragte Perin.

Silberblatt drehte sich lächelnd um. »Ich kann zwar die oberen Runen nicht lesen, aber diejenigen darunter entstammen dem Vadarischen, einer der Sprachen der Magier, und bedeuten: ›Ich, Velkki Tormeister, habe dies erschaffen.‹«

»Dann ist es tatsächlich eine Arbeit der Drimma«, verkündete Biren.

Silberblatt nickte lächelnd. »Das will ich meinen.«

Rissa räusperte sich. »Drimmafeste oder nicht, ich würde sagen, wir klopfen an und bitten um Einlass, um die Kälte hinter uns zu lassen.«

Als Arin den Knauf ihres Kampfstabes hob, um an das große Eisentor zu pochen, öffnete sich plötzlich ein Seitentor im zuvor soliden Fels, und eine gerüstete Gestalt trat nach draußen und winkte sie zu sich.

Es war ein Zwerg.

Irunan lachte und betrachtete den gerüsteten Zwerg, der neben seinem Sessel stand, dann beschrieb er eine Geste, die weit mehr umfasste als das von Lampenschein erleuchtete Gemach, dessen schwarze Felswände hinter bunten Wandteppichen verborgen waren. »Ja, meine Freunde, diesen Ort könnte man wohl als Zwergenfeste bezeichnen, obwohl er für uns erbaut wurde.«

Ein Magier mit einem Teewagen betrat das Gemach. Während er die Erfrischungen zu dem Tisch schob, wo der Zauberer und die Elfen saßen, wandte sich der bärtige, breitschultrige Zwerg an Irunan. »Zauberer, wenn Ihr keine Verwendung mehr für mich habt, kehre ich auf meinen Posten zurück.«

»Sehr gut, Boluk«, erwiderte der Magier. »Und seid bitte so gut und schickt Nachricht zu den Ställen, damit sich jemand um die Pferde und Ponys dieser Elfen kümmert und sie tränkt, füttert und striegelt. Die Reise war lang und hart für die Tiere, und sie haben eine längere Rast und ausgiebige Pflege verdient.«

Boluk verbeugte sich, machte dann auf dem Absatz kehrt und ging.

»Huah«, seufzte Ruar, dessen Blick Boluk folgte, als der Drimm das Gemach verließ. »Die Reise war auch für uns lang und hart.«

Irunan lächelte und seine grauen Augen funkelten. »Ja. Das wissen wir. So viel Schnee. Wir erwarten Euch nun schon seit einigen Tagen.«

»Die Graugänse?«, fragte Biren.

»Dann habt Ihr sie gesehen?«, erwiderte Irunan ein wenig überrascht.

»Ja«, erwiderte Perin. »In den letzten drei Tagen.«

»Hmm«, sann der Magier und lächelte dann. »Sehr aufmerksam.« Er wandte sich an den Mann mit dem Teewagen. »Wir müssen Maßnahmen ergreifen, Gelon, um in Zukunft mehr Vorsicht walten zu lassen.«

Der andere Magier nickte und richtete Porzellangedecke her, dazu zwei Kännchen mit geschlagener Sahne und einige Teller mit Teegebäck. Irunan neigte den Kopf, sodass ihm die hellblonden Haare bis auf die Schultern fielen. »Nur sehr selten kommen Besucher durch den harten Winter im Gebirge zu unserer Feste.«

Rissa nahm sich von dem angebotenen Gebäck. »Ich kann wahrlich verstehen, warum. Sind außer uns noch andere diesen Winter gekommen?«

»O nein«, sagte Gelon, der die Tassen verteilte. »Die Leute müssen schon in sehr großer Not sein, um sich dieser brutalen Kälte auszusetzen. Unser letzter Winterbesucher ist vor zwei Jahren gekommen. Eine Frau aus dem Osten. Eine Kriegerin, die jetzt in unserer Wache Dienst tut. Aus Ryodo, glaube ich. Sie sagte, ihre Tigerin habe sie hergebracht.«

Perins Augen weiteten sich. »Ihre Tigerin? Sie ist auf einem

Tiger geritten?«

»Lieber Bruder, vielleicht ist sie ihm nur gefolgt«, sagte Biren.

»Vielleicht hast du Recht«, sagte Perin vorsichtig, »obwohl es auch keine Kleinigkeit ist, einem Tiger zu folgen.«

Sowohl Perin als auch Biren wandte sich an Irunan. »Geritten oder gefolgt?«, fragten beide gleichzeitig.

Irunan lachte. »Weder noch. Sie kam zu Pferd. Und von einem Tiger war weit und breit nichts zu sehen.«

»Hmm, ein Rätsel«, sagte Perin.

»In der Tat«, stimmte Biren zu.

Dann servierte Gelon Tee, und Irunan fragte derweil höflich: »Und was führt Euch in diesem harschen Wetter zur Magierfeste von Schwarzstein? Nicht die Einflüsterungen eines anderen Tigers, oder?« Er lächelte.

Arin nahm eine volle Tasse von Gelon entgegen, dann sagte sie: »Ich hatte eine Vision.«

»Ach?«

»Eine Vision von Krieg, Hungersnot, Pest, Krankheit, Blut und Tod. Drachen stießen zur Erde nieder und spien Feuer ...«

»Drachen?«, entfuhr es Gelon, wobei er ein wenig Tee verschüttete.

Arin nickte. »Ja genau, Drachen. Sie fuhren zwischen die Menschenmassen auf dem Schlachtfeld und verbrannten alles um sich her zu Asche – nur eines von vielen Bildern, die sich um einen hellgrünen Stein drehen.«

»Was!«, rief Irunan ungläubig, und Gelon ließ die Teekanne fallen, die auf dem Steinboden zerschellte.

Mit vor Verblüffung weit aufgerissenen Augen beugte Irunan sich vor und fixierte Arin. »Sagtet Ihr gerade, Ihr seht in Euren Visionen einen hellgrünen Stein?«

Arin schaute von Gelon zu Irunan und nickte.

Irunan hielt die Hände etwas auseinander, die Finger gewölbt, sodass sie einander beinah berührten, als hielten sie etwas Längliches. »Wie Jade? Eiförmig?«

Wiederum nickte Arin.

Irunan sprang erregt auf und wandte sich an Gelon. »Das kann doch nicht sein!«

Arin und ihre Gefährten hatten vollständig die Orientierung verloren, als sie schließlich die Kammer des Hohen Rates erreichten. Sie konnten nicht mehr sagen, wo sie ihren Weg begonnen hatten, wo die Ställe waren, und in welcher Richtung das Haupttor lag. Fassungslos und vor sich hin murmelnd, hatte Irunan sie in aller Eile durch ein Labyrinth aus schwarzen Steinkorridoren zum Versammlungssaal geführt, während Gongschläge durch die Feste hallten.

»Ich glaube, sie haben diese Feste absichtlich so angelegt, dass sie den arglosen Geist verwirrt«, zischte Melor, der neben Ruar durch den Torbogen in die Ratskammer schritt. »Es ist ein dunkler, verwirrender Irrgarten.«

Ruar nickte zustimmend.

Der Saal, den sie soeben betreten hatten, war kreisrund und enthielt einen großen Tisch aus poliertem, schwarzem Granit, der wie ein Hufeisen geformt war und den halben Saal ausfüllte. Seine Außenseite wurde von einem Halbkreis aus gepolsterten Stühlen gesäumt. Dieselben, mit rotem Samt bezogenen Stühle säumten die runde Außenwand des Saals, mit Ausnahme der beiden Stellen rechts und links, wo sich die Türen befanden. Am Kopf des Tisches lagen ein Hammer aus dunklem Holz und ein dazu passender Hammerblock auf der polierten Oberfläche. Im Freien – und exakt zwischen den beiden Tischenden – stand ein Rednerpult, das Irunan beiseite stellte, um stattdessen einen der Stühle von der Wand dorthin zu tragen.

Er bedeutete den Elfen, sich auf die Stühle an der Wand am Fuß des Ratstisches zu setzen, sodass sie dem offenen Bogen des Tisches zugewandt waren, dann zündete er zusätzliche

Lampen an, um den Raum zu erleuchten. Als er fertig war, marschierte er auf und ab und beobachtete dabei unablässig die beiden Eingänge.

Arin, die bis jetzt ihre Zunge im Zaum gehalten hatte, fragte: »Irunan, was ist denn? Warum seid Ihr so verstört? Ja, meine Vision hat mir grausame Bilder gezeigt, aber Ihr scheint zu glauben, dass ich etwas Unmögliches gesehen habe.«

Irunan blieb stehen und wandte sich an sie. »Verzeiht mir, Dara Arin, aber was Ihr sagt, stimmt: Ihr könnt unmöglich gesehen haben, was Eure Vision Euch gezeigt hat.«

»Unmöglich? Aber ich *habe* diese Gesichte gehabt.«

»Das bezweifle ich nicht. Doch was Ihr gesehen habt ... Ihr hättet gar nicht in der Lage sein dürfen, es überhaupt zu erblicken. Deswegen habe ich Gelon geschickt, den Rat einzuberufen. Ich darf nicht mehr sagen, denn alle weiteren Worte wären voreilige Spekulationen meinerseits. Vielmehr sollen sich Arilla und die anderen Eure Geschichte anhören und entscheiden, welche Kräfte hier am Werk sind und was dies bedeutet.«

Arin wollte etwas sagen, doch Irunan hob eine Hand, um ihr zuvorzukommen. »Wirklich, Dara Arin, es steht mir nicht zu, Euch Rat zu erteilen. Aber eines kann ich Euch sagen: Es war klug von Euch, mit dieser Sache zum Schwarzen Berg zu kommen. Jetzt lasst uns auf die Weise Arilla und die anderen warten.«

Der Magier setzte seine Wanderung fort, und Arin verstummte mit einem Seufzer und ließ ihre Frage unausgesprochen. Auch von den anderen Elfen sagte keiner etwas, als sie auf den Stühlen an der Wand Platz nahmen.

In Zweier- und Dreiergruppen oder auch einzeln betraten Magier den Saal, Frauen und Männer gleichermaßen, von denen manche am ovalen Tisch und andere auf den Stühlen an der runden Wand Platz nahmen. Doch jeder Einzelne von ihnen fixierte die elfische Gruppe mit fragenden Blicken, und einige schienen vor allem Arin zu beäugen, als wollten sie ein unergründliches Rätsel begreifen.

Der Saal füllte sich langsam mit dem Murmeln von Gesprächen, als immer mehr Magier eintrafen. Sie trugen alle ähnliche Gewänder wie Irunan, manche blau wie seines, aber auch in vielen anderen Farben. Die meisten der eintretenden Magier schienen ebenso unbestimmbaren Alters zu sein wie die Elfen, aber anders als diese hatten einige der Zauberer silberfarbene Haare und waren von der Last der Jahre gebeugt, da sie ihre Lebenskraft mit dem Wirken vieler Zauber verbraucht hatten. Wie alle ihrer Art konnten diese »Alten« ihre Vitalität jedoch zurückgewinnen, indem sie auf eine ganz spezielle Art ruhten. Viele hatten dies getan, bevor sie nach Rwn gesegelt waren, wo sie den Dämmerritt nach Vadaria benutzt hatten, denn dort in ihrem Heimatgefilde kehrte ihre Jugend sehr viel schneller zurück als anderswo innerhalb der Ebenen.

Unter den Letzten, welche den Versammlungssaal betraten, waren Gelon und eine Magierin. Gelon schaute sich im Saal suchend nach Irunan um, und nachdem er ihn entdeckt hatte, ging er zu ihm und nahm neben ihm Platz. Die Frau ging hingegen zum Kopf des Tisches und setzte sich dorthin.

Sie war hoch gewachsen und trug ein gelbes Gewand. Ihre Haare waren hellbraun und fielen ihr fast bis auf die Hüften. Ihre Augen waren ebenfalls hellbraun. In diesem Zyklus ihres Wirkens hatte sie einen Teil ihrer Jugend verbraucht, doch sie war noch nicht an dem Punkt angelangt, da sie die entrückte Ruhe der Magier benötigt hätte.

Nachdem sie die Elfen mit ihrem durchdringenden Blick gemustert und dabei Arin lange und eindringlich angestarrt hatte, sah sie sich im Saal um und nahm die übrigen Anwesenden zur Kenntnis.

Noch immer betraten einige Spätankömmlinge die Ratskammer. Bald waren alle Stühle gefüllt, und einige Magier standen sogar in den Eingängen.

Schließlich nahm sie den Hammer und klopfte damit ein-, zweimal auf den Block. Stille senkte sich über die Versammlung.

»Irunan, würdet Ihr dem Rat mitteilen, warum Ihr diese Sitzung einberufen habt?«

Irunan ging zum leeren Stuhl am Fuß des Bogens, stellte sich dahinter und schloss die Hände um die rotsamtene Rückenlehne. »Weise, diese Dylvana« – er drehte sich um und zeigte auf Arin –, »Dara Arin aus Darda Erynian, oder auch dem Grünen Haus, hatte eine Vision vom Drachenstein, vom Grünen Stein von Xian.«

Plötzlich herrschte Aufruhr in der Kammer, als die Zauberer einander ansahen oder aufsprangen, sich vorbeugten und Arin in schockiertem Unglauben ansahen.

Unmöglich.

Das kann nicht sein.

Eine Vision vom Grünen Stein?

Woher wisst Ihr das?

Das Gemurmel dauerte an, obwohl die Weise mit dem Hammer zur Ordnung rief.

Irunan ging zu Arin und stellte sich neben sie. »Dara Arin.« Er streckte die Hand aus. Arin ergriff sie, und der Magier führte die zierliche Dylvana zu dem Stuhl in der Mitte der beiden Enden des Hufeisens. Als sie dort saß, nahmen auch die Magier wieder Platz, und das Klopfen des Hammers sorgte endlich wieder für Ruhe.

»Dara Arin, ich bin Arilla, Zauberin« – sie beschrieb mit ausgestreckten Händen einen Kreis – »und Weise dieses Rates.« Arin neigte grüßend den Kopf, und Arilla fuhr fort: »Wie ich höre, seid Ihr und Eure Gefährten weit gereist, um uns Nachricht von Eurer Vision zu bringen. Wie Ihr der hier herrschenden Aufregung entnehmen könnt, bietet eine Vision vom Grünen Stein Grund zu großer Besorgnis.«

Wieder neigte Arin den Kopf, diesmal zur Bestätigung.

»Nun seid bitte so gut und erzählt uns von diesem Gesicht, Dara Arin.« Arilla nahm den Hammer, klopfte damit einmal fest auf den Holzblock und ließ den Blick durch den Saal wandern. »Ich wünsche völlige Stille, bis ihre Geschichte erzählt ist.«

Arilla wandte sich wieder an Arin und legte den Hammer nieder. »Wenn Ihr jetzt beginnen wollt, Dara? Und lasst bitte nichts aus.«

Arin holte tief Luft, und dann erfüllten ihre leisen Worte die Stille im Saal, während die Dylvana ihre Vision in allen blutigen Einzelheiten schilderte.

»Das ist ganz zweifellos der Drachenstein«, durchbrach Arilla schließlich das benommene Schweigen, welches Arins Worten gefolgt war.

»Aber wie kann das sein?«, protestierte ein rot gewandeter Magier. »Der Drachenstein widersetzt sich allen Versuchen, ihn mittels Magie aufzuspüren. Nicht einmal die Drachen können ihn spüren.«

»Wenigstens behaupten sie das, Belgon«, erwiderte Arilla. »Wenigstens behaupten sie das.«

»Nun, *wir* können ihn jedenfalls nicht finden«, verkündete ein anderer Magier von hohem Alter in einem blauen Gewand. Er wandte sich an einen Kollegen. »Und wir haben lange und ausgiebig gesucht.«

Während der andere Magier zustimmend nickte, murmelte Arilla: »Das ist wahr.«

Arin räusperte sich. »Wenn der hellgrüne Stein in meiner Vision tatsächlich dieser ›unsichtbare‹ Drachenstein ist, wie konnte ich ihn dann überhaupt sehen?«

Die Zauberer sahen einander an. Einige schüttelten den Kopf. Andere zuckten die Achseln. Doch Belgon rieb sich nachdenklich das Kinn, sah dann auf und sagte: »Es muss an der wilden Magie liegen.«

Arin wandte sich dem rot gewandeten schwarzhaarigen Zauberer zu. »›Wilde Magie‹? Diesen Ausdruck hat auch schon Dalavar Wolfsmagier benutzt. Was bedeutet er?«

Belgon schüttelte den Kopf. »Er bedeutet, Dara Arin, dass Ihr eine unbekannte Kraft anwendet, und zwar auf eine Weise, die wir nicht verstehen, denn sie erfordert nicht die Manipulation des astralen Feuers oder irgendeines der fünf Elemente. Es scheint sich um keine Kraft der Erde, des Wassers, des Feuers, der Luft oder des Äthers zu handeln, sondern vielmehr um etwas anderes – etwas ›Wildes‹ und Unberechenbares. Wer weiß denn, was diese Kraft ist? Wer versteht sie? Wir ganz sicher nicht.«

Wiederum senkte sich Stille über den Rat. Schließlich sagte Arilla: »Wie Ihr seht, Dara Arin, macht uns Eure Vision benommen. Nicht, weil wir wissen, was sie bedeutet, sondern vielmehr, weil Ihr überhaupt eine Vision hattet, denn der Grüne Stein von Xian, trotzt allen Versuchen, ihn in irgendeiner Form wahrzunehmen ... außer vielleicht jenen der wilden Magie.«

Eine weißhaarige Magierin in einem weißen Gewand beugte sich auf ihrem Stuhl vor und hob einen Arm. Arilla schaute in ihre Richtung. »Ja, Lysanne?«

»Weise, wir haben noch nicht die ganze Vision von Dara Arin gehört.«

»Ich weiß«, erwiderte Arilla.

»Aber ich habe Euch alles erzählt«, protestierte Arin.

Lysanne hob die Hand, um sie zu beruhigen. »Ja, Ihr habt alles erzählt, woran Ihr Euch erinnert, Dara Arin, aber Ihr habt auch vage Bilder erwähnt, an die Ihr Euch nicht mehr erinnern könnt.«

Arin hob die Hände in einer wortlosen Erwiderungsgeste.

»Lysanne meint«, sagte Arilla, »dass sie Euch vielleicht helfen kann, Euch diese vergessenen Bilder wieder ins Gedächtnis zu rufen. In diesem Fall könnten sie uns einen Hinweis darauf geben, wo der Grüne Stein jetzt liegt und was zu tun ist.«

Silberblatt stand auf und trat neben Arins Stuhl. Arilla richtete den Blick auf ihn.

»Ich bin Alor Vanidar, ehemals Coron von Darda Galion, dem Greisenbaumwald und Land der Lerchen.« Überall im Saal gab es Gemurmel und leise Ausrufe. Silberblatt hob ein wenig die Stimme, als er fortfuhr: »Ich« – er drehte sich zu Rissa und den anderen Elfen um und sah dann Arin an –, »das heißt *wir* würden gern mehr über diesen Drachenstein, diesen Grünen Stein von Xian erfahren. Außerdem würden wir gern hören, ob es eine Möglichkeit gibt, das furchtbare Verhängnis abzuwenden.«

Arilla nickte. »Ja, so viel sind wir Euch schuldig.« Jetzt wanderte ihr Blick durch den Saal. »Wenn es keine Einwände gibt, werde ich diese Versammlung einstweilen vertagen, um unseren Gästen die Geschichte des Drachensteins zu erzählen, soweit wir sie kennen. Außerdem schlage ich vor, dass Lysanne versucht, Dara Arin bei dem Versuch zu helfen, sich an den vergessenen Teil ihrer Vision zu erinnern. Doch seid bereit, Euch kurzfristig wieder einzufinden.«

Wieder schweifte ihr Blick durch den Saal, und als sie keinen Protest hörte, wandte sie sich an Lysanne. »Bleibt, Lysanne.« Dann sagte sie zu Arin, Vanidar und den anderen Elfen: »Bleibt Ihr bitte ebenfalls.«

Doch bevor sie ihren Hammer niedersausen lassen konnte, gab es einen Tumult an der Tür, und eine bewaffnete und gerüstete Gestalt drängte sich durch die versammelten Magier. Verglichen mit ihnen war sie klein, höchstens fünf Fuß zwei. Sie trug Hose und Stiefel aus braunem Leder und eine Weste, auf die gehämmerte Bronzeplatten genäht waren, die wie Schuppen aussahen. Darunter trug sie ein helles, cremefarbenes Seidenwams. Ihre Haut hatte die Farbe von Safran, und ein mit roten Zeichen verziertes braunes Lederstirnband hielt ihre kurz geschnittenen, rabenschwarzen Haare zusammen und sorgte dafür, dass sie ihr nicht in die schräg stehenden Augen und in das Gesicht mit den hohen Wangenknochen fielen. An der Hüfte trug sie zwei leicht gekrümmte Schwerter: Eines war etwas länger als ein Langmesser, das andere hatte eine Klinge von normaler Länge.

Sie marschierte um den Tisch, und die Magier drehten sich zu ihr herum. Sie ignorierte das Gemurmel und die Blicke und trat in den freien Raum vor Arin. Ihre onyxfarbenen Augen starrten in die nussbraunen der Dylvana, als sie mit melodischer Stimme verkündete: »*Watakushi wa tora desu!*«

Sie nahm die Hefte ihrer Schwerter, zog sie beide blitzschnell aus den Scheiden, hielt sie hoch über den Kopf und rief: »*Kore wa watakushi no kiba desu!*«

Schnell wie eine Viper sprang Silberblatts Klinge in dessen Hand. Als er Anstalten machte vorzutreten, kniete die junge Kriegerin vor Arin nieder und legte die funkelnden Schwerter auf den schwarzen Boden. »*Watakushi no kiba wa anata no meirei ni shitagai masu*«, sagte sie leise und beugte sich dann so weit vor, bis ihre Stirn den dunklen Stein berührte.

Arin schaute sie verblüfft an und wandte sich dann an die Magier. »Weiß jemand von Euch ...?«

Ein weißhaariger Magus am Ende seines gegenwärtigen Wirkens sagte: »Ich werde für Euch übersetzen, Dara Arin. Zuerst hat sie gesagt: ›*Ich bin ein Tiger.*‹ Dann, als sie die Schwerter gezogen hat, fügte sie hinzu: ›*Das sind meine Reißzähne.*‹ Und schließlich, als sie Euch die Waffen zu Füßen legte, hat sie so etwas gesagt wie: ›*Ihr könnt über sie gebieten.*‹«

»Über sie gebieten?«

»Ja.«

»Über ihre Schwerter?«

»Ja, ihre Reißzähne.«

»Aber ich ...«

»Wenn Ihr nicht annehmt, entehrt Ihr sie damit.«

Arin seufzte. Sie erhob sich von ihrem Stuhl, kniete sich selbst neben die Kriegerin und hob die Schwerter auf. Dann kauerte sie sich auf die Fersen und sagte leise: »Erhebt Euch ...«

»Aiko«, warf der weißhaarige Magier ein.

»Erhebt Euch, Aiko«, sagte Arin.

Die goldhäutige Kriegerin hob den Kopf, und ihre Augen weiteten sich, als sie die Dylvana auf den Knien sah. Arin lächelte, drehte die Schwerter um und reichte sie Aiko mit dem Heft voraus. »Ich akzeptiere Eure Freundschaft und Hilfe, Aiko, und, ja, sogar Eure Dienste. Doch beachtet, Ihr seid Euer eigener Herr und frei in Euren Entscheidungen, doch sollte unser Weg eine Weile gemeinsam verlaufen, heiße ich Euch willkommen.«

Tief in Aikos dunklen Augen lauerte Verwirrung, aber sie nahm die Schwerter und schob sie wortlos wieder in die Scheide.

Arin erhob sich und hielt Aiko die Hand hin. Die Kriegerin ergriff sie zögernd und erhob sich ebenfalls, dann schaute sie Arin an und grinste, sodass sich ihre gesamte Miene aufhellte, und Arin erwiderte das Lächeln. Die Dylvana wandte sich an Vanidar, zeigte auf das Langmesser in seiner Hand und sagte: »Ich glaube, Ihr könnt das jetzt wegstecken.« Vanidar schmunzelte und schob die Klinge wieder in die Scheide.

»Ahem!«, räusperte sich Arilla. Alle Augen richteten sich auf sie. Sie sah sich in dem Saal um. »Wenn das alles ist ...«

Sie schlug kräftig mit dem Hammer auf den Holzblock.

Nachdem das Treffen fürs Erste beendet war, führten Arilla und Lysanne die Elfen und Aiko durch die labyrinthartigen Korridore der Zaubererfeste.

Aiko, die neben Arin marschierte, blieb stumm.

»Sprecht Ihr die Gemeinsprache?«, fragte Arin.

»Ja, Dara«, erwiderte Aiko, jedoch mit einem fremdländischen, melodiösen Akzent.

»Ich muss fragen: Warum habt Ihr mir die Treue geschworen?«

»Meine Tigerin hat es mir gesagt.«

»Eure Tigerin?«

»Ja.«

Perin, der hinter ihnen ging, sagte: »Dann müsst Ihr der Besucher sein, von dem wir gehört haben, der im Winter nach Schwarzstein gekommen ist.«

»Vor zwei Wintern«, fügte Biren hinzu.

Ohne sich umzudrehen, sagte Aiko. »Das bin ich.«

Arin warf einen Seitenblick auf die dahinschreitende Kriegerin. »Und Eure Tigerin hat Euch auch das gesagt, dass Ihr nach Schwarzstein gehen sollt?«

»Ja.«

»Wenn es kein Geheimnis ist: Warum?«

»Um Euch die Treue zu schwören, Dara.«

»Um mir die Treue zu schwören?«

»Ja.«

Arin sah Rissa fragend an, doch die andere Elfe zuckte nur die Achseln.

»Diese ... äh ... Tigerin von Euch«, sagte Ruar, »was ist sie genau? Und wie erzählt sie Euch diese Dinge?«

Aiko schritt schweigend weiter und antwortete nicht.

Arilla sagte: »Sie ist vor zwei Wintern zu uns gekommen und hat gesagt, ihr Kommen habe einen Zweck, aber bis zum heutigen Tag kannten wir weder ihn noch seine Bedeutung. Sie hat uns als Kriegerin gedient ... das heißt, bis jetzt.«

»Aber diese Tigerin von ihr ...«, bohrte Ruar.

»Sie erklärt es nicht«, sagte Lysanne.

»Vielleicht ist damit noch mehr wilde Magie gemeint«, mutmaßte Melor.

»Vielleicht«, erwiderte Lysanne.

Sie erreichten einen großen Raum mit Holztüren in verschiedenen gedämpften Farben, die in einheitlichen Abständen in die Wände eingelassen waren. Es gab überall in der Kammer bequeme Sessel und hier und da auch Tische. Auf einem dieser Tische in der Mitte des Raumes fanden die Elfen ihre persönlichen Habseligkeiten. Jemand hatte ihre Ausrüstung von den Ställen hierher gebracht. »Das sind die Gästequartiere«, sagte Arilla, indem sie auf die Türen deutete. »Wählt Räume nach Eurem Belieben, augenblicklich sind alle frei. Vielleicht wollt Ihr Euch frisch machen – es gibt auch ein Bad darin.« Sie schaute auf eine kunstvolle Wasseruhr an der Wand. »Was haltet Ihr davon, wenn wir uns hier in vier Strichen wieder treffen? Dann werde ich Euch erzählen, was ich – was wir – über den Drachenstein wissen. Es ist, ehrlich gesagt, wenig genug. Und dann werden wir ein Mittagsmahl einnehmen, und danach wird Euch Lysanne sagen, Dara Arin, wie sie und Ihr zusammenarbeiten und versuchen könnt, Eure verlorenen Erinnerungen wiederzufinden.«

»Vielleicht haben wir keine Zeit«, sagte Perin, während er zu dem Ausrüstungsstapel ging.

»Zeit wofür?«, fragte Biren, der seinem Bruder beim Sortieren half.

Perin hielt inne und sah seinen Zwillingsbruder an. »Vielleicht zählt jeder Moment, und wenn wir innehalten, um uns zu erfrischen, verpassen wir vielleicht die einzige Gelegenheit zu tun, was getan werden kann.«

»Aber Perin, wir sind bereits seit dem Sommer unterwegs, und jetzt haben wir tiefsten Winter. Was zählen da vier Wasserstriche?«

»Ha! In vier Wasserstrichen kann ich zehn Meilen und noch mehr laufen, und vielleicht fehlen uns letztendlich genau zehn Meilen, um dorthin zu gelangen, wo wir das Verhängnis verhindern können, falls wir dazu überhaupt in der Lage sind.«

Arilla räusperte sich. »Ihr nehmt an, meine Freunde, dass

Ihr tun müsst, was zu tun ist, falls irgendetwas unternommen werden kann. Aber vielleicht besteht Euer einziger Anteil an der ganzen Angelegenheit darin, uns die Nachricht von der Vision zu bringen.«

»Aber vielleicht auch nicht«, sagte Rissa, während sie die Ausrüstung nahm, die Perin ihr gab. »Schließlich hat Arin die Vision gehabt, also sind wir es möglicherweise, die dieses Verhängnis abwenden müssen, wenn es sich denn abwenden lässt.«

»Bitte«, sagte Lysanne mit leiser Stimme. »Lasst uns weder streiten noch spekulieren. Wenn wir herausgefunden haben, was Dara Arin sonst noch gesehen hat, wird vielleicht klarer, was zu tun ist. Bis dahin schlage ich vor, dass wir alle tun, was Arilla sagt, denn Dara Arin muss sich ausruhen, bevor ich beginnen kann.« Sie sah Arin an. »Ihr müsst heute Nacht gut schlafen, meine Liebe, denn morgen werden wir den ersten Versuch unternehmen herauszufinden, was Ihr sonst noch gesehen habt.«

»Morgen!«, rief Arin bestürzt.

Lysanne nickte und lächelte, und in ihren Augenwinkeln zeigten sich winzige Krähenfüße.

Arin schüttelte den Kopf. »Aber was ist, wenn Perin Recht hat und wir keine Zeit haben?«

»Dann müssen wir wohl einfach zu spät kommen. Aber ich kann es nicht eher angehen, denn ich kann sehen, dass Euer inneres Feuer zu niedrig brennt.«

»Mein inneres Feuer?«

»Eure Energie oder Lebenskraft. Die lange, harte Reise hat an Eurer Vitalität gezehrt. Aber eine gute Nachtruhe wird vieles von dem wiederherstellen, was wir benötigen.«

»Das reicht jetzt!«, meinte Arilla. »Ihr müsst tun, was Lysanne sagt, sonst ergründet Ihr vielleicht nie, was jetzt noch verborgen ist.«

Arin seufzte und nickte niedergeschlagen.

Zufrieden warf die Weise einen Blick auf die Wasseruhr. »Vier Striche, dann kehren wir zurück.«

Als Arilla und Lysanne gingen, schaute Arin ihnen betrübt hinterher. Biren reichte Arin ihre Ausrüstung, und sie wählte eine lindgrüne Gästezimmertür für sich aus und ging mit Aiko an ihrer Seite darauf zu.

Gebadet und ein wenig ausgeruht trat Arin vier Striche später in den großen Gemeinschaftsraum. Arilla und Lysanne warteten schon und schenkten Tee ein. Ruar und Melor waren ebenfalls bereits dort, ebenso wie auch Biren, Perin und Aiko. Die Kriegerin hatte ihre Ausrüstung zwischenzeitlich in das Zimmer mit der roten Tür neben Arins gebracht. Während Arin eine Tasse von Lysanne entgegennahm, kamen Vanidar und Rissa aus ihrem Zimmer. Silberblatt lachte.

Als alle in bequemen Sesseln saßen und eine Teetasse in der Hand hielten, räusperte Arilla sich. Alle Augen richteten sich auf sie. Sie holte tief Luft und begann. »Lasst mich Euch von einem längst vergangenen Tag vor den Toren des Schwarzen Berges erzählen, als die Drachen zu Besuch kamen.«

22. Kapitel

Die Grauen Berge von Xian waren von Gebrüll und dem Rauschen ledriger Schwingen erfüllt. Drachen, mächtige Drachen – rot, silbern, schwarz und grün funkelnd – füllten den Sommerhimmel aus. In weit geschwungenen Spiralen schraubten sie sich zum hoch aufragenden Schwarzen Berg herab, wo die Zauberer wohnten. Die Torwächter schrien vor Furcht, flohen in die Feste und schlugen die massiven Portale zu. Doch die Drachen sanken immer tiefer zu den Bergspitzen ringsumher, auf denen sie sich wie schwergewichtige, glänzende Monumente niederließen ... alle, bis auf drei der mächtigen Feuerdrachen. Diese drei landeten vor den geschlossenen Portalen der Zaubererfeste. Zwei Drachen waren massig und dunkel und glitzerten schwarzviolett, wenn sie sich bewegten, und sie hatten pechschwarze Krallen wie Säbel, die Kratzer im dunklen Stein des Vorhofs hinterließen. Sie flankierten einen dritten Drachen, der nach Drachenmaßstäben klein war – falls man von einem Drachen überhaupt sagen kann, er sei klein. Dieser war grün, mit einem gelblichen Schimmer auf der schuppigen Haut, und er schien sich vor den anderen beiden zu fürchten. Mit einer Kralle hielt er einen Lederbeutel, der oben sorgfältig mit einem Lederband zugebunden war.

»Zauberer, wir wollen verhandeln!«, brüllte der monströse schwarze Drache auf der linken Seite.

Der Drache zur Rechten drehte sich um, zischte vor Wut und redete in einer Sprache, die noch vom Anbeginn der Zeit stammte. Deren Worte klangen, als würden große Messingtafeln aneinander geschlagen. [»*Ich* werde hier der Sprecher sein, Daagor, denn *ich* sitze auf dem höchsten Gesims!«]

Daagors gewaltiger Schwanz peitschte heftig hin und her. [»Nur weil *ich* zur Zeit der Paarung in Kelgor war.«]

Der grüne Drache zwischen den beiden duckte sich tiefer.

In diesem Augenblick öffnete sich ein Seitentor, und ein Magier in einem dunkelroten Gewand trat nach draußen.

Der Schwarze Kalgalath beäugte den Zauberer und wandte sich dann an Daagor. [»Wir werden das ein für alle Mal in der Zeit der Erprobung klären. Aber einstweilen bin *ich* es, der für die Drachen spricht.«]

Daagor brüllte herausfordernd und drehte sich, sodass er seinem Gegner nun zugewandt war. Der Schwarze Kalgalath öffnete das gewaltige Maul zu einer dröhnenden Erwiderung.

Der grüne Drache wich etwas zurück, sodass er nicht mehr direkt zwischen den beiden Rivalen saß, und der Magier am Tor hielt sich gequält die Ohren zu.

Doch auf den Bergen ringsumher erhoben sich hundert oder mehr Drachenstimmen zu einem donnernden Gebrüll, und das ganze Gebirge erbebte und hallte von den Echos der Drachenschreie wider.

Wachsam nahm der Schwarze Kalgalath den Blick von Daagor und ließ ihn über die umliegenden Berge schweifen, und Daagor tat es ihm nach. Dann zischte Daagor: [»Das Gesims war und ist rechtmäßig mein, Kalgalath, doch nicht einmal wir zwei vereint können alle anderen besiegen, daher werde *ich* dir gestatten, mit diesem Magier zu reden.«]

[»Ich brauche keine Erlaubnis von dir, Daagor, für das, was mir ohnehin zusteht.«]

Nun wandte Kalgalath sich dem Zauberer zu und wechselte zur Gemeinsprache, obwohl seine Stimme immer noch so klang, als würden große Messingtafeln aneinander geschlagen. »Magier, wir sind gekommen, um zu verhandeln.«

Der Zauberer trat vor. »Um zu verhandeln?«

»Ja, wir wollen um eine kleine Gunst bitten.«

»Eine Gunst?«

»Eine winzige Kleinigkeit.«

Der Magier lachte schallend und breitete die Arme aus, um die gesamte Drachenversammlung einzuschließen. »Das ganze Drachenvolk klopft an meine Tür und erbittet dann eine winzige Gunst? Das kann ich mir nicht vorstellen.«

»Du kennst meinen Namen?« Der Schwarze Kalgalath wandte den Kopf und sah Daagor hämisch an.

»Ja, und Daagors auch.«

Nun war es an dem anderen schwarzen Drachen, finstere Befriedigung zu zeigen.

»Wer würde die Namen der beiden mächtigsten Drachen Mithgars nicht kennen?«, fragte der Magier. »Drachen bringen Kummer und Leid über die Welt – Kalgalath und Daagor am meisten von allen.«

Voller Selbstgefälligkeit hoben beide Drachen den Kopf und krümmten den Hals. Wäre ein großer Spiegel zur Hand gewesen, hätten sie stolz und eitel auf das Bild darin geblickt ... obwohl sich Kalgalath und Daagor so ähnlich sahen, dass sie nur einander hätten anzusehen brauchen, um ihr Ebenbild zu erblicken.

»Aber ihr habt nicht alle Drachen hier versammelt, um zu hören, wie ich ein Loblied auf euch singe«, sagte der Magier. »Vielmehr seid ihr gekommen, um zu verhandeln. Diese Gunst, diese winzigste Kleinigkeit, was könnte das wohl sein?«

Kalgalath warf einen Blick auf Quirm und den Lederbeutel, der an einer seiner Krallen hing, dann auf Daagor und schließlich auf die über ihnen thronende Drachenversammlung. »Ihr sollt etwas für uns aufbewahren.«

»Einen Gegenstand?«

»Ja, aber zuerst müssen alle Magier einen Eid schwören.«

Der Magier brummte überrascht. »Einen Eid?«

»Einen unverbrüchlichen Eid«, sagte Daagor.

Kalgalath funkelte seinen Rivalen an. »Einen unverbrüchlichen Eid«, wiederholte Kalgalath. »Einen Schwur, diesen Gegenstand auf ewig zu verstecken und seine Geheimnisse unangetastet zu lassen ... und ihn vor allen zu beschützen, die anders verfahren würden.«

»Und was schlägst du als Gegenleistung für Aufbewahrung und Schutz vor, besiegelt durch einen ›unverbrüchlichen Eid‹?«

Der Schwarze Kalgalath betrachtete angelegentlich die messerscharfen Krallen seiner rechten Vorderpfote. »Für die Aufbewahrung und den Eid würden wir schwören, eure Magierfeste in Ruhe zu lassen und sie niemals zu plündern.«

»Ha!«, bellte der Zauberer. »Du schwörst, etwas ungetan zu lassen, das zu tun ihr noch nie die Macht hattet.«

»Sei vorsichtig, Magier«, zischte Daagor, »sonst wirst du sehen, was wir Drachen tatsächlich vermögen.«

Wieder warf Kalgalath Daagor einen giftigen Blick zu und wandte sich erst dann an den Zauberer. »Nur *ich* bin die Stimme aller Drachen, Magier, aber in diesem Fall spricht Daagor die Wahrheit.«

Der Magier schüttelte den Kopf und zeigte auf die Feste hinter sich. »Erstens spreche ich nicht für alle von uns. Es gibt Magier im Schwarzen Berg, jene auf der Insel Rwn und noch andere, die über Mithgar verstreut leben. Außerdem gibt es viele auf der Welt Vadaria und ein paar auf den anderen Ebenen. Ich kann nur versprechen, die Angelegenheit vor den Rat hier im Schwarzen Berg zu bringen. Und selbst dann würde der Schwur nur die Magier dieser Feste betreffen.

Zweitens, ehe wir Eide leisten und dafür Eide bekommen,

würden wir gern wissen, was es ist, das wir für die Drachen aufbewahren und schützen sollen, denn wir würden keinen Schwur für etwas abgeben, dessen Wert wir nicht kennen.

Also will ich den Gegenstand sehen, den wir für euch hüten sollen.«

Mit einem Rucken seines Kopfes und einem gezischten [»Quirm«] rief der Schwarze Kalgalath den grünen Drachen nach vorne, sodass er wieder zwischen ihm und Daagor stand. Kalgalath funkelte Quirm an und fauchte: [»Lass es den Magier hochheben.«] Der grüne Drache legte den Lederbeutel auf die Steinplatten des Vorhofs.

Der Magier hob eine Augenbraue. »Ich soll mich in Reichweite eurer Krallen begeben?«

Daagor zischte: »Zauberer, du bist dort auch in Reichweite unserer Krallen, wo du gerade stehst.«

Der Magier schaute nach rechts und links und nach oben ... und zuckte die Achseln.

Kalgalath fauchte Daagor an, dann wandte er sich an den Zauberer. »Wenn du das Gewicht des Dings spüren willst, dann komm und heb es hoch.«

Der Magier trat vor und zu der Stelle, wo der Beutel zwischen Quirms Krallen lag. Er bückte sich und hob den Lederbeutel auf. »Hmm. Ziemlich schwer für seine Größe. Etwas Rundliches ist darin. Oval. Vielleicht von der Größe einer Melone.« Er kauerte sich nieder, legte den Beutel vor sich auf den Boden und zupfte an der Lederschnur. »Was ist darin? Eine verformte Kristallkugel?«

»Du kannst den Beutel nicht öffnen, Magier«, sagte der Schwarze Kalgalath.

»Ha!«, bellte der Magier. Er sah die fest verknotete Schnur an und murmelte: *»Laxa!«*, und die gelöste Schnur fiel auf den Vorhof, während der Beutel sich öffnete und einen abgeplatteten Stein aus einem durchsichtigen, jadeähnlichen Mineral enthüllte, makellos, hellgrün und glänzend – gut sechs Fingerbreit im Durchmesser und vier von einem flachen Ende zum anderen – und anscheinend in einem inneren Licht schwach leuchtend.

Alle drei Drachen brüllten und wichen zurück und wandten den Kopf ab, ebenso wie die Drachen auf den Berggipfeln ringsumher, deren gewaltiges Gebrüll durch die Gebirgslandschaft hallte. Von dem Lärm überwältig, hielt der Magier sich die Ohren zu, und Blut lief ihm aus der Nase.

»Tu das weg«, rief der Schwarze Kalgalath. »Tu das abscheuliche, widerwärtige Ding weg.«

Doch der Magier hob den beinah zwanzig Pfund wiegenden, eiförmigen Stein zähneknirschend auf.

Kurze Blicke riskierend, glitt Kalgalath der Schwarze vorwärts, streckte seine scharfen Krallen aus und zischte: »Ich sagte, tu das weg ... sonst zerreiße ich dich auf der Stelle.«

Der Magier kauerte sich nieder und legte den Stein zurück in sein Behältnis, dann zog er den Lederbeutel hoch und befestigte die Schnur wieder. Dabei fragte er: »Woher kommt dieser Stein?«

Nun wieder erholt, funkelte der Schwarze Kalgalath ihn direkt an. »Dieses Wissen steht dir nicht zu.«

Der Magier erhob sich. »Welche Kräfte hat er?«

Daagor brüllte: »Dummkopf! Haben wir nicht gesagt, dieses Wissen steht dir nicht zu?«

Unerschrocken sagte der Magier: »Ich weiß ohnehin schon das Folgende: Wir haben hier ein mächtiges Artefakt, vor dem sich sogar die Drachen fürchten. Wenn ihr unseren Eid wollt, dass wir es hüten, dann müssen wir auch etwas darüber wissen, andernfalls könnt ihr unverrichteter Dinge mit dem Stein wieder abziehen.«

Daagor und Kalgalath wechselten einen Blick, doch Quirm meinte rasch und unbedacht: »Wir können ihn nicht spüren, Magier, und wer ihn besitzt und alles über seine Kräfte erfährt, wird die Macht haben ...«

[»Still!«], brüllte Kalgalath in der alten Sprache Quirm erzürnt an. Doch gleichzeitig schossen Flammen aus Daagors Maul, und seine Krallen trafen den Schädel des grünen Drachen und fegten ihn ein Stück nach hinten. [»Gib diesen Magiern nichts, aber auch gar nichts preis!«]

[»Daagor, hör auf!«], brüllte der Schwarze Kalgalath. [»Wir können nur dem Schwächsten von uns vertrauen, den Stein zu tragen.«]

Widerstrebend senkte Daagor seine Krallen, ließ sein Feuer erlöschen und ließ von dem sich duckenden grünen Drachen ab.

Der Magier war vor der Wut der Drachen davongelaufen und stand jetzt am Tor, bereit, in die Feste zu fliehen. Doch als er sah, dass der Kampf beendet war, rief er: »Ich werde euer Ersuchen vor die Versammlung aller Magier in der Feste bringen. Wir werden uns beraten, und morgen werde ich euch die Antwort bringen.«

Doch die Magier debattierten drei Tage anstelle von einem, denn eine derart schwierige Frage konnte nicht über Nacht entschieden werden. Sie spekulierten über die Kräfte des Steins und grübelten über die Reaktion der Drachen. Und sie dachten über Quirms Worte nach und darüber, dass Daagor den grünen Drachen für dessen kurze Enthüllung angegriffen hatte.

Es war bedeutungslos, dass sich die Drachen manchmal der alten Sprache bedienten, denn die Seher in der Feste hatten jedes Wort verstanden. Angesichts der Bedeutung, welche die Drachen dem Stein beimaßen – der nun als *Drachenstein* bezeichnet wurde –, diskutierten sie die Frage, was sie für ihren unverbrüchlichen Eid verlangen sollten. Die Debatte war lang und hitzig, denn es gab viele, die gelobten, den Drachen niemals auch nur den geringsten Eid zu leisten, und einige wenige, die vorschlugen, falsch zu schwören, den Stein und seine Macht über die Drachen zu ergründen und ihn dann zu benutzen, um die riesigen Kreaturen zu unterwerfen, falls er diese Macht tatsächlich besitzen sollte.

Am Ende kamen sie zu einer Einigung, und es gab eine Abstimmung. Nur ein paar Abtrünnige weigerten sich, das Ergebnis dieser Abstimmung anzuerkennen, und diese wenigen würden zukünftig nicht mehr in der Magierfeste willkommen sein, sollten die Drachen den Forderungen der Magier nachkommen.

Als der Unterhändler der Magier schließlich wieder vor das Tor trat, waren der Schwarze Kalgalath, Daagor und Quirm – und der Stein – ebenso noch da wie die Drachen auf den umliegenden Gipfeln.

Und der Zauberer sagte: »Wir werden euren Drachenstein hüten und den Eid leisten, den ihr verlangt, aber als Gegenleistung dafür verlangen wir Folgendes: Die Drachen werden künftig nicht mehr nach Belieben plündern, sondern die Welt in Ruhe lassen: alle Städte, Ortschaften, Dörfer, Gehöfte, Schiffe auf See, Häfen, Wälder, Magierfesten, Elfenfesten, Zwergenfesten, Wohnorte der Menschen ...« Der Magier führte die Bedingungen weiter aus, sprach Ge- und Verbote aus, beschrieb und ging ins Detail, bis er am Ende schließlich sagte: »... und wenn ihr damit nicht einverstanden seid und einen bindenden Eid darauf schwört, könnt ihr euren Stein nehmen und damit von dannen fliegen.«

Bei seinem Vortrag hatten Daagor und Kalgalath und sogar Quirm mit dem Schwanz geschlagen und die Krallen ausgefahren, da ihre Wut immer größer geworden war, und manchmal hatten sie sogar gebrüllt, denn von einem Drachen Gehorsam zu verlangen, war unerträglich und konnte nicht geduldet werden.

Doch am Ende warf der Schwarze Kalgalath noch einen Blick auf den Lederbeutel in Quirms Besitz und sagte: »Wir werden über eure schändlichen Forderungen nachdenken und euch morgen unsere Antwort geben.«

Aber die Drachen debattierten fast zwei Wochen, und das Gebirge erzitterte dabei unter ihrem Wutgebrüll. Einige flogen erzürnt davon – Schlomp, Skail und andere, darunter auch Daagor.

Schließlich kamen der Schwarze Kalgalath und Silberschuppe zur Magierfeste, Quirm zwischen sich. Der grüne Drache trug den Beutel immer noch.

»Dies ist, womit wir einverstanden sind, Magier«, sagte Kalgalath. »Wir werden uns an abgelegene Orte zurückziehen und unsere Überfälle auf das beschränken, was wir zum Überleben brauchen – ab und zu ein Pferd, eine Kuh oder Ähnliches.

Wir werden nicht plündern, wenn wir nicht selbst angegriffen oder beraubt werden, obwohl ich mir keine Kreatur vorstellen kann, die so etwas wagen würde.

Wir werden darauf verzichten, uns Schätze anzueignen, die sich in jemandes Besitz befinden, aber herrenlose Schätze sind frei zur Jagd.

Wir werden uns nicht in die Angelegenheiten von Menschen, Zwergen, Magiern und anderen mischen, es sei denn, sie mischen sich zuerst in die Angelegenheiten der Drachen, woraufhin es uns freistehen wird, gerechte Vergeltung zu suchen.«

Der Schwarze Kalgalath führte weiterhin detailliert aus, was die Drachen akzeptieren würden und was sie ablehnten, und der Magier kehrte mit ihrem Gegenvorschlag zum Rat zurück.

Das Feilschen dauerte noch einen Monat, in dem Forderungen gestellt und akzeptiert oder abgelehnt, Auslassungen und Mehrdeutigkeiten geklärt und Formulierungen festgelegt wurden. Aber am Ende wurde eine Vereinbarung getroffen. Beide Seiten leisteten den Eid, und jene unter den Zauberern, die ihn nicht leisten wollten, wurden aus der Feste verbannt. Es wurde viel über die Tatsache beraten, dass nicht alle Drachen schworen, aber die Drachen konterten, auch nicht alle Magier hätten den Eid geleistet – sodass jede Seite ihre Abtrünnigen hatte. Und somit war die Angelegenheit endlich geklärt.

Die Magier nahmen den Drachenstein mit in die Finsternis des Schwarzen Berges und verschlossen ihn in einem tiefen Gewölbe, und wie sie es geschworen hatten, versuchten sie nicht, seine Geheimnisse zu ergründen ... obwohl sich einige Magier jenseits des Schwarzen Berges, die den Eid nicht geleistet hatten, hin und wieder in die Angelegenheiten von Drachen einmischten.

Die an den Eid gebundenen Drachen zogen sich an abgelegene Orte zurück und ließen die Welt größtenteils in Ruhe, und Jahrtausende lang herrschte Frieden ... abgesehen von den gelegentlichen Raubzügen der abtrünnigen Drachen, wobei Daagors grausame Plünderungen zu den schlimmsten gehörten.

Doch dann wurde eines Tages entdeckt – durch einen Zufall –, dass der Grüne Stein von Xian aus dem Gewölbe verschwunden war. Wann sich das ereignet hatte, wusste niemand. Als sie ihre magischen Talente einsetzten, um herauszufinden, was passiert war und wo sich der Drachenstein jetzt befand, stellten die Zauberer zu ihrer Bestürzung fest, dass der Drachenstein unergründlich war und daher auch alles, was mit ihm zusammenhing – Vergangenheit, Gegenwart und Zukunft –, die Möglichkeiten ihrer arkanen Künste überstieg.

Das war der Stand der Dinge, bis die Dylvana Arin zu den Magiern kam.

23. Kapitel

Sie saßen in einer kleinen abgedunkelten Kammer, in der nur eine einzelne Kerze brannte, und selbst die war winzig. Während Lysanne sanft auf sie einredete, wurden Arins Augenlider schwer, und schließlich schlossen sie sich. Aiko kniete ganz in der Nähe auf dem dunklen Steinboden. Sonst war niemand anwesend.

Lysanne stellte die Kerze beiseite und wandte sich dann an die Dylvana, die tief in eine friedliche Trance gesunken war.

»Könnt Ihr mich hören, Dara Arin?«

»Mmm«, erwiderte Arin.

»Ihr könnt sprechen, Dara.«

»Vi oren ana.«

»Benutzt die Gemeinsprache, Dara. Könnt Ihr mich hören?«

»Ich höre Euch.«

»Gut.« Lysanne wandte sich an Aiko. »Kind von Ryodo, merkt Euch alles, was Ihr sehr und hört.«

Aikos schwarze Augen funkelten, und sie nickte einmal fest und bestimmt.

Nun wandte Lysanne sich wieder an Arin. »Dara, auch Ihr werdet Euch anschließend an alles Vorgefallene erinnern. Habt Ihr verstanden?«

Arin nickte zögernd.

»Gut.« Lysanne lehnte sich auf ihrem weichen Polstersessel zurück und legte die Finger zusammen. »Ich will, dass Ihr zu der Nacht auf der Lichtung zurückkehrt, als Ihr die Vision gesehen habt.«

Arin bewegte sich unbehaglich hin und her, und ihre Atmung beschleunigte sich.

»Es ist alles in Ordnung, Dara«, beruhigte sie Lysanne. »Ich bin ebenso hier wie Aiko, und nichts Böses ist zugegen.«

Das Wispern von Stahl auf Stahl war zu hören, als Aiko ihre Schwerter aus der Scheide zog. »Ich werde Euch beschützen, Dara.«

Lysanne sah die goldhäutige Kriegerin stirnrunzelnd an, doch Arin schien sich ein wenig zu entspannen, obwohl ihr Atem immer noch in raschen Stößen ging.

»Was seht und hört Ihr, Dara?«

»Ich sehe die Flammen. Ich höre die Hörner.«

»Hörner?«

»Die Jagdhörner. Ich weiß, dass der Hirsch jetzt auf der Flucht ist.«

»Aha.« Lysanne nickte. »Ich verstehe. Doch nun, Dara, will ich, dass Ihr Euch in der Zeit vorwärts bewegt bis zum Ende der Jagd und zur Rückkehr der Jäger zu der Stelle, wo die Vision beginnt. Sagt mir, was Ihr jetzt seht.«

»Blut.«

»Blut?«

»Das Blut des getöteten Hirsches.«

»Und ...?«

»Ich schaue weg und in die Flammen. Oh, oh, oh.« Arin fing an zu weinen.

Lysanne beugte sich vor und nahm Arins Hand. Einen Augenblick später zuckte sie zurück, als die Dylvana ihre Finger schmerzhaft fest umschloss. »Bleibt ruhig, meine Liebe. Bleibt ruhig.«

Doch Arin drückte immer fester zu und rief: »Ach, Adon, lass es nicht zu.«

»Dara Arin?«

»Ein Blutbad. Ein furchtbares Gemetzel.«

»Dara Arin!«

»Drachen ...«

»Dara, hört mir zu!«

»Ach, die Kinder. Oh, oh, oh ... ich kann nicht, ich kann nicht, ich kann nicht ...«

Jetzt rief Lysanne mit scharfer Stimme: »Dara Arin, hört mir zu! Lasst diese bösen Visionen hinter Euch, das Blut, die Toten, das Leid. Sucht einen Ort der Ruhe.«

Arins Kopf ruckte hierhin und dorthin und wieder zurück. »Es gibt keinen solchen Ort.«

»Dann hört mir zu, Arin. Hört auf meine Stimme. Hört mich an. Die Zeit steht still! Alles ist in einem einzigen Augenblick erstarrt! Nichts bewegt sich! Überhaupt nichts. Nichts. Alles ist so festgefügt wie in einem Bild oder Wandteppich.«

Allmählich beruhigte Arin sich, bis sie sich nicht mehr bewegte, obwohl sie auch weiterhin stoßweise und angestrengt atmete. Ihr Griff entspannte sich ein wenig, aber Lysanne hielt ihre Hand weiter fest.

»Arin, ich will, dass Ihr an diesen erstarrten Bildern vorbeilauft, bis Ihr zu der Stelle gelangt, wo Ihr den Anblick nicht mehr ertragen konntet und Geist und Seele davor fliehen mussten. Geht zu der Stelle, wo die Vision, die Ihr dem Rat vorgetragen habt, endet, aber geht nicht weiter, denn dort werden wir finden, was Ihr bislang vergessen habt.«

Arin ächzte. »Entsetzen«, murmelte sie. »Zwischen hier und dort.«

»Geht daran vorbei, Dara, daran vorbei. Zum Ende Eurer Erzählung.«

Wieder stöhnte Arin, und es schien, als kämpfe sie darum, zerklüftetes Land zu durchqueren. Schließlich verlangsamte sich ihr Atem.

»Habt Ihr die Stelle erreicht, wo Eure Erinnerung endet?«

»Ja.«

»Gut. Hört mir zu. Ich will, dass Ihr mir sagt, was Ihr seht.«

Arin schwieg.

»Erzählt es mir«, forderte Lysanne.

Arin schüttelte den Kopf und murmelte: »Nichts. Ich sehe nichts. Alles ist in Dunkelheit gehüllt.«

»Dunkelheit?«

»Ja.«

»Und Ihr seht überhaupt nichts?«

»Nichts.«

Gedankenverloren sah sich Lysanne in dem Raum um, ohne tatsächlich etwas wahrzunehmen. Jetzt wandte sie sich wieder an Arin. »Gibt es Erinnerungen aus dieser Dunkelheit?«

Arins Atmung beschleunigte sich wieder. »Ja.«

»Erinnerungen woran?«

»Ich weiß es nicht genau. Eine Stimme, Runen, Wissen?«

Lysanne beugte sich vor und legte Arin eine Hand auf die Stirn. *»Recodare!«*, verlangte sie.

Arin richtete sich auf und riss die Augen auf, aber sie waren auf einen Punkt jenseits von Zeit und Raum gerichtet. Mit einer Stimme, die eigentümlich fremd klang, rezitierte sie:

»Die Katze Die In Ungnade Fiel;
Einauge In Dunklem Wasser;
Den Deck-Pfau Des Wahnsinnigen Monarchen;
Das Frettchen Im Käfig Des Hochkönigs;
Den Verfluchten Bewahrer Des Glaubens Im Labyrinth:
Diese nimm mit,
Nicht mehr,
Nicht weniger,
Sonst wird es dir nicht gelingen,
Die Jadeseele zu finden.«

Und dann sank Arin nach vorn, und Lysanne fing die ohnmächtige Dylvana auf.

24. Kapitel

»Und das ist das ganze Rätsel?«, fragte die Weise Arilla.

»Ja«, erwiderte Lysanne. »Das glaube ich jedenfalls.« Sie sah Arin an.

Die Dylvana nickte. »Ich kann mich jetzt an alles erinnern. Warum ich es vergessen habe, kann ich nicht sagen.«

»Das war nicht Eure Schuld, Arin«, sagte Rissa. »Es war eine grimmige Vision. So grimmig, dass sie jeden erschüttert hätte.«

»Rissa hat Recht, Dara Arin«, pflichtete Lysanne bei. »Als Ihr dieses Gesicht hattet, konnte Eure Seele die Bilder nicht ertragen, und deshalb seid Ihr vor ihnen geflohen und konntet Euch später nicht mehr an alles erinnern. Doch hört mir zu, ob ich nun dabei geholfen habe, das Verborgene zurückzuholen, oder nicht, mit der Zeit wäre es Euch auch ganz allein gelungen.«

»Vielleicht haben wir diese Zeit aber nicht«, sagte Vanidar Silberblatt.

»Vielleicht ist es jetzt bereits zu spät«, pflichtete Arin trübsinnig bei.

Lysanne seufzte. »Wilde Magie ist oft irritierend.«

Rissa wandte sich stirnrunzelnd an sie. »Irritierend?«

Lysanne nickte. »Wie in Dara Arins Vision – wilde Magie verrät uns nicht, wann etwas stattfinden soll. Die Vision könnte von Ereignissen künden, die in diesem Augenblick stattfinden oder bald oder auch zehntausend Jahre in der Zukunft.«

Arin schüttelte bedauernd den Kopf. »Wir können uns nicht darauf verlassen, dass dieses Unheil noch Jahre in der Zukunft liegt. Vielmehr müssen wir davon ausgehen, dass die Ereignisse in diesem Augenblick ihren Lauf nehmen. Warum sonst hätte ich die Vision gerade jetzt gehabt?«

Lysanne hob die Hände, denn sie hatte keine Antwort auf Arins Frage.

Sie saßen auf bequemen Sesseln im Gästebereich beieinander, die Elfen und die beiden Magierinnen. Die Kriegerin aus Ryodo, Aiko, saß etwas entfernt von ihnen und direkt hinter Arin an einer Wand.

»Aber das Rätsel«, sagte Perin. »Was hat es zu bedeuten?«

»Ein völliges Mysterium«, meinte Biren.

Lysanne schüttelte den Kopf. »Nein, Alor Biren, kein völliges Mysterium. Einiges können wir entschlüsseln, wenn auch nicht alles.«

Melor schaute die weißhaarige Magierin an und sagte: »Ich bin derselben Meinung.«

Biren wandte sich an Melor. »Und das wäre ...?«

»Ja, sagt es uns«, fügte Perin hinzu.

Melor zuckte die Achseln, dann sagte er: »Dara Arin ist mit einer Mission betraut worden.«

»Mit einer Mission?«, fragte Biren.

»Mit einer Mission, um was zu tun?«, fragte Perin.

»Um die Jadeseele zu finden«, sagte Melor.

Lysanne und die Weise Arilla nickten beide zustimmend.

Biren schaute von einem zum anderen. »Und diese so genannte Jadeseele ...?«

»Ist der Grüne Stein von Xian«, sagte Arilla.

»Der Drachenstein«, sagte Lysanne.

»Hmm«, machte Perin.

»Aber warum wird er *Jadeseele* genannt?«, fragte Biren.

»Er sieht wie Jade aus«, erwiderte Perin.

»Vielleicht steckt da aber auch noch mehr dahinter«, erwiderte Biren.

»Und vielleicht auch nicht«, sagte Perin.

Arin atmete langsam ein und aus. »Wenn wir doch nur etwas mehr über den Stein wüssten und warum die Drachen ihn fürchten.«

»Es gibt eine Legende«, ertönte eine Stimme von hinten. Es war Aiko. Sie hockte im Lotussitz mit dem Rücken an der Wand und hatte die Augen geschlossen.

Arin drehte sich um. »Eine Legende, Aiko?«

Aiko öffnete ihre dunklen Mandelaugen. »Im Nordwesten von Ryodo liegt ein uraltes Land, das Moko heißt. Die *soshoku* von Moko, alles *onna*, sagen, dass eines Tages ein *mahotsukai yushi odatemono* kommen und das Zeichen des Drachen tragen wird. Er wird die Bewohner Mokos zur Eroberung der ganzen Welt führen. Er wird einen mächtigen Talisman besitzen, und Drachen werden sich seinem Willen beugen.«

Arin hob die Hand, um Aiko zu unterbrechen. »Aiko, was bedeuten die Worte in Eurer Sprache, die Ihr benutzt habt?«

»Verzeiht mir, Dara.« Aiko hielt inne, dachte nach und sagte dann: »Ah, ja. ›Die *soshoku* von Moko sind alle *onna*‹ bedeutet, die Priesterschaft von Moko besteht nur aus Frauen. Und ein *mahotsukai yushi odatemono* ist ein zauberkundiger Kriegerkönig.«

Arilla sagte: »Und die Leute von Moko glauben, dass ein zauberkundiger Kriegerkönig sie eines Tages zur Eroberung der Welt führen und Drachen unter seinem Befehl haben wird?«

»Vergesst den Talisman nicht«, sagte Lysanne. »Er könnte der Drachenstein sein.«

»Der verschwundene Drachenstein«, sagte Rissa.

Lysanne nickte und sah Aiko an, aber die Kriegerin aus Ryodo zuckte die Achseln und sagte: »Wenn die Legende stimmt.«

»Vielleicht ist es nur ein Märchen«, sagte Biren.

»Zauberkundiger Kriegerkönig hin oder her«, sagte Perin, »wir müssen den Drachenstein finden und ihn vor jenen bewahren, die ihn zum Schlechten benutzen würden, was immer er auch vermag.« Er wandte sich an Arin. »Wo fangen wir an? In Moko?«

Vanidar Silberblatt sprang auf und lief erregt auf und ab. Er ballte die Fäuste so fest, dass die Knöchel weiß wurden, und schüttelte wütend den Kopf. »Perin«, knirschte er, »*wir* fangen überhaupt nicht an.«

»Fangen überhaupt nicht an?«, fragte Biren verständnislos. »Wie meint Ihr das, Vanidar?«

Silberblatt blieb stehen und drehte sich um, und sein Blick streifte über alle Anwesenden. »Das Rätsel. Arins Rätsel. Wenn wir sie begleiten, wird sie scheitern.«

»Was?«, bellte Ruar.

Silberblatt sah Arin an. »Wiederholt das Rätsel, Dara.«

Arin rezitierte ruhig:

»Die Katze Die In Ungnade Fiel;
Einauge In Dunklem Wasser;
Den Deck-Pfau Des Wahnsinnigen Monarchen;
Das Frettchen Im Käfig Des Hochkönigs;
Den Verfluchten Bewahrer Des Glaubens Im Labyrinth:
Diese nimm mit,
Nicht mehr,
Nicht weniger,
Sonst wird es dir nicht gelingen,
Die Jadeseele zu finden.«

Jetzt wandte Silberblatt sich an die anderen. »Beachtet die Worte: ›Diese nimm mit, nicht mehr, nicht weniger, sonst wird es dir nicht gelingen, die Jadeseele zu finden.‹

Dara Arins Mission besteht darin, die Jadeseele zu finden,

und sie darf nur diejenigen mitnehmen, welche die Bedingungen des Rätsels erfüllen, sonst niemanden. Und obwohl ich die Antwort auf die offenen Fragen dieses Rätsels nicht kenne, kann ich doch eines sagen: Nicht eine Person von uns entspricht den Vorgaben des Spruchs.«

»Das stimmt nicht«, sagte Aiko. Alle Augen richteten sich auf sie. Ihr Gesicht hatte einen seltsamen, schuldbewussten Ausdruck angenommen, als sie sich erhob und vor die Dylvana trat. Aiko kniete vor Arin nieder, senkte den Blick und wollte dem der Elfe nicht begegnen. »Verzeiht mir, Dara, aber es gibt etwas, dass Ihr wissen müsst.« Dann vergrub sie das Gesicht in den Händen, ließ den Kopf voller Scham auf den Boden sinken, und als sie wieder sprach, war ihre Stimme kaum zu hören. »Die Katze Die In Ungnade Fiel, bin ich.«

25. Kapitel

Arin beugte sich herunter, nahm Aiko bei den Schultern und richtete ihren Oberkörper auf, aber die Ryodoterin schlug die Augen nieder und wollte dem Blick der Dylvana nicht begegnen.

Perin sagte: »Aiko, Ihr seid keine Katze.«

»Eindeutig nicht«, fügte Biren hinzu. »Wie könntet Ihr die Katze aus Dara Arins Vision sein?«

Den Blick starr zu Boden gerichtet, sagte Aiko jämmerlich: »Ich habe meinen Vater verraten.«

Die Dame Hiroko starb bei Aikos Geburt, und Waffenmeister Kurita musste sie, sein einziges Kind, allein großziehen. Voller Trauer verließ er den *shiro* Lord Yodamas und nahm seine neugeborene Tochter und seinen Haushalt mit, um in seiner Heimat zu leben, dem Kumottagebirge.

Der Waffenmeister hatte sich immer einen Sohn gewünscht, um die Krieger-Tradition seiner Familie fortzusetzen, und trotz der Tatsache, dass Aiko ein Mädchen war, und ungeachtet der im Land herrschenden Gesetze, erzog er sie im Geiste des *senso o suru hito.* Er lehrte sie den Umgang mit Bogen, Stab und Speer und den Weg der zwei Schwerter. Er lehrte sie, wie man Dolche und Shuriken wirft, wie man ein Pferd reitet und mit der Lanze kämpft. Und er lehrte sie auch die Kunst des waffenlosen Kampfes – denn in Lord Yodamas *shiro* war Kurita ein Meister und Lehrer in all diesen Dingen gewesen.

Sie zählte erst sechzehn Lenze, als der Krieg in die Provinz kam und ein Bote zu Kurita entsandt wurde. Und Kurita nahm seine Waffen auf, um an Lord Yodamas Seite zu kämpfen. An jenem Tag ritt er fort und ließ seine Tochter zurück.

Doch in dem Augenblick, als er nicht mehr zu sehen war, legte Aiko ihre Rüstung an, mit Messingschuppen beschlagenes Leder, nahm ihre Waffen, stieg auf ihr Pferd und folgte ihrem Vater, das Gesicht unter einer Seidenmaske verborgen.

Sie ritt in die Täler hinab, überholte ihres Vaters *rentai*, der in der Armee nach Norden zog, um dem Feind zu begegnen, und sie reihte ihr Pferd in Lord Yodamas Rote-Tiger-Kavallerie ein.

Die Männer des berittenen Regiments sagten nichts, als sich ihnen dieser unbekannte Jüngling anschloss, denn es war üblich, dass unerfahrene junge Männer, die in den Krieg zogen, eine Seidenmaske trugen, damit keine Unehre auf sie und ihre Familien fallen würde, sollte sich ihr Dienst am Kriegsherrn in irgendeiner Weise als mangelhaft erweisen. Doch falls sie sich als tapfer in der Schlacht erwiesen, war es Brauch, die Maske feierlich abzusetzen und den Krieger und seine Familie zu ehren. So blieb Aiko einstweilen unerkannt, während Yodamas Brigaden durch das Land zogen.

In den folgenden Tagen war Aiko sorgfältig darauf bedacht, sich niemals vor den Männern zu entblößen, wenn sie sich erleichterte oder wusch, um sich nicht zu verraten.

Schließlich traf Yodamas Armee auf Hirotas, und sie bezogen auf gegenüberliegenden Seiten eines flachen Tals Stellung. Durch die Senke zog sich ein funkelndes Flüsschen, dessen Fluten sehr bald eine rötliche Färbung annehmen würden.

In der ersten Schlacht mit Hirotas Armee erwies Aiko sich als tödlicher Kämpfer, denn ihr Vater hatte sie gut ausgebildet.

In der zweiten Schlacht brachen sie und drei andere durch einen Ring von Feinden und retteten den eingeschlossenen Lord Yodama persönlich. Sie und Yodama entkamen als Einzige lebend und das in erster Linie aufgrund ihres blitzenden Stahls.

In der anschließenden Zeremonie nahm Aiko ihre Seidenmaske nicht ab, obwohl es Sitte war. Lord Yodama war überrascht von ihrem Wunsch, nicht erkannt werden zu wollen, doch in den Überlieferungen hatten auch schon andere ihre Maske aufbehalten, und so bestand Lord Yodama nicht darauf. Vielmehr machte er sie zu einem Mitglied des Ordens der Roten Tiger, schickte sie ins Zelt der *onna-mahotsukai* und befahl der Hexe, diesem Krieger die erforderliche Tätowierung zu verpassen. Dies konnte Aiko nicht verweigern.

Die Hexe war uralt, und als sie darauf bestand, dass Aiko ihre Rüstung und das Seidenunterhemd ablegte, weiteten sich die Augen der alten Frau beim Anblick dessen, was entblößt wurde. Trotzdem sagte sie kein Wort, sondern murmelte nur unverständliche Worte und griff zu Nadel und Tinte.

Die Alte stach sorgfältig einen boshaft funkelnden roten Tiger zwischen Aikos Brüste und flüsterte und murmelte beständig vor sich hin, während die Kreatur langsam Gestalt annahm, als sei sie ein lebendes Wesen. Als die alte Frau fertig war, zwinkerte sie Aiko zu und grinste zahnlos ob des gemeinsamen Geheimnisses. Als Aiko sich wieder ankleidete, berührte die Hexe das blutrote Bildnis zwischen Aikos Brüsten und sagte: »Ich habe dir eine ganz besondere *tora* gegeben, mein Kind. Hör ihr gut zu. Beachte ihren Rat und ihre Warnungen, denn du bist in ihrer Obhut.«

In der dritten und vierten Schlacht des Krieges zwischen Yodamas Roten Tigern und Hirotas Goldenen Drachen zeichnete sich Aiko mehrfach aus.

Aber immer noch lehnte sie es ab, Lord Yodama ihr Gesicht zu zeigen.

In der fünften und letzten Schlacht wurde Lord Yodama von einem Pfeil getötet, und sein Sohn Yoranaga übernahm das Kommando. Sie zerschlugen Hirotas Armee und gaben ihren Gegnern kein Pardon.

In der anschließenden Zeremonie befahl Lord Yoranaga Aiko, die Maske abzusetzen. Sie lehnte bei allem Respekt ab, doch Yoranaga bestand darauf. Widerstrebend gehorchte sie. Waffenmeister Kurita, der neben Yoranaga stand, keuchte, »Aiko«, denn er sah, dass dieser tapfere Krieger niemand anderes war als seine eigene Tochter.

Als nun ans Tageslicht kam, dass Aiko eine Frau war, sprach Lord Yoranaga ein strenges Urteil, denn Waffenmeister Kurita hatte das Gesetz des Landes gebrochen. Kurita musste seine Waffen, Titel und Besitzungen abgeben, und ihm wurde befohlen, den Rest seiner Tage in Armut und Schande zu leben. Aiko, Held – nein, Heldin – des Krieges, Retter Lord Yodamas, tapferer Krieger im Orden der Roten Tiger, wurde ganz aus Ryodo verbannt.

Den Blick immer noch zu Boden gerichtet, sagte Aiko zu Arin: »Meinetwegen ist mein Vater entehrt. Ich habe ihn verraten und dazu seinen Herrn und mein Heimatland.« Aiko knöpfte ihre Jacke und ihr Seidenunterhemd auf und enthüllte den funkelnden roten Tiger. »Ich bin *yadonashi* – ausgestoßen, ich bin Die Katze Die In Ungnade Fiel.«

Arin schüttelte den Kopf, erhob sich und zog Aiko auf die Beine. »Nein, Aiko, Ihr habt nichts und niemanden verraten. Ihr habt nur gegen eine altmodische Tradition verstoßen.«

»Genau«, sagte Rissa. »Einen Brauch, den es bei uns Elfen nicht gibt. Wenn es unehrenhaft ist, dass Frauen Waffen tragen und in den Kampf ziehen, dann lebt beinah die Hälfte aller Elfen in Schande und Unehre.« Rissa zog ihr Schwert und reckte es in die Höhe. »Auf die gemeinsame Schande, Schwester – lang möge sie herrschen.«

Lachend hob Vanidar sein Langmesser und stieß die Klinge klirrend gegen ihre. »So sei es.«

So sei es!, wiederholten Melor, Ruar, Perin und Biren.

»So sei es«, flüsterte Arin Aiko ins Ohr. Dann hielt Arin Aiko auf Armeslänge vor sich und sagte: »Ihr habt nichts Unehrenhaftes getan, Aiko. Aber dennoch akzeptiere ich Euch als Die Katze Die In Ungnade Fiel.«

26. Kapitel

Ratsmagier Belgon fasste sich an den breiten Kragen seiner Robe und sagte: »Kriegerin Aiko könnte tatsächlich die ›Katze Die In Ungnade Fiel‹ sein, Dara Arin, aber was ist mit den anderen Hinweisen in Eurem Rätsel? Wer oder was könnten sie sein? Angesichts der Natur des Grünen Steins tappe ich vollkommen im Dunkeln.«

Die anderen Magier in der Ratskammer murmelten und nickten zustimmend. Die Weise Arilla benutzte ihren Hammer, und als Ruhe eingekehrt war, sagte sie: »Wir tappen alle im Dunkeln, Magier Belgon. Aber vielleicht können wir etwas Licht in dieses Dunkel bringen, wenn wir gemeinsam überlegen. Insbesondere könnten wir versuchen, das Rätsel zu lösen, wer diese anderen sind, die Dara Arin finden muss, auf dass sie ihr bei ihrer Mission helfen.«

Ein Murmeln erhob sich in der Ratskammer, das jedoch verstummte, als Lysanne sagte: »Vergesst die Legende nicht, die Aiko erzählt hat, denn auch sie könnte von Bedeutung sein – die Geschichte eines zauberkundigen Kriegerkönigs, der die Bewohner von Moko zur Eroberung der Welt führen soll und der einen mächtigen Talisman besitzen soll, dem sich sogar die Drachen beugen müssen.«

»Haltet Ihr diesen Talisman für den Drachenstein?«, fragte Irunan von seinem Platz an der Wand.

Arilla hob verneinend eine Hand. »Zieht keine übereilten

Schlussfolgerungen, denn die ganze Geschichte klingt wie ein Märchen und könnte überhaupt keine Bedeutung für den Drachenstein und Dara Arins Mission haben.«

»Aber andererseits ist sie vielleicht sehr bedeutsam«, sagte Belgon, »da wir ausgerechnet jetzt davon erfahren. Immerhin erzählt sie von Krieg und Drachen und einem Magier und König.«

Gelon, der neben Irunan saß, rief: »Aber wer von uns Magiern würde so etwas tun?«

»Abtrünnige und Schwarzmagier«, erwiderte Belgon. »Jeder, der vom Ehrgeiz zu herrschen zerfressen wird, unabhängig von den Folgen für jene, die im Weg stehen.« Er hielt inne, sah sich in dem Saal um und sagte dann: »Vielleicht sogar jemand in diesem Saal.«

Protestrufe folgten Belgons Worten, und Arilla klopfte laut und mehrfach, um wieder Ordnung herzustellen. Die Weise schenkte Belgon einen kalten Blick. »Diese Anschuldigung war grundlos und überflüssig, Belgon.«

Belgon deutete im Sitzen eine Verbeugung an und sagte: »Ich entschuldige mich bei der gesamten Versammlung, Weise.«

Arilla sah ihn lange an und sagte schließlich: »Schön und gut, Belgon. Schön und gut.« Sie wandte sich an die anderen und klopfte ein weiteres Mal mit dem Hammer. »Und nun lasst uns zur Sache kommen: Dara Arin sucht unseren Rat hinsichtlich des Rätsels aus ihrer Vision. Insbesondere möchte sie Vorschläge hören, wie sie jene finden kann, die ihr bei ihrer Mission helfen sollen.« Arilla lehnte sich zurück und sprach Lysanne an: »Würdet Ihr die Liste wiederholen?«

»Dies sind die noch verbliebenen Personen oder Wesen, die sie sucht«, sagte Lysanne, indem sie eine Hand hob und eine Person nach der anderen an den Fingern abzählte: »Einauge In Dunklem Wasser; Der Deck-Pfau Des Wahnsinnigen Monarchen; Das Frettchen Im Käfig Des Hochkönigs; Der Verfluchte Bewahrer Des Glaubens Im Labyrinth.«

Eine dunkelhaarige Magierin hob die Hand. »Ja, Ryelle«, erteilte ihr Arilla das Wort.

Ryelles Blick wanderte zwischen Arin und Lysanne hin und her, und dann fragte sie: »Haltet Ihr diese allesamt für Leute oder könnten einige auch das beschriebene Tier sein: ein Pfau, ein Frettchen, sogar eine Katze?«

Arin schüttelte langsam den Kopf und zuckte die Achseln, und Lysanne sagte: »Wir wissen nur, was wir aus ihrer Erinnerung zu Tage gefördert haben.«

»Nun denn«, sagte Ryelle, »mir fällt zu einer der Zeilen des Rätsels nur ein, dass der Käfig des Hochkönigs überall sein könnte ... obwohl Caer Pendwyr der wahrscheinlichste Ort ist, aber ich weiß nicht, ob Bleys Frettchen hält. Was die anderen Zeilen betrifft ...« Sie zuckte resigniert die Achseln.

»Ha! Wenn Ihr mich fragt«, sagte der weißhaarige Halorn, »gibt es reichlich wahnsinnige Monarchen auf der Welt. Und Pfauen auch.«

»Sagt, Ihr Magier«, rief Perin von seinem Platz an der Wand, »kann nicht einer von Euch Zauberern seine Kräfte benutzen, um die Suche ein wenig einzuengen?«

»Sozusagen den Weg weisen?«, fügte Biren hinzu.

Ein hoch gewachsener, hagerer Magier schüttelte den Kopf. »Bei allem, was mit dem Drachenstein zusammenhängt, sind wir hilflos. Er unterbindet alle Versuche in dieser Richtung.«

»Lysannes Versuche hat er nicht unterbunden«, sagte Arin.

»Nein, Kind«, erwiderte der Magier und ignorierte somit die Tatsache, dass Arin möglicherweise mehrfach so alt war wie er, »Ihr seid im Irrtum. Eure eigene wilde Magie hat bereits geschafft, was wir nicht vermögen, und Lysanne hat Euch nur geholfen, Eure verborgenen Erinnerungen wieder zu erschließen.«

Arin schaute Lysanne an. Diese lächelte und bestätigte das soeben Gesagte mit einem Nicken.

Arin seufzte und fragte dann: »Glaubt Ihr, ich muss diese

anderen – seien es Pfauen, Frettchen oder sonst etwas – in der Reihenfolge des Rätsels finden?« Sie deutete auf Aiko, die hinter ihr auf dem Steinboden kniete. »Zuerst die Katze, als nächstes das Einauge, dann den Deck-Pfau und so weiter?«

Die Magier sahen einander an, nicht in der Lage, eine kundige Antwort zu geben. Dann sagte der alte Halorn: »Ich würde meinen, da Ihr die Katze zuerst gefunden habt, solltet Ihr als Nächstes Einauge suchen und dann der Reihe nach weitermachen.«

»Dann sage ich«, verkündete Arin, »lasst uns darüber diskutieren, was die Ausdrücke in meiner Vision bedeuten könnten, denn ich weiß jeden Rat zu schätzen, den Ihr mir geben mögt.«

Die Debatte dauerte viele Stunden, und am Ende waren sie der Wahrheit kaum näher als zu Beginn, obwohl viele Meinungen bezüglich der Bedeutung der prophetischen Worte geäußert worden waren.

Vanidar Silberblatt war es, der schließlich sagte: »Genug! Wir drehen uns nur noch im Kreis.«

Arilla gab ihm Recht und beendete die Sitzung nach einigen wenigen weiteren Wortmeldungen.

Auf dem Rückweg in ihr Quartier sagte Aiko, die bislang geschwiegen hatte: »Vielleicht ist Dunkles Wasser ein Dorf anstatt ...«

»Vada!«, rief Vanidar und schlug sich vor die Stirn. »Aiko könnte Recht haben! Vielleicht ist es kein See, Teich, Fluss und Ort im Meer.« Er wandte sich an Rissa. »Vielleicht ist es ein Dorf.«

Rissa überlegte stirnrunzelnd. »Lasst mich nachdenken, ich glaube, ich kann mich erinnern ...« Sie schritten durch den Korridor, und Rissa starrte dabei auf den vorbeiziehenden Boden und murmelte vor sich hin. Schließlich schaute sie auf und sagte: »Es gibt einen Ort in Fjordland, ein Dorf namens

Dunkelwasser, das die Bewohner in ihrer Sprache *Mørkfjord* nennen.«

»Aber es könnte eine Vielzahl von Ortschaften namens Dunkelwasser, Mørkfjord und so weiter geben«, protestierte Biren.

»In ganz Mithgar«, fügte Perin hinzu.

»Nichtsdestoweniger«, sagte Silberblatt grinsend, indem er einen Arm um Rissa legte, »ist es ein Anfang.«

»Außerdem«, fügte Ruar hinzu, »muss es in der Welt sehr viel weniger Orte und Dörfer geben, die nach einem dunklen Wasser benannt sind, als dunkle Wasser selbst – jeder Schatten über einem Bach, jedes dunkle Loch in einem Teich, jeder überhängende Fels, jeder Graben im Meer ... all das sind dunkle Wasser, und es gibt sie, meine ich, ohne Zahl. Nein, ich meine, Aiko hat Recht: Das dunkle Wasser aus dem Rätsel wird sehr wahrscheinlich ein Dorf sein ... oder ein anderer so benannter Ort.«

»Wo eine einäugige Person wohnt«, fügte Melor hinzu, indem er einen Finger hob. »Das würde ich jedenfalls vermuten.«

»Eine Person, die bei dieser Mission von Nutzen sein wird«, ergänzte Silberblatt mit einem Nicken.

Arin wandte sich an Rissa. »Wo liegt dieses Mørkfjord?«

»In Fjordland am Borealmeer.«

»Ich kenne weder das Meer noch das Land noch das Dorf, Rissa, denn ich bin nicht so weit gereist wie Ihr.«

»Ich werde Euch dorthin führen«, erwiderte Rissa.

»Nein«, sagte Silberblatt. »Das kannst du nicht.«

»Nicht?«

»Vergiss den Wortlaut der Vision nicht, *Chier*: ›Diese nimm mit, nicht mehr, nicht weniger, sonst wird es dir nicht gelingen, die Jadeseele zu finden.‹ Weder du noch ich noch sonst jemand hier außer Aiko darf Dara Arin begleiten.«

»Kha!«, knirschte Rissa. »Das Rätsel.«

»Trotzdem müssen Aiko und ich immer noch den Weg zu diesem Dorf namens Dunkelwasser in Erfahrung bringen«, sagte Arin.

Rissa wandte sich an die Magierin Lysanne, die neben ihr ging. »Habt Ihr eine Karte, die groß genug ist, um uns den Weg zu zeigen?«

Lysanne lächelte und sagte: »Folgt mir.« Sie führte sie durch Korridore und aufwärts, und sie erklommen Treppe um Treppe im Schwarzen Berg. Schließlich gelangten sie in eine kreisförmige Kammer, in deren Mitte sich eine große Kugel befand, die sich auf einer schrägen Achse drehte. Ein schmaler Holzsteg führte zu einem robusten Gitterwerk, das den Globus umgab, und an einer Wand der Kammer hing eine Laterne in einem Gehäuse, das an einer Schiene befestigt war, welche mit Tagen und Jahreszeiten markiert war und sich rings um den Raum zog.

»Da ist Eure Karte von Mithgar«, sagte Lysanne, indem sie auf den Globus zeigte. »Und die Laterne ist die Sonne. Den Mond haben wir noch nicht hinzugefügt, werden es aber eines Tages tun.«

Aiko, die in all den Monaten, in denen sie den Magiern als Kriegerin gedient hatte, diesen Raum noch kein einziges Mal betreten hatte, hob eine Augenbraue. »Das ist Mithgar?«

Lysanne nickte.

»Aber das ist eine Kugel!«, protestierte die Ryodoterin.

Wiederum nickte Lysanne lächelnd.

Rissa betrat den Steg und ging zum Globus. Sie kletterte das Gitter empor und schritt über den Globus hinweg. Sie betrachtete eingehend die bemalte Oberfläche, und schließlich rief sie Arin zu: »Hier, Dara, hier ist die Stelle, wo Mørkfjord liegt, und hier drüben sind die Grauen Berge und der Schwarze Berg.«

Arin gesellte sich ebenso wie die anderen zu ihr, und sie überlegten lange, welchen Weg Arin nehmen würde. Der Weg nach Norden durch die Grauen Berge und dann nach Westen bis Fjordland war der kürzeste, führte aber auch größtenteils durch das Unbehütete Land, das kaum besiedelt war. Außerdem würde der Winter auf der Nordseite der Berge viel zu grimmig sein. Einem alten Handelsweg die Südflanke des Grimmwalls entlang nach Westen zu folgen, schien die bessere Wahl zu sein – zumindest gab es unterwegs Dörfer –, obwohl bis Kaagor im Norden des Silberwalds keine Pässe durch dieses grimmige Gebirge führten. Dort gab es einen Übergang von Aven im Süden zu den Steppen Jords im Norden. Am Ende war dies der Weg, den sie zu nehmen beschlossen, und Rissa rief nach Feder und Pergament, um eine Karte zu zeichnen.

Während Rissa ihre Route skizzierte, kletterten die anderen auf dem Gitter herum und betrachteten die Karte der ganzen Welt. Aiko fragte: »Diese kleinen Funken darin – was sollen sie darstellen?«

»Die bekannten Wohnorte von Magiern«, erwiderte Lysanne.

»Und die dunklen Funken? Meine Tigerin murmelt etwas von Gefahr.«

»Ja«, erwiderte Lysanne. »Auch sie sind Magier, obwohl ich wollte, sie wären keine. Eure Tigerin hat Recht. Eine Schande sind sie, Abtrünnige, und sie sind in Finsternis gehüllt. Einige wenige waren unter den Magiern, die den Stein benutzen wollten, um die Drachen zu beherrschen, und den Eid nicht geschworen haben. Andere sind schlicht böse. Schwarzmagier nennen wir sie – Durlok, Modru, Vegar, Belchar und noch mehr.« Lysanne verstummte und wollte dazu nicht mehr sagen.

Auf dem Rückweg zu ihren Quartieren wandte Arin sich an Lysanne und sagte: »Ich habe eine Frage zu den Visionen von Sehern, Zauberin Lysanne.«

»Ich werde Euch sagen, was ich weiß, obwohl Euch vielleicht jemand mehr sagen könnte, der in dieser Kunst bewandert ist. Wenn ich es recht bedenke, warum bitten wir nicht Seher Zelanj, uns bei einem Tee Gesellschaft zu leisten? Er kann Eure Fragen ganz sicher besser beantworten als ich.«

Sie saßen beim Nachmittagstee und aßen mit Honig bestrichenes Brot, während sie das dunkle Gebräu tranken. Zelanj sah uralt aus, als er auf einen Stock gestützt in die Kammer humpelte. Er war weißhaarig und runzlig und hatte hellblaue Augen. Seine Haut war vom Alter durchsichtig, wo sie nicht leberfleckig war. »Heh«, murmelte er, als er sich setzte. »Es war ein langer Spaziergang, der mir viel abverlangt hat. Ich muss vielleicht bald hier im Schwarzen Berg eine Weile ruhen – wenigstens so lange, bis ich genug Kraft für eine Reise nach Rwn gesammelt habe.«

Er akzeptierte eine Tasse Tee und ein Honigbrot, und als es ihm auf die zittrige Hand gelegt wurde, fixierte er Arin mit stechendem Blick und sagte: »Was hat es denn nun mit diesen Visionen und allem auf sich?«

»Nur so viel, Zauberer Zelanj: Ich will wissen, ob Visionen Dinge vorhersagen, die eintreffen *müssen*, oder vielmehr von solchen Dingen künden, die eintreffen *könnten*. Blüht uns eine Zukunft, die wir nicht ändern können ... oder haben wir eine Wahl in dieser Sache?«

»Ha! Ihr habt eine der ältesten Fragen von allen gestellt: Ist das Schicksal unwandelbar und kann nicht verändert werden, oder haben wir die freie Wahl? Was die Beantwortung dieser Frage angeht, dauert die Debatte noch an. Ich weiß die Antwort darauf jedenfalls nicht.«

»Oh.« Eine leise Äußerung der Enttäuschung entrang sich Arins Lippen.

»Nun, nun, meine Liebe, so schlimm ist das aber nicht.«

»Aber ich hatte gehofft ...«

»Gehofft, ich könnte beantworten, was nicht zu beantworten ist?«

Arin nickte. »Etwas in der Art.«

Der uralte Zauberer zuckte die Achseln, nahm einen Bissen von seinem Brot und kaute langsam und mit nachdenklichem Gesicht.

Arin stellte ihre Tasse beiseite und wandte sich dann an den Seher. »Erzählt mir von den Visionen, Magier Zelanj. Können sie verändert werden? Glaubt Ihr, dass angekündigtes Verhängnis abgewendet werden kann? Können die Ereignisse meiner Vision verhindert werden?«

Der alte Seher trank einen Schluck Tee. »Vielleicht, Kind. Vielleicht.«

Rissa sah den alten Magier an. »Wisst Ihr von einer Vision, deren Resultat schließlich verändert wurde?«

»Gewiss. Bei meinen Manipulationen des Äthers habe ich viele Dinge gesehen, die hätten eintreten können, aber geändert wurden.«

»Einen Moment, Zauberer«, protestierte Perin. »Wenn die Dinge geändert werden können, habt Ihr dann nicht die älteste Frage von allen beantwortet?«

»Holla, Bruder«, rief Biren und schlug seinem Zwillingsbruder auf die Schulter, »ich glaube, ich verstehe deinen Gedanken.« Biren wandte sich an Zelanj. »Wenn die Dinge tatsächlich verändert werden können, heißt das nicht, dass es tatsächlich eine freie Wahl gibt?«

»Eben«, fügte Perin hinzu. »Bedeutet das nicht, dass wir nicht an ein feststehendes Schicksal gekettet sind und in eine unveränderbare Zukunft blicken?«

»Heißt es das nicht?«, wiederholte Biren.

»O nein, absolut nicht«, erwiderte Zelanj, wobei er mit seinem halb verzehrten Honigbrot herumwedelte. »Man könnte auch einfach sagen, dass manche Visionen wahr sind und manche falsch, und dass nur die falschen geändert werden können. Trotzdem kann es sein, dass wir gar keine Wahl in der Sache haben, sondern uns bestimmt ist, sie als falsch zu entlarven, und wir deshalb Maßnahmen ergreifen, um sie zu ändern, und es dann auch tatsächlich tun. Andererseits, wenn wir wirklich die freie Wahl haben und wir versuchen, die Vision zu verändern – wenn es uns dann gelingt, das Resultat zu verändern, haben wir wiederum bewiesen, dass die Vision falsch war. Entsprechend gilt, wenn wir keine Schritte unternehmen würden oder wenn wir scheiterten, wäre es dann nicht einfach so, dass die Vision wahr war? Oder eine Vision, deren Erfüllung vorherbestimmt war? In allen Fällen, wahre oder falsche Vision, verändert oder nicht, beantwortet kein Resultat die Frage, ob wir die vor uns liegenden Wege frei wählen können oder einem vorherbestimmten Pfad folgen müssen.« Er sah die Zwillinge an. »Könnt Ihr mir folgen?«

Die Zwillinge sahen einander an und schüttelten den Kopf. Perin sagte: »Ihr habt eine Abzweigung zu viel genommen, als dass ich Euch durch diesen logischen Irrgarten noch hätte folgen können.« Und Biren fügte hinzu: »Ich glaube, ich bin nach links gegangen, als Ihr irgendwann unterwegs nach rechts abgebogen seid.«

»Huah!«, seufzte Ruar. »Ich konnte Euch folgen, Zauberer, und wenn es so ist, stelle ich Euch folgende Frage: Was für einen Nutzen haben Visionen überhaupt, wenn sie wahr sein können oder auch nicht?«

»Na, sie bringen uns dazu, etwas zu *tun*, würde ich meinen. Wenn wir die freie Wahl haben, versetzen sie uns in die Lage zu handeln. Wenn wir nicht die freie Wahl haben, machen sie uns *glauben*, dass sie uns in die Lage versetzen zu handeln. In beiden Fällen haben wir das Gefühl, ein Ziel zu haben, einen Daseinsgrund.«

»Aber, Zauberer Zelanj«, sagte Arin, »ist es nicht auch möglich, dass eine Vision uns nur zeigt, was sein könnte, und wir durch unser Streben den Lauf der Dinge manchmal ändern können?«

»Gewiss, meine Liebe, das ist eine Sicht der Dinge: die Vorstellung, dass die freie Wahl die Bestimmung überwinden kann. Andererseits könnte man auch für das Gegenteil argumentieren ... dass das Resultat bereits feststeht, und zwar unabhängig davon, was wir glauben.«

Arin seufzte. »Und was nun meine Vision angeht, habt Ihr da einen Rat?«

»Na, zieht in die Welt und *tut* etwas, Mädchen«, erwiderte der alte Magier. »Vielleicht entlarvt Ihr das Gesicht als falsch, als veränderbar. Es zu versuchen, das ist das Entscheidende ... oder vielleicht auch nicht.«

Am neunten Tag nach ihrer Ankunft im Schwarzen Berg bereitete sich die elfische Gruppe auf den Aufbruch vor, nun mit Aiko in ihren Reihen. Die Magier hatten sie mit Proviant und Arin mit einem neuen Pferd versorgt, welches das im Sturm umgekommene ersetzte. Die robusten Gebirgsponys waren mit dem Proviant für die lange Reise beladen, die vor ihnen lag. Silberblatt, Rissa und die anderen beabsichtigten, Arin und Aiko auf der alten Handelsstraße bis zum Silberwald und dem Kaagorpass zu begleiten, aber nicht weiter, um die Mission nicht zu gefährden. Wenn also Arin und Aiko nach Norden abbogen, um den Grimmwall zu überqueren und nach Fjordland zu reiten, würden die anderen sich nach Süden wenden, um den Coronen Remar und Aldor von ihren Erkenntnissen zu berichten und vielleicht auch Hochkönig Bleys zu verständigen.

»Sagt allen, dass sie Dara Arin und Aiko helfen sollen, wenn sie ihnen begegnen«, sagte die Weise Arilla.

»Das werden wir tun«, bestätigte Rissa, die Arin kurz zulächelte und dann die Stirn runzelte, »denn ich glaube, sie werden Hilfe nötig haben, wenn das Verhängnis abgewendet werden soll.«

»Vorausgesetzt, es kann überhaupt abgewendet werden«,

murmelte Ruar.

Im Gefolge Arillas und des Zwergs Boluk führten sie Pferde und Ponys durch das Seitenportal auf den schneebedeckten Vorhof vor den großen Eisentoren. Als Arin aufsaß, betrachtete sie die gewaltigen Portale, vor denen sich einst die Drachen versammelt hatten. »Es gibt noch etwas, das Ihr uns nicht erzählt habt, Arilla«, sagte die Dylvana zu der Weisen.

Arilla sah sie an. »Und das wäre?«

»Ihr habt den Namen des Magiers nicht genannt, der vor diesem Tor gestanden und mit den Drachen verhandelt hat.«

»Oh, er ist nicht mehr bei uns, und wo er ist, kann ich nicht sagen. Vielleicht auf Rwn. Vielleicht in Vadaria. Er könnte überall auf der Welt und den Ebenen sein.«

»Und sein Name ist ...?«

»Ordrune.«

27. Kapitel

»Ordrune!«, explodierte Egil, der mit verzerrtem Gesicht und flammend vor Zorn in seinem Bett hochschoss. »Aaahh!«, kreischte Alos, der hintenüber kippte und auf den Boden fiel, um dann auf Händen und Knien vor Egils Wut zu fliehen. Arin keuchte und erstarrte kurz, doch Aiko trat mit den Schwertern in der Hand zwischen den erzürnten Mann und die erschrockene Dylvana. Dann schrie Egil auf und griff sich an Kopf und Gesicht, da der heftige Ausbruch zu rasenden Schmerzen in Stirn, Wange und Auge geführt hatte, und er fiel keuchend rückwärts aufs Bett zurück, um dann zu knirschen. »Das ist er. Das ist er.«

Arin erhob sich, ging an Aiko und ihren funkelnden Schwertern vorbei und trat neben den Verwundeten. An der Wand gegenüber wimmerte Alos, dessen Blick zwischen dem Bett und seinem Becher hin und her irrte, der nun in kleinen Kreisen auf den Bodendielen umherrollte, während das unangetastete Ale in die Ritzen lief.

Arin goss Wasser in eine Tasse und rührte ein weißes Pulver hinein. »Hier, Egil. Trinkt das.«

Wortlos nahm Egil die Tasse und stürzte den Inhalt herunter.

Als er sah, dass Egil sich wieder beruhigte, kroch Alos über den Boden zurück, hob den Becher auf und setzte ihn an, um die verbliebenen paar Tropfen auf seine Zunge fallen zu lassen. Dann erhob er sich zittrig, richtete seinen Stuhl auf, schenkte sich aus dem irdenen Krug neu ein und trank einen ordentlichen Schluck.

Arin nahm Egil die leere Tasse ab und fragte: »Was wisst Ihr über den Magier Ordrune, Egil? Was ist zwischen dem Zauberer und Euch vorgefallen? Ist es für unsere Mission von Bedeutung?«

Sein verbliebenes Auge verriet äußerste Qual. Egil sah sie an, schüttelte den Kopf und schlug dann die Hände vors Gesicht.

Mit einem Seufzer stellte Arin die Tasse zwischen die Pulver und Kräuter auf den kleinen Nachttisch. Sie wandte sich wieder an den verwundeten Mann. »Hier gibt es eine Geschichte zu erzählen, Egil, aber ich werde Euch jetzt nicht drängen. Immerhin könnte sie uns etwas darüber verraten, was wir zu tun haben. Morgen werde ich Euch bitten, über das zu reden, was zwischen Euch und dem Magier vorgefallen ist.«

»Magier«, grollte Alos. »Die sind alle schlimm.« Er trank noch einen großen Schluck Ale und richtete sein blindes weißes Auge auf Arin. »Gut, dass Ihr sie alle zurückgelassen habt, Dara. Das ist wirklich gut.«

Während Arin auf ihren Platz zurückkehrte, schob Aiko ihre Schwerter zurück in die Scheide und kniete sich wieder auf ihre Tatami.

Die Dylvana wandte sich an Alos. »Es gibt zwar einige, die Eurer Meinung sind, Alos, aber nicht alle Magier sind böse. Diejenigen im Schwarzen Berg sind gewiss nicht besser oder schlechter als Ihr oder ich.«

»Hah!«, bellte Alos.

Aiko fauchte den alten Mann an.

Er warf einen raschen Blick auf die Kriegerin und beeilte sich, ihr zu versichern: »Nichts für ungut, edle Dame. Nichts für ungut. Ich meinte doch nur, dass es gut ist, dass Ihr sie hinter Euch gelassen habt und hierher gekommen seid ... nach Mørkfjord ... wirklich gut, ja, sehr gut.« Er nahm den irdenen Krug und goss sich das letzte Ale ein, um dann voller Bestürzung in das leere Gefäß zu schauen. Seufzend trank er einen Schluck aus seinem Becher, dann wandte er sich an Arin und grinste sein fleckiges Grinsen. »Ist noch etwas Interessantes passiert, nachdem Ihr sie verlassen habt? Egil und ich wollen es wirklich wissen ... ja, wirklich.« Er strich sich Schaum aus seinem Schnurrbart und leckte dann den Finger sauber. »Wie wär's, wenn wir uns noch einen Krug Ale holen und Ihr uns dann den Rest erzählt, aye?«

Arin sah Egil an, der seine Gefühle jetzt wieder unter Kontrolle hatte. Sie hob eine Augenbraue. Er nickte. Sie bedeutete Alos, sich um das Ale zu kümmern.

28. Kapitel

Gemeinsam mit Aiko ritten die Elfen den Weg zurück, den sie gekommen waren. Sie folgten der Handelsstraße nach Südwesten und ließen den Schwarzen Berg hinter sich. Der Weg war immer noch mit Schnee bedeckt, sodass ihr Vorankommen mühsam war, und die Reiter wechselten sich dabei ab, sich und den Pferden hinter ihnen den Weg zu bahnen. Bei Tag zogen sie durch die Grauen Berge, und bei Nacht ruhten sie inmitten der kalten, abweisenden Felsen. Nachts konnten sie verfolgen, wie der Mond langsam zunahm, bis er voll war, und dann wieder bis zum Halbmond abnahm, ehe sie wieder das Dorf Doku erreichten.

Die zitternden Dörfler waren über die Rückkehr der Dämonen bestürzt, deren Reihen nun sogar noch verstärkt waren, und dieser neue Dämon war auch noch als einer von ihnen getarnt – eine Täuschung, die niemanden zum Narren halten konnte. Doch die Einwohner Dokus frohlockten, als die Dämonen Gold für Proviant tauschten: Essen, Hafer und Holzkohle für Kochfeuer. Als sie zwei Tage später weiterzogen, feierten die Dörfler wieder in der Hoffnung, dass die Dämonen sich diesmal endgültig verabschiedet hatten ... obwohl einige in Doku ihren neuen Reichtum zählten und sich fragten, ob der Verkehr mit Dämonen wirklich so schlimm war ... Doch tief im Herzen wussten die Dörfler genau, wenn eines dieser seltsamen Wesen sich jemals in eines der Ungeheuer verwandelt hätte, die sie in Wirklichkeit waren, wäre kein Gold der Welt mehr wichtig gewesen.

Nach Westen ritten Arin und ihre Gefährten, und einige Tage verstrichen, bis sie gut eine Woche, nachdem sie Doku verlassen hatten, die weite Ebene zwischen den Grauen Bergen und dem Grimmwall erreichten. Diese Ebene maß gut zweihundert Meilen, ohne dass es viel Schutz darin gab, und an dem Tag, als sie den Rand erreichten, donnerte ein grimmiger Polarwind aus der eisigen Einöde vor ihnen nach Süden.

»Wir können uns nicht dort hineinwagen« überschrie Melor das Geheul. »Die Pferde und Ponys würden nach ein paar Schritten tot umfallen.«

Aus dem Schutz des Gebirgsausläufers schauten die Reisenden auf den heulenden Wintersturm, der Schnee und Eiskristalle waagerecht über die felsige Ebene peitschte. Mit einem resignierten Seufzer wendete Arin ihr Pferd und machte sich auf den Rückweg zu einer schützenden Felsspalte, die sie vor einer Viertelmeile passiert hatten.

Am Rand dieser Spalte lagerten sie vier Tage lang, in denen sie darauf warteten, dass sich der Wind beruhigte. Schließlich legte er sich, und sie ritten hastig nach Nordwesten. Der Weg vor ihnen war von dem grimmigen Polarsturm sauber gefegt worden, und sie legten die Strecke in insgesamt wenig mehr als sechs Tagen zurück.

Das Glück war ihnen hold, denn kaum hatten sie den Schutz der Ausläufer des Grimmwalls auf der anderen Seite der Ebene erreicht, als der Wind wieder auffrischte, so als sei er erzürnt darüber, dass ihm eine leichte Beute durch die Lappen gegangen war, und er brachte Schnee auf seinen zornigen Schwingen mit.

Jetzt ritten sie an der Südflanke des Grimmwalls entlang und folgten dabei der alten Handelsstraße, die so weit im Westen kaum mehr benutzt wurde.

Fast einen Monat später, am neunzehnten Märztag, erblickten sie den Wolfswald im Südwesten und ritten an seinem Nordrand entlang, wo der vergessene Weg sich durch die Ausläufer des Grimmwalls wand.

In der nächsten Nacht feierten sie bei eisigem Regen die Tagundnachtgleiche, indem sie dem elfischen Ritual folgten, wobei Arin und Rissa Aiko durch die komplizierte Schrittfolge führten. Bevor sie fertig waren, ging der Regen in Graupel und schließlich in Schnee über.

Sie ritten nach Westen, vorbei am Wolfswald. Obwohl sie gut aufpassten, sahen sie weder Dalavar noch seine Draega oder ein anderes Lebewesen in dem noch winterlichen Wald.

Sie passierten auch den Skög und überquerten einige Tage später einen der Flüsse, der südwärts in die Khalischen Sümpfe floss und wegen der beginnenden Schneeschmelze bereits mehr Wasser führte als gewöhnlich.

In jener Nacht lagerten sie in einem Dickicht, und kurz bevor sie sich schlafen legen wollten, zischte Aiko plötzlich: »Löscht das Feuer und haltet den Pferden die Nüstern zu. Gefahr ist im Verzug.«

Ohne nachzufragen, löschten die Elfen die Flammen, zogen ihre Waffen und gingen zu den Tieren, um sie ruhig zu halten, während sie in die Finsternis spähten. Über ihnen schien der zunehmende Mond auf das Land. Ehe er noch eine Handspanne über den Himmel gezogen war, konnte Arin das Klirren von Rüstungen und das entfernte Stapfen von Stiefeln hören, die im Laufschritt durch die Nacht eilten. Ab und zu hörten sie geknurrte Laute, aber in einer Sprache, die ihnen unbekannt war. Augenblicke später kam ein Trupp Rucha in Sicht, die von Norden nach Süden unterwegs waren.

Die Elfen warteten stumm, während die *Spaunen* erst auf sie zu- und dann an ihnen vorbeitrabten, bis die Geräusche endlich in der Ferne verklangen. Schließlich sagte Aiko: »Die Gefahr ist vorbei. Sie sind weg.«

Arin wandte sich an die Kriegerin aus Ryodo. »Bis jetzt war ich der Ansicht, Elfen hätten von allen Völkern die schärfsten Sinne. Wie habt Ihr ...?«

»Meine Tigerin hat es mir gesagt«, antwortete Aiko.

Arin sah Aiko durchdringend an und fragte sich, ob das stimmte. War es tatsächlich wilde Magie, die sie gespürt hatte, oder war die Warnung auf Aikos geschärfte Wahrnehmung zurückzuführen? Arin konnte es nicht sagen ...

Am zwanzigsten Apriltag erreichten sie das Dorf Inge im Lande Aralan. Im Schutz der Palisaden verbrachten sie den Rest dieses Tages und auch noch den nächsten. Sie ruhten sich im Gasthaus *Zum Widderhorn* aus und frischten ihren zur Neige gehenden Proviant auf.

Mit den Dorfbewohnern tauschten sie Lieder und Neuigkeiten aus, und man sagte ihnen: »Irgendwas ist faul im Sumpf, weil Scharen von Rutches und anderem Gezücht vom Grimmwall kommen. Entweder das oder irgendwas in den Bergen hat sie vertrieben.« Was das sein mochte – entweder in den Khalischen Sümpfen im Süden oder im Grimmwall im Norden –, vermochte niemand zu sagen. Doch was es auch war, es musste schlimm sein, jedenfalls war das die Auffassung der Ältesten.

Am nächsten Tag ritten Arin und ihre Gefährten weiter und kamen dabei durch Steinfurt, wo die einzige Familie in dem Weiler ihnen über den Hochwasser führenden Fluss half, natürlich gegen eine kleine Gebühr.

Weiter ging es nach Westen, an der Südflanke des Grimmwalls entlang, da sie der alten Handelsstraße folgten und durch Regen und gelegentliche kleine Schneeschauer ritten. Unterdessen wurden die Tage länger und sonniger, denn der Frühling kehrte ins Land zurück.

Die Elfen überquerten Flüsse und Bäche, passierten Gebirgsausläufer und Hügel und lagerten in Dickichten oder auch im Freien. Ab und zu machten sie in Dörfern und Weilern Rast und nahmen sich ein Zimmer in einem Gasthaus. Manchmal nächtigten sie auch bei Holzfällern, Bauern oder Jägern. Aber immer ritten sie am nächsten Tag weiter nach Westen, bis sie schließlich am vierten Junitag am Fuß des Kaagorpasses anlangten, wo der Silberwald stand.

29. Kapitel

Im Norden, Westen und Süden von einem schützenden Ausläufer des Grimmwalls umgeben und im Osten von einem Weg, der zum Kaagorpass führt, liegt ein Wald aus Silberbirken, Zitterpappeln und prächtigen hohen Pinien. Verglichen mit anderen Wäldern Mithgars ist er mit seiner Ausdehnung von gut vierzig Meilen in Nord-Süd-Richtung und dreißig in Ost-West-Richtung eher bescheiden, aber er liegt dort wie ein Juwel in einer Fassung, ein Schatz, den man behüten, wertschätzen und lieben muss. Das ist der Silberwald.

In dem Jahr, als Arin in diesem Wald lagerte – 1E9253 –, hatten die Drimma gerade mit dem Bau der Zwergenfeste Kachar am Ende eines Tals entlang der Nordwestflanke des Silberwalds begonnen.

Diese Tatsache ist nur von Bedeutung für die Dinge, die da kommen sollten. Denn im Jahr 3E1602, viertausendeinhundertvierundzwanzig Jahre, nachdem Arin an seiner Ostflanke entlanggezogen war, sollte dieses prächtige Juwel in einem Krieg zwischen Drimma und Menschen von wütendem Drachenfeuer beinah vollkommen zerstört werden.

30. Kapitel

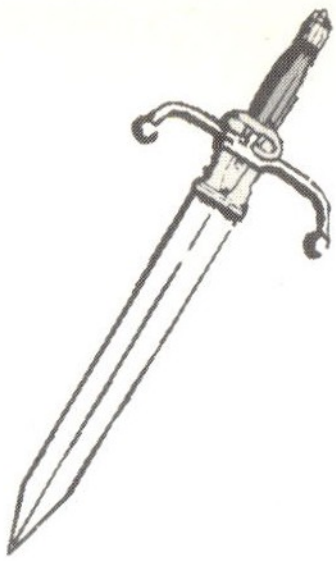

»Psst«, warnte Perin, während er lauschend den Kopf neigte.

»Was?« Biren hörte auf, die Feldflaschen zu füllen, und sah seinen Bruder an.

»Still«, mahnte Perin. »Hör doch.«

Sie standen im Dämmerlicht des Silberwaldes und lauschten einem leisen Klopfen aus nordwestlicher Richtung. Es klang beinah rhythmisch, wie von einem Hammer, der auf Stein schlägt.

»Das ist kein Vogel, mein Bruder«, sagte Biren nach einer Weile.

»Und auch kein anderes Tier«, fügte Perin hinzu.

»Wird dort gegraben?«, fragte Biren.

Perin runzelte die Stirn und lauschte, während die Dunkelheit allmählich zunahm. »Wenn ja, ist es sehr weit weg.«

Sie füllten die Feldflaschen, gingen dann zurück ins Lager und erzählten den anderen von dem Geräusch. Arin wandte sich an Aiko und fragte: »Was sagt Eure Tigerin?«

Aiko schüttelte den Kopf. »Sie schweigt, Dara.«

»Kommt«, sagte Rissa. »Ich will dieses Klopfen hören.«

Sie entfernten sich von den Geräuschen der Pferde und Ponys und folgten den Zwillingen zu dem nahe gelegenen Teich aus Schmelzwasser, wo sie still standen und lauschten, doch sie hörten lediglich das leise Gluckern eines entfernten Bachs.

»Hmm«, meinte Perin. »Es ist weg.«

»Vielleicht war es nur ein Stein, der einen Hang heruntergekollert ist«, sagte Melor mit einem Blick zum Grimmwall. »Die Schneeschmelze des Frühjahrs bringt sie ins Rutschen.«

»Dafür war es zu gleichmäßig«, protestierte Perin.

»Als sei eine Hand am Werk«, pflichtete Biren ihm bei.

Silberblatt wandte sich an Rissa. »Ist eine Feste der Drimma in der Nähe, *Chier?*«

Rissa zuckte die Achseln. »Ich weiß von keiner, Vanidar, aber es ist lange her, seit ich zum letzten Mal hier war.«

»Es könnten *Spaunen* sein«, knurrte Ruar. »Im Grimmwall wimmelt es von ihnen.«

Wiederum richteten sich alle Augen auf Aiko, doch sie zuckte nur die Achseln und sagte: »Meine Tigerin warnt vor keiner Gefahr. Wenn es in diesen Bergen *Kitanai Kazoku* gibt, sind sie jedenfalls nicht in der Nähe.«

»Nichtsdestoweniger«, sagte Silberblatt, »sollten wir heute Nacht besser auf ein Feuer verzichten ... und unsere Wache sollte besonders aufmerksam sein.«

Melor wandte sich an Aiko. »Schläft Eure Tigerin?«

Aiko schüttelte den Kopf.

»Gut.«

Als die Nacht hereinbrach, schien kein Mond, nicht einmal eine haarfeine Sichel, und ohne Feuer wurde das Lager nur von den Sternen erleuchtet. Dann wurde die Nacht kalt, und von Norden zogen Wolken auf. Nach einer Weile spendeten auch die Sterne kein Licht mehr. So konnten selbst die Elfen mit ihrem weithin gerühmten Sehvermögen in der Finsternis kaum noch etwas erkennen, und alle Wächter mussten sich auf ihr Gehör verlassen ... alle außer Aiko, die, als sie an der Reihe war, stattdessen auf ihre Tigerin vertraute. Doch die Nacht verstrich ereignislos, und keine Gefahr kam durch die Finsternis, um das Lager zu bedrohen.

Im Morgengrauen frühstückten die Elfen und Aiko unter

tief hängenden Wolken, deren dunkles Grau sich von Horizont zu Horizont erstreckte. Sie aßen in trübsinnigem Schweigen, da niemand etwas sagte, doch als sie ihr Geschirr zum Teich brachten, um es zu spülen, war wieder das schwache Klopfen aus dem fernen Nordwesten zu hören.

Nachdem Vanidar Silberblatt eine Weile gelauscht hatte, sagte er: »Ich würde meinen, dass es tatsächlich Grabgeräusche sind, doch ob von Drimma oder *Rûpt*, kann ich nicht sagen.«

»Sollen wir nachsehen?«, fragte Perin.

»Wozu?«, wollte Biren wissen.

Perin zuckte die Achseln. »Vielleicht ist es wichtig.«

»Und vielleicht auch nicht«, erwiderte Biren.

Rissa sah Silberblatt an. »Ich würde meinen, dass unsere jeweiligen Aufgaben wichtiger sind, als irgendwelche Drimma zu finden, die auf das Gestein einschlagen. Und obwohl ich lieber Dara Arin auf ihrer Mission begleiten würde, hieße das, ihr Scheitern zu riskieren. Also schlage ich vor, dass sich ab hier unsere Wege trennen. Wir reiten nach Süden und überbringen die Nachricht von Arins Vision, und sie und Die Katze Die In Ungnade Fiel reiten nach Norden, um Einauge In Dunklem Wasser und all die anderen zu finden, die sich hinter den Worten verbergen ... und die Jadeseele.«

Ruar grollte tief in der Kehle und sah Arin an. »Ich wollte, ich könnte mit Euch reiten, Dara, aber damit würden wir tatsächlich alles aufs Spiel setzen. Ich muss Dara Rissa zustimmen – wir haben den Punkt erreicht, wo sich unsere Wege trennen sollten.«

Arin schaute jedem ihrer Gefährten in die Augen, und einer nach dem anderen nickte. So ignorierten sie das Klopfen, spülten ihr Geschirr und kehrten ins Lager zurück, wo sie die Pferde sattelten und mit ihren Habseligkeiten beluden. Sie verteilten gleichmäßig den Rest ihres Proviants und beluden die Ponys damit, von denen zwei Arin und Aiko begleiten sollten.

Rissa wandte sich an Arin. »Ihr habt die Karte bei Euch?«

Arin klopfte sich auf die Brusttasche ihres ledernen Hemdes. »Ja, Rissa, sie ist noch hier.«

Silberblatt schaute nach Nordwesten in die Richtung, aus der die Klopfgeräusche kamen. »Gebt gut auf Euch Acht, Arin, denn Ruar hat Recht: Im Grimmwall wimmelt es von *Spaunen*, und Ihr und Aiko werdet ihn bald passieren.«

Arin nickte, berührte ihr Schwert und zeigte auf den hinter ihrem Sattel befestigten Bogen, dann deutete sie auf Aikos Waffen. »Macht Euch keine Sorgen, wir sind gut gerüstet.«

Einer nach dem anderen umarmten die Elfen Arin und dann auch Aiko, deren Augen ob dieser offenen Zurschaustellung von Zuneigung weit aufgerissen waren, obwohl sie die Umarmungen erwiderte. Während eine kalte Brise von den Höhen herabwehte, stiegen alle auf und ritten mit einem letzten »Lebt wohl« und »Geht mit Adon« ihrer Wege – Arin und Aiko nach Norden und in den eisigen Wind, die anderen bergab nach Süden, mit der Kälte im Rücken.

Als sie in den Pass ritten, betrachtete Aiko die steilen Felswände links und rechts und den Engpass voraus. »Das gefällt mir nicht, Dara Arin«, knurrte sie. »Diese Stelle eignet sich bestens für einen Hinterhalt.«

»Was sagt Eure Tigerin?«

»Nichts ... bis jetzt.«

Sie ritten weiter aufwärts, unter einem bleiernen Himmel, und Pferde und Ponys liefen in raschem Tempo. Der eigentliche Pass war einundzwanzig Meilen lang, die Hälfte bergauf, die Hälfte bergab, und sie beabsichtigten, ihn an einem Tag zu durchqueren, denn auch in dieser Jahreszeit waren die Nächte eisig und die Tage kühl, und in diesen Höhen konnte immer ein unerwarteter Schneesturm aufziehen.

Der Weg war schmal und mit Geröll übersät, die Wände waren steil und hoch, und rechts und links taten sich immer wieder dunkle Nischen und Spalten auf. Aiko betrachtete jeden dieser schattigen Winkel, und ihre Hände waren nie weit von ihren Waffen entfernt. Manchmal stiegen sie ab und führten die Pferde am Zügel oder machten Rast, um ihre Reittiere ausruhen zu lassen und zu füttern oder an größeren Pfützen mit geschmolzenem Schnee zu tränken, nachdem sie eine dünne Eiskruste durchbrochen hatten. Doch ihre Pausen waren stets nur kurz, und sie setzten den Weg immer rasch fort.

Dann gerieten sie in einen alles verhüllenden Nebel, wo die Wolken sehr niedrig hingen. Die Sichtweite sank auf bestenfalls zehn Schritte, und Felsblöcke, die vor ihnen auf dem Weg lagen, wirkten in den diesigen Schwaden dunkel und bedrohlich. Die Schritte auf dem vom Nebel feuchten Felsen klangen gedämpft, sogar die Tritte der eisenbeschlagenen Pferdehufe.

Nach einer weiteren Meile zischte Aiko, die hinter Arin ritt, plötzlich: »Dara Arin, meine Tigerin flüstert etwas von Gefahr.«

»Woher?«

»Das kann ich nicht sagen«, erwiderte Aiko. »Nur, dass sich Gefahr nähert.«

Arin zügelte ihr Pferd, ebenso wie Aiko, und die Dylvana spannte ihren Bogen und legte einen Pfeil auf die Sehne. Dann holte sie tief Luft, konzentrierte sich und starrte auf ihre *besondere* Art in den Nebel ... und obwohl der Nebel ihre Sicht behinderte, schien sie nun in der Lage zu sein, viel weiter zu sehen.

Sie schaute sowohl nach vorn in den Pass als auch nach hinten und selbst nach oben, die Felswände empor. »Ich kann nichts sehen«, flüsterte sie.

Aiko hatte ihre Schwerter gezückt und blieb stumm.

So warteten sie noch ein paar Augenblicke.

Schließlich fragte Arin: »Kommt die Gefahr näher?«

»Nein, Dara.«

»Dann lasst uns weitergehen ... aber im Schritt.«

Langsam ritten sie los und näherten sich dem Scheitelpunkt des Passes. Aiko spornte ihr Pferd an, bis sie neben Arin ritt.

»Die Gefahr nimmt zu«, sagte die Ryodoterin.

»Dann muss sie vor uns liegen«, murmelte Arin, die sich noch immer konzentrierte.

Sie erreichten die Passhöhe und machten sich auf den Weg bergab, immer noch zwischen vertikalen Felswänden eingesperrt, die fünfzig Fuß und noch mehr in die Höhe ragten. Überall wirbelten graue Nebelschwaden umher.

Jetzt fingen die Pferde und Ponys an zu scheuen, als spürten sie ebenfalls eine unsichtbare Bedrohung, und ein schwacher Gestank drang durch den Nebel. Sie ritten noch einige wenige Dutzend Schritte weiter, wobei der Geruch immer stärker wurde, bis er kaum noch zu ertragen war.

»Die Gefahr ist ganz nah«, zischte Aiko, doch Arin konnte immer noch nichts Ungewöhnliches ausmachen.

Ein Pony kreischte, und hinter ihnen ertönte ein lautes Scharren. Als Arin daraufhin ihr Pferd herumriss, sah sie eine monströse Gestalt, ungeschlacht und riesig, aus einem großen Loch springen und einem der Ponys mit einer gewaltigen Faust in den Nacken schlagen. Der Hieb brach dem Tier das Genick wie einen dürren Zweig, während das andere Pony blökte und floh, nur um von dem Seil aufgehalten zu werden, mit dem es an Arins Sattel gebunden war.

»Ein Troll!«, rief Arin, während etwas durch den Nebel flog und den riesigen Ogru ins Auge traf.

»RRRRAAAAHHHH!«, brüllte der Troll vor Schmerzen, und Arins Pferd scheute zurück und duckte sich, als sei es ebenfalls von einem Hieb getroffen. Gerade als Aiko noch einen Shuriken auf das zwölf Fuß große Ungeheuer warf, wirbelte ihr Pferd herum und ging durch, und der gezackte Wurfstern prallte lediglich von der steinharten Haut des Ogru ab. Von

dieser jähen Bewegung aus dem Gleichgewicht gebracht, wurde Aiko abgeworfen und schlug schwer auf dem Boden auf, doch es gelang ihr, sich abzurollen und mit den Schwertern in der Hand aufzuspringen. Ihr panisch kreischendes Pferd versuchte zu fliehen, doch das am Sattel festgebundene tote Pony stellte ein zu schweres Gewicht dar, und das Pferd konnte nicht wegrennen.

Immer noch heulte der Troll vor Schmerzen, während er sich an sein durchbohrtes Auge griff und die Waffe herauszuziehen versuchte. Heulend und um sich schlagend schwankte er zwischen Aiko und Arin hin und her.

Arin wusste, dass Aikos Klingen, so scharf sie auch waren, die Haut der Kreatur nicht durchschneiden konnten. Ohne zu überlegen, sprang die Dylvana von ihrem scheuenden Pferd, huschte ganz nah an das Ungeheuer heran und zielte. Während der Troll vor Schmerzen brüllte, schoss Arin einen Pfeil nach oben in das klaffende, heulende Maul des Ungeheuers, der den weichen Gaumen durchbohrte und dem Ogru ins Gehirn drang.

»GHAAAA …!«, heulte der Troll und kippte dann rückwärts, um mit donnerndem Krachen auf dem Rücken zu landen. Die riesige Kreatur war tot, gefällt von nichts weiter als einem fünfzackigen Wurfstern und einem gefiederten Schaft mit Stahlspitze.

Mit immer noch wild pochendem Herzen legte Arin noch einen Pfeil auf die Sehne und beobachtete die Umgebung mit geschärftem Blick, während Aiko vorsichtig, mit erhobenen Schwertern und Schritt für Schritt zu dem Ungeheuer schlich, um sich zu vergewissern, dass es wirklich tot war. Schließlich stand sie neben dem Ogru. Einen Moment später, den Blick bereits auf die Umgebung gerichtet und die Schwerter immer noch kampfbereit erhoben, zischte sie: »Er ist tot.«

»Ich glaube, es gibt sonst keine«, verkündete Arin mit gedämpfter Stimme. Trotzdem senkte sie ihren Bogen nicht.

Sie lauschten lange, während sie sich gleichzeitig angestrengt und forschend umschauten. Keine andere Gefahr war auszumachen, und sie hörten nur die Anstrengungen von Aikos immer noch verängstigtem Pferd, das sich gegen die Last des toten Ponys wehrte. Von Arins Pferd und Pony war nichts zu sehen. Beide waren den Pass herunter vor dem grässlichen Troll geflohen.

»Meine Tigerin schweigt«, zischte Aiko endlich.

Arin stieß hörbar den Atem aus und senkte dann den Bogen. Nach einem Augenblick schob Aiko ihre Schwerter in die Scheide, trat zur Seite und hob den scharfzackigen Wurfstern auf, der von der steinharten Haut des Ogrus abgeprallt war. Sie wandte sich an die Dylvana. »Ihr hättet fliehen sollen, Dara«, sagte die safranhäutige Kriegerin. »Wir hätten beide fliehen sollen.« Sie zeigte auf den gefallenen Troll. »So ein *Hitokui-oni* kann nicht mit gewöhnlichen Waffen bezwungen werden.«

Arin schaute auf den toten Ogru und dann wieder zu Aiko. »Vielleicht solltet Ihr das dem Troll sagen.« Dann brach Arin in lautes Gelächter aus, als die Spannung des Kampfes schlagartig von ihr wich. Aiko fiel ein und hielt sich beide Hände vor den Mund, um ihr Gekicher zu verbergen.

Die Ryodoterin hielt die Luft an, bevor sie noch einmal zu dem toten Troll ging und sich bückte, um sich den Shuriken im linken Auge der Kreatur wiederzuholen.

»Seid vorsichtig, Aiko«, warnte Arin. »Trollblut verbrennt ungeschützte Haut.«

Während Aiko sich wieder aufrichtete und Lederhandschuhe anzog, holte Arin eine Feldflasche und reichte sie der Ryodoterin. »Hier, wascht alles Blut ab.«

Wieder beugte sich die goldhäutige Kriegerin über den Troll und griff nach dem Shuriken. Als Aiko dies tat, kam Arin plötzlich eine Eingebung. »Ach, Aiko, mir kommt gerade ein Gedanke. Wir stehen hier im Nebel, und Ihr klaubt einen blendenden Dorn aus dem Auge eines Ungeheuers. Könnte dies das Einauge In Dunklem Wasser sein? Haben wir unsere Hoffnung getötet?«

Mit einem feuchten *Plop!* löste sich der Wurfstern, und Aiko, die wegen des grässlichen Gestanks immer noch den Atem anhielt, richtete sich auf und sah Arin mit weit aufgerissenen Augen an. Dann schüttelte sie den Kopf und sagte: »Ich weiß es nicht.« Sie sah sich um. »Vielleicht kann der Nebel als dunkles Wasser herhalten, und das Ungeheuer ist ein Einauge. Doch ob die Vision darauf zutrifft oder nicht, kann ich nicht sagen.« Sie wusch den Wurfstern ab und schob ihn dann wieder in ihren Gürtel zu den anderen. Sie schaute zu Arin und dann zum Troll. »Soll ich dem *kaibutsu* das Auge herausschneiden, sodass wir es mitnehmen können?«

Diese nimm mit, nicht mehr ... Arins Gesicht verzog sich zu einer Grimasse des Abscheus, aber sie zuckte die Achseln und sagte: »Wenn wir eine einäugige Person in Mørkfjord finden, können wir es immer noch wegwerfen. Hütet Euch vor dem Blut.«

Aiko nickte, zog ihren Dolch und bückte sich, doch dann richtete sie sich wieder auf und sagte: »Welches Auge sollen wir nehmen, das durchbohrte oder das gesunde?«

»Oh«, sagte Arin. Sie überlegte kurz. »Das durchbohrte, würde ich meinen, denn es ist das, was ihn zu einem Einauge macht.«

»Aber, Dara, macht nicht das durchbohrte Auge eigentlich das *andere* zum Einauge?«

Mit einem Seufzen erwiderte die Dylvana: »Das mag sein. Aber Rätsel sind Dinge mit vielen Wendungen, und unseres bezieht sich gewiss auf ungewöhnliche Dinge.«

Aiko nickte. »Und ein durchbohrtes Trollauge ist ungewöhnlich?«

»In der Tat«, erwiderte Arin. »Denn hätte der Ogru auch nur geblinzelt, hätte Euer Stern es nicht durchbohrt, und anstelle dieses monströsen Trolls lägen jetzt wir tot am Boden. Doch der Troll ist tot, und das nur wegen des durchbohrten Auges, und das unterscheidet diesen Ogru von anderen seiner Art.«

So schnitt Aiko den durchbohrten Augapfel heraus, und wo Trollblut auf den Fels tropfte, zischte es, und dunkle Rauchschwaden stiegen auf. In der Zwischenzeit sattelte Arin das tote Pony ab und lud alles auf Aikos immer noch widerspenstiges Pferd. Sie wuschen das Blut von dem beschädigten Auge, wickelten es in einen leeren Hafersack, banden den Sack zu und verstauten ihn dann bei dem restlichen Gepäck. Aiko säuberte ihren Dolch und schob ihn dann wieder in die Scheide. Dann marschierten sie mit dem Pferd am Zügel den Gebirgspass herab, hinter Arins geflohenem Pferd und Pony her, wobei sie ein totes Pony und einen toten einäugigen Troll zurückließen.

31. Kapitel

Mit dem Pferd am Zügel folgten Aiko und Arin dem steinigen Weg, während die Nebelschwaden um sie her trieben. Nachdem sie einige Meilen zurückgelegt hatten, stießen sie schließlich auf die geflohenen Tiere, die sich am frischen Frühlingsgras am Fuß eines bescheidenen Hangs gütlich taten, auf dem noch Schnee lag, weil der Hang im Schutz eines großen Felsens lag und nach Norden wies. Die Tiere sahen Arin und Aiko an, als wollten sie fragen: »Wo seid ihr gewesen?« Arin holte ihre Zügel ein, während sie beruhigend auf sie einredete.

Während die Dylvana die Pferde mit einer Portion Hafer fütterte, lud Aiko die geretteten Sachen von ihrem Pferd auf das Pony um. Kurz darauf setzten sie ihre Reise fort, nun wieder beritten.

Während sie durch den wallenden Nebel talwärts ritten, wurden die Schwaden immer dünner, bis nur noch einzelne Fäden nach ihnen griffen, und kurz darauf waren auch die verschwunden. Nach weiteren drei Meilen mündete der schmale Pass in eine offene Prärie. Sie hatten endlich die Berge hinter sich gelassen und waren in den Steppen von Jord angelangt.

Im Windschatten der Berge schlugen sie am Fuß des Kaagorpasses ein Lager auf. Sie hatten gerade ein Feuer angezündet, um sich einen Tee zu kochen, als es zu regnen begann.

Gründlich durchnässt studierten Arin und Aiko am nächsten Morgen die Karte. Sie beschlossen, einer alten Straße den Graufluss entlang zu folgen, ihn dann bei Arnsburg zu überqueren und dort eine Weile zu rasten. Danach würden sie die Judra nach Naud überqueren, wo sie nach Norden abbiegen und diesem Fluss durch Naud und Katz nach Fjordland folgen würden, um dort nach Osten abzuschwenken und bis Mørkfjord zu reiten. Insgesamt lagen noch gut sechshundert Meilen vor ihnen.

»Wenn wir uns beeilen«, sagte Arin, während sie die Karte studierte, »müssten wir in einem Monat dort eintreffen.«

Also folgten sie der Straße vom Kaagorpass in nordwestlicher Richtung, während ein dünner Morgennebel vom nassen Boden aufstieg. Nach sechs Meilen sichteten sie diesseits eines Dickichts direkt vor ihnen eine Gabelung in der Straße. Eine Abzweigung führte in westlicher Richtung nach Jordburg, die andere in nördlicher nach Arnsburg. Doch als sie die Biegung erreichten, rollte ein von vier Pferden gezogener Streitwagen aus dem Gehölz, der mit zwei Männern besetzt war, einem Fahrer und einem mit Schwert und Rundschild bewaffneten Krieger. Der zweirädrige Streitwagen rollte zur Kreuzung, wo er anhielt und wartete.

Arin wandte sich an Aiko. »Was sagt Eure Tigerin?«

»Sie mahnt nur zur Vorsicht, Dara.«

»Wie ich es mir auch gedacht habe«, sagte die Dylvana.

Arin richtete ihre Aufmerksamkeit wieder auf den Streitwagen und die Krieger darin. Der Wagen schien aus Holz zu sein und war mit Leder verkleidet – eine Art Panzerung. Die Räder waren groß, die Eisenringe breit, um besser durch zerklüftetes Gelände zu kommen. Hinten rechts lehnte ein Bündel Speere, vielleicht zehn oder zwölf insgesamt, und Arin sah auch etwas, das sie für einen schussbereiten Bogen hielt, am Handgeländer auf der rechten Seite.

Als sie näher kamen, richtete Arin ihre Aufmerksamkeit auf die Krieger. Sie waren keine Männer, sondern Frauen, hoch gewachsen und hellhäutig, grimmige Kriegsmaiden von Jord. Sie alle trugen Stahlhelme, dunkel und matt, der eine mit einem langen, nach hinten fallenden Schweif aus Pferdehaar verziert, der andere mit einem Paar Schwingen. Vlieswesten bedeckten die Kettenhemden der Kriegerinnen, und lange Umhänge fielen von ihren Schultern herab, um sie vor der eisigen Kälte des frühen Morgennebels zu schützen.

Sie sahen stolz und hart aus mit ihren kampfbereiten Waffen und entschlossenen Gesichtern, die von kupferroten Haaren eingerahmt wurden, und die Blicke ihrer funkelnden Augen durchbohrten die Fremden förmlich, die in das Reich der Vanadurin eindrangen. Als Arin und Aiko die Kreuzung erreichten ...

»Stanse!«, gebot die Kriegerin mit dem Speer in einer Sprache, die weder Arin noch Aiko kannte, doch die Bedeutung war klar, und sie zügelten ihre Pferde.

»Hva heter Da? Hvor skal du fra? Hvor skal du hen?«

»Wir sprechen Eure Sprache nicht«, sagte Arin und schlug ihre Kapuze zurück.

Die Gesichter der Kriegsmaiden zeigten Überraschung beim Anblick einer Elfe. Während die Fahrerin die vier Pferde im Zaum hielt, sagte sie: »Meine Dame, dies sind gefährliche Zeiten, denn das Reich von Jord befindet sich im Krieg. Daher müssen wir Eure Namen wissen, woher Ihr kommt und wohin Ihr geht.«

»Im Krieg?«, fragte Arin.

»Mit den Naudrons.« Die Maid winkte vage nach Osten.

Jetzt schlug Aiko ihre Kapuze zurück, und wieder staunten die Kriegsmaiden, denn sie hatten noch nie zuvor eine Person mit solcher Hautfarbe gesehen.

»Ich bin Dara Arin aus Darda Erynian. Meine Begleiterin ist

die Dame Aiko aus Ryodo. Wir sind unterwegs nach Fjordland.«

Die Fahrerin übersetzte Arins Worte der anderen Kriegsmaid.

»Hvorledes kommen de til den Jordreich?«, fragte die Kriegerin mit dem Speer.

Die Fahrerin wandte sich an Arin. »Wie seid Ihr ins Jordreich gekommen? Doch gewiss nicht ...« Sie warf einen Blick die Straße entlang in Richtung Pass.

Arin drehte sich um und zeigte in Richtung Grimmwall. »Durch den Kaagorpass.«

»Umulig!«, schnaubte die Speerträgerin.

»Das kann nicht sein!«, verkündete die Wagenlenkerin. »Dort lebt ein *vanskapnig* – ein Ungeheuer.«

»Das Ungeheuer, der Troll, ist tot«, sagte Arin.

»*Dod?* Der Troll ist *dod*?«

»So ist es. Wir haben ihn getötet: mit einem fünfzackigen Wurfstern und Pfeil und Bogen.«

»Jetzt bin *ich* es, die unmöglich sagt!«, verkündete die Fahrerin.

Aiko bewegte sich im Sattel, und ihre Hände wanderten zum Heft ihrer Schwerter. Ihre Stimme war leise und gefährlich: »Nennt Ihr meine Dara eine Lügnerin?«

»Aiko, nicht!«, sagte Arin aufgebracht. »Das sind keine Feinde. Und wir sind Gäste in ihrem Reich. Zeigt ihnen das Auge.«

Widerwillig stieg Aiko ab, wobei sie den Blick nicht einen Moment von den Kriegsmaiden wandte.

Die Wagenlenkerin flüsterte der Speerträgerin etwas zu, die daraufhin ebenso widerstrebend den Speer aus der Hand legte.

Daraufhin drehte Aiko sich um, ging zum Pony und band den Hafersack mit dem Trollauge los. Sie trat vorwärts, kauerte nieder, stellte den Sack auf den Boden und wickelte die grausige Beute aus.

Beide Kriegermaiden keuchten, und ein rascher Wortwechsel entspann sich zwischen ihnen. Schließlich wandten sie sich an Arin und Aiko, und die Fahrerin sagte: »Wir entschuldigen uns für unsere Zweifel, aber so etwas hat es noch nie gegeben.«

»Die Hand des Schicksals hat uns geführt«, erwiderte Arin, »sonst wären wir jetzt nicht hier und würden mit Euch reden.«

»Wo ist der Troll?«

»Wir haben ihn dort gelassen, wo er gestorben ist«, knurrte Aiko, die kaum beschwichtigt war, während sie das Auge wieder einwickelte. »Schließlich konnten wir das Ungeheuer schlecht auf dem Rücken unseres Ponys nach unten schaffen.«

Jetzt lachte die Wagenlenkerin. »Natürlich, wie dumm von mir zu fragen.« Sie drehte sich um und übersetzte für ihre Kameradin, und beide brachen in Gelächter aus.

»Kommt«, sagte die Fahrerin lächelnd. »Kommt mit in unser Lager, dann trinken wir einen Tee und feiern Eure erstaunliche Tat.«

Später am Morgen ritten Arin und Aiko weiter, nun querfeldein nach Norden, da der Krieg ihre Pläne und ihre Route geändert hatte. Denn es schien, als liege Arnsburg in umkämpftem Gebiet zwischen der Judra im Osten und dem Grau im Westen, das sowohl von Jord als auch von Naud für sich beansprucht wurde. Also hatten die Dylvana und die Ryodoterin vor, um den Westrand einer Hügelkette etwa zweihundert Meilen im Norden zu reiten, wo der Kleine Grau entspringt. Dann wollten sie nach Nordosten umschwenken und um diese Ecke von Jord nach Fjordland reiten, sodass sie die Judra an der seichten Stelle unweit der Ausläufer des westlichen Kath überqueren würden. Auf diesem Weg würden sie dem Krieg gänzlich ausweichen, oder jedenfalls hofften sie das.

»Ich will mich nicht in die Streitigkeiten der Menschen mischen«, erklärte Arin.

»Und ich mich nicht in Kriege, von denen ich nichts verstehe«, sagte Aiko.

Also ritten sie nach Nordwesten.

Nach zwei Wochen wurde der Gestank des verwesenden Trollauges unerträglich. So versiegelten sie das Auge in einem kleinen Weiler in Jord in geschmolzenem Bienenwachs und Honig und bewahrten es in einem mit Teer abgedichteten Lederbeutel auf.

Die Tage waren lang geworden im heraufziehenden Sommer, und schließlich kam die Sommersonnenwende. Ein voller Mond schien auf Arin und Aiko nieder, als sie das elfische Ritual feierten, wobei die Dylvana sang und die Ryodoterin durch die komplizierte Schrittfolge der erhabenen Zeremonie führte.

Am fünfundzwanzigsten Junitag überquerten sie die untere Judra, und in den folgenden zwei Tagen ritten sie nach Norden, bis sie die steilen Klippen oberhalb des Borealmeers erreichten. Jetzt folgten sie der Küstenlinie in ostnordöstlicher Richtung, während unter ihnen die Brandung rauschte und ihre Pferde und das Pony über blanken Fels trabten.

Am neunundzwanzigsten Junitag erreichten sie einen gewaltigen Fjord und wandten sich landeinwärts, um sein spitzes Ende zu erreichen, wobei sie über bergige Hänge und zerklüftetes Land ritten, das ihnen das Vorankommen erschwerte.

Je höher sie kamen, desto kühler wurde es, und in der Dämmerung des folgenden Tages ritten sie am Fuß eines Gletschers vorbei, wo kleine blaue Blumen im Wind nickten. Es war der dreißigste Junitag, und in der morgigen Nacht würde Arins Vision sich zum ersten Mal jähren. An diesem vorletzten Abend erspähten sie die Lichter einer Ortschaft an der Küste.

Arin warf einen Blick auf die Karte, nickte, wandte sich dann an Aiko und sagte: »Lasst uns nach unten reiten und ein geeignetes Gasthaus finden ...«

Sie waren endlich in Mørkfjord angekommen.

32. Kapitel

Egils Blick wanderte zwischen Arin und Aiko hin und her, und sein Auge war vor Überraschung weit aufgerissen. »Ihr habt gemeinsam einen Troll getötet?«

Alos schauderte und schien in sich zusammenzufallen.

Arin sah Egil an, und plötzlich hatte sie Herzklopfen. *Warum gefällt es mir so, dass er es erstaunlich findet?* »Das haben wir«, brachte sie heraus, »obwohl es eigentlich nur Glück war.«

Aiko schüttelte den Kopf. »Vielleicht hat uns das Glück gelächelt, aber selbst wenn es in dem Augenblick in eine andere Richtung geschaut oder gar nicht hingesehen hätte, würde Dara Arin immer noch ins Schwarze getroffen haben, sonst wären wir im Kochtopf des *Hitokui-oni* gelandet.«

»Ich habe nicht besser ins Schwarze getroffen als Ihr zuvor mit Eurem Wurfstern, Aiko.«

»Glück oder nicht«, verkündete Egil, »Tatsache ist, Ihr habt einen Troll getötet.«

Mit zitternder Hand schenkte Alos sich einen Becher Ale ein und trank ihn eiligst aus, sodass ihm das Gebräu aus beiden Mundwinkeln tropfte.

Egil rieb sich sein stoppeliges Kinn. »Ich dachte, Trolle wären praktisch unverwundbar. In den Geschichten heißt es, man könne sie nur durch einen tiefen Fall töten oder wenn man einen großen Felsblock auf sie fallen lässt.«

Arin hob eine Hand. »Ein gut gezielter Stoß in Auge, Ohr oder Maul erledigt sie ebenfalls, Egil. Außerdem heißt es, ihre Fußsohlen seien recht zart. Eine massive Fußangel würde sie dort durchbohren, sollten sie auf eine treten.«

Alos ächzte und schlug die Hände vors Gesicht.

Arin sah ihn an. »Geht es Euch nicht gut, Alos?«

»Lasst mich in Ruhe«, ächzte er.

Arin sah Egil fragend an, doch der wandte die Handflächen nach oben und zuckte die Achseln, denn Egil wusste nicht, warum der alte Mann so bestürzt war.

Schließlich sagte Egil: »Ich würde gerne noch einmal die Worte Eurer Vision hören.«

Arin deklamierte:

»Die Katze Die In Ungnade Fiel;
Einauge In Dunklem Wasser;
Den Deck-Pfau Des Wahnsinnigen Monarchen;
Das Frettchen Im Käfig Des Hochkönigs;
Den Verfluchten Bewahrer Des Glaubens Im Labyrinth:
Diese nimm mit,
Nicht mehr,
Nicht weniger,
Sonst wird es dir nicht gelingen,
Die Jadeseele zu finden.«

Sie sah Egil an. »Könnt Ihr uns helfen, die Antworten zu finden?«

Langsam, in Gedanken versunken, schüttelte Egil den Kopf, während sein eines Auge auf einen unsichtbaren Punkt starrte. Schließlich sagte er: »Ihr haltet die Jadeseele für den Grünen Stein von Xian, aye?«

Arin nickte, sagte jedoch nichts.

»Und um ihn zu finden, müsst ihr all die anderen, die in dem Rätsel benannt werden, um Euch scharen ... und eine Person davon glaubt Ihr bereits bei Euch zu haben: Aiko, Die Katze Die In Ungnade Fiel.«

Wiederum nickte Arin stumm.

»Und Ihr glaubt, das Einauge In Dunklem Wasser ist entweder Alos oder ich, richtig?«

Alos stöhnte. »Dieses Gerede von der Suche nach grünen Steinen und von Zauberern und T-trollen – ich gehe nicht mit!« Schnell schenkte er sich noch einen Becher Ale ein, wobei er in seiner Hast auf den Tisch tropfte. »Das Einauge ist Egil. Egil, hört Ihr. Ich nicht. Egil ist es, den Ihr sucht.«

»Es könnte auch das hier sein«, sagte Aiko, indem sie zu Alos ging und einen mit Teer abgedichteten und fest verschnürten Lederbeutel vor ihm auf den Tisch legte. »Ein verwesendes, durchbohrtes Trollauge.«

Alos kreischte und zuckte vor dem Beutel zurück, dann sprang er auf und rannte zur Tür, stieß sie auf und stolperte nach draußen, bevor jemand ihn aufhalten konnte. Wie groß sein Verlangen auch war, von der verrückten Elfe und ihrer kriegerischen Gefährtin wegzukommen, war für alle offensichtlich, denn er hatte seinen Becher mit Ale und einen nahezu vollen Tonkrug zurückgelassen.

»Aiko, das war unnötig«, sagte Arin. »Alos könnte derjenige sein, den wir brauchen, um den Stein zu finden.«

Aiko schüttelte ungerührt den Kopf und winkte dem verschwundenen alten Mann hinterher. »Dara, dieses eine Mal stimme ich mit diesem *fuketsuna yodakari* überein. Egil ist derjenige, den zu finden wir hergekommen sind.«

»Dessen können wir nicht sicher sein, Aiko. Wir können nicht einmal sicher sein, ob es Alos, Egil oder das Trollauge ist, das wir brauchen.«

Aiko seufzte. »Wenn Ihr es wollt, Dara, hole ich ihn zurück.«

Arin schaute zur Tür, die sich in ihren schiefen Angeln langsam von allein schloss. Sie winkte ab. »Lasst es einstweilen auf sich beruhen, Aiko. Es ist offensichtlich, dass er Angst hat. Soll er ein paar Tage darüber nachdenken, dann sehen wir weiter.«

Aiko kehrte zu ihrer Tatami-Matte zurück, ließ aber den Beutel mit dem Trollauge auf dem Tisch liegen.

»Was ist ein Pfau?«, fragte Egil und schaute von seinem Mittagessen auf.

»Ein Vogel«, erwiderte Arin, »aus weit entfernten Landen im Südosten. Ich habe noch nie einen gesehen.«

»Ich schon«, sagte Aiko. »Sie leben in Ryodo und Chinga und Jüng ... und auf den Inseln des Südens. Sie haben lange schillernde grüne Schwanzfedern, die sie wie einen Fächer ausbreiten können, was sehr schön aussieht. Jede Feder ist mit einem Auge geschmückt.«

»Mit einem Auge?«

»Nun ja, jede Feder ist mit einem Muster gezeichnet, das wie ein Auge aussieht.«

»Oh«, sagte Egil, während er mit dem Löffel in seinem Eintopf rührte.

Arin wartete, doch Egil sagte nichts. Schließlich fragte sie. »Hattet Ihr eine Idee?«

Egil schüttelte den Kopf. »Ich habe nur versucht, mir so einen Vogel vorzustellen, denn wie Ihr habe ich noch nie einen gesehen.«

Er hob einen Löffel Eintopf zum Mund und betrachtete ihn einen Moment nachdenklich. Dann ließ er den Löffel unberührt wieder auf den Teller sinken. Er stieg aus seinem Bett, ging zum Fenster und schaute über den Hof und hinunter zum Fjord, wo zwei Langschiffe am Pier lagen. »Die Königin von Jütland«, sagte er.

»Was ist mit ihr?«, fragte Arin.

Egil drehte sich um. »Man sagt, dass sie verrückt ist, mein *Angil*, ebenso wie ihre Vorgänger.«

»Verrückt? Inwiefern?«

»Das weiß ich nicht.«

»Was ist mit ihren Vorgängern? Vielleicht liegt ein Hinweis in der Vergangenheit.«

Egil zuckte die Achseln. »In den Geschichten heißt es, eine Königin hätte einmal ... äh.« Egil hielt inne, als widerstrebe es ihm weiterzureden. Er hatte den Blick verlegen gesenkt.

»Sprecht nur weiter«, drängte Arin. »Was Ihr auch wisst, ich will es hören.«

Egil sah zu ihr auf, dann holte er tief Luft und sagte rasch: »Es heißt, sie hätte einmal ein Pferd in ihr Bett genommen.«

Aiko hob skeptisch eine Augenbraue, während Egil sich wieder dem Fenster zuwandte, da er nicht bereit war, Arins Blick zu begegnen.

»Ähem«, murmelte Egil der Fensterbank zu. »Es gibt sogar einen Spottvers darüber.«

Aiko seufzte. »Ist es jetzt schon so weit gekommen, dass wir den zotigen Liedern von Seeleuten Glauben schenken sollen?«

»Viele Lieder haben einen wahren Kern«, sagte Arin und fragte dann: »Wie alt ist das Lied?«

»Uralt«, erwiderte Egil. »Diese Königin von Jütland ist schon lange tot. Aber es heißt, dass Wahnsinn erblich ist, vor allem in dieser königlichen Linie.«

»Hat es schon immer böses Blut zwischen Fjordländern und Jüten gegeben?«

»Aye, aber ...«

»Woher sollen wir wissen, dass dies nicht nur noch mehr böses Blut ist?«

»Wir können es nicht wissen, mein *Angil.* Aber ob wahr oder nicht, ob Gerücht oder Wahrheit, sie ist die einzige Herrscherin, auf welche die Beschreibung eines wahnsinnigen Monarchen zu passen scheint, zumindest soweit ich es weiß.« Egil drehte sich wieder um.

»Gibt es noch mehr?«, fragte Arin.

Egil zuckte die Achseln. »Nur dies: Es heißt, dass in den königlichen Gärten von Jütlands Hof Tiere gehalten werden wie in einer Menagerie, aber ob darunter auch Deck-Pfauen sind, kann ich nicht sagen.«

Der Abend kam und Egil schlief ein. Obwohl sein Fieber zurückgegangen war, wurde er nachts wieder von bösen Träumen heimgesucht.

Die Tage vergingen, und an jedem Morgen waren Egils Wunden besser als am Tag zuvor. Thar kam jeden Tag vorbei und sah zu, wie Arin Breiumschläge und Arzneien auf Egils Gesicht legte, und staunte darüber, wie rasch seine Wunden heilten. Rasch nach den Maßstäben des Heilers, langsam nach Egils eigenen.

Außerdem kamen ihn jeden Tag Mitglieder seiner Mannschaft besuchen, auch Kapitän Orri, der immer ein fröhliches Lachen mitbrachte.

Doch in jeder Nacht wachte Egil weinend auf und rief nach Männern, die Arin unbekannt waren.

Es kam jedoch der Tag, als er sich der Dylvana gegenüber auf einen Stuhl setzte und sagte: »Mein *Angil*, ich werde Euch erzählen, was ich über den bösen Zauberer Ordrune weiß.«

33. Kapitel

»Ich kann nicht ... es gibt ...« Egil schüttelte verwirrt den Kopf, während er um Worte rang. Er holte tief Luft, stieß sie wieder aus und starrte auf seine Hände.

Arin zog ihren Stuhl näher heran, bis ihre Knie Egils berührten.

Er sah sie an und knirschte mit den Zähnen. »Ich kann mich an alles erinnern, was er uns in seinem Turm angetan hat, in seinen Verliesen, in seinen ... Gruben, aber das ...« – ein Ausdruck ungeheurer Konzentration legte sich über Egils Züge – »das andere ... vorher ... nachdem.« Egil schlug sich mit der Faust in die offene Hand. »Er hat unsere Gedanken gestohlen. Unsere Erinnerungen geraubt und nichts als Verwirrung hinterlassen. Mich verflucht.«

Arin sagte nichts, sondern nahm nur seine Hand, löste sanft seine Faust und hielt sie sacht fest, während sie über seine Finger strich.

Egil sah zu, als sei es gar nicht seine Hand, entspannte sich aber dennoch langsam. Nach einem Augenblick nahm er ihre Finger in seine und küsste jeden einzelnen ganz leicht. Sie schlug die Augen nieder, und er ließ sie los, doch sie zog sich nicht zurück, sondern nahm stattdessen wieder seine Hand. Sie saßen in stillem Einvernehmen da. Durch das offene Fenster hörten sie den Koch dem Tavernenjungen zurufen, er möge mehr Holz bringen, während in ihrem Zimmer nur das

Wispern des Wetzsteins auf Stahl zu hören war, da Aiko ihre Klingen schärfte. Schließlich seufzte Egil und begann dann ruhig und gelassen von Neuem. »Daran kann ich mich erinnern.«

»Ragnar! Ragnar!« Egil rannte den Hang hinunter, seinem Waffenkameraden hinterher. Der junge Mann blieb stehen und wartete auf Egil. Schließlich sprang Egil auf den schmalen Fußweg und rief: »Wir haben es!«

Ragnars Augen weiteten sich. »Deines Vaters Schiff?«

Egil lachte laut und rief: »Ja!«

Ragnar jubelte und schlug Egil auf die Schultern. »Bei Garlon, endlich! Ein eigenes Schiff.« Plötzlich wurde Ragnar ernst. »Dein Vater, ist er ...?«

»Es ist das Wechselfieber. Er wird es einfach nicht los. Aber er hat gesagt, er will nicht das ganze Jahr vergeuden, also hat er mir das Kommando über das Schiff gegeben. ›Du bist erst zwanzig Lenze alt, mein Sohn, aber ich war auch nicht älter, als ich es gebaut habe. Außerdem ist es an der Zeit zu sehen, ob du schon flügge bist.‹ Das hat er zu mir gesagt, Ragnar – ob ich schon flügge bin! –, und das, wo ich schon vier tadellose Kaperfahrten auf dem Buckel habe. Ha! Ich werde ihm zeigen, wie flügge ich schon bin. Ich werde herabstoßen wie ein Adler, mein Freund, denn lautet so nicht mein Name?«

»Aye, Egil, wie Falken und Bussarde werden wir alle auf unsere Beute herabstoßen, und sie mögen sich drehen und wenden, wie sie wollen, am Ende versenken wir sie doch.« Ragnar hielt kurz inne, dann sagte er: »Endlich hast du dein eigenes Schiff.«

Egil grinste. »Wenigstens für eine Fahrt. Komm, Ragnar, sehen wir es uns an.«

Egil und Ragnar schlugen den Weg zum Pier ein, wo die *Sjøløper* vertäut war, mit ihren siebzig Fuß Länge und nur fünfzehn Ruderpaaren nach fjordländischen Maßstäben ein bescheidenes Schiff, doch Egil und Ragnar kam sie wie das größte aller Drachenschiffe vor.

Sie schritten über das Deck, über Ruderbänke hinweg und begutachteten die einander überlappenden Eichenplanken, die dem Rumpf seine schlangenartige Biegsamkeit verliehen, welche das Boot in die Lage versetzte, die Wellen zu schneiden, und für eine wesentlich größere Behändigkeit sorgte, als es allein der schmale Kiel vermochte. Sie begutachteten den Mast und wickelten das Segel aus seiner schützenden Persenning, dann falteten sie den gefärbten Stoff auseinander und inspizierten ihn ebenso wie Rahen und Reffleinen. Sie überprüften das *stjorbordi*, das auf der Steuerbordseite angebrachte Steuerruder, und jedes einzelne der Fichtenholzruder, die mittschiffs in Eichengestellen aufgereiht standen. Die Ruder waren von unterschiedlicher Länge, sodass sie alle gleichzeitig ins Wasser eintauchten, wenn in kurzen, abgehackten Schlägen gerudert wurde.

Nachdem sie das Boot vom Bug bis zum Heck inspiziert hatten, sagte Egil: »Sie braucht noch ein wenig Arbeit, aber die Mannschaft wird damit schnell fertig werden.«

Ragnar lehnte sich an ein Dollbord und schaute über das Wasser, als wolle er ferne Lande erspähen. »Wann segeln wir?«

»Sobald wir können«, erwiderte Egil.

Ragnar drehte sich um und lehnte sich zurück, die Ellbogen auf das Dollbord gestützt. »Wohin soll es gehen? Zu welchen Ufern? Nach Leut? Thol? Jütland? Wohin?«

Egil schüttelte den Kopf. »Vater sagt, diese Gegenden sind längst abgegrast worden. Er schlägt West-Gelen vor.«

»Uah«, ächzte Ragnar und verzog das Gesicht. »Fischerdörfer. Wir werden nichts anderes vorfinden als alte Männer und Kabeljau als Beute.«

»Genau meine Meinung, Ragnar. Aber ich habe einen Plan.«

»Einen Plan?«

»Aye. Ich will dorthin, wo noch kein Fjordsmann war.«

Ragnar kniff Egil ein Auge zu. »Wohin?«

Egil sah sich um. Niemand stand in der Nähe, obwohl ein paar junge Burschen am Ende des Piers angelten. Er knöpfte sein Wams auf, griff hinein und zog einen schlichten Lederbeutel aus dem Gürtel. Ihm entnahm er ein zerfleddertes Pergament, das mehrfach gefaltet war, und sagte: »Die habe ich einem Seemann in Havnstad in Thol abgekauft.« Langsam öffnete er das Pergament und breitete es auf einer Ruderbank aus. Es war eine Karte. Eine ziemlich große.

Ragnars Augen weiteten sich, als er die unbekannten Küstenlinien sah. »Wohin fahren wir? Was werden wir tun?«

»Was sollten wir anders tun als plündern, Ragnar, und zwar Städte, Türme, Schiffe, Dörfer – wir sind Fjordländer! Wölfe der See! Und was das *Wo* angeht ... Hier!« Egil zeigte auf eine Stelle auf der Karte.

Egil und Ragnar heuerten eine Mannschaft an, hauptsächlich junge Männer in ihrem Alter, Männer mit Wagemut, denn Egil wollte nicht verraten, wohin sie auslaufen würden, und viele der älteren Krieger wollten nicht mitfahren, ohne ihren Bestimmungsort zu kennen. Die jungen Männer hatten dagegen keine Bedenken, sich mit nicht mehr als der Aussicht auf eine aufregende Fahrt ins Abenteuer zu stürzen. Egil war mit seiner Mannschaft zufrieden und taufte sie *Falken der See*.

Also setzten Egil und seine Falken mit Versprechungen von tollkühnen Taten und wartenden Schätzen an einem Mittsommertag die Segel und ließen alle im Unklaren darüber, wohin ihr Schiff fuhr. Nur Egils Vater wusste, wohin Schiff und Sohn unterwegs waren, aber er behielt ihren Bestimmungsort für sich.

In der dunklen, mondlosen Nacht, während Wolken die Sterne verbargen, glitt die *Sjøløper* durch die Finsternis, um an dem arglosen Schiff längsseits zu gehen, und Egil und seine Falken kletterten leise über die Dollborde hinauf.

Schmutzig und durstig, während Peitschenschnüre auf ihren Rücken knallten, wurden Egil und seine Männer in Ketten über den gewundenen Weg durch dicke steinerne Festungsmauern und in den Innenhof dahinter getrieben. Hinter ihnen schwang das gewaltige Haupttor mit kreischenden Angeln langsam herum und knallte zu. Ein riesiger Balken schob sich vor das Tor und in eine Vertiefung in den hohen, von Pfeilern gestützten Wall. Mit klirrendem Gestänge, klappernden Sperrrädern und quietschendem Eisen ratterte ein mächtiges Fallgatter herunter, dessen eiserne Zähne sich in tiefe Löcher senkten, welche in die Steinplatten des Bodens gebohrt waren.

Direkt vor den Gefangenen stand ein großes, düsteres Gebäude – der Hauptflügel –, hundert oder mehr Fuß breit und drei Stockwerke hoch. Zur Linken und direkt am Steinwall befanden sich Ställe, eine Schmiede und Nebengebäude. Zur Rechten, in der Nordwestecke und ebenfalls direkt an den Wall angrenzend, erhob sich ein hoher Turm. Egil bekam nur wenig davon zu sehen, während er von seinem Drökh-Wächter vorwärts gestoßen wurde, aber er sah genug, um zu wissen, dass er und seine Falken im Käfig gelandet waren.

Sie wurden schlurfend mit klirrenden Ketten und Handschellen über den Hof und in das große Gebäude getrieben, dann eine schmale Treppe hinunter, bis sie schließlich an den entsetzlichen Käfigen ganz unten ankamen.

»Ihr seid also der Kapitän dieser Piraten.«

Egil blieb stumm.

Der Magier wandte sich vom Fenster ab und starrte Egil an. »Und Ihr wolltet mein Schiff ausrauben?«

Wiederum sagte Egil nichts.

»Dummkopf«, zischte der Magier.

Man hatte Egil aus seiner Zelle geholt, nach oben gebracht und grob über den Hof gestoßen, bis er schließlich den Turm erreichte. Dort hatte man ihn eine Wendeltreppe hinaufgejagt, wobei zwei Drökha und ein dunkelhäutiger Mensch ihm abwechselnd einen Stock in den Rücken gerammt und dabei höhnisch gelacht hatten. Sie hatten ihn in die Dachkammer getrieben, wo ihn der Magier bereits erwartete. Groß war er, hager und bleich, und sein Kopf war völlig haarlos – weder trug er Locken, noch besaß er Brauen, Wimpern oder Bart. Seine Nase war lang und gerade, die Augen waren dunkel wie Obsidian, die Lippen dünn und blutleer. Die Finger waren lang, wie Klauen, und endeten in schwarzen Nägeln. Er trug eine blutrote Robe.

Dies war der Magier, dessen Schiff Egil geentert hatte.

Dies war der Magier, der seine Niederlage herbeigeführt hatte.

Jetzt standen sie in einer Kammer hoch oben im Turm in der Feste dieses Magiers, in der Festung, in die Egil und seine Mannschaft in Ketten geschleift worden waren.

Die Drökha und der dunkelhäutige Mann hatten Egil an einen Ring im Boden gekettet und ihn dann mit seinem Häscher allein gelassen. Nun sahen Egil und der Magier einander an – der eine stumm, der andere hohnlächelnd.

»Ich bin Ordrune, Kapitän. Und Ihr heißt ...?«

Egil sagte nichts.

»Euer Schweigen ist ohne Bedeutung«, sagte Ordrune. »In Kürze werde ich Euren Namen kennen. Ihr werdet erpicht darauf sein, zu reden.« Der Magier wandte sich ab und ging durch die Kammer.

Der eigentliche Raum war vollkommen rund und hatte einen Durchmesser von vielleicht dreißig Fuß. Hier und da standen Tische, die mit Gerätschaften geradezu überladen waren: Astrolabien und Zahnräder aus Bronze, Destillierkolben und Tongefäße, Mörser und Stößel, durchsichtige Glaskrüge, die mit gelben, roten, blauen und grünen Körnchen gefüllt waren, und Kohlepfannen mit Werkzeugen in der roten Glut. Da und dort lagen auch kleine Metallbarren herum: rotes Kupfer, gelbes Messing, weißes Zinn, leuchtendes Gold, funkelndes Silber und mehr. An den Wänden standen Kisten und Fässer und Schubladenschränke und eine große, mit Eisen umwundene, dreifach verschlossene Truhe, dazu Schreibtische und Schubfächer, die mit Pergamentrollen und Papieren voll gestopft waren. Vier hohe, mit Vorhängen geschmückte Fenster waren in die steinernen Wände eingelassen.

Dies war Ordrunes Laboratorium, sein arkanes Arbeitszimmer. Dies war sein Allerheiligstes, seine Höhle und das Herz der Festung.

Und hier stand nun Egil, an den Boden gekettet und mit wild pochendem Herzen, während Ordrune einen dunklen Handschuh überstreifte und aus den Kohlen einer Pfanne eine Zange holte, die rot glühte.

Ordrune drehte sich um und sah Egil an. »Euer Name ...?«

Egil erbleichte, sagte aber nichts.

Ein Lächeln umspielte die Winkel von Ordrunes blutleeren Lippen. »Dummkopf.« Mit der freien Hand nahm er eine Ampulle und träufelte einen Tropfen Flüssigkeit auf die glühende Zange, dann ging er zu dem jungen Mann, während die Zange knisterte und ein dünner Rauchfaden aufstieg.

»Welch bessere Lektion könntet Ihr lernen als diejenige, welche ich Euch heute erteile?«

Egil wappnete sich, bereitete sich auf den Kampf vor, denn obwohl er an den Boden gekettet war, hatte er doch bis zum Ende der Kette Bewegungsfreiheit.

Dann erreichte ihn der Rauch von der knisternden Zange, und sein Kampfesmut verließ ihn plötzlich.

Ordrune trat vor ihn und hob die glühende Zange vor Egils Gesicht. Doch plötzlich weiteten sich Ordrunes wimpernlose Augen voller Entzücken, und ein Lächeln kräuselte seine dünnen Lippen. Er ließ die Zange sinken. »Welch bessere Lektion? Nun, ich denke, ich habe tatsächlich eine bessere für Euch.«

Wachen führten Egil nach unten und aus dem Turm und dann über den Hof ins Hauptgebäude, wo er baden durfte und saubere Kleidung bekam. Dann, wieder in Ketten, führte man ihn durch ein Labyrinth von Gängen in eine Kammer. Sie war rund und ähnelte in ihren Dimensionen der Kammer oben in Ordrunes Turm, und so nahm er an, dass er sich in einem unterirdischen Raum direkt unter dem Turm befand. Dort wurde er wieder an den Boden gekettet, doch diesmal setzte man ihn an einen Tisch, der im Überfluss mit Speisen, Wein und reinem Wasser gedeckt war.

Wenngleich rund wie die Kammer oben im Turm, war dieser Raum kein Laboratorium, sondern vielmehr eine Kammer des Schreckens, denn sie enthielt mit Ketten versehene Tische und hängende, mannsgroße Eisenkäfige, Stühle mit Lederriemen an den Lehnen und Tische, auf denen es von Zangen, Messern, Hämmern, Schrauben und Nägeln wimmelte. In den Boden waren dünne runde Holzpfähle eingelassen, deren zugespitzte obere Enden rostrote Flecken aufwiesen wie von getrocknetem Blut. Pfannen mit glühenden Kohlen, Metallstiefel, Gestelle mit Rädern, Eisentafeln wie große Buchseiten und andere ähnlich grausige Instrumente säumten die Wände. Ein großer, mit einer Flüssigkeit gefüllter Bottich stand auf einer Seite, und gegenüber war eine mit drei massiven Eisenriegeln gesicherte Eisentür, hinter der man ein langsames, monströses Atmen hörte und durch die der Gestank nach Aas drang.

All das registrierte Egil, während er Wasser trank und große Stücke Brot und Fleisch aß. »Wenn du im Krieg bist, mein Junge«, hatte sein Vater oft gesagt, »iss bei jeder Gelegenheit, denn du weißt nicht, wann sich die nächste bietet.« Und so aß der frisch gebadete Egil trotz des widerlichen Gestanks mit gutem Appetit, während er stumm wartete.

Ordrune kam zuerst, und dann zerrten sie den verdreckten, mitgenommenen Klaen herein, und die Augen des jungen Mannes weiteten sich beim Anblick seines sauberen Kapitäns, der bei einem Festmahl saß. Sie ketteten den Fjordländer auf eine dunkle schräge Platte, und Ordrune wandte sich an Egil. »Wo sollen wir anfangen, Kapitän? Bei den Händen? O ja, lasst uns das tun.«

Ordrune schlenderte zu einem Tisch, nahm einen gewaltigen Hammer, ging dann damit zu Klaen und hielt dem jungen Mann das stachelbewehrte Werkzeug vors Gesicht. »Ich benutze dieses ... Werkzeug, um das Fleisch zart zu machen für mein« – er schaute zu der verriegelten Tür – »Schoßtier.« Klaens Augen füllten sich mit Entsetzen, ein Stöhnen entrang sich seinen Lippen, und er wehrte sich verzweifelt gegen seine Fesseln, doch ohne Erfolg.

Egil sprang auf und rief: »Egil! Ich heiße Egil.«

Ordrune sah Egil an, schüttelte den Kopf und lächelte. »Zu spät, fürchte ich, Kapitän Egil.« Dann drehte er sich um und schlug mit dem Hammer auf Klaens angekettete Hand. Der eiserne Hammer brach Knochen, und Blut spritzte. *»Nein!«*, schrie Egil, doch sein Schrei ging in Klaens Schmerzgebrüll unter, das durch die Kammer hallte. Durch die Eisentür drang ein knurrendes Heulen, und die Tür und die Riegel erbebten, als sich etwas Monströses von innen dagegen warf.

Lachend ging Ordrune auf Klaens andere Seite und zeigte dem schreienden Mann wiederum den schweren Hammer, an dessen Stacheln nun Blut und Haut- und Fleischfetzen klebten. Klaens Schreie wurden heiser, und wieder wehrte er sich gegen seine Fesseln. Egil schrie aus vollem Halse *»Nein!«*, doch Ordrune lächelte nur und zerschmetterte die andere Hand. Während die Eisentür ratterte und bebte, wurde Klaens Geschrei immer schriller und verstummte dann plötzlich. Er war ohnmächtig geworden, und nur noch ein leises Ächzen kam über seine Lippen.

»Keine Sorge, Kapitän Egil«, sagte Ordrune, während er zu einem Tisch ging, »denn *dies*« – er nahm eine Ampulle – »wird ihn wiederbeleben, und dann werden wir, Ihr und ich, mit seinen Füßen beginnen.«

Egil weinte und flehte und gab alles von sich, was er gegessen hatte, während Ordrune Klaen langsam mit dem eisernen Fleischhammer die Knochen brach, indem er sich von den Extremitäten nach innen arbeitete. Der junge Mann kreischte, schrie und jammerte, doch immer, wenn er in eine gnädige Ohnmacht fiel, sorgten Ordrunes Ampullen dafür, dass er wieder daraus erwachte. Die ganze Zeit brüllte etwas hinter der Eisentür und warf sich von der anderen Seite dagegen, als werde ein riesiges, eingesperrtes Ungeheuer vom Blutdurst in den Wahnsinn getrieben.

Als Klaen endlich tot war, wurde sein zerschmetterter Leichnam von Lakaien aus der Kammer getragen, und Augenblicke später drangen grausige Fressgeräusche durch die verbarrikadierte Eisentür.

Wenn die Spitze des Turms das schändliche Herz des Feste war, dann war der Grund des Turms seine böse Seele, denn in den nächsten vierzig Tagen erlebte Egil die Auslöschung seiner gesamten Besatzung mit: Bram, Argi, Ragnar und alle anderen, all die jungen Männer, die ihm gefolgt waren. Sie starben durch Feuer und Messer und ätzende Tränke, durch Reißen und Quetschen und langsames Verbluten, durch Ausweiden und Pfählen und andere Foltern. Einer nach dem anderen. Einer jeden Tag. Jedes Mal wurde Egil nun gewaltsam gebadet und eingekleidet und vor ein erlesenes Mahl gesetzt.

Obwohl Egil bettelte und vor dem Magier kroch und alles erzählte, was er wusste, sich zu allen Übertretungen, Vergehen, Schandtaten und Lastern bekannte und Ordrune anflehte, seine Mannschaft zu verschonen und stattdessen ihn zu töten, lachte der Zauberer nur, und das Gelächter nahm kein Ende.

Schließlich war nur noch Egil übrig.

Sie standen wieder in der Kammer in der Turmspitze, Egil und Ordrune. Egil war wieder an den Boden gekettet, und Ordrune lächelte ihn vom anderen Ende der Kammer hinweg an – doch seltsamerweise sah Ordrune nun weit jugendlicher aus, als zu dem Zeitpunkt, als Egil ihm hier zuletzt begegnet war.

Egil bewegte sich, sodass seine Ketten klirrten, und er knurrte: »Worauf wartet Ihr noch, Zauberer? Warum tötet Ihr mich nicht endlich auch und macht ein Ende?«

»O nein, Kapitän Egil, will ich denn vergeuden, was ich Euch so mühsam beigebracht habe? Vielmehr habe ich die Absicht, Euch freizulassen, nun, da Ihr so viel gelernt habt. Haben wir nicht ein schönes Spiel zusammen gespielt? Und wurde das Vergnügen nicht durch die Macht vergrößert, die wir gewonnen haben? Doch wartet, was ist das? Ich sehe, dass Ihr enttäuscht seid. Vielleicht glaubt Ihr, die bessere Lektion, die ich Euch versprochen habe, die bessere Lektion, die ich Euch erteilt habe, wird verblassen, wird in Vergessenheit geraten.« Ordrune lachte und strich sich über seine nun glatten Wangen und das haarlose Kinn. »Keine Sorge, Kapitän Egil, Ihr werdet die Lektion *niemals* vergessen, solange ich lebe« – wieder lachte Ordrune – »und Magier leben ewig.«

»Nicht, wenn ich es verhindern kann«, presste Egil zwischen zusammengebissenen Zähnen hervor. »Der Tag wird kommen, wenn ich Euch in den schwarzen Tiefen der Unterwelt sehe.«

»Nun, mein Junge, Ihr dürft es gerne versuchen, aber könnt Ihr diesen Ort wiederfinden, diesen Turm? Auch wenn Ihr frei seid, glaube ich, dass Ihr unfähig sein werdet, je wieder zu meiner Festung zurückzukehren. Dafür werde ich sorgen.«

Ordrune wandte sich einem Tisch neben sich zu und nahm

eine Phiole, dann sah er Egil an und sagte: »Wehrt Euch nicht, Kapitän Egil, denn es wird Euch nichts nutzen.«

Egil wanderte die Küsten von Gelen entlang. Wie er dorthin gekommen war, wusste er nicht. In seinem Verstand klafften Löcher – Gedanken, Erinnerungen, Erlebnisse, alle von Ordrune geraubt. Er konnte sich daran erinnern, von Mørkfjord mit der *Sjøløper* in See gestochen zu sein, nicht aber, wohin er gesegelt war. Er erinnerte sich an jeden einzelnen Mann der Besatzung, die er seine Falken genannt hatte, und an das Funkeln in ihren Augen, als sie sich seinem Unternehmen angeschlossen hatten, aber er erinnerte sich an keine Überfälle, keine Plünderungen, keine Beute, an nichts, was das Versprechen von Ruhm und Reichtum erfüllt hätte, das die jungen Männer auf sein Schiff gebracht hatte. Er erinnerte sich daran, ein gewisses Schiff geentert zu haben, um seine Schätze zu erbeuten, aber weder an den Schiffstyp noch an das Gewässer, wo er und die Falken längsseits gegangen waren. Er erinnerte sich an die Zaubererfeste und alles, was er darin gesehen hatte, aber nicht, wo dies gewesen war. Und er erinnerte sich an Ordrune, den bösen Ordrune, und an die Mannschaft, die der Zauberer abgeschlachtet hatte ... und an die Art ihres Todes. Dies konnte er nicht vergessen, denn Ordrune hatte ihn verflucht, und in jeder Nacht erlebte er den grässlichen Todeskampf eines seiner Männer im Traum aufs Neue, und jedes Mal wachte er schreiend auf.

In der Tat böse Träume.

Schließlich ging er im Hafen Arbor in Gelen an Bord eines Kauffahrers und arbeitete sich von Schiff zu Schiff, bis er nach Fjordland kam. Als er an einem Mittsommertag in den Hafen von Mørkfjord ruderte, waren vier Jahre vergangen, seit er und die vierzig Falken die Segel gesetzt hatten, um Ruhm und Gold zu erbeuten.

Doch heimgekehrt war niemand außer ihm.

34. Kapitel

Arin streckte die Hand aus, um sanft Egils Tränen wegzuwischen, als er seine Geschichte beendet hatte. Doch er drehte den Kopf weg und fuhr sich mit dem Handballen über die Wange.

Arin seufzte, sagte jedoch nichts.

»In Ryodo«, sagte Aiko, die soeben ihr Schwert beiseite legte, »hätten wir Vergeltung gesucht.«

Egil räusperte sich heiser. »Genau wie wir.«

Arin runzelte die Stirn. »Aber Ihr hattet keine Erinnerung mehr, wohin Ihr gesegelt wart.«

Egil nickte.

»Aber Euer Vater wusste, wohin Ihr wolltet«, warf Aiko ein.

»Mein Vater ist kaum eine Woche, nachdem wir in See gestochen waren, am Fieber gestorben.«

Arin streckte eine Hand nach ihm aus. »Das tut mir Leid, Egil.«

Egil nahm ihre Hand und drückte sie. »Mir auch ... Mir auch.«

»Was ist mit der Karte?«, fragte Aiko. »Habt Ihr sie noch?«

Egil schüttelte den Kopf.

»Und der Matrose, von dem Ihr sie gekauft habt, hat er ...«

»Nein«, unterbrach Egil. »Ich habe einige Zeit in Havnstad verbracht und nach ihm gesucht, doch ohne Erfolg. Manche dort waren der Ansicht, er sei gestorben. Andere meinten, er habe auf einem Schiff angeheuert und sei verschwunden. Einige wenige haben behauptet, er wäre irgendwo tief in den Wäldern im Inland gesehen worden.«

Eine Weile saßen sie da, ohne etwas zu sagen. Zu hören waren nur die Geräusche, die vom Hof zu ihnen heraufdrangen. Aiko stand auf, ging zum Fenster und beobachtete, wie der Stallbursche eines ihrer Pferde holte, um ihm seine tägliche Bewegung zu verschaffen. Als er losritt, drehte sie sich um und sagte: »Vielleicht können die Magier im Schwarzen Berg Eure Erinnerung ebenso wiederherstellen wie Dara Arins.«

Arin nickte zustimmend. »Entweder dort oder in Rwn.«

Egil schaute von einer zur anderen und sagte dann: »Sie müssten eigentlich wissen, wie man einen Fluch aufhebt.«

Am folgenden Tag entfernte Arin in Anwesenheit von Heiler Thar wiederum Egils Verbände und sagte nach einer Untersuchung: »Die Kräuter haben ihr Werk getan. Die Wunde verheilt gut. Wir können wohl ab heute auf die Verbände verzichten.«

»Soll ich die Fäden ziehen?«, fragte Thar.

»Bitte tut das.«

Im Nu waren all die feinen Stiche durchschnitten, und die Fadenstücke aus der rötlichen Narbe gezogen, die sich von der Stirn über die Wange zog. Als er fertig war, fragte Egil: »Wo ist meine Augenklappe?« und tastete im Bett herum.

»Hier«, sagte Arin und zog das rote Stück Leder aus einer Tasche. Darauf prangte ein winziges goldenes Abbild von Adons Hammer.

Während Aiko ihm einen Spiegel vors Gesicht hielt, band sich Egil die Klappe um den Kopf. Dann betrachtete er sein Ebenbild und sagte ernst: »Jetzt bin ich wahrhaftig Egil Einauge.«

Am nächsten Tag erklärte Arin Egil für kräftig genug, um wieder laufen zu können, und noch am selben Tag zog Egil aus der Schwarzstein-Herberge aus und in das mit Gras gedeckte Steinhaus, das er von seinem Vater geerbt hatte. Eine Woche verstrich, in der Arin und Thar seine Fortschritte beobachteten und Egils Narbe mit Kräutersalben behandelten. Arin und Aiko machten lange Spaziergänge mit ihm, damit er langsam wieder zu Kräften kam, und jeden Tag wählte die Ryodoterin einen schwierigeren Weg durch das zerklüftete Gelände.

Beim siebten dieser Spaziergänge sagte Arin, während sie zur Kuppe eines Felsturms mit Blick über den Fjord emporstiegen: »Wir müssen uns bald aufmachen, um den Deck-Pfau Des Wahnsinnigen Monarchen zu finden.«

Egil, der links von Arin ging, schaute auf seine zierliche Begleiterin hinab. »Dann ist die Zeit gekommen, dass wir nach Jütland segeln, aye? Zum Hof der wahnsinnigen Königin?«

Arin lächelte ihn an. »Dann habt Ihr vor, uns zu begleiten?«

Egil schaute auf den tiefen, schwarzen Fjord. »Ist es denn nicht so, dass ich Einauge In Dunklem Wasser bin?«

»Vergesst Alos nicht.«

Aiko, die voranging, fauchte: »Alos ist ein Feigling, der weggelaufen ist, Dara.«

»Trotzdem wissen wir nicht mit Sicherheit, auf wen oder was das Rätsel sich bezieht: Es könnte Egil oder Alos sein, aber es könnten auch beide sein ... oder keiner.«

Aiko seufzte. »Ich denke Folgendes, Dara: Egil ist ein Krieger. Er weiß von einem wahnsinnigen Monarchen. Die Formulierung des Rätsels passt auf ihn. Er ist bereit, uns zu begleiten. All das deutet darauf hin, dass er die Worte der Prophezeiung erfüllt. Alos hingegen ... er ist jämmerlich vor Angst geflohen. Er ist ein Trunkenbold. Er will nicht mitkommen.«

Aiko verstummte, doch Arin erwiderte: »Ihr habt eine Tatsache ausgelassen, Aiko: Die Formulierung des Rätsels passt auch auf ihn. Und wenn wir Erfolg haben wollen, wäre es mir lieber, wenn er sich uns anschließen würde, zumindest bis wir sicher sind, was seine Rolle bei der Suche nach dem Drachenstein angeht.«

Aiko knurrte etwas und murmelte: »*Fuketsuna yodakari yopparai!*«

Sie gingen einen Moment schweigend weiter, dann sagte Egil: »Da ist noch etwas anderes zu berücksichtigen.«

Arin sah Egil an. »Noch etwas anderes?«

Egil räusperte sich. »Eigentlich sind es sogar zwei Dinge.«

»Und die wären ...?«

»Erstens kenne ich Ordrune, und er war im Schwarzen Berg, als die Drachen den Drachenstein dorthin gebracht haben. Er hat den Schwarzen Berg verlassen. Der Drachenstein ist verschwunden. Sind das nur Zufälle? Ich glaube nicht.«

Arin hob die Hände. »Aber wir wissen nicht, ob er den Stein genommen hat, und wenn, ob er sich noch in seinem Besitz befindet.«

Egil knirschte mit den Zähnen. »Er ist böse, und wenn überhaupt jemand dafür infrage kommt, den Stein gestohlen zu haben, dann er.«

»*Hai!*«, rief Aiko, die stehen blieb und sich zu Arin umdrehte. »Deshalb sollten wir nach Mørkfjord gehen, Dara. Das ist der Grund, warum Egil Einauge In Dunklem Wasser ist.«

Arin starrte die Ryodoterin an. »Erklärt das näher.«

Aiko grinste Egil an. »Er muss Recht haben. Ordrune *muss* den Drachenstein haben, die Jadeseele. Der Magier will die Macht des Steins beherrschen lernen, und wenn er das geschafft hat, wird er die Kriegernation Moko für sich gewinnen und die Welt erobern, wie ihre Prophezeiung weissagt. Doch wir streben danach, dieses Unglück zu verhindern, indem wir den Worten Eurer Vision folgen. Schließlich sind wir aus diesem Grund in Mørkfjord. Warum sollte das Rätsel uns sonst hierher führen, wenn nicht deswegen, um Egil zu finden? Ich glaube, der Grund dafür ist, dass Egil schon einmal in Ordrunes Feste war und uns zu dem Stein führen kann.«

»Aber er weiß nicht, wo diese Feste liegt«, protestierte Arin.

Aiko hob einen Finger. »Ja, Dara, aber vielleicht ist das eine Aufgabe für einen der anderen aus dem Rätsel.«

Arins Augen weiteten sich bei Aikos Mutmaßung, verengten sich jedoch rasch wieder. »Und wenn nicht ...?«

»Dann wiederhole ich, dass immer noch die Magier vom Schwarzen Berg bleiben. Sie haben *Eure* verlorene Erinnerung wiederhergestellt, und vielleicht können sie für Egil dasselbe tun.«

Egil, der bis jetzt geschwiegen hatte, sagte: »Aber was ist, wenn sie den Fluch nicht von mir nehmen können, mit dem Ordrune mich belegt hat?«

Arin schüttelte wortlos den Kopf, aber Aiko wandte sich an Egil und sagte: »Wenn nicht, haben sie eine riesige Landkarte auf einer großen Kugel. Helle und dunkle Lichtfunken zeigen an, wo jeder Magier wohnt. Einer dieser Funken führt ganz sicher zu Ordrune.«

Arin nickte. »Nach allem, was Egil erzählt hat, würde ich meinen, dass es ein dunkler Funke ist.«

»Wie viele dunkle Funken gibt es?«, fragte Egil.

Aiko und Arin zuckten die Achseln, und Arin sagte: »Eine ganze Menge. Wenn wir darauf zurückgreifen müssen, wird es eine lange Suche im Angesicht tödlicher Feinde – schließlich geht es hier um Magier mit all ihrer grausamen Macht.«

»Dann lasst uns hoffen, dass Euer Pfau oder Frettchen oder Bewahrer des Glaubens stattdessen den Weg kennt«, sagte Egil.

»Vielleicht kennt Alos ihn«, sagte Arin.

Jetzt war es Aiko, deren Augen sich überrascht weiteten.

Sie erreichten die Spitze des Felsturms, von wo aus sie einen atemberaubenden Blick auf den Fjord hatten, dessen tiefschwarzes Wasser in der Sonne des langen Sommertages wie ein Band aus Obsidian funkelte, eine ebenholzfarbene Straße zum entfernten, unsichtbaren Meer. Eine sanfte Brise wehte von Westen her und brachte Salzgeruch mit. Das Gras kräuselte sich darin wie Wasser. Aiko ging ein Stück bergab, kniete sich auf die Wiese und pflückte eine hellgelbe Blume, doch Arin und Egil blieben auf der Kuppe stehen, das Gesicht im Wind, und betrachteten die ganze Welt mit nichts über ihnen als dem blauen Himmel, strahlend, wolkenlos und rein.

Die Zeit schien stillzustehen. Egil nahm Arins Hand, und sie entzog sie ihm nicht, sondern blieb neben ihm stehen ... und wünschte ...

Schließlich holte Arin tief Luft und seufzte tief, dann wandte sie sich an Egil: »Ich wollte, es könnte ewig so weitergehen, aber Glück und Schicksal haben es anders verfügt.«

»Die Suche«, sagte Egil.

»Ja, Egil, die Suche.«

Arin schaute wieder nach Westen, und sie blieben noch einen Moment länger so stehen und genossen die Gegenwart des anderen, während ihre Gedanken in ähnlichen Bahnen verliefen. Ohne sich umzudrehen, meinte Arin: »Ihr habt gesagt, es gäbe zwei Gründe, warum Ihr Euch der Suche anschließen solltet, aber Ihr habt erst einen genannt. Wie lautet der zweite?«

Egil drehte die Dylvana zu sich um und sah sie mit seinem verbliebenen Auge sanft an: »Nun, mein *Angil*, da ich Euch gefunden habe, möchte ich immer an Eurer Seite sein.«

Der Ausdruck vieler widerstreitender Gefühle huschte über ihr Gesicht.

»Stimmt etwas nicht?«, fragte Egil.

Sie schaute zu Boden. »Drei Dinge.«

»Und die wären ...?«

Jetzt sah Arin ihm direkt ins Auge. »Erstens seid Ihr ein Kaperfahrer, ein Seeräuber.«

»Was hat das damit zu tun, dass ich Euch liebe?«

»Nichts, Egil. Aber es hat etwas mit *meiner* Liebe zu *Euch* zu tun.«

»Das verstehe ich nicht, Arin. Wir waren schon immer Kaperfahrer. Unter Fjordländern ist das ein ehrenwerter Beruf.«

»Seht Ihr es denn nicht? Ihr und Euresgleichen plündert, was anderer Leute harte Arbeit geschaffen hat. Es ist böse.«

»Aber wir plündern nur unsere Feinde aus.«

»Habt Ihr das auch getan, Eure Feinde ausgeplündert, als Ihr und Eure Falken zu Ufern aufgebrochen seid, wo noch nie ein Fjordsmann war?«

Schmerz flackerte vorübergehend in Egils Auge auf, und er schaute zu Boden. »Oh.«

»Versteht mich nicht falsch, Egil, vor langer Zeit, als wir noch wahnsinnig waren, hat die Elfenrasse ebenfalls solche Dinge getan. Doch es kam eine Zeit, als einer der weisesten unserer Anführer vor sein Volk trat und sagte: ›Es ist ungerecht, von einem anderen zu stehlen, ungeachtet aller Traditionen und Feindschaften. Ich werde nicht mehr plündern.‹

Es gab einen großen Aufruhr unter den Elfen, und viele widersprachen und riefen: ›Aber sie haben uns Unrecht getan. Was ist mit unserer Rache?‹

Und er erwiderte: ›Die Rache ist das eine, aber plündern um der Beute willen ist eine andere Sache. Wenn jemals Frieden zwischen den Elfen herrschen soll, lasst mich damit beginnen, nichts mehr zu rauben.‹

Ach, Egil, hinter dieser Geschichte steckt noch so viel mehr, und zahllose Jahre mussten vergehen, ehe schließlich alle die Weisheit seiner Worte erkannten. Viele glauben, dass nur seinetwegen der Wahnsinn mein Volk verlassen hat, denn er war der Erste, der Allererste, der gesagt hat: ›Lasst mich damit beginnen.‹«

»Aber Ihr sucht immer noch Rache.«

»Ja, in gerechten Fällen. Aber selbst hier wird eines Tages vielleicht jemand sagen: ›Lasst mich damit beginnen, keine Vergeltung mehr zu üben.‹«

Eine Weile herrschte Schweigen, aber schließlich sagte Egil: »Dann nehme ich an, dass Ihr wegen Eurer Überzeugungen nicht mit einem Kaperfahrer leben könnt – mit jemandem, der um der Beute willen plündert.«

Arin nickte.

Egil seufzte und ließ seinen Blick schweifen. Lange betrachtete er Mørkfjord, aber schließlich sah er Arin wieder an und sagte: »Dann lasst mich damit beginnen, nichts mehr zu rauben.«

Arin lächelte, doch tief in ihren Augen blieb noch Zweifel. Egil meinte: »Das war nur einer Eurer Gründe, Liebste, und Ihr habt gesagt, es gäbe deren drei. Wie lautet der zweite?«

»Ihr seid ein Mensch. Ich bin eine Elfe. Ich kann Euch keine Kinder schenken.«

Egils Augen weiteten sich.

»Unsere beiden Rassen können sich nicht vermischen. Wir sind miteinander nicht fruchtbar«, fügte Arin hinzu.

»Das verstehe ich nicht«, sagte Egil.

»Ihr seid von der Mittelebene, von Mithgar. Ich stamme von der Hohen Ebene, von Adonar. Elfen können auf Mithgar weder Kinder zeugen noch welche gebären, ebenso wie Menschen auf Adonar keine Kinder zeugen und gebären können. Manche behaupten, die Nornen des Schicksals hätten es so festgelegt. Andere schreiben es jenen zu, die über Adon und Gyphon und auch anderen Göttern stehen.«

Egil schüttelte den Kopf. »Dann stimmt es also: Es gibt jene, die selbst über die Götter herrschen?«

»So ist es. Und vielleicht haben sie verfügt, dass Menschen und Elfen keine Kinder miteinander haben können. Doch ob es die Götter, die Nornen, eine Kraft der Natur oder etwas anderes ist, die Tatsache bleibt, dass ich Euch kein Kind gebären kann.«

Egil runzelte die Stirn und dachte nach. Dann holte er tief Luft und sagte: »Oft fallen die Männer meines Volkes im Kampf und lassen Kinder zurück. Manchmal werden Mütter krank und sterben. Aber diese Kinder wachsen nicht vater- oder mutterlos auf, denn andere Menschen nehmen sie zu sich. Sie werden nicht weniger geliebt, nur weil sie anderen Blutes sind. Ich war selbst ein Findelkind – meine wirklichen Eltern sind unbekannt –, aber ich wurde von guten Leuten aufgenommen, und mein neuer Vater und meine neue Mutter haben mich so geliebt wie ihr eigen Fleisch und Blut. Sie hatten keine eigenen Kinder, doch unser Heim war trotzdem von Liebe erfüllt. Wir können dasselbe tun, Arin, sollten wir uns jemals Kinder wünschen.«

Arin nickte zögernd, und Egil sagte: »Das war der zweite Grund, meine Liebste. Wie lautet der dritte?«

Arin verschränkte die Finger ineinander und presste sie so fest zusammen, dass die Knöchel weiß wurden, während sie zu Boden starrte. »Ihr seid sterblich. Ich bin es nicht.«

Verwirrung breitete sich auf Egils Gesicht aus, doch er legte eine Hand auf ihre und fand, dass ihre Finger zitterten. »Wiederum frage ich: Was hat das damit zu tun, dass ich Euch liebe?«

»Nur so viel: Ihr werdet alt, während ich so bleibe, wie ich bin, und wenn Ihr sterbt, wie es alle sterblichen Dinge tun müssen, wird es mir das Herz brechen.«

»Wäre ich von Eurer Rasse, könnte ich dann nicht sterben?«

Arin nickte. »Doch, Ihr könntet im Kampf getötet werden oder einen Unfall erleiden. Aber ...«

»Dann, Liebste, lasst uns die Tage genießen, die wir gemeinsam verbringen dürfen. Wer weiß schon, was die Zukunft bringt?«

Arin schaute zu Boden. »Egil, selbst wenn wir diese Suche

beide überleben, besteht die Möglichkeit, dass Ihr irgendwann einmal hassen werdet, was ich bin, wenn das Alter Euch packt, mir aber nichts anhaben kann.«

»Ach, mein *Angil*, wie könnt Ihr glauben, ich könnte Euch jemals hassen? Ihr seid meine Liebste.«

Wiederum zeigten sich ihre widerstreitenden Gefühle auf ihrem Gesicht. Und dann, ganz plötzlich, verschwanden sie, als habe nun eines über die anderen gesiegt. Mit Liebe in den Augen nahm Arin Egils Gesicht in die Hände, zog ihn zu sich herab und küsste ihn sanft auf die Lippen. Egils Herz tat in seiner Brust einen Sprung, und plötzlich war ihm zumute, als könne er die ganze Welt umarmen. Er hob Arin hoch und drehte sich lachend mit ihr im Kreis, und in diesem Augenblick …

»Saté!«, rief Aiko, deren ausgestreckter Arm auf den Fjord zeigte.

Ohne Arin loszulassen, schaute Egil in die angezeigte Richtung. Unten im Fjord war gerade ein Schiff um eine entfernte Landzunge gebogen.

»Ist das ein Kaperfahrer?«, fragte Arin.

Egil lachte. »Nein, Liebste. Die Ausgucke haben keine Warnrufe erschallen lassen. Es ist eine Karacke aus Rian, ein Kauffahrer, der Wein und Käse, Salz und Gewürze oder Waffen und Rüstungen und andere Handelsgüter bringt. Heute Abend wird es eine Feier in Mørkfjord geben.« Er umarmte sie ganz fest, stellte sie dann ab, grinste und sagte: »Es ist ein Omen für unser Treuegelöbnis, verfügt von jenen, die selbst über den Göttern stehen.«

Aiko gesellte sich auf der Kuppe des Felsturms zu ihnen. Während sie zusahen, wie das Schiff langsam über das dunkle Wasser des Fjords glitt, sagte Arin: »Ob wir auf so einem schiff nach Jütland fahren könnten?«

Egil lachte kurz. »Wenn ja, wäre es eine lange, langsame Fahrt. Wir fragen besser Orri, ob er uns hinbringt, wenn er zurückkehrt.«

»Nein, Egil«, sagte Arin. »Ich will lieber auf einem Schiff des Friedens nach Jütland fahren als auf dem Boot eines Seeräubers.«

»Der Hof der Königin von Jütland befindet sich in Königinstadt an der Küste. Wir könnten im Schutz der Dunkelheit an Land gehen.«

Wiederum schüttelte Arin den Kopf. »Ich würde lieber bei Tageslicht zu dieser Herrscherin gehen, anstatt mich im Dunkeln an Land zu schleichen, denn ich würde ihren Hof lieber als geladener Gast betreten und nicht heimlich.«

»Aber es heißt, dass sie wahnsinnig ist.«

»Trotzdem. Immerhin ist sie die Königin einer Nation, die in Frieden mit dem Hochkönig lebt. Also ist es besser, wenn wir offen und angekündigt kommen, als dabei erwischt zu werden, wie wir durch die Nacht schleichen.«

Egil seufzte und nickte. »Wenn Ihr es wünscht, Liebste. Aber sagt mir, mein *Angil*, wie wollt Ihr es anfangen, eine Einladung zu bekommen?«

Arin wandte sich ihm zu, lächelte und zuckte die Achseln. »Auf so einem Schiff wie dem da unten werden wir viel Zeit haben, uns einen Plan auszudenken, nicht wahr?«

Egil lachte. »Aye. Das werden wir. Und obwohl ich lieber nach Piratenart über die Mauer steigen und der wahnsinnigen Monarchin den Deck-Pfau unter der Nase wegschnappen würde, spricht doch auch viel für Eure Methode. Doch der Plan, den wir ersinnen, muss schnell zum Ziel führen, denn ich wünsche nicht einen Augenblick mehr Zeit unter den Augen einer irrsinnigen Königin zu verbringen, als unbedingt nötig ist.«

Arin lachte, wurde aber rasch wieder ernst. »Einauge In Dunklem Wasser. Der Deck-Pfau Des Wahnsinnigen Monarchen. Ich hoffe wirklich, dass wir der richtigen Spur folgen.«

Egil zeigte auf seine rote Augenklappe. »Liebste, Ihr habt mich gefunden, also ist diese Zeile des Rätsels nun erfüllt.«

Arin seufzte. »Vielleicht, Egil. Vielleicht. Doch tief in meiner Seele spüre ich, dass auch Alos eine Rolle spielen wird.«

Aiko, die stumm geblieben war, murmelte etwas vor sich hin und wandte sich dann an Arin. »Er ist ein alter Mann, ein Trunkenbold und ein Feigling. Er würde uns nur behindern. Soll ich ihn dennoch suchen und fragen, ob er sich unserer Suche anschließen will, Dara Flammenseherin? Er wird nur schreiend davonlaufen.«

»Was sagt Eure Tigerin?«

»Zu Angelegenheiten wie dieser schweigt sie.«

»Ich könnte mit ihm reden«, meldete Egil sich zu Wort.

Arin seufzte. »Wir müssen einfach einen Weg finden, ihn zu überzeugen, uns zu begleiten.«

Egil blies Luft zwischen gespitzten Lippen aus und warf einen Blick auf Aiko, dann sagte er: »Gehen wir in die Stadt und fragen, wohin die Karacke fährt. Vielleicht bringt sie uns ja tatsächlich nach Jütland.«

Der Zweimaster war die *Gyllen Flyndre* aus dem Hafen Ander im Norden Rians an der Küste des Borealmeers. Kapitän Holdar hatte das Kommando. Er war an der Küste Fjordlands entlanggesegelt und in einer Stadt nach der anderen vor Anker gegangen, wo er die Waren des Schiffes gegen Pelze eingetauscht hatte. Mørkfjord war der letzte Hafen im Borealmeer, den er anlaufen würde, danach wollte er zur ummauerten Stadt Chamer an der Ostküste Gelens, wo er die Pelze mit beträchtlichem Gewinn verkaufen würde.

Holdar rieb sich sein glatt rasiertes Kinn und sagte dann: »Ich laufe keinen Hafen in Jütland an, meine Dame, aber wenn Ihr ein Boot habt, nehmen wir es an Bord oder ins Schlepptau und setzen Euch in der Nähe aus.«

Arin wandte sich an Egil. »Können wir hier ein kleines Boot kaufen?«

»Ich glaube, ich weiß von einem«, antwortete Egil, »mit dem

ich allein fertig werde, obwohl eine Besatzung von zwei oder drei Mann besser wäre.«

»Aiko und ich können es lernen.«

Aiko hob eine Augenbraue, doch Egil grinste und sagte: »Aye, das könnt Ihr. Aber lasst uns zuerst sehen, ob das Boot immer noch günstig zu haben ist.« Er stand auf und ging zum Tresen.

Kapitän Holdar schüttelte den Kopf. »Ich würde nicht nach Jütland fahren, wenn ich Ihr wäre, Dara Arin, und das ist der beste Rat, den ich Euch geben kann. Es heißt, dass die Königin wahnsinnig sei. Inwiefern, das weiß ich allerdings nicht.« Er wandte sich an Aiko. »Aber eins weiß ich, edle Dame von weit her: An Eurer Stelle würde ich um ihren Hof einen großen Bogen machen, denn es heißt, dass sie gerne exotische Dinge sammelt – Vögel, Tiere, Wesen und nicht zuletzt auch Leute – und ich wette, Euresgleichen hat sie noch nicht gesehen. Du meine Güte, ich würde mich nicht wundern, wenn sie Euch in einen Käfig sperren ließe. Aber ich muss diese Häfen nicht anlaufen, und darüber bin ich froh. Es gibt ja die Pelze an dieser Küste und einen guten Markt dafür in Gelen – und Hüte und Mäntel aus Chamer und solche Sachen sind hier sehr gefragt.« Holdar hob seinen Alekrug und trank einen ordentlichen Schluck.

Kurze Zeit später kehrte Egil zurück. »Tryg sagt, Orri besitzt immer noch die Schaluppe, die er gar nicht haben will, ein kleines Kielboot, gut dreißig Fuß lang – er hat sie bei einer Fahrt nach Gothon erbeutet.«

Holdar hob wieder seinen Krug. »Dann nehmen wir sie ins Schlepptau, mein Junge, denn sie ist zu groß, um sie zu verladen ... obwohl ich sagen möchte, dass eine kleine Schaluppe wie diese schneller sein könnte als meine Karacke. Vielleicht wollt Ihr ja lieber mit ihr segeln ... das heißt, wenn Eure Geschäfte in Jütland dringend sind.«

Egil schüttelte den Kopf. »Ich glaube nicht, Kapitän Holdar.

Das Borealmeer ist kein Gewässer für so ein Boot mit einer unerfahrenen Mannschaft. Wir nehmen lieber die *Flyndre* und steigen vor Jütland um.«

Später an jenem Tag tauschte Orris Frau Astrid Arin die Schaluppe gegen die Pferde ein, und sie war froh, das Boot endlich los zu sein. »Wir hatten nur Arbeit damit, weil wir es in Ordnung halten mussten, aber Orri kann es in seinem Gewerbe nicht brauchen, schließlich hat er ja ein Langschiff und alles. Aber mit den Pferden können wir meine Verwandten besuchen, die landeinwärts wohnen, obwohl Orri sich gewiss zuerst dagegen sträuben wird.«

Die Schaluppe trug den Namen *Breeze*, ein gothonisches Wort, dessen Bedeutung niemand kannte.

Die lange Sommerdämmerung brach herein, und schließlich kam die Nacht, und die Bewohner von Mørkfjord gaben anlässlich der Ankunft der *Gyllen Flyndre* ein Fest, auf dem Arin und Egil Händchen haltend erschienen und viele Blicke auf sich zogen. Schließlich zog Egil sich in sein Steinhaus zurück. Spät in der Nacht öffnete Arin seine Haustür und schlüpfte zu ihm ins Bett.

Als das Liebespaar am nächsten Morgen erwachte, fand es Aiko draußen auf ihrer Tatami-Matte vor, den Rücken an die Tür gelehnt und die Schwerter gezogen, die auf ihrem Schoß lagen.

Eine Woche später setzte die *Gyllen Flyndre* die Segel, die Schaluppe im Schlepp. Das Segel des kleinen Boots war eingerollt, alle Luken waren abgedichtet, und der Laderaum war randvoll mit Vorräten.

An Bord der Karacke lehnten Arin, Egil und Aiko an der Heckreling und schauten auf die *Breeze* herab, die an zwei langen Seilen befestigt war und im Kielwasser der *Flyndre* schaukelte.

Durch die lange Kerbe des Fjords fand die Karacke mit der Morgenflut den Weg ins offene Meer. Das Borealmeer war ruhig an diesem Sommermorgen, und es war herrliches Wetter zum Segeln, obwohl man auf diesem Meer nie wusste, was der Tag bringen würde, denn das Borealmeer ist vielleicht das Gewässer auf Mithgar mit dem unbeständigsten Wetter.

Nach Südwesten segelten sie, vielleicht eine Meile vor der Küste, deren Linie sie folgten. Der stetige Wind sorgte dafür, dass sie zügig vorankamen.

Arin atmete die salzige Luft tief ein und sagte dann: »Endlich sind wir drei unterwegs zum Hof der wahnsinnigen Königin. Ich bedauere nur ...«

Der Rest ihrer Worte blieb unausgesprochen, denn in diesem Moment drang ein heiseres Geschrei aus den Kabinen unter Deck. Wie der Blitz hatte Aiko ihre Schwerter gezückt und sprang vom Achterdeck auf das Deck darunter. Egil, der seine Fjordländer-Axt gezückt hatte, war ihr dicht auf den Fersen, während Arins Langmesser jedoch in der Scheide blieb, als sie den beiden folgte.

Die Schreie steigerten sich und wurden immer schriller, da eine gequälte Seele sich offenbar fest in den Klauen eines unaufhörlichen Entsetzens befand.

35. Kapitel

Während sich die Matrosen an Deck noch in die Richtung der Schreie wandten, stieß Aiko bereits die Tür zu den Achterquartieren auf. Im Halbdunkel am anderen Ende des Ganges sah sie eine schattenhafte Figur die Leiter zu den tiefer gelegenen Laderäumen herunterklettern. Die schrillen Schreie schienen von dieser Gestalt zu kommen. Zu ihrer Rechten schwankte eine Kabinentür hin und her. Das winzige Quartier dahinter war leer.

»Seid vorsichtig!«, rief Egil, doch Aiko eilte der Gestalt hinterher, ohne seine Worte zu beachten Die Hefte ihrer Schwerter klapperten an den Sprossen, als sie die Leiter hinunterkletterte. Egil folgte ihr, und Arin war dicht hinter ihm.

Sie gelangten in die Mannschaftsquartiere, wo einige Männer verblüfft der fliehenden und schreienden Gestalt nachstarrten. Ihre Köpfe flogen herum, als zuerst Aiko vorbeilief und dann Egil und Arin. »Also, was soll denn das ...?«, rief ein Matrose, doch niemand nahm sich die Zeit, ihm zu antworten, als das Trio die nächste Leiter nach unten nahm.

In einen dunklen Laderaum, zwischen den gestapelten Pelzen, hörten sie eine keuchende Stimme, die in lautem Flüsterton zischte: »Die Bilge. Die Bilge. Da sehen sie nicht nach. Niemals.« Dann: »Aah! Aah! Trolle! Sie kommen! Sie kommen! Sie kommen, mich zu holen! Yaaaaa ...!« Und wieder ertönte entsetztes Kreischen.

Egil nahm eine Laterne, die an einer kurzen Kette hing, und schlug mit dem Zunder Funken, bis die Flamme aufflackerte. Dann, die Laterne in der Linken und die Axt in der Rechten, folgte er Aiko zu den Schreien – die plötzlich verstummten, nur um einem Schluchzen und einem Kratzgeräusch zu weichen.

Sie umrundeten einen Stapel Pelze und trafen auf einen Mann, der auf allen vieren dalag, mit den Fingernägeln über die Deckplanken kratzte und dabei schluchzte und unzusammenhängende Worte stammelte. »Die Bilge, die Bilge, dahin, dahinein.« Es handelte sich um einen verdreckten, abgerissenen alten Mann, der sie mit einem blinden weißen Auge anstarrte und vor Furcht die braunfleckigen Zähne gebleckt hatte.

Es war Alos.

Er kreischte und wich vor ihnen zurück, wobei er einen Arm ausstreckte, um sie abzuwehren, während er heulte: »Trolle! Trolle! Aaaahh ...!«

Während hinter ihnen einige Seeleute die Leiter herabkletterten, raunte Arin, die jetzt ihr Langmesser gezogen hatte: »Aiko, was sagt Eure Tigerin?«

Aiko schüttelte den Kopf. »Nichts«, antwortete sie. »Überhaupt nichts.« Aiko wechselte den Griff um ihre Schwerthefte und schob die Waffen zurück in die Scheide, dann ging sie zu Alos.

Die Augen des alten Mannes weiteten sich vor Entsetzen. »Aaahhhh«, kreischte er, dann hielt er sich beide Hände vor den Mund, um seine Schreie zu unterdrücken, und kroch winselnd und zischelnd rückwärts in die Dunkelheit, um in den Schatten zwischen den Haufen mit Pelzen Zuflucht zu suchen.

»Wofür haltet Ihr das?«

»Ich weiß nicht, Kapitän«, erwiderte Alos, der dreißigjährige Steuermann der *Solstråle*, einer Karavelle aus Havnstad in Thol. »So ein Schiff habe ich noch nie gesehen.«

Hinter ihnen näherte sich beständig ein dunkles Schiff. Es war lang und schnittig und wurde sowohl vom Wind als auch von Rudern getrieben. Sein schwarzer Rumpf pflügte durch die Wellen, und seine dunklen Segel blähten sich im Wind.

»Sieht aus wie ein Zweimaster, Kapitän«, fügte Alos hinzu, während er die Augen vor der untergehenden Sonne abschirmte, die blutrot und tief am Horizont stand. »Aber die Segel ... sie laufen vor dem Wind und haben die Segel an gegenüberliegenden Seiten gesetzt ... hmm, sie sehen beide aus wie unsere Besansegel.«

Kapitän Borkson knurrte und nickte. »Lateiner, mein Junge, Hauptsegel und Vordersegel ... wie bei den Schiffen auf den Meeren im Süden. Was sucht ein Schiff aus dem Süden hier im Borealmeer?«

Alos schüttelte den Kopf. »Vielleicht sind die Segel so wie bei den Schiffen des Südens, Käpt'n, aber die Ruder, nun ja, die sind wohl nordländisch – wie bei den Fjordländern oder Jüten. Meint Ihr, es könnte eines von ihren Schiffen sein, nur mit neuer Segelanordnung?«

»Tja, was es auch ist«, sagte Jarl, der Bootsmann der *Solstråle*, »es überholt uns. Vor acht Glasen ist das Schiff am Horizont aufgetaucht, und jetzt ist es halb bei uns. Ich schätze, dass es fast zwei Knoten schneller läuft als wir.«

»Aye, das mag stimmen«, erwiderte Borkson, »und es gefällt mir nicht. Alos, vier Strich nach backbord abfallen. Wir werden sehen, ob der Kahn nur zufällig denselben Kurs wie wir hat, oder ob er uns einholen will. Jarl, lasst alle Segel setzen. Holt so viel Geschwindigkeit wie möglich aus dem Wind heraus.«

»Aye aye, Käpt'n«, erwiderte Alos, indem er am Ruder drehte, während Jarl der Mannschaft mit Pfeifsignalen die Befehle des Kapitäns übermittelte.

Die *Solstråle* neigte sich ein wenig auf die Seite, als das Schiff nach backbord schwang und die Mannschaft die Segel ausrichtete, um den Wind einzufangen, der jetzt von schräg hinten kam.

Augenblicke später änderte das schwarze Schiff ebenfalls den Kurs, und ihre Lateiner schwenkten nach steuerbord.

»Jarl, zieht Signalwimpel auf und fordert das Schiff auf, sich zu identifizieren.«

Jarl pfiff seine Anweisungen. Als die Signalwimpel gehisst wurden, sagte Alos: »Wenn sie aus dem Süden kommen, kennen sie die Signale des Borealmeers vielleicht nicht.«

Borkson antwortete nicht, ebenso wenig wie das schwarze Schiff, dessen Segel und Ruderer nicht nachließen.

»Ich glaube, dass sie immer noch schneller laufen als wir, Käpt'n. Sie sind vier Meilen hinter uns, schätze ich«, sagte Jarl.

»Lasst unsere eigenen Farben hissen, Jarl«, sagte Borkson.

Während die Sonne langsam versank, gab Jarl der Mannschaft die Befehle des Kapitäns weiter, und die blau-gelbe Flagge stieg in der zunehmenden Dunkelheit auf.

Doch immer noch machte das schwarze Schiff keine Anstalten, sich zu identifizieren, und seine Ruder wühlten in raschem Takt das Wasser auf.

»Sie holt uns ein wie einen Fisch an der Leine, Käpt'n, einen Fisch, der an Bord gezogen werden soll, möchte ich hinzufügen«, sagte Jarl.

»Jarl, ruft die Offiziere auf das Achterdeck, und die Steuermänner auch.«

Augenblicke später hatten sich Bootsmänner, Maate und Steuermänner um den Kapitän versammelt. Andere Besatzungsmitglieder hatten das Signal ebenfalls gehört und kamen aufs Hauptdeck, wo die Dienst habenden Matrosen auf das schwarze Schiff hinter ihnen zeigten, dessen düstere Segel sich vor dem nun lavendelfarbenen Himmel kaum noch abhoben.

Nachdem er die Offiziere und Steuermänner auf den Stand

der Dinge gebracht hatte, sagte Borkson: »Hier ist mein Plan, meine Herren: Wir halten diesen Kurs, bis es vollständig Nacht ist, dann drehen wir hart steuerbord bei und laufen am Wind. In der Dunkelheit kann das schwarze Schiff unsere Kursänderung nicht sehen. Der Mond geht erst viel später auf, also müssten wir sie eigentlich abhängen.«

Sigurson, der Erste Maat, warf einen Blick auf den sich verdunkelnden Himmel, hob dann die Hand und sagte auf ein Nicken des Kapitäns: »Ich schätze, dass es noch vier Glasen dauert, bis es vollständig dunkel ist. Wie weit wird das schwarze Schiff noch entfernt sein, wenn wir beidrehen?«

»Ich würde sagen, ungefähr eine Meile, mehr oder weniger«, erwiderte Borkson.

»Hoffen wir, dass es eher mehr ist als weniger«, sagte Jarl leise, was allen ein Schmunzeln entlockte.

Lächelnd und zuversichtlich sagte Borkson: »Weiht die Mannschaft ein, und lasst sie alle Lichter löschen, dann bleibt in Bereitschaft, bis wir uns ein gutes Stück von dem schwarzen Schiff abgesetzt haben. Und sagt ihnen, dass sie grabesstill sein sollen, denn ich will nicht, dass uns ein Scheppern oder Klirren oder unbedachtes Gerede verrät.«

Mit klopfendem Herzen schaute Alos nach achtern und beobachtete die düsteren Segel vor dem sich immer mehr verdunkelnden Horizont. Der Steuermann konnte den Rumpf des schwarzen Schiffes auf dem Wasser des Borealmeers nicht mehr erkennen. Drei Glasen verstrichen, und die Sterne funkelten, ehe er das Schiff vollkommen aus den Augen verlor, doch jetzt konnte er den pulsierenden Schlag einer entfernten Trommel hören, die den Ruderschlag vorgab. Noch ein Glasen verstrich, und das Trommeln wurde lauter, wie der Schlag eines kräftigen Herzens, und jetzt konnte er phosphoreszierende Wirbel im Wasser ausmachen, wo die Ruder das Salzwasser aufwühlten.

»Bereithalten«, zischte der Kapitän Bootsmann und Steuermann zu, und als Jarl gedankenlos die Pfeife zum Mund hob, sagte Borkson: »Nein, Jarl, die Pfeife würde uns verraten. Gebt die Befehle zum Trimmen der Segeln von Mund zu Ohr weiter, aber im Flüsterton!«

Der Befehl verbreitete sich, und die Männer hielten sich bereit. Schließlich gab Kapitän Borkson den Befehl »Hart steuerbord«, und als die Mannschaft spürte, wie das Schiff dem Ruder gehorchte und sich auf die Seite legte, zogen sie an den Tauen und schwangen die Rahnocken von Besan-, Haupt- und Fockmast herum, um weiterhin das Beste aus dem Wind zu holen.

Als das Schiff auf seinem neuen Kurs war, zog Alos das Ruder wieder gerade und stieß einen Seufzer der Erleichterung aus. Doch dann hörte er von achtern finsteres Gelächter mit dem Trommelschlag über die Wellen herüberschallen. Seine Hände zitterten leicht, als er den Blick zu ihrem schwarzen Verfolger wandte, und plötzlich war die Takelage des schwarzen Schiffs in einen grünlichen Schein gehüllt. Alos sog Luft durch die Zähne und keuchte: »Adon!«

»Hexenfeuer«, zischte Sigurson, der ganz in der Nähe stand. »Käpt'n, das Hexenfeuer wird das Schiff verbrennen.«

»Umso mehr sollten wir machen, dass wir ...«, begann Borkson, aber dann brach er ab.

»Käpt'n«, flüsterte Alos, »es dreht sich in ...«

Plötzlich breiteten sich die Flammen des Hexenfeuers auf das Segelzeug der *Solstråle* aus, und ein unirdisches Leuchten griff auf Masten und Rahen, Fallleinen und Taljereeps über. Ein kollektives Ächzen der Mannschaft der *Solstråle* stieg zum Himmel empor, und die Männer hielten sich die Augen zu, um das geisterhafte Leuchten nicht mehr ansehen zu müssen.

Raues Gelächter hallte über das Wasser, und das Tempo des Trommelschlages nahm zu. Das schwarze Schiff kam ihnen mit jedem Ruderschlag näher.

»Käpt'n, was sollen wir machen?«, rief Alos, dem vor Angst beinah die Stimme versagte.

»Lasst die Waffen austeilen«, schnauzte Kapitän Borkson. »Bewaffnet die Männer.«

»Aber, Kapitän«, protestierte Sigurson, indem er auf die Takelage über und hinter ihnen zeigte, »das Hexenfeuer, das schwarze Schiff, es muss einen Zauberer an Bord haben. Wie können wir ...«

»Ich sagte, bewaffnet die Männer«, fauchte Borkson. »Wir werden uns nicht kampflos ergeben.«

Während der Erste Maat gehorchte und die Leiter heruntereilte, drehte der Kapitän sich um und betrachtete das Schiff hinter ihnen. »Sie erreichen uns in ein oder zwei Glasen. Jarl, die Männer sollen sich bereithalten. Wir werden es ihnen schwer machen.«

»Aye, Käpt'n«, erwiderte Jarl. Dann fügte er jedoch hinzu: »Ach, Adon, seht doch! Auf dem Achterdeck des schwarzen Schiffs.«

Alos drehte sich um und schaute ebenfalls dorthin, und plötzlich schlug ihm das Herz bis zum Hals, und er stöhnte vor Furcht, denn auf dem erhöhten Achterdeck stand eine in Hexenfeuer gehüllte Gestalt, deren dunkle Gewänder blaugrün zu brennen schienen. Die Gestalt sah zwar aus wie ein normaler Mensch ... aber in seinem Innersten wusste Alos, dass es ein Magier sein musste. Die Trommel dröhnte, und Ruderblätter klatschten mit pulsierendem Schlag ins Wasser und wurden hindurch- und wieder hochgezogen.

»Eine Galeere«, zischte der Kapitän. »Jetzt erinnere ich mich. Von denen habe ich schon gehört. Alte Schiffe, uralte Schiffe, aus weit entfernten Gefilden – aber ich hätte mir nie träumen lassen, mal eine zu sehen.« Er wandte sich an Alos und Jarl. »Wir müssen flink sein und uns von ihrem Bug fern halten, denn es heißt, dass sie dort eine Ramme haben.«

»Eine Ramme?«, ächzte Alos.

»Aye, mein Junge. Große Unterwassersporne. Die würden unseren Rumpf durchbohren und uns versenken. Davon müssen wir uns fern halten.«

Ein Seemann, dessen verängstigtes Gesicht vom Hexenfeuer in der Takelage über ihnen beleuchtet wurde, kam die Leiter empor und verteilte die Waffen. »Euer Schwert, Käpt'n.« Er gab dem Kapitän einen Säbel und Alos und Jarl je ein Krummschwert.

Mit klopfendem Herzen und keuchendem Atem nahm Alos das Krummschwert und schob es sich in den Gürtel.

Das schwarze Schiff mit seiner leuchtenden Takelage war jetzt weniger als eine halbe Meile hinter ihnen, und die Trommel dröhnte ... dann noch eine Viertelmeile, und die Ruder tauchten ins Wasser ... eine Achtelmeile, und Gelächter hallte über das Wasser ... dann hatte es sie eingeholt.

»Adon, Käpt'n«, stöhnte Jarl, »das sind Rutcha. Sie haben Rutcha als Mannschaft.«

»Und Drökha«, fügte der Kapitän zähneknirschend hinzu.

Schwarzgefiederte Pfeile pfiffen durch die Luft und bohrten sich in das Holz des Schiffs oder fetzten durch Segelleinwand, aber einer traf Jarl in den Hals, und er kippte nach hinten und war tot, noch bevor er auf die Deckplanken fiel.

Jetzt zog die schwarze Galeere nach steuerbord und kam längsseits. »Hart backbord«, schrie Borkson, der sich Jarls Pfeife griff und der Mannschaft die entsprechenden Signale gab.

Vor Furcht keuchend, wirbelte Alos das Steuer nach links, während die Mannschaft die Fallleinen herumzog, und langsam reagierte das Ruder, aber dann verlor das Schiff an Fahrt, als die breiten Lateinersegel der Galeere der Karavelle den Wind nahmen.

»Es nimmt uns den Wind, Käpt'n!«, rief Alos. »Das schwarze Schiff raubt uns den Wind!«

»Halsen!«, schrie der Kapitän und hob die Pfeife des Bootsmanns erneut an die Lippen, um das Signal zu geben, doch in diesem Augenblick flogen Enterhaken über die Dollborde, und die schwarze Galeere, deren Trommel jetzt verstummt war und deren Ruder eingeholt worden waren, zog die Karavelle langsam längsseits.

»Entermannschaft abwehren!«, rief der Kapitän und zog seinen Säbel. Dann schrie er: »Ach, Adon, Trolle.«

Im Licht des Hexenfeuers kamen ungeschlachte Monstren vom Ruderdeck auf das Hauptdeck der schwarzen Galeere. Die Männer der *Solstråle* stöhnten vor Angst, und einige sprangen in ihrer Panik über Bord, während andere auf die Knie sanken. Im Heck des schwarzen Schiffs lachte der in geisterhafte Flammen gehüllte Zauberer mit boshafter Häme.

Als die Trolle von der Galeere über die Dollborde auf die Karavelle kletterten, verließ Alos schreiend seinen Platz am Ruder, sprang vom Achterdeck auf das Hauptdeck, lief nach achtern und dort durch die Kabinentür. Panisch kreischend floh er durch den Gang, eilte eine Leiter herunter, lief dann weiter durch das Mannschaftsquartier und dann eine zweite Leiter herunter in den Laderaum. Er rannte zwischen gestapelten Fässern, Kisten und Ballen hindurch und immer weiter Richtung Heck. Schluchzend murmelte er vor sich hin: »Versteck dich in der Bilge. Da finden sie dich nicht. Versteck dich in der Bilge, der Bilge.«

Ächzend kletterte er durch die Heckfalltür in die Bilge darunter, aber das Krummschwert in seinem Gürtel blieb am Rand hängen. Während von oben Kreischen, Gebrüll und Entsetzensschreie nach unten hallten, schleuderte Alos die Waffe von sich in die Dunkelheit, und sie fiel klirrend in den Gang. Dann hatte er die Falltür passiert und schlug sie hinter sich zu.

Auf dem Bauch glitt Alos durch stinkendes Bilgenwasser und über Ballaststeine ächzend nach vorn, weg von der Falltür. Sein Atem ging in rauen Stößen, und über seine Lippen kam ein beständiger Schwall unverständlicher Worte. Schließlich stieß er auf eine Ruderbank und konnte nicht weiter.

Schwer atmend lag er im Bilgenwasser, das über die runden Steine schwappte, und hörte den Lärm des Kampfes an Deck. Dann polterten Schritte von oben herunter, als jemand anders in den Laderaum floh. »Kommnichther, kommnichther, kommnichther«, zischte Alos durch zusammengebissene Zähne. Er versuchte, still zu sein, und gab stattdessen ein jammervolles Stöhnen von sich. Dann war das Bersten und Splittern von Holz zu hören, dem ein grässliches Brüllen folgte, und eine Stimme im Laderaum kreischte vor Entsetzen. Panische Schritte jagten über die Planken des Ganges. Ein lautes Poltern ertönte, als sei etwas vom Deck darüber in den Laderaum gefallen, dann waren schwergewichtige Schritte zu hören, welche die flüchtenden einholten.

»Aaahhhhh!«, kreischte der Mann, und seine Schritte verklangen, dann heulte er und heulte, als sei er in den Fängen eines Ungeheuers, das ihn hochgehoben hatte.

Die schwergewichtigen, stampfenden Schritte kehrten um und nahmen das Geschrei mit. Doch plötzlich ertönte ein furchtbares Gebrüll, dem ein metallisches Knacken folgte. Dann brachen Knochen, und das Geschrei hörte auf. Es klatschte feucht, als etwas auf die Planken fiel. Ein tiefes Grunzen und Ächzen war zu vernehmen, dann ertönten die stampfenden Schritte von neuem, doch diesmal unregelmäßig, wie von einem hinkenden Ungeheuer.

Blaugrünes Licht leckte durch einen Spalt in den Planken über Alos' Kopf. Schnaufend und zischend, die Fäuste geballt, die Zähne zusammengebissen und unkontrolliert zitternd, erhob sich Alos und lugte mit einem Auge durch die Ritze in dem Versuch, irgendetwas zu erspähen.

In der Düsternis über Alos ragte ein Stück weit entfernt im Gang eine monströse Gestalt düster auf, die zögernd und bei jedem zweiten Schritt ächzend auf dem Weg zum Hexenfeuer näher hinkte, das durch die geöffnete Luke auf das Deck darüber fiel. Alos sah, dass es ein Troll war, und er begann zu schreien, hielt sich jedoch gerade noch rechtzeitig beide Hände vor den Mund und unterdrückte so den Laut. Und dann trat der verletzte Fuß des Ungeheuers – der rechte Fuß, der Fuß, der auf das weggeworfene Krummschwert getreten war, das sich im Dunkeln irgendwie in einem Spalt verklemmt hatte, direkt über Alos' nach oben gewandtes Gesicht auf, und ein dunkler Schleim, der wie Feuer brannte, tropfte in eines seiner beiden vor Angst weit aufgerissenen Augen.

Die Hände immer noch auf den Mund gepresst, schrie Alos lautlos vor Schmerzen, dann nahm er eine Hand weg und rieb sich hektisch das Auge. Doch der ätzende Schleim brannte sich dadurch nur tiefer in seine Augenhöhle, in seinen Schädel. In unerträglicher Qual wälzte Alos sich herum und tauchte das Gesicht in Bilgenwasser. Während sein Geheul das Bilgenwasser aufwirbelte und er sich unter Wasser das Auge rieb, kletterte der ächzende Troll über ihm mühsam zurück an Deck, ohne von alledem etwas zu bemerken.

Zeit verstrich, und schließlich ertönten weniger Schreie von oben, obwohl noch immer Stöhnen und Jammern zu hören war, als hätten die Trolle auch Gefangene gemacht.

Unten in der Bilge zitterte Alos und wartete stumm. Sein rechtes Auge schmerzte noch immer qualvoll, obwohl das Wasser ein wenig von dem Feuer weggewaschen hatte, und er tauchte sein Gesicht immer wieder in das Bilgenwasser, in dem Versuch, das Brennen zu lindern.

Schließlich kamen Schritte die Leiter hinunter – nicht das gewichtige Stampfen von Trollen, sondern leichtere Schritte –, und er konnte Stimmen hören, die sich in einer ihm unbekannten Sprache unterhielten. *Rutcha und Drökha? Suchen sie mich?* Wieder hielt Alos sich die Hände vor den Mund, und er presste sich gegen die Ruderbank und wartete darauf, dass sie ihn fanden, wartete auf sein Verhängnis und wünschte sich, er hätte eine Waffe, wünschte, er hätte noch sein weggeworfenes Krummschwert, das jetzt irgendwo über ihm im Gang lag. *Wenn ich mein Krummschwert hätte und mich jemand suchen käme, könnte ich ihn lautlos töten und wäre in Sicherheit.* Und er weinte um seine weggeworfene Klinge. Aber die Mannschaft des schwarzen Schiffes suchte nicht nach Alos. Sie waren wegen der Ladung gekommen. Grunzend und fluchend brachten sie die Fässer und Kisten zur Luke, wo Trolle sie auf das Deck darüber hievten.

Nach einer Weile verließen sie den Laderaum. Alos konnte entfernte Rufe und Trommelschlag hören, aber auch diese Geräusche verhallten, bis schließlich Stille einkehrte. Dennoch blieb Alos in der Bilge, zitternd, weinend und stöhnend, während das leere Schiff in der Stille auf den Wellen langsam hin und her schaukelte, und das Bilgenwasser in gleichmäßigem Rhythmus über Alos hinwegschwappte.

Doch dann hörte er wieder Trommelschlag, der näher und näher kam.

Sie kommen zurück, um mich zu holen!

Alos schluchzte in seine Hände.

Plötzlich barst mit einem entsetzlichen Krachen ein riesiger Messingdorn durch die Seitenwand des Schiffes. Holz splitterte, und Wasser rauschte durch das Loch. Alos kreischte vor Furcht und versuchte rückwärts zu kriechen, aber die Ruderbank hielt ihn auf. Draußen dröhnte die Trommel, und ächzend und kreischend zog sich der Dorn schwerfällig zurück, während das Wasser des Borealmeers durch die Bresche schoss.

Unter den Planken des untersten Decks heulte Alos vor Entsetzen. Würgend, hustend und halb erstickt kämpfte er sich durch wogende Sturzbäche über die Ballaststeine zum entfernten Heck, in dem Versuch, die Bilgenfalltür zu erreichen.

Doch das Schiff bekam Schlagseite, und Alos wurde vollständig unter Wasser getaucht, aber er kämpfte sich dennoch weiter.

Wieder krachte die Messingramme durch den Rumpf der kenternden *Solstråle* und zog sich wieder zurück. Mehr Wasser donnerte ins Schiff und überflutete den Laderaum. Langsam neigte sich das Schiff in Vorbereitung auf die abschließende Sturzfahrt zum Meeresboden.

Unter Wasser erreichte Alos endlich die Falltür und glitt hindurch, doch der Laderaum war beinah voll gelaufen. Er schwamm direkt aufwärts und in eine eingesperrte Luftblase. Keuchend und hustend blieb ihm gerade Zeit für ein, zwei Atemzüge, bevor die Luftblase vom aufsteigenden Salzwasser verdrängt wurde. Jetzt schwamm er dorthin, wo er die Luke vermutete, und als er gerade meinte, nicht mehr weiterschwimmen zu können, glitt er hindurch. Die Decks standen bereits unter Wasser, und das Heck war vollständig untergetaucht. Die *Solstråle* sank jetzt sehr schnell. Als das Schiff unterging, wurde Alos vom Sog mit in die Tiefe gerissen, immer weiter in das nachtdunkle Borealmeer hinein, und obwohl er zu schwimmen versuchte, konnte er dem Sog nicht entrinnen. Als der Zug schließlich nachließ, trieb Alos benommen in der Tiefe umher und wusste nicht mehr, wo die Oberfläche war, und es war ihm auch gleich. Doch etwas prallte von unten gegen ihn, und er wurde nach oben getragen. Von Wrackteilen umgeben, tauchte er wieder auf.

Am Himmel funkelten Sterne, weit weg und diamantkalt, und von dem schwarzen Schiff war nichts mehr zu sehen.

Zwei Tage später wurde Alos von einem fjordländischen Drachenschiff aus dem Wasser gefischt. Sie fanden ihn an ein Wrackteil geklammert, halb ertrunken und halb verdurstet, das rechte Auge verbrannt und blind. Er schrie, als er die Ruder des Langschiffs sah und das Geräusch der Takttrommel hörte. Er plapperte tagelang vor sich hin, redete von einem schwarzen Schiff und träumte nachts von Trollen. Doch wenn er bei sich war, sagte er nur, sein Schiff sei gekentert.

Sie brachten ihn nach Mørkfjord und setzten ihn dort an Land.

An jenem Tag fing er an zu trinken – »Um zu vergessen«, sagte er –, und so blieb es dreiunddreißig Jahre lang.

Winselnd und etwas von Trollen zischend, wich Alos rückwärts vor Arin zurück.

Matrosen tauchten hinter ihnen auf. Einer drängte sich nach vorn, ein flachshaariger Mann, der Erste Maat der *Gyllen Flyndre*. »Was soll das, einen unserer Passagiere mit Schwertern, Äxten und Messern zu jagen, hm? Wir dulden keine Mörder an Bord dieses Schiffes. Seht Euch den armen Kerl doch an, er hat vor Angst völlig den Verstand verloren.«

Aiko fauchte etwas und drehte sich zu dem Maat um, der erbleichte, aber keinen Fußbreit zurückwich.

Arin trat zwischen die beiden. »Nicht wir haben ihm solche Angst eingejagt, sondern seine eigenen Phantome. Er ist im Delirium.«

»Er ist betrunken und sieht Dinge, die nicht da sind«, fügte Egil erklärend hinzu.

Die Matrosen sahen den am Boden kauernden alten Mann an, und einer der Männer wandte sich an den Ersten Maat und sagte: »Aye, Guntar, als er an Bord gebracht wurde, war er so betrunken, dass er nicht mal mehr die Augen aufbekam, als er über die Planke ging.«

Arin wandte sich an Aiko und Egil. »Ich begreife nicht, warum er überhaupt auf dem Schiff ist.«

Aiko und Egil sahen einander an, als teilten sie ein Geheimnis, und Egil sagte: »Nach einer Woche des Suchens habe ich ihn schließlich gestern Abend gefunden … als du den Proviant auf die *Breeze* geladen hast, Liebste. Ich wusste, dass die

Zeit zu knapp war, um ihn zu überzeugen, mit uns zu kommen, also habe ich ihn stattdessen in den Schlupfwinkel eingeladen und ihm zwei Flaschen von Trygs bestem Branntwein gekauft, dann habe ich Olar und Yngli gebeten, ihn an Bord der *Gyllen Flyndre* abzuladen, sobald er hinüber war.«

Arin blickte Egil mit strengem Blick an. »Heißt das, du hast ihn gegen seinen Willen hierher schaffen lassen?«

Aiko seufzte. »Dara, Ihr habt gesagt, wir würden ihn vielleicht brauchen, und er wüsste möglicherweise den Weg zu Ordrunes Feste.«

Arin wandte sich an Aiko. »Unterstützt Ihr etwa, was Egil getan hat?«

Aiko senkte den Kopf und schaute auf das Deck. »Dara, ich habe Egil geholfen, denn ich habe Kapitän Holdar für Alos' Passage nach Jütland bezahlt.«

Arin schüttelte den Kopf und sah Alos an. Der Mund des alten Mannes hatte sich zu einem lautlosen Schrei geöffnet, während er sich mit zu Klauen gekrümmten Fingern unsichtbare Feinde vom Leib zu halten versuchte. Dann wandte sie sich an den Maat und zeigte auf Alos. »Könnt Ihr ihn in seine Kabine schaffen lassen? In der Zwischenzeit hole ich einige Arzneien, um seine Phantome zu bekämpfen.«

Der Maat nickte und gab zwei von seinen Männern ein Zeichen, doch es waren sechs von ihnen nötig, um den kreischenden, sich windenden, um sich schlagenden betrunkenen alten Mann in sein winziges Quartier zu schaffen.

36. Kapitel

Die Matrosen brachten Alos in seine Koje und hielten ihn dort fest, da der alte Mann weiterhin kreischte und um sich schlug. Augenblicke später tauchte Arin mit einem kleinen Tornister auf, der mit Schächtelchen und Beutelchen voller Kräuter und Pulver gefüllt war. In einem Becher mit Wasser mischte sie eine weiße Arznei, und während zwei der Männer den alten Mann unten hielten, hielt Arin ihm die Nase zu. Als Alos nach Luft schnappte, um zu schreien, goss sie ihm die Mischung in den Schlund. Hustend und würgend kreischte Alos: »Aahhh, Gift, Gift«, und fiel dann in Ohnmacht.

Arin nickte den Matrosen zu. »Ihr könnt jetzt gehen, seine Trugbilder sind vorübergehend verjagt.« Die Männer verließen die Kabine, und Arin mischte eine andere Arznei, wobei sie diesmal eine getrocknete Blüte von einer gelben Blume in Wasser bröselte und so lange rührte, bis sich die Farbe der Flüssigkeit veränderte.

Während die Dylvana Alos mit ihren Arzneien behandelte und die Stirn des alten Mannes kühlte, segelte die *Gyllen Flyndre* auf den saphirblauen Wellen des großen Borealmeers nach Südwesten. Ihre Segel blähten sich beständig in günstigen Winden, und ihr Rumpf pflügte durch die Wellen und brachte ihre Besatzung durch den breiten Kanal von Jütland zum weit entfernten Gelen. Wenn alles nach Plan verlief, würden Arin, Egil und Aiko und vielleicht sogar Alos in drei oder vier Wochen den Kauffahrer verlassen und ihrem eigenen Schicksal folgen. Doch nun hatte ihre Reise gerade erst begonnen, denn die *Flyndre* war erst einen halben Tag von Mørkfjord entfernt und segelte an der Küste entlang, sodass die hohen Klippen in gut einer Meile Entfernung vorbeizogen. Das Schiff würde auch in den nächsten Tagen der Küstenlinie folgen, denn die *Flyndre* war nicht hochseetüchtig und wagte sich nur ganz selten auf die offenen Meere der Welt. Meistens segelten Kapitän und Besatzung in Sichtweite des Landes, vor allem auf dem stürmischen Borealmeer.

Während Arin sich um Alos kümmerte, verbrachten Aiko und Egil viel Zeit mit Deckspaziergängen, um ihre Beine an das schwankende Schiff zu gewöhnen, denn Egil war schon viele Wochen nicht mehr auf See gewesen, und Aiko hatte erst wenige Male überhaupt ein Schiff betreten – als sie von Ryodo aufs Festland übergesetzt war und bei einigen Ausflügen zu Inseln im Süden. Nachdem sie vielleicht eine Meile gelaufen war, setzte sie sich in die Sonne und begann damit, ihre Waffen und Rüstung vor der salzigen Gischt zu schützen, indem sie Stahl, Bronze und Leder einölte. Egil war jedoch noch immer von einer rastlosen Energie erfüllt und lief auf und ab, quer durch Gruppen von Matrosen. Er fragte alle und jeden nach dem Weg zur Feste des Zauberers Ordrune. Doch die Männer schüttelten den Kopf, denn keiner konnte ihm helfen, also setzte Egil seine Wanderschaft fort. Ab und zu blieb er stehen, um die Rianer dabei zu beobachten, wenn sie die Segel neu ausrichteten oder eine leichte Kursänderung vornahmen. Oft blieb er zudem für eine Weile im Bug stehen, als wolle er seinen Blick zwingen, über die funkelnden Wellen zu fliegen und das entfernte Ziel zu entdecken, denn er wollte jetzt unbedingt nach Jütland, wo es vielleicht jemanden gab, der ihn in die Feste seines Feindes führen konnte. Bei anderen Gelegenheiten stand er im Heck nahe beim Ruder und redete leise mit Kapitän Holdar.

»Nein, Egil, ich habe noch nicht von diesem Magier gehört, den Ihr sucht.« Holdar strich sich nachdenklich über das Kinn, das allmählich rote Stoppeln bekam. Der Kapitän der *Flyndre* war ein kleiner, untersetzter Mann Mitte vierzig, der ein dunkelblaues Wams und eine ebensolche Hose trug, dazu schwarze Stiefel und eine schwarze Lederweste. Seine Haare waren kurz geschnitten und hatten ebenfalls einen rötlichen Schimmer. Die Augen waren blau, und seine Züge ein wenig plump, wie die eines wohlgenährten Kaufmanns, aber sein Blick verriet einen Mann, der bereits vieles gesehen und erlebt hatte. »Mit Magiern und dergleichen habe ich nichts zu schaffen. Vielmehr treibe ich Handel mit Fallenstellern und Kaufleuten und den Pelzhändlern von Gelen.« Holdar hielt inne, als Aiko die Leiter zum Achterdeck erklomm, um ihnen Gesellschaft zu leisten. Und nachdem er der goldhäutigen Kriegerin zugenickt hatte, wandte der Kapitän sich wieder an Egil und sagte: »Außerdem, mein Junge, was sollte ich wohl mit einem Magier anfangen, hm? Ihn bitten, die *Flyndre* zu verzaubern?«

»Nicht diesen Zauberer, Kapitän. Bei ihm hättet Ihr Glück, wenn Ihr mit dem Leben davonkommen würdet.«

»Ach? Ein Schwarzmagier, aye?«

Egil nickte bedrückt.

»Dann ist es auch besser so, dass ich diesen, diesen ...«

»Ordrune«, half Egil aus.

»Aye, dass ich diesen Ordrune nicht kenne. Und ich werde auch künftig einen großen Bogen um ihn machen, wenn es Euch nichts ausmacht. Aber, he, warum sucht Ihr ihn überhaupt, wenn er doch ein Schwarzmagier ist?«

»Ich habe noch eine Rechnung mit ihm zu begleichen«, sagte Egil mit grimmiger Miene.

Holdars Augen weiteten sich, und er sagte: »Nun denn, mein Freund, da er ein Zauberer ist, gebt Acht, dass Ihr Euch nicht mehr aufladet, als Ihr tragen könnt.«

»Ich habe nicht vor, allein zu gehen, Kapitän, wenn es sich vermeiden lässt. Vielmehr sind die Blutsverwandten von vierzig Fjordmännern erpicht darauf, ihm den Kopf abzuschlagen.«

Aiko spitzte die Lippen, runzelte die Stirn ... und rezitierte dann: *»Diese nimm mit, nicht mehr, nicht weniger, sonst wird es dir nicht gelingen ...«*

Egil sah sie an.

Sie begegnete seinem Blick und sagte: »Hier steht mehr auf dem Spiel als Blutrache, Egil Einauge.«

Egil seufzte und nickte, zeigte dann auf die Kabine, wo Arin Alos behandelte, und sagte: »Wir wissen nicht, ob Ordrune hat, was sie sucht. Aber ich werde meine Rache zurückstellen, bis ihre – bis *unsere* Suche beendet ist.«

Aiko nickte, und in diesem Augenblick kam Arin aus Alos' Kabine an Deck. Egil und Aiko kletterten die Leiter herab auf das Hauptdeck und gingen zu ihr.

»Er ist endlich in einen natürlichen Schlaf gefallen«, sagte die Dylvana mit einem erschöpften Blick auf die Kabine. Sie tastete nach Egils Hand, als suche sie Trost, und sagte dann: »Was ihm in der Vergangenheit auch widerfahren ist, es muss schrecklich gewesen sein.«

Am zweiten Tag ihrer Fahrt stolperte Alos aus seiner Kabine auf das Hauptdeck der *Gyllen Flyndre*. Während er sein eines Auge vor der grellen Morgensonne abschirmte, schaute er benommen über das Deck. »Wo, in Garlons Namen, bin ich?«, murmelte er und schrie dann alle und jeden an: »Ich habe gefragt, wo, in Garlons Namen, ich bin.«

Matrosen drehten sich um und starrten den alten, einäugigen Mann an, dessen Kleider schmutzig und zerknittert waren, dessen eines Auge wässrig braun und dessen anderes blind und weiß war. Dann schien Alos plötzlich aufzugehen, dass er sich auf einem Schiff befand, und er brach weinend auf dem Deck zusammen.

Der Erste Maat schüttelte den Kopf und fauchte: »Jan, geh und hol die Elfe. Ihr Schützling hat sich selbstständig gemacht.«

Doch es war die Frau mit der safranfarbenen Haut, die an Deck kam. Sie versuchte, den alten Mann auf die Beine zu stellen, aber er war so schlaff wie ein eingerolltes Segel, also warf sie ihn sich über die Schulter und steuerte die Achterkabinen an, während sie einen Schiffsjungen anfauchte, er möge ihr einen Zuber, heißes Wasser, Seife und dazu Kaustäbchen und Minzeblätter bringen, falls er welche habe.

In den nächsten drei oder vier Glasen war Geheul, das Schwappen von Wasser und lautes Fluchen aus der verschlossenen Kabine des alten Mannes zu hören.

»Es muss doch etwas zu trinken an Bord sein«, winselte Alos, als er in seine saubere, wenngleich verknitterte Hose schlüpfte. Seine Kleider waren frisch geschrubbt und in der Sonne getrocknet worden und rochen nach Salz.

Aiko schüttelte den Kopf und hielt Alos das nächste Kaustäbchen hin.

»Aber meine Zähne schmerzen schon vom vielen Scheuern«, jammerte der Alte, während er sich bemühte, sich die Hemdschöße in die Hose zu stopfen.

»Sie werden noch mehr schmerzen, wenn ich sie wieder schrubbe«, fauchte sie.

Widerstrebend nahm Alos den Stab und nagte an einem Ende. »Wenn ich etwas zu trinken hätte, wäre es viel leichter.«

Aiko hob eine Augenbraue.

»Schon gut, schon gut«, murmelte der alte Mann und betrachtete das gut durchgekaute Ende des Stäbchens. Er kam zu dem Schluss, dass es nun weich genug sei, und fing an, seine braunfleckigen Zähne damit zu putzen.

In den nächsten paar Tagen segelte die *Gyllen Flyndre* nach Westen, und unter Aikos wachsamem Auge fuhr Alos fort,

Kleidung und Körper sauber zu halten. Doch der alte Mann nutzte jede Gelegenheit, die sich ihm bot, alle Welt zu fragen, ob es an Bord nichts zu trinken gebe. Die Antwort der Besatzung lautete: »Aye. Der Käpt'n hat ein oder zwei Fässchen mit Branntwein, aber die hält er unter Verschluss.« Alos fand bald heraus, dass Kapitän Holdars Kabine ebenfalls immer gut verschlossen war. Irgendeine gemeine Seele hatte den Kapitän außerdem angewiesen, dem alten Mann jegliche alkoholischen Getränke vorzuenthalten. Alos glaubte zu wissen, wer von seinen Begleitern dafür verantwortlich war, aber er warf Aiko nur dann giftige Blicke zu, wenn sie ihm den Rücken zudrehte. Und so verbrachte Alos seine Zeit damit, vor sich hin zu ächzen, seine scheinbar juckende Haut zu kratzen und seine offenbar laufende Nase hochzuziehen – warum er darunter zu leiden hatte, wusste er nicht. Er wusste nur, dass es seinen Körper nach etwas verlangte, und nichts, was er tat, schien dieses Verlangen stillen oder mildern zu können. Außerdem schlichen monströse Trolle und vor Hexenfeuer leuchtende Magier durch seine Träume, und wie Egil wachte er nachts vor Entsetzen schreiend auf. Dann stolperte Alos im Halbschlaf suchend durch seine Kabine, doch er fand nichts zu trinken, um seine gequälte Seele zu beruhigen.

Am siebten Tag der Fahrt drehte die *Gyllen Flyndre* nach Süden bei, um weiter der Küstenlinie zu folgen, die jetzt zwei oder drei Meilen weiter östlich vorbeiglitt.

Am frühen Morgen des achten Tages rief der Ausguck im Hauptmast nach unten: »Gronspitzen voraus! Drachenhorst voraus!«

An diesem Tag standen Arin, Egil und Aiko alle auf der Backbordseite des Oberdecks, und Alos saß auf einem Lukendeckel in der Nähe, den Kopf in den Händen.

Kapitän Holdar auf dem Achterdeck schirmte seine Augen ab und spähte nach Süden. Einen Moment später kommandierte er: »Ulf, einen Viertelstrich nach steuerbord. Agli, pfeift zum Schwenken der Segel.«

Der Bootsmann blies in seine Pfeife und gab die entsprechenden Befehle, und die Mannschaft machte sich daran, die Segel neu auszurichten, während Ulf das Steuer drehte und die kleine Kursänderung vornahm.

Egil zeigte nach Süden, und tief am Horizont sahen Arin und Aiko etwas, das sich aus Südosten zum Wasser zog und wie große weiße Klauen aussah, die zum Himmel griffen.

»Das sind die Gronspitzen.« Egils Stimme klang grimmig. »Sie reichen herunter bis in die eisigen Tiefen des Meeres. Habt Ihr von ihnen gehört?«

Arin nickte, doch Aiko schüttelte den Kopf.

Hinter ihnen schaute Alos auf und sagte: »Einige behaupten, die Berge reichten unter dem Meer weiter nach Westen, und da, wo ihre Spitzen aus dem Wasser ragen, gibt es Inseln.«

»Aye«, antwortete Egil und wandte sich an den Alten. »Das habe ich auch gehört. Und die Todesinseln liegen westwärts. Es sind hohe Felsklippen, und nichts lebt dort.«

Aiko schaute nach Süden auf die schneebedeckten Gipfel. »Warum schwenken wir seewärts?«

»Wir umsegeln die Todesinseln«, rief Kapitän Holdar vom Achterdeck. »Gefährliches Gewässer, kalt und tödlich, vor allem zwischen den Spitzen und den Inseln, denn da wirbelt der Große Mahlstrom, ein gewaltiger Strudel im Meer, der von schrecklichen Kraken bewohnt wird, die in diesem Wirbel lauern ...« Kapitän Holdar brach ab und schaute auf den Heckwimpel. »Der Wind dreht, Agli. Lasst die Segel neu trimmen. Kurs weiter westsüdwest, Ulf.«

Aiko wandte sich an Egil. »Was ist das, was er Kraken genannt hat?«

Egil holte tief Luft. »Ich selbst habe nie einen gesehen, aber es heißt, Kraken sind entsetzliche Ungeheuer mit langen

Fangarmen und Saugnäpfen und riesigen Augen. Sie sollen gewaltig sein, so groß wie Drachen und von ähnlicher Kraft.«

»Und die Drachen paaren sich mit ihnen, heißt es«, fügte Alos hinzu.

Egil rief über die Schulter: »Drachen paaren sich mit ihnen, aye, Alos, so lautet die Legende. Bei meinem Volk erzählt man sich, dass die Drachen sich alle Jubeljahre auf dieser Landzunge da versammeln.« Egil streckte den Arm aus und zeigte auf einen entfernten Berg, der soeben am Horizont zu erkennen war. »Da liegt der Drachenhorst, die letzte der Gronspitzen. Haben die Magier im Schwarzen Berg nicht davon gesprochen?«

Arin schüttelte den Kopf, sagte aber: »Ich habe trotzdem davon gehört.«

Aiko sah Arin an. »Was habt Ihr gehört, Dara?«

»Hauptsächlich Legenden«, erwiderte Arin, indem sie Egils Hand nahm. »Aber das hier sind Egils Gewässer. Soll er sagen, was er weiß, und wenn ich etwas hinzuzufügen habe, werde ich es tun.«

Egil grinste und drückte Arins Hand. »Mein Wissen ist hauptsächlich Seemannsgarn, aber das kann ich gern erzählen.« Egil betrachtete die entfernte Landzunge. »Obwohl es von hier nicht so aussieht, ist der Drachenhorst ein gewaltiger Berg, der bis über die Wolken reicht, und sein Gipfel ist ständig mit Eis und Schnee bedeckt, auch im Sommer. Die Seitenwände sind steil und fallen beinah senkrecht tausend Fuß oder noch mehr ins eisige Wasser ab. Aber darüber soll es auf dem Berg bis hinauf zum eisigen Gipfel von Drachenhöhlen wimmeln – Behausungen, die sie von Zeit zu Zeit aufsuchen, wenn sie sich zur Paarung versammeln. Auf diesen zerklüfteten Hängen gibt es viele Gesimse und Vorsprünge, auf denen die Würmer auf einen Lockruf aus dem Meer warten. Es heißt auch, dass man von den Höhen des Drachenhorsts in den Mahlstrom schauen kann, obwohl niemand, den ich kenne, je behauptet hat, dort gestanden und in die Tiefe geblickt zu haben. Man wäre ein Narr, dies zu tun, wenn die Drachen dort sind, denn die Sage geht, dass Drachen irgendwie *spüren*, wenn Fremde ihre Domänen betreten.

Mag das sein, wie es will, die Drachen versammeln sich und warten, und ihr Gebrüll steigt zum Himmel empor. Dann und wann kämpfen sie wohl auch miteinander, obwohl es heißt, dass sie meistens *wissen*, wer der größte Kämpfer unter ihnen ist, und die höher gelegenen Höhlen freiwillig abtreten, sodass die Stärksten die höchsten Gesimse einnehmen.«

Arin nickte. »Das stimmt mit dem überein, was Arilla gesagt hat, als sie uns erzählt hat, wie die Drachen zum Schwarzen Berg gekommen sind.«

Egil lehnte sich an die Reling. »Aye, und damals muss der Schwarze Kalgalath auf dem höchsten Gesims gesessen haben.«

»In der Tat«, pflichtete Arin ihm bei, »obwohl Daagor ihm das Recht auf diesen Platz streitig machen wollte.«

Kapitän Holdar, der zugehört hatte, rief nach unten: »Schwarzmaul, Skail, Rotklaue, Schlomp, Silberschuppe: Ich würde meinen, dass sie alle den obersten Sims für sich beanspruchen.« Holdars Augen weiteten sich. »Nur gut, dass sie wissen, wer über wem zu sitzen hat, sonst würde die ganze Welt erzittern, wollten sie es je ausfechten. Aber wer kennt sich schon mit Drachen aus? Ich jedenfalls nicht.«

Sie verfielen in brütendes Schweigen, und die Stille wurde nur vom Rauschen der Wellen, dem Knattern der Segel und dem Knarren der Taue im Wind gestört. Aiko starrte lange auf die Landzunge und sagte schließlich: »Ist das die ganze Geschichte?«

Egil legte einen Arm um Arin. »Die Legenden wissen nicht viel mehr zu berichten. Die Drachen sitzen Nacht um Nacht da und brüllen von früh bis spät. Nach vielen Nächten und getrieben vom Drang, sich zu paaren, hören Kraken auf die Rufe und antworten ihnen – die größten zuerst, die kleinsten zuletzt, und alle brennen in grünem Hexenfeuer, während sie durch den furchtbaren tosenden Strudel des Mahlstroms wirbeln.«

Bei der Erwähnung des Hexenfeuers stöhnte Alos und schlug die Hände vors Gesicht, doch weder Egil noch Arin noch Aiko bemerkten die Geste, denn sie schauten in die andere Richtung.

Egils Stimme sank zu einem Flüstern herab. »Und einer nach dem anderen tauchen die Drachen in diesen furchtbaren Strudel ein, um sich in die Umarmung jener grässlichen Tentakel zu begeben. Jeder Drache wird von einer monströsen Geliebten in die Tiefe gezogen, und beide versinken im wirbelnden schwarzen Schlund unter ihnen, um sich abseits allen Lichts fortzupflanzen.

Später kehren die Drachen irgendwie zurück, schießen durch die dunkle Oberfläche, um sich wieder in die Nachtluft zu schwingen, und nur die Stärksten überleben.«

Egil verstummte, und Kapitän Holdar fügte hinzu: »Es heißt, dass die Nachkommen dieser Paarung Seeschlangen werden, die Langwürmer der Meere, und das glaube ich auch! Denn ich habe mit eigenen Augen einen Meerdrachen gesehen, nicht weiter als eine Tagesreise von hier entfernt.«

Arin sah den Kapitän staunend an. »Aye«, fuhr er fort, »es war eine lange Bestie mit einem gekräuselten Kamm, der sich über den gesamten Rücken zog, und sie hat sich durch das Wasser geschlängelt. Wir sind geflohen, jawohl, und ich schäme mich nicht, es zuzugeben.«

»Aber, Kapitän« – Aiko schaute verwirrt drein – »wenn nur die Seeschlangen aus dieser Paarung hervorgehen, woher kommen dann die Drachen und die Kraken?«

Holdar zuckte die Achseln und sagte: »Ich weiß nur, dass es heißt, sowohl die Drachen als auch die Kraken kämen aus dem Meer.« Er blickte Egil fragend an, doch der zuckte auch nur die Achseln.

Die Dylvana seufzte und meinte dann: »Jene, welche mit den Kindern des Meeres gesprochen haben, sagen, dass ...«

»Verzeiht, Dara«, warf Aiko ein, indem sie die Hand hob. »Kinder des Meeres?«

Arin nickte bestätigend. »Kinder des Meeres. Das sind die Verborgenen, die in den Tiefen der Weltmeere leben.«

»Meerjungfrauen, meint Ihr?«, fragte Alos eifrig. »Meerjungfrauen und Meermänner? Leute mit Fischschwänzen anstelle von Beinen?«

Arin zuckte die Achseln. »Ich glaube nicht, Alos, obwohl ich die Kinder des Meeres nie gesehen habe.«

»Aber ich ...«, begann Alos protestierend, doch Aiko brachte ihn zum Schweigen, indem sie dem alten Mann ein Kaustäbchen hinhielt. Ein Ausdruck der Bestürzung huschte über die Züge des alten Mannes, doch er streckte zögernd die Hand aus und nahm es.

Während Alos an der Spitze des Stäbchens zu nagen begann, wandte Aiko sich an Arin. »Ich habe Euch unterbrochen, Dara.«

Arin lächelte. »Die Kinder des Meeres erzählen, dass sich die großen Seeschlangen nach Äonen des Schwimmens und Fressens in die dunklen Tiefen eines Grabens begeben, der sich irgendwo im riesigen Sindhumeer befinden soll. Dort, volle neun Meilen unter dem Meer, lassen sie sich auf dunklen Gesimsen in den Wänden des Abgrunds nieder, wo sie sich in einen klebrigen Kokon einhüllen. Der Kokon verhärtet sich zu einem Kristallpanzer, und im Schutz dieses Panzers vollziehen sie eine außerordentliche Verwandlung. Nach einer gewissen Zeit, wenn die Veränderung abgeschlossen ist, wird der Kristallpanzer zerschmettert, und so werden aus manchen Seeschlangen – den Männchen, würde ich meinen – Drachen und aus anderen – den Weibchen – Kraken ... Jedenfalls erzählen das die Kinder des Meeres.«

»Nun denn«, sagte Holdar, »ob diese Geschichte nun wahr

oder falsch ist, Tatsache oder Fabel, ich meine, dass es sich so oder so ähnlich verhalten muss. Denn bedenkt: Noch nie hat jemand einen jungen Drachen gesehen. Alle scheinen immer bereits ausgewachsen zu sein. Ich glaube auch nicht, dass schon jemals irgendjemand ein Nest irgendwo an Land gefunden hat: Sie scheinen keine Eier zu legen. Und soviel ich weiß, hat auch noch nie jemand einen weiblichen Drachen gesehen: Sie scheinen sämtlich Männchen zu sein.

Was die Kraken betrifft, so kann ich nicht sagen, was sie sind – Männchen oder Weibchen –, aber die Weisen sagen, dass sie sich mit den Drachen paaren, und wer bin ich, dass ich darüber streiten wollte?«

Wiederum senkte sich Stille über sie, da sie über das Wasser auf die ferne Landzunge schauten, die sich vor ihnen undeutlich abzeichnete. Nach einer langen Weile durchbrach Holdar das Schweigen. »Ach, was soll's. Drachen, Kraken, Seeschlangen – ich kenne mich damit nicht aus. Aber ich weiß, dass schon viele Schiffe in diesen Gewässern untergegangen sind, sei es aufgrund des Mahlstroms oder der Ungeheuer. Von jenen, welche dort hineingesegelt sind, ist noch keiner jemals zurückgekehrt, um davon zu erzählen.«

Egil schüttelte den Kopf. »Kapitän, ich glaube, wenn ein Schiff zwischen Drachenhorst und Todesinseln hindurchsegelt, wird es unweigerlich vom Mahlstrom in die Tiefe gerissen, und alle an Bord werden ertrinken, denn man kann dem Sog des Strudels nicht entkommen.«

Arin schauderte, und aus irgendeinem Grund rief ihr dieses Gerede über den Mahlstrom das wirbelnde Chaos ihrer Vision ins Gedächtnis, selbst ein Mahlstrom, in dem sich schreckliche Ereignisse um den jadeähnlichen Stein drehten. *Werden wir alle in diesem entsetzlichen Sog untergehen?*

Von einem Rückenwind getrieben, schnitt die *Gyllen Flyndre* durch die eisigen Wellen, während die weißen Gronspitzen langsam am Horizont vorbeizogen, denen bald die zerklüfteten Todesinseln im Meer folgten, die in der Ferne dahinglitten, bis sie sich schließlich hinter ihrem Heck verloren.

Danach segelten sie mehrere Tage nach Westen, die lange Küste Grons entlang, einem üblen, bedrohlichen Land, denn dort lebten Rutcha, Drökha, Ogrus, Vulgs, Guula und Hèlrösser sowie andere böse Kreaturen, sämtlich Diener eines Schwarzmagiers, oder so erzählte man sich jedenfalls.

Als sie an diesem furchtbaren Gestade vorbeigesegelt waren, fuhren sie weiter durch das unbeständige Wetter des Borealmeers, durch sonnige Tage und mondhelle Nächte, durch Regen und Stürme und Flauten. Manchmal herrschte völlige Windstille, und Ruderer in kleinen Beibooten machten sich daran, das Schiff über das Wasser zu schleppen in dem Versuch, den Wind wiederzufinden. Zu anderen Zeiten musste die Mannschaft der *Flyndre* eilig die Segel reffen, da das Schiff von heftigen Winden und Wolkenbrüchen gepeitscht wurde. Unabhängig vom tatsächlichen Wetter bezeichnete Kapitän Holdar es jedoch als »gut«, solange ein günstiger Wind wehte.

Am Horizont tauchte die Landzunge auf, wo das Rigga-Gebirge ins Borealmeer fiel, wo Gron endete und Rian begann. Sie segelten an Rian vorbei, dann an den Jillischen Höhen, einem weitläufigen zerklüfteten Hochland, wo grimmige Stämme wohnten, die für ihre endlosen Fehden bekannt waren. Und weiter segelten sie nach Westen und die Küste von Thol entlang.

Hier stand Alos jeden Tag auf dem Deck und betrachtete das bewaldete Land, das vorbeiglitt, denn Thol war früher seine Heimat gewesen.

Sie folgten dem langen Bogen der tholischen Küste, die allmählich nach Süden abknickte, und irgendwo unterwegs überquerten sie die unsichtbare Grenze zwischen Borealmeer und Nordmeer. Jetzt strebten sie dem breiten Gewässer des Kanals zwischen Gelen im Westen und Jütland im Osten entgegen.

Insgesamt brauchte die Karacke achtundzwanzig Tage, um von Mørkfjord zu der Stelle im Kanal zu segeln, wo Arin und ihre Gefährten von der *Gyllen Flyndre* auf die *Breeze* wechseln und mit der Schaluppe weitersegeln sollten.

Als die *Flyndre* den Punkt ihrer größten Annäherung an Jütland erreicht hatte, befahl Kapitän Holdar, das Schiff zu stoppen, und ließ es in den Wind drehen. Besatzungsmitglieder zogen die Schaluppe an den Tauen längsseits, und Arin und Aiko stiegen die Backbordleiter herunter und in das kleine Boot.

Alos stand an der Reling und sah zu. Der alte Mann hatte die Absicht, an Bord der *Flyndre* zu bleiben und mit ihr zum befestigten Hafen Chamer zu segeln. Doch er schien aufgeregt zu sein, als widerstrebe es ihm, sich von denjenigen zu trennen, welche sich um ihn gekümmert hatten – Arin mit ihrer Freundlichkeit, Egil mit seiner Kameradschaft und sogar Aiko mit ihrer ruppigen Art. Aber er war zum ersten Mal seit dreiunddreißig Jahren vollständig nüchtern, und es gefiel ihm überhaupt nicht, von Hexenfeuer-Magiern und monströsen Trollen zu träumen.

Bevor er die Karacke verließ, wandte Egil sich noch einmal an den alten Mann und drang ein letztes Mal in ihn. »Mein Freund, ich wollte, du würdest uns begleiten, denn ich brauche einen erfahrenen Steuermann, der mir dabei hilft, die *Breeze* zu segeln, und von diesen Matrosen hier kann außer dir niemand mitkommen.«

Alos wandte sich ab und ging in seine Kabine. Egil schüttelte den Kopf und kletterte seufzend die Leiter herab in die wartende Schaluppe. Er erreichte das Deck, ging nach achtern zur Ruderpinne und rief dann nach oben: »Alles zum Abwerfen der Bug- und Hecktaue vorbereiten.«

Kapitän Holdar wiederholte den Befehl für seine Mannschaft auf der Karacke.

»Hecktaue abwerfen«, rief Egil.

»Wartet!«, ertönte plötzlich ein Ruf. Dann tauchte Alos oben an der Reling auf, dessen bescheidene Habseligkeiten in einem Schlafsack zusammengerollt waren. Der alte Mann starrte nach unten und verkündete: »Ich begleite Euch auf Eurer verrückten Suche bis Jütland, aber nicht weiter. Habt Ihr verstanden? Nicht weiter.«

Drei Tage später segelte die *Breeze* am Abend in den überfüllten jütländischen Hafen von Königinstadt ein. In der gesamten Bucht lagen Schiffe vor Anker, und ein Wald von Masten ragte in die Luft wie ein Dickicht kahler Bäume. Die Schaluppe steuerte mit Alos am Ruder durch dieses Gewirr von Schiffen den Pier an, auf dem die Flagge des Hafenmeisters wehte, wobei Egil und Arin die Schoten bemannten und Aiko im Bug stand und bereit war, wartenden Männern das Haltetau zuzuwerfen.

In der Ferne konnten sie auf einem luftigen Hügel jenseits der ausgedehnten Stadt und weit oberhalb der Bucht eine gewaltige Zitadelle mit hellen Laternen an den Festungswänden erkennen, deren Fenster in der Dämmerung leuchteten.

»Das ist er, Liebste«, sagte Egil zu Arin. »Der Sitz der Königin von Jütland, wo wir den Deck-Pfau Des Wahnsinnigen Monarchen finden werden ... jedenfalls hoffe ich das sehr.«

37. Kapitel

Sie zahlten dem Hafenmeister die geringe Anlegegebühr und schafften die *Breeze* zu dem für sie bestimmten Anlegeplatz, wo sie einen Teil ihrer Habseligkeiten einpackten und dann alle Luken schlossen. Dann schlenderten sie die Hauptstraße entlang, die vom Hafen zur Stadt führte, wobei sie an Lagerhäusern, Fischmärkten und Werkstätten vorbeikamen, von denen viele geschlossen hatten, obwohl hier und da noch Leute ihre Arbeit verrichteten. Schließlich gelangten sie in ein Viertel mit Tavernen und Geschäften, alle mit Wohnungen in den Obergeschossen, und hier waren die Straßen voller Menschen, und die Geschäfte waren erleuchtet.

Nach einiger Zeit runzelte Aiko die Stirn und fragte: »Warum tragen einige einen Eisenkragen?«

»Das sind Leibeigene«, erwiderte Egil.

»Sklaven?«, fragte Aiko.

Egil nickte. »Leibeigene, Hörige, Sklaven. Sie haben viele Namen. Ihre Vorfahren wurden wahrscheinlich in der Schlacht besiegt und sind dadurch schon vor langer Zeit in Knechtschaft geraten.«

Arin schüttelte den Kopf. »Aber ihre Niederlage wird von Generation zu Generation vererbt, denn ihre Kinder und Kindeskinder sind ebenfalls Sklaven.«

»Es gibt auch Leibeigene in Ryodo«, sagte Aiko. »Aber die tragen kein Eisen um den Hals.«

Egil zuckte die Achseln. »Die meisten tragen den Kragen von Geburt an, ihr ganzes Leben lang.«

»Haben sie keine Möglichkeit, die Freiheit zu erringen?«

»Alle Jubeljahre einmal gewinnt ein Leibeigener seine Freiheit durch besondere Tapferkeit im Kampf oder durch einen außerordentlichen Dienst an seinem Herrn. Dann wird in einer großartigen Zeremonie der Kragen abgenommen und dem Mann oder der Frau als Symbol der Freiheit feierlich überreicht. Doch für die meisten besteht der einzige Weg, den Kragen loszuwerden, darin, den Kopf zu verlieren.«

Arin seufzte. »Schon vor langer Zeit haben die Elfen gelernt, dass die Sklaverei ein großes Übel ist, und eines Tages wird das auch die Menschheit einsehen.«

Egil holte ein paar Erkundigungen ein, und schließlich bezogen die vier ein großes Zimmer im *Silbernen Ruder*, einem der vielen Gasthäuser von Königinstadt. Da sie keine Aufmerksamkeit erregen wollten, wählten sie ein bescheidenes Haus. Doch die bloße Tatsache, dass eine *Dylvana* in das Gasthaus eingekehrt war, reichte aus, um Gerede zu verursachen. Außerdem war sie in Begleitung einer *goldhäutigen* Frau, die tatsächlich eine *Kriegerin* zu sein schien, jawohl, und war das nicht ein Wunder? Und die beiden wurden von zwei Männern begleitet – Menschen, wohlgemerkt, und keine Elfen: Der jüngere der beiden Männer trug eine rote Augenklappe und hatte eine frische Narbe, die sich über Stirn und Wange zog. Der zweite war ein alter Mann und ebenfalls einäugig. Als diese vier Fremden alle in ein Zimmer zogen und heiße Bäder orderten, tratschten die Leute nur umso mehr, denn wer wusste schon, was hinter der verschlossenen Tür vorging?

Gebadet und erfrischt gingen sie in den Schankraum, um eine warme Mahlzeit zu verzehren, und jeder trank einen Krug Ale – das heißt, jeder bis auf Alos, denn obwohl der alte Mann essen konnte, was er wollte, gestattete Aiko ihm nicht einen Tropfen Alkohol, so jämmerlich er auch darum flehte. Also musste der Alte mit gesüßtem Tee vorlieb nehmen, um sein Hammelgulasch herunterzuspülen.

Beim Essen ließen die anderen Gäste sie keinen Moment aus den Augen und stellten untereinander im Flüsterton die wildesten Spekulationen an:

Seht sie euch an, was für ein winziges Persönchen. Eine Elfe ist sie, aber ich dachte, die wären größer.

Ja, sie ist eine Dylvana. Die Lian sind die großen Elfen.

Aber die andere Frau, das ist keine Elfe, aber weiß jemand, aus welchem Land sie kommt?

Ich nicht, aber sie trägt Schwerter, also ist sie wohl eine Kriegerin.

Und der junge Kerl – das ist auch ein Krieger. Seht doch nur mal seine Narbe.

Die könnte er auch von einem Duell haben.

Ja. Vielleicht ist er ein Edelmann, der eine Elfendame begleitet.

Vergesst die Kriegerin nicht. Die Narbe könnte auch von ihr stammen. Vielleicht hat sie ihm mit ihren Schwertern das Gesicht verunstaltet.

Nein, das glaube ich nicht. Er ist einen ganzen Kopf größer als sie.

Der alte Mann und der jüngere könnten Onkel und Neffe sein.

Wenn ja, liegt es wohl in der Familie, nur ein Auge zu haben, har!

Wenn ich du wäre, würde ich meine Zunge im Zaum halten und den Alten nicht wütend machen – sonst verflucht er dich noch.

Ob er ein Zauberer ist?

Nein, aber er hat den Bösen Blick ... sieh doch nur sein blindes Auge an. Es ist ganz weiß und funkelt.

Um den Mann mit der roten Augenklappe würde ich einen

großen Bogen machen. Mit der Axt in seinem Gürtel könnte er einem ganz leicht den Kopf abschlagen.

All die gemurmelten Vermutungen über die Neuankömmlinge wurden fortgesetzt, aber dann betrat gnädigerweise ein Barde eine winzige Bühne, und die Gäste ließen von ihren Spekulationen ab und wandten sich ihm mit spärlichem Applaus zu. Er hob ein kleines Tamburin und verkündete: »Gurd und das Ungeheuer Kraam.« Lauter Jubel folgte seinen Worten, dann ehrfürchtige Stille, als er zum Schlag seiner winzigen Trommel mit einer Art Sprechgesang begann und die Geschichte eines jungen Kriegers und seines schwer erkämpften Sieges über einen schrecklichen Drachen vortrug.

Arin schüttelte den Kopf, als sie die Ode hörte, und sie wandte sich an Egil und fragte: »Ist diese Ballade allgemein bekannt?«

Egil beugte sich vor und erwiderte leise: »Das ist sie, Liebste. Obwohl die meisten Leute, darunter auch ich, nicht glauben, dass eines Menschen Hand jemals einen Drachen erschlagen hat, tut das der außerordentlichen Beliebtheit der Ode keinen Abbruch.«

»Hmm«, sann Arin und hob eine Augenbraue. Mit einem Kopfnicken deutete sie auf den Barden. »Es scheint sich zwar um eine sehr gern gehörte Ballade zu handeln, aber ich würde doch vorschlagen, dass er sie niemals einem Drachen vorträgt.«

Egil entfuhr ein lautes Lachen, bevor er seine Belustigung unterdrücken konnte, obwohl er weiterhin grinste. Ein Gast in der Nähe funkelte Egil verärgert an, richtete seine Aufmerksamkeit jedoch sehr rasch wieder auf den Barden und dessen Vortrag. Arin betrachtete Egil lächelnd und drohte ihm spöttisch mahnend mit dem Finger, musste sich dann aber alle Mühe geben, nicht selbst in Gelächter auszubrechen. Es dauerte einige Augenblicke, bis die beiden sich wieder völlig unter Kontrolle hatten, während der Barde auf der Bühne seinen Vortrag fortsetzte.

»Ich habe auch mal so etwas gespielt«, sagte Alos, der mit den Fingern den Rhythmus klopfte, und deutete mit dem Kinn auf die Trommel des Barden.

»Ein Tamburin?«, fragte Aiko staunend, die Alos noch nie etwas anderes als Trinken zugetraut hatte.

»Ja, aber wo er die Hände benutzt, habe ich immer mit einem Cruik gespielt.«

»Mit einem Cruik?«

»Das ist ein gekrümmter Stock mit einem Knopf am Ende, mit dem man auf das Trommelfell schlägt. Jedenfalls wird er in den Jillischen Höhen so genannt, wo ich zu spielen gelernt habe.«

»Aha«, meinte Aiko überrascht.

Der Barde beendete seinen Vortrag unter begeistertem Applaus, und die Gäste verlangten lautstark eine Zugabe. »Vielleicht singt er ›Snorri Borris Sohn und die Mystische Maid des Mahlstroms‹«, sagte Egil.

Alos lachte und klatschte in die Hände. »Das kenne ich, Egil, mein Junge. Das ist ein ziemlich zotiges Lied.«

Arin sah Egil fragend an. Er räusperte sich. »Ein Seemannslied, Liebste.«

Doch der Barde stimmte die so genannte »Weise von Jaangor« an, über das Pferd aus schwarzem Eisen, und alle sangen den Refrain mit, denn auch dieses Lied war sehr bekannt.

Als das Serviermädchen mit dem Eisenkragen ihnen zum dritten Mal drei Krüge Ale und einen Becher mit gesüßtem Tee an den Tisch brachte, sagte Egil: »Hier scheint heute Abend viel los zu sein. Ist das immer so?«

»O nein, mein Herr. Das liegt am Fest.«

»Am Fest?«

»Königin Gudrun hat verfügt, dass es den ganzen Monat dauern soll. Ihr habt einen günstigen Zeitpunkt erwischt, um herzukommen.«

»Was feiert sie denn?«, fragte Aiko.

Das Mädchen schnappte überrascht nach Luft. Aber sie konnten nicht unterscheiden, ob wegen der Frage an sich, oder weil sie von einer exotischen Kriegerin gestellt worden war. »Warum sie feiert, weiß niemand, edle Dame. Es war für alle eine Überraschung. Es reicht, dass sie es tun möchte.« Damit eilte das Serviermädchen weiter.

Alos sah die Alekrüge sehnsüchtig an und murmelte etwas, als Aiko ihm seinen Tee zuschob, doch was er sagte, ging im allgemeinen Lärm unter.

Sie schliefen tief und fest in dieser Nacht, und die einzige Störung ereignete sich um Mitternacht, als Alos versuchte, sich an Aiko vorbeizuschleichen, die auf ihrer Tatami-Matte vor der verriegelten Tür meditierte.

Am nächsten Tag gingen sie inmitten einer Vielzahl von Besuchern zu einer Zitadelle, um sich die Festung anzusehen. Während sie durch die Stadt und zum Hügel schlenderten, konnten sie erkennen, dass die gesamte Spitze des Felsturms von Festungswällen umgeben war. Ganz oben thronte eine reich verzierte Burg aus weißem Stein, aus der Türme und Zinnen in den Himmel ragten, all das auf sehr gepflegtem Grund und Boden. Ziersträucher, Hecken und Gärten schmückten das Gelände, und hier und da standen Nebengebäude, die einem unbekannten Zweck dienten. All das sahen sie, während sie den Hügel erklommen, denn als sie den Fuß des befestigten Geländes erreichten, war alles dahinter verborgen.

Die Befestigungswälle waren dreißig Fuß hoch und bestanden aus riesigen, gemeißelten Granitblöcken. Auf den umlaufenden Wehrgängen hielten mit einer Armbrust bewaffnete Posten Wache. Der Haupteingang war ein breiter Torbogen mit einem gewundenen Gang, der unter der Barriere hindurchführte. Die Flügel des großen eisernen Außentors standen offen, das Portal wurde von Wachen flankiert. In dem Durchgang war ein massives Fallgatter heruntergelassen, und jenseits der Gitterstäbe beschrieb der Gang einen scharfen Knick, um etwaige Eindringlinge aufzuhalten und großen Belagerungsmaschinen das Eindringen zu verwehren. Kein Licht schien von drinnen heraus, also nahmen sie an, dass der Tunnel vor einem Innentor endete, das geschlossen sein musste. Im Tunnel klafften Pechnasen in der Decke, durch die man Vernichtung auf einen eindringenden Feind regnen lassen konnte, und die Wände waren mit Schießscharten gesäumt.

Egil und Aiko begutachteten diese Befestigungen mit geübtem Auge, und Arin murmelte: »Die Burg ist sehr gut geschützt.«

Egil nickte. »Trotzdem könnte angesichts des Abstands der Wachposten eine kleine Gruppe bei Nacht unbemerkt über diese Mauern klettern.«

»Ich würde lieber durch das Tor gehen«, erwiderte Arin.

Alos blinzelte mit seinem gesunden Auge und deutete mit einem Kopfnicken auf das Fallgatter. »Der Weg ist versperrt, und es hat nicht den Anschein, als würden sie jemanden einlassen.«

»Es kann nicht immer verschlossen sein«, sagte Aiko, »denn selbst eine Königin muss etwas essen.«

»Bleibt einen Moment hier«, sagte Egil. »Ich werde sehen, was ich in Erfahrung bringen kann.«

Sie warteten, während Egil der Straße zu einem der Wächter am Fallgatter folgte und ihn in ein Gespräch verwickelte. Nach einer Weile kehrte Egil um und kam zurück. »Nur, wer ein ganz bestimmtes Anliegen hat, darf passieren.«

Alos runzelte die Stirn. »Ein Anliegen?«

»Aye. Boten, Diplomaten, geladene Gäste, Edelleute, besondere Kaufleute und so weiter.«

»O je«, sagte Arin. »Nichts davon trifft auf uns zu.«

Grübelnd kehrten sie um und machten sich auf den Rückweg in die Stadt.

»Vielleicht können wir uns als Edelleute ausgeben«, sagte Alos, dann putzte er sich die Nase mit einem feuchten Taschentuch und zeigte beim Grinsen seine lückenhaften Zähne.

Aiko sah den heruntergekommenen alten Mann an und fauchte, aber Arin sagte: »Nein, Alos. Zu viele Städter haben gesehen, wie wir angekommen sind – in einer kleinen Schaluppe. Sie wissen auch, wo wir abgestiegen sind.«

Alos zuckte die Achseln. »Und?«

Egil lachte. »Die Dara meint, dass sowohl unser Transportmittel als auch unsere Unterbringung weit unter der Würde des Adels wäre. Als Edelleute wären wir auf einem großen Schiff eingetroffen und sehr wahrscheinlich in Begleitung eines großen Gefolges gleich zur Burg gegangen, anstatt uns in einem bescheidenen Gasthaus einzuquartieren. Wären wir hingegen doch in der Stadt abgestiegen, hätten wir uns selbstverständlich das beste Quartier gesucht, das Königinstadt anzubieten hat.«

»Ach so«, sagte Alos. »Wie wäre es dann mit Kaufleuten? Vielleicht können wir mit einem Weinkarren auf das Gelände.«

»Ha!«, blaffte Aiko. »Wenn Ihr an Bord des Weinkarrens seid, alter Mann, werden die Fässer leer sein, noch ehe wir am Tor ankommen.«

Alos schob das Kinn vor. »Ach, glaubt Ihr?«

Aiko sah ihn an, schüttelte resigniert den Kopf und sagte: »*Yopparai.*«

»*Tispe*«, fauchte Alos.

Arin hob eine Hand. »Genug!«, befahl sie. »Wenn wir Erfolg haben wollen, brauchen wir einen Weg hinein. Vorzugsweise als geladene Gäste.«

Alos funkelte Aiko an und wandte sich dann an Arin. »Ich wiederhole, warum nicht als Kaufleute?«

Arin schüttelte den Kopf. »Es können nicht alle Kaufleute hinein, sondern nur solche mit dem Siegel der Königin. Außerdem glaube ich nicht, dass wir uns als Kaufleute ausgeben können. Wir sind zu ...«

»Zu ungewöhnlich«, beendete Egil. »Sieh uns doch nur mal an, Alos – eine Elfe, eine Kriegerin aus einem fernen Land, ein narbengesichtiger einäugiger Kaperfahrer und ein ...«

»Ein *yopparai*«, warf Aiko ein.

Egil schüttelte den Kopf. »Nein, Aiko. Kein *yopparai*, was immer das ist« – er schlug Alos auf die Schulter – »sondern vielmehr ein guter Steuermann.«

Alos drückte die Brust heraus, hob das Kinn und betrachtete Aiko mit hochgezogener Braue ... sagte jedoch nichts, da sie gerade wieder das Gedränge der eigentlichen Stadt erreichten: Hausierer, Händler, Fuhrmänner, Besucher und Straßenkinder, und es schien, als hätten alle etwas zu kaufen oder verkaufen, oder als hätten sie sonst etwas zu erledigen.

Plötzlich lachte Egil und zeigte auf das geschäftige Durcheinander. »Ich meine, wir könnten uns nicht einmal in Verkleidung als gewöhnliche Kaufleute ausgeben. Wir sehen mehr wie eine seltsam gemischte Truppe fahrender Jongleure aus. Nein, ich sage, wir klettern in der Nacht über die Mauer wie die Räuber, die wir sein müssen.«

Ein Lächeln erschien bei Egils Worten auf Arins Zügen, und sie nahm seine Hand und sagte: »Du hast die Lösung gefunden, *Chier.*«

Egil grinste und ballte die Faust. »Also bei Nacht über die Mauer, wie?«

»Nein«, erwiderte Arin. »Durch das Tor, als eine Truppe von Schaustellern.«

»Ich spiele Tamburin«, sagte Alos.

Als sie schließlich die gesuchten Geschäfte gefunden hatten, stand ihr Plan praktisch fest. In einem Musikgeschäft kauften sie für Alos ein Tamburin mit Cruik. Dann suchten sie sich bei einem Schneider geschmackvolle, aber farbenprächtige Kleidung aus – alle bis auf Aiko, die sich lediglich eine Hand voll bunte Bänder kaufte –, und ein ganzer Schwarm von Schneidern nahm Maß an Arin, Egil und Alos. Arin bezahlte den Besitzer mit einem kleinen Edelstein, und er versprach, die Kleidung am nächsten Morgen zu liefern.

»In einem passenden Koffer, wenn Ihr so nett wärt«, sagte Egil.

»O ja«, antwortete der Besitzer. »Und wohin sollen wir die Ware liefern?«

»Na, in die beste Herberge in Königinstadt«, erwiderte Egil.

»Also in die *Krone der Königin.*«

»Richtig«, erwiderte Egil mit einem Blick auf die anderen.

Sie verließen das *Silberne Ruder* und zogen mit ihren Habseligkeiten in die *Krone* um. Während Alos auf dem Balkon stand und sein neues Tamburin mit dem Cruik bearbeitete, um wieder ein Rhythmusgefühl zu bekommen und seine eingerostete Kunstfertigkeit aufzufrischen, sprach Egil unten im Schankraum den Besitzer der Herberge an und machte ihm ein Angebot.

Am nächsten Abend sang eine farbenprächtig gekleidete Dylvana elfische Lieder, während Alos das Tamburin dazu schlug, und die Menge saß verzückt da, weinend und lachend, und fiel ein, wenn sie zum Mitmachen aufgefordert wurde. Es gab *Ohs* und *Ahs*, als eine goldhäutige Kriegerin die Bühne betrat, die sich bunte Bänder um Arme, Beine, Hüfte und Stirn gebunden hatte. Die Zuschauer schnappten ehrfürchtig nach Luft, als sie umherwirbelte und sprang, während die Bänder flatterten und ihre funkelnden Schwerter in einem die Sinne betörenden Tanz des Todes blitzten.

Rasch verbreitete sich die Neuigkeit in Königinstadt: Eine elfische Bänkelsängerin singe in der *Krone*; schließlich galten die elfischen Sänger als die besten von allen. Und eine fremdländische Kriegerin tanze mit Schwertern, und der Stahl und sie selbst wirbelten so schnell hin und her, dass man mit bloßem Auge ihren Bewegungen nicht folgen könne.

Sehr rasch war schon früh am Abend kein einziger Sitzplatz in der *Königinnenkrone* mehr frei. Viele, die daran gedacht hatten, früher zu kommen, stellten bei ihrem Eintreffen fest, dass die Schankstube bereits gefüllt war. So standen sie an den Wänden und warteten auf die Vorstellung und beschwerten sich bei jedem, der ihnen zuhörte, über den Mangel an Sitzgelegenheiten, aber wenn sie dann in den frühen Morgenstunden nach Hause gingen, waren sie nicht enttäuscht von allem, was sie gesehen und gehört hatten.

Außerdem gingen die Zuschauer sehr großzügig mit ihren Münzen um und ließen den Künstlern Kupfer, Silber und Gold zukommen. Egil verteilte alles gleichmäßig, behielt jedoch eine ordentliche Reserve zurück, die er an Bord ihrer Schaluppe verstaute. Trotzdem war noch so viel da, dass jeder sich kaufen konnte, was er wollte, nur Alos nicht, denn Aiko verbot ihm nach wie vor, Alkohol zu erstehen. Also hortete der alte Mann seine Münzen für den Tag, an dem er endlich frei sein würde.

Es kam eine Nacht, als ein vornehm gekleideter Mann voller Ehrerbietung zum besten Tisch am Bühnenrand geführt wurde. Als er gesehen hatte, was zu sehen er gekommen war, wurde Egil zu ihm gerufen. Nachdem der Mann die *Krone* verlassen hatte, ging Egil mit einer blauen Visitenkarte zu den anderen. »Wir sind«, verkündete er, indem er mit einem breiten Grinsen die Karte vorzeigte, »soeben von Königin Gudruns Haushofmeister in die Burg bestellt worden. Die Königin gebietet uns, eine Vorstellung für sie zu geben.«

38. Kapitel

Am nächsten Morgen, kurz nach Tagesanbruch, wurde Aiko von einem Klopfen an der Tür geweckt. Mit dem Schwert in der Hand öffnete sie und fand zwei Lakaien mit Eisenkragen in einer bunten Livree vor der Tür stehen, deren Augen sich bei ihrem Anblick weiteten. Doch dann sagte der Ältere der beiden: »Edle Aiko?« Als sie nickte, fuhr er in makelloser Gemeinsprache fort: »Der Haushofmeister schickt uns, um Euch und Eure Gefährten zu holen und in die Burg der Königin zu bringen. Zu Eurer Bequemlichkeit steht unten eine Kutsche. Wir werden im Flur auf Euch warten.«

Aiko weckte die anderen, und während Alos murrte, erledigten sie ihre Morgentoilette, zogen sich an und packten ihre Sachen. Aiko rief die Lakaien und ließ sie ihr spärliches Gepäck wie auch den Kostümkoffer tragen, und alle begaben sich nach unten. Während seine Begleiter bereits in die Kutsche stiegen, ging Egil noch zum Besitzer der Herberge, um die Zeche zu bezahlen, doch der schüttelte den Kopf und verkündete: »Ihr schuldet mir nichts. Der Gesang und der Schwerttanz haben für alles bezahlt. Ihr werdet bald hierher in die *Krone* zurückkehren, ja? Freie Kost und Logis und ein gerechter Anteil am Gewinn sind Euch gewiss!«

Egil zuckte die Achseln. »Ich weiß nicht, wann wir zurückkehren, denn die Königin ruft nach uns.«

Der Gastwirt schaute auf die Kutsche vor der Herberge. »Ja,

das sehe ich« – er sog scharf die Luft ein – »und Ihr müsst dem Ruf folgen, wenn Euch etwas an Euren Hälsen liegt. Hört mich an: Ich reserviere Euch Zimmer – tatsächlich die besten, die ich habe –, wenn Ihr zurückkommt, sobald Ihr dort fertig seid.«

Egil lächelte und nickte. »Wir werden es uns überlegen.«

Der Haushofmeister hatte einen Landauer geschickt, in dem sie am frühen Morgen den Berg hinaufgefahren wurden. Der Weg, der unter dem Wall hindurchführte, war gewunden, und der Kutscher fuhr dort im Schritttempo, doch sobald sie die Mauern hinter sich hatten, spornte er das Gespann zu einem lebhafteren Tempo an, und sie rollten mit klappernden Hufen über das weiße Pflaster. Der Weg zog sich durch prächtige Gärten, wo große, kunstvolle Heckentiere standen und die Straße flankierten. Während sie beständig höher fuhren, hörten sie von irgendwoher im Park den krächzenden Ruf einer Kreatur – *Karawah, karawah, karawah!* –, doch ob es ein Raubtier oder ein Vogel war, wussten sie nicht zu sagen.

Schließlich hielt die Kutsche vor dem Eingang, und einer der Lakaien sprang ab, ließ die Stiege herunter und öffnete die Tür, während der andere ihre Sachen holte. Egil betrat den gefliesten Hof und half dann Arin und Aiko ebenso aus der Kutsche wie Alos. Eine halbes Dutzend Bedienstete erwartete sie bereits, die der Mangel an Gepäck überraschte. Ein Diener bat sie, ihm zu folgen, und führte sie durch eine beeindruckende Eingangshalle und in das daraus abzweigende Gewirr von Korridoren. Sechs Leibeigene folgten den Gästen mit den kleinen Tornistern und dem Kostümkoffer. Sie gelangten zu einer Kammer, wo ein junger Mann saß, der Staatspapiere betrachtete. Er war einer der vielen Assistenten des Haushofmeisters und setzte sie davon in Kenntnis, dass sie ihre Vorstellung morgen Abend geben würden, dann wies er den Diener an, ihnen ihre Quartiere im Außenturm des Ostflügels zu zeigen.

In östlicher Richtung folgten sie Fluren und Gängen und begegneten dabei anderen Bediensteten und Gästen sowie Mitgliedern des königlichen Stabs. In dieser verwirrenden Umgebung konnten sie kaum ein Gesicht zuordnen, obwohl sie beobachteten, vor wem sich der Diener verbeugte und wer ihm wiederum Höflichkeit bezeigte.

Ein Mann, vor dem sich der Diener verneigte, war hoch gewachsen und schwarzhaarig. In eleganter Kleidung stand er da und sah zu, wie Arin und ihre Gefährten sich näherten. Seine dunkelblauen Augen verrieten beim Anblick der Elfe Erstaunen, und er vollführte eine Verbeugung. Beinahe noch überraschter schaute er, als Aiko vorbeiging, und wieder verbeugte er sich. Alos nickte er nur zu, doch als Egil ihn passierte, verengte sich der Blick des Mannes, als er das Gesicht des Fjordländers und die Narbe sah.

»Kenne ich Euch, mein Herr?«, fragte er, während er eine Hand ausstreckte, um Egil aufzuhalten.

»Ich glaube nicht«, erwiderte Egil und blieb stehen. »Ich bin das erste Mal in diesem Teil der Welt.«

Der Mann neigte den Kopf. »Ich bin Baron Steiger aus dem Herzogtum Rache. Und Ihr seid ...?«

Egil neigte den Kopf auf ähnliche Weise und sagte: »Ich bin Egil ... von hier und da. Wären wir uns schon einmal begegnet, würde ich mich sicher daran erinnern.«

»Und doch kommt mir Euer Gesicht bekannt vor«, sagte der Baron, »obwohl es mir so vorkommt, als könntet Ihr mir unter völlig anderen Umständen begegnet sein, ich kann mich nur nicht erinnern, wann und wo. Doch gebt mir etwas Zeit. Es wird mir schon wieder einfallen.«

Egil lächelte und sagte: »Wenn es Euch wieder einfällt, lasst es mich wissen, mein Herr. Es heißt, jeder Mensch hätte einen Doppelgänger. Vielleicht könnt Ihr mich zu meinem führen.« Er warf einen Blick voraus in den Korridor, wo die anderen auf ihn warteten. »Ich wünsche Euch noch einen guten Morgen.« Er verbeugte sich und machte auf dem Absatz kehrt.

Während Egil sich zu den anderen gesellte, blieb Steiger stehen und rieb sich das Kinn. Als die Gruppe geschlossen weiterging, blitzte es in den Augen des Barons, und er fuhr herum und schritt eiligst davon.

»Was war denn los?«, fragte Alos.

»Jemand, der mich zu kennen glaubte«, erwiderte Egil.

»Vielleicht kennt er Euch tatsächlich«, sagte Aiko.

Egil schüttelte den Kopf. »Wenn ja, dann müssen wir uns an einem anderen Ort begegnet sein, denn hier war ich noch nie.«

»Ihr wart noch nie in Jütland?«

»Nein, nein. Nicht in Döniginstadt. Ich war schon mit Orri in Jütland, aber ein gutes Stück weiter die Küste entlang.«

»Vielleicht«, sagte Arin, »hat es etwas mit den Erinnerungen zu tun, die du vergessen hast.«

Egils Augen weiteten sich. »Du meinst die Erinnerungen, die Ordrune mir gestohlen hat?«

»Vielleicht.«

Egil drehte sich um und sah sich nach dem Baron um, doch der war verschwunden.

Sie waren hoch oben im Ostturm untergebracht, in einem bescheidenen Raum mit einer Fenstertür, die auf einen nach Westen schauenden Balkon führte. Das Zimmer war mit einem großen Himmelbett mit schweren Vorhängen, einem langen Ledersofa, einem kleinen Tisch mit zwei Stühlen, einem breiten Garderobenschrank und einer Kommode möbliert. Eine kleine, durch einen Vorhang abgeteilte Kammer grenzte daran, und diese enthielt einen Nachttopf sowie eine niedrige Kommode mit Handtüchern und Bettzeug darin, auf der ein großer Krug mit Wasser und eine Waschschüssel mit Seife standen.

»Es gibt ein Badezimmer am Ende des Flurs«, sagte der Diener und ging zur Tür. »Der Kammerjunge wird Euch den Weg zeigen.« Er drehte sich um und rief: »Dolph!«

Ein schmächtiger Junge mit schwarzen Haaren kam eilig in das Zimmer gelaufen. Er war vielleicht elf Jahre alt und trug einen Eisenkragen um den Hals. Er verbeugte sich vor den Gästen und riss seine hellblauen Augen beim Anblick der Dylvana und der Ryodoterin weit auf. Der Diener musterte den Jungen mit hochgezogener Braue, wandte sich dann an Egil und sagte: »Dolph wird sich um Eure Bedürfnisse kümmern.« Dann verbeugte er sich und zog sich zurück.

Als der Diener weg war, wandte Egil sich an Dolph. »Wir haben auf dem Weg hierher nicht viel von der Burg gesehen, Junge. Dürfen wir uns frei auf dem Gelände bewegen?«

»Ja, Herr«, erwiderte der Kammerjunge. »Es steht Euch frei, nach Belieben umherzuwandern ... überallhin, nur nicht in den Turm der Königin.«

»Den Turm der Königin?«

»Ja, dort drüben.« Der Junge zeigte aus dem Fenster auf den Mittelturm. »Dort befinden sich ihre Privatgemächer. Von hier aus könnt Ihr den Balkon ihres Schlafgemachs sehen.«

»Ach? Welcher ist es denn?«

»Das ist der Balkon ganz oben, Herr.«

Egil warf einen Blick empor, doch er war leer.

Aiko trat ans Fenster und schaute ebenfalls hin, dann drehte sie sich zu Egil um und zuckte die Achseln.

»Braucht Ihr sonst noch etwas?«, fragte der Junge.

»Kaustäbchen und Minzeblätter«, sagte Aiko, und Alos ächzte laut.

Als der Junge zur Tür ging, sagte Egil: »Wenn wir bei deiner Rückkehr nicht hier sein sollten, sehen wir uns die Burg und den Park an, sollte jemand fragen.«

»Ja, Herr. Falls Ihr auf dem Rückweg Schwierigkeiten haben solltet, Euer Quartier zu finden, fragt einfach irgendeinen

Bediensteten nach dem Weg. Dies ist das grüne Zimmer im Ostturm.«

»Wie heißt du noch gleich, Junge?«, fragte Alos.

»Dolph.«

»Nun, Dolph, wir haben noch nicht gefrühstückt. Wann und wo essen wir?«

»In jedem Turm gibt es unten einen Speisesaal – natürlich ist der im Ostturm der beste. Frühmorgens, zu Mittag und am Abend werden dort Mahlzeiten serviert, aber als Gäste könnt Ihr jederzeit etwas essen. Ich kann Euch auch etwas zu essen hier in Euer Zimmer bringen, wenn Euch das lieber ist. Natürlich werdet Ihr heute Abend im großen Saal sein und am Bankett teilnehmen. Eine Glocke wird alle rufen.«

»Und der große Saal?«

»Der ist im Mittelflügel, Herr.«

»Sehr schön, Junge. Vielen Dank.«

Dolph schaute von einem zum anderen. »Soll ich Euch Frühstück holen?«

Aiko schüttelte den Kopf. »Nein. Nur die Kaustäbchen und die Minzeblätter. Wir werden schon etwas zu essen finden.«

Während Dolph aus dem Zimmer eilte, um seiner Aufgabe nachzukommen, sagte Egil: »Lasst uns frühstücken und dann ein wenig umsehen. So können wir uns ein Bild von den Verteidigungsanlagen und der Anordnung der Gebäude machen. Wir brauchen vielleicht einen schnellen Fluchtweg, und unsere Strategie wird davon abhängen, was wir vorfinden. Außerdem würde ich gern Baron Steiger suchen. Vielleicht erinnert er sich, wo wir uns begegnet sind. Wenn nicht, kann er mir vielleicht trotzdem einen Hinweis in Bezug auf meine gestohlenen Erinnerungen geben.«

Nach ihrem Frühstück schlenderten sie über das Gelände, durch Blumengärten und Teiche, die etwas enthielten, das Alos »Kalikofische«, Aiko aber »Koi« nannte. Aiko blieb einen

Moment am Rand eines der Teiche stehen. Die bunt geschuppten Fische schwammen an die Oberfläche, als erwarteten sie, gefüttert zu werden. »Mein Vater hat mir erzählt, dass es in Lord Yodamas Zierteichen viele von diesen *uo* gab. In Ryodo werden sie sehr geschätzt.« Sie blieb noch einen Moment stehen und starrte gedankenverloren auf das Wasser. Dann machte sie kehrt, ging weiter und wischte sich dabei mit dem Handrücken über die Wangen.

Langsam umrundeten sie den Hügel und stießen dahinter auf ein Heckenlabyrinth. Arin nahm Egil bei der Hand und zog ihn lachend hinein. Sie wanderten ziel- und orientierungslos durch seine verschlungenen Gänge, fanden sich aber schließlich in der Mitte wieder. Dort stand die weiße Marmorstatue einer nackten jungen Frau auf einem Sockel, lebensgroß und in jedem Detail lebensecht. Am Sockel befand sich eine goldene Plakette mit einer Inschrift in Jütländisch.

»Glaubst du, das ist unsere Gastgeberin?«, fragte Arin, während sie die Statue eingehend musterte.

»Wenn sie es ist«, erwiderte Egil grinsend, »gehört Sittsamkeit nicht zu ihren Tugenden.«

Jetzt lächelte Arin, stellte sich auf die Zehenspitzen und küsste Egil auf die Wange. Dann nahm sie ihn bei der Hand und wandte sich zum Gehen. In diesem Augenblick kamen Alos und Aiko aus einem der vielen Gänge in der Mitte an.

»Huah«, rief Alos, während er die Skulptur umrundete und sie von allen Seiten betrachtete.

Aiko schaute dagegen auf die Plakette und fragte: »Was steht hier?«

»Königin Gudrun die Schöne«, erwiderte Alos. Er hatte seinen Rundgang beendet und fragte: »Was meint Ihr, warum sie so ein Werk öffentlich ausstellen lässt, wo jeder es sehen kann?«

Aiko zuckte die Achseln, doch Egil sagte: »Vielleicht wird sie ja aus diesem Grund ›wahnsinnig‹ genannt.«

»Vielleicht«, sagte Arin. »Dennoch ist es ein Rätsel.«

Egil nickte zustimmend und sagte dann: »Kommt. Lasst uns gehen. Es gibt noch viel zu sehen, und ich würde gern den Boden kennen, auf dem wir stehen. Wie ich schon sagte, vielleicht müssen wir irgendwann den schnellsten Weg aus der Burg nehmen.«

»Oder uns am besten Ort zum Kampf stellen«, fügte Aiko hinzu.

»Aye.« Egil nickte mit ernstem Blick.

»Vergesst den Deck-Pfau nicht«, sagte Alos. »Schließlich sind wir seinetwegen hier.«

Alle drei sahen Alos überrascht an.

»Na, ich habe doch gesagt, ich würde Euch unterstützen«, schnauzte der alte Mann. »Zumindest bis hierher. Aber weiter komme ich nicht mit, hört Ihr? Nicht weiter.«

Arin lächelte. »Kommt. Lasst uns gehen.«

Sie wanderten durch das Labyrinth und gelangten nach kurzer Zeit wieder in die Mitte. »Tja, das ist wohl tatsächlich ein Rätsel«, verkündete Egil. »Man kommt leicht hinein, aber nur schwer wieder heraus.«

Wieder verließen sie die Mitte und folgten den Gängen zwischen den Hecken, fanden sich aber bald darauf erneut bei der Statue wieder.

»Wisst Ihr«, maulte Alos, »man könnte hier drinnen glatt verhungern.«

Als sie sich wieder vom Zentrum des Labyrinths entfernten, sagte Egil: »Wir sollten unseren Weg markieren, damit wir wissen, wo wir schon gewesen sind.«

Augenblicke später standen sie wieder vor der Skulptur.

Aiko legte die Hände auf die Griffe ihrer Schwerter. »Ich hätte nicht übel Lust, mir den Weg nach draußen frei zu schlagen.«

Egil betrachtete die Statue. »Vielleicht wird die Monarchin auch deshalb wahnsinnig genannt – weil sie eine solche Falle auf ihrem Gelände angelegt hat, eine Falle, in die jeder nur allzu leicht geraten kann.«

»Ob dieses Labyrinth verflucht ist?«, sann Alos.

Plötzlich hoben sich Aikos Augenbrauen, und sie wandte sich an Arin. »Dara« – Aiko deutete auf die Statue – »könnte das der Verfluchte Bewahrer Des Glaubens Im Labyrinth sein?«

Überraschung zeichnete sich auf Arins Gesicht ab. »Ach du meine Güte.«

Egil schüttelte den Kopf. »Die Königin von Jütland? Könnte sie beides sein?«

Alos runzelte die Stirn. »Beides?«

Egil hob zwei Finger. »Der Wahnsinnige Monarch *und* der Verfluchte Bewahrer Des Glaubens Im Labyrinth?«

»Hm«, machte Alos.

Alle drei sahen Arin an, doch sie drehte hilflos die Hände nach außen. »Ich weiß es nicht.«

Egil seufzte. »Das ist das Problem mit Rätseln und Prophezeiungen: Sie sind mehrdeutig. Man weiß nie, was gemeint ist, bis sie sich erfüllen. Warum können sie nicht simpel und verständlich sein?«

Er schaute von einem zum anderen, doch niemand konnte seine Frage beantworten, obwohl Aiko sagte: »Wer kennt sich schon mit Wahnsinnigen, Göttern und Prophezeiungen aus?«

»Nun, ich würde sagen, keiner von uns«, sagte Egil. »Aber egal, lasst uns zuerst versuchen, aus diesem Labyrinth herauszufinden.«

Aiko nickte und machte Anstalten, ihr Schwert zu ziehen, doch Arin schüttelte den Kopf. »Ich glaube, ich kann uns aus dieser Falle befreien, und dann werden wir uns mit der Frage nach dem Bewahrer des Glaubens befassen.«

Arin drehte sich um und betrachtete den Irrgarten auf ihre ganz *besondere* Art. Für ihre Augen schien das Labyrinth nun in eine schwach leuchtende Aura gehüllt zu sein. Sie ging voraus und führte die anderen ins Freie. Der Weg nach draußen war plötzlich einfach und direkt, und sie konnten nicht begreifen, dass sie ihn zuvor nicht gefunden hatten, obwohl Alos sagte: »Seht Ihr, es war doch verflucht ... oder magisch.«

Aus dem Heckenlabyrinth entkommen, umrundeten sie weiter den Hügel und erkundeten das Gelände. Sie sahen sich die Mauern und Wehrtürme an, merkten sich die Position von Türen und nahmen Stellen in Augenschein, wo sie sich verstecken konnten, falls das nötig werden sollte. Dabei richteten sie ihr Augenmerk einerseits auf das Bollwerk, das den gesamten Hügel umgab, auf die Rampen und Böschungen und Passwege, und andererseits auf die Wachen und Patrouillen.

Direkt hinter der Burg stießen sie auf einen kleinen, granitgepflasterten Hof, der von einer niedrigen Mauer umgeben war. Von innen war das Gestein geschwärzt, als sei es wiederholt durch Feuer versengt worden. Der Weg hinein wurde durch ein verriegeltes, schmiedeeisernes Tor versperrt. Auf dem Tor stand etwas auf Jütländisch.

»Was bedeutet das?«, fragte Aiko.

»Geliebter ...«, erwiderte Alos. »Äh ... ›geliebter Mann‹, glaube ich.«

Auf Arins fragenden Blick sagte Egil: »Scheiterhaufen. Offenbar eine Begräbnisstätte.«

Arin nickte, und sie wandten sich ab.

Sie hatten vielleicht drei Viertel des Ganzen umrundet, als sie eine Reihe halboffener Gebäude erreichten, die von der eigentlichen Burg abgetrennt waren. Hier wurden hinter Käfigstangen Tiere gehalten.

»Der Zoo der wahnsinnigen Königin«, zischte Egil leise, damit ihn die Tierpfleger in der Nähe nicht hören konnten.

Sie passierten Schneeschakale und zimtfarbene Argali, Gämsen und schwarze Reißer und andere Tiere, die sie nicht kannten – alle in viel zu kleinen Käfigen, in denen sie müde auf und ab liefen oder bewegungslos lagen und mit trüben Augen vor sich hin starrten.

Danach kamen sie zu den Vogelkäfigen. Hier fanden sie Raubvögel – dressierte Jagdvögel: graue Falken, rote Habichte, schwarze Turmfalken, goldene Adler. Ein Pfleger mit einem Eisenkragen nahm den Vögeln gerade die Hauben ab und fütterte sie mit kleinen Fleischbrocken.

»Heda«, rief Alos, »sind das hier alle Vögel?«

Der Leibeigene sah sich um, und als er sie entdeckte, nahm er seinen Hut ab und sagte etwas auf Jütländisch.

»Aha«, grunzte Alos. »Er spricht die Gemeinsprache nicht.« Alos radebrechte etwas, und der Pfleger sagte, »Ah«, und zeigte nach Norden.

Alos lächelte, deutete eine Verbeugung an und beendete das Gespräch mit einem Dankeswort. Der Pfleger nahm den Hut vor die Brust und verneigte sich tief. Alos wandte sich an seine Gefährten und sagte: »Es gibt noch mehr zahme Vögel, und zwar unten am Teich.«

Sie entfernten sich von den Käfigen und gingen den Hügel hinab nach Norden. Ein Stück weiter unten konnten sie einen kleinen Weiher sehen, der in den Hang gegraben worden war und am entfernten Ende von einem Damm begrenzt wurde. Bei ihrer Annäherung paddelten ihnen quakende Enten und schnatternde Gänse entgegen, als erwarteten sie Futter. Doch nicht dieses muntere Federvieh fesselte die Aufmerksamkeit der vier Wanderer, sondern vielmehr ein großer Vogel mit einem Kamm auf dem Kopf und einem leuchtend blaugrünen Gefieder. Als er sie kommen sah, breitete er seine großen Schwanzfedern zu einem Fächer aus, und jede dieser langen Federn trug einen farbigen Punkt als Zeichnung, der an ein Auge erinnerte.

»Adon«, hauchte Arin, »er ist wunderschön.«

»Ist das unser Deck-Pfau?«, fragte Alos Aiko.

»Ein Pfau ist es«, erwiderte sie. »Aber ob er auch deckt, kann ich nicht sagen, weil ich keine Pfauenhennen in der Nähe sehe.« Aiko sah sich um, und plötzlich gab sie einen leisen Ausruf von sich und ging zum Ufer des Weihers, wo sie sich bückte und eine Schwanzfeder des Pfaus aus dem Wasser holte. Sie sah Arin an und bewegte die Feder so, dass die Zeichnung schillerte. »Dara, ist dies auch ein Einauge In Dunklem Wasser?«

Arin seufzte und zuckte die Achseln, doch Egil sagte: »Verflucht. Sollen wir ständig von Symbolen und Vorzeichen verfolgt werden und bei keinem sicher sein, dass es das Gesuchte ist?«

»Ha«, sagte Alos. »Jetzt haben wir schon drei verschiedene Einaugen In Dunklem Wasser: Egil, eine Feder und mich.« Er zeigte nach hinten. »Und da hinten steht eine Statue, die ein Verfluchter Bewahrer Des Glaubens Im Labyrinth sein könnte. Hier vor uns ist etwas, das der Deck-Pfau Des Wahnsinnigen Monarchen sein könnte, nur dass es nichts gibt, was er decken kann, wenn er nicht die Enten und Gänse bespringen will. Welche Fortschritte machen wir also?«

Aiko schüttelte den Kopf und hielt vier Finger in die Höhe. »Ihr habt ein Einauge ausgelassen, Alos: das Trollauge, das wir in unserem Gepäck aufbewahren.«

»Iihhh!«, quiekte Alos schaudernd.

An dieser Stelle reckte der Pfau den Hals und rief heiser: *Karawah, karawah, karawah!*

Egil sah den Vogel an und fing an zu lachen. Als ihn Arins fragender Blick traf, sank Egil auf die Knie und lachte nur noch lauter, brachte dabei aber heraus: »Adon, wenn wir dieses Vieh stehlen sollen, wird uns schon allein sein Geschrei verraten.«

39. Kapitel

Während Egil noch auf den Knien lag und lachte, sagte Arin: »Ich habe nicht vor, ihn zu *stehlen, Chier,* obwohl wir ihn vielleicht mitnehmen werden. Die Königin sollte es als eine Art Geschenk für das Wohl aller betrachten.« Dies ließ Egil nur noch lauter lachen, und er zeigte erst auf Arin und dann auf den Pfau. Als spüre dieser eine Beleidigung, reckte der Vogel den Hals und ließ erneut sein *karawah, karawah, karawah!* hören. Egil ließ sich nach hinten fallen und lachte laut den Himmel an, und Aiko und Alos stimmten ein. Aiko kicherte hinter vorgehaltener Hand, wohingegen Alos laut und vernehmlich losprustete. Arin konnte sich der allgemeinen Heiterkeit nicht länger verschließen, und ihr silberhelles Gelächter fiel mit ein. Der Vogel stolzierte umher und sah sie anklagend an, während ihnen Lachtränen über die Wangen liefen. Schließlich beruhigten sie sich wieder und ließen den beleidigten Pfau hinter sich, obwohl der eine oder andere immer noch zwischendurch lachen musste und dann die anderen grinsten. Dennoch setzten sie ihre Besichtigung der Umgebung der Burg fort und merkten sich jede Einzelheit, die ihnen von Nutzen sein mochte, sollte es zum Kampf oder zur Flucht kommen. Sie gingen an der Böschung rings um den Außenwall entlang und lugten hin und wieder über die Mauer, um Stellen zu finden, wo sie auf den Boden springen konnten, falls sie über die Mauer fliehen mussten. »Es ist überall mindestens dreißig Fuß tief«, sagte Egil. »Ich glaube, wir brauchen ein Seil, sollten wir diesen Weg nehmen müssen.«

Aiko sah Alos an: »Kommt Ihr mit einem Seil zurecht?«

»Oh, ich kann eines herunterrutschen«, erwiderte der alte Mann mit einem Blick auf seine Hände, »aber dafür brauche ich ein Paar Handschuhe. Und klettern? Ich glaube, ich erinnere mich, wie es geht. Kraft spielt zwar auch eine Rolle, aber das meiste ist Technik.«

»Aye«, knurrte Egil. »Hoffen wir, dass es weder zum Klettern noch zum Rutschen kommt« – er grinste die anderen drei an – »vor allem nicht mit einem krächzenden Vogel in den Händen.«

Aiko lächelte, dann wurde sie ernst und sah Arin an. »Er hat aber nicht Unrecht, Dara: Wir würden nicht wollen, dass der Vogel einen Alarm auslöst. Muss der Deck-Pfau am Leben sein? Wenn nicht, können wir ihm einfach den Hals umdrehen.«

»Wir können ihm einen Schlag auf den Kopf verpassen und ihn im Koffer mit den Kostümen verstecken«, schlug Alos vor.

Arin beschrieb eine verneinende Geste. »Wir werden ihm lediglich eine Haube über den Kopf ziehen. Dann wird er überhaupt keinen Laut von sich geben.«

Aiko warf einen Blick auf die entfernten Raubvogelkäfige. »Ah, wie die Falken, *neh?*«

»Ja«, erwiderte Arin. »Und jetzt lasst uns weitergehen. Wenn wir fliehen müssen, gibt es vielleicht einen leichteren Weg nach draußen, als den Wall herunterzuklettern.«

Sie setzten ihren Rundgang fort, und als sie schließlich am Haupteingang eintrafen, taten sie so, als machten sie eine Verschnaufpause. Dabei unterhielt Egil sich beiläufig mit einem der Wachposten und fand dabei heraus, dass die Innentore normalerweise immer geschlossen und das Fallgatter heruntergelassen war, obwohl in der Zeit des Festes die Kaufleute der Königin und ihre Gäste ebenso beständig kamen und gingen wie die zur Vorstellung eingeladenen Künstler.

Durch ihre Rast erfrischt, gingen Egil und die anderen weiter, und als sie außer Hörweite waren, sagte Alos: »Ha, das wird noch einfacher als erwartet. Ich meine, wir kommen und gehen einfach wie die anderen Künstler. Mit dem Unterschied, dass wir einen Pfau mit Kapuze bei uns haben, wenn wir verschwinden, hm?«

Egil schüttelte den Kopf. »Was du sagst, ist auf den ersten Blick richtig, mein Freund, aber in der Zwischenzeit können sehr viele Dinge schief gehen. Wir brauchen mindestens noch einen Notfallplan, falls dieser durchkreuzt werden sollte.« Er wandte sich an Arin. »Ich sehe mal, ob Dolph uns ein Seil besorgen kann. Wenn er fragt, sage ich, dass wir es für Aikos Schwerttanz morgen Abend brauchen.«

»Schwerttanz!«, rief Aiko, deren Blick hart wurde. »Hört mich an: Ich demonstriere *kenmichi*, die Kunst des Schwerts. Das ist kein Tanz ... oder wenn doch, dann ein tödlicher.«

Egil grinste und verbeugte sich. »Mein Fehler, edle Aiko.«

Besänftigt legte Aiko den Kopf auf die Seite und sagte: »Alos braucht Handschuhe.«

»Und wir brauchen etwas, worin wir einen Pfau verstauen können«, fügte Alos hinzu, »das heißt, wenn wir den Koffer nicht benutzen wollen.«

Sie fanden Dolph in ihren Gemächern und trugen ihm auf, ein Seil zu besorgen. Als er gegangen war, sagte Egil: »Morgen, wenn er es nicht mehr mit dem Seil in Verbindung bringt, werde ich Dolphin damit beauftragen, uns einen Sack zu bringen.« Egil warf einen Blick auf Alos. »In dem wir den Pfau tragen können, sollten wir über die Mauer klettern müssen. Und da wir gerade von Seilen und Mauern reden ...« Egil wühlte in seinem Gepäck herum und warf Alos ein Paar Handschuhe zu. Der alte Mann probierte sie an und stellte fest, dass sie einigermaßen passten.

Grinsend verstaute Alos die Handschuhe und sagte dann: »Wie wär's, wenn wir etwas essen?«

Sie nahmen ihr Mittagsmahl im Speisesaal des Ostturms ein und erforschten anschließend die gesamte Burg bis auf den Mittelturm. Dabei merkten sie sich alle Ausgänge, für den Fall, dass ein überhasteter Aufbruch notwendig werden würde. Als sie schließlich in ihr Gemach zurückkehrten, lag ein Seil auf Aikos Bett.

An jenem Abend hörten sie, wie Dolph es gesagt hatte, das Läuten einer Glocke.

»Wir werden zu den Festivitäten gerufen«, sagte Egil, indem er in eine dunkelrote Jacke schlüpfte, die schwarz abgesetzt war und zur ebenso abgesetzten Hose passte. Seine Füße steckten in schwarzen Stiefeln, und die Hose wurde von einem schwarzen Gürtel mit roter Schnalle gehalten. Er schob den Kopf zur Tür hinaus und rief nach Dolph, der sofort in das Gemach eilte. »Wir waren noch nicht im Mittelturm. Führst du uns hin?«

»Ja, Herr, das mache ich.« Der Kammerjunge hielt kurz inne, dann fügte er hinzu: »Aber die Axt könnt Ihr nicht mitnehmen. Nur Stahl, der Kämpe der Königin, darf in ihrer Anwesenheit Waffen tragen.«

»Aber wir sind hier, um morgen Abend die Königin zu unterhalten«, sagte Egil, »und die Axt gehört ebenso zu meinem Kostüm, wie die Klingen der edlen Aiko Teil ihres Kostüms sind.«

»In diesem Fall wird man Euch morgen gestatten, die Axt mit in den Festsaal zu nehmen, und Frau Aiko wird auch ihre Schwerter mitnehmen können. Aber heute Abend sind nur kleine Schmuckdolche erlaubt. Tragt einen, wie es alle Edelleute tun.«

»Pah«, knurrte Aiko. »In den Händen von jemandem, der damit umzugehen weiß, tötet ein kleiner Dolch ebenso rasch wie ein großes Schwert.«

Egil seufzte, zog seine Axt aus dem Gürtel und legte sie auf den Tisch, während er Aiko bedeutete, seinem Beispiel zu folgen. Vor sich hin murmelnd, schnallte sie die Scheiden mit den Schwertern darin ab und legte sie neben Egils Axt. Doch die vier in einem Hüftband verborgenen Shuriken entfernte sie nicht.

»Sehen wir jetzt richtig aus, Junge?«, fragte Alos, der den Hals in seinem Rüschenkragen reckte. Alos war gebadet und gekämmt und ganz in Grün gekleidet: ein hellgrünes Hemd mit Rüschen an Kragen und Manschetten, eine smaragdgrüne Jacke und eine ebensolche Hose, dazu schwarze Stiefel. Auf dem Kopf trug er einen dunkelgrünen Hut mit einer schwarzen Feder.

Aiko trug wie üblich ihre Lederkleidung, doch ohne die Bänder, die sie erst bei der Vorstellung am nächsten Tag anlegen wollte.

Dolph betrachtete sie neugierig, doch er schien wie gebannt zu sein, als sein Blick auf Arin in ihrem schlichten, aber eleganten rostroten Seidenkleid fiel, dessen langer Rock von einem lohfarbenen Mieder gerade auf den Boden fiel. Unter dem Saum lugten Füße in zierlichen braunen Schuhen hervor. Ihre kastanienfarbenen Haare waren mit beigefarbenen Bändern geschmückt, die farblich zu dem Muster auf dem Mieder passten. Mit atemloser Stimme sagte Dolph: »Schöner als Ihr wird keine andere Dame sein.« Sofort danach lief er dunkelrot an und wandte sich ab.

Egil grinste und murmelte Alos zu: »Ich glaube fast, er hat weder dich noch mich noch Aiko angesehen, aber ich nehme an, dass wir alle vorzeigbar aussehen.«

Als sie die Tür zum Festsaal erreichten, rannte Dolph, der seine Schützlinge nun sicher abgeliefert hatte, eilends davon.

Arin und ihre Begleiter schlossen sich einem langsam vorrückenden Strom von Edelleuten, Diplomaten und anderen Gästen an, die an den Türwachen vorbei und in den Saal gingen. Im Saal schlug ein Majordomus mit einem großen Stab auf den Boden und rief beim Eintreten der Gäste jeweils Rang und Namen. Langsam rückte die Schlange vor, und schließlich passierten auch die vier die Tür.

Sie betraten einen langen Saal, dessen Wände von Säulen gesäumt wurden. In die Mauern waren große Kamine eingelassen, doch kein Feuer brannte darin, denn es war Anfang September und der Sommer hatte das Land noch nicht verlassen. Die Wände selbst waren mit Wandteppichen behangen, und an langen Stangen hingen die bunten Flaggen der verschiedenen Lehen Jütlands. Die Anordnung der Flaggen zeigte dabei den Rang der Lehen an. Die Wappen von Herzogtümern hingen über denjenigen von Fürstentümern, die wiederum über denen der Grafschaften und Baronien angebracht waren.

Die Decke wurde von großen Holzbalken getragen, und daran hingen Kronleuchter an Ketten herab. In den Leuchtern brannten Kerzen, denn draußen dämmerte es bereits, und durch die hohen Fenster fiel nur noch Zwielicht.

Zu beiden Seiten des Saales waren auf erhöhten Podesten Bankettttische aufgebaut. Unterhalb des Eingangs begann der eigentliche Boden des Saals, der aus einem glatten, polierten Stein bestand und einen ansteigenden Ring bildete. Dieses Amphitheater endete vor vier Stufen, die zu einem breiten Thron führten. Obwohl es in dem Saal von Menschen wimmelte, war der Thron noch nicht besetzt.

Mit Arin an einem und Aiko am anderen Arm sowie Alos im Schlepptau kam Egil neben einem Kammerdiener zu stehen und flüsterte dem Mann ihre Namen zu. Während andere Gäste an ihnen vorbeieilten, deren Namen der Majordomus offenbar bereits kannte, ging der Kammerdiener eine Liste durch und sagte schließlich: »Ah, ja. Da haben wir Euch.«

Er sah Egil an. »Ihr werdet an Baron Stolz' Tisch sitzen.« Er zeigte auf einen Tisch in der Mitte der linken Seite. »Unter der grünen Flagge mit dem weißen Eber.« Auf Egils Nicken ging der Diener zum Majordomus, der mit dem Stab auf den Boden klopfte und dann rief: »Meine Damen und Herren, verehrte Gäste: die Dylvana Arin aus Darda Erynian; die edle Dame Aiko aus Ryodo; Meister Alos aus Thol und Meister Egil Einauge aus Jord.«

Während sie in den eigentlichen Saal gingen, wandte Arin sich an Egil und fragte beinahe lautlos: »Jord?«

Egil beugte sich zu ihr herab und flüsterte: »Aye. Jütland und Fjordland sind alte Feinde, also wäre es töricht, mein wahres Heimatland zu nennen, wenn ich am Hof des Feindes bin. Daher habe ich ein anderes gewählt. Jord und Fjordland sind Nachbarn, und der jordische Akzent ist meinem sehr ähnlich.«

Sie mischten sich unter die anderen Gäste, und viele Blicke folgten ihnen. Die meisten Anwesenden bekamen große Augen, als sie der in Seide gehüllten Dylvana und der goldhäutigen Kriegerin an ihrer Seite ansichtig wurden. Auf Egil und Alos achteten die Gäste kaum. Ihre Blicke ruhten gerade lange genug auf ihnen, um Egils rote Augenklappe und Alos' milchweißes Auge zu registrieren, wobei manche verstohlene Schutzgesten machten. Egil betrachtete hingegen alle Gesichter sehr eingehend und sagte zu Arin: »Lass uns einen Rundgang machen, Liebste, denn ich würde gerne Baron Steiger finden. Wahrscheinlich ist er hier, und vielleicht ist ihm mittlerweile eingefallen, wo wir uns schon einmal begegnet sind.«

Langsam schritten sie durch die Menge, und Alos und Aiko blieben dicht hinter ihnen. Sie beschrieben einen vollständigen Kreis durch den Saal, konnten aber Baron Steiger nicht entdecken. »Sollen wir noch eine Runde machen?«, fragte Arin, doch in diesem Augenblick ertönte eine Fanfare.

Der Majordomus klopfte dreimal laut auf den Boden und verkündete mit lauter Stimme: »Ihre Majestät, die Königin!« Die Gäste gingen zu ihren Plätzen, die sich mehr oder weniger unter den zu ihnen gehörenden Flaggen befanden, und bildeten so ein langes Spalier in der Mitte des Saals zwischen Tür und Thron. Egil und Arin führten Alos und Aiko zu einem Platz in der Reihe unter Baron Stolz' Flagge. Augenblicke später ertönte die Fanfare erneut, der Majordomus klopfte noch dreimal mit seinem Stab auf den Boden und rief: »Meine Damen und Herren, verehrte Gäste: Königin Gudrun die Schöne, Herrscherin über ganz Jütland und die Ryngar-Inseln, und ihr Gemahl, Delon der Männliche.« Dann traten Majordomus und Trompeter beiseite und verneigten sich tief.

Eine hoch gewachsene Frau rauschte durch die Tür. Sie trug ein hellblaues, langärmeliges Seidenkleid mit einem engen Mieder und einem Reifrock. Blonde Haare fielen in Locken auf ihren Rücken, und ihr gepudertes und sorgfältig geschminktes Gesicht war von hellen Ringellöckchen eingerahmt. Eine mit funkelnden Juwelen besetzte Tiara krönte ihr Haupt. Um das linke Handgelenk spannte sich ein Armband, an dem eine lange Silberkette befestigt war, die an einem silbernen Kragen endete, den ihr Mann um den Hals trug, der ihr auf der linken Seite in einem Abstand von einem Schritt folgte.

Er war kaum größer als sie, vielleicht fünf Fuß acht. Er hatte helle Haut und hellblonde Haare und war vielleicht dreißig Jahre alt. Seine Kleidung war von dunkelvioletter Farbe mit lavendelfarbenen Einsätzen in den bauschigen Schultern und Ärmeln und gleichfarbigen Rüschen an Hals und Manschetten. Seine violetten Schuhe und ein Gürtel mit lavendelfarbener Schnalle passten zum Rest seiner Gewandung. Dazu trug er einen breitrandigen lavendelfarbenen Hut, den drei riesige violette Federn schmückten.

Die Königin blieb stehen, um allen zu gestatten, sie zu bewundern. Dann reichte Delon ihr die Hand, und sie schritten die Stufen zum Boden des Amphitheaters herunter. Gemeinsam liefen sie durch das Spalier, er wieder einen Schritt hinter ihr, und sie lächelten und nickten den sich verbeugenden und knicksenden Gästen zu. Als sie zu Arin und Aiko kamen, blieb die Königin stehen und betrachtete sie beide mit funkelndem Blick. Noch so viel Puder und Schminke konnten die Auswirkungen der Zeit nicht verbergen. Dreißig Jahre waren verstrichen, seitdem die Statue in der Mitte des Labyrinths angefertigt worden war. Die Herrscherin lächelte Arin an, und ihr Gemahl schwang seinen gefiederten Hut, verbeugte sich tief und lächelte Arin ebenfalls an, obwohl das Lächeln seine Augen nicht erreichte. Dann gingen beide weiter, ohne ein Wort zu sagen.

Gudrun und ihr Gemahl schritten die Stufen zum Thron hinauf, die Königin, um auf dem Herrschersitz Platz zu nehmen, er, um sich links von ihr auf die oberste Stufe zu setzen. Ihr Blick schweifte über die Menge, und sie hob eine Hand und sagte: »Wir sind höchst erfreut, dass Ihr Uns bei der Feier Unserer neuen Liebe Gesellschaft leistet.« Sie strahlte ihren Gemahl an, einen Mann, der zwanzig Jahre jünger war als sie, und er neigte gehorsam den Kopf. Sie klapperte mit den Wimpern und spielte mit der Kette, deren silberne Glieder leise klirrten.

Egil beugte sich vor und flüsterte Arin zu: »Adon! Sie behandelt ihn wie einen Schoßhund.«

Aiko, die mitgehört hatte, schüttelte den Kopf. »Schlimmer, denn er ist so entwürdigt, wie es kein Tier je sein könnte.«

Kichernd erhob sich die Königin, zeigte nach links und rechts und befahl: »Lasst die Festivitäten beginnen.«

Bei diesen Worten begaben sich die Leute zu ihren Tischen. Egil, Arin, Aiko und Alos nahmen ihre Plätze unter der grünen Flagge mit dem weißen Eber ein. Als sie sich setzten, starrten die anderen Gäste die schöne Dylvana und die gut gerüstete Ryodoterin an. Egil stellte sich und die anderen vor und bekam dafür die Namen der übrigen Tischgäste genannt, obwohl eine der sitzenden Damen - die Baronin Stolz - eilig hervorstieß: »Oh, ich habe von Euch gehört, Dame Arin. Ihr seid die elfische Minnesängerin.« Sie wandte sich an Aiko. »Und das muss die Schwerttänzerin sein.«

Aiko murmelte etwas, fiel aber nicht aus der Rolle.

Der Mann neben der Baronin - Baron Stolz - beugte sich mit griesgrämiger Miene zu ihr herüber und flüsterte so laut, dass alle es hören konnten: »Still, meine Liebe. Wäre sie keine Elfe, wären sie alle keine Gäste der Königin. Diese Künstler sind nur gewöhnliche Bürgerliche.«

Wieder murmelte Aiko etwas, aber Egil deutete eine Verbeugung vor dem Baron an und sagte: »Ich wage zu behaupten, mein lieber Baron, dass wir in keiner Weise ›gewöhnlich‹ sind, wie Ihr in den nächsten Tagen zweifellos noch feststellen werdet.«

Die Antwort ärgerte den Baron ganz offensichtlich, aber er enthielt sich einer Antwort.

Unter großem Applaus marschierten jetzt die Künstler herein: starke Männer, Jongleure, Taschenspieler und Gaukler, Akrobaten, Ringer, Tänzer und Possenreißer. Sie umkreisten die Gesellschaft einmal, um sich vorzustellen, und marschierten dann wieder zur Tür hinaus.

Nun kamen Leibeigene, die riesige Tabletts mit Speisen brachten: frisch gebackene Brotlaibe, gebratene Spanferkel, Lammkoteletts, gegrilltes Geflügel und gekochten Fisch in Kräutersoße sowie gedünstetes Gemüse wie Bohnen, Karotten, Erbsen und Pastinaken. Dazu wurden große Schüsseln mit Trauben, Birnen und Pfirsichen gereicht. Noch mehr Leibeigene brachten Krüge mit schäumendem Ale, Met und Wein zu den Tischen, und Alos sah jeden einzelnen sehnsüchtig und verlangend an, doch Aiko hinderte ihn daran, sich einen Krug zu nehmen.

Schließlich ächzten die Tische unter der Last der Köstlichkeiten, und die Gäste füllten sich ihre Essbretter mit Speisen und ihre Kelche mit dem Trank ihrer Wahl, alle bis auf Alos, denn Aiko gestattete ihm nur Wasser oder Tee, obwohl er immer wieder auf die anderen Getränke starrte und jammerte: »Nur einen Schluck. Einen kleinen Schluck. Was kann das schaden, hm?«

Doch Aiko war unerbittlich, und Alos fauchte: »Ich freue mich schon darauf, wenn wir haben, was wir wollen, und Ihr alle unterwegs seid. Dann tue ich, was mir gefällt.«

Aiko funkelte ihn an, und Alos duckte sich ein wenig und nahm sich ein Stück Fleisch. Doch ehe er abbeißen konnte, hielt Arin seinen Arm fest und sagte, »Wartet«, während sie auf den Thron deutete.

Auf dem Thronpodest stellten Bedienstete einen kleinen Tisch neben die Königin und füllten ihr Essbrett mit den Speisen ihrer Wahl. Sie stellten auch ein Brett neben ihrem Gemahl Delon ab und füllten es nach ihren Anweisungen. Sie gossen Wein in goldene Kelche und stellten auch davon einen neben Delon ab. Zufrieden hob die Königin ihren Kelch und rief: »Lasst uns anfangen.«

Ein Edelmann trat vor, hob seinen Kelch in die Höhe und rief: »Auf die Königin!«

Auf die Königin!, ertönte die Antwort der Gäste.

Die Königin erhob sich. »Nein. Nicht auf mich, sondern auf die Liebe.«

»Ist das nicht dasselbe?«, rief der Edelmann.

Baron Stolz zischte leise: »Pah! Einfältiger Speichellecker! Wenn er nicht aufpasst, ist er als Nächster dran.«

»Auf die Königin und die Liebe«, rief der Edelmann und hob dabei erneut seinen Kelch.

Auf die Königin und die Liebe!, kam die Antwort, gefolgt von lautem Jubel.

Auf ein Zeichen der lächelnden Gudrun begannen alle zu

essen ... alle außer Delon, der nur in seinem Essen herumzustochern schien.

Durch die Tür kamen drei Possenreißer in greller Aufmachung: Der erste betrat das Amphitheater, als taste er sich über ein hoch über dem Boden gespanntes Drahtseil, die Arme seitlich ausgestreckt, während sein Körper wackelte und hierhin und dorthin ruckte, als sei er ständig im Begriff, das Gleichgewicht zu verlieren. Der zweite hielt sich seitlich von dem ersten, halb geduckt und nach oben schauend, die Arme nach vorn ausgestreckt, wie um den ersten zu fangen, sollte er fallen. Der dritte Spaßmacher war in einen Umhang gehüllt und hielt sich links hinter dem ersten. Kaum hatten sie die Mitte des Saals erreicht, als der Possenreißer mit dem Umhang eine Narrenpritsche darunter hervorzog und dem Drahtseilartist damit mit lautem Knall auf den Allerwertesten schlug, woraufhin dieser mit lang gezogenem Schrei schwankte, sich drehte und tief herunterbeugte, als falle er, während der Fänger mit weit ausgebreiteten Armen angelaufen kam, um ihn zu retten. Die beiden stießen zusammen und fielen in einem Durcheinander von Gliedmaßen zu Boden, während die Gäste laut lachten und der Possenreißer mit dem Umhang grölend auf sein Werk zeigte. Dann fingen die drei Narren an, einander in einem engen Kreis zu jagen, wobei einer mit einer aufgeblasenen Schweinsblase auf seinen Vordermann eindrosch, der zweite dasselbe mit der Narrenpritsche tat, und der dritte lediglich johlte und heulte und jedes Mal, wenn er getroffen wurde, in die Luft sprang und dabei den grell geschminkten Mund zu einem Schrei weit aufriss. Die Gäste brüllten vor Lachen ob dieser Posse, und selbst die Königin hieb vor Vergnügen auf die Armlehnen ihres Throns. Aber ihr Gemahl Delon lächelte nur dünn.

Schließlich liefen die Narren in einer Reihe aus dem Saal, heulend und aufeinander eindreschend. Stürmischer Applaus begleitete sie nach draußen, und sie kamen noch einmal herein, um sich vor ihrem Publikum zu verbeugen, nur um gleichzeitig von einem vierten grell geschminkten Possenreißer mit einer sehr langen Narrenpritsche geschlagen zu werden, als sie sich tief verneigten – sehr zum Vergnügen der Menge.

Als Nächstes traten ein Mann und eine Frau auf, die mit brennenden Stäben jonglierten. Die beiden wirbelten umher, tanzten und warfen sich die brennenden Stäbe so rasch zu, dass immer mehrere gleichzeitig in der Luft waren.

Ihnen folgten Ringer und Akrobaten, ein starker Mann und noch andere Künstler. Schließlich, spät in der Nacht, gebot Königin Gudrun dem Treiben Einhalt und verkündete: »Die Zeit ist gekommen, um Delon singen zu hören.«

Während die Tische und die Speisereste vom Thronpodest abgeräumt wurden und man Delon eine Laute mit silbernen Saiten brachte, beugte Baron Stolz sich zu einer ältlichen Dame herab und sagte: »Ich habe gehört, sie hat ihn in Thol entdeckt, als sie den Turm von Gudwyn dem Ansehnlichen, einem ihrer Vorfahren, besucht hat.«

»O nein, mein Lieber«, erwiderte die verwitwete Matrone, »ich glaube, er ist bei einem Überfall in West-Gelen in Gefangenschaft geraten.«

»Hmm«, räusperte sich Baron Stolz. »Man hat mir erzählt, dass er ein Bürgerlicher ist, der vor zwei Monaten in die Burg kam. Letztlich wird er verbrannt werden wie seine Vorgänger – und es geschieht ihm recht –, obwohl er sich länger gehalten hat als jeder andere.«

Delon setzte seinen lavendelfarbigen Hut ab und legte ihn neben sich auf die Stufe. Dann nahm er die Laute und schlug sie an, um sich davon zu überzeugen, dass sie gestimmt war. Zufrieden wandte er sich an die Königin: »Habt Ihr einen Wunsch, Majestät?«

Sie beugte sich vor und lächelte geziert. »›Die Liebenden‹.«

Delon verbeugte sich. »Wie es Euch beliebt, meine Königin.«

Er setzte sich ihr wieder zu Füßen und begann zu singen, mit sanfter Stimme, wenn die Worte sanft waren, und lieblich, wenn sie lieblich waren, stark und tönend, wo es nötig war, und manchmal auch flüsternd. Die Gäste waren verstummt, und kein Hüsteln war zu hören, kein Rascheln von Kleidern, kein Füßescharren, während sein Gesang den Saal erfüllte. Die Königin saß gebannt da und verschlang ihn mit den Augen, und ihre Hände umklammerten die Armlehnen ihres Throns, sodass die Knöchel weiß hervortraten, während sie in kurzen Stößen atmete und dazwischen lange Seufzer von sich gab.

Arin beugte sich vor und flüsterte Egil zu: »Wenn ich nicht wüsste, was meine Augen sehen, würde ich ihn für einen Elf halten.«

Egil flüsterte zurück: »Wenn ich nicht wüsste, was meine Augen sehen, würde ich meinen, dass sie gerade im Bett liegt und sich einem Mann hingibt.«

Schließlich endete Delons Lied. Applaus brandete auf, und viele Rufe nach einer Zugabe wurden laut. Doch die Königin erhob sich abrupt, und ihre Augen leuchteten in fiebrigem Glanz. »Es ist spät und wir sind müde. Kommt, Delon.« Ohne ein weiteres Wort rauschte sie die Stufen des Podests herab, durch den Saal und zur Tür hinaus und zog Delon an dessen Silberkette hinter sich her.

Als Arin und ihre Gefährten auf ihr Zimmer zurückkehrten, stellten sie fest, dass Dolph die Betten aufgedeckt und die Balkontüren geöffnet hatte, um das Zimmer durchzulüften. Die Septembernacht war warm, und im Westen versank ein Halbmond, der sein Licht über die Balustrade ins Zimmer warf. Sie entkleideten sich und machten sich bettfertig. Arin und Egil stiegen in das Himmelbett und zogen die Vorhänge zu. Aiko legte ihre Tatami-Matte auf den Boden und nahm ihren Lotussitz ein, die Schwerter nah bei der Hand und den Rücken an die Tür gelehnt. Alos sah sie an, legte sich murrend und verstimmt auf sein Sofa, zog sich eine dünne Decke unter das Kinn und schlief augenblicklich ein.

Die Nacht senkte sich auf das Zimmer, in dem es bis auf die leisen Atemgeräusche vollkommen still war. Doch dann drangen entfernte Laute durch die geöffnete Balkontür, die Laute einer Frau in Not. Aikos Augen öffneten sich, und sie lauschte ... Nein, diese Frau war nicht in Not, sondern sie ließ vielmehr das heisere Stöhnen einer Frau kurz vor dem Höhepunkt ihrer Leidenschaft hören, Lustseufzer, die immer lauter wurden und schließlich in einem lang gezogenen Aufschrei endeten. Aiko erhob sich, ging auf den Balkon und schaute in den Hof unter ihr. Im Mondlicht und in den Schatten war niemand zu sehen. Als sie sich umdrehte, um wieder hineinzugehen, sah sie eine Bewegung im Augenwinkel: Und da, über ihr, stand Delon auf dem Balkon des Schlafgemachs der Königin. Obwohl er im Schatten stand, wusste Aiko genau, dass er es war, denn ein silberner Kragen funkelte um seinen Hals, und eine Silberkette hing vom Kragen in die Schwärze des Raums hinter ihm. Er stand da, die Arme auf die Balkonbrüstung gestützt, und ließ den Kopf hängen, als sei er erschöpft. Er war nackt.

Aiko glitt in den Schatten ihres Balkons zurück und beobachtete ihn. Plötzlich ruckte es an der Silberkette, einmal, zweimal, dreimal. Delon drehte sich müde um und ging ins Schlafzimmer der Königin zurück.

Nach einer Weile waren wieder die Lustseufzer zu vernehmen.

»Jetzt weiß ich, wonach der wahnsinnige Monarch wahnsinnig ist«, murmelte Aiko, während sie zu ihrer Tatami-Matte zurückkehrte, ihren Lotussitz einnahm und sich das wollüstige Stöhnen wieder einem Höhepunkt näherte.

Nach einer Weile begannen die Seufzer von vorn ...

... und wieder ...

... und wieder.

Mit den Worten, »*Tenti!* Ist sie denn nie zufrieden?«, schloss Aiko schließlich die Balkontür und sperrte so die Laute ungezügelter Lust aus.

40. Kapitel

In der Stunde vor Morgengrauen fing Egil im Schlaf an zu stöhnen, da er wieder einen seiner bösen Träume hatte. Als sei es irgendwie ansteckend, begann Alos ebenfalls, um sich zu schlagen und zu wimmern. Aiko rüttelte den alten Mann wach, der hochfuhr und sich einen Moment verstört umsah. Dann ließ er sich ächzend wieder auf das Sofa zurückfallen und zog sich die Decke über den Kopf. In dem Himmelbett versuchte Arin Egil zu wecken, konnte es aber erst, als Sturgi in seinem Traum vollständig die Haut abgezogen worden war. Als Egil wieder bei sich war, klammerte er sich an Arin, weinte und schwor Ordrune Rache, sobald die Suche nach dem Drachenstein beendet sei.

Sie legten sich wieder hin, um den Rest der Nacht zu schlafen, doch als sie schließlich erwachten, stand die Sonne bereits hoch am Himmel.

Egil rief Dolph, der ihm helfen sollte, die Bäder vorzubereiten, und er und der Junge füllten Zuber in der Badestube und holten Feuerholz vom Stapel, um in den Öfen darunter Feuer zu machen. Während sie das taten, sagte Egil: »Dolph, wir werden einen ziemlich großen Sack brauchen – einen, der groß genug ist für unser Seil und die Schwerter, Trommel und Axt sowie alle anderen Gegenstände, die wir für unsere Aufführung vor der Königin brauchen. Meinst du, du könntest uns so einen besorgen?«

»Ein Kornsack, Herr, würde der reichen?« Dolph breitete die Arme aus, bis sie eine Spanne von drei, vier Fuß anzeigten.

»Hast du auch einen größeren?«

Dolph zuckte die Achseln, während er den nächsten Eimer Wasser in einen Zuber goss. »Ich weiß nicht, Herr, aber versuchen kann ich's ja.«

Egil schlug Funken und blies auf den schwelenden Zunder, um ihn in Flammen aufgehen zu lassen. Er legte Späne obenauf, und während er zusah, wie das Feuer aufflackerte, fragte er: »Dolph, kennst du Baron Steiger?«

»Ich glaube ja, Herr. Ein großer Mann, nicht?«

»Ja, und er hat schwarze Haare und dunkelblaue Augen.«

»Ich habe ihn schon gesehen, Herr, ich glaube, das habe ich.«

Jetzt schichtete Egil größere Stücke auf die Flammen, schob einige der brennenden Späne unter das Gitter des zweiten Zubers, um auch dort größere Scheite aufzulegen. Dann sagte er: »Dolph, ich würde gern mit Baron Steiger reden. Kannst du für mich herausfinden, wo er untergebracht ist?«

»Ja, Herr, das ist leicht. Ich frage die Zimmermädchen.«

»Sehr schön, Dolph.«

Nachdem Aiko und Arin gebadet hatten, waren Egil und Alos an der Reihe, wobei der alte Mann fluchte, zu viele Bäder würden selbst ein Pferd krank machen, von einem Menschen ganz zu schweigen. »Ich meine, Hèl, mein Junge, wir könnten alle an Unterkühlung sterben.«

Als sie sich angekleidet hatten, war Dolph mit einer Auswahl von Kornsäcken zurück, und einer der Jutesäcke war eindeutig groß genug für den Pfau, obwohl der Junge davon nichts ahnte. Egil dankte ihm, und Arin lächelte den Jungen an, der daraufhin errötete und mit den überzähligen Säcken davonrannte, während er stammelte, er werde jetzt Baron Steiger ausfindig machen.

Am späten Vormittag nahmen sie ein Frühstück zu sich und machten dann einen weiteren Spaziergang durch das Gelände der Burg, um festzustellen, ob sie vielleicht etwas übersehen hatten. Wolken waren aufgezogen, und der Himmel hatte sich verdunkelt. Arin hielt die Hand hoch in die Luft, um den Seewind zu fühlen, und verkündete dann: »Ehe der Tag vorbei ist, wird es anfangen zu regnen.«

Sie gingen weiter, und als sie wieder in den Bereich des Ostturms kamen, rief sie jemand. Es war Dolph, und sie warteten auf ihn.

»Baron Steiger ist nicht mehr in der Burg, Herr.« Dolph zeigte mit einem Kopfnicken auf die Ställe im Südosten des Burggeländes. »Gestern Morgen ist er im Galopp losgeritten, das haben mir die Stallburschen erzählt. Er hat ein Ersatzpferd mitgenommen, und er ist noch nicht wieder zurückgekehrt.«

»Hmm«, sann Egil. »Ich frage mich …« Er sah Arin, Aiko und Alos an, aber alle drei zuckten die Achseln.

»Vielleicht kehrt er vor unserer Abreise zurück«, sagte Arin.

Egil sagte nachdenklich: »Das kann man nur hoffen.« Er wandte sich an Dolph. »Danke, mein Junge. Die Stalljungen sollen dich wissen lassen, wenn der Baron zurückkehrt, und halte auch selbst nach ihm Ausschau. Dann komm zu mir und sag mir Bescheid.«

»Ja, Herr«, sagte Dolph und rannte zu den Ställen.

Unter einem finsteren Himmel schlenderten sie weiter über das Gelände. Als sie bei den Vogelkäfigen ankamen, blieben sie stehen, und Alos fing eine Unterhaltung mit dem Jüten an, der sich um die Raubvögel kümmerte.

Kurz darauf nickte der Mann, ging mit Alos zu einem Schuppen und verschwand darin. Einen Moment später kam er wieder heraus und gab Alos etwas. Mit einem Dankeswort verbeugte Alos sich vor dem Mann, der von der Geste überrascht zu sein schien, sie aber dennoch erwiderte, und kehrte dann zu seinen Gefährten zurück. Als sie die Vogelkäfige hinter sich gelassen hatten, fragte er: »Glaubt Ihr, die werden dem Pfau passen?«, und zeigte ihnen eine schäbige Falkenhaube und zerfleddertes Geschüh.

Sie gingen weiter und blieben dann beim Hundezwinger stehen, als wollten sie die Jagdhunde der Königin bewundern, doch in Wahrheit wollten sie sich nur vergewissern, dass ihnen der Falkner nicht folgte.

Dann schlenderten sie zum Teich, entdeckten den Pfau in der Nähe und lachten, als das schillernde Federvieh sie argwöhnisch ansah, als rechne es damit, dass ihnen wieder grobe Scherze über die Lippen kommen würden. Doch Arin lockte ihn mit sanften Koseworten näher heran, und der Vogel kam ihr tatsächlich nah genug, um einschätzen zu können, dass ihm die Falkenhaube gut passen würde.

Aiko trat unter einen Baum ganz in der Nähe, einen hohen Ahorn, dessen Blätter im auffrischenden Wind rauschten, und untersuchte den Boden darunter. Als sie das Gesuchte gefunden hatte, trat sie ein wenig zur Seite und spähte dann nach oben. »Dieser Baum ist sein nächtlicher Schlafplatz, denn hier liegt sein Kot.«

Egil warf einen Seitenblick auf den Vogel und zischte: »Wir werden uns in der Schwärze der Nacht anschleichen, wenn der Mond untergegangen ist. Einer von uns wird im Dunkeln den Baum erklimmen, den Vogel gefangen nehmen, ihm die Haube über den Kopf ziehen, sie fest zubinden, den Vogel dann in einen Sack stopfen und ihn dann zu den anderen herunterlassen.«

Karawah, karawah, karawah!

»Weh uns, er hat unseren Plan durchschaut«, sagte Egil plötzlich mit einem breiten Grinsen. »Wir sind erledigt.«

Lachend gingen die vier Verschwörer weiter bergauf, wo sie sich auf einer der Marmorbänke niederließen, die hier und da auf dem Gelände zur Erholung aufgestellt waren.

Aiko seufzte und sagte dann: »Dara, ich sehe immer noch

nicht, wie ein Pfau uns dabei helfen kann, den gesuchten Stein zu finden.«

Egil lachte. »Vielleicht hält er ihn für ein Ei und versucht ihn auszubrüten.«

Arin schmunzelte, wurde aber rasch wieder ernst. »Aiko, Prophezeiungen sind nun mal rätselhaft. Ich kann mir auch nicht vorstellen, wie dieses Federvieh uns helfen soll. Aber ich sehe auch nicht, worauf die Worte des Rätsels sonst zutreffen würden. Ich weiß nur, dass wir weitermachen müssen ... und auf Adon vertrauen, dass wir Erfolg haben werden.«

In diesem Augenblick fielen die ersten Regentropfen, und die vier liefen zur Burg zurück, Arin mit Leichtigkeit, Alos keuchend und schnaufend.

Der Wachposten vor der Tür zum Festsaal trat vor und versperrte Egil den Weg. »Verzeiht, Herr, aber Waffen sind in Gegenwart der Königin nicht erlaubt.«

Egil grinste, neigte den Kopf und sagte dann: »Ich darf Euch die Minnesängerin Arin und Alos, ihren Trommler, vorstellen. Und das ist die edle Aiko, die Schwerttänzerin, und ich bin Egil von Jord. Wir sind Künstler und sollen auf Befehl der Königin eine Vorstellung geben, und diese bescheidenen Waffen sind nur Teil unserer Kostüme.«

Der Wächter öffnete den Mund, um etwas zu sagen, doch hinter ihnen ertönte eine gebieterische Stimme: »Lass sie passieren. Sie sind tatsächlich nur Künstler.«

Sie drehten sich um und sahen den Haushofmeister hinter sich stehen. Egil verbeugte sich, und der Haushofmeister nickte zur Erwiderung. Der Posten gab den Weg frei, schlug die Hacken zusammen und neigte steif den Kopf, während die vier den Festsaal betraten.

»Meine Damen und Herren, verehrte Gäste: die Dylvana Arin aus Darda Erynian, die Dame Aiko aus Ryodo, Meister Alos aus Thol und Meister Egil Einauge aus Jord.«

Sie gingen wiederum am Majordomus vorbei und betraten den Boden des Amphitheaters. An diesem Abend trug Arin ihr hellgrünes Kleid mit dazu passenden Bändern im Haar. Alos hatte ein braunes Wams und eine dunkelbraune Hose angelegt. Er trug das Tamburin unter einem Arm und den Cruik im Gürtel. Egil war ganz in Schwarz gehüllt: Hemd, Jacke, Hose, Stiefel, Gürtel, weiches Barett – alles pechschwarz. Nur seine Augenklappe und die Axt hatten eine andere Farbe – das rot-goldene Lederband und die Stahlklinge mit dem dunklen Schaft unterstrichen seine finstere Aura noch. Aiko trug ihre Rüstung, und die gehämmerten Bronzeschuppen glänzten matt im Kerzenschein. An der Hüfte steckten ihre beiden Schwerter in der Scheide; zudem trug sie gut verborgen ihre Shuriken. An jeden Oberschenkel war ein Dolch geschnallt. Den Helm, der nun mit einer Pfauenfeder geschmückt war, trug sie unter dem Arm. Bunte lange Bänder waren um Oberarme, Unterarme, Handgelenke, Taille, Oberschenkel und Unterschenkel gebunden, und beim Gehen wirbelten sie ihr hinterher. Die goldhäutige Kriegerin bewegte sich ruhig und selbstsicher, doch mit der Grazie einer Tänzerin, und manch ein Kopf wandte sich in ihre Richtung.

Wieder machten sie einen Rundgang durch den Saal, um Baron Steiger zu suchen, doch mit wenig Hoffnung, denn Dolph hatte ihnen die Rückkehr des Adeligen noch nicht gemeldet. Da es draußen regnete, war es wahrscheinlich, dass Steiger, selbst wenn er auf dem Rückweg war, in einem Gasthaus Zuflucht gesucht hatte. Tatsächlich entdeckten sie ihn nicht unter den Gästen.

Schließlich ertönte die Fanfare, und der Majordomus stieß dreimal auf den Boden und kündigte die unmittelbar bevorstehende Ankunft der Königin an, woraufhin die Gäste wieder das Spalier bildeten. Die Fanfare ertönte erneut, und die Königin und ihr Gemahl traten ein.

An diesem Abend trug sie ein pfirsichfarbenes Kleid, und

ihre goldenen Haare hingen lang und glatt herunter und lagen wie ein Fächer auf ihren nackten Schultern. Ihre Tiara war aus Gold gefertigt.

Delon folgte ihr an seiner Silberkette, in schillernde Blau- und Grüntöne gehüllt. Seine glänzende blaue Jacke war lang und hatte breite Schöße, in die Puffärmel waren funkelnde grüne Streifen eingearbeitet, die farblich zu seinem grünen Hemd passten. Seine Kniebundhose war blau-grün gestreift, und er trug einen blauen Strumpf an einem Bein und einen grünen am anderen. Die Schuhe waren mit blauen und grünen Pailletten besetzt, und der Hut war leuchtend blau und hatte eine schillernd blaue Feder auf der einen und eine schillernd grüne auf der anderen Seite.

Die Königin und ihr grellbunter Begleiter bestiegen das Podest. Gudrun nahm auf dem Thron Platz, während er sich wiederum zu ihren Füßen niederließ, und sie lächelte auf ihn herab, als sei er ein Zuchthengst auf einer Ausstellung, während er das Lächeln fahl erwiderte.

Die Parade der Künstler zog durch den Saal, und diesmal gehörten Arin, Alos, Aiko und Egil auch dazu, wobei Aiko vor sich hin brummte, obwohl ihr eine Art Lächeln gelang – eher ein Zähnefletschen. Anschließend gesellten sie sich wieder an den Tisch von Baron Stolz und hörten ihn gerade noch sagen: »Seht Ihr, Helga. Ich habe doch gesagt, sie sind ganz gewöhnliche Künstler.«

Auch in dieser Nacht wurden Speisen und Getränke serviert, und wie am Abend zuvor verkündete die Königin, das Fest finde zu Ehren der neuen Liebe statt. Und die Festivitäten begannen.

Drei grell bemalte Spaßmacher traten ein, die stumm miteinander stritten, während sie über die Bühne schlenderten. Plötzlich schien es so, als stießen sie gegen eine unsichtbare Wand, und zur Erheiterung der Gäste fielen sie rückwärts auf den Boden. Mit ausgestreckten Händen tasteten sie sich an der unsichtbaren Mauer entlang. Augenblicke später wurde klar, dass sie in einem großen, unsichtbaren Kasten eingesperrt waren. Zwei hoben den dritten hoch, um festzustellen, ob er über die Mauer klettern konnte, doch sein Kopf stieß gegen eine unsichtbare Decke, und alle drei fielen zu Boden, während Gäste und Königin vor Lachen johlten. Jetzt gerieten die drei Possenreißer in Panik, liefen blindlings gegen die unsichtbaren Mauern, fielen, erhoben sich wieder, um das Spiel von neuem zu beginnen, und das Gelächter der Königin verlor sich im Kreischen der Gäste, während Delon lediglich schmunzelte. Dann betrat ein vierter Possenreißer den Festsaal, ging zu der unsichtbaren Kammer, holte einen großen Schlüssel aus seiner Tasche und schloss eine unsichtbare Tür auf. Er gab den anderen ein Zeichen, und die kamen einer nach dem anderen heraus, um von ihrem Retter eins mit einer Narrenpritsche übergebraten zu bekommen, während er sie aus dem Saal jagte. Die Gäste applaudierten beifällig. Die vier Narren kehrten zurück und verbeugten sich, nur um dabei von einem fünften Possenreißer auf den Allerwertesten geschlagen zu werden.

Als der Applaus und das Gelächter verklungen waren, kam ein Mann in den Saal geschlendert, lässig die Hände in den Taschen, dem fünf kleine Hunde folgten, die bunt gefärbte Halskrausen trugen und aufrecht auf den Hinterbeinen gingen. Sie sprangen durch Reifen, kletterten kleine Leitern empor und holten jonglierte Bälle wieder, wenn der Mann sie fallen ließ.

Der Vorstellung des Mannes mit den Hunden folgte ein Taschenspieler und dann drei Leute, die einen Balanceakt zeigten.

Dann war die Reihe an Arin. Ganz in Schwarz gekleidet, das goldene Haar wie poliertes Messing glänzend, betrat Egil die Bühne und wartete, bis Ruhe eingekehrt war. Schließlich wandte er sich an die Königin und verbeugte sich. »Königin

Gudrun die Schöne« – er wandte sich wieder an die Menge – »meine Damen und Herren, verehrte Gäste, ich präsentiere Euch die bezaubernde Dara Arin, Dylvana aus Darda Erynian. Begleitet von Alos aus Thol wird sie mit ihrem Lied Eure Herzen anrühren. Gebt Acht, denn danach werdet Ihr nicht mehr ganz dieselben sein.«

Mit Alos neben sich ging Arin, die in ihrem grünen Kleid nachgerade zerbrechlich wirkte, zum Rand des Amphitheaters. Als sie unterhalb des Sitzes der Königin standen, verkündete sie mit klarer Stimme: »›Die beraubte Braut‹.«

Leises Gemurmel erhob sich in der Menge, denn dies war die Geschichte einer unerfüllten Liebe, und wer konnte wissen, wie die Königin darauf reagieren mochte? Doch die Ruhe kehrte rasch wieder ein, als Alos, der rechts hinter Arin stand, einen sanften Rhythmus mit seinem Cruik zu klopfen begann.

Nun erfüllte Arins Stimme den Saal, zuerst leise, dann immer lauter, während sie von Rald und Isalda sang: Er war ein junger Ritter und sie ein schönes Edelfräulein, und ihre Liebe füreinander war so tief, dass sie beinah jegliches Verständnis überstieg. Das ganze Reich feierte ihre Vermählung, denn sie wurden von allen geliebt. Doch am Tag der Vermählung erreichte sie die Nachricht vom Mord an Ralds Bruder Gran, der als fahrender Ritter in ein fernes Land gereist war. Rald schwor Rache, und nach nur einer einzigen Nacht süßer Liebe, machte er sich auf, seinen Bruder zu rächen. Die frisch gebackene Braut Isalda wartete in ihrem Turm Jahr und Tag und verzehrte sich nach ihrem Gemahl, doch keine Nachricht erreichte sie. So reiste sie ihm, als Junge verkleidet, nach und gab sich unterwegs als einfacher Ziegenhirt aus. Ein weiteres Jahr verstrich mit fruchtloser Suche, doch dann entdeckte sie Rald in der Feste eines abtrünnigen Kriegsfürsten, wo er in einem tiefen Verlies schmachtete und an seinen schrecklichen Wunden dahinsiechte. Oh, wie sie über seinem ausgemergelten, verunstalteten Körper weinte und sich verzweifelt mühte, ihn zu retten, doch er starb mit Worten der Liebe für sie auf den Lippen. Der Kerkermeister hatte alles mitangehört und empfand Mitleid, also gestattete er Isalda, Ralds Leichnam mitzunehmen. Sie brachte ihn auf ein Feld am Waldesrand, wo sie einen großen Scheiterhaufen errichtete. Der Kriegsfürst erspähte den großen Holzhaufen am Rande des Feldes und ritt hin, um herauszufinden, was dort vorging, und Isalda stach ihm einen Dolch ins Herz. Sie legte Rald den Leichnam des Kriegsfürsten zu Füßen, erklomm dann den Scheiterhaufen, zündete ihn an und legte sich neben ihren Geliebten. Bis zum heutigen Tag sagt man, wenn von einem Feuer Rauchschwaden aufsteigen und sich miteinander vermischen, dass es die Seelen von Isalda und Rald seien, die sich in immerwährender Liebe umarmen.

Als Arins Lied endete, war im ganzen Saal kein Auge mehr trocken. Königin Gudrun saß auf ihrem Thron, weinte ganz unverhohlen und sah dabei Delon an. Obwohl Delon selbst ein Barde war und das Lied gut kannte, liefen ihm Tränen über das Gesicht. Im ganzen Saal wurde geschnieft, geschluchzt und laut geweint. Sogar der griesgrämige Baron Stolz konnte nicht mehr an sich halten. Hinter Arin weinte auch Alos.

Arin wandte sich an Alos und sagte: »›Der Erpresste Kuss‹.«

Alos nickte, wischte sich die tropfende Nase am Jackenärmel ab, um dann ein schwungvolles *Rat-a-tat-tat* auf dem Tamburin zu schlagen. Während er einen wilden Wirbel trommelte, stimmte Arin ein heiteres Liedchen über eine Maid an, deren Kuh vom Nachbarsjungen gestohlen wurde, um mit ihr als Faustpfand einen Kuss von der Maid zu erpressen. Zuerst weigerte sie sich, doch sie brauchte die Milch, und so erklärte sie sich schließlich einverstanden, aber nur zu ihren Bedingungen: Sie würde ihn in der Nacht im Dunkeln in ihrer Scheune durch ein Loch im Heuboden küssen, denn sie sei schüchtern und wolle nicht, dass es jemand erfahre, aber auch nur dann, wenn er die Kuh mitbringe und sich Milch auf die

Lippen streiche, damit sie sicher sein könne, dass es ihre Kuh sei und keine andere. Außerdem müsse er schwören, so etwas nie wieder zu tun. Der Junge war einverstanden, denn er wollte diesen Kuss unbedingt haben. Und so führte er in der Nacht ihre Kuh in die Scheune und schloss die Tür hinter sich. In der pechschwarzen Finsternis rief sie ihn zu sich, und als er sich vorwärts tastete, entdeckte er den Heuboden und das Loch darin. Er drehte sich um, drückte eine Hand voll Milch aus dem Euter der Kuh und schmierte sie sich auf die Lippen. Und im Dunkeln in ihrer verschlossenen Scheune bekam er seinen Kuss durch ein Loch in der Decke, einen sehr feuchten wegen der Milch und allem, und er war ganz und gar nicht so, wie er ihn sich vorgestellt hatte. Aber er ließ die Kuh zurück und ging mit dem Schwur nach Hause, so etwas nie wieder zu tun, und alles ging wieder seinen gewohnten Gang. Seit jenem Tag fragte sich der Junge jedoch immer wieder, wie es wohl kam, dass ihn ein bestimmtes Schwein immer so liebevoll anzusehen schien.

Ta-tump!

Gelächter hallte durch den Saal, und Arin und Alos verneigten sich vor der kichernden Königin und ihrem lächelnden Gemahl und dann vor dem ganzen Publikum, und trotz der Rufe nach einer Zugabe kehrten sie an Baron Stolz' Tisch zurück, der strahlend aufsprang und sich verbeugte: »Das verlangt nach etwas zu trinken, edle Dame«, verkündete der Baron, reichte ihr einen mit Wein gefüllten Kelch und dirigierte sie zu seinem Tischende. Die Baronin drehte sich um und bot Alos ebenfalls einen Kelch an. Er schaute sich um und suchte Aiko, doch sie und Egil standen bereits am Rande des Amphitheaters und trafen die letzten Vorbereitungen für ihren Auftritt, während Arin durch den Baron abgelenkt war, also griff Alos bereitwilligst zu, nahm den Kelch entgegen und stürzte seinen Inhalt in einem einzigen großen Schluck herunter. Einen Moment blieb er mit geschlossenen Augen einfach stehen, während der Wein seinen Magen wärmte. Dann griff er lächelnd nach dem Krug, um seinen leeren Kelch neu zu füllen.

Schließlich legte sich der Applaus, und Egil betrat wieder die Bühne. Schwarz gekleidet und finster aussehend, hielt er seine tödliche Axt in den Händen und hob sie langsam über den Kopf, sodass es still wurde im Saal. »Königin Gudrun« – wieder wandte er sich an die Menge –, »meine Damen und Herren und verehrte Gäste« –, er schwang seine tödliche Waffe in einem Wirbel von Stahl herum, und einige Damen im Saal keuchten – »ich mag wie der Kämpe des Todes aussehen« –, er stellte den Axtkopf auf den Boden und stützte sich auf den hölzernen Schaft –, »aber in Wahrheit bin ich nichts, verglichen mit der exotischen goldenen Kriegerin aus dem fernen Ryodo, einem mysteriösen Reich im fernen Osten. Ich präsentiere Euch die edle Dame Aiko« – Egil hielt inne und fasste sich mit einer Hand in den Nacken –, »aber ich warne Euch: Gebt Acht auf Eure Köpfe.«

Während Egil die Bühne verließ und sich rechts vom Thron aufstellte, betrat Aiko das Amphitheater. Sie trug ihren gefiederten Helm unter einem Arm, und ihre Schwerter steckten in Scheiden, die sie auf dem Rücken trug. In der Mitte angekommen, blieb sie stehen, verneigte sich tief vor der Königin, dann nach rechts und links vor den Gästen. Sie setzte ihren seltsamen Helm auf, dessen Schöße hinten und an den Seiten bis fast auf die Schultern reichten. Vorn ragte ein Naseneisen nach unten und verband sich mit den Wangenschützern. Die Pfauenfeder auf der Haube bog sich nach hinten und stand in flachem Winkel ab. Hätten die Gäste sie nicht zuvor gesehen, hätten sie nicht sagen können, ob dieser Krieger ein Mann oder eine Frau war.

Aiko blieb einige Momente mit geschlossenen Augen stehen, die Arme seitlich ausgestreckt, sodass die grünen, roten, blauen, gelben und violetten Bänder reglos herabhingen. Dann wirbelte sie mit wehenden Bändern herum, und plötzlich hielt sie die Schwerter in den Händen, deren Stahl im Kerzenschein funkelte und blitzte. Sie tanzte – oder übte, je nachdem, wie man es sah –, drehte sich hierhin und wand sich dorthin, rückte vor, wich zurück, sprang hoch und landete, vorwärts, rückwärts, seitlich, während die Schwerter kreisten und sie ihren Griff wechselte, sodass die Klingen an den Unterarmen anlagen, nur um wieder nach vorn zu schnellen. Sie stieß vorwärts und nach hinten, und ihre Klingen zerschnitten die Luft so rasch, dass sie summten. Ständig bewegten sich ihre Schwerter, während die bunten Bänder ihr wie die Streifen eines Regenbogens folgten und die Menge *Oh* und *Ah* machte. Immer schneller wirbelte und drehte sie sich dem erhöhten Platz der Königin entgegen, ein verschwommener Wirbelwind aus Leder, Bronze, Stahl und Farben, bis sie die Stufen erreicht hatte und plötzlich stehen blieb, dem Thron zugewandt, die Schwerter nun in der Scheide – wie und wann sie das geschafft hatte, vermochte niemand zu sagen. Langsam und bedächtig setzte sie ihren Helm ab und verbeugte sich tief vor der Königin.

Der Saal brach in Beifallsrufe und donnernden Applaus aus, und selbst die Königin schlug auf ihren Speisentisch, sodass Geschirr und Besteck klirrten. Delon erhob sich in seinem schimmernden Grün und Blau und applaudierte, und er setzte seinen schillernden, gefiederten Hut ab, schwenkte ihn und verneigte sich tief. Als die Königin das sah, blitzte Wut auf ihrem Gesicht auf, welche rasch einem Lächeln wich, das nicht weiter reichte als bis zu ihren Mundwinkeln. Sie hob die Hände und gebot Ruhe, und als Stille eingekehrt war, sagte sie: »Sehr beeindruckend, aber ich frage mich, ob es so tödlich ist, wie es aussieht.«

Gudrun wandte sich nach links und rief: »Stahl.«

Ein hoch gewachsener Mann in schwarzem Leder mit einem Säbel am Gürtel erhob sich an einem Tisch in der Nähe und verbeugte sich: »Majestät?«

»Stahl, Ihr seid mein Kämpe. Könnt Ihr diese fremde Kriegerin besiegen?«

Die Menge hielt wie auf Befehl den Atem an, und Egil machte Anstalten, seinen Platz rechts vom Thron zu verlassen, aber ein funkelnder Blick und eine erhobene Hand Aikos ließen ihn innehalten.

Stahl lächelte und betrat das Amphitheater. Er war sehnig und hager, vielleicht dreißig Jahre alt, und er überragte Aiko mindestens um Haupteslänge. »Meine Königin, die wahre Prüfung für das Schwert liegt in der Schlacht ... nicht in einem Tanz.«

Gudrun wandte sich an Aiko. »Was sagt Ihr, Schwertkämpferin, werdet Ihr Eure Fähigkeiten mit denen meines Kämpen messen?«

Aiko sah Stahl an, der nun in der Nähe stand, und sagte: »Ich kämpfe nicht zum Spaß.«

Stahl schnaubte verächtlich, aber die Königin hob eine Augenbraue. »Ah, goldene Kriegerin, dann kämpft Ihr also aus Prinzip oder für eine Belohnung?«

Aiko sah Gudrun ausdruckslos an. »Für das eine wie für das andere.«

»Was wollt Ihr also dafür haben?«

Aiko ignorierte Egils verneinende Geste und fragte: »Was bietet Ihr an?«

Die Königin gestikulierte großzügig. »Wenn Ihr gewinnt, nehmt, was Ihr wollt.«

Sich verstellend, schaute Aiko sich um und ließ den Blick über Goldpokale, Juwelen und andere Reichtümer schweifen. »Würdet Ihr mir einen Ring geben?«

Gudrun hob die Hände, sodass Aiko die Juwelenringe an ihren Fingern sehen konnte. »Jeden, den Wir tragen.«

Immer noch ihren wahren Wunsch verheimlichend, drehte Aiko sich um und zeigte auf ein Serviermädchen. »Würdet Ihr mir auch einen Leibeigenen geben?«

Gudrun lächelte. »Jeden Unserer Sklaven.«

Jetzt näherte Aiko sich dem, was sie wirklich wollte, und deutete auf die Wand zur Linken. »Würdet Ihr mir auch ein Tier aus Eurem Garten geben oder vielleicht einen Vogel?«

Stahl knurrte: »Sie macht Ausflüchte, Majestät.«

Verärgert erwiderte Gudrun: »Wenn Ihr gewinnt – ha! –, werden Wir Euch alle vier Dinge geben, einen Ring, einen Leibeigenen, ein Tier und einen Vogel. Nehmt Ihr an?«

Aiko lächelte zögernd. »Oh, ich werde nur eins davon nehmen, nicht alles, wenn ich Euer Wort bekomme, dass Ihr mir das Gewünschte freiwillig gebt.«

»Ihr geht zu weit, Frau aus den fernen Ostlanden, wenn Ihr Unser Wort anzweifelt. Doch Wir, Gudrun die Schöne, Königin der Jüten, schwören es.«

Stahl wandte sich an Aiko. »Ihr habt Eure Belohnung ausgehandelt, solltet Ihr gewinnen, doch es ist ein vergeblicher Handel, denn Sieger werde ich sein. Dennoch hat jeder Handel zwei Seiten, und so frage ich: Was gebt *Ihr*, wenn Ihr verliert?«

Aiko sah ihn an. »Was wollt Ihr haben?«

Stahl wandte sich an die Königin. Gudrun zuckte unverbindlich die Achseln und sagte: »Verlangt, was Ihr wollt, mein Kämpe.«

Stahl bedachte Aiko mit einem schlüpfrigen Grinsen. »Ich verlange, dass Ihr die Nacht damit verbringt, die königliche Garde zu vergnügen.«

Der Saal brach in Gelächter aus, und Applaus brandete auf. Doch Arins Ausruf übertönte alle anderen Stimmen: »Nein, Aiko, verpflichtet Euch nicht.«

Mit dem Kelch in der rechten und dem Krug in der linken Hand, schwankte Alos zum Rand des Amphitheaters und rief in seiner Muttersprache: »*Nei! Nei løfte!*«

Egil protestierte ebenfalls und rief: »Nein«, doch Aiko winkte wiederum ab.

Sie wandte sich an Stahl. »Ich schwöre es.«

Stahl grinste wölfisch, dann drehte er sich zu seinem Tisch um und rief: »Braun, meinen Parierdolch und den Helm!«

Während ein rundlicher Mann aus dem Saal eilte, löste Aiko die bunten Bänder von ihren Gliedern, und Egil trat zu ihr und nahm ihr die Bänder ab. Während er nach einem grünen griff, flüsterte er: »Aiko, Ihr müsst das nicht tun. Es gibt andere Möglichkeiten, uns das zu holen, weshalb wir hier sind.«

Aiko sah ihn an und murmelte zurück: »Aber auf diese Weise gibt man es uns freiwillig.«

»Wenn Ihr gewinnt, Aiko. Nur, wenn Ihr gewinnt.«

Sie funkelte ihn an, dann wurde ihr Blick weicher. »Fürchtet Euch nicht, mein Freund, denn ich werde nicht verlieren.«

Schließlich war das letzte Band gelöst, und Aiko nahm ihren Helm, entfernte die Pfauenfeder und reichte sie Egil, der sie in sein Hutband schob. Sie setzte den Helm auf, zog ihre Schwerter und wartete. Mit der Bronzeschuppenrüstung, dem Stahlhelm und den gezückten Schwertern sah sie jetzt wie die Inkarnation eines grimmigen Kriegers aus, und Stahl war ein wenig verblüfft, aber er war größer und schwerer und hatte eine um mindestens einen Fuß größere Reichweite als sie.

Der rundliche Bedienstete kam in den Saal zurückgelaufen. Er brachte einen Dolch und einen vorne offenen Helm mit einer Kette hinten im Nacken. Stahl setzte seinen Kopfschutz auf, reichte Braun seinen Gürtel mit der Schwertscheide, zog dann beide Klingen und nahm den Parierdolch in die linke Hand und den Säbel in die rechte. Braun eilte mit Gürtel und Scheiden davon.

Aiko stand ihm gegenüber, und der Helm überschattete ihre Augen. »Bis zum ersten Blutstropfen?«, fragte sie.

Stahl nickte. »Bis zum ersten Blutstropfen.«

Gemeinsam gingen sie zur Mitte des Amphitheaters, und Aiko wirkte winzig neben Stahls hoch aufgeschossener Gestalt. Als sie in der Mitte standen, wandte Aiko sich an die Zuschauer: »Dies wird kein höfischer Schaukampf mit schön anzuschauenden Paraden und Riposten – vielmehr kämpfen wir bis zum ersten Blutstropfen.«

Stahl rief: »Aber sollte jemand eine tödliche Wunde erleiden, tja, kann ich es ändern, wenn ich zu gut bin?« Er verbeugte sich vor dem Publikum, als die Gäste jubelten und seinen Namen riefen.

Alos, der am Rande des Amphitheaters saß, rief: »*Focka du!*« Dann hob er seinen Kelch an die Lippen und trank daraus.

Jetzt wandten Aiko und Stahl sich der Königin zu und verneigten sich vor ihr.

»Beginnt«, rief sie.

Die Duellanten standen einander gegenüber und salutierten mit den Schwertern – Stahls Blick arrogant, Aikos ausdruckslos –, dann duckten sie sich und begannen, sich wachsam zu umkreisen. Plötzlich sprang Aiko in einem Wirbel aus Stahl vorwärts, und ihre Klingen waren nur noch verschwommen zu sehen –

– *kling-klang, shing-shang, kling-klang* –

– und nach nur acht schnellen Streichen löste sie sich und trat zurück.

Stahl sah sie stirnrunzelnd an, als sie sagte: »Die ersten Blutstropfen«, und dann spürte er ein warmes Rinnsal auf der rechten Wange.

Ungläubig griff er sich mit der rechten Hand ans Gesicht und betrachtete dann seine Finger. Sie waren rot und nass. Die Menge stöhnte ungläubig, und Stahl wandte sich benommen an die Königin. »Majestät, das kann nicht mehr als eine zufällige Berührung gewesen sein. Ich verlange eine *richtige* Entscheidung. Dieses Duell soll nicht durch eine Laune des Schicksals entschieden werden.«

Aiko sah Gudrun ausdruckslos an. »Das Schicksal ist auf Seiten derer, die am besten vorbereitet sind.«

Die Königin funkelte Aiko an und bleckte die Zähne. »Bis zum zweiten Blutstropfen«, zischte sie.

»Majestät, ich protestiere«, rief Egil.

Doch Aiko hob die Hand, um ihn zum Schweigen zu bringen, und wandte sich dann an Stahl. »Bis zum zweiten Blutstropfen, Stahl. Doch seid gewarnt, wenn wir bis zum dritten Blutstropfen gehen müssen, dann geht es bis zum Tod.«

Stahl schlug die Hacken zusammen und neigte einmal den Kopf zum Zeichen seines Einverständnisses.

Wiederum salutierten sie mit ihren Waffen. Die Augen des Kämpen der Königin verrieten gleichermaßen Unsicherheit und Wachsamkeit, während Aikos Augen nach wie vor vollkommen ausdruckslos waren. Wie zuvor duckte Stahl sich, doch Aiko blieb aufrecht stehen, wartete und drehte sich nur auf der Stelle, da er sie langsam umkreiste. Dann griff sie an, wiederum in einem verschwommenen Wirbel von Stahl auf Stahl –

– *Shang-klang, shing-shang, chang-shang* –

– und wiederum löste sie sich, trat zurück und rief: »Zweiter Blutstropfen!«

Die Menge stöhnte, denn nun lief ein Rinnsal über Stahls linke Wange.

Ungläubig starrte Stahl die goldhäutige Kriegerin und ihre Klingen an und öffnete den Mund, um etwas zu sagen. Doch Egil war mittlerweile neben Aiko getreten und begleitete sie vor die Königin. »Majestät«, sagte er mit einer Verbeugung, »die Kriegerin Aiko hat ihre Fähigkeiten unter Beweis gestellt, indem sie nicht nur für den ersten Blutstropfen gesorgt hat, sondern auch für den zweiten. Sie hat einen anständigen Handel für den Fall ihres Sieges abgeschlossen, den sie errungen hat, wie jeder sehen kann. Lasst sie daher ihre Belohnung wählen, und setzt dann Eure Feier der Liebe fort.«

Königin Gudrun funkelte ihren entehrten Kämpen an und zischte Aiko dann zähneknirschend zu: »Wählt etwas aus den vier Dingen, die Wir angeboten haben.«

»Den flugl, den flugl!«, rief Alos, während er den Kelch hin und her schwenkte, um dann allen und jedem zuzuflüstern: »Wir wollen den Deck-Vogel.« Er nahm noch einen großen Schluck, und Rotwein lief ihm über die Wangen und tropfte auf die Aufschläge seiner Jacke.

Aiko wischte die Spitzen ihrer Klingen mit einem der Bänder sauber, die Egil noch in den Händen hielt, und schob die Schwerter in die Scheiden auf ihrem Rücken. Dann stemmte sie die Hände in die Hüften und wandte sich an die Königin.

Gudrun beugte sich auf ihrem Thron vor und raunte: »Nun, was soll es sein, Krieger-Frau: Ring, Leibeigener, Tier oder Vogel?«

Es wurde still im Saal, da alle darauf warteten, dass Aiko ihre Wahl traf, und irgendwo in der Ferne übertönte der Schall eines Horns das Prasseln des Regens.

Aiko sah die wütende Königin und ihren grellbunten Begleiter an, und dann fiel ihr Blick auf Egil und die schillernde Pfauenfeder in seinem Hutband. Plötzlich zeigte sich Überraschung auf ihren Zügen, als ihr schlagartig eine Erkenntnis kam, und sie wandte sich an die Königin, lächelte und streckte die Hand aus, um auf ihre Belohnung zu zeigen. »Ich nehme ihn.«

Sie hatte Delon gewählt.

41. Kapitel

»Was?«, fragte Egil benommen.

Feuer blitzte plötzlich in Delons Augen, und er sprang auf.

»Das kann nicht Euer Ernst sein!«, rief die Königin.

»Es ist mein völliger Ernst, Majestät«, antwortete Aiko. »Ich will Delon den Barden.«

Alos taumelte ein paar Schritte ins Amphitheater, sodass der Rest Wein in seinem Kelch hin und her schwappte, und rief: *»Nei, nei, Aiko. Den flugl, den fockan flugl!«*

»Ihr könnt ihn nicht haben«, verkündete Gudrun.

Ihr Blick war hart wie Feuerstein, als Aiko den linken Fuß auf die erste Stufe des Podests stellte. »Wollt Ihr Euch gegen die Götter versündigen und Euer Wort brechen? Das Wort von Gudrun der Schönen? Einen Schwur, den Ihr hier vor all Euren Vasallen geleistet habt? Einen Leibeigenen habt Ihr versprochen, jeden meiner Wahl, und der Silberkragen und die Kette weisen Delon als einen solchen aus.«

Im großen Saal saßen die Gäste wie gebannt da.

»Ihr könnt ihn nicht haben, denn er wird morgen meinen anderen Geliebten auf dem Scheiterhaufen Gesellschaft leisten.«

Delon keuchte in verblüfftem Entsetzen.

Aiko sah plötzlich vor ihrem geistigen Auge die vom Feuer geschwärzten Mauern. Jetzt stellte sie den rechten Fuß auf die zweite Stufe des Podests und verkündete zähneknirschend: »Ihr werdet ihn mir vorher überlassen.«

»Pah!«, rief Gudrun. »Ich werde ihn Euch danach geben – das heißt, seine Asche.«

Aiko stellte den linken Fuß auf die dritte Stufe.

»Stahl!«, rief die Königin.

Doch Egil stand mit der Axt in der Hand zwischen Gudrun und ihrem Kämpen, und Stahl hob abwehrend seinen Säbel. Die Gäste hielten kollektiv den Atem an und warteten.

In diesem Augenblick flogen die Türen des großen Saals auf, und drei schlammbespritzte Männer in tropfnassen Umhängen traten ein, gefolgt vom Türwächter. Sie schlugen die Kapuzen zurück, und der linke der drei Männer erwies sich als Baron Steiger. Der rechte war ein junger Mann, von dessen Schulter ein am Wehrgehenk befestigtes Horn herabbaumelte. Er hätte Stahls Bruder sein können. Der letzte war ein bärtiger Mann Mitte vierzig, und Egil keuchte auf, als er ihn erkannte, und seine Narbe auf Stirn und Wange flammte rot auf. Doch ehe er etwas sagen konnte, zeigte Steiger auf Egil und rief: »Das ist er, mein Herzog, der schändliche Fjordländer, der Euren Bruder erschlagen hat!«

Herzog Rache zog ebenso wie der Baron sein Schwert, und er rief: »Bereite dich darauf vor, Hèl zu sehen, Fjordländer.«

»Tötet sie!«, rief Gudrun mit triumphierendem Blick. »Tötet sie alle!« Ihr Finger zuckte vor: »Diesen Mann und seine Gefährten: diese gelbe Frau, die Elfe dort drüben und den alten Mann da!«

Bevor sich jemand bewegen konnte, hatte Aiko ein Schwert gezogen und hieb es durch Gudruns linkes Handgelenk. Die abgetrennte Hand fiel klirrend auf das Podest, während das silberne Armband auf den Steinboden schlug und sich dann vom Stumpf löste. Gudrun kreischte vor Schmerz und Entsetzen, und ihre Augen weiteten sich im Schock, als das Blut in Fontänen aus dem Armstumpf spritzte, während Aiko zischte: »Seid dankbar, dass es nicht Euer Kopf war.« Die Königin verdrehte die Augen und fiel in Ohnmacht. Derweilen fuhr die goldhäutige Kriegerin herum, und im gleichen Augenblick sauste ein Shuriken durch die Luft und traf Baron Steiger in den Hals, der gurgelnd zu Boden sank.

Ein zweiter Wurfstern bohrte sich in den Nacken des Türwächters, der sich umgedreht hatte und zum Ausgang lief. Der Wächter stolperte und fiel mit durchtrennter Wirbelsäule und war tot, bevor er auf dem Boden landete.

Die Gäste wichen vor Furcht an die Wände zurück ... alle bis auf Arin, die unter ihr Kleid griff und ihr Langmesser aus der zwischen Knie und Fußknöchel festgebundenen Scheide zog. Sie stellte sich in den Haupteingang, und ihre Klinge funkelte im Kerzenschein. Die Gäste, von denen die meisten nur mit einem Schmuckdolch bewaffnet waren, wollten sich lieber nicht mit ihr anlegen.

»Holt sie Euch«, rief Herzog Rache, indem er auf Aiko zeigte. »Doch der Fjordländer gehört mir, und mir ganz allein!« Mit einem grimmigen Fauchen griff er an. Stahl und der andere Mann gingen auf Aiko los, die ihr zweites Schwert zog und auf dem Podest wartete. Delon sprang nach links vom Podest, wobei Armband und Silberkette über den Steinboden klirrten.

Raches Schwert klirrte gegen die Axt des Fjordländers, und Egil wurde zurückgedrängt, so groß war die Wut des Herzogs. Doch dann prallte Raches Klinge gegen den entgegenschwingenden Axtkopf und brach am Knauf ab. Rache starrte den klingenlosen Schwertknauf in seiner Hand einen Moment sprachlos an, dann warf er ihn weg, brüllte vor Wut, sprang Egil mit weit ausgestreckten Armen an, die Hände wie Klauen gekrümmt, und wurde von einem Schlag an den Kopf gefällt. Ohne noch einen Blick auf den Herzog zu werfen, fuhr Egil herum und lief zum Podest, um Aiko zu helfen.

Stahl sprang die Stufen empor und griff die goldhäutige Kriegerin an, nur um einen Moment später durchbohrt zu werden. »Der dritte Blutstropfen«, fauchte Aiko, als sie ihr

Schwert aus Stahls fallendem Körper riss, um dem nächsten Feind zu begegnen.

Dieser Mann bewegte sich sehr vorsichtig und hielt sein Rapier vor dem Körper. Doch dann legte sich von hinten eine Silberkette um seinen Hals, und er wurde von den Beinen gerissen und fiel rückwärts die Stufen herunter. Sein Kopf schlug auf Granit, und als er unterhalb der letzten Stufe zur Ruhe kam, rührte er sich nicht mehr. Während Delon die Kette löste, sah er Aiko an und sagte: »Zeit zu gehen, glaube ich.«

In dem mit weinenden Frauen und verzagten Männern gefüllten Saal warf Aiko einen Blick auf die bewusstlose Gudrun, aus deren Armstumpf immer noch Blutfontänen spritzten. Aiko wandte sich an die verängstigten Gäste und rief: »Ich nehme jetzt, was mir zusteht, und lasse Euch mit dem zurück, was Ihr verdient habt.« Dann ging die goldhäutige Kriegerin die Stufen hinunter.

Als sie unten angekommen war, sagte Egil: »Wir sind in der Burg des Feindes und müssen über die Mauer klettern, doch unser Seil ist in unserer Kammer. Außerdem müssen wir noch den Deck-Pfau holen.«

Aiko schüttelte den Kopf und zeigte auf Delon und dessen grellbunte, schillernde Erscheinung. »Seht ihn Euch genau an, Egil. Was könnte er anders sein als unser Deck-Pfau?«

Delon schaute von einem zu anderen und sagte dann leise: »Ich kann uns rausbringen.«

Egil beugte sich vor. »Wie?«

Delon zeigte auf den gefallenen Feind und stopfte sich dann das lose Ende der Silberkette vorne in sein Hemd. »So, wie sie hereingekommen sind, wenn ihre Pferde noch draußen stehen. Ich kenne ihre Hornsignale. Bei Adon, ich habe sie oft genug gehört. Holt Herzog Raches Mantel. Steigers auch.«

Delon bückte sich und streifte dem toten Kämpen des Herzogs den nassen Umhang und das Horn ab. Er schnallte sich das Schwert des Gefallenen um, dann zog er das Kleidungsstück an und warf sich das Horn über die Schulter.

Aiko zog ihren Wurfstern aus dem Hals des Barons und nahm ihm Mantel, Schwert und Scheide samt Gürtel ab. Sie ging zu dem gefallenen Wächter und holte den zweiten Shuriken, dann ging sie zur Tür und reichte der Dylvana die Sachen des Barons mit der eindringlichen Bitte, sie rasch anzulegen. »... beeilt Euch, meine Tigerin flüstert von Gefahr.«

Egil, der nun einen Mantel trug, warf sich die Kapuze über den Kopf und sagte: »Fertig?« Dann schaute er sich suchend um. »Wo ist Alos?«

Der alte Mann lag zwischen den Leichen auf dem Boden. Egil ging zu ihm und kniete sich neben ihn.

»Ist er tot?«, fragte Delon.

»Verdammt, verdammt, verdammt!«, zischte Egil. »Sturzbetrunken.« Dann wuchtete er sich Alos auf die Schultern, überrascht, wie leicht der alte Mann war. »Kommt, lasst uns gehen.«

Als sie durch die Tür schritten, blieb Aiko noch einmal stehen und wandte sich den zitternden Gästen zu. Von ihren Klingen tropfte rotes Blut auf den Boden. »Ich werde nicht mit meiner Herrin reiten, sondern hinter dieser Tür warten. Wenn jemand herauskommt, bevor das Horn ertönt, werde ich diesen Dummkopf töten. Wer von Euch will als Erster sterben?«

Ohne auf eine Antwort zu warten, drehte Aiko sich auf dem Absatz um, ging nach draußen und schloss die Türen hinter sich.

Rasch hatte sie die anderen eingeholt und wischte beim Laufen die Schwerter am Mantel trocken.

Von niemandem aufgehalten, eilten sie durch die Gänge und fanden draußen im Regen die Pferde vor, insgesamt sechs und gesattelt, denn der Baron, der Herzog und dessen Kämpe hatten Reservepferde zum Wechseln mitgenommen. Dennoch schnauften die Pferde noch, denn sie waren im Galopp geritten worden. Egil reichte Alos an Delon weiter und stieg auf, dann nahm er den alten Mann wieder zurück, den Delon bäuchlings vor Egil quer über den Sattel legte.

»Beeilt Euch«, zischte Aiko, die ebenfalls aufgesessen war und deren Waffen mittlerweile in den Scheiden auf ihrem Rücken steckten. »Meine Tigerin warnt mich.«

Arin raffte den Saum ihres Kleides und stieg auf.

Delon schnitt das Reservepferd hinter Egil los und sprang in den Sattel. Alle vier spornten ihre Pferde an und sprengten mit zwei Reservepferden hinter Arin und Aiko los.

Sie ignorierten die gewundene, gepflasterte Straße und galoppierten stattdessen in regendunkler Nacht querfeldein den Hügel hinab, als seien ihnen alle Höllenhunde auf den Fersen, während sie im Stillen beteten, dass die Pferde nicht ins Rutschen oder Stolpern gerieten. Hinter ihnen ertönten Alarmrufe, denn einer der Gäste hatte sich doch noch zur Tür gewagt.

Jetzt hob Delon das Horn an die Lippen und blies ein dringliches Signal.

Voraus sahen sie Laternen brennen, und in deren Licht konnten sie erkennen, dass sich die Innentore öffneten.

Ta-ra, ta-ra, ta-ta-ta-rah!, blies Delon noch einmal.

Fliegende Hufe wirbelten Erdbrocken in die Höhe, und sie galoppierten zum offenen Tor. Doch als sie das Portal erreichten, gab ein Horn in der Burg Alarm.

Sie flogen förmlich in den gewundenen Gang und rissen an den Zügeln, um die Tiere zu bremsen. Mit klappernden Hufen ging es so rasch durch den steinernen Gang, wie die Pferde darin vorankamen. Über sich hörten sie Alarmrufe durch die Pechnasen schallen. Dann bogen sie um die letzte Ecke, und das erhobene Fallgatter lag vor ihnen, doch es wurde gerade herabgelassen. Egil stieß einen Schrei aus und spornte sein Pferd an, und die anderen folgten ihm und zogen den Kopf ein, während die tödlichen Spitzen des gewaltigen Gatters herunterrasselten. Die Pferde liefen hindurch, und alle gewannen die Freiheit bis auf eines – Arins Ersatzpferd. Das Tier schrie, als es von schwerem Stahl durchbohrt wurde, ein Schrei, der abrupt endete. Es gab einen Ruck, als sich die Leine zwischen Arins Pferd und dem Ersatzpferd straffte, doch dann riss sie, und sie galoppierten weiter.

Pfeile zischten ihnen durch den Regen hinterher, doch keiner von ihnen wurde getroffen.

Sie preschten aus der Festung und auf regennassen Straßen durch die Stadt, wobei sie unterwegs von einigen Nachtschwärmern verwünscht wurden, die noch auf den Beinen waren. Sie galoppierten zum Pier, wo Egil sein Pferd anhielt, während Alos sich plötzlich erbrach.

Sie sprangen ab und schlugen den Pferden auf die Kruppe. Delon trug den sabbernden alten Mann, und sie eilten zur Schaluppe, während die Pferde in die Nacht davonsprengten.

Egil und Arin setzten schnell Klüver und Hauptsegel, und Aiko legte ab. Sie und Delon stießen das Boot vom Pier ab und sprangen dann an Bord. Gegen den starken Wind kreuzend, manövrierte Egil die Schaluppe langsam weg vom Pier und in den Hafen. In dem immer stärker fallenden Regen stachen sie in die aufgewühlte See des Westonischen Ozeans, während sie hinter sich vor den Lichtern von Königinstadt bewaffnete Soldaten durch die Straßen der Stadt preschen sahen.

ANMERKUNG DES ÜBERSETZERS

Die wenigen deutschen Beiträge wurden, da ihre Übernahme wenig Sinn macht und mir eine Übersetzung ins Englische wenig sinnvoll erschien, weggelassen. Deutsch wird übrigens in Jütland gesprochen, und alle Namen dort (auch Königinstadt) sind nicht übersetzt, sondern Originale.

Die Schaluppe heißt im Original *Brise* und wird dann von Ferai *Breeze* genannt. Ich habe mir die Freiheit genommen, diese Begriffe zu vertauschen.

Elfenkrieger

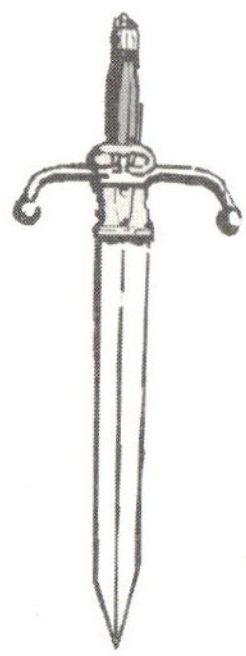

»Vielleicht«, sagte Burel, »seid Ihr mit dabei, Ferai, um uns glauben zu machen, wir hätten tatsächlich einen freien Willen.«

»Und vielleicht seid Ihr mit dabei, Burel, um uns glauben zu machen, wir hätten keinen.«

1. Kapitel

Inmitten einer pechschwarzen Nacht kämpfte sich die Schaluppe *Breeze* durch den kräftigen Wind, den prasselnden Regen und die kalte Wut des Westonischen Ozeans. Sturmgepeitschte Wellen krachten über die Dollborde, warfen das kleine Boot hin und her und drohten, es zum Kentern zu bringen.

»Bring sie in den Wind, Arin«, rief der Fjordländer Egil, und die zierliche Dylvana drückte die Ruderpinne in Richtung des Großbaums, während Egil an den Seilen des Klüversegels zog.

Der Bug der *Breeze* pflügte die Wellen, und das kleine Schiff ritt auf den Bergen der heranrauschenden Wogen, um dann in das Tal dahinter zu tauchen. Der vom Wind gepeitschte Regen, Gischt und Brecher fegten über das Deck und durchnässten alle bis auf die Haut.

»Wir müssen unsere Schlechtwetterkleidung anziehen, bevor das Wasser uns die Wärme aus dem Leib spült«, rief Egil. »Aiko, Ihr geht als Erste.«

Die Kriegerin aus dem fernen Ryodo öffnete die Kabinentür, und während sich ihre Silhouette im Licht der schwankenden Laterne in der Tür abzeichnete, verschwand sie in der Kabine, um einige Zeit später in Robbenfell und Ölzeug gehüllt wieder aufzutauchen.

»Du gehst als Nächster, Egil«, rief Arin, der ihr durchnässtes Seidenkleid, mit dem sie vom Hof Königin Gudruns geflohen war, am Körper klebte. »Meinem Volk macht die Witterung wenig aus.«

Der hoch gewachsene, einäugige Nordmann stieß die Tür auf und verschwand schwankend in der Kabine. Eine wild hin und her schwingende Sturmlaterne warf unstete Schatten in das Innere. Alos lag bewusstlos in einer der Kojen. Sein faltiges Gesicht zeigte keine Regung, seine Lider bedeckten sowohl das blinde als auch das sehende Auge, und sein Mund stand weit offen und entblößte die Zahnlücken des Alten.

Delon saß auf einer anderen Koje und hielt sich krampfhaft an einem Pfosten fest. Das hübsche Gesicht des Barden war totenbleich, und zwischen seinen Füßen stand ein Eimer. Als das Boot sich aufbäumte, über den nächsten Wellenberg glitt und dann nach unten ins Tal schoss, sagte Delon gepresst zu Egil: »Ich konnte Schiffe noch nie ausstehen.« Er beugte sich nach vorn und versuchte vergeblich, sich in den Eimer zu übergeben. »Nichts mehr übrig«, ächzte er, während er gegen das Bullauge sank. »Adon, bin ich nutzlos!«

Egil antwortete nicht, sondern zog sich seine mit Wasser voll gelaufenen Stiefel aus. Rasch legte der Fjordländer auch den Rest seiner Sachen ab, um sich dann in Robbenfell zu hüllen und sich eine Öljacke über die Schultern zu werfen. Schließlich wandte er sich an Delon und zeigte auf Alos. »Falls wir untergehen sollten, schafft den alten Mann nach draußen.« Ohne eine Antwort abzuwarten, drehte er sich um und öffnete die Tür.

Die ganze Nacht kämpften sie gegen Wind, Wellen und Regen, doch als der Morgen graute, ließ der Regen langsam nach, und der Wind legte sich. Zuletzt beruhigte sich auch der Ozean, und noch vor Mittag klärte sich der Himmel auf, und die weißen Kämme auf den Wellen verschwanden und ließen nur eine strahlend blaue See unter einer warmen Septembersonne zurück.

Egil schlug jetzt einen südlichen Kurs ein, sodass sie vor dem Wind lagen, und er und Aiko hissten Stag- und Gaffelsegel. Nachdem jeder Fetzen Leinwand gesetzt war, segelten sie zügig durch den Kanal zwischen Jütland und Gelen.

Delon kam blass und schwach aus der Kabine auf Deck, wobei er sich zitternd an Belegnägeln und Tauen festhielt. Schließlich ließ er sich auf eine Seitenbank fallen. Der Barde trug immer noch die grellbunte Kleidung, in der er der Königin von Jütland entkommen war, auch wenn Hemd und Hose arg gelitten hatten und zahlreiche Flecken und Risse aufwiesen. Ein polierter Obsidianstein baumelte an einer Goldkette unter dem Silberkragen um seinem Hals. Aiko warf einen Blick auf sein bleiches Gesicht und sagte: »Keine Sorge, Delon, die Übelkeit wird früher oder später vergehen.«

»Adon«, ächzte Delon, während er sich so fest an die Bank klammerte, dass seine Knöchel weiß wurden, »hoffen wir, dass sie eher früher vergeht als später. Ich habe alles von mir gegeben, was ich von mir zu geben hatte. Als Nächstes kommt mein Magen.«

Egil lächelte grimmig. »Im Spind unten sind andere Gewänder. Ihr könnt welche von mir nehmen, obwohl sie Euch vielleicht etwas zu groß sein dürften.«

»Alos' Sachen würden besser passen«, sagte Aiko, »aber er hat nicht viel Kleidung.«

Delon sah sich um. »Wo sind wir? Ich sehe weit und breit nur wogende Wellen.«

»Irgendwo zwischen Gelen und Jütland«, antwortete Egil.

»Und wohin sind wir unterwegs?«

»Nach Pendwyr.«

Jetzt wandte Delon sich an Aiko. »Warum habt Ihr mich befreit? Versteht mich nicht falsch, es liegt mir fern, mich zu beklagen, denn ohne Euch wäre ich auf dem Scheiterhaufen dieser Wahnsinnigen gelandet. Aber trotzdem, warum habt Ihr mir geholfen?«

Aiko lächelte, streckte die Hand aus und zupfte an seiner schillernden Kleidung. »Weil Ihr der Deck-Pfau seid, Delon, und wir Euch bei unserer Suche brauchen.«

Delon hob fragend eine Augenbraue. »Pfau? Suche?«

Bevor jemand antworten konnte, drang jedoch ein lautes Heulen und eine Reihe von Verwünschungen aus der Kabine. Fluchend tauchte Alos im Durchgang auf und kam an Deck. Während er sich den schmerzenden Kopf hielt, sah er sich um, und als er seinen Verdacht bestätigt fand, wollte er wissen: »Was hat das zu bedeuten? Ich habe Euch doch gesagt, ich würde Euch nicht weiter als bis nach Jütland begleiten, aber Ihr habt mich wie eine Press-Patrouille der verdammten Marinesoldaten auf das Schiff geschleift und mich wieder aufs Meer verfrachtet ... gegen meinen Willen, möchte ich hinzufügen.«

Aiko schnaubte, doch Arin sagte: »Wir konnten Euch nicht zurücklassen, Alos. Ihr gehört zu unserer Gruppe, und man hätte Euch in Jütland getötet und vielleicht vorher noch gefoltert – die Königin hätte es so befohlen.«

»Wenn sie überlebt hat«, fügte Aiko hinzu. »Wenn ihr niemand geholfen hat, könnte sie auch verblutet sein.«

»Dennoch«, sagte Arin, »hätte Alos es mit dem Leben bezahlt, wenn wir ihn zurückgelassen hätten. Es wäre die Pflicht des Haushofmeisters und anderer Hofschranzen gewesen.«

Delon nickte. »Sie war zwar wahnsinnig, aber Regentenmord ist ein Verbrechen, das kein Königreich ungestraft lässt ... obwohl es in vielen Fällen stattdessen belohnt werden müsste.«

Alos, der in die Sonne blinzelte, war verwirrt. »Was ist mit der Königin passiert?«

Delon starrte den alten Mann an. »Ihr wisst es nicht?«

Alos schüttelte den Kopf und zuckte bei der Bewegung zusammen. »Ich, äh ...«

»Ihr habt Euch betrunken und das Bewusstsein verloren«, sagte Aiko, der ihre Missbilligung deutlich anzusehen war.

Alos funkelte sie an. »Und dann habt Ihr mich wohl gegen meinen Willen ins Schiff geschleift, was?«

Aiko wandte sich angewidert ab.

»Ha, das dachte ich mir«, sagte der alte Mann anklagend. Sein verbliebenes Auge funkelte.

»Es war nur zu Eurem Besten, Alos«, protestierte Arin.

Der alte Mann sah die Dylvana an, dann Egil, der nickte und sagte: »Es stimmt, Steuermann.«

Kaum beschwichtigt, brummte Alos vor sich hin, dann wandte er sich an Delon. »Was ist denn nun mit der Königin? Warum hätte sie mich töten lassen?«

»Na ja«, sagte Delon grinsend, während er Silberkette und Armband aus seinem Hemd zog. Die Kettenglieder waren immer noch am Silberkragen um seinen Hals befestigt. »Die edle Aiko hat ihr die Hand abgeschlagen und mich befreit.«

»Møkk!«, fluchte Alos. »Ich kenne diese Jüten. Sie werden uns bis ans Ende der Welt verfolgen.«

»Vor allem, wenn die Königin überlebt hat«, gab Delon ihm Recht. »Sie wird nicht eher ruhen, bis wir alle tot sind ... und je blutiger und schmerzhafter wir sterben, desto besser wird es ihr gefallen.«

»Hng«, knurrte Egil. »Wir können nicht einfach untertauchen. Ich meine, seht uns doch an: eine Dylvana, eine goldhäutige Frau und zwei einäugige Männer.«

»Und ein Deck-Pfau«, fügte Delon hinzu, »was immer das sein mag.«

»Vielleicht wissen sie nicht, dass wir in See gestochen sind«, sagte Aiko.

Egil schüttelte den Kopf. »Sobald sie mit dem Hafenmeister reden, finden sie es heraus.«

Aiko nickte trübsinnig und sagte dann: »Das bedeutet, dass sie Schiffe aussenden werden, um uns aufzuspüren.«

»Nicht einfach irgendwelche Schiffe«, erwiderte Egil, »sondern schnelle Drachenboote.«

»Vielleicht segeln sie nach Norden, *Chier*«, sagte Arin. »Nach Fjordland, denn sie wissen, dass dort deine Heimat ist.«

»Möglich«, erwiderte Egil. »Aber sie werden auch im Süden und im Westen nach uns suchen. Ich halte es für das Beste, wenn wir weit draußen auf See bleiben. Vielleicht glauben sie, dass wir an der Küste entlang geflohen sind. Wenn wir nur in der Nacht segeln und uns bei Tag verstecken, können wir vielleicht eine Entdeckung vermeiden.«

Aiko sah Egil an und sagte. »Wenn sie uns andererseits auf dem offenen Meer suchen, sind wir in großer Gefahr, wenn sie uns auf See aufspüren. Sie werden sehr viel zahlreicher sein als wir, und wir können ihnen nicht davonsegeln.«

Egil neigte den Kopf. »Aye, Aiko. Aber wir haben den weiten Ozean, der uns Schutz bietet. Es wird so sein wie die Suche nach einem Getreidekorn in einem Feld voller Spreu.«

Arin nickte. »Ich bin auch dieser Ansicht. Würden sie unser Ziel kennen, wären die Aussichten sehr viel schlechter. Aber das kennen sie nicht, also wird uns die See verbergen, und unser guter Steuermann Alos wird uns sicher ans Ziel bringen.«

»Vielleicht glauben sie, dass wir in dem Sturm letzte Nacht gesunken sind«, sagte Delon.

Egil zuckte die Achseln. »Sie werden trotzdem suchen.«

Einen Moment schwiegen alle, dann räusperte sich Delon. »Und wir fahren nach Pellar, sagt Ihr?«

»Aye, nach Pendwyr«, erwiderte Egil.

»Aber nicht weiter, hört Ihr?«, verkündete Alos und betastete mit der Zunge seinen Gaumen. »So weit begleite ich Euch, aber dann trennen sich unsere Wege.« Murrend ging der Alte zur Ruderpinne und setzte sich Arin gegenüber. Er schirmte sein Auge ab, betrachtete die Segel und sagte: »Die Segel stehen nicht ganz richtig, Dara.« Er wandte sich an Egil. »Die Segel müssen getrimmt werden. Ich übernehme das Steuer, dann sind wir schneller da, und dann bin ich von diesem Wahnsinn endlich erlöst. Dann könnt Ihr den grünen Stein allein jagen. Ich beteilige mich dann jedenfalls nicht mehr an diesem aberwitzigen Unterfangen.«

Delons Blick wanderte zu Aiko. »Grüner Stein? Hm. Schon als ich ein kleiner Junge in Gûnar war, wollte ich immer an einem großen Abenteuer teilhaben. Ihr müsst mir von Eurer Suche erzählen.«

Aiko schüttelte den Kopf. »Wir folgen Dara Arins Vision, nicht meiner.«

Delon wandte sich an die Dylvana. »Erzählt mir, was Ihr sucht. Erzählt mir auch, warum die edle Aiko mich einen Deck-Pfau nennt, obwohl ich die Antwort darauf zu kennen glaube. Und wisst Ihr eine Möglichkeit, diesen verwünschten Kragen von meinem Hals zu lösen?«

»Die Katze Die In Ungnade Fiel;
Einauge In Dunklem Wasser;
Den Deck-Pfau Des Wahnsinnigen Monarchen;
Das Frettchen Im Käfig Des Hochkönigs;
Den Verfluchten Bewahrer Des Glaubens Im Labyrinth:
Diese nimm mit,
Nicht mehr,
Nicht weniger,
Sonst wird es dir nicht gelingen,
Die Jadeseele zu finden.«

Mit sanfter Stimme rezitierte Arin die Prophezeiung, nachdem sie ihren Bericht darüber beendet hatte, wie ihre Suche sie von einem Ende der Welt zum anderen, von Darda Erynian über die Festung im Schwarzen Berg und die zerklüfteten Klippen von Mørkfjord bis nach Jütland geführt hatte.

»Aha, so ist das also«, sagte Delon in der Sonne des Spätnachmittags. Nun, da sich seine Übelkeit gelegt hatte, ging es dem Barden viel besser. »Wohlan denn, ich bin dabei. Ich kann einen mitreißenden Heldengesang über unsere Fahrt machen, ob wir Erfolg haben oder nicht.«

»Haltet still«, schnauzte Aiko, die mit ihrer scharfen Stahlklinge am letzten Verschluss des Silberkragens herumsäbelte. »Ich bin fast durch.«

Schließlich durchschnitt die Klinge die letzte weiche Silberniete, und der Kragen fiel ab.

Delon holte tief Luft und atmete langsam aus, dann rieb er sich den Hals und beugte ihn nach rechts und links. »Adon, es tut gut, dieses Ding endlich los zu sein, und ich danke Euch, edle Aiko.« Lachend nahm er Kragen, Kette und Armband und wog alles in den Händen. »Ein spärlicher Lohn für das, was ich durchgemacht habe.«

Egil betrachtete ihn. »Und das wäre …?«

Delon warf einen Seitenblick auf Arin und Aiko. Dann senkte er die Augen und sagte: »Meine Aufgabe bestand darin, die Königin … nun, sie zufrieden zu stellen.« Er schüttelte den Kopf. »Sie war sogar für mich zu viel.«

»Hah!«, blaffte Alos. »Und wie habt Ihr sie dann zufrieden gestellt?«

Delon neigte den Kopf und lächelte dünn. »Es gibt mehr als eine Möglichkeit, eine Frau zu befriedigen.«

Alos lachte laut auf, dann wurde er ernst und wandte sich an Aiko. »Ich hoffe, Ihr habt keinen Fehler gemacht. Ich meine, wir haben den echten Pfau zurückgelassen, und ich will nicht zurückkehren müssen, um ihn doch noch zu holen. Und was das Decken angeht: Wahrscheinlich besorgt er es gerade den Enten.«

»Nein, Alos«, erwiderte Aiko. »Federvieh ist es bestimmt, der eigenen Art treu zu bleiben.«

»Woher wusstet Ihr dann, dass Delon hier der Deck-Pfau ist?«

Delon sah sie mit einem dünnen Lächeln an und wartete auf ihre Antwort.

Aiko zuckte die Achseln. »Die Balkontür war offen, und die Königin war nicht sonderlich leise in ihrer überschwänglichen Leidenschaft. Was den Pfau angeht ...«

»Was den Pfau angeht«, warf Delon ein, indem er erst die Arme ausbreitete und dann mit den Händen auf seine Kleidung wies, »seht mich doch an. Was war ich anderes als Gudruns Pfau? Sie hat mich so grellbunt gekleidet, als wäre ich eines ihrer Tiere in der Menagerie. Es ist ein Wunder, dass niemand bei meinem Anblick erblindet ist.« Delon nickte Aiko zu. »In der Tat, edle Aiko, ich *bin* Der Deck-Pfau Des Wahnsinnigen Monarchen – aber nur einer von sehr vielen, wie mir zu Ohren gekommen ist. Aber ich bin Euch sehr dankbar, dass Ihr mich befreit habt, bevor ich das Los der anderen teilen konnte.«

»Wie seid Ihr dazu gekommen, der Königin, äh« – Alos zeigte ein anzügliches Grinsen – »zu dienen?«

Delon lachte und sagte: »Ich mag den Alten.« Dann wurde seine Miene ernst. »Wie ich dazu gekommen bin, ihr zu dienen, nun, ich bin sehenden Auges geradewegs ins Verderben marschiert ...«

Delon pfiff vor sich hin, als er das Schiff aus Gelen verließ, das in Königinstadt angelegt hatte. Wenn die Gerüchte stimmten, würde er bald als Geliebter der Königin in endlosem Luxus leben, daran zweifelte er nicht einen Augenblick. Er würde sie zuerst mit den Augen und der Stimme verführen ...

Delon berührte das Amulett an seinem Hals, das ihm sein Vater Elon gegeben hatte, der es von seinem Vater Galon bekommen hatte, und so weiter, bis sich seine Vorfahren im Dunkel der Zeit verloren. Woher das Amulett ursprünglich kam, wusste niemand, obwohl es hieß, es sei ein Geschenk des Magiers Kaldor für einen hervorragend ausgeführten Dienst gewesen. Jedenfalls schien es die Kraft zu haben, seine Stimme zu verstärken, und in Verbindung mit seiner Ausbildung als

Barde ließ ihn das Schmuckstück beinahe wie einen elfischen Sänger klingen.

... und wenn sie ihn mit in ihr Bett nahm, würde er sie mit den Händen und Lippen liebkosen, ihr glühende Verheißungen zuflüstern und sie schließlich mit seinem ganzen Körper lieben. Er war davon überzeugt, dass er sie befriedigen können würde, denn er hatte einen Großteil der letzten fünfzehn Jahre in Gesellschaft von Frauen verbracht, in erster Linie in ihren Betten, und ihm war noch keine Frau begegnet, die er nicht zufrieden stellen konnte. Die Belohnungen waren beachtlich gewesen: das beste Essen, der beste Wein, schöne Kleider, kostbare Bücher, kleine Schätze, seltener Tand und vielerlei Annehmlichkeiten – oh, nicht notwendigerweise körperliche Vergnügungen, obwohl es diese in beträchtlichem Maß gab, sondern Unterhaltung für Geist, Verstand, Herz und Seele. Auch Reisen und Abenteuer hatten ihm offen gestanden, obwohl er bisher alle Anstrengungen vermieden hatte, denn er liebte den Luxus zu sehr. Gewiss, es gab Zeiten, wenn er aus den Armen einer Frau fliehen musste – wenn ihr Vater, Bruder, Gemahl oder Verlobter unerwartet in ihr Gemach kam –, und es gab Zeiten, wenn er sich den Weg freikämpfen musste, denn er war geübt im Umgang mit dem Rapier, obwohl er sich meist mit Worten herauswand. Aber insgesamt streunte er von einem behaglichen Unterschlupf zum nächsten, wenn sein Appetit auf einen speziellen Ort oder eine Frau nachließ.

So trieb er sich umher, von Anwesen zu Herrenhaus, von Landsitz zu Villa, und suchte Vergnügen, suchte ... er wusste nicht, was er sonst noch begehrte.

Schließlich hatte er von der Königin der Jüten gehört, von der man sagte, dass sie einen Geliebten herbeisehne. Und da er noch nie zuvor im Bett einer Königin gelegen hatte, geschweige denn einer so außerordentlich reichen wie Gudrun, gedachte er sich auch in diesem Spiel zu versuchen. Sicher, es gab geflüsterte Gerüchte über vergangene Liebhaber und auch

Gerüchte über ihre seltsamen Vorlieben – wenig glaubhafte Geschichten über Hunde, Pferde und andere Tiere –, aber er hatte selbst schon viele Geliebte gehabt, darunter auch solche mit außergewöhnlichen Neigungen, und die Geschichten, die verlassene Frauen über ihn verbreiteten, waren ebenso offensichtlich falsch.

Und so kam er mit einem simplen Plan nach Königinstadt: ins Bett der Monarchin zu gelangen. Da wusste er noch nicht, worauf er sich einließ.

Es dauerte keine Woche, bis er eingeladen wurde, vor der Königin zu singen, und der Abend war noch nicht weit fortgeschritten, als sie ihn in ihr Bett holte.

Vollkommen erschöpft von ihren Ansprüchen, schlief er wie ein Toter, und als er erwachte, hatte er einen Silberkragen um den Hals, der durch eine Silberkette mit einem Armband verbunden war, das sie trug.

Dann, eines Nachts im Nachglühen des Liebesaktes, bekannte sie ihm flüsternd, warum sie als wahnsinnig galt: Sie erzählte ihm mit zärtlicher Stimme, dass ihre vorherigen Liebhaber – Hunderte an der Zahl – einer nach dem anderen geopfert worden seien, wenn sie ihre Lust nicht mehr hatten befriedigen können. Sie hatte um jeden Einzelnen getrauert: Sie pflegte bei diesen Anlässen zu weinen und immer wieder den Namen ihres Vaters zu rufen, während der verflossene Geliebte seine Qualen herausschrie, da ihm das Fleisch von den Knochen gesengt wurde, und er lebendig verbrannte.

Doch nun glaubte sie, endlich ihren Geliebten für die Ewigkeit gefunden zu haben, denn Delon konnte und würde ganz gewiss jedes ihrer fleischlichen Gelüste befriedigen – für immer.

Delon war entsetzt und hätte sie bereits in diesem Augenblick beinah enttäuscht, aber zum Entzücken der Königin kannte er tatsächlich mehr als eine Möglichkeit, eine Frau zu befriedigen.

Was den Barden betraf, so wurde ihm jeder Wunsch erfüllt. Abgesehen von seiner Freiheit konnte er alles verlangen – Speisen, Wein, Kleider, Luxus, was immer er begehrte. Doch für seine Freiheit hätte er mit Freuden alles hergegeben.

Und er wusste nicht, wie lange er die wahnsinnige Monarchin noch zufrieden stellen konnte, und damit wusste er nicht, welche Lebensspanne ihm noch bemessen war.

»... und dann seid Ihr gekommen und habt mich gerettet.« Delon verstummte, nachdem er seine Geschichte erzählt hatte.

Aiko fragte: »Warum habt Ihr sie nicht einfach getötet und seid geflohen?«

Delon schüttelte den Kopf. »Ich weiß es nicht. Es kam mir so vor, als sei ich vollkommen hilflos. Ich war einfach nur ihr Leibeigener.«

Arin runzelte die Stirn, dann betrachtete sie Kette und Kragen in Delons Händen. Sie neigte den Kopf und betrachtete das Silber mit ihrer besonderen Gabe. Über dem Metall schien eine schwache Aura zu leuchten. »Hm. Ich glaube, es liegt ein Zauber auf dem Halsband, der Kette und dem Armband, Delon.« Sie sah den Barden an. »Und auch auf dem Amulett, das Ihr tragt.«

Delon berührte den polierten Obsidianstein an der zierlichen Goldkette. »Dieses Amulett behalte ich. Aber das andere ...?«

»Zerstört es«, sagte Aiko.

Egil widersprach. »Nein. Wenn es einen Menschen gefügig macht, können wir es auf unserer Suche vielleicht noch einmal gut gebrauchen.«

Arin schaute von einem zum anderen, sagte aber nichts.

Sie segelten nach Südosten, in Richtung der Straße von Kistan. Zwölf Tage pflügten sie durch die Wellen in wärmeres Gewässer. Manchmal waren die Windböen auf ihrer Seite, dann wieder mussten sie gegen den Wind kreuzen, und ganz selten wehte für kurze Zeit überhaupt kein Lufthauch. An zwei Tagen regnete es – eine steife Brise wehte und fegte die Regentropfen über das wogende Meer. In dieser ganzen Zeit sahen sie keine Schiffe der Jüten, begegneten aber einer Ketsch aus Gelen, die nordwärts nach Hause segelte, und einem gothonischen Postschiff, das nach Westen unterwegs war. Keines der beiden kam für einen Gruß nah genug heran. Zwölf Tage folgten sie ihrem Kurs, und am zwölften Tag um Mitternacht feierte Arin das uralte Ritual der herbstlichen Tagundnachtgleiche. Aiko ahmte jede ihrer Bewegungen nach, Egil und Delon vollführten die Gesten spiegelbildlich, und sogar Alos begleitete sie einen Teil des Weges durch die Zeremonie.

Am Abend des sechzehnten Tages sichteten sie die Straße von Kistan und steuerten die *Breeze* nach Nordosten in das flachere Wasser entlang der Küste von Vancha. Sie hofften, sich dicht an der Küste halten zu können und so der Aufmerksamkeit der Piraten von Kistan zu entgehen, falls diese die Straße noch blockierten. Denn wenn die Piraten den Durchlass zum Avagonmeer immer noch bewachten, mochte eine kleine Schaluppe entlang der Küste unbemerkt durchschlüpfen. Doch obwohl die Blockade der Piraten durchbrochen war, suchten sie die Straße immer noch heim, enterten Schiffe, plünderten, vergewaltigten und mordeten, um sich anschließend wieder in die sicheren Häfen der Insel Kistan zurückzuziehen, welche mit dichtem Dschungel bewachsen war.

So glitten die Gefährten durch die Meerenge in das saphirblaue Wasser des Avagonmeers. Fünf Tage verstrichen, und sie sahen keine Einzige der schnellen Dauen der Piraten von Kistan.

Am Mittag des dreißigsten Septembertages legten sie in Castilla an der Südflanke Vanchas an. Als sie in der geschützten Bucht zwischen den ankernden Schiffen durchglitten, passierten sie ein arbalinisches Boot, dessen Rumpf von Feuer geschwärzt war. Einer seiner Masten war gebrochen, und dicht über der Wasserlinie klaffte ein Loch im Rumpf. An Bord des Schiffs arbeiteten Männer, um den Schaden zu reparieren und das Schiff zu überholen. Einige der Seeleute trugen Verbände.

Delon legte die Hände trichterförmig vor den Mund und rief: »Heho, dort drüben! Was ist passiert?«

»Piraten«, kam die knappe Antwort.

Delon drehte sich um. »Es ist ein Wunder, dass sie überlebt haben.«

»Nein«, erwiderte Egil. »Die Piraten rauben und plündern und töten die meisten ihrer Opfer, die sich wehren. Manchmal machen sie Gefangene, um ein Lösegeld zu erpressen. Manchmal nehmen sie auch Schiffe mit, um ein Lösegeld zu erpressen. Und manchmal versenken sie auch ein Schiff aus purer Grausamkeit. Aber insgesamt lassen sie schwer beschädigte Schiffe meist ziehen.«

»Ach?«

»Aye, damit sie überholt und wieder überfallen werden können.«

»Verfluchte Piraten«, zischte Alos und drehte sich nach dem beschädigten Schiff um, das jetzt achtern lag.

Egil starrte ebenfalls nach achtern und nickte zustimmend. »Verfluchte Piraten«, wiederholte er.

Arin musterte Egil mit ihren haselnussbraunen Augen. »Warum verfluchst du sie, *Chier*? Ist das nicht, was auch fjordländische Kaperfahrer tun: das Eigentum anderer plündern, vielleicht die Frauen der Besiegten gegen ihren Willen nehmen, die meisten von denen erschlagen, die sich wehren, Gefangene machen, um Lösegeld zu erpressen, und manchmal Dinge aus purer Bosheit zerstören, aber im Großen und Ganzen genug zurücklassen, damit sie in späteren Jahren zu weiteren Raubzügen zurückkehren können?«

Egil sah sie an, und sein verbliebenes blaues Auge funkelte.

»Aye, Liebste. Ich habe all diese Dinge getan, die du aufgezählt hast, und sogar noch mehr. Aber wie ich auf den Höhen des Fjords, in dem ich geboren bin, geschworen habe: Ich werde nicht mehr auf Kaperfahrt gehen. Lasst es bei mir beginnen, habe ich gesagt, und das habe ich auch so gemeint.«

Arin nahm seine Hand in ihre, zog ihn zu sich herunter und küsste ihn. Egil lächelte, strich ihr über die Haare und sagte: »Das heißt natürlich nicht, dass ich nicht ab und zu einen Pfau stehlen würde.«

Arin lachte. »Borgen, *Chier*, borgen.«

Zwei Tage später war das Schiff mit neuem Proviant beladen, und Delon und Alos trugen für das Meer geeignete Kleidung – mit Ausnahme von Delons schillerndem Gürtel mit der großen, verzierten Schnalle, den der Barde als farbenprächtige Erinnerung an eine nicht sonderlich erbauliche Zeit in seinem Leben behalten hatte –, und sie setzten die Segel zur letzten Etappe ihrer Fahrt nach Pendwyr. Sie hielten sich weiterhin dicht an der Küste von Vancha, denn die Flotte des Hochkönigs hatte die Blockade zwar durchbrochen, aber die Piraten überfielen immer noch so manches Schiff in der Straße. In weniger als sieben Tagen hatten sie den nördlichen Arm der Straße von Kistan durchfahren und schlugen einen nordöstlichen Kurs ein, der sie nun durch die indigofarbenen Tiefen des Avagonmeers führte. Der günstige Wind hielt an, obwohl es ab und zu regnete. Doch sie segelten immer weiter, während am Nordhorizont für sie unsichtbar die Reiche Hoven und Jugo vorbeizogen.

Nach den ersten drei Oktoberwochen wurde das Wasser schlammig, ein Zeichen, dass sie sich der Mündung des gewaltigen Argon näherten, und gegen Sonnenuntergang stießen sie auf die Ufer von Pellar und folgten von da ab der Küstenlinie. Beim letzten Glasen des dritten Tages liefen sie unter einem funkelnden Sternenhimmel in die Versteckte Bucht ein, deren Hafen von steilen, hundert Fuß hoch aufragenden Klippen umgeben war. Auf dem Weg zu ihrem Ankerplatz sahen sie auf der hohen Klippe über sich die Lichter einer Stadt funkeln, deren Gebäude auf der länglichen, am Ufer steil abfallenden Landzunge standen, welche die Bucht schützte.

Sie hatten endlich Pendwyr erreicht, den Ort, an dem sie Das Frettchen Im Käfig Des Hochkönigs zu finden hofften.

2. Kapitel

Nachdem sie die *Breeze* an einem Ankerplatz vertäut hatten, der ihnen vom Hafenmeister zugewiesen worden war, folgten Arin und ihre Gefährten der steilen Uferstraße, die zur Landzunge emporführte. Alos keuchte und beklagte sich während des ganzen Weges, und er blieb in regelmäßigen Abständen stehen, um zu verschnaufen.

»Ich hätte in einem der Hafengasthäuser bleiben sollen«, verkündete der alte Mann.

»Ha!«, schnaubte Aiko wütend. »In einer Hafen*spelunke*, meint Ihr wohl.«

Alos schob das Kinn vor. »Gasthaus, Spelunke. Was geht es Euch an? Ihr habt keinerlei Anspruch auf mich. Wenn Ihr habt, weswegen Ihr hierher gekommen seid, und wieder unterwegs zu Eurem nächsten Ziel seid, werde ich Euch nicht begleiten. Ich bin endlich frei und kann damit aufhören, mich über die Weltmeere schleifen zu lassen, Pfauen zu stehlen und Teile von Königinnen abzuhacken. Ihr habt nicht das Recht, mich herumzuschubsen, habt Ihr gehört?«

Aiko knurrte, doch die Dylvana seufzte, und Alos wollte ihrem Blick nicht begegnen. Delon nahm die Sachen des alten Mannes auf, und Egil sagte schließlich: »Gehen wir weiter.«

Bald erreichten sie die ersten Häuser, die aus Feldsteinen und Tonziegeln errichtet worden waren. Nur die bunt bemalten Türen waren aus Holz. Sie gingen weiter in die Stadt und bezogen nach einigen Erkundigungen Zimmer im *Blauen Mond*, einem Gasthaus mit Blick auf die Bucht.

Nach einem heißen Bad und einer heißen Mahlzeit gingen sie zu Bett. Am nächsten Morgen mussten sie feststellen, dass Alos verschwunden war.

»Verschwunden?«, fragte Egil. »Wohin verschwunden?«

Delon zuckte die Achseln und zeigte durch die Fenster des Schankraums nach draußen, wo der Morgennebel über die Landzunge und durch die Straßen von Pendwyr kroch. »Ich weiß nicht. Sein Bett ist benutzt, aber als ich aufgewacht bin, war er nicht mehr da. Seine Sachen sind ebenfalls weg.«

Egil sah Aiko an, aber die goldhäutige Kriegerin erwiderte den Blick lediglich mit ausdrucksloser Miene. Dann wandte er sich an Arin: »Keine Sorge, Liebste, wir können ihn jederzeit wiederfinden und zurück auf das Boot bringen.«

Arin riss den Blick vom Feuer los, das im Kamin des Schankraums brannte und die feuchte Kälte aus dem Raum vertrieb. »Nein, *Chier*, lass es gut sein.« Sie blickte von Egil zu Delon und sah dann wieder ihren Liebsten an. »Wenn wir das täten, könnten wir Alos auch gleich einen Eisenkragen um den Hals legen.«

Egil holte tief Luft und sagte langsam. »Wie du willst, mein Herz. Wie du willst.«

Ein Serviermädchen kam an den Tisch und brachte ein großes Tablett mit Eiern und Speckstreifen, Brot, Honig und frisch gebrühtem Tee. Delon übernahm es, allen die Teller zu füllen und das heiße Getränk auszuschenken.

Während sie sich über das Frühstück hermachten, sagte Egil: »Ich nehme an, als Nächstes gehen wir zum Caer und suchen den Käfig des Hochkönigs?«

Delon stellte seinen Becher beiseite. »Vielleicht ist dieser Käfig gar nicht im Caer. Vielleicht gibt es irgendwo anders einen Tiergarten.«

»Es könnte auch sein, dass König Bleys gar keine Frettchen hält«, sagte Aiko.

Delon zog eine Augenbraue hoch.

Aiko zuckte die Achseln. »Vielleicht ist Das Frettchen Im Käfig Des Hochkönigs eine Person, ebenso wie Ihr Der Deck-Pfau Des Wahnsinnigen Monarchen seid und ich Die Katze Die In Ungnade Fiel.«

»Falls ich tatsächlich der Pfau aus dem Rätsel bin und es nicht der Vogel aus ihrem Garten ist«, sagte Delon.

»Hm«, sann Egil. »Ob Ihr nun der Pfau seid oder nicht – obwohl ich glaube, dass Ihr es seid –, Aiko könnte trotzdem Recht haben: Auch das Frettchen könnte eine Person sein. In diesem Fall könnte der Käfig des Hochkönigs das Caer selbst oder ein Verließ im Caer sein, oder ...«

»Oder das Stadtgefängnis«, warf Delon ein.

»Oder die Bilge auf einem Schiff«, beendete Egil seinen Satz.

»In meinen Liedern wäre es ein abgelegener Turm ... in dessen höchster Kammer eine Prinzessin eingesperrt ist.« Delon grinste.

Egil sah Delon an. »Hat das Caer einen Turm?«

Delon zuckte die Achseln. »Vielleicht. Vielleicht nicht. Turm oder Verlies: Ich weiß es nicht. Ich bin noch nie hier gewesen.«

Egil wandte sich an Arin. Die Dylvana hatte aufgehört zu essen und starrte gebannt ins Feuer. »Ist alles in Ordnung, Liebste?«, fragte er.

Arin sah ihn an und seufzte. »Ja. Ich kann nichts in den Flammen sehen. Ich hatte keine Vision mehr, seit ich den Grünen Stein von Xian gesehen habe. Wenn ich neue Bilder im Feuer erblicken könnte, bekämen wir vielleicht einen Hinweis, was zu tun ist. Aber ich glaube, die Flammen werden so lange leer für mich sein, bis diese Suche beendet ist.«

Egil legte seine Hand auf ihre.

»Wilde Magie«, sagte Arin. »So hat der Wolfsmagier Dalavar sie genannt: wilde Magie. Sie kommt, wenn es ihr gefällt, und ich kann nichts tun, um sie herbeizurufen.« Sie seufzte und strich über seine Finger, dann befreite sie ihre Hand, nahm ihr Messer und bestrich eine Brotschnitte mit Honig.

»Nun ja«, sagte Egil, »ich würde sagen, wir gehen zum Caer und sehen nach, was es dort über Käfige und Frettchen herauszufinden gibt.«

»Und zum Gefängnis sollten wir ebenfalls gehen«, fügte Delon hinzu. Er schaufelte sich einen Löffel Ei in den Mund und kaute nachdenklich. Schließlich trank er einen großen Schluck aus seinem Becher und sagte: »Wenn der Hochkönig ein eigenes Schiff hat, sollten wir auch nachsehen, ob jemand dort in der Bilge festgehalten wird.«

Arin legte ihr Messer beiseite. »Es ist so unbefriedigend: Alles ist rätselhaft. Wir wissen nicht einmal, ob Das Frettchen Im Käfig Des Hochkönigs überhaupt in Pendwyr ist. Aber da wäre immerhin dies: Wenn Aiko die Katze ist, und Egil Das Einauge In Dunklem Wasser – vergesst nicht, dass wir aus vier Einaugen auswählen können, drei, nun da Alos weg ist – und wenn Delon der Deck-Pfau ist und nicht der Vogel, den wir zurückgelassen haben, dann stolpern wir den richtigen Weg entlang, obwohl wir blind sind. Daher müssen wir in Pendwyr nach dem Frettchen Ausschau halten. Ob wir wahrhaftig finden, was wir suchen, bleibt den Launen unseres Schicksals überlassen – vielleicht lächelt uns ja das Glück. Dennoch, selbst wenn wir mit dem Frettchen von hier aufbrechen, müssen wir immer noch den Verfluchten Bewahrer Des Glaubens Im Labyrinth finden, und wir haben keine Ahnung, wo wir ihn suchen sollen und wer oder was das sein könnte.«

Aiko griff nach einem Stück Speck. »Vergesst nicht die Statue im Heckenlabyrinth, Dara. Der Bewahrer Des Glaubens Im Labyrinth könnte sich immer noch als die einhändige Königin erweisen.«

Delon lachte und wurde dann rasch ernst, während sich

seine Augen weiteten. »Sagt, wir werden doch nicht etwa deswegen zurückkehren, oder?«

»Wenn wir es tun«, erwiderte Aiko, während sie die Speckscheibe mit dem Tranchiermesser halbierte, »bringe ich sie vielleicht als die Königin ohne Kopf mit.«

Arin hob eine Hand. »Wenn sie tatsächlich Der Bewahrer Des Glaubens sein sollte, würde ich meinen, dass wir sie lebendig brauchen, um die Suche zu beenden.«

Aikos Mundwinkel zuckten. »Aber wenn diese Suche vorbei ist ...« Sie fuhr sich langsam mit einem Finger über die Kehle. Dann lächelte die Kriegerin aus Ryodo und biss mit gutem Appetit in ihren Speck.

Arin schüttelte den Kopf. »Im Moment verfolgen wir das Frettchen und nicht Den Bewahrer Des Glaubens.«

Egil sagte: »Sicher ist das Frettchen hier in Pellar und nirgendwo anders. Ich meine, wo würde König Bleys sonst einen Käfig aufbewahren?«

Bei dieser Frage richteten sich alle Augen auf Delon, der jedoch die Achseln zuckte. »Ich habe gehört, dass er auch eine Festung in Rian hat. Die Burg Challerain, glaube ich.«

Aiko stöhnte und fragte dann: »Wo ist diese Feste Challerain?«

Delon zuckte wieder die Achseln. »Ich bin noch nicht dort gewesen.«

»Rian liegt am Borealmeer«, sagte Egil. »Und die Feste muss landeinwärts liegen, denn an der Küste ist sie nicht. In jedem Fall ist sie sehr weit nördlich von hier.«

»Hätten wir das nur gewusst, als wir über das Meer gesegelt sind«, sagte Aiko. »Es hätte uns vielleicht eine weite Reise erspart.«

Sie aßen eine Weile schweigend, dann sagte Egil: »Hört mich an: Ehe wir zur Feste Challerain reisen, lasst uns zuerst diese Stadt absuchen. Vielleicht lächelt uns ja tatsächlich das Glück zu, wie Arin sagt.«

Die Dylvana schaute von ihrem Honigbrot auf. »Wir können nur hoffen.«

Als sie durch die Tür des Gasthauses auf die gepflasterte Straße traten, sagte Egil: »Also, ich habe mit dem Wirt gesprochen, und die einzigen Käfige des Hochkönigs, die er kennt, sind die Zwinger, wo König Bleys seine Hunde hält, und die Volieren mit seinen Jagdfalken. Im Caer gibt es keine Verliese, soviel er weiß, aber es gibt ein Stadtgefängnis – welches im Augenblick mit Beutelschneidern, Dieben und gefangenen Piraten gefüllt ist, die auf ihre Hinrichtung warten. Bei seinem Kampf gegen die Seeräuber hat der Hochkönig wohl einige Piratenkapitäne gefangen nehmen lassen und mit zurückgebracht, um ein Exempel an ihnen zu statuieren. Sie sollen bei Sonnenuntergang hingerichtet werden.«

»Ha«, schnaubte Delon. »Hinrichtungen werden der Piratenplage auch kein Ende bereiten. Diese Männer stammen aus einer Nation, die eine lange Tradition der Seeräuberei pflegt: Kistan – die unzähligen kleinen Buchten und Höhlen im Dschungel bieten ihnen hervorragenden Schutz.«

»Die Piraten sind momentan nicht unsere Sorge«, sagte Egil. »Wir haben ein ganz anderes Anliegen.« Er wandte sich an Arin. »Wollen wir gehen?«

Sie machten sich auf den Weg zum Caer.

Während sich der Nebel in der Morgensonne langsam auflöste, gingen sie durch eine Stadt, deren steinerne Gebäude größtenteils dicht gedrängt nebeneinander standen, obwohl es da und dort auch freistehende Häuser gab. Schmale Straßen und Gassen wanden sich hierhin und dorthin, und das Kopfsteinpflaster war mehrfarbig. Viele Erdgeschosse beherbergten Geschäfte, über denen sich Wohnungen befanden. Hinter Glasfenstern waren die Waren von Handwerkern und Künstlern ausgestellt. Hutmacher, Kupferschmiede, Töpfer, Juweliere,

Weber, Gerber, Schuster, Böttcher, Schneider, Möbelschreiner und viele mehr boten so ihre Produkte feil.

Delon blieb vor dem Schaufenster eines dieser Geschäfte stehen. »Ich muss mich mit einer Garnitur guter Lederkleidung eindecken. Sehr wahrscheinlich werde ich so etwas brauchen, ehe dieses Abenteuer vorbei ist.«

Aiko sah ihn fragend an. »Werdet Ihr darauf bestehen, dass Eure Kleider zu Eurem Gürtel passen? Wenn ja, habe ich eine Feder für Euren Hut.« Delon grinste, während Aiko hinter vorgehaltener Hand kicherte, und Egil schallend lachte. Arin schmunzelte nur und zog Egil dann weiter. Die anderen folgten dem Paar.

Es waren nicht viele Fußgänger unterwegs, und schwere Pferdefuhrwerke klapperten durch die Straßen. An einer Stelle mussten Arin und ihre Gefährten stehen bleiben, als ein Wasserkarren sich um eine sehr enge Kurve manövrierte. Auf ihrem weiteren Weg wurden solche Fuhrwerke zu einem häufigen Anblick, denn Pendwyr war eine Stadt ohne Brunnen, und Wasser wurde aus den Schächten und Quellen der Prärien von Pellar herangeschafft.

Praktisch alle Gebäude der Stadt waren mit Ziegeldächern gedeckt, die mit Regenrinnen und Abflüssen ausgestattet waren, welche so geschickt angelegt worden waren, dass sie das Regenwasser in Zisternen ableiteten, wo es gespeichert wurde. Dieser Vorrat wurde durch das Wasser aus der Prärie ergänzt.

Dank der Lage Pendwyrs regnete es jedoch oft in der Stadt, und die Bewohner mussten sich nur sehr selten gänzlich auf das Wasser aus der Prärie verlassen.

Die Gründung einer Stadt mit so knapp bemessenen Wasservorräten war ein Zufall der Geschichte, denn Pendwyr war Haus für Haus gewachsen, da Kaufleute und Handwerker sich auf der Landzunge niedergelassen hatten, um in der Nähe der Festung zu sein. In der eigentlichen Bastion hatte der König Quartier genommen, nachdem die Stadt Gleeds nahe der Mündung des Argon von den Chabbainern dem Erdboden gleichgemacht worden war.

Doch weder Arin noch Egil noch Delon noch Aiko wussten, wie Pendwyr entstanden war. Sie schlenderten größtenteils schweigend durch die Stadt und nahmen den allgemeinen Reichtum ringsumher in Augenschein.

Sie schlenderten an Läden und Geschäften vorbei, an Gasthäusern und Tavernen, Cafés und Teestuben, an großen Häusern und kleinen Plätzen, an Gemüsehändlern, Heilern und Kräutergeschäften. Mehrmals überquerten sie offene Marktplätze, wo Fisch, Geflügel und Fleisch, Gemüse, Obst und Brot, Webteppiche, Blumen und vieles mehr feilgeboten wurden. Doch Arin und ihre Gefährten blieben nicht lange stehen, um die Waren zu begutachten, obwohl Egil anmerkte, dass sie hier alle Einkäufe würden tätigen können, um die Vorräte auf ihrem Schiff zu ergänzen.

Sie gingen weiter und passierten schließlich ein Tor in einer hohen Steinmauer, welche über die gesamte Breite der Landzunge verlief. Jenseits der Mauer standen die offiziellen Gebäude der Stadt. Hier gab es ein großes Gerichtshaus; ein Gebäude, in dem die Stadtgarde und das Gefängnis untergebracht waren, eine Feuerwache, eine Bibliothek, eine ganze Reihe von Universitätshallen, und hier befanden sich auch die Ämter der Regierung des Reichs. Auf ihrem Weg durch diesen Teil Pendwyrs hörten sie irgendwann ein lautes *Thnk!*, und am Ende einer Seitenstraße konnten sie auf einem großen freien Platz hinter einer niedrigen Mauer ein Galgengerüst mit vielen Schlingen sehen. Offenkundig sollte der Galgen gerade in Dienst genommen werden, denn Soldaten versuchten mit Gewichten zu ermessen, welcher Belastung die Seile standhalten konnten. Und obwohl es noch früh am Tag war, bauten Straßenhändler bereits ihre Stände auf dem Platz auf, um sich für den Verkauf ihrer Waren bei dem öffentlichen Spektakel am Abend die besten Plätze zu sichern.

Arin seufzte. »Die Menschen hier machen einen Karneval aus dem Tod.«

Egil sah sie an. »Vielleicht gibt das anderen Grund zum Nachdenken, Liebste. Sie werden es sich zweimal überlegen, bevor sie ein ähnliches Verbrechen begehen.«

Arin schüttelte den Kopf. »Wie Delon schon sagte, auch so ein grausames Schauspiel wird die Piraten nicht aufhalten.«

Egil zuckte die Achseln, und sie gingen weiter.

Vor ihnen lag Caer Pendwyr selbst. Die Zitadelle wurde ringsherum von einer Mauer geschützt, und in jeder Ecke befand sich ein wehrhaft aussehender Turm. Als sie sich dem Caer näherten, ging ihnen plötzlich auf, dass die Festung auf einer freistehenden Felszinne errichtet worden war, die aus dem Avagonmeer unter ihnen aufragte. Der befestigte Felsturm war über eine schwenkbare Brücke mit dem Festland verbunden, die von der Burg aus gedreht werden konnte, um die Festung von der Landzunge zu trennen.

Eine Reihe von Bittstellern stand vor einem niedrigen Gebäude abseits des Übergangs. Nach ein, zwei Erkundigungen stellten Arin und ihre Gefährten sich ans Ende der Schlange. Die Leute drehten sich um und gafften sie an, denn nur wenige von ihnen hatte je eine Dylvana gesehen und noch keiner eine Kriegerin mit safranfarbener Haut. Am anderen Ende der Reihe ging ein Wächter in das Gebäude, während geflüsterte Worte in der Schlange weitergegeben wurden. Augenblicke später kam ein Soldat in Rot und Gold, den Farben des Hochkönigs, mit dem Wächter nach draußen, der auf das Quartett deutete. Der Wächter nahm wieder seinen Platz an der Tür ein, aber der Soldat ging geradewegs zu den vier Gefährten.

Aikos Haltung änderte sich, als bereite sie sich auf einen Kampf vor, obwohl sie ihre Schwerter in den Scheiden auf ihrem Rücken beließ.

»Glaubt Ihr, sie wissen von Gudrun und kommen, um uns festzunehmen?«, flüsterte Delon.

Egil zuckte die Achseln. »Unwahrscheinlich«, erwiderte er, doch seine Hand fiel auf die Axt, die in seinem Gürtel steckte.

Der Soldat trat vor sie und verbeugte sich. »Edle Dame«, sagte er zu Arin, »bringt Ihr Nachricht vom König?«

»Nein«, erwiderte Arin. »Ich bin vielmehr hier, um ihn zu sprechen.« Während ein Ausdruck der Enttäuschung über das Gesicht des Soldaten huschte, fügte Arin hinzu: »Der Frage entnehme ich, dass König Bleys nicht in Caer Pendwyr weilt?«

»Er ist in der Tat nicht hier, edle Dame«, erwiderte der Soldat, dessen Blick kurz zu Aiko und dann wieder zurück huschte. »Lord Revor führt zurzeit die Staatsgeschäfte.«

»Wir sind weit gereist, um mit dem Hochkönig zu reden«, sagte Arin, »aber wenn er nicht hier ist, möchten wir um eine Audienz bei seinem Haushofmeister ersuchen. Unser Anliegen ist dringend.«

Der Soldat schüttelte den Kopf. »Es tut mir sehr Leid, werte Dame, aber der Lord Haushofmeister empfängt heute niemanden. Er trifft Vorbereitungen für eine wichtige Reise.«

Arin richtete sich zu ihrer vollen Größe von vier Fuß und acht Fingerbreit auf. »Sagt ihm, dass eine Abgesandte Coron Remars von Darda Erynian hier ist und um Hilfe ersucht.«

Der Soldat schwenkte seinen Hut in einer tiefen Verbeugung. »Wartet hier, edle Dame, ich werde sehen, was sich machen lässt.«

Am Nachmittag kehrten sie zu dem Zeitpunkt zum Caer zurück, den der Soldat für sie vereinbart hatte. Ein Wächter führte sie über die Brücke in die ummauerte Burg. Sie schritten durch Korridore und zuletzt durch eine Seitentür, um schließlich einen Hinterhof zu überqueren, der zu einer kurzen Hängebrücke führte, die sich vielleicht hundert Fuß über dem wogenden Meer spannte. Die Brücke reichte von der Burg zu einer weiteren steilen Felsnadel, auf der niedrige Steingebäude errichtet waren – Behausungen für die engsten Berater des Königs, erklärte ihr Begleiter.

»Als ich noch ein Junge in Gûnar war«, sagte Delon, der auf die steil abfallenden Felswände starrte, während sie die schwankende Brücke überquerten, »habe ich mit meinem Vater oft solche Felswände erklommen. Diese Zeiten im Gûnarring sind jedoch lange vorbei.«

Voraus erblickten sie eine dritte Felsnadel und noch eine Hängebrücke, die den Abgrund zwischen den beiden natürlichen Steintürmen überspannte. Auf der entfernten Felsnadel befanden sich die Privatgemächer des Hochkönigs. Sie gingen nicht dorthin, sondern wurden vielmehr zu einem Steingebäude in der Nähe geführt, in dessen Eingangshalle sie eine Weile warteten. Schließlich trat ein schmächtiger Mann mit bereits ergrauten Haaren durch eine Tür und verbeugte sich vor Arin. »Edle Dame, ich bin der Lord Haushofmeister Revor«, verkündete er, »und mir ist zu Ohren gekommen, dass Ihr ein dringendes Anliegen habt.«

»Also ist König Bleys im Augenblick nicht einmal in Pellar«, sagte Egil.

Revor schüttelte den Kopf, während er hastig Papiere überflog, von denen er einige in Satteltaschen stopfte und andere zurück auf die Stapel des Schreibtisches legte, hinter dem er stand. Wie er ihnen gesagt hatte, würde er bald nach Norden durch die Bucht segeln, um sich um eine Rechtsangelegenheit zu kümmern, welche die Garnison in den Fian-Dünen betraf, aber er konnte einen Moment für sie erübrigen. »Nein, König Bleys ist im Norden. Kaum war er wieder zurück, nachdem er die Blockade der Piraten durchbrochen hatte, erhielten wir die Nachricht vom Feldzug der Lian.«

»Feldzug?«, unterbrach Arin. »Was für ein Feldzug?«

Revor sah sie an. »Anscheinend haben die *Rûpt* einige der großen Bäume des Lerchenwaldes gefällt, und die Lian haben die Waffen gegen den Stamm der *Spaunen* erhoben, der es getan hat. Aus der Botschaft ging hervor, dass die Vergeltung der Lian rasch erfolgt ist und vollkommen ohne Erbarmen, wie es auch sein sollte. An den Axtschwingern ist ein grimmiges Exempel statuiert worden, und ihre Überreste werden selbst jetzt noch für die anderen *Spaunen* in ihren Bergverstecken zur Schau gestellt. Manchmal kommt es zu einer bewaffneten Auseinandersetzung, und die Lian mähen jene *Rûpt* nieder, welche zu den Waffen greifen. Und dort ist auch Hochkönig Bleys: Er reitet mit den Lian.«

»Was hat das Fällen der Bäume mit Bleys zu tun?«, fragte Delon.

»Die Greisenbäume werden durch einen Erlass des Hochkönigs geschützt«, erwiderte Revor und blätterte erneut mit der linken Hand in den Papieren, die vor ihm lagen. »Außerdem ist König Bleys niemand, der untätig herumsteht, wenn mit gutem Grund zu den Waffen gerufen wird.« Der Haushofmeister zeigte auf die Stapel der Pergamente und Schriftrollen, die noch seiner Durchsicht harrten. »Die Verwaltung des Reichs überlässt er lieber anderen. Jedenfalls ist er, kaum dass die Blockade der Piraten durchbrochen war, gleich wieder mit Phais und einem kleinen Kriegstrupp losgeritten, um sich den Lian bei ihrem Marsch durch den Grimmwall anzuschließen.«

»Phais?«, fragte Egil.

»Sie ist die Beraterin des Hochkönigs«, erwiderte Revor. »Sie ist selbst eine Lian und war außer sich vor Empörung, als wir die Botschaft erhalten haben.« Revor hielt inne und ließ zwei Finger zwischen den Papieren ruhen. »Hm, das war letzten Oktober, vor einem Jahr. Aber da hat Bleys gerade die Flotte für den Einsatz gegen die Piraten bereitgemacht, und obwohl er Phais die Erlaubnis erteilt hat, in den Lerchenwald zu reiten, ist sie bei ihm geblieben. Jetzt ist er mit ihr gemeinsam unterwegs. Im Juli sind sie losgeritten, um sich den Lian anzuschließen – also vor drei Monaten.«

»Lord Revor, wie verläuft denn der Krieg?«, fragte Delon.

Der Haushofmeister zuckte die Achseln. »Bis auf die ursprüngliche Botschaft haben wir noch keine weitere Nachricht erhalten.« Revor stopfte noch ein letztes Papier in seine Satteltasche und schnallte sie zu.

Er sah sie an. »Aber Ihr seid nicht gekommen, um über den Krieg zu reden. Vielmehr wolltet Ihr den Hochkönig sprechen.« Jetzt sah er Arin direkt an. »Ihr sucht Hilfe, Dara Arin aus Darda Erynian, Abgesandte von Coron Remar. Wie kann ich Euch helfen?«

Arin warf einen Blick auf Egil und sagte dann: »Wir sind gekommen, weil wir ein Frettchen Im Käfig Des Hochkönigs suchen.«

Revors Augen weiteten sich, und er setzte sich betont langsam hinter den Schreibtisch. »Und das ist Euer dringendes Anliegen?«, fragte er in scharfem Tonfall.

Arin nickte. »Dieses Rätsel gehört zu einer Prophezeiung, die wir zu ergründen versuchen ... einer Prophezeiung, die der Hochkönig mittlerweile kennen müsste, falls er in der Zwischenzeit jenen von meinem Volk begegnet ist, die mit mir zum Schwarzen Berg geritten sind.«

»Prophezeiung?« Revor holte tief Luft und seufzte. »Dara, der Hochkönig hält keine Frettchen.«

»Gibt es welche in Pendwyr?«, fragte Delon.

Der Haushofmeister schüttelte den Kopf. »Nicht, dass ich wüsste. Ich fürchte, wenn Eure Aufgabe von Euch verlangt, ein Frettchen des Hochkönigs zu finden, werdet Ihr eine Enttäuschung erleben.«

Aiko meldete sich zum ersten Mal zu Wort. »Hat der Hochkönig überhaupt irgendwelche Tiere?«

»Er hält Hunde in Zwingern«, erwiderte Revor, der staunend ihrem fremden, melodiösen Akzent lauschte. »Und er hat Jagdfalken.«

»Können wir einen Blick darauf werfen?«

Revor blies die Backen auf. »Ich werde eine Führung veranlassen, obwohl Ihr keine Wiesel, Frettchen, Hermeline, Marder oder ähnliche Tiere darin finden werdet.«

»Hat Bleys irgendwo sonst noch Käfige?«, fragte Egil.

Revor zuckte die Achseln. »Vielleicht in der Feste Challerain, obwohl ich sehr überrascht wäre, wenn Ihr dort ein Frettchen finden würdet.«

Der Haushofmeister schaute von einem zum anderen. »Kann ich sonst noch etwas für Euch tun?« Keiner antwortete, und Revor erhob sich, warf sich Hut und Mantel über und nahm seine Satteltaschen. »Dahinter steckt sicher eine interessante Geschichte, und ich wollte, ich könnte sie mir anhören, aber auf mich wartet ebenfalls eine dringende Aufgabe.«

Während der Haushofmeister sie zur Tür führte, sagte Delon: »Ihr könntet doch noch etwas für uns tun, Lord Revor.«

Revor sah ihn an und hob eine Augenbraue.

Delon sagte: »Ihr könntet uns die Erlaubnis gewähren, mit den Insassen des Gefängnisses zu reden.«

»Huah«, knurrte der Haushofmeister. »Bis auf ein paar Trunkenbolde soll der Rest bei Sonnenuntergang aufgeknüpft werden.«

Delon zuckte die Achseln. »Trotzdem ...«

Revor schnaubte abfällig, doch dann weiteten sich seine Augen. »Ah, ich verstehe. Das Gefängnis ist auch ein Käfig des Hochkönigs. Gewiss.«

Dann runzelte Lord Revor die Stirn, als habe er eine flüchtige Eingebung, jedoch keine genaue Erinnerung. Doch ehe er darüber nachdenken konnte, trat ein Page ein. »Lord Revor, ich soll Euch sagen, dass Euer Schiff Euch erwartet.«

Revor entließ ihn mit einer Handbewegung. »Ja, ja, mein Junge. Ich bin gleich da.«

»Wo wir gerade von Schiffen reden, Lord Revor«, fügte Delon hinzu, während sie die Gemächer des Haushofmeisters verließen, »wir hätten auch gern die Erlaubnis, mit Gefangenen an Bord von Schiffen reden zu dürfen.«

Der Haushofmeister schüttelte den Kopf. »Die Bilgen sind samt und sonders leer, denn alle Gefangenen sind im Kerker. Ich werde Euch einen Passierschein für das Gefängnis besorgen.« Revor rief einen Soldaten der Königsgarde zu sich und gab ihm Anweisungen, dann verabschiedete er sich von seinen Gästen und marschierte mit seinen Satteltaschen zur Brücke des Caer.

»Nun, in einer Beziehung hatte Lord Revor auf jeden Fall Recht«, sagte Delon. »Frettchen gibt es in keinem dieser Käfige.«

Sie standen vor den Vogelkäfigen des Hochkönigs. Die Vögel trugen keine Haube, ihr Geschüh war frei, und ihre schwarzen Augen funkelten sie an.

»Ha!«, blaffte ihr Begleiter, ein älterer Soldat. »Ein Frettchen würde von diesen Schönheiten zerrissen werden. Seht Euch nur diese Krallen an und diese Schnäbel: Welches Frettchen könnte denen widerstehen?« Er zeigte mit dem Daumen über die Schulter auf die Zwinger, wo die Hunde aufgeregt hin und her liefen und die Fremden ankläfften, die vorbeigegangen waren. »Noch würde sich ein Wiesel lange zwischen den Hunden behaupten«, sagte der fast kahlköpfige Mann.

»Nun denn«, sagte Egil, »dann bringt uns in das Gefängnis, wo die Kapitäne der Piraten schmachten.«

Der Soldat schaute zur Sonne, die eine Handspanne über dem Horizont stand. »Die schmachten nicht mehr lange«, sagte er. »Bald werden sie alle am Ende eines Seils baumeln.«

Sie verließen die Käfige und Zwinger und gingen an den Stallungen vorbei und dann die Hauptstraße entlang zum Gefängnis. Aus der Seitenstraße, an deren Ende die Galgen standen, drang das Getöse einer großen Menschenmenge. Arin schaute angewidert auf das Spektakel. »Menschen und der Karneval des Todes«, murmelte sie.

Egil nahm ihre Hand, während sie zum Kerker schritten. »Kannst du behaupten, die Elfen wären anders?«

Sie sah ihn fragend an.

»Ich meine, die Lian stellen immer noch die Überreste der erschlagenen *Rûpt* für die Überlebenden zur Schau.«

»Aber sie haben die Bäume getötet«, sagte Arin.

»Und diese Piraten haben Menschen getötet«, erwiderte Egil.

Einen Moment gingen sie schweigend weiter, dann sagte Arin: »Du hast Recht, Egil. Das Fällen von Menschen wiegt schwerer als das Fällen von Bäumen. Aber bedenke auch, dass die Menge sich am Galgen versammelt hat, um unterhalten zu werden, während der Kriegstrupp der Lian nur Vergeltung suchte. Sie empfinden keine Freude an ihrem Tun, es geht nur um Gerechtigkeit.«

Nun verstummte Egil, und während Laternenanzünder durch die Straßen gingen und der nahenden Dämmerung durch das Anzünden der Öllampen hoch oben auf Laternenpfählen entgegenwirkten, erreichten Arin und ihre Gefährten endlich das Gefängnis.

Auf Befehl des Kerkermeisters legten sie die Waffen ab. Ein Wächter durchsuchte sie und fand Aikos Shuriken. Trotz ihres anfänglichen Zögerns gab die Kriegerin die Wurfsterne schließlich heraus, und er legte sie zu ihren anderen Waffen im Vestibül. »Hütet sie wie Euer bestes Stück«, sagte sie, »denn wenn sie bei unserer Rückkehr nicht mehr da sind, werdet Ihr in Zukunft keine Kinder mehr zeugen.«

Ein Aufseher führte sie eine Steintreppe empor und zu den Gefängniszellen, wo es wegen der nahenden Dämmerung ziemlich dunkel war. Durch die vergitterten Fenster war die wartende Menge unten auf der Straße zu hören: fliegende Händler, die ihre Waren anpriesen, spielende und lachende Kinder, schrille Stimmen, die lautstark verlangten, das blutige Schauspiel möge endlich beginnen, und das Gemurmel der dicht gedrängten Menschentraube. Einige der Gefangenen starrten durch die Fenster auf den wartenden Galgen, während andere weinend auf dem Boden saßen.

»Auf dieser Seite sitzen die Verbrecher, die aufgeknüpft werden sollen«, sagte der Aufseher, und deutete auf die Zellen zur Rechten. »Piraten, Beutelschneider und dergleichen. Auf der anderen Seite sind die Trunkenbolde und Schuldner. Die sollten auch aufgehängt werden, ist jedenfalls meine Meinung. Dann ist die Stadt diesen Abschaum ein für alle Mal los.« Dann wandte er sich an Arin. »Ihr müsst Euch aber sputen. Der Seiltanz fängt gleich an, und ich will gute Sicht haben. Wenn ich's recht bedenke, hole ich besser Rob, damit er mir einen Platz freihält. Achtet darauf, dass Ihr nicht zu nah an die Gitterstäbe kommt. Ich bin wieder zurück, bevor Ihr bemerkt, dass ich weg war.« Damit wandte er sich ab und eilte davon.

Aiko ging an der Reihe mit den Trunkenbolden und Schuldnern vorbei und schaute in jede Zelle.

Plötzlich rief Delon, »Frettchen!«, und das Wort hallte durch den Zellentrakt.

Er bekam keine Antwort.

Langsam gingen Arin und Egil an den Zellen auf der rechten Seite vorbei und schauten hinein. Einige der Gefangenen waren dunkelhäutig. Das waren offenbar die Kistaner – die gefangenen Piratenkapitäne. Andere waren hellhäutig und zitterten. »Beutelschneider und Diebe höchstwahrscheinlich«, sagte Egil.

Wölfische Blicke fielen auf sie, und einige der Gefangenen schleuderten ihnen Verwünschungen in unbekannten Sprachen entgegen. Andere kehrten den gaffenden Besuchern den Rücken, während wieder andere die Arme durch die Gitterstäbe streckten und die Dylvana mit tränenüberströmtem Gesicht anflehten, sie zu retten.

»Adon, erspare mir so einen Ort«, murmelte Delon, der vorausging.

Ein hellhäutiger junger Mensch mit dunkelbraunen, schulterlangen Haaren trat entschlossen nach vorne und blieb vor den Gitterstäben stehen. Als Delon vorbeiging, schoss sein Arm vor und hielt ihn am Ärmel fest. »Mein Herr, Ihr habt nach dem Frettchen gerufen?«

Delon zuckte zurück und löste sich von den zugreifenden Fingern. »Das habe ich.«

Der junge Häftling, der allein in seiner Zelle war, sagte leise: »Das bin ich. Man hat mich zu Unrecht eingesperrt.«

Delon riss die Augen auf und betrachtete die Person vor sich eingehend. »Bei Adon«, keuchte er, »du bist ja eine Frau!«

Sie breitete die Arme aus und vollführte eine Pirouette. Sie trug Männerkleidung, war fünf Fuß drei oder vier groß und sehr schlank. Ihre von langen Wimpern umrahmten Augen waren dunkelbraun und passten zu ihren Haaren. Sie konnte nicht älter als ein- oder zweiundzwanzig sein.

»Und du heißt Frettchen?«, fragte Delon.

»Ja.« Sie sah ihn mit geweiteten Augen und so viel damenhafter Tugendhaftigkeit an, wie sie aufbringen konnte. »Gewiss könnt Ihr sehen, mein Herr, dass ich unschuldig bin.«

Delon schaute nach rechts. »Dara!«, rief er. Als Arin sich zu ihm umdrehte, sagte Delon: »Diese Dame hier nennt sich Frettchen.«

Arin kam rasch zu ihnen »Ist das wahr? Ihr seid Frettchen?«

»So werde ich genannt, edle Dame«, antwortete die junge Frau, »obwohl ich in Wahrheit *Ferai* heiße. Der Name ist gothonisch wie auch mein lieber Vater, möge seine Seele in Frieden ruhen.«

»Frettchen, Ferai, einerlei«, sagte Arin, »wir müssen Euch hier herausbekommen.«

Ferais Augen leuchteten bei diesen Worten, doch Arin hatte sie kaum ausgesprochen, als der Aufseher zurückkehrte. »Die Zeit ist abgelaufen. Ich habe einen guten Platz, und sie fangen schon mit dem Hängen an. Ihr müsst gehen.«

»Wartet«, verlangte Arin. »Ihr müsst diese Person hier freilassen.«

Der Aufseher trat zurück und riss die Augen vor Verblüffung weit auf. »Sie? Du meine Güte, sie gehört zu den Allerschlimmsten hier drin. Sie ist die Königin der Diebe. Nein, werte Dame, sie wird wohl als Erste baumeln.«

»Aber ich bin unschuldig«, verkündete Ferai, wobei sie eine Träne zu vergießen versuchte, was ihr jedoch nicht gelang.

»Ha!«, bellte der Aufseher. »Schuldig wie die Sünde.«

»Chien haleine bâtard!«, fauchte Ferai.

»Hier geht es nicht um Schuld oder Unschuld«, verkündete Arin. »Unsere Mission ist von äußerster Wichtigkeit, und sie muss uns begleiten. Lasst sie frei.«

Der Aufseher schüttelte den Kopf. »Das werde ich nicht tun, edle Dame. Sie soll hängen, das ist eine Tatsache.«

»Das kann nicht sein«, protestierte Arin. »Bringt mich zum Oberaufseher.«

»Das wird Euch nichts nützen«, sagte der Aufseher. »Der hat auch seine Befehle.«

»Trotzdem«, sagte Egil, »würden wir gern mit ihm reden.«

»Aiko«, rief Arin. Die goldhäutige Kriegerin hatte das Ende der Zellen auf der linken Seite erreicht. »Beeilt Euch. Wir müssen mit dem Verantwortlichen reden.«

Aiko kam rasch zu Arin, und der rechtschaffen empörte Aufseher führte sie durch den Gang zurück.

Als Delon ihnen folgen wollte, zupfte Ferai wieder an seinem Ärmel. »Gebt mir Euren Gürtel.«

»Was?« Er starrte auf das grellbunte Leder.

»Stellt keine Fragen«, zischte sie. »Gebt ihn mir einfach.«

Während Delon den schillernden Gürtel mit der verzierten Schnalle abnahm, sagte sie: »Wo soll ich Euch treffen?«

»Uns treffen?«

»Seid Ihr schwer von Begriff? Ja! Wo?«

»Äh, wir sind im *Blauen Mond* abgestiegen, aber wir haben

ein Schiff am Pier liegen: Ankerplatz vierunddreißig. Die *Breeze.*«

Sie zog den Gürtel durch die Stäbe. »Dann treffen wir uns auf dem Schiff. Geht jetzt, bevor er sich umdreht.«

Delon beeilte sich, die anderen einzuholen.

Nachdem sie sich ihre Waffen wiedergeholt hatten, begleitete der Aufseher sie zu einem Büro im Erdgeschoss. Ein schlanker, hoch gewachsener Mann Anfang vierzig setzte gerade seinen Hut auf, als die Dylvana eintrat. Er sah den Aufseher, der sich beeilte, mit der Elfe Schritt zu halten, fragend an.

»Sie haben darauf bestanden, mit Ihnen zu reden, Herr Hauptmann«, schnaufte der Aufseher verärgert. »Mein Wort hat ihnen ja nicht gereicht, o nein.« Mit hoch erhobenem Haupt verließ er den Raum.

»Was wollt Ihr?«, wollte der Oberaufseher wissen, während er aus dem Fenster starrte, wo die Sonne soeben den Rand der Welt berührte. »Ich bin in Eile.«

»Wir brauchen einen der Gefangenen«, erwiderte Arin. »Ihr müsst einen der Häftlinge freilassen.«

Der Oberaufseher legte sich seinen Mantel um die Schultern. Im Korridor ertönte das Getrappel eiliger Schritte. »Wenn es ein Trunkenbold oder ein Schuldner ist, bezahlt einfach an der Pforte«, sagte er entschieden.

»Nein, Herr Oberaufseher, es ist jemand, der gehängt werden soll«, erwiderte Arin.

Ein Aufseher stand in der Tür. Hinter ihm stand ein Trupp Männer – mit Schwertern im Gürtel und Handschellen in den Händen. »Wir sind bereit, Herr Hauptmann.«

Der Oberaufseher nickte und warf dem Mann einen Ring mit Schlüsseln zu. »Geht schon nach oben, Sergeant. Nehmt alle aus der ersten Zelle. Ich komme gleich nach.«

Der Aufseher salutierte, drehte sich um und rief einen Befehl, und der Trupp machte kehrt und marschierte zur Treppe.

Der Oberaufseher nahm einen Stapel Papiere in die Hand. »Es tut mir Leid, aber Ihr kommt zu spät. Ich muss diese Urteile vollstrecken. Kein Gefangener, der hingerichtet werden soll, wird von mir freigelassen, aus welchem Grund auch immer.«

Aiko knurrte und berührte die breite Lederschärpe an ihrer Hüfte, welche die verborgenen Shuriken enthielt, doch Arin ließ sie mit einem Blick innehalten. Die Dylvana drehte sich wieder um. »Ich bin die Abgesandte des Coron Remar von Darda Erynian und bin auf Geheiß von Lord Haushofmeister Revor hier. Er wird Euch sagen, dass meinem Wunsch Folge zu leisten ist.«

»Habt Ihr dafür einen Beweis?«, fragte der Mann.

»Nein, aber den kann ich beschaffen.«

»Dann tut das«, erwiderte er und ging zur Tür. »Aber bis ich diesen Beweis sehe, werden die Hinrichtungen wie geplant vollzogen.«

»Aber der Haushofmeister ist in See gestochen«, protestierte Arin. »Ich kann nicht ...«

Aus dem Flur drangen alarmierte Rufe und Waffengeklirr herein. Schreie, die den Gefährten das Blut in den Adern gefrieren ließen, hallten durch das Gefängnis. Hörnerschall erklang, und dunkelhäutige Männer, die mit Schwertern und Ketten bewaffnet waren, polterten die Treppe herunter.

»Flucht!«, rief der Oberaufseher, doch ob dies ein Befehl war oder die Feststellung einer Tatsache, blieb ungewiss. Unabhängig davon zog er eine Waffe und stürzte sich mit klirrendem Stahl ins Getümmel.

Aiko hatte ihre Schwerter ebenfalls gezückt, und Egil hielt seine Axt umklammert. Delon zog sein Rapier und sah Arin an: »Das ist unsere Gelegenheit, Ferai zu retten.« Seine ausgebildete Stimme übertönte sogar den Kampfeslärm.

Arin, die ihr Langmesser gezückt hatte, nickte knapp, und Aiko ging voran. Die Schlacht hatte sich auf die Straße verlagert, und im Treppenhaus wurde nicht mehr gekämpft, obwohl hier und da Leichen lagen – sowohl Piraten als auch Wärter. Manche lebten noch, andere waren dagegen mausetot.

Delon rannte die Steintreppe hinter Arin empor und rief dabei: »Ferai! Ferai!«

Im oberen Stockwerk angekommen, fanden sie Tote und Sterbende vor. Und obwohl einer der getöteten Aufseher – der Sergeant – immer noch den Schlüsselring in den erkaltenden Fingern hielt, standen alle Zellentüren offen und waren leer, da sogar die Trunkenbolde und Schuldner ausgebrochen waren.

Allem Anschein nach war der Trupp der Aufseher in einen Hinterhalt geraten, und die Ausbrecher hatten sich ihre Waffen angeeignet.

Von Ferai war keine Spur zu sehen.

Arin und ihre Gefährten sahen einander verblüfft an, während durch die Fenster beunruhigte Rufe und das Geschrei verängstigter Frauen und Kinder drangen.

»Das Schiff«, sagte Delon. »Die *Breeze*. Ferai hat gesagt, sie würde uns dort treffen.«

»Was?«, fragte Egil überrascht.

»Sie hat gesagt, sie würde uns dort treffen«, wiederholte Delon. »Ich erkläre es später.«

»Lasst uns gehen«, sagte Aiko. »Meine Tigerin warnt mich vor einer Gefahr.«

»Aber die Verwundeten ...«, protestierte Arin.

»Jemand lässt ganz sicher gerade die Heiler kommen«, sagte Egil. »Außerdem wird der Oberaufseher sehr wahrscheinlich uns die Schuld für den Ausbruch der Gefangenen geben.«

»In der Tat«, sagte Delon. »Und damit hätte er wohl auch Recht.«

Aiko sah ihn mit schief gelegtem Kopf von der Seite an und wiederholte dann mit mehr Nachdruck: »Lasst uns gehen. Sofort.«

Sie liefen die Treppe herunter und nach draußen und gerieten sofort in ein wildes Durcheinander brüllender Männer, die wie Jagdhunde auf der Verfolgung hierhin und dorthin liefen, während Piraten vor ihnen flohen.

»Schnell zum *Blauen Mond*«, zischte Egil, »um unsere Sachen zu holen, und dann laufen wir zum Schiff.«

Sie eilten durch die Straßen zu ihrer Herberge. Unterwegs blieb Egil plötzlich wie angewurzelt stehen. »Adon«, sagte er und zeigte durch die Dämmerung auf den Hafen.

Unten in der Bucht ankerte ein Drachenschiff, an dessen Mast eine gestreifte Flagge wehte: schwarz, orange und golden.

»Das ist ein jütländisches Schiff«, sagte Egil. »Ich nehme an, dass es auf der Suche nach uns ist.«

»Äh, Euer Freund hat nach Euch gefragt«, sagte der Wirt. »Das ist noch nicht lange her.«

»Freund?«, fragte Delon. Der Barde war allein, denn die anderen wären für einen Beobachter leichter zu erkennen gewesen.

»Er hatte einen Akzent«, fügte der Wirt hinzu.

»War er alt und eines seiner Augen weiß?«

»Nein. Ein junger Mann mit blonden Haaren. Er trug schwarze Kleidung, nur sein Hut war orange und golden. Er war ein rechter Großsprecher, Herr, und hat gesagt, ich solle Euch nichts davon erzählen. Er sagte, er und seine Freunde wollten Euch überraschen. Er hat mir befohlen, den Mund zu halten. Aber ich meine, Ihr solltet es wissen, außerdem habe ich mir noch nie gerne Befehle von Fremden geben lassen.«

»Nun, wenn er wiederkommt«, sagte Delon, indem er dem Wirt eine Goldmünze zuschob, »sagt ihm, dass wir im Caer zu Abend essen. Lasst ihn und die anderen in unseren Räumen warten. Wir kehren erst spät zurück.«

Delon machte kehrt, zog sich den Hut tief in die Stirn und

ging wieder auf die Straße. Er folgte der von Laternen erhellten Hauptstraße ein paar Schritte und tauchte dann in eine dunkle Gasse. »Ihr hattet Recht, Egil«, zischte er den dreien zu, die dort warteten. »Die Jüten suchen uns.«

»Rauk!«, sagte Egil und wandte sich an Arin. »Dann müssen sie über die *Breeze* Bescheid wissen.«

»Wie das?«, fragte Delon.

»Sie müssen den Namen unserer Schaluppe vom Hafenmeister in Königinstadt erfahren haben«, sagte Arin.

»Und sie werden den hiesigen Hafenmeister gefragt haben, ob wir hier festgemacht haben«, fügte Egil hinzu.

»Dann werden sie unser Schiff beobachten«, sagte Aiko. »Vielleicht liegen sie gerade auf der Lauer und erwarten uns, und das ist die Gefahr, vor der meine Tigerin mich warnen wollte.«

»Ach, Hèl!«, zischte Delon. »Ferai geht zum Schiff.«

»O je«, rief Arin. »Da ist noch etwas.«

»Was denn, Liebste?«, fragte Egil, der die Straße beobachtete, doch nichts Verdächtiges entdecken konnte.

»Alos. Wenn sie ihn finden, werden sie ihn töten.«

»Verflucht!«, fauchte Egil. »Und es ist nicht so, dass er sich sonderlich gut verstecken kann – ein alter, einäugiger Mann.«

»Wir müssen ihn finden«, verkündete Arin, »und ihn in Sicherheit bringen.«

Aiko schnaubte verächtlich. »Er ist – oder war – in einer Hafentaverne; im *Schäumenden Bug*.«

Egil wandte sich an sie. »Ihr wisst, wo er ist?«

»Ich bin ihm letzte Nacht gefolgt, als er sich davongeschlichen hat.«

»Na, dann sollten wir uns beeilen«, sagte Delon. »Die Jüten werden bald wiederkommen, und ich wäre lieber nicht noch einmal Gudruns Gast.«

Sie ließen ihre ohnehin spärlichen Habseligkeiten im *Blauen Mond* zurück und gingen zum Hafen. Als sie die Straße zum

Pier erreichten, war die Nacht hereingebrochen, und unten am Kai brannten nur wenige Laternen. Sie hielten angestrengt nach Jüten Ausschau, konnten jedoch keine entdecken. Sie huschten zum Pier und in Richtung der Gasthäuser und Tavernen und hielten sich dabei in den dunkelsten Schatten. Bald hatten sie den Schäumenden Bug erreicht, eine baufällige Schänke, ganz ähnlich dem *Schlupfwinkel* in Mørkfjord.

Wieder schickten sie Delon, um nachzuforschen, denn er war weniger auffällig als seine Begleiter, da er weder elfisch, noch goldhäutig, noch einäugig war. Den Hut tief ins Gesicht gezogen, sodass sein Gesicht im Schatten lag, betrat Delon die Taverne, während Aiko, Arin und Egil mit gezogenen Waffen draußen in der Dunkelheit warteten.

Augenblicke später kam Delon mit Alos auf der Schulter wieder heraus. Der alte Mann war sturzbetrunken und bewusstlos.

Jetzt gingen sie zurück in Richtung der Schaluppe, diesmal mit Arin und Aiko an der Spitze, weil die Dylvana im Dunkeln am besten sehen konnte, während sich die Ryodoterin mit den Schwertern in den Händen neben ihr hielt.

»Die Gefahr wird größer«, zischte Aiko.

Sie verstauten Alos hinter einem Stapel von Flachsballen, die darauf warteten, auf ein Schiff geladen zu werden. In der Deckung durch Fässer und Ballen schlichen sie weiter durch die Dunkelheit.

Plötzlich blieben Arin und Aiko stehen. Die Dylvana drehte sich um und winkte Egil und Delon zu sich. »Da«, hauchte sie. »In der Dunkelheit nah beim Ankerplatz. Jüten. Sieben – nein, acht.«

»Hervorragend«, zischte Delon, während er angestrengt in die von Arin angegebene Richtung schaute. »Das sind nur zwei pro Person. Aber ich kann dort drüben nur Dunkelheit erkennen.«

»Elfenaugen sehen gut bei Nacht«, murmelte Arin, »Laternen- oder Sternenlicht reicht schon, um alles wie bei Tag erkennen zu können.«

Egil berührte Delon an der Schulter. »Ich kann sie auch nicht sehen, aber vergesst nicht: Die Jüten sind schwarz gekleidet.«

Delon nickte, konnte den Feind aber immer noch nicht ausmachen. »Was nun?«

Aiko wandte sich an Egil und den Barden. »Drehen wir doch den Spieß einfach um.«

»Wie das?«, fragte Egil.

»Wir lauern denen auf, die uns auflauern wollen«, erwiderte sie. »Wir locken sie in eine Falle.«

»Gibt es keine andere Möglichkeit?«, fragte Arin.

»Vielleicht eintausend, Liebste«, sagte Egil, »aber wir müssen handeln, bevor Ferai kommt.«

»Vielleicht ist sie längst dort, und man hat sie gefangen genommen«, zischte Delon.

Aiko sagte entschieden: »Das sind Meuchelmörder, die man geschickt hat, um uns zu töten. Eure Barmherzigkeit ist fehl am Platz, Dara.«

Egil betrachtete den Hafen. »Ich kann sie ablenken. Wenn sie hier vorbeilaufen, könnt Ihr sie von hinten angreifen. Das würde das Kräfteverhältnis ausgleichen.«

Aiko nickte zustimmend und zischte: »*Subarashii!* Denkt daran: Greift sie von hinten an!« Bevor jemand reagieren konnte, schob sie ihre Klingen in die Scheide und trat singend in das Licht einer entfernten Laterne, um dann schwankend in die Richtung der wartenden Jüten zu gehen.

»Rauk!«, fauchte Egil, wandte sich dann aber an die anderen. »Macht Euch bereit.«

Sie beobachteten, wie Aiko sich singend der *Breeze* näherte.

»Was ist, wenn sie Pfeil und Bogen haben?«, zischte Delon.

»Haben sie nicht«, sagte Arin.

Als Aiko sich der Schaluppe näherte, traten bewaffnete, schwarz gekleidete Männer in das gedämpfte Licht. Einer von ihnen rief einen lauten Befehl.

Aiko heuchelte Überraschung. »Oh!« Sie lächelte unsicher und wich zurück.

Die Jüten liefen ihr entgegen, und Aiko machte kichernd kehrt und rannte den Weg zurück, den sie gekommen war.

Einer der Jüten schrie etwas, und die Männer rannten ihr nach. Ihre längeren Beine verringerten rasch die Entfernung zu der Flüchtenden.

Sie lief am Kai entlang, während die Männer aufholten, und in der Dunkelheit leuchteten Egils Knöchel weiß, da seine Hände den Schaft seiner Axt fest umklammerten. Arin hielt ihr Langmesser und Delon sein Rapier bereit.

Aiko lief an ihnen vorbei und noch ein paar Schritte weiter, dann fuhr sie plötzlich herum und zog ihre Schwerter. Jetzt rief sie: »*Kuru! Ajiwau hajgane!*«

Die Jüten blieben ebenfalls stehen, denn plötzlich waren ihrem wehrlos scheinenden Opfer scharfe Zähne gewachsen.

Einer der Männer warnte die anderen mit einem knappen Ruf, und gerade, als sie ausschwärmten, um die fremdländische Frau von allen Seiten anzugreifen, schlugen ihre drei Gefährten aus dem Hinterhalt zu. Egils Axt mähte einen Jüten mit einem einzigen Hieb nieder, Arins Langmesser glitt unter einem Schulterblatt durch und durchbohrte das Herz eines anderen Jüten, und Delons Rapier bohrte sich tief in einen dritten Jüten und blieb in einem Knochen stecken. Männer in Schwarz fuhren zu diesen neuen Gegnern herum, und einer hob ein Horn an die Lippen, um ein Signal zu blasen. Doch ehe er auch nur einen Ton hervorbringen konnte, kam ein Dolch aus der Dunkelheit geflogen und traf die Kehle des Mannes, der das Horn fallen ließ, sich an den Hals griff und gurgelnd zu Boden sank. Aiko tötete einen Jüten und gleich darauf noch einen, während Delon das Rapier aus der Hand gerissen wurde, als der Mann, den er damit durchbohrt hatte, zu Boden ging. Delon sah die Klinge eines Jüten auf seinen Kopf zusausen und sprang zur Seite, während noch ein Dolch aus der Dunkelheit geflogen kam und sich in die Brust seines Angreifers bohrte. Der Mann taumelte rückwärts, fiel über einen erschlagenen Kameraden und stand nicht wieder auf. Egils Axt fällte den letzten Jüten.

Sie sahen einander keuchend an, und eine Gestalt trat aus der Dunkelheit.

»Wo seid Ihr gewesen?«, wollte sie wissen, weitere Wurfmesser in den Händen.

Es war Ferai.

»Ferai!«, rief Delon.

Sie ignorierte seine Begrüßung. »Die Königsgarde wird bald hier sein und nach geflohenen Piraten suchen, weil die Überlebenden wahrscheinlich versuchen werden, ein Schiff zu stehlen.«

Im Laternenlicht konnten sie zwei überkreuzte Brustgurte mit Dolchen an ihr erkennen. Sie ging zu zweien der getöteten Jüten und holte sich ihre Messer wieder, wobei sie die Klingen an der Kleidung der Toten säuberte. »Diese Schweine haben auf Euch gewartet. Ich habe sie zuerst für Männer der Königsgarde gehalten. Ich wusste nicht, dass sie Euch angreifen würden. Zum Glück hatte ich mir inzwischen einige von meinen Sachen geholt.«

»Kommt«, sagte Arin. »Sie hat Recht: Männer der Königsgarde werden in Kürze hier auftauchen, um die Piraten daran zu hindern, ein Schiff zu stehlen; von den anderen Jüten, die uns suchen, ganz zu schweigen. Wir müssen fliehen.«

»Was ist mit den Leichen?«, fragte Delon.

»Die lassen wir liegen«, antwortete Egil. »Der Vorsprung, den wir gewinnen können, ist wichtiger, als sie zu verbergen.«

»Ich hole Alos, während Ihr das Schiff klarmacht«, sagte Aiko und machte sich auf den Rückweg zu den Flachsballen.

»Alos? Wer ist Alos?«, fragte Ferai, während sie kurz im Schatten verschwand und mit einem kleinen Tornister wieder auftauchte.

»Er ist einer von den Einaugen Im Dunklen Wasser«, erwiderte Delon, ohne ihr diese seltsamen Worte näher zu erläutern. »Und nun lasst uns von hier verschwinden, bevor die Männer der Königsgarde oder noch mehr Jüten auftauchen.«

Während sie zum Schiff eilten, fischte sie seinen Gürtel aus einer Tasche und reichte ihn Delon. »Danke. Die Gürtelschnalle gibt einen guten Dietrich für Zellentüren ab.«

Delon lachte, nahm den Gürtel und legte ihn sich um die Taille.

Sie erreichten die *Breeze* und kletterten an Bord. Während Arin und Egil damit begannen, die Segel zu hissen, sagte Delon: »Hilf mir bei diesen Tauen, Ferai.«

»Diese Jüten, waren das die Männer in Schwarz?«

»Aye. Männer in Schwarz mit orange-goldenen Hüten auf dem Kopf. Sie sind hinter uns her.«

»Hm, die Jüten sind hinter Euch, die Königsgarde ist hinter mir her. Ich würde sagen, es wird Zeit zu verschwinden.«

»Und früher, als Ihr glaubt, Mädchen«, sagte Egil. »Wenn es den übrigen Jüten in den Sinn kommt, nachzusehen, was aus ihrem Hinterhalt geworden ist, müssen wir lange unterwegs sein. Ihr Drachenschiff ist schneller als unsere Schaluppe.«

»Still«, zischte Arin. »Jemand kommt.«

Sie blickten auf den im Schatten liegenden Kai. Eine Gestalt mit einer Last auf den Schultern tauchte auf.

Es war Aiko, und sie trug Alos, der immer noch weder Augen noch Ohren für die Welt hatte. Sie warf ihn wie einen Sack Korn über die Reling, kletterte dann selbst an Bord und ging zur Kabine, während Delon und Ferai die Schaluppe aus der Ankerbucht schoben und dann an Bord sprangen.

Da nun alle auf dem Schiff waren, stachen sie unter den funkelnden Sternen in See.

3. Kapitel

Als die Barke *Rote Hindin* gut die Hälfte ihrer Fahrt durch die Hilebucht hinter sich hatte – das Schiff war gut dreißig Seemeilen von Pendwyr entfernt und hatte noch siebenundzwanzig vor sich –, schreckte Lord Haushofmeister Revor mitten in der Nacht aus tiefem Schlaf hoch.

Er hatte den flüchtigen Gedanken endlich festgehalten, der seit seinem Aufbruch aus Pendwyr in seinem Kopf kreiste.

Er tastete auf dem Nachttisch neben seiner Koje herum, bis er den Lampenanzünder gefunden hatte. Augenblicke später war die winzige Kabine von gelbem Lampenlicht erfüllt.

Er zog die Satteltaschen unter seiner Koje hervor und begann, die Schriftstücke zu durchsuchen. Schließlich fand er die gesuchte Liste, und inmitten der vielen darauf verzeichneten Namen fand er auch denjenigen, der ihn ins Grübeln gebracht hatte: Ferai.

Könnte sie das Frettchen sein, das Dara Arin sucht?

Er starrte aus dem Bullauge in die nächtliche Schwärze.

Unwahrscheinlich, denn Ferai ist eine Diebin, und was würde eine Dylvana mit einer Diebin wollen? Trotzdem wäre es möglich.

Lord Revor seufzte und betrachtete noch einmal die Liste.

So oder so, die Sonne ist längst untergegangen, und damit ist es zu spät. Mittlerweile musste Ferai tot sein. Trotzdem, wäre ich nicht so in Eile gewesen ...

Lord Revor stopfte die Papiere in die Satteltaschen zurück und schob diese wieder unter die Koje. Dann blies er die Laterne aus.

Eine Weile blieb er im Dunkeln auf dem Rand seiner Koje sitzen, dann legte er sich endlich wieder hin.

Doch der Schlaf ließ noch lange auf sich warten.

4. Kapitel

Kurz vor Morgengrauen galoppierte ein Königsgardist auf einem todmüden Pferd und mit einem erschöpften Reservepferd am Zügel durch die Straßen von Pendwyr. Er jagte am *Blauen Mond* vorbei, wo eine Gruppe von Jüten ungeduldig darauf wartete, dass die Männer und Frauen, die sie verfolgten, in ihre Zimmer zurückkehrten. Der Reiter wusste nicht, dass dort Männer in Schwarz, Gold und Orange auf der Lauer lagen. Und er wusste auch nichts von den Königsgardisten, die zur Stunde den Hafen durchsuchten und nach weiteren Piraten suchten, Verbündete der Schurken, welche augenscheinlich eine Gruppe ehrlicher Jüten getötet und ein Schiff gestohlen hatten – dem Hafenmeister zufolge die Schaluppe *Breeze* –, denn wer sonst würde solch eine Missetat begehen und diese unschuldigen Besucher erschlagen, um die Leichen dann am Kai für die Ratten liegen zu lassen? Der Reiter wusste nur eines, dass er eine Nachricht von Hochkönig Bleys für den Lord Haushofmeister im Caer hatte. Er hatte gut zwölfhundert Meilen in sechsundzwanzig Tagen zurückgelegt, alles in allem eine bemerkenswerte Leistung, und wäre noch früher eingetroffen, doch er hatte unterwegs eines seiner Reservepferde verloren und war durch Krankheit aufgehalten worden. Dennoch war er nun endlich in Pendwyr eingetroffen, und jetzt war die Zitadelle in Sicht.

Schließlich erreichte er die Brücke zur Festung, wo er von

den Brückenwärtern angehalten wurde, die ihn jedoch rasch durchließen, als sie in ihm ein Mitglied der Königsgarde erkannten.

Lord Otkins, Erster Unterhaushofmeister, wurde aus dem Bett geholt. Er war nicht auf der Höhe, da er in dieser Nacht nur wenig Schlaf bekommen hatte – die Piraten waren entkommen, einige seiner Männer waren getötet worden, manche waren schwer verwundet, etliche Diebe und Beutelschneider waren in der Dunkelheit geflohen, und sogar die Schuldner und Trunkenbolde waren verschwunden. Viele der Ausbrecher waren noch auf freiem Fuß, obwohl einige wieder eingefangen und andere getötet worden waren. Als der Mann ihn aus dem Bett holte, hatte Lord Otkins geglaubt, er bringe Neuigkeiten über die Ausbrecher. Doch nein, vielmehr war es ein Sendschreiben von König Bleys persönlich.

Lord Otkins nahm das gefaltete Pergament und brach das Siegel.

Revor,

wir sind bei Coron Aldors Kriegstrupp im Grimmwall nicht weit von Drimmenheim. Ein Lian namens Vanidar brachte eine Nachricht von Dara Arin, einer Dylvana, die möglicherweise nach Pendwyr kommen könnte oder auch nicht. Wenn sie kommt, ist sie vielleicht in Begleitung einiger anderer, von denen vor allem Aiko zu nennen wäre, eine Kriegerin mit goldener Haut aus dem fernen Ryodo. Helft der Dara. Gebt ihr, was immer sie erbittet, denn ihre Mission ist von größter Bedeutung. Sagt Dara Arin außerdem, dass ich keine Frettchen halte, schon gar nicht in Käfigen.

– Bleys

Das Siegel des Hochkönigs war unter Bleys' Unterschrift in rotes Wachs gedrückt worden.

Huah. Schön und gut. Ich werde die Augen nach dieser Dyl-

vana offen halten. Ich frage mich, was sie will. Und was soll die Bemerkung über die Frettchen? Das alles ist sehr merkwürdig.

Vor sich hin murmelnd, legte Lord Otkins sich wieder ins Bett und zog die Decke bis zu seinem Kinn hoch. Er würde später am Tag Befehl geben, nach dieser Elfe Ausschau zu halten. Doch einstweilen gab es wichtigere Dinge, um die man sich kümmern musste – schließlich hatte es einen Gefängnisausbruch gegeben!

5. Kapitel

»Ich glaube, sie werden der Küste folgen, wenn sie herausfinden, dass wir weg sind«, sagte Egil, während er die Stellung der Segel im Licht der Sterne über ihnen begutachtete.

»In welcher Richtung, nach Osten oder Westen?«, fragte Delon.

»Nach Osten, glaube ich«, erwiderte Egil. »In diese Richtung sind wir gesegelt, um nach Pendwyr zu gelangen, und ich glaube, sie werden annehmen, dass wir unsere Flucht vor ihnen auf diesem Weg fortsetzen werden.«

»Vielleicht glauben sie auch, wir wollen sie irreführen, kehren um und segeln nach Westen«, sagte Aiko, die nun bei den anderen an Deck war. Nur Alos lag bewusstlos unten in einer Koje.

An der Ruderpinne stehend, sagte Arin: »Darüber zu spekulieren, in welcher Richtung die Jüten uns vielleicht suchen, ist nicht so wichtig, wie zu entscheiden, wohin wir nun tatsächlich segeln sollten. Und bis wir ein Ziel wählen können, lasst uns weiter nach Süden aufs offene Meer segeln.«

»Was liegt direkt im Süden?«, fragte Egil. »Inseln? Ein Hafen? Was?«

»Hm. Sabra, glaube ich«, sagte Delon. »Den ganzen Weg über das Avagonmeer – vielleicht zweitausend Meilen weit weg. Warum fragt Ihr?«

»Die Jüten glauben vielleicht, wir segeln zu einer großen Stadt, und wenn Sabra eine solche ist, sollten wir etwas nach

Osten oder Westen abschwenken.« Egil wandte sich an Arin. »Aber unabhängig davon ist dein Plan gut, Liebste. Segeln wir also aufs offene Meer, wo sie uns hoffentlich nicht suchen werden. Und selbst wenn sie uns suchen, ist das Avagonmeer sehr, sehr groß.«

»Wartet einen Moment«, sagte Ferai, die an einem Schiffszwieback kaute, während sie mit untergeschlagenen Beinen auf dem Kabinendach saß. »Warum steuern wir nicht einfach eine reiche Stadt an? Es gibt Dutzende davon, und die Wahrscheinlichkeit, dass uns jemand findet, ist bestenfalls gering. Außerdem, was könnten wir Besseres tun?«

»Was wir Besseres tun könnten?«, fragte Arin, indem sie einen Blick zum Himmel warf, als wolle sie einen Leitstern wählen. »Vielleicht nichts. Aber wir streben nicht danach, Reichtümer zu finden, sondern wir streben danach, etwas zu finden, das uns hilft.« Arin wandte sich dem Mädchen zu. »Wir haben eine wichtige Aufgabe und müssen noch ein weiteres Rätsel lösen, bevor wir den Stein von Xian suchen können – wo immer *der* sich auch befinden mag.«

Die junge Frau schaute von ihrem Schiffszwieback auf. »Ihr seid auf einer wichtigen Suche? Augenblick mal ... Ihr habt mich zwar aus einer sehr unangenehmen Lage befreit, aber ich weiß eigentlich nicht, ob ich mit einer solchen Aufgabe betraut werden will. Natürlich könnte man mich vielleicht dazu überreden, wenn ... Um was für ein Rätsel handelt es sich denn? Und was ist das für ein Stein?« Sie richtete den Blick auf Arin, und ihre Züge waren plötzlich bemüht unbefangen, während sie beiläufig fragte: »Ist der Stein wertvoll?«

Arin lächelte. »Ich weiß weder, wo sich der grüne Stein befindet, noch, ob er wertvoll ist.«

»Aber Ihr habt eine Schatzkarte, wie?«

»Wir haben das Rätsel.«

»Ihr meint, Ihr reist wegen eines Rätsels durch die ganze Welt und sucht Hinweise auf einen seltsamen Stein?«

»Genau.«

Ferai geriet ins Grübeln und sagte dann: »Dieses Rätsel – es ist gelöst, richtig?«

Arin zuckte die Achseln. »Wir haben nur Vermutungen über seine Bedeutung, aber ob diese richtig oder falsch sind, wissen wir nicht.«

Die junge Frau warf die Hände in die Luft und fragte: »Aber wie könnt Ihr dann erwarten, etwas zu finden?«

Delon klopfte Ferai aufs Knie. »Ich hatte gehofft, du könntest uns sagen, wohin wir als Nächstes müssen, mein Schatz.«

Die Diebin riss die Augen auf. »Ich? Du meine Güte, ich weiß nicht einmal, warum Ihr mir überhaupt geholfen habt« – sie fuhr sich mit den Fingern einer Hand über den Hals – »obwohl ich darüber ziemlich froh bin. Wie könnt Ihr also glauben, dass ich Euch sagen kann, wohin Ihr als Nächstes müsst?«

»Ja, Delon«, sagte Egil, »wie meint Ihr das? Das möchte ich auch gern wissen.«

»Nun ja«, sagte Delon zu Arin gewandt, »ich kann mich irren, aber mein Eindruck ist, dass jeder neue Schritt Eurer Suche – *unserer* Suche – eine direkte Folge des letzten Schrittes ist.« Delon hob eine Hand, um die drohenden Fragen abzuwehren. »Hört mich zu Ende an:

Mehrere Schritte haben Euch zum Schwarzen Berg geführt, Dara, wo Ihr Aiko gefunden habt, eine Katze, die in Ungnade gefallen war. Und sie war wiederum diejenige, welche auf die Idee kam, das dunkle Wasser könnte ein Ortsname sein, was Euch nach Mørkfjord führte, wo Ihr zwei Einaugen fandet: Egil und Alos. Dann war es Egil, der Euch erzählte, er kenne nur einen wahnsinnigen Monarchen, und zwar die Königin von Jütland, und das hat Euch zu mir geführt, einem Deck-Pfau. In Pendwyr habe ich die Vermutung geäußert, der Käfig des Hochkönigs könne das Gefängnis sein, und als wir dann darin waren, habe ich ›Frettchen‹ gerufen, und das hat uns zu ihr geführt.« Jetzt wandte Delon sich an Ferai. »Und daher, meine

Teure, wenn diese Kette fortgesetzt werden soll, wirst du uns helfen, den nächsten Schritt zu tun, und uns sagen, wo wir das Labyrinth finden können.«

»Das Labyrinth?«, fragte Ferai.

Egil räusperte sich. »Dass ich Das Einauge In Dunklem Wasser bin, daran zweifle ich nicht. Aber ist es nicht möglich, dass alle anderen nur ausgewählt wurden, weil die Worte des Rätsels auf sie zuzutreffen schienen? Zum Beispiel gab es im Garten der Königin auch einen richtigen Pfau, obwohl wir, äh, obwohl Aiko stattdessen Euch gewählt hat, wenngleich ich da noch dachte, wir wären hinter dem Vogel her. Könnte es sein, dass wir immer jemanden oder etwas finden, worauf das Rätsel zutrifft, wohin wir uns auch wenden?«

Aiko schüttelte den Kopf und sagte: »Ich *bin* Die Katze Die In Ungnade Fiel, und wir haben keine andere gesehen. Ihr zweifelt meine Wahl bei den Deck-Pfauen an, dabei seid Ihr doch nur eines von vier Einaugen. Dennoch behauptet Ihr, Einauge aus dem Rätsel zu sein.«

»Bei Hèl, ich *bin* Einauge«, verkündete Egil. »Ihr anderen seid es, die ich ...«

»Es kann kein anderes Frettchen geben«, protestierte Delon, der mit dem Finger auf Ferai zeigte. »Und was könnte ich anders sein als der ...«

»Ruhe!«, sagte Arin laut, indem sie mit einer Hand auf die Bank schlug. Überrascht richteten sich alle Augen auf die Dylvana. Nun, da sie ihre Aufmerksamkeit hatte, sagte sie: »Es wird uns nichts nutzen, wenn wir uns streiten. Vielleicht hat Egil Recht: Vielleicht werden wir überall das Gesuchte finden, wohin wir auch gehen, ob es nun das Richtige ist oder nicht.

Aber Delon hat auch etwas Wahres gesagt: Jeder neue Schritt hängt vom vorherigen ab. Und in diesem Fall sollte uns Das Frettchen Im Käfig Des Hochkönigs zum Verfluchten Bewahrer Des Glaubens Im Labyrinth führen.«

Alle Augen richteten sich auf Ferai. Sie warf ratlos die Arme in die Höhe und rief: »Ich weiß ja nicht einmal, wovon Ihr alle redet!«

Noch während sie das sagte, drang plötzlich ein lautes Heulen aus der Kabine.

Alos war aufgewacht.

»Eine verfluchte Bande von Schindern, das seid Ihr alle miteinander!«, rief der alte Mann, während er über das Deck schwankte und dabei anklagend mit dem Finger auf sie zeigte, auch auf Ferai, obwohl Alos einen Moment verwirrt innehielt, als er sie ansah, und sich fragte, wer sie war, dann jedoch zu dem Schluss kam, dass sie so oder so mitschuldig sei.

»Aber Alos«, protestierte Delon, »sie hätten Euch getötet.«

Alos fuhr herum und schwankte dabei ein wenig zur Seite, während er versuchte, sich auf den Barden zu konzentrieren. »Ja, aber vielleicht wäre ich lieber tot!«, bellte der Alte. »Daran habt Ihr noch nie einen Gedanken verschwendet, oder? O nein, das kann er unmöglich wollen, nicht wahr? Stattdessen habt Ihr mich einfach geschnappt und an Bord geschleppt.« Er torkelte vorwärts und stützte sich an der Kabinentür ab, während Delon sich von seinem nach Ale riechenden Atem abwandte. »Äh, wer wollte mich denn töten, hm? Und wen wollt Ihr töten, hm? Hinter wem sind wir her?«

Bevor Delon antworten konnte, verdrehte der alte Mann sein wässrig-blaues Auge, und er fiel nach vorn in Delons Arme.

»Immer noch betrunken«, murmelte Delon. Er hievte sich Alos auf die Schulter und ging mit ihm unter Deck.

»Passt auf Eure Stiefel auf«, sagte Egil.

Ferai hatte Alos' Tirade mit unbeteiligter Belustigung verfolgt. Doch als Delon wieder an Deck kam, nachdem er den alten Mann unten auf einer Koje abgeladen hatte, wandte sie sich an Arin. »Dann erzählt mir doch, was das alles zu bedeuten hat, Eure Aufgabe und dieses Rätsel«

Arin übergab Egil das Ruder. »Es ist eine lange Geschichte, Ferai, doch lasst mich damit beginnen, sie zu erzählen ...«

Im Osten war bereits der Schimmer eines fahlen Morgengrauens zu sehen, als Arin ihre Geschichte beendet hatte, obwohl noch ein abnehmender Viertelmond hoch am Himmel stand und noch Sterne am Firmament funkelten. Alos schlief in der Kabine seinen Rausch aus, und mittlerweile leisteten ihm Delon und Aiko unter Deck Gesellschaft. Egil bemannte das Ruder, und die Schaluppe glitt immer weiter nach Süden auf das offene Avagonmeer. Das Schiff befand sich jetzt gute sechzig Seemeilen südlich von Pendwyr.

Die junge Diebin holte tief Luft. »Eine Katze, ein Einauge, ein Deck-Pfau, ein Frettchen: All diese habt Ihr gefunden. Und nun müsst Ihr noch einen Verfluchten Bewahrer Des Glaubens im Labyrinth ausfindig machen?«

Arin nickte.

Ferai legte den Kopf auf die Seite und schaute zum Himmel. »Und Ihr erwartet, dass ich Euch zu ihm führe?«

Arin zuckte die Achseln. »Ich kann es nur hoffen, Ferai.«

»Dieser Drachenstein – hellgrün und durchsichtig und von der Größe einer Melone: erlesene Jade, würde ich Eurer Beschreibung nach sagen. Der Stein muss ein Vermögen wert sein, selbst wenn er geteilt wird ... obwohl er im Ganzen gewiss unbezahlbar wäre.« Sie sah Arin an. »Die Magier – sie würden anständig dafür bezahlen, ihn zurückzubekommen, nicht?«

Arin schüttelte den Kopf. »Ferai, wir tun das nicht um einer Belohnung willen, sondern um zu verhindern, dass ein furchtbares Verhängnis über uns alle hereinbricht.«

Ferai machte eine beruhigende Geste. »O ja. Das auch. Aber sollte jemand mit einem großen Vermögen beschließen, es mit dem Finder des grünen Steins zu teilen, könnte man in so einem Fall ablehnen?«

Arin sah Egil an, eine unausgesprochene Frage im Blick, aber er lächelte nur und zuckte die Achseln.

Ferai gähnte und reckte sich. »Meine Güte, bin ich müde. Ich habe in den letzten Tagen wenig Schlaf bekommen, wie Ihr sicher begreift. Gibt es unten eine Koje für mich?«

Egil nickte. »Die *Breeze* bietet Schlafplätze für vier. Wir wechseln uns ab: Einige schlafen, während andere das Schiff steuern und Wache halten. Ihr könnt jetzt schlafen. Wir wecken Euch, wenn Ihr an der Reihe seid.«

»Aber ich weiß nicht, wie man segelt«, sagte Ferai.

»Keine Sorge. Ihr werdet es ebenso lernen wie Arin, Aiko und Delon – die jetzt alle geübte Seeleute sind.«

»Nun, ich kann nicht gerade behaupten, dass es mir ein Herzenswunsch ist, die *Brise* zu segeln, aber wenn ich muss ...«

»Wie habt Ihr unser Schiff genannt?«

»Was?«

»Das Schiff.«

»Ach, das. Ich habe es *Brise* genannt. Das bedeutet nämlich *Breeze* – es ist ein gothonisches Wort.«

»Ah«, sagte Egil. »Das wussten wir nicht.«

Ferai runzelte die Stirn. »Das Schiff gehört aber Dara Arin, oder?«

Egil lachte. »Aye, es gehört ihr. Und noch dazu ist es ein gutes Schiff. Gut genug, um uns um die Welt zu tragen.«

»Hm«, machte die dunkelhaarige Diebin nachdenklich. »Ich hoffe, so weit müssen wir nicht fahren, um diesen grünen Stein zu bekommen, den wir suchen.«

»Dann werdet Ihr uns begleiten?«, fragte Arin.

Ferai nickte. »Für einen Gegenstand, den Drachen fürchten ... oder verehren? Ich werde Euch in der Tat begleiten. Vergesst nicht, das Rätsel besagt, dass Ihr es ohne mich nicht schaffen könnt. Außerdem bin ich Euch das schuldig für ...« – sie zeigte mit dem Daumen in Richtung Pendwyr – »meine Rettung vor dem Henker.«

In die Sonne blinzelnd und fluchend kam Alos aus der Kabine. Delon saß am Ruder. Aiko war an Deck und schoss Taue auf.

»Ihr!«, rief Alos und zeigte anklagend mit dem Finger auf Aiko. »Ihr habt es schon wieder getan!«

Aiko sah den alten Mann ungerührt an und sagte nichts.

»Ich habe Euch doch gesagt, dass ich fertig mit Euch bin, mit Euch allen, aber nein, stattdessen habt Ihr mich wieder in Eure Gewalt gebracht.«

»Verzeiht, Alos«, sagte Delon, »aber sie hätten Euch sonst umgebracht. Aiko hat Euch vor dem sicheren Tod bewahrt.«

»Wer?«, wollte Alos wissen. »Wer hätte mich sonst umgebracht?«

»Die Jüten, alter Mann«, erwiderte der Barde. »Erinnert Ihr Euch nicht? Wir haben schon letzte Nacht darüber geredet.«

»Ha! Eine sehr glaubhafte Geschichte«, blaffte Alos.

»Wirklich, Alos, die Jüten sind einen Tag nach unserer Ankunft in Pendwyr eingetroffen. Sie haben unser Quartier im *Blauen Mond* entdeckt und waren auch unten am Kai. Es war ein Glück, dass sie die Hafentavernen noch nicht abgesucht hatten, sonst wärt Ihr bereits tot. Ihr könnt einfach nicht unbemerkt bleiben mit Eurem weißen Auge. Aiko hat Euch gerettet.«

Alos sah Aiko an. »Ist das wahr?«

Sie sah ihn lange an, als überlege sie, ob sie ihn einer Antwort würdigen solle, aber schließlich nickte sie.

»Sie haben uns aufgelauert«, fügte Delon hinzu, »acht von ihnen, die nun alle tot sind. Aber in Pendwyr sind noch dreißig oder vierzig mehr, der Größe ihres Schiffes nach zu urteilen.«

»Arg!« Alos schauderte und ließ sich dann schwer zu Boden sinken. »Tja, ich, äh, ich glaube, ich sollte mich bei Euch bedanken, dass Ihr mich vor den Jüten gerettet habt. Aber bei Adons Männlichkeit, seht Ihr denn nicht, dass ich nun wieder

zu Eurer irrsinnigen Suche zurückgekehrt bin? Und das gefällt mir ganz und gar nicht.« Er sah Aiko an. »Ihr hättet mich in Mørkfjord zurücklassen sollen. Dort war ich glücklich.«

Aiko zuckte die Achseln, doch Delon sagte: »Wart Ihr das wirklich? Mir kommt es eher so vor, dass ich echte Freude nur in Eurem Gesicht sehe, wenn Ihr am Ruder steht.«

Alos neigte den Kopf und zuckte die Achseln.

»Und als Ihr Tamburin gespielt habt«, fügte Aiko hinzu.

Er sah sie die Kriegerin völlig überrascht an. »Hm? Ich hätte nicht gedacht, dass Euch das interessiert.«

Aiko wandte sich von ihm ab und schaute aufs Meer.

Delon beugte sich vor und flüsterte dem alten Mann halblaut zu: »Sie hat Euch das Leben gerettet, Alos.«

Alos sah Aiko lange an, die sich von ihm abgewendet hatte, dann schluckte er und warf einen langen Blick auf die Stellung der Segel. Dann sagte er in schroffem Tonfall: »Hier. Das ist ganz falsch. Lasst mich ans Ruder und trimmt die Segel. Und sagt mir, welchen Kurs wir steuern.«

6. Kapitel

»Kurs?« Arin sah Ferai an und wandte sich dann wieder an Alos. »Südsüdost, bis wir uns für ein Ziel entschieden haben ... oder bis Ferai uns eines nennt.«

Ferai drehte hilflos die Hände nach oben. »Tja, es ist mir egal, dass Delon sagt, dass ich uns dorthin führen muss, ich kenne ganz einfach keinen einzigen Verfluchten Bewahrer.« Mit ausladenden Gesten wies sie nach rechts und links. »*Peste et mort!* Er könnte überall sein, auch oben in den Wolken oder unter der Erde ... oder sogar auf einer anderen Ebene.«

Aiko, die eines ihrer Schwerter einölte, sah auf. »Ich sage immer noch, der Verfluchte Bewahrer könnte auch die Statue im Heckenlabyrinth sein.«

Delon schüttelte vehement den Kopf. »Nein, nein, Aiko. Gudrun war zwar verflucht, aber sie ist ganz sicher kein Bewahrer des Glaubens.«

»Aber wir können nicht einfach immer weiter nach Südsüdosten segeln«, verkündete Alos. »Ich meine, irgendwann geht uns das Meer aus – es sei denn, Ihr erwartet von mir, dass ich auch noch durch das Ödland von Chabba segle.«

Delon schaute auf die träge wogenden Wellen des Ozeans. »Wo sind wir?«

Arin warf einen Blick auf die Sonne. »Gute hundert Meilen südlich von Pendwyr.«

Niemand zweifelte ihr Wort an. Elfen wussten ganz einfach

immer, wo Sonne, Mond, Sterne und die fünf Wanderer standen. Dank dieser Fähigkeit brauchten sie nur einen Blick auf den Winkel zwischen den Gestirnen zu werfen, um abschätzen zu können, wo sie sich auf Mithgar befanden. Wenn die Dara also sagte, dass sie gut hundert Meilen südlich von Pendwyr segelten, dann befanden sie sich ohne jeden Zweifel ganz genau dort.

»Hört zu«, sagte Delon, »es muss einen Weg geben, um zu enträtseln, wohin wir uns wenden müssen.« Er sah Arin an. »Ich meine, Dara, es wäre kein Rätsel, wenn man es nicht lösen könnte ... also muss es eine Möglichkeit geben, unser nächstes Ziel zu ermitteln.«

Arin zuckte die Achseln und sagte: »Vielleicht hat Egil doch Recht. Vielleicht spielt es gar keine Rolle, wohin wir uns wenden, weil wir überall etwas finden werden, worauf die Worte des Rätsels zutreffen.«

»Das glaube ich nicht«, widersprach Delon. Er wandte sich an Ferai. »Ich glaube vielmehr, dass du die Antwort kennst, meine Teure.«

Ferai stieß die Luft aus und zuckte die Achseln.

»Sie weiß nicht, wohin wir fahren sollen«, murrte Alos.

»Ich glaube schon«, erwiderte Delon. »Sie weiß nur nicht, dass sie es weiß.«

»Na, wenn ich es weiß, aber nicht weiß, dass ich es weiß, ist das nicht dasselbe, als es eben gar nicht zu wissen?«, fragte die Diebin.

»Ha!«, blaffte Alos. »Da hat sie Euch am Haken.«

»Überhaupt nicht, Alos«, sagte Delon. »Wir müssen nur eine Möglichkeit finden, uns ihr Wissen zu erschließen.«

»Wie mein Rätsel erschlossen wurde«, sagte Arin. »Aber in meinem Fall hatte ich eine vage Erinnerung daran, dass meine Vision noch mehr beinhaltet hatte, als es auf den ersten Blick schien, obwohl mir es verborgen blieb, bis Lysanne es mir entlockte.«

Aiko schüttelte den Kopf. »Sie ist eine ausgebildete Magierin, Dara, und wir haben hier keine Zauberer.«

»Wie wollen wir dann dieses Wissen erschließen, von dem Ihr sagt, dass ich es habe?«, sagte Ferai.

Alle Augen richteten sich auf Delon. Er zuckte die Achseln und sagte dann: »Vielleicht können wir deinem Gedächtnis einen Stoß geben.«

»Wie?«

»Nun, meine Liebe, du könntest uns zum Beispiel etwas über dich erzählen.«

»Was zum Beispiel?«

»Hm, erzähl uns doch etwas von deiner Mutter.«

»Meine Mutter ist tot.«

»Dann von deinem Vater.«

»Der ist auch tot.«

Delon nahm ihre Hand, »Dann erzähl uns von deinem Leben.«

»Da gibt es nicht viel zu erzählen. Ich hatte eine ziemlich ereignislose Kindheit und bin dann nach Pendwyr gekommen.«

Delon ließ ihre Hand los und warf verzweifelt die Hände in die Luft. »Dann erzähl uns, wie es sich zugetragen hat, dass du im Gefängnis gelandet bist und hingerichtet werden solltest.«

»Ich war unschuldig!«, erklärte Ferai geduldig.

»Ha!«, konterte Delon. »Du wurdest im Kerker die Königin der Diebe genannt.«

»Lasst mich doch in Ruhe«, rief Ferai ärgerlich, wandte sich ab und ging zum Bug des Schiffs.

Delon wollte ihr folgen, doch Arin zupfte an seinem Ärmel und schüttelte den Kopf. »Lasst es gut sein, Delon. Ich spüre alte Wunden, die tief gehen. Sie wird mit uns reden, wenn sie es will, und nur dann. Wir können daran nichts ändern.«

Delon warf einen Blick auf die Stelle, wohin Ferai sich zurückgezogen hatte. Dann schaute er auf Arin, nickte und lehnte sich zurück. Und im sich hebenden und senkenden Bug der *Breeze* beobachtete Ferai, wie die Wellen vorbeiglitten ...

Als Ferai sechs war, begannen ihre Eltern mit ihrer Ausbildung – Janine lehrte sie Akrobatik und zeigte ihr das Trapez, und Ardure brachte ihr alle Tricks mit Schlössern und Knoten und zahlreiche Verrenkungen bei –, denn Janine war eine erstaunliche Akrobatin, und Ardure konnte sich aus jeder noch so engen Kiste oder Falle befreien, jedenfalls behaupteten das die Plakate und Ausrufer. Nicht, dass Ferais Eltern schon immer Artisten gewesen wären, denn bei ihrer Heirat war Ardure Schlosser und Janine seine geschmeidige Braut. Ein Jahr verging, und ein Kind wurde geboren. Ferai nannten sie das Mädchen, und es wurde von ihnen geliebt, und sie sangen ihm jeden Abend etwas vor und erzählten ihm wunderbare Geschichten. Doch Ferai war auch ein weiterer Mund, der gefüttert werden musste, und die Zeiten waren hart, und das Geschäft ging schlecht, und so gingen sie auf Wanderschaft. Durch Zufall trafen sie einen jungen Mann, der einen guten Schlosser brauchte: Lemond, der neue Besitzer eines Wanderzirkus. Anscheinend war sein Vater ganz plötzlich an einer schmerzhaften Magenkrankheit gestorben, ohne seinem Sohn zu verraten, wo er die Schlüssel für die gewichtige eiserne Geldkassette aufbewahrte. Und obwohl Lemond praktisch den gesamten Zirkus auseinander genommen hatte, waren keine Schlüssel gefunden worden. Ardure löste sein Problem im Handumdrehen, und Lemond bot ihm eine Stellung im *Zirkus der ungezählten Wunder* an – die eines Entfesslungskünstlers, falls er die Tricks meistern könne.

Ardure nahm an, denn dies war regelmäßige Arbeit, und er, Janine und die kleine Ferai reisten mit dem Zirkus durch ganz Mithgar. Als Ferai drei wurde, nahm die geschmeidige Janine Unterricht bei der Akrobatin Arielle, und bald nahm auch Janine an der Vorstellung teil.

Lemond war ein starker Trinker und ein selbst ernannter Weiberheld, und oft brach der Zirkus seine Zelte in aller Eile ab und verließ die Stadt früher als vorgesehen – alles nur wegen Lemonds Trinkerei und seiner Frauengeschichten, sagten manche. Lemond verbrachte lange Stunden damit, Janine beim Üben zuzuschauen – um ihr Talent einschätzen zu können, sagte er, obwohl andere einen anderen Grund vermuteten. Doch Lemonds Interesse blieb folgenlos, denn Ardure war nie weit weg und die kleine Ferai auch nicht.

Was Ferais eigenen Unterricht anging, so machte sie rasche Fortschritte und war bald mit ihrer Mutter oder ihrem Vater in der Manege, wo sie zum Publikumsliebling wurde, obwohl sie noch keine sieben Jahre alt war. In den nächsten Jahren brachten Ardure und Janine ihr nicht nur die Tricks des Zirkusgewerbes bei, sondern auch Lesen und Schreiben – Fähigkeiten, die bei den anderen Artisten nicht weit verbreitet waren. Trotzdem nahmen die Zirkusleute Ferai unter ihre Fittiche und lehrten sie viele Dinge – wie man Tiere zähmt und Messer wirft und sogar die Kunst des Possenreißens, die aus greller Schminke und weiter Kleidung bestand und daraus, den Narren zu spielen, ohne einer zu sein. Und dann war da noch die alte Wahrsagerin Nom, die aus der Hand las, in Kristallkugeln schaute, Knochen warf und Karten legte. Sie zeigte Ferai, wie sie ihre Kunden aufs Kreuz legte, sie täuschte und in die Irre führte und sie mit dem Gefühl nach Hause schickte, als habe sie die Geheimnisse ihres Lebens gesehen und ihnen einen vernünftigen Rat gegeben.

Ihre Eltern sangen Ferai weiterhin jede Nacht etwas vor, wenn sie ihre Tochter ins Bett brachten.

Doch dann, als sie erst zwölf war, geschah etwas Furchtbares: In einem tragischen Feuer, dessen Ursprung nie geklärt werden konnte, starben Ferais Eltern. Warum sie nicht einfach flohen, war nicht zu ergründen. Aus irgendeinem Grund war es so, als seien sie nicht in der Lage, Ferai zu nehmen und vor den Flammen davonzulaufen. Wunderbarerweise, so schien es, kam Lemond gerade vorbei, und es gelang ihm, das Kind zu retten. Um Ferai zu trösten, nahm er sie mit in seinen Wagen.

Es ist nicht bekannt, was in jener Nacht geschah, aber am nächsten Morgen fand man Lemond mit einem Dolch im Herzen tot in seinem Bett. Und im anderen Bett, wo Ferai geschlafen hatte, war ebenfalls Blut, mitten auf ihrer Matratze. Manche sagten, es sei jungfräuliches Blut, und schlossen daraus, sie sei von dem Schurken, der auch Lemond erstochen habe, vergewaltigt und entführt worden, während andere behaupteten, Ferai sei ebenfalls ermordet und ihre Leiche verschleppt worden. Doch ob geschändet oder ermordet, die Zwölfjährige wurde nicht gefunden, weder an diesem Tag noch irgendwann später.

Sie ging nach Pellar, lebte dort als Straßenkind in der Stadt Pendwyr und erbettelte sich Essen und Geld. Ihre Zirkuskunststücke zeigte sie nicht, denn sie glaubte, so unwahrscheinlich dies auch erscheinen mag, dass Neuigkeiten über ein Kind, welches Entfesselungstricks und Akrobatik vorführen konnte, den Behörden zu Ohren kommen könnten und sie dann für einen Mord festgenommen würde, der in einem benachbarten Land begangen worden war. Schließlich trafen in Pendwyr, der Reichshauptstadt, oft Nachrichten von Mordtaten und Belohnungen aus Ländern nah und fern ein.

Über ein anderes Straßenkind, einen Bengel, den sie mochte, geriet sie an eine Diebesbande, und schon sehr bald erwiesen sich ihre Fähigkeiten als unschätzbar wertvoll für die Langfinger und Einbrecher, denn Schlösser konnten sie ebenso wenig aufhalten wie Tore, Mauern, Hunde oder die Stadtgarde ... immer gelang es ihr, jedes Hindernis zu umgehen.

Die Diebe brachten ihr den Taschendiebstahl bei und wie man jemandem den Beutel so abschnitt, dass der Bestohlene es erst bemerkte, wenn es zu spät war, und sie machte sich all diese Fertigkeiten sehr rasch zu Eigen. Auch ein Opfer zu betrügen, lernte Ferai sehr schnell, denn es unterschied sich kaum von dem, was die alte Nom ihr beigebracht hatte, obwohl hier das Risiko viel größer war, dafür aber auch der Gewinn.

Die Diebesbande gab ihr den Spitznamen *Frettchen*, und einer ihrer Spießgesellen sagte: »Wir machen nur wieder rückgängig, was dieser furchtbare gothonische Akzent aus deinem Namen gemacht hat.« Trotz ihrer Proteste, das gothonische Wort für Frettchen sei *Furet*, musste sie zugeben, dass dies in ihrer Heimatsprache ein wenig wie *Ferai* klang, also blieb der Name haften.

Sie blieb vier Jahre bei der Bande, aber am Ende war sie die unablässigen Zankereien und Streitereien untereinander leid und machte sich selbstständig.

Einige ihrer Diebstähle waren spektakulär, denn lautlos überquerte sie die Distanz zwischen zwei Häusern auf einem dünnen Seil über den Köpfen patrouillierender Soldaten, durchbrach einen Ring wachsamer Posten, öffnete ein Schloss, das als vollkommen einbruchsicher galt, und vollbrachte andere, ähnlich sensationelle Leistungen.

Fast zehn Jahre lebte sie so in Pendwyr, und der Tod dieses Schweins Lemond verblasste immer mehr in ihrem Gedächtnis. Doch sie dachte jeden Tag an ihre Eltern, und oft weinte sie beim Gedenken an Janine und Ardure, vor allem wenn jemand ein trauriges Lied sang.

So lebte sie fast zehn Jahre in relativer Behaglichkeit – bis die Stadtgarde sie vor drei Wochen abgeholt hatte. Sie hatten ihre Tür aufgebrochen, waren in ihr Zimmer eingedrungen und hatten sie festgenommen, bevor sie fliehen konnte, und unter ihrer Matratze fanden sie einen einzelnen Goldohrring. Wie er dorthin gekommen war, wusste Ferai nicht, aber er erwies sich als einer von vielen bei einem Einbruch geraubten Gegenständen. Was die Frage anbelangte, warum die Stadtgarde zu ihr gekommen war, so hatte es den Anschein, dass jemand sie angezeigt habe in dem Fall, wo die Edeldame Brum verwundet worden war, als sie einen Dieb überrascht hatte, der in der Nacht ihr Haus beraubte.

Später besagten Gerüchte, ein alter Spießgeselle von ihr habe die Belohnung für ihre Ergreifung kassiert.

Trotz ihrer gegenteiligen Beteuerungen wurde sie rasch schuldig gesprochen und für den Diebstahl der Juwelen einer Edeldame und den Mordversuch an ihr zum Tode verurteilt.

Sie warfen sie in eine Zelle neben denjenigen mit den Piratenkapitänen, obwohl einige den Vorschlag machten, sie stattdessen zu den Piraten zu sperren: Sie würden ihr eine anständige Bestrafung angedeihen lassen, bevor sie an den Galgen käme.

Doch sie schmachtete letztlich in ihrer Einzelzelle und wartete auf den Tod. Die Aufseher achteten darauf, nichts in ihre Nähe kommen zu lassen, was sie vielleicht als Dietrich benutzen konnte, denn der Verräter hatte auch gemeldet, dass ihre Fähigkeit, Schlösser zu öffnen, ans Wunderbare grenzte. Als Beweis dafür stellte die Stadtgarde fest, wie das komplizierte Schloss an der Schmuckschatulle der Dame Brum geöffnet worden war, ohne dass der Dieb auch nur einen einzigen Kratzer hinterlassen hatte. Entweder das, oder die Edeldame Brum hatte die Schmuckschatulle versehentlich offen gelassen, was diese natürlich empört abstritt.

So saß Ferai im Gefängnis fest und hatte keine Möglichkeit, die Tür zu öffnen.

Schließlich war der Tag der Hinrichtung gekommen, und dann waren Arin, Egil, Aiko und Delon der Barde aufgetaucht …

Und nun saß Ferai im Bug der *Breeze* und starrte auf die Wellen. Hinten im Heck stimmte Delon mit seiner schönen, vollen Elfenstimme ein Lied an.

Die junge Diebin begann zu weinen.

7. Kapitel

»Warum weinst du, meine Holde?« Delon saß im Bug und hielt Ferais Hand.

»Weil Ihr gesungen habt.«

»Bin ich so schlecht?«

Sie bedachte ihn mit der Andeutung eines Lächelns und wischte sich mit den Fingern der freien Hand über die Wangen. »Nein, Delon, Ihr singt wunderschön. Es ist nur so, dass ...«

Die Stimme versagte ihr, doch Delon drang nicht weiter in sie. Nach einer kleinen Weile sagte sie: »Es ist nur so, dass dieses Lied so viele Erinnerungen in mir wachgerufen hat.«

Frische Tränen kamen und liefen ihr über die Wangen. Delon zog sie sanft zu sich. »Weine, so viel du willst, meine Liebe«, sagte er, und der Barde drückte die junge Frau an seine Schulter, während die Traurigkeit sie gefangen hielt.

Derweil pflügte die *Breeze* durch die Wellen des indigoblauen Ozeans.

Viel später sagte Ferai: »Würdet Ihr irgendwann noch einmal singen?«

Delon sah sie an. »Für dich, mein Schatz, jederzeit.«

Die *Breeze* segelte weiter, während Ferai und Delon nebeneinander saßen. In der Ferne glitt ein weißer Vogel mit sehr langen Flügeln tief über die Wellen. Delon zeigte ihn Ferai.

»Was ist das?«, fragte sie.

»Ein Albatros, glaube ich. Man sagt, er verbringt sein ganzes Leben im Flug.«

Ferai seufzte: »Manchmal glaube ich das auch von mir.«

»Ich auch, meine Teure, ich auch.«

Sie beobachteten den Vogel noch eine Weile, bis sie ihn nicht mehr zwischen den Wellen sehen konnten, und Ferai sagte: »Glaubt Ihr wirklich, ich weiß etwas, das uns verraten wird, wohin wir fahren müssen?«

Delon zuckte die Achseln. »So war es bisher: Jede neue Person war der Schlüssel für das Auffinden der nächsten. Das heißt, alle bis auf Alos, aber Arin glaubt, dass er auch noch eine Rolle zu spielen hat. Und was dich betrifft, mein Schatz, so glaube ich wirklich, dass du einen Schlüssel in deinen Händen hältst. Was es sein könnte, kann ich nicht sagen. Vielleicht ist es etwas aus deiner Vergangenheit: Etwas, das dein Vater oder deine Mutter gesagt hat, ein Bild, das du gesehen, ein Lied, das du gehört hast, eine Geschichte, ein Gedicht, eine Redensart oder auch etwas völlig anderes.«

»Nach allem, was Ihr sagt, Delon, könnte es alles und jedes sein«, protestierte Ferai.

»Nein, meine Liebe, es kann nur eines sein: ein Verfluchter Bewahrer Des Glaubens Im Labyrinth.«

»Aber ich kenne keine Bewahrer des Glaubens.«

»Na, dann kennst du ja vielleicht ein Labyrinth.«

Sie segelten weiter in südsüdöstlicher Richtung, und zwei weitere Tage verstrichen, Tage und Nächte voller hitziger Debatten, wohin sie sich nun wenden sollten.

Aiko argumentierte, sie sollten zurück nach Jütland fahren und Königin Gudrun gefangen nehmen, denn sie besitze das einzige verfluchte Labyrinth, von dem sie wüssten. Als jemand darauf hinwies, dass im Rätsel von einem *Verfluchten Bewahrer* die Rede sei und nicht von einem verfluchten Labyrinth, erwiderte Aiko, dass Gudrun angesichts ihres Wahnsinns gewiss auch verflucht sein müsse.

Delon empfahl, zum Schwarzen Berg zu reisen, damit Lysanne ihre Magie auf Ferai anwenden könne.

Egil schlug vor, mit der *Breeze* nach Rwn zu segeln und dort dasselbe zu tun: Von einem der dortigen Magier enthüllen lassen, welches Wissen tief in Ferais Gedächtnis verborgen sein mochte. Außerdem könnte man dort vielleicht auch seinen eigenen Fluch von ihm nehmen – denn Egils nächtliche Albträume dauerten immer noch an –, und vielleicht konnten die Magier auch seine verlorenen Erinnerungen zurückholen.

Ferai widersprach alledem, vor allem der Vorstellung, einen Magier in ihren Gedanken und Erinnerungen, also in ihrem innersten Wesen, herumschnüffeln zu lassen.

Alos machte geltend, wohin sie auch führen, er werde aus dieser aberwitzigen Suche aussteigen.

Arin hörte allen Meinungen gelassen zu und wog die Möglichkeiten ab, die sie hatten.

Alles, was sie in dieser Zeit wirklich entschieden, war die Einteilung der Wachen. Egil, Arin und Aiko segelten die *Breeze* in der Nacht, und Alos, Delon und Ferai übernahmen sie bei Tage. Natürlich gab es eine großzügige Überschneidung von nachmittags bis zum Beginn der Nacht, und in dieser Zeit war die Diskussion, was sie tun und wohin sie sich wenden sollten, am heftigsten.

Doch in den ruhigeren Momenten zermarterte Ferai sich das Hirn nach einem Hinweis, von dem Delon glaubte, dass er irgendwo in ihr schlummere. Viele ihrer Erinnerungen waren schmerzhafter Natur, andere traurig, aber zu ihrer Überraschung stellte sie fest, dass viele ihr auch Freude bereiteten – vor allem die an ihre Mutter und ihren Vater, wie sie ihr vorgesungen und Geschichten erzählt hatten.

Sie versuchte, sich an die Lieder und Geschichten ihrer Kindheit zu erinnern, denn Delon hatte erwähnt, dass es dort vielleicht eine verborgene Erinnerung gab. Doch so sehr sie sich auch bemühte, ihr fiel nichts ein, und sie war überzeugt, mehr Erfolg zu haben, wenn sie die berühmte Nadel im Heuhaufen suchen würde.

Mitten in der zweiten dieser Nächte schrak sie plötzlich aus dem Schlaf hoch. »Delon«, zischte sie, während sie die Füße aus der Koje schwang. Sie huschte durch die winzige Kabine zu ihm herüber und schüttelte ihn. »Delon.«

Er erwachte benommen. »Hm?«

»Wacht auf. Mir ist etwas eingefallen.«

Delon richtete sich auf und rieb sich die Augen. »Oh«, gähnte er. »Was ist dir eingefallen?«

»Etwas, das die alte Nom immer benutzt hat.«

»Die alte Nom?«

»Sie war eine Wahrsagerin.«

»Und was hat sie benutzt ...?«

»Ein Kartenspiel. Sie hat damit die Zukunft vorhergesehen. Eine ihrer Wahrsagekarten nannte sie *Tor zum Tempel des Labyrinths.*«

»Der Tempel des Labyrinths?«

»Ja. Das Tor, das dorthin führt.«

»Dieser Tempel, dieses Tor: Was weißt du sonst noch darüber?«

Ferai überlegte kurz und sagte dann: »Die alte Nom hat mir erzählt, wenn man diese Karte zieht oder vorgelegt bekommt, bedeutet sie eine gefährliche und verwirrende Passage im Leben, aber wenn man das Tor erreicht, erlangt man damit Sicherheit. Wenn die Karte richtig herum liegt, bedeutet sie, dass man wahrscheinlich Erfolg haben wird. Liegt sie auf dem Kopf, bedeutet sie, man wird wahrscheinlich scheitern.«

»Oh«, sagte Delon gedehnt. »Weißt du sonst noch etwas über diesen Tempel?«

Ferai schüttelte den Kopf. »Nein, aber ich könnte die Karte zeichnen und sogar die Worte über der Tür. Adon weiß, dass ich sie oft genug gesehen habe, als sie mir das Kartenlegen beigebracht hat.«

Delon zündete eine Laterne an. »Tu das, meine Teure. Das hört sich viel versprechend an.«

»Glaubst du das wirklich?« Ferai griff nach dem Logbuch des Schiffs und nach Feder und Tinte.

»Ja.«

Alos ächzte, drehte sich um und funkelte sie an. »Ich versuche, hier zu schlafen.«

»Ferai hat vielleicht einen Hinweis, wohin wir fahren müssen«, sagte Delon, der zusah, wie sie sorgfältig eine verzierte Toröffnung zeichnete.

Alos richtete sich auf, rieb sich das Gesicht, kratzte sich am Bauch und schaute dann ebenfalls zu.

Mit sehr viel Sorgfalt zeichnete die junge Diebin Symbole auf das Pergament. Dann skizzierte sie etwas, das wie ein Eingang in ein Gebäude aussah. Schließlich drehte sie das Logbuch, sodass Delon und Alos es sehen konnten, und sagte: »Das war auf der Karte: ein in eine Steinmauer gemeißeltes Tor. Darüber standen diese Symbole, Worte, glaube ich, in den Sturz eingraviert, und zwar in einer mir unbekannten Sprache. Kann das jemand von Euch lesen?«

מג׳דש המבוכ

Delon beugte sich vor und betrachtete die Buchstaben, dann sagte er: »Lesen kann ich das nicht, aber für mich sieht das nach hurnischen Buchstaben aus ... oder nach sarainesischen Zeichen.«

In diesem Augenblick öffnete sich die Kabinentür, und Egil steckte den Kopf hinein. »Ist etwas nicht in Ordnung?« Delon drehte sich um und lächelte. »Nein, nein, Egil. Ferai ist etwas eingefallen. Kommt und seht Euch das an. Nein, wartet. Wir bringen es an Deck, dann können es alle sehen.«

Arin schaute von der Skizze auf und fragte Ferai: »Kennt Ihr ein Tor dieser Art?«

»Nur von Noms Wahrsagekarte.«

Arin wandte sich an die anderen. »Hat vielleicht sonst jemand von Euch Kenntnis von so einem Tor?«

Jeder sah sich die Skizze eingehend an und zuckte dann die Achseln.

Jetzt wandte Arin sich an Delon. »Ihr sagt, das sind hurnische Buchstaben?«

»Oder sarainesische. Sie ähneln sich sehr, aber ich bin kein Gelehrter ... und auch kein Kalligraph. Ich habe nur schon solche und ähnliche Schriften auf meinen Reisen gesehen.«

»Aber Ihr habt noch kein derartiges Tor gesehen?«

Delon schüttelte den Kopf. »Ich war noch nie in Sarain, und ich habe kein solches Tor in Hurn gesehen. Aber es ist ein großes Land, und ich war nur in der Stadt Chara, die direkt an der Küste liegt ... Vor drei Jahren war ich dort für ein paar Monate gestrandet. Ich würde auch nur ungern dorthin zurückkehren, denn in Chara wartet nicht nur eine besonders einsame Frau auf mich, sondern auch ein sehr wütender Ehemann, der mir mit dem größten Vergnügen einen Dolch ins Herz stoßen würde.«

»Wo liegt dieses Land?«, fragte Aiko.

»Im Osten. Am Avagonmeer. Jenseits der Steininseln«, erwiderte Delon.

»Und Sarain?«

»Südlich davon, glaube ich.«

Alos räusperte sich. »Aye. Sarain liegt südlich von Hurn und ist voll von Stämmen, die einander zu Wasser und zu Land wegen ihres Glaubens bekriegen, hat mein alter Kapitän immer gesagt.«

Sie schwiegen einen Moment, und schließlich sagte Delon: »Hört, ob es nun Hurn oder Sarain ist, können wir einen viel versprechenderen Ort finden als einen, der Tempel des Labyrinths genannt wird, um darin einen Verfluchten Bewahrer Des Glaubens Im Labyrinth zu entdecken?«

»Wohl wahr«, sagte Aiko, »aber wenn diese Länder Hurn und Sarain groß sind, kann die Suche ziemlich lange dauern.«

Egil nickte und sagte dann: »Könnten wir doch nur die Inschrift lesen, das würde die Möglichkeiten von zwei auf eine einschränken.«

Arin wandte sich wieder an Ferai. »Wisst Ihr sonst noch etwas über diesen Ort oder über Noms Karte?«

Ferai schloss die Augen und versuchte sich zu erinnern. Schließlich sagte sie, ohne die Augen zu öffnen: »Der Fels ist rot.«

Arin wandte sich an Delon. »Gibt es in Hurn oder Sarain roten Fels?«

»Über Sarain kann ich nichts sagen, aber ich glaube, die Küstengebiete Hurns waren hauptsächlich gelb, ocker und grau, obwohl es im Inland auch roten Fels geben mag.«

Sie wandten sich an Alos, der jedoch die Achseln zuckte.

Arin sah jeden von ihnen an. »Möchte jemand noch etwas hinzufügen?«

»Nur, dass wir eine Entscheidung treffen sollten«, sagte Egil.

Arin senkte einen Moment das Haupt und überlegte. Dann blickte sie auf und sagte. »Dann schlage ich Folgendes vor: Wir segeln zuerst nach Sarain und ankern dort vor einer Stadt an der Küste. Dort suchen wir uns jemanden, der lesen kann, und bitten ihn, das hier zu entziffern. Wenn es kein Sarainesisch ist, fahren wir nach Hurn und verfahren dort ebenso. Je nach Ergebnis werden wir entscheiden, was wir weiter tun können.«

Wiederum sah sie alle an. »Einverstanden?«

Einer nach dem anderen nickte, dann sagte Egil: »Nicht, dass ich etwas dagegen einzuwenden hätte, Liebste, aber was hat dich dazu gebracht, dich für Sarain zu entscheiden?«

»Was Alos gesagt hat, *Chier.*«

»Ich?«, merkte Alos überrascht auf.

»Ja. Ihr und Ferai. Wo der Glaube an die Götter stark ist, da muss es auch Tempel geben. Und Ihr habt gesagt, dass sich die sarainesischen Stämme unter anderem wegen ihres Glaubens bekriegen. Vielleicht gibt es dort Orden oder Sekten, die sich verstecken. Ferai hat gesagt, wenn man auf diese Karte stößt, bedeutet das eine gefährliche und verwirrende Passage im Leben. Aber wenn man das Tor erreicht, ist man in Sicherheit. Vielleicht ist die gefährliche und verwirrende Passage diejenige durch das Labyrinth, und in Anbetracht seines Namens ist vielleicht der Tempel selbst in einem Labyrinth verborgen.«

Ferai holte Luft und seufzte dann tief. Delon wandte sich an sie. »Was ist los, meine Teure?«

Sie sah ihn an und schüttelte den Kopf. »Ich werde das Gefühl nicht los, dass wir tatsächlich in die Karte der alten Nom reisen werden.«

Delon hob eine Augenbraue. »Und ...?«

»Und, Delon, dann komme ich nicht umhin, mich zu fragen, ob die Karte richtig oder verkehrt herum liegt.«

8. Kapitel

Alos änderte den Kurs nach Südost, sodass der vorherrschende Wind nun von steuerbord kam, und sagte: »Sarain liegt auf der anderen Seite des Avagonmeers zwischen Chabba und Hurn. Wir müssen nur weiter nach Südosten segeln, dann stoßen wir früher oder später auf Land.« Dann ging er in seine Koje zurück und murmelte dabei vor sich hin: »Im nächsten Hafen, den wir anlaufen, muss jemand ein paar Karten kaufen, nach denen man vernünftig navigieren kann, denn wer weiß, wie weit die verdammte Küste von Sarain weg ist, an welchen Gestaden wir landen, und ...«

In den nächsten Tagen segelten sie stetig nach Südosten, manchmal dank einer steifen Brise, dann wieder gemächlich bei nahezu Windstille. Und obwohl die Winde manchmal launisch waren, blieb das Wetter die meiste Zeit gut, bis auf drei Tage, in denen es ohne Unterlass regnete.

Doch ob Wind oder nicht, Regen oder nicht, irgendwann im Laufe eines jeden Tages sang Delon Ferai etwas vor, und dann hörte sie verzaubert zu, während Alos im Heck vor sich hin lächelte und seine Finger einen Takt dazu schlugen.

Bei jedem Wechsel der Schichten in der Dämmerung setzten Arin und die anderen ihre Diskussion darüber fort, ob es sinnvoll sei, der Karte einer Wahrsagerin zu folgen, und stellten auch Spekulationen darüber an, was sie am Ende ihrer Reise finden mochten:

»Vielleicht ist das Labyrinth *im* Tempel«, mutmaßte Egil, »anstatt den Tempel zu umgeben. Vielleicht beginnt dort die verwirrende Reise, von der die alte Nom gesprochen hat, vielleicht beginnt *und* endet sie dort.«

Aiko stieß einen tiefen Seufzer aus, und als Arin sie mit hochgezogenen Brauen ansah, sagte die Ryodoterin: »Vielleicht meint das verwirrende Labyrinth auch die Vielzahl der Religionen, und man muss ihnen vollständig entfliehen, um frei zu sein.«

»Ihr meint, man muss den Tempel verlassen?«, fragte Ferai.

Aiko schüttelte den Kopf. »Nein. Ich meine, man muss die Religion an sich hinter sich lassen.«

»Oh.«

Sie trieben eine Weile schweigend dahin, während der Wind kaum mehr als ein laues Lüftchen war und das Boot beinah ohne Fahrt im Wasser lag. Schließlich sagte Ferai: »Ich bin kein sonderlich religiöser Mensch.«

»Oh«, meinte Delon überrascht. »Du glaubst nicht an Adon und Elwydd?«

»Oder Garlon?«, fügte Alos hinzu.

»Doch, irgendwie schon, nehme ich an«, erwiderte Ferai, »und sei es auch nur, um ihnen hin und wieder eine Verwünschung zu schicken. Es ist nur so, dass sie keinen Einfluss auf mein Leben zu haben scheinen.« Sie wandte sich an Arin. »Was ist mit Euch, Dara? Verehrt Ihr Adon oder Elwydd? Betet Ihr zu ihnen? Bringt Ihr ihnen Opfer? Glaubt Ihr, dass es Euch zu einer besseren Person macht, einem bestimmten Glauben zu folgen und einen oder mehrere Götter zu verehren?«

Arin lächelte. »Nein, Ferai, das glaube ich nicht. Adon sagt selbst, dass man die Güte einer Person nicht an ihrem Glauben, sondern an ihren Taten erkennt.«

»Ihr habt mit Adon gesprochen?«, fragte Delon ehrfürchtig. »Ihn gesehen?«

»Nein, das habe ich nicht«, erwiderte Arin. »Aber es gibt Elfen, auf die das tatsächlich zutrifft.«

Delon seufzte. »Adon. Den Gott der Götter.«

Arin schüttelte den Kopf. »Das behauptet er selbst nicht von sich. Er sagt, dass die wahren Götter weit über Ihm, Elwydd, Gyphon, Garlon und den anderen stehen.«

»Sogar die Götter werden von den Nornen des Schicksals beherrscht«, warf Egil ein. »Jedenfalls sagt man das bei meinem Volk.«

Ferai wandte sich an Egil. »Dann sind diejenigen, welche über den Göttern stehen, die Nornen des Schicksals?«

Egil hob die Hände und drehte die Innenseiten nach oben. »Da müsst Ihr einen anderen als mich fragen, Mädchen, denn ich weiß es nicht.«

Sie trieben noch ein Stück weiter, und dann sagte Delon: »Was meint Ihr, was Der Verfluchte Bewahrer Des Glaubens Im Labyrinth von Religionen und Göttern hält? Und was glaubt Ihr, warum er verflucht ist?«

Siebzehn Tage, nachdem sie aus Pendwyr geflohen waren, sichteten sie Land. Die untergehende Sonne tauchte alles in ein orangefarbenes Licht, aber auf dem Landstrich, den sie sehen konnten, war der eigentliche Fels graubraun und nicht wie erwartet rot.

Ferai stöhnte. »O nein. Das Tor auf der Karte der alten Nom ist in Fels eingebettet, der die Farbe von getrocknetem Blut hat.«

»Vielleicht ist das Land hier nicht Sarain«, sagte Delon.

»Und selbst wenn es Sarain ist, Delon, könnte es so sein, wie Ihr vermutet habt«, sagte Arin. »Vielleicht gibt es den roten Fels nur weiter landeinwärts.«

»Wir müssen jetzt eine Hafenstadt anlaufen und herausfinden, wo wir sind«, sagte Egil. »Ob dies Sarain ist oder nicht: Lasst uns einen Gelehrten suchen, der die Runen auf Ferais

Zeichnung lesen kann. Wenn der Gelehrte sie übersetzt hat, wissen wir vielleicht, wohin wir uns wenden müssen.«

Arin nickte und wandte sich dann an Alos. »Könnt Ihr uns zu einer Hafenstadt bringen?«

Alos schnaubte. »Nicht sofort. Aber vielleicht kann sie es.« Der alte Mann zeigte auf eine Stelle weiter südlich nah der Küste. Dort war eine kleine Dau unterwegs, deren Segel im Licht der untergehenden Sonne hellrot leuchteten.

Sie drehten nach steuerbord bei und folgten der Dau, obwohl es schon fast dunkel war, als sie das Schiff endlich einholten. Es war ein Fischerboot mit drei Mann Besatzung, und als sie der *Breeze* ansichtig wurden, warfen die Männer ihre Messer weg und hoben in einer Geste der Kapitulation die Hände.

»Ha«, lachte Alos. »Sie halten uns für Piraten.«

Arin zeigte der anderen Mannschaft ihre leeren Hände in dem Bemühen, sie davon zu überzeugen, dass sie wenig zu befürchten hatten. Dann probierten sie und die anderen alle Sprachen aus, die sie kannten – und Ferai und Delon kannten sehr viele –, doch ohne Erfolg. Schließlich raunte Alos: »Lasst mich mal«, und dann rief er: »Sarain?«

Die Fischer nickten und verbeugten sich und zeigten auf die Küste.

Dann rief Alos: »Chabba?«

Die Besatzung der Dau zeigte nach Süden.

»Schön und gut«, rief Alos und winkte grüßend zu den Männern hinüber.

Dann setzte der alte Mann sich wieder ans Ruder. »Wir fahren nach Süden. Die Hafenstadt Aban liegt an der Grenze.«

Während sie sich mit Abschiedsgesten und -rufen von der Dau entfernten, wandte Aiko sich an Alos und sagte: »Das war schlau von Euch, *ningen toshi totta.*«

Alos sah sie mit gerunzelter Stirn an und knurrte dann: »Ich bin ein Säufer, kein Dummkopf.«

Zwei Tage später, am frühen Morgen, erreichten sie die Einmündung einer großen Bucht, deren Wasser laut Alos durch den Fluss Ennîl gefärbt wurde, der die Grenze zwischen Sarain und Chabba bildete. Das Mündungsgebiet des Ennîl war nicht weit entfernt. Sie fuhren in den Sund und segelten den größten Teil des Tages nach Osten, wobei das Wasser mit jeder zurückgelegten Seemeile dunkler wurde. Kurz nach Tagesanbruch sichteten sie die breite Flussmündung, und sie segelten in den träge fließenden Strom hinein, dessen Wasser orangefarbenen Schlick mit sich führte. Gut zehn Meilen weiter landeinwärts erreichten sie schließlich die Hafenstadt Aban mit ihren Piers und Landungsstegen. Sie wählten die Kais auf der Backbordseite, denn diese lagen in Sarain.

Die Sonne stieg während des Vormittags immer höher und brannte heiß auf Arin und ihre Gefährten hinab, während sie den schmalen gewundenen Sträßchen Abans bergauf folgten, die mit Pferden, Kamelen und Menschen verstopft waren. Die Männer hatten größtenteils braune Haut und schwarzes Haar, und sie waren in lange Gewänder gehüllt. Diejenigen jedoch, die auf Pferden ritten, trugen großzügige Umhänge, weite Hemden und bauschige Hosen, die am Knöchel an der Außenseite des Stiefels festgebunden waren. Bunte Turbane schmückten die Köpfe oder auch rote Feze mit schwarzen, herunterhängenden Troddeln und Quasten.

Auch Frauen waren auf den Straßen unterwegs, die von Kopf bis Fuß in üppige Gewänder gehüllt waren, sodass man lediglich ihre Augen und Hände sehen konnte. Einige von ihnen waren in Gruppen von drei oder mehr Personen unterwegs, während andere einzeln in geschlossenen Sänften lagen, die von stämmigen Männern getragen wurden.

»Ihr hattet Recht, Delon«, sagte Ferai, indem sie auf Schilder über Geschäften und Tavernen zeigte, während sie durch die Straßen Abans schlenderten. »Die Schrift, die Buchstaben:

Einige davon scheinen mit den Symbolen der Inschrift auf der Karte der alten Nom übereinzustimmen.«

»Zieh keine voreiligen Schlüsse, meine Teure«, erwiderte Delon. »Die hurnischen Buchstaben sehen beinahe genauso aus. Ich glaube, wir müssen warten, bis wir jemanden finden, der lesen kann, was du geschrieben hast.«

»Wenn wir den *Goldenen Halbmond* finden«, sagte Egil, »bitten wir den Wirt, es für uns zu übersetzen. Das sollte schnell genug gehen, ob es nun Sarainesisch ist oder nicht.«

»Wenn es kein Sarainesisch ist«, japste Alos, der von der Anstrengung keuchte und dem der Schweiß über das Gesicht lief, »dann segeln wir nach Hurn, wie Dara Arin gesagt hat, hm?«

»Sobald wir neuen Proviant auf das Schiff geladen haben«, sagte Egil. »Darum werden wir zwei uns kümmern, nachdem wir uns einquartiert haben.«

Alos nickte. »Und wir kaufen auch ein paar Karten, oder? Zumindest eine vom Avagonmeer.«

Aiko sah den alten Mann an. »Ich dachte, Ihr wolltet Euch von uns trennen, Alos.«

Der alte Mann funkelte die Ryodoterin an, doch dann wurde sein Blick weicher. »In Aban gibt es keine Tavernen. Schuld sind diese blödsinnigen Glaubensvorschriften.«

»Ach so«, sagte Aiko und verstummte dann.

Sie folgten den Anweisungen des Hafenmeisters. Unterwegs wurden sie oft von Straßenkindern, Bettlern und fliegenden Händlern angesprochen, die sie um Almosen anflehten oder ihnen verschiedene Waren aufschwatzen wollten. Doch ein Blick auf Aiko mit ihrer goldenen Haut oder auf Arin mit ihren spitzen Ohren genügte meist, und die Bettler und Krämer zogen sich murmelnd und gestikulierend zurück.

Bald hatten sie ihr Ziel erreicht. Ein goldener Halbmond auf einem Schild verkündete den Namen des Gasthauses. Der Wirt wies ihnen nervös Zimmer zu, ein wenig beklommen ob der Frauen in der Gruppe, die exotisch aussahen und allesamt

Männerkleidung trugen und ihr Gesicht nicht verhüllten. Zweifellos Ungläubige.

»Hier«, sagte Ferai, indem sie die Zeichnung von Noms Karte zückte. Sie hatten das Blatt aus dem Logbuch gerissen. »Ich muss Euch etwas zeigen.«

Doch bevor sie das Blatt entfalten konnte, hielt Aiko ihre Hand fest. »Nein, Ferai«, sagte die Ryodoterin. »Nicht hier. Nicht jetzt. Nicht er.«

»Warum nicht ...?«

»Meine Tigerin sagt nein.«

»Eure Tigerin? Oh.«

Ferai faltetet das Blatt wieder zusammen und steckte es weg.

»Woher habt Ihr das?«, zischte der *'âlim*. Der Gelehrte klappte das Pergament rasch wieder zusammen und schob es über den Tisch, während er sich in der großen Bibliothek umsah, um festzustellen, ob irgendwelche Studenten in der Nähe die Zeichnung gesehen hatten.

Von Arin und Aiko flankiert, stand Ferai vor ihm. Die Schwerter der Ryodoterin steckten in der Scheide. Delon stand im Eingang. Von Egil und Alos war nichts zu sehen.

Ferai nahm das Pergament und sah sich ebenfalls um. Junge Männer, die hier und da an Tischen saßen, senkten den Kopf, da es ihnen unangenehm war, dabei erwischt zu werden, wie sie die fremdländischen, unverschleierten Frauen anstarrten. Obwohl Aban eine Hafenstadt war, kamen nur selten ausländische Frauen hierher, die ihr Gesicht nicht bedeckten. Wenn so etwas geschah, schien sich die entsprechende Neuigkeit sehr rasch herumzusprechen. Aber dies waren nicht nur exotische Fremde, o nein, denn zwei Frauen waren überdies hellhäutig, und eine war sogar gold! Und zwei hatten schräge Mandelaugen und eine spitze Ohren. Sie waren Nordländer, Fremde, Elfen, möglicherweise auch Dschinnis, Succubi, Huri, Dämonen, Engel, Seraphime, Cherubime oder auch alle möglichen anderen Wesen, je nach Legenden, die man kannte, oder nach Lehren und Erfahrungen, die man beherzigte oder gemacht hatte.

»Das war eine Zeichnung auf einer Wahrsagekarte«, sagte Ferai.

»Ich würde nicht damit herumlaufen und sie herumzeigen, wenn ich Ihr wäre«, murmelte der Gelehrte, dessen nussbraune Züge seine Beunruhigung deutlich verrieten.

»Warum nicht?«, fragte Ferai, die nun ebenfalls flüsterte.

»Weil es verboten ist.«

»Verboten?«

»*Psst*«, machte der Gelehrte und sah sich wieder um. Dann flüsterte er: »Es stellt eine verbotene Religion dar.«

Ferai flüsterte zurück: »Verboten? Warum?«

»Weil sie mit Dämonen in Verbindung gebracht wird.«

Arin räusperte sich. Der Mann zuckte zusammen, und er schaute sie nicht direkt an. Die Dylvana murmelte: »Sagt mir, Gelehrter, was bedeutet diese Inschrift?«

»Kommt, lasst uns an einen Ort gehen, wo wir frei reden können«, zischte der *'âlim*.

Er führte sie durch die Regale, wobei er nur lange genug stehen blieb, um eine ganz bestimmte Schriftrolle von vielen auszuwählen, die alle in ihrem eigenen Fach steckten. Dann bedeutete er ihnen, ihm zu folgen, und trat durch einen Perlenvorhang in eine kleine Kammer. Delon, der ihnen nachging, blieb auf Bitte von Ferai am Eingang zur Kammer stehen und hielt dort Wache.

In dem Raum stand ein Tisch mit Tintenfässern und Federn, um den mehrere Stühle drapiert waren. Der Mann bedeutete ihnen, Platz zu nehmen, und als sie sich zu ihm gesetzt hatten, fragte er: »Wer seid Ihr, und warum seid Ihr zu mir gekommen?«

Aiko und Ferai sahen Arin an, und die Dylvana sagte: »Wir sind in diese Archive gekommen, weil wir Hilfe und Wissen suchen.«

Der Mann schnaubte. »Es gibt hier viele Gelehrte. Warum gerade ich?«

Arin sah Aiko an, und die Ryodoterin sagte: »Ich habe Euch ausgewählt, Weiser, weil Ihr ungefährlich seid.«

»Ungefährlich?«

»Das hat man mir gesagt«, antwortete Aiko, indem sie sich an die Brust tippte.

»Wer hat Euch geschickt?«

»Niemand«, erwiderte Arin. »Wir sind auf eigenen Wunsch hier.«

Zum ersten Mal schaute der *'âlim* ihr direkt ins Gesicht, als suche er nach einem Hinweis darauf, ob sie die Wahrheit sprach. Arin erwiderte den Blick ruhig, und er senkte die Augen.

»Dieses Wissen, das Ihr sucht, warum wollt Ihr es?«

Jetzt zögerte Arin, doch Aiko nickte, und die Dylvana sagte schließlich: »Wir folgen den Spuren eines Rätsels in der Hoffnung, eine Katastrophe abzuwenden.«

Der Gelehrte nickte und fragte dann: »Und was hat die Zeichnung mit dem Rätsel zu tun?«

Wieder sah Arin Aiko an, und wieder nickte die goldhäutige Kriegerin. Arin seufzte und sagte dann: »Wir sind nicht sicher, aber sie könnte eine wichtige Verbindung zu etwas sein, das wir suchen.«

Stille breitete sich in der Kammer aus, da der Weise über das Gehörte nachdachte. Schließlich, als habe er sich entschieden, sagte er: »Ihr hattet Glück, dass Ihr beschlossen habt, zu mir zu kommen, denn ich gehöre zu den wenigen, die Euch und das von Euch gesuchte Wissen nicht den *Imâmîn* melden würden, den *Fäusten von Rakka.*«

»Fäuste von Rakka?«

»Eine Bruderschaft des Glaubens in Aban. Sie glauben, den einzig wahren Weg zu kennen.«

Ferai hob die Augenbrauen. »Den einzig wahren Weg?«

Der Weise schaute zur Tür und sagte dann: »Es gibt keinen

Gott außer Rakka. Fürchtet Ihn und gehorcht Ihm, denn Er ist der Herr über alles.« Der Gelehrte seufzte. »Das ist nur einer von vielen ›einzig wahren Wegen‹.«

Aiko schnaubte und fragte dann. »Was hat das mit unserer Mission zu tun?«

»Nur, dass der Glaube, den Ihr sucht, ein anderer ›einzig wahrer Weg‹ ist, obwohl dieser in den Untergrund getrieben wurde.«

Ferai entfaltete die Skizze und schob sie ihm über den Tisch zu. »Diese Symbole, sind es sarainesische Buchstaben oder hurnische?«

»Hurnische?« Der Weise nahm das Papier. »Ah, ja, ich verstehe. Für das ungeschulte Auge sehen sie sich ziemlich ähnlich. Nein, nein, die Inschrift über dem Tor ist in Sarainesisch abgefasst, und sie benennt einen Ort: Mikdash Hamavokh – der Tempel des Labyrinths.« Er gab Ferai die Skizze zurück.

Arin beugte sich vor. »Und dieser Tempel – was wisst Ihr über ihn?«

»Nur, dass es heißt, vor vielen Jahrzehnten hätten die *Niswân Imâmîn min Ilsitt* darin Zuflucht vor der Verfolgung gesucht.«

»Nis-nis ...« Ferai hielt inne und schüttelte den Kopf. »Was habt Ihr gerade gesagt?«

»Niswân Imâmîn min Ilsitt«, erwiderte der Weise. »Das bedeutet, die Priesterinnen von Ilsitt.«

»Ilsitt?«

»Sie ist eine Göttin und hat viele Namen: Ilsitt, Shailene, Elwydd ...«

»Elwydd!«, rief Arin.

Der Weise nickte.

»Trägt sie auch den Namen Megami?«, fragte Aiko.

Der Weise zuckte die Achseln. »Vielleicht. Obwohl ich diesen Namen noch nie zuvor gehört habe.«

»Was ist mit dem Gott Rakka?«, fragte Ferai. »Trägt er auch viele Namen?«

»In der Tat«, erwiderte der Gelehrte. »Rakka, Huzar ...«

»Gyphon?«, warf Arin ein.

Ohne sie anzusehen, nickte der Weise.

Arin seufzte tief, dann sagte sie: »Dieser Tempel des Labyrinths ... wie können wir ihn finden?«

Der Gelehrte nahm das große Pergament, rollte es auf dem Tisch aus und beschwerte die Ecken mit Tintenfässern. Es war eine Landkarte. Er zeigte mit einem Finger auf das Pergament. »Hier ist Aban, und hier« – er zog den Finger in einer geraden Linie über die Karte – »im Osten liegt das Labyrinth, und irgendwo darin befindet sich der Tempel.«

»Labyrinth?« Ferai runzelte die Stirn. »Aber dieser Teil der Landkarte ist leer.«

»Nicht ganz«, sagte der Weise, indem er auf schwache, kaum zu erkennende Konturen zeigte. »Das hier sind seine Umrisse.«

Auf den blassen Linien waren sarainesische Schriftzeichen zu erkennen.

»Was bedeuten die?«, fragte Ferai, indem sie auf die geschwungenen Buchstaben zeigte.

»Äh, *Mevokh Hashed* – Irrgarten des Dämonen.«

»Des Dämonen?«

»Es heißt, dass seit einigen Jahren ein Dämon in dem Labyrinth haust. Von Rakka dorthin geschickt, um die Ungläubigen zu bestrafen, das behaupten jedenfalls die Fäuste von Rakka.«

Ferai sah Arin an. Die Dylvana hob lediglich die Hände. Dann sagte Arin: »Dieser Irrgarten, dieses Labyrinth, was ist das?«

»Ein weitläufiges Gewirr verschlungener und verschachtelter Schluchten«, erwiderte der Gelehrte. »Von längst ausgetrockneten Flüssen und Bächen in den Fels geschnitten, sagen manche. Land, das von zornigen Göttern, welche die Welt erschüttern wollten, so zerklüftet wurde, behaupten andere. Ein Gebiet, auf das große Steine vom Himmel niedergeregnet sind, meint wieder eine dritte Fraktion. Ob etwas davon stimmt oder etwas ganz anderes zutrifft, kann ich nicht sagen.«

Arin nickte. »Diese Schluchten, dieses Labyrinth, wie ausgedehnt ist das Gebiet?«

»Euer Maß ist die Meile?«

»Ja.«

Der Weise zog einen Maßstab auf der Karte zu Rate, dann studierte er das leere Gebiet mit der unregelmäßigen Umrandung. »Gut hundert Meilen von Ost nach West und« – er maß noch einmal – »beinah eineinhalbmal so viel von Nord nach Süd, also hundertfünfzig Meilen in dieser Richtung.«

»Und dieser Tempel, wo liegt er?«

Der Weise zuckte die Achseln. »Er ist verborgen.«

Arin verglich die Größe des leeren Gebiets mit der Strecke zwischen Labyrinth und Aban und sagte dann: »Es sind etwas über hundert Meilen bis zur Grenze des Irrgartens. Ist die Route zum Labyrinth direkt?«

Der Weise nickte. »Ja, aber ich würde Euch nicht raten ...«

»Aber Dara«, platzte es aus Ferai heraus, »das ist ein riesiges Gebiet, das wir durchsuchen müssen. Hundertfünfzig Meilen mal hundert Meilen. Das macht, äh, mal sehen ...«

»Fünfzehntausend Quadratmeilen«, half der Weise aus. »In etwa.«

»Elwydds Gnade!«, verkündete Ferai, was den Gelehrten zusammenfahren ließ, und er sah sie warnend an. Doch sie bemerkte nicht, welche Wirkung ihre Verwünschung auf den Weisen hatte, sondern wandte sich an Arin und sagte: »Ich kann mir nicht einmal vorstellen, was fünfzehntausend Quadratmeilen sind, geschweige denn, wie lange es dauern würde, dieses Gebiet zu durchsuchen, vor allem wenn man bedenkt, dass es ein Labyrinth ist. Das ist eine Lebensaufgabe!«

Aiko schüttelte den Kopf. »Dara Arin findet sich gut in Irrgärten zurecht.«

»Vielleicht«, murmelte Arin. »Vielleicht aber nicht in diesem.«

»Wie ich bereits zu sagen versuchte«, warf der Weise ein, »ich würde davon abraten, zu diesem Labyrinth zu gehen. Es ist ein furchtbarer Ort. Nur zerklüftete Felsen. Und Ödland. Keine Pflanzen. Kein Wasser. Keine Tiere.«

Aiko starrte den Gelehrten ungerührt an und fragte dann: »Wenn das stimmt, wie überleben dann die Priesterinnen Ilsitts?«

Der Weise warf einen Blick auf den Perlenvorhang, dann beugte er sich vor und flüsterte: »Es heißt, dass Ilsitt noch Anhänger in Sarain hat. Vielleicht bringen diese Vorräte in das Labyrinth, vielleicht sogar in den Tempel.«

»Dann gibt es vielleicht einen Weg, Dara«, sagte Aiko.

»Ihr seid entschlossen, dorthin zu reisen?«, fragte der Weise.

»So ist es«, erwiderte Arin.

Der *'âlim* saß einige Augenblicke schweigend da und betrachtete die Karte und Ferais Zeichnung. Schließlich sagte er: »Hier ist ein Eingang.« Er zeigte auf eine Stelle auf der blassen Grenzlinie. »Die Insel im Himmel. Das ist ein Plateau, welches in das Labyrinth ragt.«

»Aber das liegt ziemlich weit nördlich. Gibt es keine näher gelegenen Eingänge?«, fragte Ferai.

»Die gibt es«, sagte der Weise, »aber diesen halte ich für besser geeignet.«

Arin sah den Gelehrten an, aber der wollte ihrem Blick nicht begegnen. Die Dylvana wandte sich an Aiko, und die Ryodoterin neigte den Kopf und zuckte die Achseln.

Arin seufzte und sagte dann: »Schön und gut, Weiser. Würdet Ihr uns sonst noch etwas raten?«

»Drei Dinge.« Er drehte sich um und wandte sich an Ferai. »Ruft niemals Ilsitt an, unter keinem ihrer Namen, sei es Elwydd, Shailene, Megami oder sonst einem, denn es könnten unfreundliche Ohren mithören. Tatsächlich würde ich an Eurer Stelle im Labyrinth *überhaupt keine* Götter anrufen.« Er hielt inne, sah sie der Reihe nach an und fügte hinzu: »Außerdem solltet Ihr Euer Gesicht verschleiern, bevor Ihr diese Stadt verlasst, sonst könnte jemand im Inland, der weniger aufgeschlossen ist als ich, Euch vor einen *Imâm* schleifen und verlangen, Euch als Huren steinigen zu lassen.«

Aiko fauchte, und ihre Augen verengten sich, doch Arin nickte nur. »Und das Dritte ...?«

Erst zum zweiten Mal sah der Gelehrte sie direkt an und hielt ihrem Blick in diesem Moment stand, während er sagte: »Nicht alle Wege sind, was sie scheinen. Sucht gründlich. Und wählt weise.« Dann wandte er den Blick ab.

Arin wartete noch einen Moment, doch mehr sagte er nicht, und schließlich wandte sie sich an Ferai. »Würdet Ihr den bedeutsamen Teil der Karte auf Euer Pergament kopieren, Ferai? Zeichnet Aban und diese ›Insel im Himmel‹ ein sowie die Route zwischen den beiden, und auch Richtungen und Maßstab. Zeichnet außerdem die Grenzen des Labyrinths nach, damit wir wissen, wo sie sind.«

Ferai sah den Gelehrten an, und der schob ihr ein Tintenfass und eine Feder herüber.

»Ins Landesinnere?«, ächzte Alos. »Wir fahren nicht mit der *Breeze*?«

Arin nickte.

»Aber wir haben gerade die Vorräte aufgefrischt und alles«, jammerte der Alte und sah Egil um Unterstützung heischend an.

Der jüngere Mann zuckte die Achseln und studierte die Karte. »Die *Breeze* wird im Hafen auf uns warten, Alos.«

»Aber wie kommen wir zu diesem Irrgarten?«, fragte der weißhaarige Steuermann. Dann richtete er sich auf und schob das Kinn vor. »Ich laufe nicht, das sage ich Euch gleich.«

Aiko fixierte Alos ärgerlich, doch Arin sagte: »In Anbetracht dessen, was wir über dieses öde Land gehört haben, werden wir wohl Kamele für die Reise brauchen.«

»Kamele!«, ächzte Alos. »Große, hohe Kamele? Ich hätte mehr an Pferdehintern gedacht.«

»In der Tat«, sagte Aiko trocken, und Ferai brach in lautes Gelächter aus.

Drei Tage später brachen sie im Morgengrauen auf Kamelen auf, wobei die Tiere ein streitlustiges Blöken von sich gaben, da die Reiter sie in das von der Sonne ausgedörrte Land und weg von den grünen Flussufern trieben. Alos stöhnte, jammerte und klagte ebenfalls und beinah so laut wie das Tier, das er ritt. Arin, Aiko und Ferai trugen dem Rat des Weisen entsprechend Seidentücher vor dem Gesicht, obwohl Aiko wütend darüber war. Aber Delon riet ihr, sich den Schleier als Verkleidung vorzustellen, und sie erinnerte sich an frühere Zeiten, bevor sie in Ungnade gefallen war, als sie mit maskiertem Gesicht in die Schlacht geritten war. Diese Überlegungen besänftigten sie ein wenig ... wenn auch nicht völlig.

Auf sechs Kamelen und mit weiteren sechs Tieren im Schlepptau entfernten sie sich von Aban und ritten nach Osten in den Sonnenaufgang. Während die Tiere protestierten, Alos sich beklagte, Aiko mit den Zähnen knirschte und Delon ein fröhliches Wanderlied sang, strebten sie dem Ort zu, den der Weise »die Insel im Himmel« genannt hatte.

»Mein Gott«, zischte Delon, »aber das sieht aus wie eine Vision der Hèl!«

Sie standen in der untergehenden Sonne auf einem weit vorstehenden Plateau, das tausend Fuß oder mehr abfiel. Unter ihnen erstreckte sich ein endloses Gewirr aus steilen Schluchten und tiefen Spalten, die sich durch blutrotes Gestein wanden, so weit das Auge reichte. Ob die Furchen von alten Flüssen gebahnt worden waren oder der Stein von Göttern zerrissen oder von Felsen gespalten, die vom Himmel gefallen waren, konnte niemand sagen. Durch das geborstene Land zogen sich riesige, gezackte Abgründe, die Sackgassen bildeten und im Kreis herumführten, und dieser Irrgarten erstreckte sich bis zum Horizont – insgesamt fünfzehntausend Quadratmeilen.

Aiko starrte lange auf das zerklüftete Land, die linke Hand fest gegen die Brust gepresst, wo die verborgene Tigerin prangte, und sagte schließlich: »Darin wartet der Tod.«

Aus den dunklen Schatten des Labyrinths der Schluchten ertönte ein entferntes grässliches Heulen, das über das blutrote Gestein hallte, als schleiche irgendwo in den Tiefen ein furchtbares, tödliches Wesen herum.

9. Kapitel

»Garlon!« Alos zuckte zurück und schien fliehen zu wollen. Ferai klammerte sich an Delons Arm, während die Echos des entfernten Geheuls langsam verhallten. »Der *'âlim*«, hauchte sie. »Er hat gesagt, das Labyrinth wird von einem Dämon heimgesucht.«

»Lasst uns gehen«, stammelte Alos entsetzt. »Zurück nach Aban.«

»Nein, Alos«, sagte Arin. »Unser Weg liegt dort.« Sie zeigte auf die Felsen.

»Aber Ihr habt Ferai doch gehört. Es wird von einem Dämon heimgesucht.«

»Das könnte auch nur eine falsche Behauptung sein, die von den Fäusten von Rakka in die Welt gesetzt wurde«, sagte Arin. »Trotzdem heult etwas in dem Labyrinth. Aiko, was sagt Eure Tigerin?«

»Sie knurrt sehr deutlich, Dara«, erwiderte die Ryodoterin. »Was immer dort ist, es ist tödlich.«

Einen Arm um Ferai gelegt, nickte Delon. »Das glaube ich. Und bei der Frage, worum es sich handeln könnte, ist ein Dämon aus der Hèl eine ebenso gute Erklärung wie jede andere.« Mit der freien Hand zeigte er auf das geborstene Land, das in der untergehenden Sonne blutrot leuchtete. »Was könnte dies anderes sein als eine von Dämonen heimgesuchte, unbarmherzige Hèl?«

»Eure Vision der Hèl unterscheidet sich von meiner«, sagte Egil. »Aber Hèl oder nicht, Dämon oder nicht, irgendetwas ist dort unten.«

»Seht Ihr!«, verkündete Alos. »Wir sind uns alle einig. Lasst uns umkehren.«

Arin schüttelte nur den Kopf.

Egil schaute auf die heraufziehende Dämmerung. »Nun, was es auch ist, ich würde ihm lieber nicht im Dunkeln begegnen. Ich sage, lasst uns einstweilen hier auf dem Plateau lagern und morgen in der Frühe dem Weg ins Labyrinth folgen und den Tempel bei Tageslicht suchen.«

Alos ächzte. »Was bringt Euch auf den Gedanken, dass dies der Weg zum Tempel ist?«

»Wenn er es nicht wäre«, sagte Egil, »hätte der *'âlim* uns nicht hierher geschickt.«

Alos' Hände flatterten hektisch umher, als suche er etwas zu trinken, während er mit nörgelnder Stimme sagte: »Vielleicht hat er gelogen. Vielleicht ist das gar nicht der richtige Weg.«

»Nein, Alos. Wir müssen seinen Worten vertrauen.«

»Ha! Und warum, glaubt Ihr, können wir ihm vertrauen?«

Egil deutete mit einer Kopfbewegung auf die Kriegerin aus Ryodo. »Das hat uns Aikos Tigerin verraten.« Dann wandte sich der Fjordländer vom Anblick des Labyrinths ab und ging zu den hinter ihnen knienden Kamelen zurück.

»Aber dieselbe Tigerin hat uns verraten, dass dort unten der Tod wartet«, rief Alos den anderen hinterher, die Egil folgten. Dann warf der alte Mann einen Blick auf das rote Labyrinth, seufzte noch einmal und stapfte ihnen eilig hinterher.

Sie entzündeten ein kleines Holzkohlenfeuer auf dem nackten Fels und erhitzten Wasser, um Tee zu kochen. Während sie darauf warteten, dass es kochte, wandte Delon sich an Egil und sagte: »Eure Vision der Hèl unterscheidet sich also von meiner.«

Egil nickte. »Ja. Meine Hèl ist trostlos und eisig. Dort ist es dunkel und klirrend kalt, und es gibt keinen Schutz vor den bitteren Winden, überhaupt keinen Schutz. Die dorthin verbannten Seelen sind zu einer ewigen Wanderschaft durch die gefrorene Landschaft verurteilt, auf der ihnen bodenlose Spalten und Eisberge den Weg versperren.«

Alos hielt seine zitternden Hände nah an den winzigen Haufen glühende Holzkohle. »Es gibt keine Wärme, wie? So ähnlich wie in diesem Lager, würde ich sagen.«

Egil lächelte. »Viel schlimmer, Alos. Viel schlimmer.« Dann zuckte der Fjordländer die Achseln. »Das heißt, wenn es eine Hèl gibt.« Egil wandte sich an Delon. »Ich nehme an, Eure Hèl sieht so ähnlich aus wie dieses Labyrinth.«

Delon nickte. »Wie Ihr sagt, falls es eine Hèl gibt. Ich habe immer geglaubt, die Hèl bestehe aus Felsen, Steinen, Geröll und endlosen, felsigen Schluchten. Kein Wasser. Keine Pflanzen. Keine Tiere. Nur hartes Gestein ... nichts, das die Umgebung erträglich macht ... und kein Ort, wo man sich hinlegen und schlafen kann. Wie Eure Hèl ist sie dunkel, und die Seelen sind dazu verurteilt, ewig darin umherzuirren, um einen Ruheplatz, einen behaglichen Ort zu finden, den es aber nicht gibt.«

Ferai schüttelte den Kopf. »Die Hèl ist ein Ort, wo ständig der Wind heult und Sand durch die dunkle Luft wirbelt. Das ganze Land ist mit Dornen übersät, die stechende Wunden verursachen, welche niemals heilen.«

Ferai wandte sich an Alos. Der alte Mann schien zusammenzuschrumpfen. »In meiner Vorstellung ist die Hèl schwarz, völlig lichtlos und voller Gruben, Abgründe und umherstreifender Bestien, die ruhelose Seelen jagen.« Alos schauderte und fügte dann hinzu: »Vielleicht Wesen wie das, was gerade geheult hat.«

Alle Augen richteten sich auf Aiko. »Ich glaube nicht, dass es eine Hèl gibt, und übrigens auch kein Paradies.« Sie deutete auf ihre Umgebung. »Es gibt nur das hier und nicht mehr. Tot ist tot, danach gibt es nichts.«

Alos sah sie an. »Wie erklärt Ihr Euch dann die Geister?«

Aiko erwiderte den Blick des alten Mannes völlig ungerührt. »Ich glaube nicht an Geister.«

Alos zeigte mit einem zitternden Finger in die Richtung des Labyrinths. »Wie erklärt Ihr Euch dann das, was wir heulen gehört haben?«

»Wenn es ein *Akuma* ist – ein Dämon –, dann ist es kein Geist, sondern etwas sehr Lebendiges.« Aiko berührte das Heft ihrer Schwerter. »Und jedes lebendige Wesen kann man töten.«

Eine Zeit lang herrschte Schweigen. Schließlich wandte Delon sich an Arin. »Und was glaubt Ihr, Dara? Über die Hèl, meine ich.«

Arin sah den Barden an. »Wenn es eine Hèl gibt, dann stelle ich sie mir als große Leere vor, als Abgrund mit absolut nichts darin, kein Licht, kein Dunkel, keine Kraft, überhaupt nichts. Und in dieser Leere gibt es nur das eigene Ich. Könnt Ihr Euch eine schlimmere Strafe vorstellen?« Sie sah sich in dem Kreis um, doch keiner hatte eine Antwort.

Dann fing das Wasser über dem Holzkohlenfeuer an zu kochen, und rasch wendete sich das Gespräch anderen Dingen zu, während sie am Rande des endlos scheinenden Labyrinths heißen Tee tranken und eine kalte Mahlzeit zu sich nahmen.

Wie immer, wenn sie im Freien übernachteten, stellten sie eine Wache auf und wechselten sich damit ab. Mitten in der Nacht, als Delon gerade Wache hielt, hallte wieder ein grässliches Geheul aus den Tiefen des Labyrinths, das alle Schläfer weckte, und es dauerte lange, bis sie wieder einschlafen konnten.

Arin hielt die letzte Wache, und sie beruhigte Egil, als er wieder von seinen nächtlichen Albträumen heimgesucht wurde, in dem diesmal Lutor langsam auseinander gerissen wurde.

Der Morgen graute eben im Osten, als die Dylvana wieder ein Feuer anzündete und einen Kessel heißes Wasser aufsetzte. Als das Wasser kochte, weckte sie die Schläfer. Während die anderen sich für den Tag bereitmachten, ging die Dylvana zum Rand des Abgrunds und betrachtete den Weg, der nach unten führte. Sie blieb einen Augenblick stehen, trank einen Schluck Tee und aß ein wenig Fladenbrot aus ihrem Reiseproviant. Und dann versuchte sie, auf ihre besondere Art zu sehen. Rechts von ihr leuchtete etwas zwischen einem Haufen zerklüfteter Felsbrocken.

Ohne den seltsamen Schimmer aus den Augen zu lassen, näherte sie sich dem Haufen, und zwischen zweien der großen Felsbrocken, auf eine Weise verborgen, die sie nicht ergründen konnte, fand sie noch einen weiteren Weg, der abwärts ins Labyrinth führte.

In Gedanken wiederholte sie die Warnung des *'âlim*: *»Nicht alle Wege sind, was sie scheinen. Sucht gründlich. Wählt weise.«* Arin trank einen Schluck Tee und betrachtete abwechselnd die beiden Wege. *Ich frage mich, welchem Weg wir folgen müssen, wenn wir weise wählen.*

Dann setzte Arin ihre Betrachtung ein gutes Stück in beide Richtungen fort, fand aber keine anderen Pfade mehr.

»Zwei Wege?« Egil sah sie überrascht an. »Wo ist der zweite?«

»Hinter diesen zerklüfteten Felsbrocken«, erwiderte Arin.

Ferai starrte auf den Steinhaufen und dann nach links auf den Weg, den sie am vergangenen Abend entdeckt hatten. »Welchem sollen wir folgen?«

»Dem Pfad bei den Felsen, würde ich meinen«, sagte Arin.

»Ach?«, meldete Alos sich zu Wort.

Aiko sah Arin an und nickte zustimmend. »Der Weg hinter den Felsen ist ebenso verborgen wie der Tempel.«

»Genau«, sagte Arin. »Außerdem liegt vielleicht ein Zauber auf diesem neuen Pfad.«

Delon berührte das Amulett an seinem Hals. »Lasst uns nachsehen.«

»Wenn ein Zauber darauf liegt«, sagte Delon mit Blick auf den schmalen Weg, »ist es jedenfalls keine Unsichtbarkeit.«

»Vielleicht ist es irgendeine Schutzvorrichtung«, sagte Ferai, die neben Delon stand. »Vielleicht eine, die nicht uns gilt, sondern vielmehr den Feinden des Tempels – den Fäusten von Rakka zum Beispiel.«

»Du meinst, er verbirgt den Pfad vor ihnen – und nur vor ihnen – oder führt sie vielleicht in die Irre?«

Ferai sah Delon an und nickte. »Das oder etwas Ähnliches ... falls Zauber so etwas vermögen.«

Alle Augen richteten sich auf Arin, doch die Dylvana zuckte die Achseln. »Wäre ich ein Magier, könnte ich vielleicht bejahen oder verneinen.«

»Das hat der *'âlim* gemeint«, sagte Aiko mit einer Geste nach links zum anderen Weg, »als er sagte, dass nicht alle Wege seien, was sie zu sein scheinen. Er hat uns davor gewarnt, dem offensichtlichen Pfad zu folgen.«

»Das ist auch meine Überzeugung«, sagte Arin.

Alos schaute skeptisch drein, blieb aber stumm.

Egil betrachtete die Sonne, die mittlerweile am Horizont aufgegangen war. »Lasst uns das Tageslicht nicht vergeuden«, sagte er.

Während sie zu den Kamelen zurückkehrten, sagte Arin: »Ich gehe voran.«

Egil und Aiko protestierten, vor allem die Ryodoterin, die meinte, falls eine Gefahr drohe, sollte ihr zuerst ein Krieger begegnen.

Doch Arin war unnachgiebig. »Auf diesem Weg liegt ein Zauber, einer, den wir nicht kennen, und in dieser Gruppe bin ich die Einzige, die mehr sehen kann, als das Auge für üblich wahrnimmt. Sollte er sich in irgendeiner Weise verändern, kann ich am besten beurteilen, was die Veränderung wohl zu bedeuten haben mag.«

»Aber, Liebste ...«, begann Egil, doch Arin hob eine Hand und brachte ihn zum Schweigen.

»Sobald wir unten im Labyrinth sind, wo der Weg vermutlich sehr viel breiter ist, könnt ihr Kämpfer uns führen. Doch während des Abstiegs ist dies meine Aufgabe.«

Egil sah Aiko an, und die Ryodoterin stieß einen tiefen Seufzer aus und sagte steif: »Wie Ihr wollt, Dara. Wie Ihr wollt.«

Rasch beluden sie die Kamele, begleitet vom Protestgeschrei der Tiere, und saßen auf. Mit jeweils einem Tier im Schlepptau ritten sie langsam zum Abhang, Arin voran, Aiko direkt hinter ihr, dann Egil und Alos, und Ferai und Delon bildeten die Nachhut. Am Rande des Abhangs blieben sie noch einmal stehen und betrachteten die endlosen Schluchten, die tief in den roten Fels reichten.

Delon seufzte und sagte: »Warum bin ausgerechnet ich es bei all unseren unterschiedlichen Philosophien, der glaubt, dass wir in die Hèl reiten?«

An der Spitze des Zuges trieb Arin ihr Kamel vorwärts und begann den Abstieg ins Labyrinth.

10. Kapitel

Während der abnehmende Halbmond vor der aufgehenden Sonne floh, folgten Arin und ihre Gefährten dem Weg bergab. Zur Rechten erhob sich eine steile Felswand, zur Linken fiel sie ebenso steil ab, und der eigentliche Weg war schmal und uneben. Alos warf einen Blick nach links in den Abgrund, drehte aber den Kopf sofort mit einem lauten Stöhnen nach rechts und schloss fest die Augen, während er zu Garlon betete, er möge sein Kamel sicher leiten.

Auch Egil hatte ein wenig Scheu vor der Höhe, denn wie Alos war er ein Mann des Meeres und kein Bergbewohner. Obwohl er in einem Fjord mit steilen Felswänden aufgewachsen war, hielt das keinem Vergleich mit dieser Umgebung stand. Also biss er die Zähne zusammen, starrte die meiste Zeit stur geradeaus und vertraute auf den sicheren Tritt der Kamele.

Aiko ließ die Höhe jedoch unbeeindruckt, denn ihre Ausbildung in Ryodo hatte viele Kletterpartien beinhaltet. Doch wenn ihr die steilen Wände auch keine Angst einjagten, war Aiko dennoch äußerst beunruhigt, denn ihre Tigerin war in großem Aufruhr, und Dara Arin ritt voraus. Wenn die Gefahr über sie kam, würde *ihre Herrin* ihr zuerst begegnen und nicht Aiko.

Für die voranreitende Arin war die steil abfallende Felswand ohne jede Bedeutung, nur das schwach leuchtende Band voraus beschäftigte sie, denn sie konzentrierte ihre besondere Sicht ganz auf den abwärts führenden Pfad.

Fast am Ende der Prozession beugte Ferai sich vor und schaute auf den rötlichen Fels, der steil in die Tiefe fiel. Dann schaute sie nach hinten zu Delon und sah ihn ebenfalls in die Tiefe starren. »Habt Ihr keine Angst?«, rief sie. »Es ist nämlich ziemlich hoch.«

Delon lächelte. »Nein, mein Schatz. In meiner Jugend im Gûnarring haben mein Vater und ich oft solche Wände erklommen, wenn auch nicht in einer blutroten Hèl wie dieser hier. Aber ich muss schon sagen, was ist mit dir?«

»Ich war schon auf dem Hochseil, als ich noch keine neun war«, erwiderte sie, »und auch am Trapez. Höhen muss man achten, aber nicht fürchten.«

»Hast du keine Angst, dass dein Kamel scheut?«

Bei Delons Frage stöhnte Alos und hielt sich die Ohren zu.

»Tiere haben mehr Verstand, als so etwas zu tun«, erwiderte Ferai. »Jedenfalls war es im Zirkus so.«

»Zirkus? Du warst in einem Zirkus? Davon musst du mir erzählen.«

Ferai holte tief Luft und überlegte. Abgesehen von der Geschichte über die alte Nom hatte Ferai niemandem etwas über ihre Vergangenheit erzählt, nicht einmal Delon. Sie schaute in die Tiefe und dann wieder zu dem Barden, der hinter ihr ritt und sie noch immer erwartungsvoll ansah. »Eines Tages vielleicht«, rief sie ihm zu und drehte sich dann wieder nach vorn. *Eines Tages vielleicht.*

Immer weiter abwärts wand sich der Weg durch die blutroten Felsen, manchmal flach, manchmal steil, aber immer schmal und immer dicht an den lotrechten Auffaltungen im Gestein. Den Serpentinen dieses Weges folgten sie beinah sechs Meilen, bis sie schließlich den im Schatten liegenden Boden der zerklüfteten Schlucht erreichten, wo die roten Wände sich gut fünfzehnhundert Fuß steil in den Himmel reckten. Hier in der Tiefe konnten sie nicht mehr sehen, wo sie den Abstieg begonnen hatten, denn der Vorsprung war hinter unzähligen Windungen, Bögen und Kehren im Weg verborgen.

Wenngleich einigermaßen eben, war der Boden am Grunde der Schlucht nicht breiter als zehn Schritte, und überall lagen Schiefer und kleine Felsbrocken herum, und vor den senkrechten Wänden türmten sich Geröllhaufen. Alles war nackter Fels – keine Erde, keine Pflanzen und kein anderes Zeichen von Leben war zu sehen –, und ein rauer Wind pfiff durch die Schlucht wie eine klagende Stimme am Rande der Wahrnehmung. Hier war die Welt in Rot gehüllt, als sei der Fels in Blut getaucht worden. Sogar die Schatten schienen eine rötliche Färbung anzunehmen.

»Adon«, hauchte Delon, »aber das ist wirklich meine Vision der Hèl.«

Zwei Wege taten sich vor ihnen auf, einer führte nach rechts, der andere nach links.

»Wohin?«, fragte Aiko Arin, auf der die Blicke all ihrer Gefährten ruhten.

Die Dylvana starrte auf den Boden der Schlucht. »Der rechte Weg schimmert ganz leicht.«

Aiko berührte ihre Brust. »Auf diesem Weg lauert aber auch Gefahr, Dara.«

Arin zuckte die Achseln. »Trotzdem ...«

»Vielleicht sollten wir umkehren«, warf Alos ein.

Arin sah den alten Mann an. »Nein, Alos. Wir müssen hier drinnen den Verfluchten Bewahrer Des Glaubens Im Labyrinth finden.«

»Aber wir wissen nicht einmal, ob dies das richtige Labyrinth ist«, entgegnete der alte Mann störrisch.

Egil neigte den Kopf. »Komm, Steuermann, bislang haben wir den richtigen Kurs doch gut gehalten.«

Alos sah Aiko an und begegnete nur einem ausdruckslosen Blick. Er schlug die Augen nieder und nickte.

Sie wandten sich nach rechts, und jetzt konnten Aiko und

Egil neben Arin reiten, Aiko links von ihr, Egil rechts. Ihnen folgten die drei Packkamele am Zügel, und dann kamen Alos, Delon und Ferai, jeder der drei ebenfalls mit einem Lastkamel im Schlepptau.

»Wo ist Norden?«, fragte Ferai. »Der Pfad hat sich so oft gedreht, dass ich vollkommen die Orientierung verloren habe. Und hier unten kann ich nichts mehr erkennen.«

Alos knurrte und zeigte nach links vorn, während Delon nach rechts hinten deutete. Delon schüttelte den Kopf und brach in Gelächter aus, doch Alos fauchte ihn an: »Hört mal, ich bin Steuermann, also sollte ich eigentlich wissen, wo Norden ist.«

Doch Delon zeigte hoch oben auf die roten Wände der Schlucht. »Seht Ihr den Winkel der Sonne? Nun, nicht der Sonne selbst, sondern vielmehr der Schatten. Es ist noch früh am Morgen, also zeigen sie von Osten nach Westen. Und angesichts ihrer Neigung liegt Norden rechts von uns. Wir reiten im Moment in südwestlicher Richtung.«

Während sein Kamel langsam vorwärts stapfte, schaute Alos lange auf den Schluchtrand, der hoch über ihm aufragte, und schüttelte dann resigniert den Kopf.

»Nicht verzagen, Alos«, sagte Delon. »Ich bin in den Bergen aufgewachsen, Ihr dagegen auf dem Meer. Und wenn wir wieder auf dem Wasser sind, werdet Ihr über die Himmelsrichtung Bescheid wissen und ich nicht.«

Sie hielten diese Richtung kaum zweihundert Schritte, bis die Schlucht eine neuerliche Biegung beschrieb. Nach mehreren Windungen stießen sie eine Meile später auf eine Kreuzung mit drei Wegmöglichkeiten. Wieder wählte Arin die rechte Abzweigung, und so folgten sie den verschlungenen Pfaden des Labyrinths auf manchmal breitem und manchmal schmalem Weg, wo sie hintereinander reiten mussten – und an diesen Stellen übernahm Aiko die Führung, und Egil ritt hinter ihr. Immer wieder stießen sie auf Kreuzungen und Abzweigungen, manche nur Spalten, manche glatte Wege, andere rau und wieder andere mit Geröll übersät. An diesen Abzweigungen betrachtete Arin alle Wegmöglichkeiten auf ihre ganz besondere Art, bis sie den schimmernden Weg gefunden hatte, und dann setzten sie den Ritt fort.

Der Vormittag kam, dann der Mittag, und die Sonne stand direkt über ihnen, drängte die rötlichen Schatten zurück und ersetzte sie durch einen grellroten Schein. Dennoch hielten sie für ihr Mittagsmahl nicht an, sondern aßen im Sattel, denn sie wollten in diesen Schluchten kein Nachtlager aufschlagen, sondern hofften, vorher den Tempel zu erreichen – wo immer er sich auch befinden mochte. Manchmal ritten sie und manchmal gingen sie, um den Kamelen eine Erholung zu gönnen, aber sie blieben ständig in Bewegung.

»Ich glaube nicht, dass wir auf dem richtigen Weg sind«, japste Alos auf einer dieser Etappen, die sie zu Fuß zurücklegten. »Wir kehren besser um und verlassen diese verwünschten Schluchten mit ihren bedrückenden Felswänden.«

»Warum glaubt Ihr das, Alos?«, fragte Delon.

Alos richtete sein sehendes Auge auf den Barden. »Wir hätten den Tempel mittlerweile längst erreicht, wenn dies der richtige Weg wäre. Ich glaube, wir sind irgendwo falsch abgebogen. Entweder das, oder der Tempel ist überhaupt nicht hier.«

Ferai schüttelte den Kopf. »Seht Euch um, Alos. Der Fels ist rot wie auf der Karte der alten Nom. Und der *'âlim* sagte, hier würden wir ihn finden. Was die falsche Abzweigung angeht, habt Vertrauen in Dara Arin. Denkt auch an Folgendes: Wir sind hinter einem gewaltigen Schatz her, einem Ei von der Größe einer Melone aus reiner, durchsichtiger Jade. Diesen Schatz können wir ganz sicher für eine ungeheure Summe verkaufen, auch wenn wir sie teilen müssen. Irgendwo dort draußen gibt es einen Käufer: einen Drachen, einen Magier, einen Sammler, irgendjemanden, der uns die Strapazen vergüten wird. Wir werden für den Rest unseres Lebens ausgesorgt haben. Kein Hunger mehr, keine Sehnsucht, nie wieder ...« Ferai warf einen Blick auf Delon und verstummte abrupt.

Eine Weile gingen sie schweigend weiter und schließlich sagte Delon: »Meine Liebe, so sehr ich das Wohlleben auch zu schätzen weiß – gute Weine, leckeres Essen, Freuden für alle Sinne –, wir sind nicht wegen einer Belohnung hinter dem Stein her. Wir suchen keinen Schatz. Vielmehr ist der Stein ein Artefakt der Macht, und wir hoffen, das Verhängnis abzuwenden, das durch ihn ausgelöst werden kann.«

Ferai sah ihn an, doch was sie dachte, spiegelte sich nicht in ihren Augen wider.

Von vorne rief Arin ihnen zu, wieder aufzusteigen, und kurz darauf ritten sie weiter durch die Schluchten aus rotem Fels.

Die Mittagssonne sank hinter die steinernen Wände, und obwohl sie die leuchtende Scheibe ab und zu im Westen sehen konnten, blieb sie doch meist hinter dem Fels verborgen. Der Nachmittag kam und dann der Abend, und ringsumher ballten sich wieder rötliche Schatten, da sich der Lichteinfall mit dem Sinken der Sonne beständig veränderte. Schließlich gab es eine kurze Dämmerung in den Schluchten, und dann senkte sich die Dunkelheit über das Land der roten Felsen, und von einem Tempel war immer noch nichts zu sehen.

Ein schmaler Streifen aus funkelnden Sternen erschien mit dem Anbruch der Nacht über ihnen, und Arin zügelte ihr Kamel, was die anderen veranlasste, ebenfalls innezuhalten. Die Dylvana drehte sich im Sattel um und sagte zu allen: »Die Zeit ist gekommen, uns zu entscheiden: Reiten wir weiter oder schlagen wir ein Lager auf?«

Egil sagte: »Ich glaube, wir müssen den Kamelen eine Rast gönnen. Sie hatten den ganzen Tag kaum Ruhe und haben seit gestern auch nichts mehr gegessen und getrunken.«

Aiko griff nach unten und tätschelte ihrem Kamel die Rippen. »Fürchtet nicht um die Tiere, Egil Einauge, denn sie können lange ohne Wasser und Nahrung auskommen.« Sie zeigte nach vorn in die Schlucht. »Fürchtet vielmehr um uns: Mit jedem Schritt ist die Gefahr größer geworden.«

Im Sternenlicht nickte Arin, doch Egil hob eine Augenbraue. »Eure Tigerin?«

Aiko neigte den Kopf.

»Ich glaube, wir sollten umkehren«, sagte Alos. »Dieser *'âlim* hat uns in eine Falle geschickt.«

Aiko murmelte etwas in ihrer eigenen Sprache, doch Arin sagte laut: »Ich glaube nicht, Alos, denn Aikos Tigerin hat keine Gefahr in ihm entdeckt.«

»Das liegt daran, dass die Gefahr hier draußen ist«, entgegnete Alos.

»Das bestreite ich nicht«, sagte Arin.

»Warum schlagen wir nicht einfach ein Lager an einem Ort auf, den wir leicht verteidigen können?«, schlug Ferai vor, wobei sie die beiden Gurte mit Wurfdolchen berührte, die sie quer über ihrer Brust trug.

Aus den Tiefen des Labyrinths erklang ein grässliches Heulen, dessen Echos von den Wänden der Schluchten endlos hin und her geworfen wurden.

Die Kamele zuckten bei diesem Geräusch zusammen, gerieten jedoch nicht in Panik, weil der Laut noch weit entfernt war. Doch Alos ächzte und duckte sich im Sattel.

»Adon, das war viel lauter als zuvor«, sagte Delon.

»Wir sind ihm näher gekommen, was immer es ist«, sagte Arin.

»Wir sind der Gefahr näher gekommen«, sagte Aiko.

»Da es nur in der Nacht herauszukommen scheint, glaube ich, dass Ferai Recht hat«, sagte Egil. »Wir sollten an einem gut zu verteidigenden Ort lagern.«

»Zweihundert Schritte zurück gab es eine schmale Schlucht«, schlug Arin vor.

Sie schlugen ihr Lager in einer engen Klamm auf, die mehr eine Spalte war, denn sie reichte weniger als hundert Fuß tief in den roten Fels.

»Das ist eine gute Stelle«, sagte Egil, während er die Spalte begutachtete.

»Gut?«, murmelte Alos. »Dieser Spalt im Fels?«

»Aye«, erwiderte der Fjordländer. »Sie können uns nur aus einer Richtung angreifen.«

»Sie?«, merkte Alos auf.

»Sie. Der Feind. Ob nun einer oder viele«, erwiderte Egil.

»Wie zum Beispiel die Kreatur, die nachts heult«, fügte Ferai hinzu.

»Verdammt!«, rief Alos aus und schmiegte sich an die Felswand hinter ihm.

In jener Nacht standen sie in Schichten Wache, die sich überschnitten. Aiko und Alos, Alos und Delon, Delon und Ferai, Ferai und Egil, Egil und Arin, Arin und Aiko. Wieder ertönte mitten in der Nacht ein langes Heulen, scheinbar lauter als zuvor, und ließ die Schläfer aufschrecken und die Waffen zücken, doch nichts kam aus der Finsternis und griff sie an.

Kurz vor Morgengrauen, als ein bleicher Halbmond über ihnen am Himmel stand, stöhnte Egil und schlug im Schlaf um sich, da er von einem grässlichen Traum heimgesucht wurde.

Sie brachen das Lager ab, als sich der sichtbare schmale Streifen des Himmel über ihnen aufhellte, und waren bald wieder unterwegs. Die Kamele blökten verdrossen, weil sie außer einer spärlichen Ration Getreide nichts zu essen und überhaupt nichts zu trinken bekommen hatten und darüber hinaus auch noch Reiter und Fracht tragen mussten.

Wieder färbten sich die dunklen Schatten rötlich, als der Tag im Land der roten Felsen Einzug hielt. Der Weg wand sich durch das Labyrinth, und unzählige Schluchten zweigten in alle Richtungen ab. Arin traf eine Richtungsentscheidung nach der anderen, während die Sonne, die sie nur sahen, wenn die Schluchten nach Osten führten, langsam höher stieg.

»Garlon, aber ich könnte schwören, dass wir uns im Kreis bewegen«, maulte Alos. »Entweder das, oder wir haben uns vollkommen verirrt.«

»Was bringt Euch zu dieser Annahme?«, fragte Ferai.

»Diese Schlucht, dieser Felsen, ich schwöre, dass wir schon tausendmal hier vorbeigekommen sind.«

»Tausendmal?«

»Jedenfalls mehr als einmal, so viel ist sicher.«

Ferai schüttelte den Kopf. »Das glaube ich nicht, Alos. Ich glaube, dass inmitten all dieser roter Felsen alles gleich aussieht.«

Delon nickte zustimmend. »Selbst das Rot sieht für mich langsam normal aus. Ich frage mich, ob es möglich ist, sich an die Hèl zu gewöhnen.«

Der Mittag kam und ging, und sie folgten dem Weg immer weiter, mal im Sattel, mal zu Fuß, und mit jedem Schritt wuchs die Gefahr. Aiko bestand jetzt darauf, zu führen, wenngleich sie an jeder Kreuzung innehielt, damit Arin ihre Wahl treffen konnte.

Der Nachmittag kam, und dann näherte sich der Abend, und die Schatten in den Schluchten vertieften sich wieder.

Alos stöhnte. »Noch eine Nacht in diesem verwünschten Labyrinth, und kein Ende ist abzusehen. Wir haben uns in Eurer Hèl verirrt, Delon. Vielleicht sind wir für immer darin gefangen und werden niemals wieder hinausfinden.«

Bevor Delon antworten konnte, bog Aiko um eine Kurve, und vor ihr im Gestein gähnte die Öffnung eines gewölbten Tunnels: niedrig, schmal und schwarz. *»Yojin suru!«,* rief sie. »Seid auf der Hut.«

»Das ist in den Fels gehauen worden und nicht natürlich entstanden«, sagte Egil. »Seht: Dieser Weg ist von Meißeln und Spitzhacken gebahnt worden.«

Während Aiko die steilen Wände der Schlucht betrachtete, die vor dem Tunnel in einer Sackgasse endete, sagte Arin: »Der Weg führt hinein.«

Egil schaute von einem zum anderen. »Dann gehen wir auch hinein.«

»Passen die Kamele durch die Öffnung?«, fragte Ferai. »Ich meine, der Tunnel sieht zu schmal aus.«

Delon musterte die Kamele und dann die Öffnung vor ihnen. »Ich denke schon. Aber wir müssen sie führen.«

»Noch nicht«, sagte Egil.

Aiko, die mittlerweile ihre Schwerter gezückt hatte, nickte und sagte: »Egil hat Recht. Ich möchte dort drinnen nicht in eine Falle geraten und mir dann von den Kamelen den Rückweg versperren lassen. Ich gehe zuerst zu Fuß hinein und sehe nach, wohin dieser Tunnel führt.«

»Nicht allein«, sagte Egil. »Ich werde Euch begleiten.«

»Ich ebenso«, sagte Delon.

»Und ich auch«, fügte Ferai hinzu.

»Ich bewache solange die Kamele«, sagte Alos, der vor dem dunklen Eingang zurückwich. »Aber nicht allein.«

Arin schaute von einem zum anderen und seufzte. »Ich werde bei Euch bleiben, Alos.«

Egil wandte sich an die Dylvana, umarmte sie und sagte: »Halt dich zur Flucht bereit.« Dann küsste er sie, löste sich von ihr und zückte seine Axt.

Delon zündete eine kleine Öllampe an, und die vier traten mit gezogenen Waffen in die dunkle Tunnelöffnung.

Der Boden war im Inneren glatt behauen, und nach zehn Schritten bog der Gang scharf nach links ab. »Das erinnert mich an den Tunnel unter Gudruns Festungswällen«, flüsterte Egil.

»Genau«, sagte Aiko. »So angelegt, um Belagerungsmaschinen aufzuhalten.«

»Aber es gibt keine Pechnasen«, meinte Delon leise.

»Wenigstens nicht in diesem Abschnitt«, erwiderte Egil.

Wieder beschrieb der Gang eine scharfe Biegung, diesmal nach rechts, und voraus konnten sie ein herabgelassenes Fallgatter und einen Schimmer des in den Abend übergehenden Tages ausmachen.

»Löscht das Licht«, zischte Aiko. Während Delon die Laterne ausblies, fügte Aiko hinzu: »Geht leise. Die Gefahr liegt gleich hinter dem Gitter.«

Vorsichtig näherten sie sich dem massiven Fallgatter, und sie hatten gerade die Gitterstäbe erreicht, als plötzlich eine Frauenstimme rief: *»Mîn int?«*

Erschrocken pressten sie sich in dem schmalen Gang an die Wände. Und wieder rief die Stimme: *»Mîn int?«*

Sie kam von oben.

Egil schaute hoch, sah jedoch nichts. Er holte tief Luft. »Wir sind Freunde.«

Nach einer kleinen Pause erwiderte die Frau: »Freunde?« Sie hatte denselben Akzent wie der *'âlim.* »Und doch kommt Ihr mit der Waffe in der Hand?«

Egil sah Aiko an. »Wir haben Gefahr gespürt.«

»Ah. Hier sind viele Dinge gefährlich. Was wollt Ihr?«

Wieder sah Egil Aiko an, dann Ferai und Delon. Nach einem Nicken von jedem von ihnen erwiderte er: »Wir kommen in einer dringenden Mission und suchen einen Bewahrer Des Glaubens Im Tempel Des Labyrinths.«

Lange Augenblicke verstrichen, bevor sich schließlich das schwere Fallgatter mit dem Knirschen von Zahnrädern und dem Klacken einer Sperrklinke hob. Auf halbem Weg kam es zum Stillstand.

»Tretet ein«, rief die Stimme.

Egil machte Anstalten, sich zu bücken, doch Aiko hielt ihn

auf. Er drehte sich zu ihr um und sagte: »Wenn das hier der Tempel ist, müssen wir das Risiko eingehen.«

Sie sah ihn ausdruckslos an und nickte dann.

Gemeinsam duckten sie sich unter den Gitterstäben hindurch, und Delon und Ferai folgten ihnen.

Sie kamen in ein kreisrundes Tal, ein steinernes Becken mit einem Durchmesser von fast zwei Meilen, das von allen Seiten von senkrechten, roten Felswänden umringt war, die hoch in den Abendhimmel ragten.

»Bleibt stehen!«, ertönte ein Befehl von hinten.

Sie blieben stehen und drehten sich langsam um.

Hinter einer niedrigen, mit Zinnen versehenen Brüstung auf einer Mauer über dem Fallgatter standen vielleicht fünfzig dunkelhaarige Frauen verschiedenen Alters, alle in roten, zum Fels passenden Gewändern. Alle waren mit einem Bogen bewaffnet und hatten einen Pfeil auf die Sehne gelegt, und alle Pfeile zielten auf die vier Eindringlinge. Zwischen ihnen und in der Mitte, an einer Kerbe in der Mauer, wo eine Leiter lehnte, stand ein hoch gewachsener Mann, der ebenfalls ein rotes Gewand trug. Er schien Anfang dreißig zu sein, war gut sechs Fuß vier groß und von geschmeidiger Statur. Seine Haare waren kastanienfarben, aber von der Sonne gebleicht, seine Haut war sonnengebräunt, und die Augen strahlten eisblau. Seine Hände ruhten auf dem Heft eines großen zweihändigen Schwertes, dessen Spitze auf dem Boden der Brüstung ruhte.

Aiko sah ihn verwirrt an, und dann schob sie ihre Schwerter in die Scheide und sagte zu Egil: »Das verstehe ich nicht. Er ist nicht die Gefahr, aber die Gefahr steckt in ihm.«

11. Kapitel

»Ihr sagt, Ihr sucht einen Bewahrer des Glaubens«, rief eine ältere Frau, die links von dem Mann stand. Sie trug keinen Schleier, ebenso wenig wie die anderen Bogenschützinnen. »Wir alle hier sind Bewahrer des Glaubens.«

Egil schob die Axt in den Gürtel und bedeutete Delon und Ferai, ebenfalls die Waffen einzustecken. Während sie dies taten, rief die Frau: »*Wakaf lataht!*« Die anderen Frauen entspannten die Bogensehnen und senkten ihre Waffen.

Mit leeren Händen sagte Egil: »Wir sind weit gereist und haben eine lange Geschichte zu erzählen.«

»Soll ich jemanden schicken, der Eure beiden Gefährten von draußen und die Kamele holt, bevor Ihr beginnt?«, fragte sie, während sie dem Mann bedeutete, mit ihr herabzusteigen. Er schulterte sein großes Schwert und ging nach unten. Die Frau folgte ihm.

Egil sah Aiko an. Die Ryodoterin ließ den großen Mann nicht aus den Augen, während sie nickte und sagte: »Wenn wir sie nicht angreifen, geht von diesen Frauen keine Gefahr aus. Aber zu dem Mann kann ich nichts sagen. Dennoch dürfte es für Dara Arin ungefährlich sein.«

Mittlerweile waren der Mann und die Frau die Leiter hinabgestiegen, und nun kamen auch viele der anderen Frauen herunter, obwohl auch einige oben auf der Brüstung blieben.

Die ältere Frau wandte sich an Egil. »Nun?«

»Ja, edle Dame, schickt jemanden, der unsere Gefährten holt, denn von unserer Mission sollte die Dylvana erzählen.«

»Die Dylvana? Eine Elfe?«

Auf Egils Nicken drehte die Frau sich um und befahl: *»Maftûh ilbauwâbi!«* Während sich das Fallgatter gänzlich hob, gab sie einer jungen Frau ein Zeichen und sagte: *»Kawâm, Jasmine, jâb iljauz khârij.«* Die Akolythin verbeugte sich vor der älteren Frau, machte auf dem Absatz kehrt und eilte unter den sich hebenden Gitterstäben durch und in den Gang dahinter. *»Kânmâ fiz 'ân!«*, rief die ältere Frau ihr hinterher, dann wandte sie sich an die Neuankömmlinge. »Ich habe ihr gesagt, sie soll keine Angst haben, denn sie könnte die Dylvana für einen Dschinn halten.«

Als die ältere Frau ihre Aufmerksamkeit wieder auf die vier Gefährten richtete, fragte Ferai: »Seid Ihr alle Priesterinnen Ilsitts?«

Bei der Nennung des Namens der Göttin beschrieb jede der Frauen in Hörweite und auch der Mann rituell einen Kreis mit Daumen und Zeigefinger jeder Hand. »Das sind wir in der Tat. Alle außer Burel hier.« Sie deutete auf den großen Mann. »Obwohl auch er ein Bewahrer des Glaubens ist.«

Delon trat vor. »Wir vergessen unsere Manieren. Darf ich Euch die Dame Ferai aus Gothon, die Dame Aiko aus Ryodo, Meister Egil aus Fjordland und mich selbst, Delon aus Gûnar, vorstellen.«

Während sie vorgestellt wurden, nahmen Aiko und Ferai die Tücher ab, die ihr Gesicht verschleierten. Die Priesterinnen neigten vor jedem das Haupt, und ihre Blicke verrieten Überraschung wegen Aikos goldener Hautfarbe und ihren Mandelaugen.

»Ich bin ...« Sie wandte sich an den Mann und sagte etwas auf Sarainesisch zu ihm.

»Äbtissin«, erwiderte er.

»Ich bin die Äbtissin Mayam, und das hier ist Burel, der keinen Titel hat, obwohl sein Vater, äh ...« – wieder wandte sie sich an Burel – *»Yâ Sîdi? Yâ Sîdi Ulry?«*

»Ritter«, sagte Burel, der sich immer noch auf sein Schwert stützte. »Er war Ritter Ulry aus Gelen.«

Hinter sich konnten sie die Kamele hören, die durch den engen Tunnel getrieben wurden. Kurz darauf erschien Jasmine mit vieren der widerspenstigen Tiere am Zügel. Arin und Alos folgten ihr mit den restlichen Kamelen. Als das letzte Tier durch die Öffnung getrabt war, wurde das Fallgatter wieder herabgesenkt.

Arin und Alos wurden Mayam und Burel vorgestellt, und die Äbtissin war ganz eindeutig fasziniert von der winzigen Dylvana, obwohl sie diese Faszination zu verbergen suchte.

»Ihr müsst hungrig sein«, sagte Mayam. »Kommt und lasst uns an einen Ort gehen, wo wir nach der Abendandacht essen und reden können, dann könnt Ihr mir erzählen, warum Ihr hierher gereist seid.«

Auf ein Nicken Arins wandte die Äbtissin sich auf Sarainesisch an die wartenden Frauen. Daraufhin traten mehrere Akolythinnen vor, um die Kamele wegzubringen. Dann führten die Äbtissin und Burel Arin und ihre Gefährten durch das große Becken mit den steilen Wänden, während rasch die Dämmerung hereinbrach. Beinahe alle Frauen folgten ihnen.

Voraus konnten sie einen großen Säulengang sehen, dessen Pfeiler in die Felswand gehauen waren. Rasch wurde klar, dass dies ihr Ziel war. Als sie näher kamen, bemerkten sie, dass der Gang mit einem gemeißelten Relief verziert war. Zwei Akolythinnen mit winzigen Öllämpchen traten aus einem Durchgang im Fels, und sie stellten die Lampen auf frei stehende Sockel und gingen dann wieder hinein.

Zu diesem Licht führte sie Mayam, bis Arin und ihre Gefährtinnen nah genug waren, um in dem roten Fels über dem Eingang zu lesen:

מבוכ השד

»Ah, meine Liebe!«, rief Delon und fasste Ferai um die Hüfte: »Du hattest Recht!«.

Und er hob sie hoch, wirbelte sie im Kreis herum und küsste sie auf die Lippen.

Plötzlich hörte er auf, sich zu drehen, und stellte sie offenbar verwirrt ab. Dann küsste er sie wieder, diesmal länger und sanfter. Überrascht stand sie zunächst starr da, dann ließ sie sich mehr und mehr in seine Umarmung fallen, und schließlich schmolz sie förmlich dahin und hielt ihn ganz fest. Schließlich löste er sich zögernd von ihr, hielt sie auf Armeslänge von sich und betrachtete sie ebenso staunend wie sie ihn benommen.

In eben diesem Augenblick ertönte ein grässliches, lang gezogenes Heulen, das klang, als ob eine furchtbare Kreatur zur Jagd auszöge.

Alos schrie auf und rannte zur Tür, und Aiko hatte im Nu ihre beiden Schwerter gezückt. Egil zog die Axt aus seinem Gürtel, drehte sich hierhin und dorthin und suchte in der Richtung des Geheuls, aber die hallenden Echos verwirrten seinen Orientierungssinn. Delon hatte sein Rapier gezogen, und Ferai hielt in jeder Hand einen Dolch. Arin hielt ihr Langmesser bereit, und ihre Augen suchten den Feind.

»O je«, verkündete Mayam, als der lang gezogene Schrei schließlich verhallt war. »Ich hätte Euch warnen sollen.«

»Uns warnen sollen?«, zischte Aiko, die immer noch den Feind suchte.

»Steckt die Waffen weg. Ihr habt nichts zu befürchten. Das ist nur unser Dämon.«

Arin sah die Äbtissin mit weit aufgerissenen Augen an. »Euer Dämon?«

»Ja. Obwohl die Ursprünge der Legende echt sind, ist der Dämon eine Fälschung. Das furchtbare Gebrüll entstammt einem großen Horn, das von einem Blasebalg geblasen wird.

Der Blasebalg selbst wird von einem schweren Gewicht betätigt, das von einer Winde gehoben und heruntergelassen wird. Wir lassen es zweimal täglich ertönen: bei Einbruch der Dunkelheit und um Mitternacht.« Die Äbtissin sah Arin an und zwinkerte. »Das hält die Fanatiker von Rakka vollkommen aus dem Labyrinth heraus … und auch andere unerwünschte Besucher.«

Arin seufzte und steckte ebenso wie ihre Freunde die Waffe weg. Dann sagte die Dylvana: »Ich wollte, wir hätten vorher gewusst, dass die Gefahr nicht echt ist.«

Aiko schüttelte den Kopf und tippte sich an die Brust. »Die Gefahr ist echt, Dara.«

Die Äbtissin sah die Ryodoterin an und sagte: »Ich bin ganz Eurer Ansicht. Aber hier kann sie nicht hinein.«

Sie folgten Mayam durch das Tor in den Tempel, wobei Burel den Abschluss bildete. Sie passierten eine hohe Diele und betraten eine längliche, ovale Halle mit einer hohen, kuppelförmig gewölbten Decke und einem polierten Boden. Die Halle wurde vom weichen gelben Licht zahlreicher Kerzen erleuchtet, die ringsum in Leuchtern an der Wand hingen. Bänke standen an den Wänden, die sich sanft nach rechts und links wölbten. Am anderen Ende stand ein Hochaltar, in dessen Vorderseite ein Kreis des Lebens eingemeißelt war – das Symbol Ilsitts oder auch Elwydds. In der Mitte des Bodens war ein weiterer Lebenskreis in den Boden getrieben. Mayam blieb im Eingang stehen und verneigte sich ehrerbietig, während Daumen und Zeigefinger kleine Kreise bildeten. Jenseits des Altars knieten zwei Akolythinnen, die leise zu beten schienen. Mayam ging nach vorn zum Altar, wobei sie, wie auch jene, die ihr folgten, einen Bogen um den in den Boden gemeißelten Lebenskreis schlug. Während sie sich dem Altar näherten, hörten sie jemanden zischen. Es war Alos, der hinter ihnen auf dem Boden kauerte und von Dämonen, Ungeheuern und Trollen fantasierte, während die Akolythinnen auf Sarainesisch auf ihn einredeten und ihn vergeblich zu beruhigen versuchten.

»Nun, jemand hätte uns sagen müssen, dass es nur ein Horn ist«, schimpfte Alos, wobei er trotzig an dem großen Steintisch in die Runde schaute. »Einfach so Menschen halb zu Tode zu erschrecken und so etwas unvorbereitet auf sie loszulassen!«

Sie warteten in einem Alkoven jenseits der Sakristei hinter Altar und Zeremonienhalle. Egil und Arin saßen Seite an Seite und hielten sich bei der Hand, während sie sich umsahen und den Raum begutachteten, obwohl es nicht viel zu sehen gab. Aiko saß Alos gegenüber und starrte den alten Mann ausdruckslos an.

Ferai und Delon saßen einander gegenüber, und wenn ihre Blicke sich trafen, schauten sie sofort weg, als fürchteten sie sich vor dem, was ihr Kuss enthüllt hatte.

Durch den steinernen Verbindungsgang hörten sie Gesänge, da die Anhängerinnen Ilsitts ihre Abendandacht feierten.

Egil lächelte, sah Alos an und schüttelte den Kopf. »Es kam schon ziemlich unerwartet, dass muss ich zugeben.«

»Unerwartet?«, sagte Burel, der gerade eintrat. Aus der Zeremonienhalle drangen immer noch die Lieder der Priesterinnen.

»Das Dämonenhorn«, erwiderte Egil.

»Ach, das. Wie Mayam schon sagte, es hält die Fäuste von Rakka fern.« Er ging in einen Nebenraum, und sie hörten, wie Wasser floss, und das Scheppern eines Kessels auf einem Gitter. Dann sagte er: »Aber Horn oder nicht, es hat Euch nicht daran gehindert, hierher zu kommen.« Nach kurzer Zeit kehrte er mit einem Tablett voller Tassen zurück, um gleich darauf wieder zu verschwinden.

»Wie habt Ihr diese Vorrichtung gebaut?«, fragte Delon mit erhobener Stimme.

»Das haben wir nicht«, rief Burel zurück. »Die Äbtissin hat mir gesagt, dass sie schon hier war, als der Orden von Ilsitt an diesen Ort kam. Als sie herausfanden, was sie tat, haben die Frauen sie eben nach Bedarf eingesetzt.«

Delon sah die anderen an und hob fragend die Hände. Arin murmelte: »Zweifellos wird uns die Äbtissin oder sonst jemand sagen, wie sich all das zugetragen hat.«

Immer noch drangen die Gesänge herein, und nun begann Burel mit tiefem Bariton, die zweite Stimme zu singen.

Als der Choral verklungen war, wurde es still. Die Andacht war beendet. Burel kam in die Kammer zurück, diesmal mit einem zweiten Tablett, auf dem ein dampfender Teekessel und ein Töpfchen mit Honig standen. Er stellte das Tablett ab, schenkte Tee in die Tassen ein und verteilte sie rings um den Tisch. Als er Alos eine Tasse reichte, sagte er: »Es tut mir Leid, dass Euch das Dämonenhorn verängstigt hat, aber es dient unserer Sicherheit. Wir streuen sehr vorsichtig Gerüchte aus, dass dieses Labyrinth von Dämonen heimgesucht wird, und das Horn verleiht diesen Geschichten Glaubwürdigkeit.«

»Nun«, murmelte Alos, »Ihr hätte einen Weg finden müssen, es uns mitzuteilen.«

Burel schüttelte den Kopf. »Wir wussten nicht, dass Ihr unterwegs zu uns wart, erst als unsere Späher Euch von weitem sahen. Und da wussten wir noch nicht, wer Ihr seid – und wissen es eigentlich immer noch nicht. Gewöhnlich kennen nur unsere Anhänger draußen den Weg und die Wahrheit.«

»Anhänger?«, fragte Ferai.

»Die Anhänger Ilsitts, meine Teure«, sagte Delon. »Jedenfalls nehme ich das an.«

Bei der Nennung von Ilsitts Namen bildeten Burels Finger die rituellen Kreise. »Ja, Anhänger der Herrin.«

»Elwydd«, murmelte Arin.

Burel sah die Dylvana staunend an. »Tatsächlich, obwohl es lange her ist, dass ich dieses Wort gehört habe, und das auch nur, weil man mir gesagt hat, diesen Namen der Göttin hätte mein Vater benutzt.«

Der große Mann reichte den Honig herum, um den Tee zu süßen. Jeder nahm eine kleine Portion dieser seltenen Köstlichkeit, bis auf Alos, der sich drei Löffel voll nahm.

»Ihr sagtet, Eure Späher hätten uns von Weitem gesehen«, sagte Egil, »aber wie ist das in diesem Labyrinth mit seinen Biegungen und Windungen überhaupt möglich?«

Burel zeigte auf die Decke. »Oben auf dem Rand gibt es Stellen, von denen Abschnitte des Weges einsehbar sind, vor allem die letzten Meilen.«

»Aha«, sagte Egil und trank einen Schluck.

Während sie sich zurücklehnten und das heiße Gebräu tranken, sagte Burel: »Ich wollte fragen, habt Ihr alle Spuren Eurer Reise durch das Labyrinth beseitigt? Es wäre fatal, wenn die Fäuste von Rakka oder andere ihrer Art dem Pfad folgen könnten.«

»Wir haben keine Feuer angezündet und keine Zelte aufgeschlagen«, sagte Egil. »Und die Kamele haben keine Fährten auf dem Steinboden hinterlassen. Nein, ich glaube, wir haben keine Spuren hinterlassen.«

»Habt Ihr den Kameldung beseitigt?«

Wortlos schüttelte Egil den Kopf.

»Dann müsst Ihr dies auf dem Rückweg tun«, sagte Burel. »Den, der jetzt am Weg liegt und auch allen neuen Dung.«

Egil sah die anderen an und nickte dann.

Sie tranken schweigend Tee, da niemand etwas zu sagen wusste.

Augenblicke später schritt jedoch Mayam in die Kammer. Die Äbtissin brachte ein Tablett mit Broten und einen Topf mit dampfender Suppe sowie Teller und Löffel mit.

Bald hatten alle einen gefüllten Teller vor sich stehen, und während sie aßen, sagte Mayam: »Die Abendandacht war heute besonders freudvoll. Besucher im Tempel heben immer die

Stimmung, obwohl es sich normalerweise um Bekannte handelt und nicht um Fremde, wie Ihr es seid.«

»Dieser Tempel«, sagte Delon, »war er schon immer eine Stätte Eures Glaubens?«

Mayam neigte den Kopf. »Er ist in einer Zeit errichtet worden, an die sich niemand mehr erinnert, und zwar von unbekannten Händen und zu einem unbekannten Zweck. Vor vielen Jahrhunderten wurde er von Anhängern der Göttin entdeckt. Er war schon seit langem verlassen. Doch die Symbole der Herrin waren schon auf dem Boden der großen Halle und auch auf dem Altar, als wir hierher kamen.« Sie schaute einen Augenblick sinnierend in ihre Tasse. »Wir haben uns in der Zeit des Verlustes hierher zurückgezogen.«

Aiko runzelte die Stirn. »In der Zeit des Verlustes?«

»Die Zeit, in der die Anhänger Ilsitts blutig verfolgt wurden«, knurrte Burel.

Aikos Augen verengten sich, doch sie sagte nichts mehr.

»Ihr sagt, es gibt Anhänger der Göttin, die außerhalb dieses Irrgartens leben?«, fragte Ferai.

Mayam lächelte. »In der Tat. Ohne sie wäre es schwierig, hier zu bleiben. Sie bringen uns Vorräte, die uns eine große Hilfe sind. Allein mit den Erträgen aus unseren Gärten würden wir nicht durchkommen.«

»Gärten?«, sagte Ferai. »Aber woher kommt das Wasser dafür?«

Mayam lächelte. »Es gibt hier irgendwo einen unterirdischen See, glauben wir, denn unsere Brunnen trocknen niemals aus.«

»Ah, ich verstehe.«

Sie aßen eine Weile schweigend, und dann fragte Delon: »Abgesehen von Euch, Burel, habe ich noch keinen anderen Mann hier gesehen. Sind sie ...?«

»Ich bin allein«, unterbrach Burel ihn.

Delon lächelte. »Unter all diesen Frauen ...«

Burel zuckte die Achseln.

»Normalerweise«, sagte Mayam, »gäbe es hier überhaupt keine Männer. Aber Burel ist ein besonderes Kind. Er ist hier in der Zuflucht des Labyrinths aufgewachsen.«

»Aber Ihr seid doch gewiss schon einmal woanders gewesen, Burel«, sagte Ferai. »In der Stadt Aban oder an einem anderen Ort.«

Burel schüttelte den Kopf. »Ich war noch nie außerhalb des Fallgatters.«

Egils Blick wanderte zwischen Burel und der Äbtissin hin und her. »Hier gibt es ganz sicher eine Geschichte zu erzählen.«

»In der Tat«, erwiderte Mayam. »Doch obwohl es Burels Geschichte ist, muss ich wohl zumindest einen Teil davon erzählen, denn ich war Zeugin der wichtigsten Ereignisse, wohingegen er noch gar nicht geboren war. Aber sie wird warten müssen, bis Ihr Eure Geschichte erzählt habt. Wie habt Ihr von dem Weg durch das Labyrinth erfahren? Und was führt Euch her?«

Arin seufzte. »Wir sind einem langen gewundenen Pfad gefolgt und nicht nur dem durch den Irrgarten des Dämonen. Lasst mich von vorn beginnen, an einem Lagerfeuer in Darda Erynian, wo ich den grünen Stein von Xian zuerst erblickt habe.«

»Den grünen Stein!«, rief Burel. Ein Ausdruck der Überraschung huschte über sein Gesicht und spiegelte sich auf Mayams Gesicht.

»Wisst Ihr davon?«, fragte Arin.

Mayam hob eine Hand und drehte sie. »Vielleicht. Erzählt Eure Geschichte, dann sehen wir weiter.«

Es war beinah Mitternacht, als Arin mit ihrer Schilderung der bisherigen Ereignisse fertig war, die mit ihrer Vision in Darda Erynian begonnen und mit ihrer Reise durch das Labyrinth ihren vorläufigen Abschluss erreicht hatten.

Mayam saß eine Weile schweigend da. Dann sah sie Alos an. Der alte Mann schlief mit dem Kopf auf der Tischplatte, und sein Schnarchen hallte leise durch die Kammer. »Es ist spät«, sagte die Äbtissin, »und Ihr seid weit gereist. Morgen ist noch früh genug, Euch zu erzählen, was wir wissen. Doch eines will ich Euch sagen: Burel scheint der von Euch Gesuchte zu sein – Der Verfluchte Bewahrer Des Glaubens Im Labyrinth. Und der grüne Stein aus Eurer Vision ist der Grund dafür, dass er verflucht ist.«

12. Kapitel

Obwohl sie erst spät zu Bett gegangen war, stand Aiko vor dem Morgengrauen auf. Sie zog Lederkleidung, Stiefel und Helm an, nahm ihre Schwerter und Shuriken und verließ die Zelle, die ihr in der letzten Nacht von der Äbtissin zugewiesen worden war. Wie die kleine Kammer und alles andere an diesem Ort war der angrenzende Flur in den roten Felsen gehauen, und sie wandte sich nach links und nahm den nach draußen führenden Durchgang. Im großen Becken angelangt, ging sie zu einer Stelle, wo das Licht einfallen würde, sobald die Sonne im Osten aufging, denn sie wollte bei ihren Übungen mit dem Schwert die ersten goldenen Strahlen sehen. Doch sie stellte rasch fest, dass sie nicht allein mit diesem Wunsch war, denn Burel war bereits dort. Er trug einen Brustharnisch aus poliertem Metall, dazu Helm, Hose und Stiefel, und sein großes Schwert pfiff durch die kühle, schattige Luft der Morgendämmerung.

Aiko stand im Halbdunkel und sah eine Weile zu, wie der große Mann leichtfüßig tänzelte, herumwirbelte, auf einen imaginären Gegner einstach oder mit weit ausholenden Hieben zuschlug. Dabei schwang er seine Waffen so, als sei er mit dem Stahl in der Hand geboren. Trotzdem betrachtete Aiko seine Übungen stirnrunzelnd, denn sie zeigten ihr, dass er nie einen echten Kampf bestritten hatte. Er schien die Waffe mühelos handhaben zu können, aber von der Technik des Schwertkampfs hatte er keine Ahnung.

Um ihn nicht zu überraschen, pfiff Aiko ein Lied, als sie sich ihm näherte, und Burel unterbrach seine Übungen und blickte sie erwartungsvoll an.

Als sie vor ihm stand, sagte sie: »Ich dachte, nur ich würde früh aufstehen, um mich in *kinmichi* zu üben, doch nun finde ich Euch hier bereits vor.«

»Kinmichi?«

»Die Kunst des Schwertkampfs.«

»Oh.«

Aiko streckte sich und drehte sich und bewegte den Kopf hin und her, während Burel ihr zusah. »Es wäre nicht gut, beim Üben einen Krampf zu bekommen oder sich einen Muskel zu zerren«, sagte sie. »Im Krieg hat man nicht immer die Möglichkeit, sich vor einem Gefecht aufzulockern, aber bei den Übungen ist das etwas ganz anderes.«

Burel brummte unverständliche Worte, obwohl er sorgfältig jede Einzelheit beobachtete.

Schließlich blieb Aiko mit geschlossenen Augen ganz still stehen und atmete tief und gleichmäßig. »Ich gehe die Übung jetzt im Geiste durch«, murmelte sie, als würde größere Lautstärke sie in ihrer Konzentration stören.

Burel nickte, schwieg jedoch.

Dann zerbarst Aiko förmlich vor Energie, und ihre Schwerter flogen in ihre Hände. Sie wirbelte und tanzte, und ihre Klingen sirrten durch die Luft, hoch und tief, stießen und schlugen, parierten mit überkreuzten Klingen und beschrieben komplizierte Figuren, während sie sich duckte, sprang, tänzelte, wegtauchte und auf die Knie sank. Schwerter, Dolche, Shuriken tauchten plötzlich in ihrer Hand auf und verschwanden gleich darauf wieder. Beständig sang der Stahl eine tödliche Melodie.

Whuff! Burel stieß den vor Staunen angehaltenen Atem aus und sah ehrfürchtig zu, wie sie sich drehte und wand und ihre Klingen dabei verschwammen, so schnell bewegten sie sich.

Schließlich stand sie still und steckte ihre Waffen wieder in die Scheiden.

Burel holte tief Atem. »Das war wunderbar«, sagte er. Dann schaute er auf sein großes Schwert. »Das könnte ich niemals.«

Aiko nickte. »Eure Waffe ist für den Kampf gegen einen schwer gerüsteten Gegner gedacht.«

Burel nickte. »Habt Ihr Erfahrung mit solchen Waffen?«

»Sie waren Teil meiner Ausbildung.«

Burel runzelte die Stirn. »Ich kann das Schwert meines Vaters zwar mit Leichtigkeit führen, aber ich hatte keinen Lehrer, der mir hätte zeigen können, ob das, was ich tue, richtig oder falsch ist. Werdet Ihr mir beibringen, was Ihr wisst?«

Aiko lächelte. »Ich werde mehr als das tun, Burel. Ich werde Euch im Kampf mit allen Waffen unterweisen, mit denen ich vertraut bin.«

»Mit dem Bogen kenne ich mich bereits aus«, sagte Burel. »Die Frauen hier haben es mir beigebracht, obwohl ich mich sicher noch verbessern könnte. Und obwohl ich mit Freuden den Umgang mit anderen Waffen erlernen würde, muss meine größte Aufmerksamkeit diesem Schwert gelten, denn ich habe eine Aufgabe zu erfüllen.«

»Aber ein schneller Feind kann so ein Schwert überwinden.«

»Gewiss«, sagte Burel nickend. »Mit einem abgeschossenen Pfeil oder einem geworfenen Dolch, oder auch mit einem dieser Wurfsterne, die Ihr tragt.«

»Ja, Burel. Mit einem Geschoss kann man einen Schwertkämpfer in der Tat töten, wenn der Schütze Gelegenheit zum Schuss erhält und treffsicher ist. Aber ich spreche vom Zweikampf mit Klingen. Mit Schnelligkeit und Geschick lässt sich Eure Waffe überwinden.«

»Ja?«

»Ich zeige es Euch. Nehmt Euer Schwert.«

Aiko zog einen ihrer Dolche, während Burel Kampfhaltung einnahm.

»Schlagt auf mich ein«, sagte Aiko.

»Was?«

»Schlagt auf mich ein«, wiederholte sie. »Zeigt keine Gnade.«

»Das werde ich nicht tun.«

»Wenn Ihr etwas lernen wollt, wenn ich Euer Lehrer sein soll, müsst Ihr tun, was ich sage. Jetzt schlagt nach mir, und macht Euch keine Sorgen, denn ich werde ausweichen.«

Burel biss die Zähne zusammen und führte einen halbherzigen Hieb aus.

Aiko wich mühelos aus. Kopfschüttelnd schob sie den Dolch wieder in den Gürtel. »Ihr wollt nichts von mir lernen.« Sie machte Anstalten, sich abzuwenden.

»Doch, das will ich«, sagte Burel. »Ich will nur nicht meine Lehrerin töten.«

Aiko drehte sich wieder zu ihm um und fasste ihn ins Auge. »Dann müsst Ihr mir vertrauen.« Sie zog den Dolch wieder aus der Scheide.

Burel starrte sie lange an. Dann packte er sein Schwert, und diesmal pfiff die Klinge durch die Luft, als er kraftvoll zuschlug. Doch Aiko wich wieder geschmeidig aus, glitt dann schnell wie eine Viper heran und berührte ihn mit der Flachseite des Dolchs am Hals, als ihn die beidhändig geführte Klinge vorwärts riss.

»Toter Mann«, sagte sie, indem sie den Dolch wieder einsteckte. Und in diesem Augenblick ging die Sonne am Rand des roten Beckens auf und tauchte die Welt in ihre goldenen Strahlen.

Zum ersten Mal seit Wochen allein, liebten sich Arin und Egil auf der weichen Matte in ihrer Gästezelle und verloren sich ineinander.

In einer angrenzenden Zelle saß Ferai mit dem Rücken an der Wand, den Kopf in den Händen, und staunte über die Gefühle, die tief in ihrem Inneren aufkeimten, und fragte sich, was sie tun sollte.

In seiner eigenen Zelle befingerte Delon nachdenklich sein Amulett. *Ach, Ferai, meine süße Ferai, mein ganzes Leben habe ich über Amouren gesungen, die Berührung der Liebe aber selbst nie gespürt. Fühlt es sich so an? Bin ich wahrhaftig verliebt?*

Auf seiner Matte in einer anderen Zelle schnarchte Alos vor sich hin. Der alte Mann war müde von der langen Reise. Außerdem war er müde, weil er vom Heulen des Dämonenhorns mitten in der Nacht aus dem Schlaf gerissen worden war und kreischend damit begonnen hatte, unter sein Bett zu kriechen, ehe ihm wieder einfiel, dass es nur eine mechanische Vorrichtung war, die den Ton erzeugte. Der alte Mann hatte in den Flur gerufen, dass man unter diesen Umständen kein Auge zubekäme, doch Augenblicke später hatte er bereits wieder geschnarcht.

In der großen Zeremonienhalle versammelten sich die Priesterinnen Ilsitts um den in den Boden gemeißelten Kreis zur Morgenandacht, und ihre lieblichen Lieder, welche die Frauen zu Ilsitts Lobpreis sangen, hallten durch die Gänge und Flure des Temples und auch durch das rote Becken. Sie baten um gute Ernte, um Herzensruhe und um Frieden.

Draußen auf der roten Ebene führte Aiko Burel langsam durch einen tödlichen Schwerttanz.

Es war schon Vormittag, als sie sich zum Frühstück versammelten. »Äbtissin Mayam ist auf dem Feld, aber sie lässt ausrichten, dass sie Euch beim Mittagessen Gesellschaft leisten wird«, sagte Jasmine, während sie ihnen Tee servierte und kleine Portionen Hafergrütze auf Teller füllte, um den Hunger ihrer Gäste bis zum Mittagsmahl zu stillen.

Seite an Seite begannen Egil und Arin ihre Grütze zu löffeln. Alos schien hingegen noch müde zu sein und stocherte in seiner Grütze herum. Delon setzte sich neben Ferai und schenkte ihr ein schüchternes Lächeln, das sie auf gleiche Weise erwiderte. Burel und Aiko, deren Haare schweißverklebt waren, nahmen ein Ende des Tisches in Beschlag und begannen ein Gespräch über spezielle Methoden der Abwehr einer Klinge und der Mittel, sie zu durchbrechen, wobei sie Tee und Grütze gar nicht beachteten. Schließlich sah Aiko ihren Schüler an und sagte: »Esst auf, und wenn wir fertig sind, zeige ich Euch, was ich meine.« Der lernbegierige Burel schaufelte die Grütze rasch in sich hinein, denn je schneller er fertig war, desto eher konnten Aiko und er mit ihrer Übungsstunde weitermachen. Doch Aiko aß langsam und bedächtig, ebenso konzentriert, als wenn sie ihre Waffen pflegte.

Ferai betrachtete ihre Grütze angewidert und sagte: »Nun, Dara, falls Burel hier sich als Der Verfluchte Bewahrer Des Glaubens Im Labyrinth erweist, wird es Zeit, den Schatz zu jagen.«

Burel hielt mit dem Löffel vor dem Mund inne und sah sie an: »Schatz?«

»Den grünen Stein.«

»Ach so.«

»Er muss ein Vermögen wert sein, müsst Ihr wissen. Das heißt, für den richtigen Käufer.«

Arin sagte: »Ferai, ich betrachte ihn nicht als Schatz, sondern als Gegenstand, den wir den Magiern bringen müssen – denjenigen im Schwarzen Berg oder jenen auf Rwn.«

Ohne zu antworten, tauchte Ferai ihren Löffel in die Grütze, doch Burel sagte: »Wie wird er in dem Rätsel noch gleich genannt?«

Arin seufzte. »Die Jadeseele.«

Delon klopfte mit dem Löffel im Takt auf den Stuhl und skandierte dazu:

»Die Katze Die In Ungnade Fiel;
Einauge In Dunklem Wasser;
Den Deck-Pfau Des Wahnsinnigen Monarchen;
Das Frettchen Im Käfig Des Hochkönigs;
Den Verfluchten Bewahrer Des Glaubens Im Labyrinth:
Diese nimm mit,
Nicht mehr,
Nicht weniger,
Sonst wird es dir nicht gelingen,
Die Jadeseele zu finden.«

Burel nickte und lehnte sich dann zurück. »Und was glaubt Ihr, was das Rätsel meint, wenn es den grünen Stein eine ›Jadeseele‹ nennt?«

Aiko zuckte die Achseln, doch Alos sagte: »*Huah*, Burel, ich hätte gedacht, Ihr wüsstet es.«

»Ich?«

»Ja. Wenn man bedenkt, dass Ihr schon immer in einem Tempel lebt, sollte man meinen, dass Ihr Euch mit Seelen auskennt.«

Burel lächelte und zuckte die Achseln.

Aiko sagte: »Wenn man einigen der Priester in Ryodo Glauben schenken kann, ist das vielleicht eine Seele, die wartet. Sie behaupten, dass die Seelen der Verstorbenen hier in dieser Welt wiedergeboren werden.«

Ferai sah die Ryodoterin an. »Wiedergeboren?«

»Nicht, dass ich es für wahr halte«, sagte Aiko.

»Nur weiter«, forderte Burel sie auf.

Aiko seufzte. »Sie glauben, jedes Lebewesen hat eine Seele, sei es ein Wurm oder ein Schmetterling, ein Fisch, ein Adler, eine Person oder ...«

»Was ist mit Pflanzen?«, unterbrach Ferai.

Aiko schüttelte den Kopf. »Ich glaube nicht.«

Egil sah Arin an. »Nicht einmal die Greisenbäume?«

Aiko zuckte die Achseln. »Das kann ich nicht sagen. Es ist nicht mein Glaube, und daher habe ich seine Lehren nicht eingehend studiert.«

Burel beugte sich auf seinem Stuhl vor. »Fahrt fort, edle Aiko. Ich möchte gern hören, was Ihr zu sagen habt. Was passiert mit diesen Seelen?«

Aiko schenkte ihm eines ihrer seltenen Lächeln. »Eine bestimmte Seele, sagen wir Eure, nimmt mit jedem Tod und jeder Wiedergeburt eine höhere Form an, bis sie das Menschsein erreicht. Wenn Ihr dann ein ehrenvolles Leben lebt, gelangt Ihr auf eine höhere Seinsebene. Doch wenn Ihr in Schande lebt, wird Euer Status nach der Wiedergeburt niedriger sein. Wenn Euer Leben unehrenhaft genug war, könntet Ihr sogar als Wurm zurückkehren ... oder Schlimmeres.«

»Du meine Güte«, flüsterte Delon. »Da sollte ich wohl besser aufpassen.«

Doch Burel sah Aiko aufmerksam an. »Und wenn eine Person, wenn *ich* bei jeder Wiedergeburt in großer Ehre lebe und niemals zurückfalle?«

»Dann gelangt Ihr letzten Endes ins Paradies. Man hat mir gesagt, dass dies die letzte Stufe ist und der Kreislauf dann endet. Es heißt, dies sei der wahre Zweck des Lebens: zu lernen, zu wachsen, den Kreislauf der vielen Leben zu durchwandern, um am Ende ins Paradies zu kommen.«

»Und viele glauben das?«

Sie nickte. »In Ryodo ja. Ich selbst glaube nicht an Seelen und ein Leben nach dem Tod.«

Sie aßen eine Weile schweigend weiter, und dann sagte Delon: »Sagt mir, Aiko, wenn der Tod endgültig ist und es danach nichts mehr gibt, was spielt es dann für eine Rolle, was wir im Leben tun? Warum nehmen wir uns dann nicht einfach alles, was wir wollen, ganz egal, was wir anderen damit antun? Ich meine, wenn nach dem Tod nichts mehr kommt – keine Belohnung, keine Bestrafung, keine Wiedergeburt in einen höheren oder niedrigeren Zustand –, warum tun wir dann nicht einfach, was immer uns in den Sinn kommt?«

Ferai sah Delon an. »Ihr meint ...?«

»Ich meine rauben, morden, schänden – unsere dunkelsten Gelüste befriedigen, tun, was immer uns beliebt.«

Ferai blickte zu Boden, als könne sie ihm nicht in die Augen sehen, doch Aiko sagte: »Es liegt keine Ehre in dem, was Ihr da vorschlagt.«

»Das ist mir klar«, erwiderte Delon, »aber was soll's? Ich meine, warum nicht unehrenhaft sein? Sich nehmen, was immer man begehrt? Wenn der Tod das Ende ist, spielt es auf lange Sicht keine Rolle.«

»*Hai*, nach dem Tod vielleicht nicht«, sagte Aiko. »Aber im Leben schon. Ehrenhafte Leute mögen manchmal die Taten der Unehrenhaften fürchten. Unehrenhafte Leute fürchten nicht nur die Taten von ihresgleichen, sondern auch die gerechte Bestrafung und Vergeltung. Wenn wir alle in Unehre lebten, würden wir alle in Furcht leben. Aber wenn alle ehrenvoll leben und einander achten, können alle behaglich und frei von Furcht leben.«

Delon hob einen Finger. »Ist es im Wesentlichen nicht so? Ich meine, wir leben alle einigermaßen frei von Furcht und behaglich unter der Gerechtigkeit des Königs.«

»Ha!«, meldete Ferai sich zu Wort. »Ich habe nichts für die Gerechtigkeit des Königs übrig.«

Delon sah sie an.

»Ich war unschuldig«, verkündete sie.

»Fehler werden gemacht, mein Schatz. Ich wollte damit sagen, ist es nicht so, dass die Leute unter der Herrschaft von Königen und Fürsten im Wesentlichen frei von Furcht leben?«

Arin stellte ihre Tasse ab und sagte: »Nein, Delon, es ist

nicht so. Denkt an Gudrun. War ihre Gerechtigkeit frei von Furcht? Leben dort alle einigermaßen behaglich? Wenn ja, was ist mit den Leibeigenen? Bedenkt, sie heißt Sklaverei gut, und das tun viele Monarchen. Tatsächlich fürchte ich, dass es sehr viel Ungerechtigkeit in der Welt gibt, Könige hin oder her. Aber das entschuldigt weder Eigensucht noch Willkür. Aiko hat Recht: Wir könnten alle behaglich und frei von Furcht leben, wenn alle die Rechte des Einzelnen achten würden, und zwar nicht nur auf kurze Sicht, sondern auch auf lange Sicht.«

»Auf lange Sicht?«

»Ja, Delon. Vergesst nicht, ich bin eine Dylvana – eine Elfe –, und das Alter hat keine Gewalt über mich und meinesgleichen. Wir können durch Unfall, Krieg, Krankheit, Gift, Böswilligkeit und Pech sterben, aber ansonsten liegt die Ewigkeit vor uns. So stehen wir immer am Beginn unseres Lebens, wie viele Jahre auch bereits verstrichen sein mögen. Daher ist es unsere natürliche Neigung, Dinge auf lange Sicht zu betrachten.«

»Du meine Güte«, rief Burel aus.

Alle Augen richteten sich auf ihn.

Er zuckte die Achseln. »Ich habe nur überlegt, wenn es stimmt, was Aiko uns über die Seelen und die Wiedergeburt erzählt hat, und wenn Elfen ewig leben – von der Möglichkeit eines Schwertstreichs oder eines Unfalls einmal abgesehen –, dann ist Tod und Wiedergeburt jenseits ihrer Reichweite. Wie wollt Ihr dann jemals ins Paradies gelangen?«

Arin lächelte. »In der Tat, Burel, wenn es stimmt, was die Priester in Ryodo behaupten, dann müssen die Elfen sich ohne den Vorzug einer Wiedergeburt zu einem höheren Zustand weiterentwickeln.«

Egil nahm Arins Hand und küsste ihre Finger. »Diese Entwicklung hat bereits begonnen, Liebste.«

»Das hat sie in der Tat, aber woher weißt du das?«

»Du warst es doch, die mir von dem Mann erzählt hat, der die Elfen aus ihrem Wahnsinn gerissen hat, indem er sagte: ›Dann soll es mit mir beginnen.‹«

Jetzt hob Arin seine Hand an die Lippen und erwiderte die Küsse.

Delon seufzte und sah Aiko an. »Vielleicht haben diese Landsleute von Euch Recht, Aiko. Vielleicht hat ja die Art, wie wir unser jetziges Leben gestalten, Einfluss darauf, in welchen Körper wir wiedergeboren werden. Wenn ja, habe ich noch viel zu tun, ehe ich mich zur letzten Ruhe betten kann. Nicht, dass ich etwas wirklich Schlimmes getan hätte, aber ich habe auch nichts wirklich Gutes getan.«

Delon sah Ferai an und lächelte, doch sie begegnete seinem Blick noch immer nicht.

Nach dem Frühstück widmeten Aiko und Burel sich wieder ihren Schwertübungen, und Jasmine nahm die übrigen Gefährten mit auf einen Besichtigungsrundgang durch das Tal, wo der größte Teil des Landes, der nicht aus nacktem Fels bestand, als Felder und Gärten genutzt wurde. Die Erde wurde mit lieblichem Quellwasser bewässert und durch zusätzliches Düngen fruchtbar gemacht.

»Wie kommt Ihr an Fleisch?«, fragte Egil neugierig.

»Wir haben nur selten welches«, sagte Jasmine. »Dort drüben ist ein Gehege mit Geflügel, das wir hauptsächlich wegen der Eier halten, aber hin und wieder liefern die Tiere uns auch eine Mahlzeit. Käse ist jedoch mehr nach unserem Geschmack, und der wird uns manchmal von einigen unserer Anhänger von draußen gebracht.«

»Ich glaube nicht, dass ich so leben könnte«, raunte Delon Ferai zu, während sie Jasmine zu den Wohnquartieren folgten, die in die Felswände gehauen waren. »Ich meine, ab und zu brauche ich einfach ein Stück gebratenes Fleisch – ein leckeres Filetstück oder dergleichen – und einen Krug mit kräftigem Ale. Und Süßigkeiten, ja, sicher, vor allem Süßigkeiten. Und frisches, knuspriges Brot, o ja. Und ...«

Ferai lächelte hinter vorgehaltener Hand, während Delon sich ausgiebig über allerlei delikate Speisen ausließ und die Gruppe durch karge Gemächer und kurze Flure schritt, die in den roten Fels getrieben worden waren.

»Ich frage mich, ob die Drimma das alles erschaffen haben«, sagte Arin, als Jasmine sie und ihre Gefährten an Köchinnen und Küchenhilfen vorbei durch eine Küche in einer weiteren behauenen Kaverne führten, in der soeben das Mittagessen, das üppigste Mahl des Tages, zubereitet wurde.

Jasmine legte den Kopf ein wenig schief. »Drimma?«

»Zwerge«, erwiderte die Dara.

»Ich glaube nicht«, sagte Egil. »Von der Größe her scheint alles für Menschen gemacht zu sein, nicht für Zwerge.«

»Vielleicht haben sie es im Auftrag der Menschen erbaut«, sagte Alos, »und sind vor langer Zeit von jemandem dafür angeworben worden.«

Jasmine zuckte die Achseln und führte sie weiter durch Kammern, die von unbekannten Händen angelegt worden waren.

»Wer hat den Weg mit dem Zauber belegt?«

Mayam sah Arin verwirrt an. »Zauber?«

Arin nickte. »Auf der Insel im Himmel ist der Anfang des Weges, der hierher führt, mit einem Zauber belegt. Außerdem scheint auch der Weg selbst verzaubert zu sein. Mit meiner speziellen Sicht konnte ich das halbwegs erkennen.«

Mayam legte Messer und Löffel nieder. »Das war mir nicht bekannt.«

Egil sah von seinem Teller auf. »Wenn Euch davon nichts bekannt war, wie hat der Orden von Ilsitt den Tempel dann überhaupt entdeckt?«

Die Äbtissin hob die Hände und drehte sie. »Auch das weiß ich nicht. Manche sagen, die Flüchtlinge seien von der Herrin persönlich geführt worden.« Mayam beschrieb ebenso wie Burel Kreise mit Daumen und Zeigefingern.

»Wie finden denn Eure Anhänger von draußen hierher?«, fragte Ferai. »Zum Beispiel diejenigen, welche Euch Vorräte bringen?«

Mayam sah Burel an und sagte: »Sie folgen den geheimen Zeichen.«

Jetzt sah Arin die Äbtissin verwirrt an. »Den geheimen Zeichen?«

»Ja. Sie markieren den Weg hierher.«

»Wir haben keine gesehen«, sagte Arin.

»Dann haben wir heute alle etwas gelernt«, erwiderte Mayam lächelnd.

Eine Zeit lang aßen sie schweigend weiter. Doch dann sagte Aiko, die nach ihren Schwertübungen frisch gebadet war: »Es ist gut und schön, über diese Dinge zu reden, aber wir sind hergekommen, um einen Verfluchten Bewahrer Des Glaubens Im Labyrinth zu finden. Wenn das tatsächlich Burel ist, würde ich gerne hören, warum Ihr das glaubt.«

Mayam wandte sich an Burel. Der große Mann, der ebenfalls gebadet hatte, schob sich ein großes Stück Brot in den Mund. Er kaute einen Moment und schluckte dann. Während ihm eine Akolythin Tee nachschenkte, sagte er: »Die folgende Geschichte hat mir meine Mutter erzählt:

Mein Vater war ein Ritter in Diensten des Hochkönigs. Wie üblich gab es Ärger im Reich, und mein Vater hatte viel zu tun. Doch im Sommer des Jahres 1E9216, vor gut siebenunddreißig Jahren, schienen sich die Probleme zu verzehnfachen. Viele wurden ausgeschickt, um den Grund herauszufinden, darunter auch mein Vater. Allein und in Verkleidung begab er sich zur Insel Kistan, nachdem er seine Haut mit Walnussöl verdunkelt hatte ...«

»Was war mit seinen Augen?«, unterbrach Egil die Erzählung.

»Mit seinen Augen?«

»Waren sie blau wie Eure? Eisblau?«

Burel wandte sich an Mayam. Die nickte und sagte: »Ich meine mich zu erinnern, dass sie tatsächlich blau waren.«

»Sah es dann nicht irgendwie verdächtig aus, dass jemand, der behauptete, ein Kistaner zu sein, blaue Augen hatte?«

Delon schüttelte den Kopf. »Nein, Egil. Die Piraten machen oft Gefangene, darunter auch Frauen, die sie schänden und die ihre Kinder austragen. Unter diesen Mischlingen sind auch viele Kistaner mit heller Haut oder blauen Augen, oder beidem.«

»Mischlinge«, murmelte Arin. »Das ist eine hässliche Bezeichnung.«

»In der Tat«, sagte Burel mit einem wütenden Blick auf Delon. »Ich bin selbst, wie Ihr es nennt, ein Mischling: Meine Mutter Eruth war eine Sarainesin, während mein Vater, Ritter Ukry, aus Gelen stammte.«

»Nichts für ungut«, sagte Delon. »Ich habe es nicht böse gemeint. Ich wollte nur erklären, dass Euer Vater unabhängig von seiner Augenfarbe leicht als Kistaner durchgehen konnte.«

Ferai sagte: »Das mag stimmen, Delon, aber die Piraten in Pendwyr in den Zellen neben mir hatten alle dunkle Augen.«

Mayam klopfte auf den Tisch. »Das ist vollkommen bedeutungslos für Burels Geschichte.« Sie wandte sich an den großen Mann. »Fahrt bitte fort.«

»Gut zwei Jahre nach seiner Ankunft in Kistan wurde mein Vater zufällig Besatzungsmitglied auf dem Schiff eines mächtigen Magiers. Das Schiff segelte nach Aban, wo der Magier an Land ging, um sich mit einem Hohepriester der Fäuste von Rakka zu treffen.

Während sich die beiden berieten, entdeckte mein Vater in der Kabine des Zauberers eine Truhe mit Schriftrollen. Normalerweise war die Truhe verschlossen, aber an diesem Tag war der Magier in großer Eile gewesen, und so war sie offen. Diesen Schriftrollen konnte mein Vater entnehmen, warum die Piraten so viele Überfälle unternahmen. Mit dem Erlös der Überfälle sollte ein großer und schrecklicher Feldzug finanziert werden. Eine der Schriftrollen berichtete aber auch davon, dass ein mächtiger Talisman versteckt worden sei – ein grüner Stein, der in einer silbernen Schatulle aufbewahrt wurde. Doch bevor mein Vater die Schriftrolle zur Gänze lesen konnte, kehrte der Magier zurück, und mein Vater entging der Entdeckung nur ganz knapp. Dennoch hatte er genug erfahren, um dem Hochkönig berichten zu können, was vorging, und an jenem Abend ging er von Bord und floh.

Doch anscheinend fand der Magier heraus, dass er die Truhe offen gelassen hatte, und durch Zauberei oder andere Mittel – wer kennt sich schon mit den Mitteln aus, die Magiern zur Verfügung stehen? – entdeckte er, dass mein Vater in der Kabine gewesen war und die Kiste untersucht hatte. Erzürnt schickte der Magier einige Besatzungsmitglieder los, um meinen Vater wieder einzufangen.

Irgendwie erfuhr mein Vater, dass sie hinter ihm her waren, und er suchte die Hilfe der Gegner der Fäuste von Rakka. Schließlich traf er auf meine Mutter Eruth und floh mit ihrer Hilfe und Führung, doch man war ihnen auf den Fersen. Nachdem sie das ganze Land durchquert hatten, gelangten sie letzten Endes hierher, denn sie war eine Anhängerin Ilsitts und kannte den Weg.

Doch als die Männer des Magiers auf das Schiff zurückkehrten und erzählten, dass sie die Spur im Labyrinth verloren hatten, beschwor der Magier einen grausamen Dämon und beauftragte ihn mit der Verfolgung, jedenfalls glauben wir das.

Dieser Dämon kam an das Tor und forderte meinen Vater heraus. Er brüllte mit entsetzlicher Stimme, er werde sterben, weil er vom grünen Stein wisse.

Mittlerweile war meine Mutter mit mir schwanger, und

mein Vater nahm sein Schwert, zog sich Rüstung und Helm an und machte sich auf, den Dämon zu töten.«

Burel wandte sich an Mayam. »Hier solltet Ihr fortfahren, denn an dieser Stelle wurdet Ihr Zeugin der Geschehnisse.«

Mayam räusperte sich. »Drei Tage brüllte das Ungeheuer, drei Tage schrie es seine Wut unablässig heraus, und der Dämon verkündete, er werde erst gehen, wenn Ulrys Blut die roten Felswände beflecke. Eruth flehte *Yâ Sîdi* Ulry an, nicht zu gehen, denn auf dem heiligen Boden waren sie sicher, da Dämonen die geweihte Erde fürchten. Doch *Yâ Sîdi* Ulry blieb hart und sagte, er könne nicht dulden, dass ein Dämon ihn jage oder hinter dem Blut seines Kindes her sei, denn er glaubte, diesen Befehl hätte der Zauberer dem Dämonen erteilt. Am vierten Tag legte *Yâ Sîdi* Ulry seinen Brustharnisch und Helm an, nahm sein großes Schwert und ging, als die Sonne am höchsten stand.

Damals war ich nur eine Akolythin, und meine Aufgabe an jenem schicksalhaften Tag vor gut fünfunddreißig Jahren bestand darin, auf der Klippe über dem Eingang Wache zu stehen. Obwohl ich fast zwölfhundert Fuß über dem Kampfplatz stand, konnte ich die Ereignisse sehr deutlich sehen:

Yâ Sîdi Ulry kam mit seinem großen Schwert heraus, um dem schwarzen Ungeheuer entgegenzutreten, das unten in der Schlucht auf ihn wartete. Das Wesen hatte selbst ein Schwert, eine nachtschwarze Klinge, die seiner eigenen Schwärze entsprach. Mit großem Geschrei stürzten sie aufeinander los. *Yâ Sîdi* Ulry kämpfte heldenhaft, doch was immer er auch tat, der Dämon schien gegen jeden Schaden gefeit zu sein. Und er lachte und spielte mit seinem menschlichen Gegner, aber schließlich erschlug er ihn und trennte ihm mit einem einzigen, entsetzlichen Hieb den Kopf ab.

Dann marschierte er vor dem Eingangstunnel auf und ab, hob dabei *Yâ Sîdi* Ulrys Kopf an den Haaren empor, brüllte seinen Sieg heraus und forderte Eruth auf, herauszukommen und sich ihm ebenfalls zu stellen. Doch sie kam seiner Herausforderung nicht nach, und zwei Tage später verschwand er irgendwann in der Nacht. Wann genau er gegangen war, wohin oder warum, wussten wir nicht. Er stand ganz einfach nicht mehr vor den Toren, und seine hasserfüllten Worte waren verklungen.

Erst da wagten wir uns durch das Tor, um *Yâ Sîdi* Ulrys sterbliche Überreste zu holen, und wir weinten um ihn und setzten ihn in einem Hügelgrab bei. Ich glaube, Eruth wollte auf der Stelle sterben, aber sie wusste, dass sie wegen *Yâ Sîdi* Ulrys Kind weiterleben musste, und sie bewahrte *Yâ Sîdi* Ulrys Schwert, Helm und Rüstung für es auf und bedeckte ihren Geliebten dann mit einem Hügel aus Steinen.

Sieben Monate später wurde Burel geboren. Kurz danach brachte die nächste eintreffende Nachschubkarawane die Nachricht, die Pläne der Fäuste von Rakka seien vom Hochkönig vereitelt worden, also schienen unsere Informationen nutzlos zu sein.«

»Nutzlos?«, sagte Egil. »Aber was ist mit dem grünen Stein? Nicht nur war er der Grund für Ritter Ulrys Tod, er ist auch der Grund für unsere Suche.«

Mayam schüttelte den Kopf. »Nach allem, was wir wissen, war er lediglich der Talisman eines Zauberers, und alle Magier haben Talismane, die sie eifersüchtig hüten. Obwohl der Zauberer einen Dämon auf *Yâ Sîdi* Ulry gehetzt hat, weil er von der Existenz des Steins wusste, hatten wir keine Ahnung von seiner Bedeutung, bis wir Dara Arins Geschichte gehört haben.«

Aiko hob eine Augenbraue. »Je weiter wir kommen, desto höher werden die Hürden, die wir überwinden müssen, denn um den grünen Stein zu finden, müssen wir nun die eifersüchtig bewachte Schriftrolle eines Zauberers lesen, und Magier verfügen über tödliche Macht.«

»Augenblick mal«, widersprach Alos. »Bevor sich irgendjemand aufmacht, der Schriftrolle eines Zauberers hinterherzujagen« – er sah Burel an – »wüsste ich gern, warum die Geschichte dieses Mannes ihn zum Verfluchten Bewahrer Des Glaubens Im Labyrinth macht.«

»Es ist Gefahr mit ihm verbunden«, sagte Aiko, indem sie ihre Brust an der Stelle berührte, wo sich ihre Tätowierung befand. »Seitdem wir das Labyrinth erreicht haben, hat mich meine Tigerin beständig davor gewarnt.«

»Die Gefahr – der Fluch – liegt auf dem Blut meines Vaters«, sagte Burel, »jedenfalls hat meine Mutter das behauptet. Blut, wie ich hinzufügen möchte, das auch in meinen Adern fließt.

Meine Mutter glaubte, dass irgendwo auf dieser Welt der Dämon auf mich wartet, derselbe Dämon, der meinen Vater getötet hat. Sie hat mir gesagt, ich sollte diesen heiligen Ort niemals verlassen. Aber ich habe immer gewusst, dass einmal die Zeit kommen würde, in der ich gehen muss, nicht nur, um dem Dämon entgegenzutreten, sondern auch dem Zauberer, der ihn beschworen hat.« Burel wandte sich nun an Arin. »Ich *bin* Der Verfluchte Bewahrer Des Glaubens Im Labyrinth.«

Arin warf einen Blick auf Aiko, die nickte. Die Dylvana holte tief Luft, sah dann den rothaarigen Kämpfer an und sagte: »Ich akzeptiere Euch, Burel.« Dann wandte Arin sich an Mayam. »Sagt mir, Äbtissin, kennt Ihr den Namen des Magiers, der die Schriftrolle über den Stein besitzt?«

Mayam sah Burel an und sagte dann: »Ja, wir kennen seinen Namen. Er lautet Ordrune.«

13. Kapitel

»Ordrune!« Egil hieb mit der flachen Hand auf den Steintisch.

Verblüfft sagte Mayam: »Ja. *Yâ Sîdi* Ulry hat ihn so genannt.«

Egil wandte sich an Arin. »*Das* ist der Grund, warum ich das Einauge In Dunklem Wasser bin, Liebste, denn ich kenne mich in Ordrunes Turm aus.« Unwillkürlich wanderten Egils Gedanken zurück zu jener furchtbaren Zeit:

Die Drökha und der dunkelhäutige Mann hatten Egil an einen Ring im Boden gekettet und ihn dann mit seinem Häscher allein gelassen. Nun sahen Egil und der Magier einander an – der eine stumm, der andere hohnlächelnd.

»Ich bin Ordrune, Kapitän. Und Ihr heißt ...?«

Egil sagte nichts.

»Euer Schweigen ist ohne Bedeutung«, sagte Ordrune. »In Kürze werde ich Euren Namen kennen. Ihr werdet erpicht darauf sein, zu reden.« Der Magier wandte sich ab und ging durch die Kammer.

Der eigentliche Raum war vollkommen rund und hatte einen Durchmesser von vielleicht dreißig Fuß. Hier und da standen Tische, die mit Gerätschaften geradezu überladen waren: Astrolabien und Zahnräder aus Bronze, Destillierkolben und Tongefäße, Mörser und Stößel, durchsichtige Glaskrüge, die mit gelben, roten, blauen und grünen Körnchen gefüllt waren, und Kohlepfannen mit Werkzeugen in der roten Glut. Da und dort lagen auch kleine Metallbarren herum: rotes Kupfer, gelbes Messing, weißes Zinn, leuchtendes Gold, funkelndes Silber und mehr. An den Wänden standen Kisten und Fässer und Schubladenschränke und eine große, mit Eisen umwundene, dreifach verschlossene Truhe, dazu Schreibtische und Schubfächer, die mit Pergamentrollen und Papieren voll gestopft waren. Vier hohe, mit Vorhängen geschmückte Fenster waren in die steinernen Wände eingelassen.

Dies war Ordrunes Laboratorium, sein arkanes Arbeitszimmer. Dies war sein Allerheiligstes, seine Höhle und das Herz der Festung.

Egil ballte die Faust und schüttelte den Kopf, um sich von diesen Erinnerungen zu befreien, von allen bis auf eine. »Ich glaube, ich habe sogar die Truhe gesehen, in welcher die Schriftrolle aufbewahrt wird.« Egil wandte sich an Burel. »Sie ist so groß« – Egil hielt die Hände weit auseinander – »mit Eisenbändern umwickelt, und sie ist mit drei massiven Schlössern gesichert.«

Burel hob eine Hand und drehte sie. »Vielleicht. Aber meine Mutter hat sie nie anders beschrieben als die Kiste, die mein Vater eines schicksalhaften Tages unverschlossen entdeckt hat.«

Egil schüttelte den Kopf. »Das spielt keine Rolle, Burel, wir müssen zu Ordrunes Feste gehen, um den Weg zu dem grünen Stein zu finden und uns an dem Magier zu rächen.«

Burel ballte die Faust und nickte, doch Arin sagte: »Nein, Egil, die Rache muss warten, denn das Auffinden des Steins hat Vorrang vor allem anderen.«

»Aber er ist verantwortlich für den Tod meines Vaters«, widersprach Burel.

»Und er hat vierzig gute Männer zu Tode gefoltert«, fügte Egil düster hinzu.

Arin maß die beiden mit bedauernden Blicken. »Trotzdem ist es wichtiger, den Tod einer ganzen Welt zu verhindern, als

Vergeltung an einem einzigen Mann zu üben. Wir müssen uns zuerst die Schriftrolle beschaffen und dann den Stein von Xian finden. Und dafür muss Eure Rache warten.«

Alos schauderte und sagte: »Das ist doch Wahnsinn. Wir können nicht hoffen, einen Magier zu bestehlen. Er wird jedem von uns einen Dämon hinterherschicken, wie er es bei Burels Vater getan hat. Rechnet nicht mit mir. Ich werde mich an so einem Wahnsinn nicht beteiligen.«

Aiko starrte den alten Mann ungerührt an. »Wie ich schon sagte, Alos, was lebt, kann auch getötet werden.«

Alos schüttelte den Kopf. »Vielleicht. Aber wir wissen ja nicht einmal, wo der Turm dieses Magiers ist. Und Kistan ist eine riesige Insel – acht- oder neunhundert Meilen in jeder Richtung, und das meiste davon ist von dichtem Dschungel bedeckt. Dort wimmelt es von Piraten. Wir würden – *Ihr* würdet – ewig die Feste des Zauberers suchen, wenn Euch die Piraten nicht vorher töten. Außerdem ist seine Truhe verschlossen und wahrscheinlich noch zusätzlich durch Magie geschützt.«

»Was die Schlösser angeht, ist mir noch keines untergekommen, das ich nicht öffnen konnte«, sagte Ferai mit Nachdruck.

Delon sah sie überrascht an.

»Mein Vater war Schlosser«, erläuterte sie. »Und Entfesslungskünstler im Zirkus, genau wie ich.«

»Ah, dann wirst du vielleicht deswegen bei diesem Abenteuer gebraucht, meine Teure«, sagte Delon. »Um die verschlossene Truhe des Magiers zu öffnen, wenn Egil Einauge uns hinführt.«

Egil schüttelte den Kopf. »Ich kann Euch zwar zur Truhe führen, nicht aber zum Turm, denn ich weiß nicht, wo er steht. Darin hat Alos Recht: Kistan ist eine große Insel, wie die Karten beweisen, die wir in Aban gekauft haben.« Egil sah Burel an. »Hat Euer Vater gesagt, wo Ordrunes Feste gelegen ist?«

Burel knurrte. »Ich kenne nur den Namen des Ortes, wo mein

Vater in Kistan auf Ordrunes Schiff angeheuert hat, ich kann aber nicht sagen, ob sich dort auch der Turm des Magiers befindet. Aber das Schiff ist von Yilan Koy aus gesegelt, hat meine Mutter gesagt.«

»Yilan Koy?«, fragte Delon. »Ist das eine Stadt?«

Burel zuckte die Achseln. »Das wusste meine Mutter nicht.«

Egil seufzte. »Tja, wenigstens haben wir einen Anfang.«

»Narren«, zischte Alos. »Ihr seid alle größenwahnsinnige Narren.«

Nachdem das Dämonenhorn in der Dämmerung erklungen war, sangen Arin und Delon bei der Abendandacht. Arin trug ein Loblied auf Elwydd vor, Delon einen an Elwydds Vater Adon gerichteten Gesang, in dem er darum bat, diese Zuflucht vor allem Bösen zu bewahren.

Später in der Nacht hallte aus dem roten Tal das Klirren von Stahl auf Stahl, da Aiko im Schein der Laternen Burel weiterhin im Schwertkampf unterwies.

In den nächsten beiden Tagen bereiteten sich Arin und ihre Begleiter auf die Rückkehr zur Hafenstadt Aban vor. In einem Lagerraum fand Mayam den Sattel von dem Kamel, das *Yâ Sîdi* Ulry vor so langer Zeit zum Tempel des Labyrinths gebracht hatte, und sie gab ihn Arin, die eines der Kamele damit sattelte, sodass Burel darauf reiten konnte. Wenn er sich nicht gerade mit Aiko im Schwertkampf übte, bereitete Burel sich ebenfalls auf den Aufbruch vor, denn das Rätsel verlangte: *Nimm diese mit, nicht mehr, nicht weniger …*

Außerdem brauchte Burel Zeit, um sich zu verabschieden, denn nicht alle Akolythinnen Ilsitts hatten Enthaltsamkeit geschworen, und so verbrachten viele die Nächte damit, ihn ein letztes Mal zu besuchen.

In diesen beiden Tagen unternahmen Delon und Ferai viele lange Spaziergänge durch die Tempelanlage und die Gärten, und sie redeten, lachten und sangen miteinander. Ferai erzählte ihm von ihrem früheren Leben beim Zirkus, aber nicht mehr, und Delon redete über seine eigene Kindheit, die er am Rande des Alnawaldes an der Bergkette des Gûnarrings verbracht hatte. Oft begegneten die beiden bei ihren Wanderungen Egil und Arin, da auch die Dylvana und der Fjordländer die Zeit miteinander genossen.

Alos fand heraus, dass die Priesterinnen Ilsitts einen kleinen Vorrat an medizinischem Branntwein hatten, und er umschmeichelte sie und bettelte so lange, bis sie ihm einen Schluck gaben, nur um ihn zum Schweigen zu bringen. Doch mehr gab es nicht, mochte er auch noch so flehen, und so endete er mit einem leeren Glas und einem schrecklichen Durst.

Am Morgen des siebenundzwanzigsten Novembertages wurden sieben der blökenden Kamele für Reiter gesattelt, während die restlichen fünf mit Vorräten für die Reise beladen wurden.

Arin und ihre Gefährten verabschiedeten sich von den Priesterinnen Ilsitts, und die Frauen weinten, als sie Burel gehen sahen, denn er hatte sein ganzes Leben bei ihnen verbracht, und viele sahen in ihm einen Bruder oder Sohn. Anderen war er ein Geliebter gewesen war, bevor sie das letzte Priesterinnengelübde ablegten, und für einige Akolythinnen war er das noch immer. Diese Frauen verabschiedeten sich mit einem letzten Kuss von ihm und fielen dann einander schluchzend in die Arme, während er die Prozession in Helm und Harnisch und mit umgegürtetem Schwert zum dunklen Weg jenseits des Fallgatters führte.

Sie marschierten in den Gang unterhalb der hoch aufragenden Schluchtwand, Burel mit seinem Kamel am Zügel und einem zweiten im Schlepptau, dann Aiko, ebenfalls mit zwei Kamelen, dann Alos mit zweien, dann Ferai mit einem, Delon mit zweien, Egil mit zweien und zuletzt Arin mit ihrem Reittier.

Burel erreichte den scharfen Linksknick, dann den Rechtsknick, und Aiko folgte ihm und seinen übellaunigen Tieren langsam und zog ihre eigenen mürrischen Wüstenschiffe hinter sich her.

Als Burel die Schlucht jenseits des Ganges betrat, rief Aiko, »Vorsicht!«, denn die unbestimmte Gefahr, vor der ihre Tigerin sie seit Erreichen des Labyrinths gewarnt hatte, beherrschte sie plötzlich vollends.

Ein oder zwei Schritte vor Burel trat der Dämon aus einer soliden roten Felswand und zischte ihn an: »Endlich. Beim Blut deines Vaters, ich wusste, du würdest eines Tages herauskommen.« Als wolle er lange untätige Muskeln bewegen, trennte der Dämon mit einem blitzartig geführten Aufwärtshieb seines großen, gezackten Obsidianschwerts dem Kamel den Kopf ab, der in die Höhe flog, während der Leichnam des Tieres im Eingang zusammenbrach und Blut aus dem Halsstumpf sprudelte.

In dem Tunnel brüllten die Kamele vor Furcht, und ihre panischen Schreie hallten durch die Enge, da sie vor dem Gestank des Dämonen zurückscheuten und versuchten, sich ungeachtet der zwischen ihnen gefangenen Leute umzudrehen und zu fliehen.

Draußen zog Burel sein großes Schwert und stellte sich dem monströsen Feind. Das Wesen war gut acht Fuß groß und am ganzen Körper mit einer harten, knochigen Substanz bedeckt – ein glänzend schwarzer Chitinpanzer. Der Dämon hatte Pferdehufe, und die Kniegelenke beugten sich nach hinten. Schmale Schultern saßen auf einem gepanzerten Rumpf, und der Kopf war länglich und hatte eine mit gewaltigen Reißzähnen gefüllte, hundeartig vorspringende Schnauze. Die Augen standen weit auseinander und funkelten. Kräftige Arme baumelten herunter, endeten in langen, knochigen Fingern und hielten ein großes, gezacktes schwarzes Schwert, welches eineinhalbmal so lang wie Burels Waffe war.

Ohne den Tumult im Tunnel hinter sich überhaupt zur

Kenntnis zu nehmen, sprang Burel der schwarzen Erscheinung entgegen, rief, »Ilsitt, hilf mir!«, und schlug mit dem Stahl seines Vaters zu, nur um von der Obsidianklinge des Dämonen mit brutaler Gewalt zurückgeschleudert zu werden, sodass er mit Wucht auf den roten Fels fiel.

Während der Dämon auf seinen fremdartig wirkenden Beinen vorwärts schritt, kam Burel wieder auf die Beine, nahm einen festen Stand ein und schwang sein Schwert in einem gewaltigen, zweihändigen Hieb. Mit dem lauten Klirren von Stahl auf Stein prallte die Waffe gegen die gezackte Klinge und wurde aufgehalten.

Wieder und wieder schwang Burel sein Schwert, und immer wieder parierte der Dämon den Hieb.

Dann schlug der Dämon seinerseits mit schockierender Kraft zu, und Burel flog das Schwert aus den Händen. Noch ehe der Mensch sich rühren konnte, schleuderte ihn die Kreatur mit einem gewaltigen Schlag gegen die rote Felswand, und Burel sank schlaff und bewusstlos zu Boden.

Im Tunnel wurde Aiko von Burels Packtier zurückgeschleudert, als es sich gegen das am Ring in seiner Nase befestigte Seil stemmte, das es mit dem getöteten Tier verband, welches vor dem Ausgang lag, einem Ausgang, vor dem die Schreckenskreatur lauerte. Auch die anderen Gefährten wurden von den nachfolgenden brüllenden Tieren gegen die Wände gedrückt, und sie verloren die Herrschaft über die Kamele und konnten nur noch die Arme über den Kopf halten, um sich so gut wie möglich zu schützen, und versuchen, auf den Beinen zu bleiben, um nicht niedergetrampelt zu werden. Alos schrie vor Furcht auf, Ferai ebenfalls, doch ihre Schreie gingen im allgemeinen Durcheinander unter. Keiner kannte den Grund für den Tumult. Sie wussten nur, dass die Tiere in Panik waren und vor irgendetwas fliehen wollten. Obwohl Aiko rief, »Burel, Ihr seid in tödlicher Gefahr!«, wurde ihre Stimme nicht gehört.

Doch flink, wie Aiko war, ließ sie ihre Kamele los und wich den anderen Tieren und ihren Begleitern aus. Mit gezogenen Schwertern eilte sie vorwärts und sprang über das getötete Kamel, das den Ausgang versperrte.

Der Dämon stand vor Burel und lachte, als er sein Schwert zum tödlichen Schlag hob, dem Schlag, der das beschworene Wesen endlich aus dem bindenden Dienst des Zauberers entlassen und befreien würde. Doch die Kreatur wartete und wartete und wartete, bis Burel die Augen aufschlug und benommen zu der Erscheinung aufschaute. Dann erst sauste die Obsidianklinge herab ... um von Stahl aus Ryodo aufgehalten zu werden.

Aiko war ihm im letzten Augenblick zur Hilfe geeilt.

Arin gelang es, ihr brüllendes Kamel zurück durch das Fallgatter und auf das Tempelgelände zu drängen. Sie ließ das flüchtende Tier los, forderte die versammelten Priesterinnen zur Hilfe auf und rannte mit mehreren Frauen im Gefolge wieder in den engen Gang, in dem noch immer Chaos herrschte. Egil schob sein verängstigtes Führungskamel nach hinten, und Arin und die Frauen zogen am auskeilenden Packtier. So gelang es ihnen, zwei weitere völlig verstörte Tiere aus dem Gang zu zerren, die sofort über den rötlichen Fels davonrannten, kaum dass sie der Enge entkommen waren.

Jetzt liefen Egil, Arin und zwei der Priesterinnen wieder in den Tunnel, um Delon dabei zu helfen, seine beiden Tiere aus dem Gang zu schaffen.

Shang! Aiko konnte den kraftvollen Abwärtshieb des Dämonen nicht aufhalten, sondern nur ablenken, und die Obsidianklinge traf ihre Waffe mit entsetzlicher Wucht, glitt dann über ihre Schneide und fuhr neben Burels Kopf in den roten Fels.

Während die schwarze Klinge roten Fels zerschmetterte, schlug Aiko mit ihrem zweiten Schwert auf den Hals der Kreatur, doch der Dämon lenkte die Klinge mit seinem kräftigen Arm ab, den er in die Höhe riss, sodass ihre Klinge über den Chitinpanzer schabte wie über eine Rüstung.

Aiko führte ihre rechte Waffe nach oben, doch der Hieb wurde wiederum von der schwarzen Klinge des Dämonen pariert.

Die Kriegerin sprang nach links in die Flanke der Kreatur, doch der Dämon fuhr blitzschnell herum und versuchte, sie mit dem Schwert zu treffen. Im Zurückweichen gelang es ihr, den Hieb abzulenken.

In einem Wirbel aus Stahl griff Aiko an, doch der Dämon wehrte die Hiebe ihrer zwei Klingen mit seinem einzelnen schwarzen Schwert ab. Wieder sprang Aiko zurück, die jetzt schnell und angestrengt atmete.

Sie hielten kurz inne, und so, als erwäge der Dämon, welchen dieser beiden Menschen er zuerst töten solle, sah er Burel an, der immer noch benommen war und sich vergeblich bemühte, auf die Beine zu kommen. Dann wandte der Dämon seinen länglichen Schädel Aiko zu. Von den Zähnen tropfte zäher Geifer, und die weit auseinander stehenden Augen funkelten sie an.

»Bakamono!«, zischte er in Aikos Muttersprache, und dann hob das acht Fuß große Ungeheuer sein gezacktes schwarzes Schwert und schritt mit seinen Hufen auf sie zu.

Delons brüllende Kamele waren aus dem Tunnel geschafft worden, und nun wollten er, Egil und Arin sich Ferais Tier widmen, doch als sie den Gang betraten, kam ihnen das verstörte Kamel bereits rückwärts entgegen, da die Ausbildung, die Ferai im Zirkus genossen hatte, ausreichte, um mit dem Tier fertig zu werden. Noch während dieses Kamel losgelassen wurde, sodass es in die Weite des Tals flüchten konnte, machte Ferai wieder kehrt, lief in den Tunnel zurück und rief dabei: »Alos ist vielleicht hingefallen und könnte zu Tode getrampelt werden.«

Shing-shang, kling-klang, chang-shang ... Der Stahl von Aikos Klingen klirrte gegen das Dämonenschwert, während sie angriff und zurückwich, parierte und konterte. Aber Kraft und Schnelligkeit des Dämonen trieben sie immer weiter zurück, und sie hatte allergrößte Mühe, sich der Kreatur zu erwehren. Noch nie hatte sie so einem Gegner gegenübergestanden, denn er war über alle Maßen stark, seine Hiebe waren blitzschnell und kraftvoll, und seine Deckung schien undurchdringlich zu sein. Der Dämon fegte ihre eigenen zwei Klingen beiseite, als würden sie von einem Anfänger geführt. Ihre Shuriken waren verbraucht und lagen irgendwo auf dem blutroten Fels, von dem schwarzen Schwert aus der Luft geholt. Und nun trieb das Ungeheuer sie gegen eine der blutroten Schluchtwände.

Shing ...! Das Schwert in Aikos linker Hand flog sich überschlagend durch die Luft und fiel in einiger Entfernung auf den roten Stein.

Shkk ...! Die schwarze Klinge fuhr nieder und schnitt durch Leder und Bronze, und Aikos rotes Blut quoll aus einem diagonalen Schnitt, der über ihre Brust verlief.

Ching-chang-shing-shang ... Jetzt focht sie nur noch mit einer Klinge, und das schwarze Schwert des Dämonen und ihr eigener Stahl wirbelten so schnell, dass sie nur noch verschwommen zu sehen waren. Es war jedoch ein aussichtsloser Kampf, den sie letztendlich nicht gewinnen konnte.

Kling ...! Jetzt flog das verbliebene Schwert durch die Luft und landete klirrend auf dem Fels.

Verzweifelt griff Aiko nach dem Dolch in ihrem Stiefel, doch der Dämon versetzte ihr einen Fausthieb, der sie zu Boden warf. Das Ungeheuer beugte sich vor, packte mit seinen langen, knochigen Fingern ihre mit Bronzeschuppen besetzte

Rüstung und riss sie in die Höhe, um sie zu enthaupten. Doch Aikos Lederrüstung riss entlang der Seitennähte, und sie fiel zurück, während die rote Tiger-Tätowierung zwischen ihren Brüsten entblößt wurde.

Der Dämon zuckte zurück, und seine Augen weiteten sich beim Anblick des arkanen Hautbildes. Von überall und nirgendwo ertönte ein erzürntes Röhren – RRRUH! – wie das heisere Gebrüll einer wilden Bestie, und in diesem Augenblick drehte Aiko mit einer Kraft, die sie allein nicht besaß, das schwarze gezackte Schwert des Dämonen in dessen Hand um und stieß dem Ungeheuer die Klinge in den Bauch, deren Heft immer noch von der Hand des Dämonen umklammert war.

Zornige Flammen loderten aus dem Rumpf des Dämonen, und das Wesen kreischte gequält, bäumte sich auf und versuchte erfolglos, die brennende schwarze Klinge aus seinem Rumpf zu ziehen, aber in diesem Augenblick – *Shkkk!* – schlug Burels zweihändig geführtes Schwert dem Dämonen den Kopf ab, und das lodernde, enthauptete Ungeheuer kippte zur Seite und war schon tot, als es auf den Boden fiel.

Burel ließ seine Klinge fallen, hob die blutende Aiko vom roten Felsen auf und eilte mit ihr trotz ihrer Proteste – »Meine Schwerter. Holt meine Schwerter.« – dem Tunnel und der Hilfe der Heilerinnen im Tempel entgegen. Als er die Öffnung erreichte, tauchte gerade Egil darin auf, der über das tote Kamel kletterte.

»Was …?«, hub Egil an, doch in diesem Augenblick gab es eine gewaltige Explosion, und die Druckwelle schleuderte Burel und Aiko gegen Egil, sodass alle drei auf den blutverschmierten Fels vor dem Eingang fielen.

14. Kapitel

In einem weit entfernten Turm auf der Insel Kistan hallte der Äther innerhalb des Allerheiligsten von einem nie gehörten Ton wider. Der Schwarzmagier hob den Blick von dem arkanen Buch, in dem er las, und neigte den Kopf, als lausche er.

Ah, der Dämon Ubrux ist nicht mehr auf dieser Ebene, was bedeutet, dass sein Geas erfüllt ist.

Still in sich hineinlächelnd, konzentrierte Ordrune sich wieder auf das Grimoire in seinen Händen.

15. Kapitel

Seine Ohren klingelten noch von dem Lärm, als Burel sich mühsam aufrappelte, Aiko wieder aufhob, und so Egil die Möglichkeit gab, aufzustehen. In diesem Augenblick kamen auch Delon, Ferai und Mayam nach draußen.

»Was hat hier solchen Krach gemacht?«, fragte Delon, während er über das tote Kamel hinwegkletterte und den Schauplatz des Kampfes betrachtete. »Und was ist hier vorgefallen?«

»Sie ist verwundet«, grollte Burel.

»Hier, lasst mich sehen«, sagte Mayam.

Während die Äbtissin das zerschnittene Leder anhob, um die Wunde zu untersuchen, mühte sich die blutende Aiko kraftlos, sich aus Burels Armen zu lösen. »Meine Schwerter. Holt meine Schwerter.«

»Wo sind sie?«, fragte Ferai.

»Da hinten irgendwo«, erwiderte Burel mit einem Kopfnicken in die ungefähre Richtung.

»Lasst zu, dass man sich um Euch kümmert, Aiko«, sagte Ferai mit einem Blick in die rote Schlucht, wo überall schwarze Fetzen brannten. »Ich hole Eure Schwerter.«

»Shuriken«, sagte Aiko und verlor das Bewusstsein.

Stirnrunzelnd schaute Mayam von Aiko zu Burel. »Das verstehe ich nicht. Ihre Wunde sieht nicht sehr ernst aus, trotzdem ... Wir müssen sie nach drinnen schaffen, wo wir sie behandeln können. Es könnte Gift sein.« Die Äbtissin wandte sich an Egil und Delon. »Ihr beide und du, Burel, reicht sie über das tote Tier hinweg.«

Egil und Delon kletterten zurück, wobei Egil auf halbem Weg stehen blieb und Delon ganz in den Gang zurückkehrte. Dann reichte Burel die Ryodoterin an Egil weiter, der sie Delon gab. Burel kletterte über das tote Kamel, um die bewusstlose Kriegerin flankiert von Delon und Mayam in den Tempel zu tragen.

Hinter ihnen marschierten Egil und Ferai vorsichtig in die Schlucht. Egil hielt jetzt seine Axt in den Händen und Ferai ihre Dolche. Teile der schwarzen Kreatur lagen hier und da brennend auf dem roten Fels, andere wirkten in den dunkelroten Schatten wie Obsidiansplitter.

»Adon«, hauchte Ferai mit geweiteten Augen. Sie starrte auf den länglichen, mit Reißzähnen bewehrten Chitinschädel des Ungeheuers, dessen boshafte Augen gerade unter ihrem Blick glasig wurden. »Was war das nur für ein Ding?«

Egil kauerte sich nieder und schaute genauer hin. Schließlich holte er tief Luft und sagte: »Ich glaube, wir sehen hier den Dämon vor uns, der Burels Vater erschlagen hat ... oder vielmehr seine Überreste.«

»Elwydd! Müssen wir jetzt jedes Mal gegen eines von diesen Dingern kämpfen, wenn Burel durch das Tor geht?«

Egil erhob sich. »Bei Adons Männlichkeit, ich hoffe nicht.«

Gemeinsam durchstreiften sie die Schlucht, und Ferai hob eines von Aikos Schwertern und vier Shuriken auf, während Egil Burels Zweihänder nahm. Als Ferai niederkniete, um Aikos zweites Schwert aufzuheben, sagte sie: »Lord Adon, Egil, seht Euch diese Hand an.«

Der Fjordländer kam zu ihr. Eine der langfingrigen, knochigen Hände des Dämonen mit einem Stück seines schwarz gepanzerten Arms daran lag auf dem roten Fels. »Wie groß war dieses Ungeheuer?«, fragte Ferai mit einem Blick auf die Hand, die dreimal so lang war wie ihre eigene.

Egil hockte sich neben sie und schüttelte zögernd den Kopf. »Das kann ich nicht sagen, aber mit solch einer rechten Hand muss es riesig gewesen sein.«

»Seht mal da«, sagte Ferai und zeigte auf das Handgelenk. Vier tiefe Furchen waren in dem Chitin zu sehen, aus denen schwarzer Schleim quoll. »Das sieht aus, als sei der Dämon von einer wilden Bestie gekratzt worden.«

»Nein, Gift ist keins im Spiel«, sagte Mayam, die gerade das Blut abwusch, »jedenfalls glaube ich das nicht.«

»Warum ist sie dann bewusstlos?«, grollte Burel. Der große Mann saß neben Aikos Bettstatt und hielt ihre Hand.

»Bei der Gnade Ilsitts, ich würde sagen, dass sie einfach vollkommen entkräftet ist.«

Delon warf einen Blick auf die reglose Ryodoterin. »Entkräftet?«

»Es ist so, als habe sie eine übermenschliche Anstrengung unternommen, die sie völlig überfordert hat.«

Burel knurrte zustimmend, dann sagte er. »Sie hat dem Dämon dessen eigenes Schwert in den Leib gestoßen, obwohl das Ungeheuer viel stärker war als jeder Mensch. Ich hätte nicht gedacht, dass jemand, der so klein ist, solche Kraft haben könnte.«

Mayam nickte. »Vielleicht hat sie das so erschöpft.«

Die Äbtissin wandte sich an Arin, die Alos gerade einen festen Verband um die Rippen anlegte. Der alte Mann ächzte und verfluchte die dummen Kamele mit leiser Stimme, da der Schlaftrunk langsam wirkte. Während Alos' Worte in ein unverständliches Murmeln übergingen, sagte Mayam: »Dara, würdet Ihr die edle Aiko untersuchen?«

Arin löste sich von Alos, der zu schnarchen anfing, und ging zu Mayam. Während die Äbtissin das hervorquellende Blut abtupfte, untersuchte die Dylvana die lange, diagonale Wunde. Dann drückte Arin ihre Wange auf Aikos Stirn. »Ich spüre kein Fieber.« Sie richtete sich wieder auf. »Hat sie sonst noch eine Wunde erhalten?«

»Nein.«

Arin runzelte die Stirn und schüttelte den Kopf. »Das muss genäht werden. Habt Ihr Zwirn?«

Mayam gab einer der Akolythinnen ein Zeichen, und sie reichte der Dylvana eine gebogene Nadel, in die feiner Zwirn eingefädelt war. Arin beäugte Nadel und Faden im Licht der Laterne. »Ist die Wunde ausreichend sauber?«

»Sie hat lange genug geblutet«, erwiderte Mayam.

»Dann lasst uns anfangen.«

Mit kleinen, sorgfältigen Stichen vernähte Arin die Wunde. Burel sah zu und schnitt jedes Mal eine Grimasse, wenn die Nadel eingestochen und der Faden durchgezogen wurde, doch hielt er dabei mit sanftem, stetem Griff Aikos Hand fest.

Egil und Ferai kamen in die Krankenstube, Ferai mit Aikos Klingen, Egil mit Burels. Sie stellten sich neben Delon und sahen zu, wie Arin den langen Schnitt vernähte. Schließlich sagte die Dylvana. »Fertig. Das wäre erledigt.« Sie wandte sich an Mayam. »Habt Ihr heilende Kräuter, damit wir einen Umschlag auflegen können? Gwynthyme? Eretha? Oder etwas in der Art?«

»Einen Umschlag?«

Arin nickte. »Sie hat kein Fieber, und ihre Gesichtsfarbe ist gut, also glaube ich auch, dass die Waffe nicht vergiftet war, aber ein Umschlag kann nicht schaden.«

Mayam nickte und öffnete eine Truhe in der Nähe, der sie Kräuter entnahm. »Ich würde diese nehmen«, sagte sie, indem sie eine Hand voll gelbe Minzeblätter präsentierte.

»Gwynthyme«, sagte Arin beifällig.

»Malak waraka«, sagte Mayam.

Sie fertigten einen Sud aus Gwynthymeblättern – deren minziger Duft sehr erfrischend war –, trugen den warmen, nassen Brei auf ein Tuch auf, legten ihn auf Aikos Wunde und fixierten ihn mit Streifen aus sauberem Leinen. Schließlich trat Arin zurück und begutachtete ihr Werk. Zufrieden nickend, sagte sie: »Jetzt müssen wir die Tigerin schlafen lassen.«

Nun, da Alos betäubt und Aiko bewusstlos war, verließen die anderen leise die Räume der Heilung, nur Burel nicht, der zurückblieb und weiterhin Aikos Hand hielt.

Während Egil, Arin, Delon und Ferai Wache standen, kümmerten die Priesterinnen sich am späten Vormittag um das getötete Kamel im Tunneleingang. Fleisch, Fell und Eingeweide wurden in den Tempel geschafft, wo alles einem Zweck zugeführt wurde. Ein Teil des Fleisches wurde gekocht, der Rest in Streifen geschnitten und zum Trocknen aufgehängt, das Fell wurde ausgeschabt, gesalzen und auf einen Beizrahmen gespannt, während die ungenießbaren und anderweitig unverwertbaren Teile als Dünger auf die Felder wanderten.

Nichts erschien, was die Frauen bei ihrer blutigen Arbeit gestört hätte.

Kurz vor Morgengrauen wachte Aiko auf und fand Burel in einem Stuhl neben ihrem Bett schlafend vor. Er hatte den Kopf auf die Arme gelegt und diese auf ihr Bett. Als sie sich rührte, erwachte er. Er sah sie an und stieß einen Seufzer äußerster Erleichterung aus. Dann fiel ihm auf, wo er sich befand, und er schoss förmlich in die Höhe. »Ich bitte um Verzeihung, edle Aiko, ich wollte nicht ungehörig sein.«

Sie lächelte ihn an, dann wurde sie plötzlich ernst, und sie richtete sich ruckartig auf, sodass ihr das Laken herabrutschte und einen Umschlag hoch über der Brust sowie eine finster dreinschauende rote Tigerin zwischen ihren festen Brüsten enthüllte. »Der Dämon!«

»Erschlagen«, warf Burel ein, der wegsah, während sie ihre Blöße bedeckte. »Ihr habt ihn auf sein eigenes Schwert gespießt. Und dann habe ich ihm noch den Kopf abgeschlagen, obwohl ich meine, dass er da bereits so gut wie tot war.«

Der Schmerz ließ sie ein wenig zusammenfahren, als Aiko sich zurücklehnte und sich umsah: In einem Bett am anderen Ende des Raumes schnarchte Alos. »Wo sind wir?«

»Im Tempel, in den Räumen der Heilung.«

»Und meine Schwerter?«

»Bei der Hand«, erwiderte er mit einem Kopfnicken zum Tisch, wo ihre Klingen und Shuriken lagen. »Ferai hat sie geholt.«

»Und Eure Klinge ...?«

»Egil.«

»Was ist mit der schwarzen Waffe des Dämonen?«

»Sie haben gesagt, es sei keine Spur davon zu finden.«

Aiko warf einen Blick auf den alten Mann. »Und Alos ...?«

»Schrammen, Blutergüsse und ein paar gebrochene Rippen. Ein Kamel ist auf ihn getrampelt, als es versucht hat, vor dem Gestank des Dämonen zu fliehen.«

Plötzlich weiteten sich Aikos dunkle Mandelaugen.

»Edle Aiko?«, fragte Burel stirnrunzelnd.

Sie sah ihn an und berührte ihn an der Hand. »Die Gefahr, Burel: Sie ist verschwunden.«

»Verschwunden?«

»Vollkommen.« Sie grinste und zog ihre Hand zurück. »Ich glaube, Ihr seid nicht länger verflucht.«

Burel rang einen Augenblick mit sich und schien etwas sagen zu wollen, doch dann meinte er nur: »Ich danke Euch, edle Aiko.«

Einen Moment saßen sie schweigend da, dann sagte Burel: »Seid Ihr hungrig?«

»Sehr.«

Burel schoss in die Höhe. »Ich bin gleich mit Eurem Frühstück zurück.«

Während er davoneilte, lächelte sie und glitt wieder unter das Laken. Zum ersten Mal in ihrem Leben war sie bereit zuzulassen, dass sich ein Mann um sie kümmerte.

»Aber ich weiß nicht, wie ich es gemacht habe«, sagte Aiko, während sie verwirrt den Kopf schüttelte. »Es gab einen Moment, als ich nur noch ein rotes Licht sah, und dann weiß ich noch, dass Burel mich getragen hat.«

Sie saßen draußen in der Nachmittagssonne – Arin, Egil, Ferai, Delon, Aiko und Burel. Alos lag noch in den Räumen der Heilung im Bett und verlangte ein Glas medizinischen Branntweins, um seinen ramponierten Körper zu besänftigen, doch er bekam keinen.

Aiko sah stirnrunzelnd von einem zum anderen.

»Sonst war nichts?«, fragte Arin.

Burel räusperte sich. »Da war ein lautes Geräusch, ein seltsamer Ton, kurz und durchdringend und wild, ein Laut zwischen einem Husten und einem Brüllen.«

»Könnt Ihr es imitieren?«, fragte Delon, dessen Neugier als Barde erwacht war.

Burel runzelte die Stirn und schloss die Augen in dem Versuch, sich zu erinnern, dann bellte er: »*Gruh!*«

Aiko sah ihn mit geweiteten Augen an, doch es war Ferai, die sagte: »Klang es nicht mehr wie: *Rrruh!*«

»Ja. Schon eher, aber lauter, viel lauter«, erwiderte Burel.

Ferai sah Aiko an, den Blick auf die Brust der Ryodoterin gerichtet, als versuche sie, durch ihr Seidenhemd zu schauen. Dann wandte Ferai sich wieder an Burel. »Das ist das Brüllen eines wütenden Tigers.«

Jetzt richteten sich alle Augen auf Aiko, doch die war ebenso verblüfft wie alle anderen.

Egil fragte: »Woher wisst Ihr das, Ferai?«

»Wir hatten Tiger im Zirkus.« Ferai blickte zum Tor, hinter dem die Überreste des Dämonen lagen. Ihre Gedanken wanderten zu dem zerfurchten rechten Arm, den Egil und sie gesehen hatten, ein Arm, der vielleicht von einer wilden Bestie zerkratzt worden war, möglicherweise von den Krallen einer Raubkatze, als diese Aiko geholfen hatte, das Schwert nach hinten zu drücken und dem Dämon in den Bauch zu stoßen. Ferai betrachtete die Ryodoterin und schüttelte dann den Kopf, um diese wunderlichen Einfälle daraus zu vertreiben.

Spät am Nachmittag schritten Ferai, Delon und Burel bewaffnet und gerüstet unter dem Fallgatter durch und gingen durch den Tunnel.

Als sie den dunkelroten Fleck erreichten, wo das Kamelblut auf dem Fels trocknete, hob Egil die Hand, und alle blieben stehen. Doch die fünf suchten kein Kamelblut, sondern vielmehr einen Dämon. Denn obwohl Aiko keine Gefahr mehr in Burel und in der Umgebung spürte, wollten sie doch sichergehen. Egil wandte sich an den großen Mann. »Vergesst nicht, wenn ein Dämon auftaucht, kehrt rasch wieder um.«

Burel nickte zustimmend und ging an Egil vorbei, um mit seinem großen Schwert in der Hand in der Öffnung zu verharren. Dann schritt er mit erhobener Waffe von dem heiligen Boden auf den nackten Fels, um festzustellen, ob ein anderer Dämon erscheinen würde.

Doch er blieb allein.

Burel holte den abgeschlagenen Kopf des Dämonen und verkündete: »Im Namen meines Vaters muss ich dies vernichten.« Doch als er damit den Tunnel betrat, zerfiel der Kopf zu Staub, der auf den Boden rieselte und dort in lodernde Flammen aufging. Burel sprang beiseite, und die anderen wichen vor den hellen Flammen zurück, die heiß brannten.

»Huah!«, knurrte Egil. »Jetzt wissen wir, warum er sich nicht an Euch oder Eure Mutter herangewagt hat.«

Sie wendeten sich ab, um wieder in den Tempel zurückzukehren, und sahen Aiko hinter ihnen stehen, deren Schwerter im rötlichen Halbdunkel funkelten.

»Edle Aiko«, protestierte Burel. »Ihr solltet nicht ...«

»O doch, ich sollte«, erwiderte sie.

Sie verbrachten weitere vierzehn Tage im Tempel. Aikos Wunde heilte unter Arins Fürsorge sehr rasch, obwohl die Dylvana erklärte, dies habe weniger etwas mit ihren Fähigkeiten, sondern mehr mit Aikos beachtlicher Lebenskraft und der heilsamen Gwynthyme zu tun. Dennoch bat die Dylvana Aiko, auf alle Anstrengungen zu verzichten, und so setzte die goldhäutige Kriegerin ihre täglichen Schwertübungen aus, obwohl sie Burel weiterhin jeden Morgen und Abend unterrichtete.

Alos wurde in dieser Zeitspanne ebenfalls mit der goldenen Minze behandelt, und zwar in Form von Tee, den er widerstrebend trank, während er sich beklagte, jeder Dummkopf wisse, dass ein Schluck Branntwein eine viel bessere Medizin sei. Obwohl die Knochen des alten Mannes nur langsam wieder zusammenwuchsen, wurde er am Ende der zwei Wochen für reisetauglich erklärt, solange er sich nicht überanstrengte und keinen Druck auf seine Rippen ausübte.

Kurz nach Sonnenaufgang am zwölften Dezembertag des Jahres 1E9253, fünfhundertdreiunddreißig Tage nachdem Arin den Stein von Xian in ihrer Vision gesehen hatte, brachen die sieben aus dem Tempel Ilsitts auf, und wieder weinten viele Akolythinnen und Priesterinnen, denn fortan würde dieser Ort allein von Frauen bewohnt sein. Andererseits hatte Burel in diesen letzten zwei Wochen keiner der Akolythinnen mehr beigewohnt.

Der Dämon, sagten einige, *hat ihm das Verlangen genommen.*

Doch andere bemerkten, welche Aufmerksamkeit er der goldhäutigen Kriegerin schenkte, und nickten einander wissend zu.

Inmitten von Tränen, Küssen und Abschiedsgrüßen gingen sie durch den Tunnel – Aiko voran, deren Rüstung repariert war, dann Burel, Egil, Delon, Ferai und schließlich Arin.

Als sie den Tunnel hinter sich gelassen hatten, wurden die

Kamele von Akolythinnen nach draußen geführt: sieben zum Reiten gesattelt, vier mit Proviant beladen. Als erinnerten sie sich an vergangenen Schrecken, scheuten die Tiere, als sie wieder in den engen Gang getrieben wurden, doch die Treiberinnen waren unnachgiebig, und schließlich gingen die Tiere wiederwillig blökend durch die schmale Passage.

Erst als sie ohne Zwischenfälle die andere Seite erreicht hatten, wagte Alos sich in den dunklen Gang. Mit Mayam an seiner Seite beklagte der alte Mann sich ständig über seine gebrochenen Rippen, aber die Äbtissin bemerkte, dass er so viele Worte machte, weil er sich fürchtete. Am anderen Ende lugte er vorsichtig und zitternd nach draußen und trat schließlich vor, bereit, beim geringsten Anzeichen einer Gefahr davonzulaufen. Doch nichts geschah, und so ging Alos widerstrebend zu seinem Kamel.

Mayam ging zu jedem von ihnen und murmelte: »Möge Ilsitt ihre schützende Hand über Euch halten.«

Sie umarmte Burel und küsste ihn ein letztes Mal, dann trat sie zurück, während die Gefährten aufstiegen und die Kamele sich unter lautem Rufen schwankend erhoben.

Als alle Tiere standen und bereit zum Aufbruch waren, rief Mayam: »Jeder von Euch ist hier jederzeit willkommen. Lebt wohl.«

So machte sich die kleine Karawane auf den Rückweg durch das Gewirr der roten Schluchten.

16. Kapitel

Als sie sich daran machten, den Kameldung zu beseitigen, sagte Burel: »Ich habe immer gewusst, dass der Dämon und ich uns eines Tages gegenübertreten würden, denn so stand es geschrieben. Was ich nicht wusste, war, dass die edle Aiko auch da sein würde.« Bei diesen Worten lächelten sich Burel und die Kriegerin aus Ryodo innig an.

Ferai zog eine Augenbraue hoch. »Es stand *geschrieben?*«

Während er sich noch in Aikos Lächeln sonnte, richtete Burel den Blick auf Ferai und nickte.

»Wie meint Ihr das, ›es stand geschrieben‹?«

»Das hat mir meine Mutter gesagt, bevor sie starb«, erwiderte Burel.

»Oh«, sagte Aiko kaum hörbar, während ihr Lächeln erlosch.

»Was ist denn, werte Dame?«, fragte Burel und richtete die Aufmerksamkeit wieder auf sie.

Aiko seufzte. »Ich hatte gehofft, Eure Mutter würde noch leben.«

»Nein. Sie ist am Fieber gestorben, als ich ungefähr zehn war.«

Aiko schaute zu Boden. »Meine ist bei meiner Geburt gestorben.«

Burel ließ den Beutel in seinen Händen fallen, ging zu ihr und umarmte sie. »Ich habe wenigstens meine Erinnerungen«, murmelte er, »wohingegen Ihr gar nichts habt.«

Immer noch in seinen Armen, sah Aiko Burel an, als studiere sie sein Gesicht. Nach einer Weile sagte sie: »Das habe ich noch niemals zu jemandem gesagt, Burel: Ich habe meine Mutter nie kennen gelernt, aber ich vermisse sie trotzdem.«

Er sah sie an und lächelte schwach. »Wie ich, Aiko. Wie ich.«

Aikos Herz tat plötzlich einen Sprung, denn dies war das erste Mal, dass er sie ohne einen förmlichen Titel angeredet hatte.

»Meine Mutter ist auch tot«, sagte Ferai. »Und mein Vater. Beide ermordet.«

Sie warf einen Blick zurück auf das Lager, wo die anderen sich reisefertig machten. »Ich frage mich, ob überhaupt noch einer von uns einen lebenden Elternteil hat.«

Den ganzen Tag ritten und marschierten sie und machten immer nur Pausen, um alten oder frischen Kameldung aufzuheben, sodass nichts zurückblieb, was den Weg zum Tempel im Labyrinth weisen konnte. Als sie bei Sonnenuntergang ihr Lager aufschlugen, hörten sie das Dämonenhorn heulen, und Alos fuhr zusammen und fluchte lauthals. Um Mitternacht ertönte es noch einmal und riss den alten Mann aus dem Schlaf. »Ich habe das verwünschte Ding die letzten zwanzig, dreißig Tage jede Nacht zweimal gehört. Soll es mich denn den Rest meines Lebens plagen?« Trotz seines Zorns schlief er jedoch sofort wieder ein.

Am zweiten Tag ihres Weges durch die gewundenen Schluchten wandten sich die Gespräche der Gefährten ihren Eltern zu. Von ihnen allen hatte nur Arin noch eine Mutter und einen Vater, die noch lebten, wenngleich nicht auf Mithgar, sondern auf Adonar. Alle anderen waren an einer Krankheit, im Kampf oder eines natürlichen Todes gestorben; waren ermordet worden wie Ferais Eltern oder wie Aikos Vater gebrochen und entehrt dahingewelkt, da man ihm sogar die Ehre verwehrt hatte, sich selbst zu entleiben, nachdem seine Tochter demaskiert worden war.

Nachdem er das erfahren hatte, legte Burel einen Arm um Aiko, als sie das nächste Mal die Kamele am Zügel führten, und sie marschierten schweigend gemeinsam weiter.

»Nun denn«, sagte Delon nach einer Weile, der neben Ferai ging, »dann müssen wir eben unsere eigene Familie werden, obwohl ich in dir, meine Liebe, nur eine ganz entfernte Cousine zehnten Grades sehen möchte.«

Ferai sah ihn an. »Eine Cousine zehnten Grades? Warum?«

»Ich würde nicht näher verwandt mit dir sein wollen, denn dann dürfte ich das nicht tun.« Er blieb stehen, nahm ihr Gesicht in seine Hände und küsste sie lang und sanft.

Ihre Kamele, die nicht anhalten wollten, blökten laut vor sich hin.

Alos, der ihnen folgte, prustete vor Lachen.

Mit klopfendem Herzen und gerötetem Gesicht löste Ferai sich von dem Barden, der jedoch nur die Arme in die Luft reckte und ein Lied anstimmte.

Gemeinsam zerrten sie an den Kamelen, und die Tiere protestierten lautstark, denn nun sollten sie sich schon wieder bewegen, wo sie gerade erst stehen geblieben waren.

Während sie ihren Weg durch die Schlucht fortsetzten, sang Delon eine Ballade, die auch den beiden anderen, sehr verliebten Männern nahe ging. Jene, die sie liebten, mussten sich ihren Ängsten stellen: Dara Arin, die sich davor fürchtete, was die nächsten Jahrzehnte für ihren sterblichen Geliebten bedeuten würden, die grimmige Aiko, die kaum akzeptieren konnte, dass sie in ihrem Kriegerherzen Platz für Liebe hatte, und die misstrauische Ferai, die als Kind geschändet worden war.

Als an jenem Abend entferntes Dämonengeheul durch das rote Labyrinth hallte, schlugen sie ihr Lager auf der Insel im Himmel auf. Während sie darauf warteten, dass ihr Teewasser über dem Holzkohlenfeuer kochte, sagte Ferai zu Burel: »Erzählt mir mehr über diese Dinge, von denen Ihr sagt, dass sie *geschrieben* stehen. Was genau meint Ihr damit?«

Burel sah nicht vom Feuer auf. »Ich will Euch eines fragen, Ferai: Glaubt Ihr, Ihr könnt Euren Weg im Leben frei wählen?«

Ferai stocherte mit ihrer Reitgerte in der Holzkohle herum und beförderte ein Kohlenstück dorthin, wo es Feuer fangen konnte. »Ja, Burel, es steht mir vollkommen frei, alles zu tun, wenn ich es tun will.«

Jetzt riss Burel den Blick von der Glut los und sah sie an. Sie schauderte, als überlaufe sie ein Frösteln, schaute aber nicht weg. Einen Moment begegneten sich ihre Blicke, dann schaute er zum östlichen Nachthimmel und zeigte auf den Vollmond, der über dem roten Labyrinth leuchtete. »Wenn Ihr es wolltet, könntet Ihr dann zum Mond gehen?«

Ihr Blick folgte dem seinen, und eine ganze Weile antwortete sie nicht. Doch schließlich sagte sie: »Vielleicht. Aber es würde eine lange Ausbildung in der Kunst der Magie erfordern.« Sie warf einen Blick auf Burels Schwert und fügte dann hinzu: »Oder man müsste ein Schiff erbauen, das durch den Himmel segeln kann.«

Burel schnaubte und sagte dann: »Aber Ihr könnt nicht einfach dorthin gehen, nur weil Ihr es wünscht.«

Ferai grinste und schüttelte den Kopf. »Nein, leider nicht.«

»Dann gibt es Grenzen für Eure völlig freie Wahl, nicht? Ihr könnt nicht zum Mond gehen, könnt nicht fliegen, könnt Euch nicht in einen Fisch verwandeln, könnt ungezählte Dinge nicht einfach tun. Sie übersteigen Eure Fähigkeiten. Das heißt, oft steht das, was Ihr Euch wünscht, gar nicht zur Auswahl.«

»Das stimmt, Burel. Aber mein Wille ist vollständig frei. Von allen Dingen, die in meiner Macht stehen, kann ich mir aussuchen, was ich tun will.«

Der große Mann schüttelte den Kopf. »Das glaube ich nicht, Ferai. Ich glaube, alles ist vorherbestimmt, und die Vorstellung von einer freien Wahl oder einem freien Willen ist eine reine Illusion.«

»Warum?«

Burel hob einen Kiesel auf. »Nehmt diesen Stein. Wenn ich ihn so lege, dass er einen Abhang hinunterrollt und dabei einen anderen Stein gleicher Größe trifft, würde das nicht diesen zweiten Stein veranlassen, ebenfalls bergab zu rollen?«

Ferai nickte, blieb aber stumm.

Burel fuhr fort. »Und wenn ich genau wüsste, wo der erste Stein den zweiten träfe, würde ich dann nicht auch genau wissen, wie beide Steine reagieren würden, wie schnell und in welchem Winkel der eine abprallen würde, wie auch Richtung und Geschwindigkeit des zweiten?«

Wiederum nickte Ferai.

»Dann überlegt Folgendes: Wenn jene über Elwydd und Adon alles erschaffen haben, alles wissen und alles in Gang gesetzt haben, kennen sie dann nicht auch unsere Bestimmung? Sind wir dann nicht wie Kiesel, die von vielen Zusammenstößen in unserem Leben fortbewegt werden? Zusammenstöße, deren Ergebnis den höchsten Wesenheiten bereits bekannt ist?

Ihr glaubt vielleicht, Ihr habt eine Wahl, Ferai, aber die Zusammenstöße in Eurem Leben stehen bereits fest, und Euer Weg ist unveränderlich vorherbestimmt ... ebenso wie meiner, ebenso wie alles, was war, ist und je sein wird. Wir ziehen nur durch eine endlose Geschichte, die bereits erzählt ist.«

»Ha!« Ferai runzelte die Stirn. »Wenn es eine endlose Geschichte ist, wie kann sie dann bereits erzählt sein?«

Burel zuckte lediglich die Achseln.

Ferai schüttelte den Kopf. »Wenn Ihr glaubt, der Weg steht bereits fest, warum dann überhaupt nach etwas streben, warum dann überhaupt eine Wahl treffen?«

»Weil geschrieben steht, dass wir es tun sollen, dass wir uns bemühen und wählen sollen, aber wie die Kiesel rollen wir nur den vorbestimmten Weg entlang.«

»Pah!«, fauchte Ferai und wandte sich dann an Arin. »Was sagt Ihr zu diesem Verrückten, Dara?«

Arin lächelte. »Meine Sicht der Dinge ist anders.«

»Inwiefern?«

Die Dylvana kratzte eine Linie in den sandigen Boden. »Das ganze Leben besteht aus ungezählten Möglichkeiten. Sollten wir diesen Weg wählen, gehen wir hierher.« Ihre Linie in der Erde knickte nach links ab. »Aber sollten wir uns anders entscheiden« – sie bewegte den Stock wieder zurück und zog eine nach rechts abknickende Linie –, »gehen wir stattdessen diesen Weg. Das Leben besteht aus verzweigten Wegen, die nach links und rechts abbiegen und geradeaus verlaufen oder in jedem beliebigen Winkel abschwenken. Manche Wege sind wahrscheinlicher als andere, aber jeder Weg kann beschritten werden. Und jede Wahl, die wir treffen, führt uns zu noch mehr Abzweigungen vor uns.

Wenn wir ein einfaches Leben führen, abgeschieden und voller Eintönigkeit, dann hat man wenig Auswahl. Doch wenn unser Leben sich mit dem von anderen kreuzt – Familie, Freunde, Fremde, Feinde –, hat auch deren Wahl Einfluss auf uns, wie unsere Wahl manchmal auch sie beeinflusst. Je mehr Personen wir begegnen, desto mehr kreuzen und überschneiden sich auch unsere Wege. Je mehr Leute und Ereignisse, desto mehr Abzweigungen und desto verwirrender die Verstrickungen ... so viele Wahlmöglichkeiten und miteinander verknüpfte Abzweigungen, dass es aussieht wie ein einziges Chaos.

Doch weil, wie Burel gesagt hat, die meisten Leute eben nicht die Wahl haben, zum Mond zu reisen oder in Flammen aufzugehen oder einen Berg zu bewegen oder ein Gott zu werden ... oder auch unzählige andere Dinge zu tun, die nicht in ihrer Macht stehen, ist dieses endlose Gewirr der Verzweigungen dennoch begrenzt – ein begrenztes Chaos, wenn man so will.

Doch wenn wir in die Vergangenheit schauen, sehen wir kein Gewirr mehr, sondern die Abfolge der von uns getroffenen Entscheidungen. Eine Ordnung, wie Burel sie beschreibt.

Aber der Blick in die Zukunft zeigt uns endlose Wahlmöglichkeiten, die alle verstrickt und verknotet sind, wie Ihr glaubt, Ferai.

Es gibt aber vergangene, gegenwärtige und zukünftige Ereignisse, die aus all dem herausragen, weil alle Wege zu ihnen führen, egal, welche Wahl wir auch treffen.«

»Wie Wyrds?«, fragte Egil.

Arin nickte. »Man kann sie sich so vorstellen. Wyrds für die ganze Welt. Das sind die Wege der Prophezeiung ...«

»Und dafür hältst du den grünen Stein, nicht? Für ein Wyrd für die Welt?«

»Ja, Egil, das tue ich.«

Delon schüttelte den Kopf. »Aber, Dara, zuerst erzählt Ihr uns, wir hätten die Wahl, und dann erzählt Ihr uns, dass alle Wege zu vorherbestimmten Ereignissen führen. Wenn alle Wege zu so einer Begebenheit führen, ist alles hoffnungslos, was wir versuchen.«

»Ich habe nicht gesagt, dass *alle* Wege dorthin führen ...«

»Sie hat gesagt, *beinah* alle Wege«, warf Ferai ein.

»Pah«, schnaubte Alos. »Unveränderliche Bestimmung. Wahlfreiheit. Wyrds. Das ist doch alles Unsinn. Es sind die unbeständigen Götter, die sich in unser Schicksal einmischen und uns hierhin und dorthin schieben und uns Katastrophen schicken, wenn wir am wenigsten damit rechnen.«

»Nein, Alos«, protestierte Delon. »Vielleicht mischen sich die Götter ja ein, aber ich glaube, dass unsere Bestimmung in den Sternen steht.« Er sah sich nach Zustimmung um, fand aber keine. »Trotzdem müssen wir oft eine Wahl treffen, denn es heißt, dass die Sterne zwar leiten, aber nicht zwingen, obwohl man auf ihren Ruf hören sollte.«

Burel wandte sich an die Ryodoterin. »Ich würde gern hören, was Ihr glaubt, Aiko.«

Sie schaute von den glühenden Kohlen auf, und ihre Augen waren dunkel und unergründlich. »Was auch kommt, wir müssen es ertragen.« Aiko verstummte und sagte nichts mehr.

Ferai sagte: »Nun, ich glaube, dass Dara Arin Recht hat: Vor uns liegt das Chaos, und wir haben die freie Wahl, alles zu tun, was in unserer Macht steht.«

»Das Chaos ist nur eine Illusion«, sagte Burel. »In Wahrheit stehen die Wege, die wir nehmen, bereits fest, und nichts, was wir tun, kann die Schritte ändern, die wir unterwegs machen.«

»Meine Schritte stehen nicht fest, Burel!«, verkündete Ferai entschieden. »Ich werde nicht auf einem Weg marschieren, den ich nicht frei gewählt habe.« Sie sprang auf, wirbelte in einer vollendeten Pirouette herum und machte dann einen Rückwärtssalto.

Delon klatschte vergnügt in die Hände und rief: »Bravo, mein Herz!«

Lachend und ein wenig atemlos setzte Ferai sich wieder hin. »Und, Burel, war das auch vorherbestimmt?«

Burel nickte nur.

Ferai schnaubte.

»Vielleicht«, sagte Burel, »seid Ihr mit dabei, Ferai, um uns glauben zu machen, wir hätten tatsächlich einen freien Willen.«

»Und vielleicht seid Ihr mit dabei, Burel, um uns glauben zu machen, wir hätten keinen.«

»Hier, ich zeige es Euch. Seht Ihr, der Arm bewegt sich in einem Bogen. Eine passend gekrümmte Klinge wird den Kontakt in einem lang gezogenen Schwung halten, während es eine gerade Klinge erforderlich macht, den Hieb entsprechend zu verändern, und da kann sich die Schneide entweder festbeißen, oder sie kann den Kontakt verlieren.«

»Aber solch eine Krümmung in einer Klinge wäre hinderlich bei einem sauberen Stoß.«

»Ja, Burel, das wäre sie. Die gerade Klinge eignet sich am besten für den Stoß, aber die gekrümmte Waffe für den Hieb.«

»Mein Schwert zerteilt alles.«

»Das tut es, obwohl es deswegen auch ein großes Gewicht hat. Ein flinker Feind kann es überwinden.«

Burel berührte seinen Hals. »Ich erinnere mich.«

Im Licht der aufgehenden Sonne zog Aiko eines ihrer Schwerter. »Meine Klingen sind ganz leicht gebogen, nicht zu sehr, um einen Stoß nicht zu behindern, aber genug, um den Bogen eines Hiebs zu unterstützen.« Nachdenklich hielt Aiko kurz inne, dann reichte sie Burel die Waffe. Er nahm sie entgegen, als sei sie ein zerbrechlicher Schatz.

»Aiko!«, rief Arin.

Die Ryodoterin drehte sich um. »Ja, Dara.«

»Lasst mich Eure Wunde untersuchen.«

Aiko seufzte, und mit einem Blick auf ihr Schwert, das in Burels Händen lag, trottete sie widerwillig zur Dylvana und öffnete dabei ihr Hemd.

Nach einer kurzen Betrachtung verkündete Arin: »Hm. Ich glaube, wir können die Fäden ziehen, ehe wir heute aufbrechen.«

»Was ist mit *kinmichi*?«

Arin nickte. »Ihr könnt wieder damit beginnen ... aber schont zunächst noch Eure Kräfte!«

»Hai!«

Während die Kamele nach Westen ritten, zügelte Ferai ihr Tier ein wenig, bis sie neben Arin ritt. Ihrer beider Gesichter waren hinter Seidentüchern verborgen, denn sie ritten nun durch ein Land, in dem diese Verkleidung notwendig war, um nicht aufzufallen. »Dara, ich würde gern unter vier Augen mit Euch reden.«

Arin sah Egil an. Der zuckte die Achseln, trieb sein Kamel mit der Reitgerte und einem aufmunternden Ausruf an und ritt voraus zu Burel und Alos. Delon ritt allein an der Spitze.

Als Egil sich umschaute, ritt gerade die ebenfalls verschleierte Aiko zu Arin und Ferai, und sie wurde nicht fortgeschickt. »Hm«, sagte der Fjordländer, »was sie wohl zu bereden haben?«

Burel drehte sich um. »Die Priesterinnen Ilsitts haben immer miteinander geredet, und oft, wenn ich in ihre Nähe kam, verstummten sie plötzlich.«

Egil seufzte. »Frauengeheimnisse, nehme ich an.«

»Ha«, blaffte Alos. »Frauen. Ein Haufen gackernder Hennen, wenn Ihr mich fragt.«

»Hattet Ihr schon mit vielen Frauen zu tun, Alos?«, fragte Burel.

Der alte Mann sah Burel an, und sein verbliebenes Auge funkelte. »Ich? Natürlich nicht. Ich habe andere Interessen.«

Jetzt sah Burel Egil an. Der Fjordländer zuckte die Achseln und erwiderte: »Mit einigen. Aber ich glaube, was diese Dinge angeht, hat Delon die meiste Erfahrung von uns.«

»Schauen wir mal nach ihm«, sagte Burel. »Ich will ihm eine Frage stellen.«

Burel und Egil trieben ihre Kamele an, um Delon einzuholen, doch Alos begleitete sie nicht.

»Woher weiß ich, dass ich verliebt bin, Dara?«

Die Dylvana sah Ferai an und lächelte. »Ihr werdet es wissen, weil dann jeder freie Gedanke ihm gilt. Ihr werdet seine Stärken bewundern und seine guten Seiten sehen, aber auch nicht blind sein, was seine Schwächen angeht. Und Ihr werdet Euch nach seiner Nähe sehnen ...«

»Nach seiner Nähe?«

»Nicht nur nach seinem Körper, Ferai, sondern nach einer

Nähe des Herzens, des Geistes und der Seele, ebenso wie nach der gemeinsamen Lust.«

Aiko stieß einen tiefen Seufzer aus. »Was Ihr Nähe nennt, Dara, kommt mir wie eine Unterwerfung vor.«

Arin sah Aiko überrascht an.

»Unterwerfung?«

»Ja, Burel, irgendwie ist es schon ein wenig wie eine Kapitulation. Sie muss zulassen, dass Ihr, äh, in ihr Wesen eindringt.«

Burel seufzte. »Ich glaube nicht, dass die edle Aiko schon jemals in ihrem Leben vor irgendetwas kapituliert hat. Sie ist eine unvergleichliche Kriegerin.«

Delon nickte und sagte dann: »Aber sie ist auch eine Frau, und Ihr seid ein Mann. Ihr müsst ihr den Hof machen, und wenn sie Euch begehrt, wird sie es Euch wissen lassen.«

Burel stieß den Atem aus und seufzte. »Ich habe keine Erfahrung darin, einer Frau den Hof zu machen. Die Priesterinnen Ilsitts sind ohne mein Zutun zu mir gekommen.«

Delon lachte. »Das muss Euch vorgekommen sein, als hättet Ihr das Paradies gefunden, wie?«

»Es schien ihnen ebenso zu gefallen wie mir auch. Aber irgendwas hat immer gefehlt«, erwiderte Burel. »Als gäbe es keine echte Verbundenheit oder Nähe.«

»Ein Miteinander?«

»Ja, Aiko, ein Miteinander.« Arin schaute weit voraus auf ihren Liebsten. »Wenn ich mit Egil zusammen bin, empfinde ich das nicht als Unterwerfung, sondern als Gemeinschaft. Jeder von uns kümmert sich um den anderen, und wir sind beide erfüllt.« Arin schwieg einen Moment und sagte dann: »Versteht mich nicht falsch: Man muss nicht verliebt sein, um sich nach einem Mann zu sehnen – ehrliche Lust treibt einen auch zu höchstem Verlangen, und dieses Bedürfnis zu stillen, ist wunderbar. Aber ohne Liebe gibt es keine andauernde Zufriedenheit ... Vergnügen, ja, Seelenfrieden, nein. Lust ohne Liebe ist so: voller Feuer und Leidenschaft, aber ohne Gelassenheit, wenn sie gestillt ist.«

Ferai schüttelte den Kopf. »Was den körperlichen Teil betrifft, so war meine bisher einzige Erfahrung keineswegs ein Vergnügen ... nur Gewalt und Brutalität.« Sie knirschte bei der Erinnerung daran mit den Zähnen.

Arin sah sie betroffen an. »Ein Mann hat Euch das angetan?«

Ferai nickte.

»Lebt er noch?«, knurrte Aiko.

»Nein«, erwiderte Ferai grimmig.

»Zum ersten Mal in meinem Leben«, sagte Delon seufzend, »bin ich, glaube ich, wirklich verliebt. Aber Ferai zieht sich immer zurück, wenn wir anfangen, einander näher zu kommen.«

»Adon«, sagte Egil, »das ist bei mir und Arin nicht so.«

Burel sah Delon an. »Vielleicht gibt es etwas in Ferais Vergangenheit, das sie belastet.«

Arin seufzte. »Ferai, Ihr müsst versuchen, die Vergangenheit zu akzeptieren und sie hinter Euch zu lassen. Der Mann, der Euch Gewalt angetan hat, war ein brutales Tier. Es gibt viele wie ihn auf der Welt. Aber es gibt auch viele andere, die sanft und fürsorglich sind. Egil ist so. Und Burel und Delon ebenfalls, würde ich meinen.

Und Ihr, Aiko, solltet Euch von der Vorstellung einer Unterwerfung lösen. Wenn Ihr dann tatsächlich einen Mann in die Arme nehmt oder in Euer Bett holt, seid Ihr es, die wählt, die ja oder nein sagt, und sollte er ein brutales Tier sein ...«

»Wird er es nicht überleben«, fauchte Aiko.

Arin lächelte. »Ja, genau. Aber sollte er sanft und liebevoll und fürsorglich sein, dann ist es keine Kapitulation, sondern vielmehr ein herrliches Bündnis, das Eure Kräfte stärken wird.«

»Ich glaube, Burel hat Recht, Delon«, sagte Egil. »Ferai könnte in der Vergangenheit verletzt worden sein. Aber jeder Dummkopf kann sehen, dass sie Euch sehr schätzt ... oder wenigstens kann *dieser* Dummkopf es sehen. Ihr müsst einfach nur sanft und freundlich sein, dann werdet Ihr sie schon aus ihrem Schneckenhaus hervorlocken.

Und was Euch betrifft, Burel. Aiko ist in der Tat eine Kriegerin ohnegleichen. So müsst Ihr sie auch behandeln. Aber wie Delon sagt, ist sie auch eine Frau. Wenn Ihr sie liebt und sie Euch, wird eine Zeit kommen, wenn Ihr zwei Lebensgefährten und Seelengefährten werdet, wie Arin und ich es geworden sind, und die Leere, die Ihr bei anderen Frauen empfunden habt, wird dann ausgefüllt sein.«

»Hm.« Aiko schaute nachdenklich nach vorn zu den Männern, die auf ihren Kamelen westwärts ritten. Dann seufzte sie, und als widerstrebe es ihr, irgendeine Art von Schwäche einzuräumen, sagte sie: »Ich habe in diesen Dingen absolut keine Erfahrung, Dara.«

»Zu Beginn hat das keiner von uns, Aiko«, erwiderte Arin. »Ich werde Euch helfen, so gut ich kann.«

»Und meine Erfahrung ist ausschließlich schlecht«, sagte Ferai. »Und ich fürchte mich.«

»Ach, mein Kind, Ihr müsst Eure Furcht überwinden. Das wird nicht leicht, denn angesichts Eurer Erfahrung braucht Ihr den größten Mut und das größte Vertrauen von allen, aber wenn Ihr keine Tapferkeit besitzen würdet, hättet Ihr nicht ganz allein überleben können. Was das Vertrauen angeht, das kann nur mit der Zeit und mit Sanftheit und Zärtlichkeit kommen, aber wenn Ihr kein Risiko eingeht, kommt es überhaupt nicht.«

So ritten sie nach Westen, drei Männer voraus, in ein Gespräch vertieft, drei Frauen ein Stück weit dahinter, ebenfalls in freundschaftlicher Beratung, und dazwischen ein alter Mann, der schnaubte: »Liebende und solche, die es gerne wären, pah!«

Am siebzehnten Dezembertag, kurz nach Sonnenuntergang, kamen sie in Aban an. Wieder gingen sie zum *Goldenen Halbmond.* Während Egil und Arin ein Zimmer für sich mieteten, ging Aiko zu Burel, sah ihm in die Augen und sagte durch ihren Seidenschleier: »Wollt Ihr ein Zimmer mit mir teilen?«

Während Burel eine Antwort stammelte, sah Delon Ferai an, und sie erwiderte den Blick sehr lange, aber am Ende sagte sie: »Ich schlafe allein.«

Egil vereinbarte mit dem Gastwirt, dass dieser die Kamele wieder dem Stall verkaufen würde, von dem sie gekommen waren, und dann, während Arin ein heißes Bad für alle bestellte, ging er mit Alos zum Hafen, um nachzusehen, in welchem Zustand sich die *Breeze* befand.

»Wir konnten kein *Yilan Koy* auf den Karten finden, die Alos und ich gekauft haben«, sagte Egil, als alle frisch gebadet beim Abendessen saßen, der ersten warmen Mahlzeit, die sie seit der Abreise aus dem Tempel des Labyrinths vor sechs Tagen zu sich nahmen. Er wandte sich an Burel. »Es war doch Yilan Koy, oder?«

Burel nahm einen Bissen von seinem Lammspieß. Er kaute langsam und gründlich, bevor er schluckte und dann sagte: »Das hat meine Mutter gesagt. Mein Vater ist von Yilan Koy irgendwo an der Küste von Kistan losgesegelt.«

»Dazu würde sich ein Ale gut machen«, sagte Alos, als er ein Stück Lamm aufhob, das ihm vom Spieß auf den Teller gefallen war. Wie die anderen war auch der alte Mann sauber gebadet. Aiko hatte ihn nicht einmal dazu auffordern müssen, denn er musste »das Rot loswerden«, wie er selbst gesagt hatte.

Während Arin sich die Schüssel mit dem dampfenden Reis nahm, sagte sie: »Vielleicht steht es unter einem anderen Namen auf der Karte.«

»Das wäre möglich«, erwiderte Egil. »Yilan Koy ist kein Name, wie ich ihn in der Gemeinsprache schon einmal gehört hätte. Und die Karten, die wir gekauft haben, sind in der Gemeinsprache beschriftet.«

»Die waren hier schwer genug zu finden«, warf Alos ein. »Wir mussten ziemlich viel Geld auf den Tisch legen, um welche zu bekommen, die wir auch lesen können.«

Sie wandte sich an Ferai. »Vielleicht kann der Gelehrte in den Archiven für uns übersetzen.«

Ferai nickte, sagte aber nichts, sondern war scheinbar sehr mit den Köstlichkeiten auf ihrem Teller beschäftigt, obwohl sie nur wenig aß.

In jener Nacht sah Ferai zu, wie Arin und Egil sich in ein Zimmer zurückzogen und Aiko und Burel in ein anderes. Delon stand auf der anderen Seite des Flurs, sagte leise, »Gute Nacht, meine Teure«, und ging dann in das Zimmer, in dem Alos bereits verschwunden war, sodass Ferai allein auf dem Flur zurückblieb. Sie seufzte, ging in ihr Zimmer und schloss leise die Tür hinter sich.

Nachdem sie Schleier und Dolchgurte abgelegt hatte, ließ sie sich rückwärts aufs Bett fallen und starrte an die Decke mit ihren kleinen Vertiefungen und Flecken und ihrer groben Struktur, auf der man beliebig viele Muster erkennen konnte, wenn man nur lange genug darauf schaute. Schließlich erhob sie sich, entledigte sich ihrer Stiefel und Kleidung, goss klares Wasser aus dem Krug in die Schüssel und wusch sich das Gesicht.

Nachdem sie sich abgetrocknet hatte, blies sie die Lampe aus und fiel wieder ins Bett.

Als sie auf der Matratze lag und in die Dunkelheit starrte,

konnte sie durch ihr Fenster Geräusche von der Straße draußen hören: Leute, die vorbeigingen, das gelegentliche Brüllen eines erzürnten Kamels, ab und zu das Geklapper von Pferdehufen, gedämpfte Unterhaltungen und Gelächter.

Ungebeten kamen ihr Bilder von Delon in den Sinn, Worte, die er gesagt hatte, Bilder von ihm, wie er ging und lachte und Lieder sang, Bruchstücke von Melodien ... und die Worte von Arin: *Wenn Ihr dann tatsächlich einen Mann in die Arme nehmt oder in Euer Bett holt, seid Ihr es, die wählt, die ja oder nein sagt ... braucht Ihr den größten Mut und das größte Vertrauen von allen ... aber wenn Ihr kein Risiko eingeht, kommt es überhaupt nicht ... Ferai, Ihr müsst versuchen, die Vergangenheit zu akzeptieren und sie hinter Euch zu lassen ... sie hinter Euch lassen ... Ihr müsst Eure Furcht überwinden ... Ihr seid es, die wählt ... aber wenn Ihr kein Risiko eingeht, kommt es überhaupt nicht ... Risiko ... Risiko ...*

Das fahle gelbe Licht des aufgehenden, nahezu vollen Mondes fiel durch ihr Fenster, und in seinem sanften Schein stand sie wieder auf, wusch sich noch einmal das Gesicht mit kaltem Wasser und legte sich wieder hin.

Immer noch kamen ihr ungebeten Bilder von Delon in den Sinn, und sie lag im Bett, ihre Lippen standen von der Erinnerung an seinen Kuss in Flammen, Lenden und Brüste brannten, und ihr ganzer Körper schien von innen zu lodern ...

... Risiko ...

Es war schon beinah Mitternacht, als sie schließlich wieder aufstand, durch den Flur ging und an die Tür von Delons und Alos' Zimmer klopfte.

Als Alos am nächsten Morgen erwachte, stellte er fest, dass er allein im Zimmer war.

17. Kapitel

Delon stand auf Ferais Balkon und sang der Welt im Allgemeinen ein köstliches Lied. Passanten draußen auf der Straße blieben stehen und staunten über die lyrische Freude in seiner Stimme, obwohl sie kein Wort verstanden. Hinter ihm schlief der Gegenstand seiner Schwärmerei mit einem Lächeln auf den Lippen.

Auf der anderen Seite des Flurs lagen Arin und Egil beieinander, hielten Händchen, lauschten dem Lied und lächelten, denn sie konnten sich den Grund für Delons überschäumende Freude sehr wohl denken.

Unter ihrem eigenen Balkon im ummauerten Innenhof des Gasthauses klirrte Stahl auf Stahl, da zwei Krieger Schlag und Gegenschlag übten, während schockierte Diener und Gäste sie ungläubig anstarrten, denn obwohl einer ein Mann war, wie es sich ziemte, war der andere ganz unverkennbar eine Frau, und in den Augen der Fäuste von Rakka war dies mit an Sicherheit grenzender Wahrscheinlichkeit eine Blasphemie. Doch niemand hinterbrachte diese Meinung der Frau im Hof, denn sie war viel zu gut mit der Waffe, und man hätte schon das Hirn eines Kamels haben müssen, um sie zu erzürnen.

Über ihnen und allein in seinem Bett sank ein einäugiger alter Mann wieder in den Schlaf.

Später an jenem Morgen gingen Arin, Aiko, Ferai, Delon und Burel ins Archiv. Als sie eintrafen, bezog Delon wieder Stellung im Eingang, während die anderen hineingingen. Als sie sich dem Mittelpult näherten, sah der Gelehrte auf und lächelte, und dann weiteten sich seine Augen. »Burel«, hauchte er. Der *'âlim* sprang von seinem Platz auf, lief zu Burel, umarmte ihn und küsste ihn auf die Wangen, während ein Strom sarainesischer Wörter über seine Lippen kam.

Burel lächelte, erwiderte Umarmung und Kuss des Mannes und murmelte: »*Khûri* Ustâz.«

Aikos Augen weiteten sich. »Du kennst diesen Mann, *saia no hito*?«

Burel nickte und sagte: »Er ist« – Burel sah sich um, ob andere Anwesende zuhörten; das war nicht der Fall, doch Burel senkte die Stimme trotzdem zu einem Flüstern – »auch ein Bewahrer des Glaubens.« Er wandte sich an den Gelehrten. »*Khûri* Ustâz, ich möchte Euch meine Gefährten vorstellen: Dara Arin aus Darda Erynian, die edle Ferai aus Gothon, und an der Tür steht der Barde Delon aus Gûnar. Und schließlich möchte ich Euch mein *Kalb w Nafs* vorstellen, die edle Aiko.« Burel wandte sich an seine Gefährten. »Meine Freunde, das ist *Khûri* Ustâz, ein Priester Ilsitts.«

Der Gelehrte hatte jeden Vorgestellten mit einem Kopfnicken begrüßt, und jetzt sagte er: »Ich bin diesen Leuten schon einmal begegnet, Burel, obwohl ich ihre Namen nicht kannte.«

Ferai sagte: »Kein Wunder, dass Ihr uns sagen konntet, wie man zum Tempel finden kann, obwohl Eure Anweisungen nicht sonderlich klar waren.«

Der Priester-Gelehrte lächelte und zuckte die Achseln. »Ihr hättet Agenten der Fäuste von Rakka sein können, obwohl ich sehr froh bin, dass es nicht so ist.«

Dann wandte er sich an Aiko, sah sie lange an und sagte schließlich: »Ihr seid also Burels *Kalb w Nafs*.« Es war eine

Feststellung, keine Frage. Dann trat er ohne Vorwarnung vor und umarmte sie.

Völlig überrascht und sehr wachsam duldete Aiko die Umarmung des Gelehrten, ohne sie jedoch zu erwidern, und sah den grinsenden Burel an. »Was hast du ihm erzählt?«

»Dass du mein Herz und meine Seele bist.«

Der Gelehrte trat zurück und nickte. »*Kalb w Nafs:* Herz und Seele.« Dann wandte er sich an Burel. »Meine Junge, ich hätte nie gedacht, dich außerhalb der Tempelmauern zu erblicken. Du musst mir erzählen, was dich herführt.«

»Yilan Koy«, sagte Arin. »Das sind kistanische Worte, und sie bedeuten ›Schlangenbucht‹, hat der Priester-Gelehrte gesagt.«

»Schlangenbucht, Schlangenbucht«, murmelte Egil, während er die Karten betrachtete, die er von der *Breeze* mitgebracht hatte.

»Hier«, sagte Alos und legte einen Finger auf eines der Pergamente.

Egil drehte die Karte um die Stelle, auf die Alos gezeigt hatte. In der Küstenlinie der Insel war eine Einbuchtung zu sehen, die lang, schmal und schlangenförmig war. »Hm. Ja. Geformt wie eine Schlange.« Dann sah er den alten Mann an. »Schnell gefunden.«

»Als ich den Namen in der Gemeinsprache gehört habe, wusste ich, wo ich suchen musste«, antwortete Alos, »denn ich war schon einmal dort. Und ich kann Euch allen sagen, dass es kein Ort für einen ehrlichen Mann ist.«

Egils Augen weiteten sich. »Du warst schon einmal in *Yilan Koy?*«

Alos nickte. »Sowohl in der Bucht als auch in dem Ort, der im Vipernschlund liegt ... sollte es irgendwo eine schlimmere Räuberhöhle geben, ist sie mir noch nicht untergekommen.« Dann sah er Egil und Arin mit seinem verbliebenen Auge an.

»Als ich dort war, habe ich geschworen, nie wieder zurückzukehren, sollte ich diesem Loch je entkommen.«

»Was habt Ihr ...?«

»Wir haben eine Schiffsladung Granatäpfel dort abgeliefert«, erzählte Alos, bevor Arin ihre Frage beenden konnte. »Käpt'n Borkson hat diese dreimal verfluchte Ladung in Chabba an Bord genommen, weil keine Dauen im Hafen lagen und kein anderes Schiff sie übernehmen wollte. ›Sie haben uns einen Navigator und die dreifache Frachtgebühr gegeben‹, hat der Käpt'n gekräht ... aber er war ein Dummkopf. Wir sind gerade noch mit heiler Haut davongekommen.«

»Warum?«, fragte Ferai.

»Weil wir einmal da waren, und das bedeutete, dass wir den Weg in die Bucht kannten.«

Burel warf einen Blick auf die Karte. »Den Weg in die Bucht?«

»Was glaubt Ihr, warum sie *Schlangenbucht* genannt wird?« Bevor Burel antworten konnte, zeigte Alos mit dem Finger auf die Einmündung der Bucht und beantwortete seine eigene Frage. »Sie sieht nicht nur auf der Karte wie eine Schlange aus, sondern der Weg wird auch noch durch Klippen versperrt, die wie Fangzähne aussehen. Diese ganze Küstenlinie ist so geformt – Seemeile um Seemeile in beiden Richtungen stehen zerklüftete Klippen, die jeden Rumpf aufreißen, der ihnen zu nahe kommt. Die Fangzähne ziehen sich durch die ganze Bucht, und man kann nicht einfach an ihnen vorbeisegeln. Ich würde sagen, es gibt keine gefährlicheren Klippen in den Gewässern dieser Welt.«

Delon betrachtete die lange, schmale Bucht auf der Karte. »Hm. Diese Zähne sind hier nicht eingezeichnet.«

Alos schnaubte. »Jeder Kartenzeichner, der das täte, würde mit durchschnittener Kehle enden.«

Jetzt fixierte Egils eines Auge das von Alos. »Aber du kennst den Weg hinein.«

»Natürlich kenne ich ihn. Ich bin Steuermann, oder nicht? Aber, Augenblick mal ... Ich habe damals gesagt, ich würde nie zurückkehren, und das war mein Ernst!«

Sie redeten den ganzen Rest des Tages auf Alos ein, aber der alte Mann war unnachgiebig: Er würde nicht in die Bucht zurückkehren, und das sei sein letztes Wort.

Als sich die Dämmerung über das Land legte, gingen Burel und Aiko wieder auf den Hof, wo sie wieder mit ihren Schwertern übten. Burel benutzte jetzt eine lange, gekrümmte Klinge, die Aiko an jenem Morgen für ihn bei einem Waffenhändler in der Nähe ausgewählt hatte. Der sich ständig verneigende Händler hatte die Waffe als *Sayf* bezeichnet, doch Aiko nannte sie Säbel. Sie hatte eine ziemlich breite Klinge und ein Elfenbeinheft mit einem gebogenen Silberknauf, der sich teilweise um den Handrücken zog. Aiko hatte dazu einen Gürtel ausgewählt, den man auch auf dem Rücken oder um die Taille tragen konnte. »Dies ist eine Waffe, um damit auf dem Rücken eines Kamels zu kämpfen«, hatte der Händler protestiert und dann diensteifrig hinzugefügt, »wenn es recht ist.« Doch Aiko hatte geantwortet: »Wohin wir gehen, gibt es keine Kamele.«

Nun übten sie und Burel im Hof, während dunkeläugige Männer im Schatten standen und die unverschleierte Frau mit der Safranhaut und ihren rothaarigen ausländischen Begleiter missbilligend anstarrten. Die Umhänge dieser Beobachter trugen ein Zeichen in Form einer geballten Faust.

Die Nacht brach über das Land herein, und Egil und Arin wünschten allen eine gute Nacht und gingen Händchen haltend nach oben in ihr Zimmer. Irgendwo oben spritzte Wasser im Baderaum, ein großer Mann lachte, und eine Frauenstimme rief, *»Bukotsomono!«*, lachte aber ebenfalls. Im Lampenlicht auf der Veranda sah Ferai Delon unsicher an, und der lächelte, nahm sanft ihre Hand, küsste ihre Finger und flüsterte: »Ich liebe dich, meine süße Ferai.« Mit Tränen in den Augen zog sie ihn an sich.

In Aban graute der Morgen, und wieder erwachte Alos vom Gesang des Barden und dem Klirren von Stahl auf Stahl. Ächzend erhob er sich aus seinem Bett und ging auf seinen Balkon. Unter ihm übten Aiko und Burel und wurden dabei von noch mehr dunkelhäutigen Fremden beobachtet, die aufgebracht wirkten und miteinander murmelten.

»Heda!«, brüllte Alos. »Wir versuchen hier oben zu schlafen.« Ohne abzuwarten, ob er mit seiner Bemerkung etwas erreichte, kehrte der alte Mann in sein Bett zurück.

Nach einem weiteren Tag voller ergebnisloser Diskussionen seufzte Egil schließlich und wandte sich an Arin. »Ich nehme an, wir müssen es einfach darauf ankommen lassen und es versuchen, Dara. Ich meine, Alos ist fest entschlossen, nicht dorthin zurückzukehren.« Egil wandte sich an den alten Mann. »Du musst uns alles sagen, was du über die Stadt und die Bucht weißt und vor allem, wie man an den Fangzähnen der Schlange vorbeikommt.«

Die sieben saßen auf der Veranda beim Abendessen, während die Schatten um sie her lang wurden. Die Sonne war fast vollständig untergegangen, und nur der westliche Teil des Himmels leuchtete noch orange, während der Himmel im Osten bereits eine dunkelviolette Farbe angenommen hatte.

»Können wir nicht woanders ankern und auf dem Landweg dorthin gehen?«, fragte Delon.

»Das ist ein ganz untauglicher Vorschlag«, blaffte Alos.

Ferai nahm Delons Hand und funkelte den alten Mann an.

Doch Alos beachtete sie gar nicht, sondern zeigte mit dem Finger auf den Barden. »Habt Ihr mir denn nicht zugehört, als ich sagte, dass in dem Gebiet die gesamte Küste voller Klippen ist? Auf Dutzende von Meilen in beiden Richtungen schlitzen sie Rümpfe auf und bringen jedes Schiff zum Sinken, dessen Kapitän so dumm ist, in diesen Gewässern zu segeln.«

Arin nahm ebenfalls eine Hand – die von Alos. »Wir können und werden Euch nicht zwingen, uns sicher durch die Klippen zu lotsen. Aber überlegt es Euch gut, denn ich meine, dass dies der Grund ist, warum Ihr ein Einauge In Dunklem Wasser seid, denn dies ist Euer verborgener Nutzen in dem Rätsel. Ohne Euch werden wir scheitern.«

Alos schaute auf die kleine Hand, die seine genommen hatte, und dann auf die Dylvana. Mit zitterndem Kinn öffnete er den Mund, um etwas zu sagen, doch in diesem Augenblick kam *Khûri* Ustâz auf die Veranda. Er blieb im Schatten, schaute nach rechts und links und zischte: »Burel!«

Burel sah auf, doch bevor er mehr tun konnte, sagte Ustâz: »Die Fäuste von Rakka, sie kommen, um dich und dein *Kalb w Nafs*, die edle Aiko, zu holen. Gotteslästerer nennen sie euch beide. Sie kommen, um euch zu bestrafen, um euch auf dem öffentlichen Platz zu Tode zu steinigen.«

Aiko fauchte und sprang auf. »Wenn sie einen Kampf wollen, dann sollen sie ihn bekommen«, zischte sie durch zusammengebissene Zähne. Dann wandte sie sich an Burel, sagte, »Die Schwerter«, zu ihm und machte Anstalten, auf ihr Zimmer zu eilen. Die anderen sprangen ebenfalls auf, um ihr zu folgen, alle bis auf Arin und Alos. Die Dylvana blieb stehen und rief, »Wartet!«, während der alte Mann auf seinem Platz in sich zusammensank.

Sie drehten sich um und sahen Arin an, die auf Burel zeigte und verkündete: »Wir haben, was wir hier gesucht haben – den Verfluchten Bewahrer Des Glaubens Im Labyrinth. Die Fäuste von Rakka können warten.«

Jetzt wandte Arin sich an den Priester-Gelehrten. »Wie viel Zeit haben wir noch, bis sie hier sind?«

»Wenig. Höchstens, bis die Nacht vollständig hereingebrochen ist«, erwiderte er.

»Dann würde ich sagen, wir gehen zum Schiff und verschwinden von hier.«

Aiko protestierte, doch Burel sagte: »Sie hat Recht – der grüne Stein hat Vorrang vor allem anderen.« Er ging zu *Khûri* Ustâz und umarmte ihn. »Danke für die Warnung. Jetzt müsst Ihr aber gehen, sonst werden sie Euch hier finden.«

Während Burel sich von dem Priester-Gelehrten löste, wandte Egil sich an Alos, der immer noch auf seinem Stuhl kauerte, und fragte: »Was ist mit dir, Alos?«

Bevor der alte Mann antworten konnte, sagte Ustâz: »Die Fäuste bringen jeden um, der zurückbleibt.«

»Ah!«, rief Alos und sprang auf. Dann sagte er anklagend zu Aiko: »Das ist alles Eure Schuld! Mich einfach so mitzuschleifen auf so ein verfluchtes ...«

»Aru shizukana!«, fauchte Aiko, machte auf dem Absatz kehrt und stürmte auf ihr Zimmer.

Sie packten in aller Eile ihre Waffen und Kleidung ein, und Egil beglich ihre Rechnung beim Gastwirt. Mit Aiko und Burel als Rückendeckung und dem vor Furcht jammernden Alos vorneweg stürmten sie in der zunehmenden Dämmerung durch die vollen Straßen zum Hafen, wobei Alos immer wieder mit zittriger Stimme rief: »Macht Platz! Macht Platz!« Schließlich erreichten sie das Hafengebiet, und das gelborange Wasser des Flusses sah in der mittlerweile hereingebrochenen Nacht fast schwarz aus. Als sie den Anlegeplatz der *Breeze* erreichten, kletterte Alos an Deck, ging zur Ruderpinne und zischte dabei beständig, »Beeilung, Beeilung«, während die anderen an Bord kamen. Egil und Delon begannen mit dem Hissen der Segel, während Aiko und Ferai die Leinen lösten. Als sie abstießen und die Strömung sie langsam flussabwärts trug, sahen sie im gelblichen Licht der Straßenlaternen dunkel gewandete Männer durch die Menge eilen, die sich vor ihnen teilte, sodass sie zügig vorankamen. Doch die Schaluppe war schon ein ganzes Stück entfernt, als die Fäuste von Rakka den nunmehr leeren Liegeplatz erreichten. Die Fäuste Rakkas schwangen erzürnt und enttäuscht ihre Krummsäbel und hieben damit Löcher in die Luft, wobei sie den Gotteslästerern und ihresgleichen Verwünschungen hinterherriefen.

Nach zwei Glasen erreichten sie den breiteren unteren Teil des Mündungsgebietes. Die Flut des Meeres stemmte sich ihnen entgegen, und es dauerte eine Weile, bis sie den Übergang vom Fluss in die Bucht geschafft hatten. Hinter ihnen glitt ein abnehmender Halbmond über den Himmel und unterstützte das Gefunkel der Sterne mit seinem Schein.

Schließlich erreichte die Schaluppe tieferes Gewässer, wo sie besser vorankam, und Alos drehte von ihrem nordwestlichen Kurs nach Westen bei, um den vorherrschenden Wind bestmöglich auszunutzen.

Nach einer Weile sagte Arin: »Wo sollen wir Euch absetzen, Alos?«

Der alte Mann sah sie lange an. Schließlich seufzte er, schüttelte den Kopf und sagte: »Nirgendwo in diesen Gewässern, sondern besser woanders. Irgendwo, nachdem wir Kistan entronnen sind.«

»Nachdem *wir* Kistan ent...?«

»Ich bin ein verdammter Narr, es zu tun, aber ich bringe Euch an den Klippen vorbei in die Schlangenbucht.« Er hob eine zitternde Hand, um sich den Schweiß von der Stirn zu wischen, und seine Stimme zitterte, als er hinzufügte: »Ich bringe Euch hin und auch wieder heraus.«

»Ihr meint, Ihr begleitet uns?«, fragte Delon.

»Masani?« Aiko riss die Augen auf.

Der alte Mann schob das Kinn vor und funkelte die Ryodoterin an. »Ich habe doch eben gesagt, dass ich es mache, oder?«

Trotzdem keuchte er bei diesen Worten, als bekomme er nicht genug Luft.

»Aber ich gehe nicht an Land, und ich kämpfe auch nicht gegen einen Magier. Und wenn Ihr erwischt werdet, bleibe ich nicht und warte. Aber wenn wir gemeinsam von dort wegsegeln, könnt Ihr mich am ersten freundlichen Hafen absetzen, denn dann ist dieses verfluchte Abenteuer für mich endgültig vorbei, habt Ihr verstanden?«

»Ausgezeichnet«, rief Egil. »Lassen wir ihn hochleben.«

Während Delon, Ferai, Burel, Egil und sogar Aiko ein dreifaches Hipphipphurra ertönen ließen, nahm Arin die Hand des verängstigten alten Mannes und sagte nur: »Ich danke Euch.«

Immer noch zitternd lehnte Alos sich an die Heckreling. Als werde ihm plötzlich bewusst, dass immer noch alle Augen auf ihn gerichtet waren, starrte er auf die Segel und raunzte: »Was seid Ihr, ein Haufen Landratten? Seht Euch diese Segel an! Sie müssen anständig getrimmt werden, habt Ihr verstanden?«

Delon fing an zu singen, während er und Egil sich um die Segel kümmerten und Ferai und Aiko mit Unterstützung Burels die Taue strafften. Doch Arin ging zu dem alten Mann, legte ihm einen Arm um die immer noch zitternden Schultern und zeigte auf einen Leitstern.

So verließ die *Breeze* im Licht eines silbernen Halbmondes Sarain.

18. Kapitel

Durch tiefes dunkelblaues Wasser segelte die *Breeze* auf südwestlichem Kurs und musste dabei beständig vor dem auf dem großen Avagonmeer von Westen nach Osten wehenden Wind kreuzen. Wie zuvor wechselten die Gefährten sich beim Segeln des Schiffs ab. Delon, Ferai und Alos bemannten es von morgens bis abends, während Burel, Arin, Aiko und Egil bei Nacht segelten. Entsprechend wechselten sie sich beim Schlafen in der Kabine ab, in der es nur vier Kojen gab. In der Zeit, in der sich die Wachen überschnitten, herrschte die stillschweigende Übereinkunft, dass die Kabine - außer bei Regen - Liebespaaren für ein Schäferstündchen zur Verfügung stand, während die anderen an Deck blieben.

In der Mitte der Nacht der Wintersonnenwende begann Arin in der Enge der Schaluppe mit dem Gesang und der Schrittfolge des elfischen Rituals, wobei Delon und Egil Burel durch die Schritte führten und Arin und Aiko Ferai. Sie verloren sich in dem Ritual und in Arins Gesang, als der silberne Halbmond aufging und die Feiernden in sein Licht tauchte.

Unten in der Kabine wurde Alos vom Gesang und vom Rhythmus der Schritte geweckt. Er lauschte eine Weile, aber die rhythmischen Klänge wiegten ihn rasch wieder in den Schlaf.

Sechs Tage später sichteten sie am frühen Morgen die Insel Gjeen, und die nächsten drei Tage folgten sie ihrer Südküste. Während die Insel hinter ihnen am Horizont verschwand, schaute Egil von den Karten auf. »Sabra«, verkündete er. »Wir fahren nach Sabra, um frischen Proviant aufzunehmen.«

Delon warf einen Blick auf die Karte. »Die Stadt am Rande der Wüste Karoo?«

Egil nickte.

»Hm, war das nicht einer der Häfen, wo die Jüten uns wahrscheinlich suchen?«

Egil nickte zustimmend. »Aye. Aber das war vor zwei Monaten. Ich meine, mittlerweile müssten sie längst dort gewesen und auch wieder von dort verschwunden sein.«

»Jüten?«, fragte Burel stirnrunzelnd. Dann sah er Aiko an, und seine Miene hellte sich auf. »Ach so. Königin Gudruns Hunde.«

Aiko nickte mit ausdrucksloser Miene, sagte aber nichts.

Alos seufzte. »Ich würde ihnen nur ungern noch mal über den Weg laufen.«

Delon lachte. »Alos, alter Mann, Ihr wart beide Male volltrunken und bewusstlos.«

Alos fuhr auf. »Trotzdem!«

Egil hob die Hand. »Wir machen es einfach folgendermaßen: Wir segeln in den Hafen, und wenn wir ein Drachenschiff sehen, verschwinden wir sofort wieder. Ich glaube, wir haben genug Wasser, um bis nach Khalish zu gelangen.«

»Khalish?« Delon beugte sich vor und schaute wieder auf die Karte.

»Hier, in Hyree«, sagte Egil und zeigte auf eine Stelle.

»Oh. Hyree. Lieber nicht, wenn wir eine Wahl haben, denn die Hyreeer sind fast so schlimm wie die Kistanier.«

Am Mittag des sechsten Januartages segelten sie in den Hafen Sabra ein, der vor ihnen in der Sonne glitzerte.

Beim Hafenmeister fanden sie heraus, dass nicht nur kein Drachenschiff vor Anker lag, sondern auch schon seit vielen Jahren keines mehr aufgetaucht war.

Aiko, Arin und Ferai verschleierten ihre Gesichter, und die Gefährten nahmen sich Zimmer im *Halbmond und Stern*, einem bescheidenen Gasthof auf den Hängen oberhalb der Bucht. Von ihren Balkonen aus konnten sie im Süden weit jenseits der Stadtmauern den Sand der riesigen Karoo sehen, über der die Luft vor Hitze flimmerte. Doch nicht diese riesige Wüste beschäftigte sie, sondern vielmehr eine schlangenförmige Bucht.

»Also«, sagte Alos, indem er auf die von ihm angefertigte Skizze zeigte. »Hier sind die Fangzähne. Seht Ihr diese drei? Das sind die Leitklippen. Durch alle anderen Fangzähne fahren wir im Zickzack, und zwar so« – auf dem Pergament fuhr sein Finger ein Stück nach Südsüdwest, bog dann nach Nordnordwest ab und kehrte schließlich nach Südwest zurück –, »dass wir die erste Leitklippe dicht an backbord passieren, dann zur zweiten abschwenken und sie eng steuerbord nehmen, dann genau auf die dritte zulaufen und sie knapp backbord umfahren. Dann drehen wir genau nach Südwest und segeln in den Schlund der Schlange.«

»Wie finden wir die drei Leitklippen?«, fragte Egil.

»Die ersten beiden sind größer als die anderen Fangzähne« – Alos zeigte es auf der Karte –, »die erste ist irgendwo hier draußen am Rand, die zweite ist hier unten zwischen den anderen Klippen. Die dritte ist ungefähr hier, und sie ist weiß geädert.« Er sah Egil an. »Wenn man die Passage erst einmal kennt, ist es ganz einfach.«

Ohne den Blick von der Karte abzuwenden, fragte Aiko: »Wo ist die Stadt?«

»Gleich hinter der ersten Biegung. Vom Meer aus nicht zu sehen.«

Jetzt schaute die Ryodoterin auf, zuerst zu Egil, dann zu Alos. »Und Ordrunes Turm?«

»Als ich dort war, habe ich keinen Turm gesehen«, sagte Alos, während er sich seinen struppigen weißen Bart kratzte. »Nur die Stadt, obwohl die Bucht sich noch viel weiter zieht – über viele Meilen, bis in den Dschungel. Aber wir waren nur in der Siedlung.«

»Und die Einfahrt in die Bucht«, fragte Burel, »wird die bewacht?«

»Es gibt eine Tagwache«, sagte Alos. »Sie hat Alarm gegeben, als wir geflohen sind. Ob es eine Nachtwache gibt, weiß ich nicht. Es wurde darüber geredet, dass die Piraten Schiffe ausplündern, die an den Klippen zerschellen. Deswegen hätten sie eine Wache an der Einfahrt. Ob das stimmt, kann ich nicht sagen.«

»Ich würde meinen, sie stellen eine Wache auf, um sie vor der Flotte des Königs zu warnen, und aus demselben Grund verbergen sie die Stadt«, sagte Aiko.

»Wann wäre die beste Zeit, mit der *Breeze* einzufahren?«, fragte Egil.

»Mittags, damit ich sehen kann, wie wir steuern müssen«, erwiderte Alos.

»Nein, Alos«, sagte Aiko. »Im Dunkel der Nacht, damit uns die Wache nicht sieht.«

»Aber dann kann ich auch nichts sehen«, erwiderte der alte Mann.

»Wie wäre es dann in der Abenddämmerung?«, fragte Ferai. »Nein, Augenblick. Wenn wir genug sehen können, um in die Bucht zu segeln, können die Wachen uns auch sehen.«

»Das ist wahr«, sagte Arin, »und wenn uns keine List einfällt, wie wir sie täuschen können, müssen wir ungesehen hineingelangen.«

»Wir schaffen es nicht an den Klippen vorbei, wenn ich blind bin«, sagte Alos.

»Ich kann Eure Augen ersetzen«, sagte Arin. »Ich sehe recht gut im Licht der Sterne.«

»Und eine List?«, fragte Delon. »Irgendwelche Ideen?«

»Spricht jemand Kistanisch?«, fragte Ferai.

Alle schüttelten den Kopf.

»Dann wird eine List wahrscheinlich keinen Erfolg haben. Außerdem sehen eine Elfe, eine Ryodoterin und fünf weiße Nordländer ganz und gar nicht wie Kistaner aus.«

»Ich könnte meine Haut dunkel färben, wie mein Vater es getan hat«, sagte Burel, »aber ich spreche ihre Sprache nicht.« Er runzelte die Stirn und sagte: »Vielleicht könnte ich mich als taubstumm ausgeben.«

»Aber wir können uns nicht alle die Haut färben und so tun, als wären wir taubstumm«, sagte Ferai. »Ich meine, das wäre kaum glaubhaft.«

Nach einem Augenblick des Schweigens sagte Delon: »Wie steht es mit Hyranisch? Kann das jemand sprechen? Ich habe gehört, dass die Kistaner und die Hyraner Verbündete sind.«

Wieder schüttelten alle den Kopf.

»Dann würde ich für den Moment sagen, dass eine List nicht infrage kommt«, sagte Delon. Er wandte sich an Alos. »Und Ihr sagt, dass die Küste über viele Meilen Klippen aufweist?«

»Fünfzig, sechzig, achtzig Meilen in jeder Richtung«, erwiderte der alte Mann.

Aiko wandte sich an Egil. »Lasst uns einstweilen annehmen, wir schaffen es an den Klippen vorbei. Dann müssen wir als Nächstes den Turm finden.«

Egil nickte. »Und in die Kammer ganz oben gelangen, um die Schriftrolle zu bekommen. Das wird nicht leicht werden, denn die Mauern sind gut bewacht.« Egil drehte das Pergament zu sich und zeichnete einen Lageplan von Ordrunes Festung, soweit er sich daran erinnerte.

Während er zeichnete, fragte Ferai: »Und wenn wir den

Turm nicht finden? Vielleicht ist er gar nicht in der Schlangenbucht.«

Bevor Egil antworten konnte, sagte Aiko: »Dann nehmen wir einen nach dem anderen aus der Stadt gefangen, bis wir jemanden finden, der weiß, wo er ist.«

»Aber wir müssen vielleicht sehr viele Gefangene machen, bevor wir einen finden, der uns Auskunft geben kann«, protestierte Arin. »Und was machen wir dann mit ihnen?«

Aiko sah Arin ungerührt an und sagte schließlich: »Wir dürfen keinen am Leben lassen, der den Magier warnen könnte.«

»Aber das wäre kaltblütiger Mord an Unschuldigen«, sagte Arin.

»Pah!«, schnaubte Alos. »Es gibt keine unschuldigen Kistaner.«

Arin sah Alos an und schüttelte den Kopf. »In dem Punkt seid Ihr im Irrtum, mein Freund. Ein Volk mag noch so verdorben sein, doch es gibt immer auch Unschuldige darunter.«

Alos schnaubte wieder und fragte dann: »Sogar unter den *Rûpt?*«

Arins Augen weiteten sich, als er diese Frage stellte, und sie wusste nicht, was sie darauf antworten sollte.

Egil beendete seine Skizze und sagte: »Hoffen wir einfach, dass sich die Notwendigkeit nicht ergibt, Gefangene machen zu müssen.« Er schob die Skizze in die Tischmitte und fuhr fort: »Viel hängt davon ab, was wir vorfinden, wenn wir dort ankommen, aber das hier weiß ich über Ordrunes Feste.«

Delon betrachtete die Zeichnung und tippte dann mit dem Finger auf das Pergament. »Gibt es Fenster in diesem Turmzimmer?«

»Vier. Unvergittert«, sagte Egil. »Je eins für die vier Himmelsrichtungen.«

»Nun, dann seht Euch das an«, sagte Delon mit dem Finger auf der Karte. »Der Turm befindet sich in einer Ecke der Festungsmauern. Die Wallböschung scheint nicht außen herum zu verlaufen, sondern folgt nur der Innenmauer. Wenn das stimmt, können wir diese Außenmauer vielleicht unentdeckt erklimmen und durch ein Fenster eindringen. Natürlich nur, wenn sie groß genug sind.«

»Für Burel könnte es etwas eng werden«, sagte Egil, »ansonsten, glaube ich, passen wir alle hindurch.«

»Ich nicht«, sagte Alos. »Ich sagte Euch doch, ich kämpfe nicht gegen einen Magier. Ich werde einfach im Boot warten. Es gibt viele Orte, wo wir die *Breeze* verstecken können. Schließlich ist die ganze Insel ein Dschungel, und viele Flüsse münden in der Bucht. Wir folgen einfach einem von denen und bringen das Schiff in ein Versteck.«

Egil brummte zustimmend, dann sah er sich in der Runde um. »Wer hat Erfahrung im Erklimmen von Türmen?«

Delon sagte: »Es dürfte auch nicht anders sein, als Felswände in den Bergen emporzuklettern, und ich habe schon viele steile Berge erklommen.«

Aikos Blick war schwer zu deuten, als sie sagte: »Ich habe schon im Krieg Mauern erstürmt.«

Burel sah sie überrascht an und sagte dann: »Im Tal des Tempels bin ich oft in den Felswänden herumgeklettert.«

»Ich habe keine Felswände erklommen«, sagte Ferai, »aber schon viele Hausmauern. Ein Turm dürfte in dieser Beziehung keinen Unterschied machen. Aber wenn doch, braucht mir nur jemand ein Seil herunterzuwerfen, dann bin ich im Nu oben.«

»Das gilt auch für mich«, sagte Arin.

Delon wandte sich an Ferai. »Du hast Hausmauern erklommen? Als Teil deiner Ausbildung im Zirkus?«

Ferai sah ihn mit unergründlicher Miene an, blieb aber stumm.

»Also schön«, sagte Egil, »dann hätte ich einen möglichen Plan: Einige klettern voraus und werfen den anderen Seile herunter. Wenn wir uns bereitmachen, in die das Turmzimmer einzudringen, gehen die besten Kämpfer zuerst: Aiko, ich,

Burel und Delon. Sollte Ordrune in der Kammer sein, oder wir finden welche von seinen Lakaien, töten wir sie. Wenn keine Gefahr mehr besteht, öffnet Ferai die Truhe, und Arin sucht die Schriftrolle. Die anderen stehen Wache.«

»Und dann machen wir, dass wir wegkommen?«, fragte Delon.

»Auf demselben Weg zurück«, bestätigte Egil nickend. Er schaute in die Runde und alle nickten.

»Schön und gut«, sagte Aiko. »Nun lasst uns einen anderen Plan überlegen. Einen, wo wir zum Beispiel über die Mauer klettern anstatt den Turm empor ...«

In den nächsten zwei Tagen zerbrachen sie sich den Kopf, wie sie ungesehen in die Bucht gelangen konnten, überlegten sich Alternativen, wie sie heimlich und offen in den Turm eindringen würden, was sie tun konnten, wenn sie den Turm nicht fanden, was sie tun sollten, wenn sie die Schriftrolle nicht fanden, was sie mit Gefangenen anstellen sollten, falls sie welche machen mussten, wie sie den Turm und die Bucht wieder verlassen konnten, und was sie tun sollten, wenn sie bei der Ausführung ihres Vorhabens entdeckt wurden.

In diesen zwei Tagen versorgten Egil und Alos die *Breeze* mit Lebensmitteln und Wasser. Außerdem kauften sie alles an Ausrüstung, was sie für nötig erachteten: Kletterausrüstung, Seile, zusätzliche Waffen, Laternen, Öl und so weiter. Ferai suchte mehrere Schlosser, Kesselflicker, Juweliere und sogar den einen oder anderen Schmied auf und ergänzte ihr ohnehin bereits beachtliches Sortiment bestens gefertigter Einbruchswerkzeuge. Aiko und Burel übten weiterhin mit dem Schwert, aber sie mieteten sich Kamele und ritten ins Landesinnere, um es unbeobachtet tun zu können. Arin suchte Kräutergeschäfte und Heiler auf und kaufte Salben und Tränke, Kräuter und Wurzeln und ähnliche Dinge, falls die Gefährten ihre Heilkünste brauchen sollten. Und in der dritten Nacht im

Hafen stahl Alos sich zu einem Weinhändler davon. Kurz nach Tagesanbruch, als Aiko ihn sich über die Schulter warf und an Bord der *Breeze* und unter Deck brachte, sagte Egil: »Sieht so aus, als käme er nur auf ein Schiff, wenn er sturzbetrunken ist oder vor Furcht rennt.«

Neun Tage nach Neujahr, am Tag, als sie Sabra verließen, setzten die Winterstürme auf dem Avagonmeer ein. Grauer Regen trieb weiß gekrönte Wellen über die dunklen Tiefen, und Gischt sprühte vor ihnen im Wind. Doch zwischen den regelmäßigen Stürmen schien die Sonne auf die kleine Schaluppe, deren Bug auf dem Weg zu einer weit entfernten Insel durch die Dünung pflügte.

Obwohl die Besatzung ihrem Ziel beständig näher kam, war die Insel Kistan noch viele Tage entfernt und die Schaluppe ein kleines Boot mit wenig Platz. Weil sie kaum etwas anderes tun konnten, redeten sie über viele Dinge.

»Hört her, Burel«, sagte Delon bei einem Wachwechsel, »ich habe das auch schon die anderen gefragt, bevor wir im Tempel des Labyrinths waren. Damals haben wir darüber geredet, ob es wohl ein Leben nach dem Tod gibt, aber warum sollte ich nicht auch Euch danach fragen, auf dass Ihr im Licht Eurer Philosophie antworten mögt.«

Burel saß an der Ruderpinne und betrachtete den Barden in der zunehmenden Dämmerung. »Nur zu.«

»Nun, es geht nur um Folgendes: Was nützt es, wenn man versucht anständig zu sein, wenn unser Weg bereits feststeht? Und wenn die Pfade unveränderlich sind, dann wird nichts, was wir tun, die Dinge auch nur im Geringsten ändern. Böse bleibt böse, gut bleibt gut, und nichts kann uns von unserem vorherbestimmten Weg abbringen. Wenn ich beispielsweise gut sein muss, um in den Genuss der Belohnung eines angenehmen Lebens nach dem Tode zu gelangen, wenn aber mein vorherbestimmter Weg der ist, böse zu sein, wie kann man mich dann für das Böse verantwortlich machen, das ich begangen habe?« Delon breitete die Arme aus, um alles einzubeziehen, was zu sehen war. »Ich meine, ist es nicht die Schuld jener, die all das in Bewegung gesetzt haben? Haben nicht sie die Verantwortung, weil sie meinen Weg im Augenblick der Schöpfung festgelegt haben? Und noch eines: Warum sind wir überhaupt hier, wenn alles bereits festgelegt ist?«

Burel zuckte die Achseln. »Ich weiß nicht, was in den Köpfen derjenigen vorgeht, welche die Zügel der Existenz in den Händen halten, aber wenn sie tatsächlich allmächtig und allwissend sind, wie könnten sie dann nicht bis in die kleinste Einzelheit wissen, wie jeder von uns sein Leben verbringen wird?.«

»Vielleicht«, sagte Delon, »haben sie absichtlich etwas erschaffen, das seinem Wesen nach nicht eindeutig ist. Vielleicht verhält es sich so, wie Ferai sagt, dass sie uns den freien Willen gegeben haben. In diesem Fall wüssten sie eben nicht, was kommt.«

Burel zuckte die Achseln. »Ihr mögt Recht haben, mein Freund, aber Ihr könntet auch Unrecht haben. Doch ob Recht oder Unrecht, ich weiß nicht, wie ich Eure Frage mit einiger Gewissheit beantworten soll.«

Delon strich sich über das Kinn. »Ich verstehe, Burel. Aber hört her, wenn alles bereits feststeht, wenn jede Geschichte bereits vollständig erzählt ist, will mir nicht ein einziger guter Grund einfallen, warum es uns gibt. Fällt Euch einer ein?«

Burel lachte.

»Was ist so lustig?«, fragte Delon lächelnd.

»Ach, mein Freund, Ihr habt mich soeben gefragt: Was ist der Sinn und Zweck des Lebens?«

Delon seufzte und schüttelte den Kopf. »Das habe ich wohl.« Er schaute aufs Meer mit seinen beständig wogenden blauen Wellen. Doch dann wandte er sich wieder an Burel und sagte: »Trotzdem, Burel, fällt Euch angesichts Eurer Philosophie auch nur ein einziger Grund ein, gut oder nicht, warum es uns gibt?«

Burel überlegte einen Moment mit gerunzelter Stirn und sagte schließlich: »Vielleicht finden wir einen Hinweis in dem, was die edle Aiko über den ryodotischen Glauben erzählt hat: Vielleicht werden wir immer wieder geboren und leben viele Leben, bevor wir das Paradies erreichen, falls es denn so etwas gibt, das uns erwartet. Wenn es stimmt, dass unsere Seelen von einem Leben zum nächsten wandern, dann könnte es sein, dass alles vorherbestimmt ist, damit wir alle durch Erfahrung *ganz genau* lernen, wie es ist, gehasst und geliebt und nicht beachtet zu werden, ein Dieb, ein Mörder, ein Schänder, ein Priester, ein Heiliger, ein Bettler und ein König oder sonst etwas zu sein, das Euch einfällt, darunter auch Würmer und Käfer und Schlangen und alles andere, was schwimmt, kriecht, läuft und fliegt. Und wenn wir dann alles gelernt haben, vielleicht dürfen wir dann – und nur dann – diese Welt verlassen und zur nächsten fortschreiten, sei es das Paradies oder nicht. Denn dann haben wir lange genug gelebt und wissen genug, um an diesem neuen Ort zurechtzukommen, wo wir uns dann wiederfinden.«

»Du meine Güte, Burel, das würde bedeuten, dass wir unzählige Leben bis in alle Ewigkeit leben müssten!«

»Versteht mich nicht falsch, Delon: Ich behaupte nicht zu *wissen*, dass es sich so verhält. Ich behaupte auch nicht, dass man das Böse gutheißen oder an Seelenwanderung oder an das Paradies oder an etwas anderes glauben sollte. Ich sage nur, dass ich *nichts* mit Sicherheit weiß, aber ich habe meinen Glauben: meinen Glauben an die Göttin Ilsitt, meinen Glauben, dass jene über den Göttern allwissend sind und daher jedes Ereignis bereits kennen, sei es vergangen, gegenwärtig oder zukünftig, meinen Glauben, dass unser Tun vorherbestimmt ist, und schließlich meinen Glauben, dass ich eines Tages erfahren werde, wie es sich wirklich verhält.«

Delon holte tief Luft und ließ sie langsam entweichen.

Schließlich sagte er: »Burel, Ihr seid in der Tat ein Bewahrer des Glaubens.«

Burel warf einen Blick auf Aiko, die vorne im Bug stand, dann wandte er sich wieder an Delon. »Natürlich gibt es eines, was ich mit Gewissheit weiß.«

Delon neigte den Kopf. »Und das wäre ...?«

»Ich liebe die edle Aiko.«

Delon lachte und stimmte ein kurzes, aber herrliches Lied über grenzenlose Liebe an.

Als wieder Stille eingekehrt war, wandte Egil sich an Burel und sagte: »Es gab eine Zeit, da hätte ich behauptet, der Sinn des Lebens bestehe darin, tapfer zu leben, aber die Erfahrung hat mich gelehrt, dass es nicht reicht, kühn zu sein. Außerdem ist Tapferkeit überhaupt kein Sinn, sondern nur eine Art zu denken und sich zu verhalten, ein Mittel, Beifall von seinen Lieben, von seiner Familie und dem Klan zu bekommen ... und vielleicht auch von den Göttern. Vielleicht besteht der Sinn unseres Lebens darin, uns den Beifall der Götter zu verdienen.«

»Ich würde diesem Weg nicht zu weit folgen, Egil«, sagte Burel.

»Und warum nicht?«

»Ich will Euch ein Beispiel geben: Die Fäuste von Rakka behaupten, der Sinn des Lebens bestehe darin, Rakka zu fürchten, Ihn anzubeten und Ihm zu gehorchen. Sie behaupten, es gebe keinen Gott außer Rakka, und es sei unser Daseinszweck, Ihn zu verherrlichen.«

Egil schüttelte den Kopf. »Ich könnte keinen Gott verherrlichen, der durch Furcht herrscht.«

Burel nickte. »Ich auch nicht, aber das ist ein Beispiel dafür, was man tun muss, um sich den Beifall eines bestimmten Gottes zu verdienen.«

»Ach so, ich verstehe, Burel.«

Aiko kam zu ihnen und setzte sich neben Burel. Er nahm ihre Hand. »Sag mir, Aiko, was ist der Sinn des Lebens?«

Sie sah ihn an und sagte schließlich: »Die erste Regel des Lebens ist die zu leben.«

»Nicht mehr?«

»Nicht mehr.«

Alos schnaubte. »Wenn Ihr mich fragt, sind wir nur aus dem Grund hier, damit die Götter jemanden haben, dem sie zu ihrer Unterhaltung Streiche spielen können.«

Delon lachte. »Ich glaube, Ihr habt Recht, alter Mann. Wenn die Götter – oder jene über den Göttern – tatsächlich für das Leben verantwortlich sind, dann haben sie es erschaffen, um unterhalten zu werden. Und darin liegt unser Sinn: eine gute Vorstellung zu liefern.«

Burel sah Ferai an, doch sie zuckte nur die Achseln, und so wanderte sein Blick weiter zu Arin.

Die Dylvana räusperte sich. »Wir können nicht wissen, was den Höchsten vorschwebte, als sie alles in Gang gesetzt haben. Vielleicht ist jeder von uns nur ein unbedeutendes Glied in einer langen Kette, die sich von einem bescheidenen Anfang bis zu einem gewaltigen Ende spannen soll. Aber wo diese Kette beginnt, kann ich nicht sagen. Ich kann auch nicht sagen, an welcher Stelle sie steht, oder wo sie enden wird, falls sie überhaupt einmal endet, denn ich weiß nicht, was in den Köpfen derjenigen vorgeht, die das erste Glied geschmiedet haben. Aber jeder von uns ist nur ein Glied zwischen Vergangenheit und Zukunft, und ich kenne niemanden, der sagen könnte, was diese Kette letzten Endes bezwecken soll. Ich glaube, dass Ferai auf diese Frage die richtige Antwort hat.«

Delon wandte sich staunend an Ferai. »Was hast du denn gesagt, mein Schatz?«

»Ich habe gar nichts gesagt«, antwortete Ferai. »Ich habe lediglich die Achseln gezuckt, denn ich kenne den Sinn des Lebens schlicht und einfach nicht.«

»Ganz recht«, sagte Arin. »Ganz recht.«

»Den Karten zufolge beginnen hier die Gewässer der Piraten«, sagte Egil. »Also haltet die Augen offen, und wenn Ihr ein Segel sichtet …«

»Ein kastanienfarbenes Segel«, warf Alos mit hoher, vor Anspannung schriller Stimme ein.

»Ah, ja, ein kastanienfarbenes Segel, tja, dann ruft alle an Deck und macht Euch bereit, unsere Segel zu reffen.«

»Unsere Segel zu reffen?«, fragte Ferai. »Warum das?«

»Dann sind wir schwerer zu entdecken«, erwiderte Egil. »Wir liegen ziemlich flach im Wasser, und ein nackter Mastbaum ist nur schwer auszumachen. Aber sollten sie ihn trotzdem sichten, können wir die Segel binnen zwanzig Herzschlägen wieder hissen.«

»Sind wir schneller als die Piraten?«, fragte Delon.

Egil zuckte mit den Achseln und sah Alos an. Auf dessen Oberlippe hingen Schweißtropfen, und er fauchte: »Bei Adons Männlichkeit, woher soll ich das wissen?«

Egil wandte sich wieder an Delon. »Vielleicht machen sie sich nicht die Mühe, uns zu verfolgen, wenn sie sehen, dass wir nur eine kleine Schaluppe und kein fetter Kauffahrer sind.«

Aiko zeigte auf Burel und Arin und sagte: »Sollten sie in unsere Nähe kommen, müssen sie sich zuerst mit unseren Pfeilen auseinander setzen, und ich weiß, wie gut Dara Arin mit dem Bogen ist, und ich weiß auch, wie gut Burel und ich damit sind. Sollte sie das nicht aufhalten, bekommen sie eben unseren Stahl zu spüren, wenn wir sie entern.«

»Wenn *wir sie* entern?«, fragte Delon und brach dann in Gelächter aus.

Die anderen fielen ein, alle bis auf Alos, der an der Ruderpinne saß und heftig schnaufte und keuchte.

Zwanzig Tage und zwanzig Nächte war die *Breeze* bei gutem wie bei schlechtem Wetter über das Avagonmeer von Sabra nach Westen gesegelt. In dieser ganzen Zeit hatten sie nur ein einziges anderes Schiff gesehen und absolut kein Land, nicht einmal eine winzige Insel. Doch in der Abenddämmerung des zwanzigsten Tages, als der Wellengang noch hoch war vom Sturm des Vortags, sahen sie endlich Land unter der dünnen Sichel eines Neumonds am westlichen Horizont, eine düstere Silhouette, wie die schwarzen Wolken eines sich zusammenbrauenden Gewitters.

»Da ist sie«, sagte Egil. »Die Insel Kistan.«

19. Kapitel

Arin betrachtete den dünnen Neumond, dessen Sichel nun langsam hinter die dunkle Silhouette Kistans glitt. »Alos, ich habe mich entschieden: Wir müssen die Einfahrt in die Bucht in der Nacht versuchen. Seid Ihr dem gewachsen?«

Alos fiel die Kinnlade herunter. »Seid Ihr verrückt?«

Aiko beugte sich in der Dämmerung vor, sodass sie Nase an Nase mit dem alten Mann stand. Die Augen der Ryodoterin funkelten, als sie zischte: »Beantwortet die Frage!«

»Es wird Nacht sein, Dara. Pechschwarz. Wenn wir dort ankommen, wir es nicht einmal Mondlicht geben.«

»Genau, es wird dunkel sein, Alos«, gab Arin ihm Recht, »aber gibt es eine bessere Zeit, ein Schiff unbemerkt in die Bucht zu bringen?«

»Hört zu, ich habe es Euch schon einmal gesagt, ich kann die *Breeze* nicht durch die Fangzähne steuern, wenn ich sie nicht sehen kann. Das kann niemand.«

»Und wie ich Euch schon einmal gesagt habe, Alos, werden die Sterne am Himmel stehen, und ich sehe sehr gut in ihrem Licht. Ich werde Euch leiten.«

Der alte Mann blies die Backen auf und schnaufte, und schließlich sagte er: »Es ist gut möglich, dass wir dabei alle ums Leben kommen.«

»Trotzdem, Alos, könnt Ihr steuern, wenn ich Euch lotse?«

»Diese Klippen sind wie gewaltige Reißzähne!«, stammelte er.

Egil meldete sich zu Wort. »Wir werden es halten wie die Fjordländer, wenn sie in unbekannten Gewässern plündern wollen: Wir fahren bei Flut hinein, weil dann mehr Wasser zwischen Klippen und Rumpf ist.«

»Wann ist hier Flut, frage ich mich?«, sagte Delon mit einem Blick auf die verschwindende Mondsichel, um sich dann an Arin zu wenden, die wiederum Alos ansah.

»Bei so einem Mond wird das Wasser gegen Mitternacht seinen Höchststand haben«, murmelte der Alte, »aber es wäre trotzdem ein närrisches Unterfangen, mitten in der Nacht durch die Fangzähne zu segeln.«

»Würdet Ihr lieber unter den Augen der Piraten in die Bucht fahren?«

»Wahnsinn. Wahnsinn. Es ist alles Wahnsinn«, stieß Alos hervor.

»Trotzdem ...«

»Also gut, also gut«, stöhnte der alte Mann. »Wir versuchen es bei Hochwasser. Aber wenn wir dabei alle sterben, kommt hinterher nicht angelaufen und bittet mich um Verzeihung.«

Delon brach in schallendes Gelächter aus.

Bei hohem Wellengang segelten sie weiter der Insel entgegen. Der Wind blies jetzt bei Einbruch der Dunkelheit direkt vom Land her. Unter dem Glanz der Sterne verstrichen die Glasen der Nachtwache, bis Arin das Brausen einer entfernten Brandung gegen zerklüftete Felsen hören konnte. Sie kreuzten weiter, und bald konnten sie alle das Tosen der Brecher gegen die unzähligen Felszähne hören, die beim Zurückbranden das Wasser aufwirbelten. Egil studierte die Karten und beriet sich mit Arin, die zu den Sternen blickte. Schließlich sagte er: »Wenn diese Karten stimmen, befinden wir uns ein wenig nördlich der Bucht. Bring uns drei Meilen weiter nach Süden.«

»Fertig machen zum Beidrehen«, rief der alte Mann seiner nunmehr erfahrenen Besatzung zu, und Delon, Aiko, Ferai und

Burel hielten sich alle bereit, auf Alos' Kommando die Leinen zu lösen und die Segel zu schwenken. »Drehen bei«, rief Alos und zog an der Ruderpinne, während die Leute auf der Steuerbordseite Segel nachgaben und jene auf der Backbordseite anzogen. Die *Breeze* schwang ihren Bug durch das Auge des Windes, bis die Segel sich wieder im Wind strafften, da sie nun steuerbord vor dem Wind und parallel zum funkelnden, gegen die Klippen brandenden Küstengewässer nach Süden hielt.

Egil gab Anweisung, alle Segel bis auf das Haupt- und das Klüversegel zu reffen, denn die nächtliche Fahrt durch die Fangzähne war ein äußerst gefährliches Unterfangen. Doch obwohl sie nur zwei ihrer Segel gehisst hatte, machte die *Breeze* gute Fahrt, denn der Wind blies frisch und spannte die Leinwand straff.

Fünf Meilen segelten sie so an der Küste entlang nach Süden, bis Arin nach rechts vorn zeigte und sagte: »Da ist die Mündung einer Bucht.«

Niemand anders an Bord konnte mehr sehen als das schwache Funkeln der Brandung und die dunkle Silhouette der nicht weit entfernt aufragenden Insel.

»Wir segeln erst einmal vorbei«, befahl Egil Alos. »Bis Mitternacht ist es noch eine ganze Weile hin, und dann kann Arin sehen, ob dies die Schlangenbucht ist und ob die Leitklippen noch stehen.«

»Haltet ein wenig nach steuerbord«, sagte Arin, und Alos bewegte vorsichtig die Ruderpinne, bis sie rief: »Das reicht.«

Jetzt schrammte die *Breeze* an den Klippen vorbei, die nur ein paar Dutzend Schritte entfernt waren. Hohe Wellen hoben die Schaluppe in die Höhe, und die Brandung donnerte gegen die Felsen, während Arin sich über die Steuerbordreling lehnte und nach vorn Ausschau hielt.

»Vor uns liegt eine von den hohen Klippen«, sagte Arin, »und da drüben ist noch eine und ... da ist auch die dritte.« Sie wandte sich an Egil. »Das muss die Schlangenbucht sein.«

Egil schüttelte staunend den Kopf, denn er konnte lediglich schwarze Formen im schwarzen Wasser ausmachen, von denen er vermutete, dass es Felsen waren.

»Dreh nach backbord«, sagte Egil, »und fahr weiter aufs Meer und dann an der Küste entlang. Wir kommen wieder, wenn die Flut ihren Höchststand hat, und dann stoßen wir in die Bucht vor.«

»Aber die Brandung, Egil, die Brandung«, jammerte Alos. »Sie ist hoch und donnert gegen die Klippen. Wir werden nie an allen Felsen vorbeikommen.«

»Der Wellengang ist wegen des Sturms gestern immer noch sehr hoch, aber wir haben keine Wahl«, sagte Egil. »Wir können nicht vor der Küste kreuzen, bis der Wellengang nachlässt, denn es war reines Glück, dass wir bisher nicht entdeckt worden sind. Wir können uns nicht darauf verlassen, dass uns das Glück weiter so treu ist. Nein, Alos, wenn wir warten, setzen wir alles aufs Spiel, und ich will nicht, dass die Piraten auf uns aufmerksam werden, während wir darauf warten, dass der Seegang nachlässt. Jetzt fahr das Boot in einem Oval nach Norden, bis es an der Zeit ist, in die Bucht vorzudringen.«

Zitternd gab Alos der Mannschaft die nötigen Kommandos zum Beidrehen, und das Schiff drehte sich von den Klippen weg. Als sie weit genug draußen waren, ließ er noch einmal nach Norden beidrehen, während ihm kalte Schweißtropfen auf der Stirn standen.

»Du hast die Augen einer Katze, Liebste. Entweder das oder den Blick einer Eule.«

Arin lächelte Egil an, dann nahm sie seine Hand und lehnte den Kopf an seine Brust, sagte aber nichts.

»Ich brauche etwas zu trinken«, sagte Alos. »Medizinischer Branntwein reicht. Und sagt mir nicht, Ihr habt keinen, weil ich gesehen habe, was Ihr in diese verschlossene Kiste mit Kräutern gepackt habt.«

»Nein, Alos«, erwiderte Arin, ohne den Kopf zu heben. »Wir brauchen Euch mit nüchterner und ruhiger Hand, wenn Ihr uns durchbringen wollt.«

»Aber das ist es ja, Dara, meine Hand ist nicht ruhig. Ich zittere wie Espenlaub. Ein kleiner Schluck würde mich bestimmt viel ruhiger machen, meint Ihr nicht auch?«

Aiko knurrte etwas, rückte von Burel ab und setzte sich neben den alten Mann. Dann flüsterte sie ihm etwas ins Ohr. »Verdammte Hexe!«, fluchte Alos, während er die Hände schützend über seinen Schritt legte und vor Aiko zurückwich.

Während Aiko zu Burel zurückkehrte, löste Arin sich von Egil, ging zu Alos, legte den Arm um seine zitternden Schultern und summte ein Wiegenlied, das sie vor langer Zeit eine Mutter hatte singen hören. Im Sternenlicht entging ihr der traurige Ausdruck nicht, der über Alos' Miene huschte, ein Ausdruck, den nur sie sehen konnte. Schließlich flüsterte sie: »Fürchtet Euch nicht, Alos, gemeinsam werden wir es schaffen.«

»Bereithalten am Klüver, bereithalten am Hauptsegel«, brüllte Alos über das Tosen der Brandung hinweg.

»Ein wenig nach steuerbord, Alos«, rief Arin, die sich über die Backbordreling gelehnt hatte und nach vorn in die Gischt spähte. »Das ist gut. Das ist sehr gut. Jetzt gerade ausrichten.«

Die *Breeze* zog schäumend weißes, schwach leuchtendes Kielwasser hinter sich her, während die Schaluppe auf die zerklüfteten Fangzähne zulief. Die Flut hatte ihren Höchststand erreicht, und Wellen krachten gegen die Felsen. Die funkelnden Sterne starrten kalt und stumm auf die verzweifelte Fahrt. An Bord taten alle ihr Möglichstes, um nicht von der Brandung mit Mann und Maus gegen die tödlichen Klippen geschmettert zu werden.

Jetzt erreichte die *Breeze* die Fangzähne, und die erste Leitklippe zerschnitt beinahe die Backbordseite der Schaluppe, während Arin rasch nach steuerbord eilte, um den Leitfelsen voraus anzupeilen. Brecher krachten gegen die Klippen und schleuderten Meerwasser in die Höhe, über das Deck und auf alle an Bord, sodass Schiff, Segel und Mannschaft vollkommen durchnässt wurden. Arin wischte sich rasch das Wasser aus den Augen und fixierte die Klippe, die größer war als alle anderen. Das Salz stach und trieb ihr Tränen in die Augen, die sie hastig fortblinzelte.

»Backbord, leicht backbord, Alos!«, rief sie. »Und jetzt auf Kurs halten!«

»Bereithalten zum Umschwenken«, rief Alos, dessen Stimme vor Angst immer schriller wurde.

Das Schiff raste durch die tosende Schwärze, Tod zur Linken, Tod zur Rechten, der Bug krachte in die Wellentäler, Gischt flog auf, und Spritzwasser durchnässte sie alle.

»Jetzt, Alos! Jetzt!«, rief Arin.

»Jetzt«, kreischte Alos, der hart an der Ruderpinne zog, »dreht bei!«

Zzzzz … Lose Seile surrten, als starke Hände fest an den Leinen zogen. Der Bug der *Breeze* schwang herum, und an steuerbord ragte plötzlich ein hoher Felsen auf, nur eine Armeslänge entfernt.

Als sich das Schiff auf die Seite legte, prallte eine hohe Welle gegen die Klippe und von dort über das Deck, während Arin wieder auf die Backbordseite wechselte. Sie verlor den Halt unter dem Anprall der Wassermassen und schlug schwer gegen die Reling. Einen Augenblick schwankte sie, bis es ihr endlich gelang, ein Tau zu packen und sich benommen daran hochzuziehen. Sie schüttelte den Kopf, um ihn klar zu bekommen, beugte sich herüber und schaute nach vorn, wo weiterhin Gischt und Wellen auf die *Breeze* einstürzten.

»Alos! Nach steuerbord!«, schrie sie. »Sofort nach steuerbord!«

Während der alte Mann die Ruderpinne herumriss, tauchte

auf der linken Seite plötzlich ein riesiger Schatten auf, und der Rumpf schrammte über den Felsen. Das Schiff erbebte, doch eine hohe Welle hob die *Breeze* in die Höhe und führte sie weg von der Klippe. Plötzlich lag die Felsnadel hinter ihnen, und sie rasten der Katastrophe dahinter entgegen.

»Steuerbord, steuerbord«, überschrie Arin das Tosen der Wellen. Wieder riss Alos an der Ruderpinne, und das Boot reagierte knirschend. Augenblicke später rief Arin: »Jetzt einen Strich nach backbord, dann ausrichten und bereithalten.«

Während das Schiff seinem neuen Kurs durch Fangzähne, Gischt und Wellen folgte, versuchte Alos etwas zu rufen, aber seine Stimme klang brüchig und dünn, also gab Egil der Mannschaft das Kommando: »Haltet euch bereit, nach backbord beizudrehen, zehn Strich, auf mein Kommando!«

Wumm! Wellen brandeten gegen Klippen, Wasser überspülte das Deck, und doch konnte Arin noch genug sehen und rief: »Wartet noch! ... Wartet noch! ... Wartet noch! ... Jetzt! Jetzt, Alos, jetzt!«

»Jetzt!«, rief Egil. »Beidrehen!«

Zzzzz ... Wieder surrte nasses Seil, als die *Breeze* scharf nach links schwang und einer riesigen, weiß geäderten Klippe auswich, von Richtung Nordnordwest nach Südwesten. Alos riss hart an der Ruderpinne, um den scharfen Schwenk zu schaffen, und die Segel erschlafften, als der Bug drehte. Dann spannte sich die Leinwand wieder, als sie sich mit dem böigen Wind füllte, und die Schaluppe lief durch das Gewirr tödlicher Klippen der Bucht dahinter entgegen.

»Exakt auf Kurs halten«, rief Arin. »Wir liegen genau richtig.«

An den Fangzähnen vorbei, an den Klippen vorbei, durch die donnernde Brandung segelte die *Breeze* in den Schlund der Schlange, angeschlagen, aber noch seetüchtig. Und als sie endlich freies Wasser erreichten, fiel der über die Maßen strapazierte Alos auf der Stelle in Ohnmacht.

20. Kapitel

Während Aiko den bewusstlosen Alos unter Deck brachte und in eine Koje legte, übernahm Egil das Ruder. »Haltet die Augen offen«, sagte er eindringlich, »irgendwo vor uns gibt es eine Piratenstadt und vielleicht einen Magierturm. Arin, Liebste, wir brauchen vor allem deine Weitsicht.«

Sie segelten in die schmale Bucht, deren Einfahrt höchstens eine Meile breit war, und folgten ihr gut drei Meilen weit in südöstlicher Richtung, bevor die Schlange sich zum ersten Mal zu winden begann und nach rechts abbog. Auf beiden Seiten war das Ufer mit dichtem Dschungel bewachsen: dicke, hohe Bäume, herabhängende Schlingpflanzen und dichtes Unterholz, das den Blick in den Wald verwehrte, jedenfalls sagte Arin das, denn sie war die Einzige, die in dem spärlichen Sternenlicht etwas von ihrer Umgebung erkennen konnte.

Als sie durch die Biegung fuhren, zischte Arin: »Nach backbord, *Chier*. Vor uns sind Lichter, Laternen.« Doch Egil hatte bereits entsprechend reagiert, denn er hatte die Lampen ebenfalls gesehen. »Trimmt die Segel«, raunte er seiner Mannschaft im Flüsterton zu.

Die Schaluppe legte sich nach backbord, und mehr Lichter kamen in Sicht, der entfernte gelbliche Schein von verstreuten Lampen und Laternen, von denen einige durch Fenster schienen und andere in der Brise hin und her schwangen.

»Das ist keine kleine Stadt«, sagte Arin, »die hier vor uns

liegt. Am Steuerbordufer liegen Schiffe vor Anker oder sind am Kai vertäut.«

Als sie näher kamen, sagte Egil: »Es ist lange nach Mitternacht. Ich würde meinen, die Stadt schläft größtenteils, ebenso wie die Schiffsbesatzungen. Aber auf den Schiffen werden Wachen aufgestellt sein und auf den Straßen vermutlich auch. Passt auf und unterhaltet Euch nur im Flüsterton, denn Geräusche tragen weit auf dem Wasser. Wir fahren auf der Backbordseite vorbei.«

»Ich werfe ein Lot aus«, sagte Aiko. »Es wäre gar nicht gut, wenn wir genau vor ihrer Türschwelle auf Grund liefen.«

Egil gab ihr Recht. »Sagt Bescheid, wenn die Tiefe weniger als zwei Faden beträgt.«

Aiko ging nach vorn, blieb mittschiffs vor einem Spind stehen, aus dem sie die Lotleine holte, und ging dann zum Bug, wo sie das Senkblei auswarf.

Egil änderte noch einmal den Kurs, denn nun blies ihnen der Wind entgegen, und ihm blieb nichts anderes übrig, als zu kreuzen. Dennoch hielt er sich ans Backbordufer und änderte oft die Richtung, um der Stadt am Steuerbordufer möglichst fernzubleiben.

Langsam, aber stetig glitten sie an der Stadt vorbei, und nun konnten sie irgendwo einen Mann singen hören, während an anderer Stelle eine Frau wütend kreischte, deren Schreie jedoch abrupt abbrachen. Ein Hund bellte und dann noch einer, doch das Gebell ging rasch in ein Winseln über und verstummte dann völlig, als eine schroffe Stimme irgendetwas in einer ihnen unbekannten Sprache brüllte – Kistanisch, wie sie vermuteten.

In der Dunkelheit nahe des Ufers kreuzten sie an Häusern und Schiffen vorbei durch den Kanal, der am südöstlichen Ende der Stadt lag, und aus dem Heck einer der Dauen drang gedämpftes Kichern und lustvolles Stöhnen.

Wieder änderte Egil die Richtung, und die einzigen Geräusche, die von der Schaluppe kamen, waren das sanfte Knarren der Taue und das leise Platschen von Aikos Lot. Die Ryodoterin hatte bisher noch kein Signal gegeben, da das Wasser beständig tiefer als zwei Faden war.

Wieder fing ein Hund in der Stille an zu bellen, und dieser hörte nicht auf, doch ob sein Gebell eine Warnung war oder die Jagd auf eine Ratte begleitete, konnte niemand an Bord der *Breeze* sagen, und niemand an Land schien sich darum zu scheren. Schließlich glitten sie am Nordende der Stadt vorbei – wo die Häuser baufällig und die wenigen ankernden Schiffe vom Wetter gezeichnet oder gestrandet waren, hauptsächlich Fischerboote, jedenfalls beschrieb Arin sie so.

Kurz darauf hatten sie die nächste Biegung in der Schlangenbucht erreicht, und dann war die *Breeze* außer Sichtweite der Stadt und konnte wieder in der Mitte des Kanals fahren.

Als der Morgen graute, segelten sie immer noch mehr oder weniger nach Westen. Die Bucht zog sich in die Länge, und mittlerweile lagen gut fünfzehn Meilen zwischen ihnen und der Piratenstadt. Dennoch hatte Arin noch keinen Magierturm aus dem Dschungel ragen sehen, der an beiden Ufern wuchs, und auch keine anderen Gebäude oder Boote, keine Kais, keine Wege, keine Hütten, nicht einmal einen Unterstand hatten sie entdeckt. Alles wirkte verlassen, oder als sei es niemals bewohnt gewesen. Doch von den Höhen im Innern flossen klare Bäche herab und in das brackige Wasser der Bucht. Fische schwammen in dem Kanal, Obstbäume säumten die Ufer, und als der Tag über das Land kam, fingen Affen hoch in den Bäumen an zu schnattern, und schillernde Vögel sangen und flitzten durch die Luft. Unablässig schwirrten Mücken umher, von denen es hier wimmelte und zu denen sich nun winzige blutgierige schwarze Fliegen gesellten, die jedoch von einer scharf riechenden Flüssigkeit auf Abstand gehalten wurden, mit der sich die Mannschaft auf Arins Rat hin eingerieben hatte.

»Tja«, sagte Delon, während er die Ufer absuchte und kein

Zeichen der Besiedlung entdecken konnte, »es sieht so aus, als gäbe es nichts, wofür es sich herzukommen lohnt, sonst würden wir irgendwelche Lebenszeichen sehen.«

Die neben ihm stehende Aiko sagte: »Entweder das, oder etwas Schreckliches liegt vor uns.«

Burel schaute von seiner Klinge auf, die er soeben einölte. »Warnt dich deine Tigerin?«

Aiko nickte und sagte: »Sie knurrt und kündet von Gefahr.«

Burel nickte und bearbeitete die gekrümmte Schneide seines Säbels noch einmal mit einem Wetzstein.

Egil, der an der Ruderpinne stand, sagte: »Ich meine, wir sollten hier ankern und uns ausruhen. Einige von uns waren den ganzen Tag auf den Beinen. Trotzdem muss jemand Wache stehen, während die anderen schlafen. Delon, Ferai, Ihr seid am längsten auf, ihr solltet Euch hinlegen.« Egil wandte sich an Arin. »Und du gehst ebenfalls zu Bett, Liebste, denn du hast die ganze Nacht Wache gehalten. Burel, Aiko und ich machen das Schiff fest, dann übernehme ich die erste Wache. Wenn ich dann selbst schlafen gehe, wecke ich jemanden, der mich ablöst.«

»Alos«, entschied Aiko. »Bis zum Vormittag hat er lange genug geschlafen.«

Als der Vormittag kam, lag die Hitze bereits drückend auf der Insel. Die Luft war feuchtheiß und vollkommen unbewegt, und bis auf das Summen des einen oder anderen Insekts hatte sich eine umfassende Stille über den Dschungel gelegt, als weigere sich das Leben, sich in der stickigen Schwüle zu rühren.

Alos war in Schweiß gebadet, seine dünnen weißen Haare klebten ihm förmlich am Schädel, seine Kleidung war durchnässt, und dicke Schweißperlen liefen ihm über Gesicht und Körper, die in der schwülen Luft nicht verdunsteten. Obwohl der alte Mann große Mengen Wasser trank, schien er nicht genug davon bekommen zu können. Ab und zu ließ er sein Hemd über die Bordwand ins Wasser baumeln, zog es dann tropfnass wieder hoch und wusch sich damit Gesicht, Arme und Brust ab. Die Gefährten hatten sich auf dem Deck verteilt, denn unten in der Kabine konnten sie wegen der brütenden Hitze keine Ruhe finden. Obwohl sie nun im Schatten und im Freien lagen, war ihr Schlaf unruhig.

Irgendwann nach dem Mittag fing Egil, von Träumen gequält, an zu stöhnen, und Arin wachte auf und hielt ihn in den Armen, solange ein weiterer Albdruck seine Seele peinigte.

Müde und erschöpft machten sie sich am frühen Nachmittag auf die Weiterfahrt, und kurz darauf glitt die *Breeze* dank eines schwachen, vom Meer hereinwehenden Lüftchens, das die schwüle Hitze nur wenig milderte, weiter durch die Bucht.

Nach weiteren drei Meilen schien der Wind aufzufrischen, je tiefer sie in die Bucht fuhren.

Das Land stieg langsam an, und hier und da sahen sie ein paar kahle Felsen. Immer noch segelten sie weiter, während die Sonne langsam über den Himmel glitt und von einer dünnen Mondsichel verfolgt wurde.

Die ganze Zeit kündete Aikos Tigerin von drohender Gefahr.

Als die Sonne den Horizont berührte, umrundeten sie die letzte Biegung, und in der Ferne, direkt vor ihnen im Süden, konnten sie das Ende der Bucht sehen, das von hoch aufragenden Felsen gebildet wurde. Doch es waren nicht die steilen Klippen am Ende der Schlangenbucht, die ihre volle Aufmerksamkeit erregten, noch war es die Dau, die dort an einem Dock festgemacht hatte. Vielmehr war es die Festung auf den Klippen und der Turm in einer Ecke der Mauer, der die Bastion überragte und ins Licht der sinkenden Sonne getaucht war.

Während sie das Schiff scharf wendeten und zurück und außer Sicht fuhren, knirschte Egil am Ruder mit den Zähnen und zischte, »Endlich habe ich dich gefunden, du elender Mörder«, denn er war sicher, dass sie den Turm des Zauberers Ordrune vor sich sahen.

21. Kapitel

In der Dämmerung versteckten sie die *Breeze* in einem Einschnitt am Südufer. Als sie sich versammelten und die Ausrüstung zusammenpackten, die sie benutzen wollten, um in den Turm vorzudringen, schaute Alos ihnen zu und sagte mit verzweifelter Stimme: »Das ist doch Wahnsinn! Einen Magierturm anzugreifen. Blanker Wahnsinn.«

»Wir wissen, was Ihr davon haltet, Alos«, sagte Delon ruhig, während er ein Klettergeschirr in seinem Rucksack verstaute. »Aber wir müssen es tun. Und Ihr seid herzlich eingeladen mitzukommen.«

»Ich? Mitkommen? Ich bin nicht so dumm, auch nur in die Nähe dieses Turms zu gehen. Ich bleibe hier beim Schiff.«

»Okubyomono«, zischte Aiko, die gerade ein Seil zu einer Rolle aufwickelte.

Alos beachtete sie gar nicht, sondern fuhr fort: »Wenn Ihr alle erwischt werdet, glaubt nicht, dass ich Euch holen komme. Auf keinen Fall. Wenn es hell wird, lichte ich den Anker.«

Arin unterbrach ihre Vorbereitungen, ging zu dem alten Mann und nahm ihn bei der Hand. »Alos, wenn es hell wird, ist es vielleicht noch zu früh, um anzunehmen, dass wir gescheitert sind. Wie lange wir brauchen, hängt davon ab, was wir im Turm vorfinden. Ich möchte, dass Ihr zwei volle Nächte wartet, bevor Ihr den Anker lichtet und aufbrecht.«

Alos schnaufte und wollte ihr nicht in die Augen schauen,

doch sie nahm sanft sein zitterndes Kinn und drehte sein Gesicht zu ihr. Eine Träne lief dem alten Mann über die Wange, und schließlich nickte er einmal kurz.

»Sehr gut, Alos. Sehr gut.« Arin wandte sich wieder ihren Vorbereitungen zu und bespannte ihren Bogen.

Bald war alles bereit, und sie hievten das kleine Beiboot vom Dach der Kabine und ließen es zu Wasser. Aiko und Burel nahmen ihre Rucksäcke und Waffen und stiegen ins Boot, und Egil ruderte sie die kurze Strecke ans Ufer. Bei der nächsten Überfahrt band er ein Seil an das kleine Gefährt, damit Alos es zur Schaluppe zurückziehen konnte, dann ruderte er den Rest hinüber.

Als alle an Land waren, streifte Egil sich seinen Rucksack über und wandte sich dann an die anderen. »Fertig?«

Alle nickten entschlossen.

»Dann los.«

Als sie in den Dschungel eindrangen, rief Alos ein letztes Mal: »Wenn Ihr erwischt werdet, rühre ich keinen Finger, um Euch zu retten. Keinen Finger, habt Ihr gehört?«

Sie verschwanden im Unterholz. Arin hatte die Führung übernommen, Aiko war direkt hinter ihr, und Burel, Delon und Ferai folgten, während Egil den Schluss bildete.

Dunkelheit hüllte sie ein, denn die Sonne war untergegangen, und der Mond war noch nicht zu sehen. Über dem Blätterdach funkelten hell die Sterne am Nachthimmel, doch nur ein schwacher Abglanz ihres Lichts drang durch das Laub bis zum Boden des Dschungels. Ferai trug zwar eine abgeschirmte Laterne, deren Licht nur durch einen schmalen Schlitz fiel, aber bis auf Arin mit ihren Elfenaugen sahen alle nur schwarze Schatten in der Finsternis, und sie verloren einander nur deshalb nicht aus den Augen, weil sie eng zusammenblieben. Sie wollten keine Entdeckung riskieren, indem sie den Lampenschirm weiter öffneten. In der Finsternis hörten sie alle möglichen Geräusche, und etwas huschte durch das dichte Laub vor ihnen davon, während ein größeres Geschöpf durch das Unterholz krachte, und sie zogen ihre Waffen und wandten sich nach außen, ohne etwas zu sehen, doch nichts fiel über sie her. Durch Farne und Gebüsch drangen sie weiter vor, an baumelnden Lianen und Kletterpflanzen vorbei, und sie stiegen über große umgestürzte Bäume hinweg, deren Stämme mit Moos, Schimmel, feuchten Giftpilzen und anderen Gewächsen bedeckt waren.

Langsam stieg das Land an, und sie marschierten bergauf. Je höher sie kamen, desto mehr hellte sich die Finsternis auf, denn der Boden wurde felsig und der Dschungel lichter. Schließlich traten sie auf einer hohen Klippe ins Freie, und unter ihnen lag das Ende der Schlangenbucht.

Ferai schloss den Lampenschirm, denn nicht mehr weit entfernt, kaum mehr als eine Meile, stand die Festung, deren Steinmauern in gelbliches Fackellicht getaucht waren und aus welcher der Turm des Magiers düster in die Höhe ragte. Große Eisentore befanden sich in der Mitte der nach Norden zeigenden Mauer, und ein Vorwerk darauf schaute auf die Bucht herab. Von den Toren führte ein Weg an der Festung entlang und dann in Serpentinen zum Pier unten in der Bucht, wo die Dau vertäut war.

Arin und ihre Gefährten standen auf der Ostklippe der Schlangenbucht. Der Turm befand sich in der Nordwestecke der Festung. Nach einem Augenblick der Betrachtung sagte Egil: »Es scheint kein Mond, der uns verraten könnte, und am Himmel stehen nur Sterne. Es müsste möglich sein, dieser Klippe ein gutes Stück zu folgen und dann vorsichtig um die Festung zu schleichen. Lasst uns sehen, was wir dort vorfinden. Wenn sich nichts Besseres ergibt, können wir weitergehen bis zum Turm und ihn dann wie geplant erklimmen.«

Als sie näher kamen, konnten sie auf den Wehrgängen Wachen ausmachen. Kurz darauf hörten sie ein Klirren, als werde ein Fallgatter hochgezogen. Die Eisentore öffneten sich, und ein Fackeln tragender Trupp Bewaffneter marschierte nach draußen und den gewundenen Pfad entlang zur Dau, während das Fallgatter hinter ihnen wieder herunterrasselte.

»Die sehen wie *Spaunen* aus«, sagte Arin. »*Drökha,* würde ich meinen.«

»Warum sollten hier *Rûpt* sein?«, fragte Delon.

»Es heißt, dass Schwarzmagier sie zu sich rufen, damit sie ihnen dienen«, erwiderte Arin.

»Und Ordrune ist in der Tat ein Schwarzmagier«, knurrte Egil.

»Wenn es stimmt, was Ihr sagt, Dara«, sagte Delon, »dann gibt es vielleicht auch Trolle und Ghule und Hèlrösser und derlei finstere Kreaturen in Ordrunes Turm. Das würde unsere Aufgabe noch schwerer machen.«

Aiko berührte ihre Brust – dort, wo sich die rote Tiger-Tätowierung befand –, aber die goldhäutige Kriegerin sagte kein Wort.

Schließlich zogen sie sich wieder in den Dschungel zurück und bewegten sich langsam um die Festung herum. Ab und zu verließen sie ihre Deckung, um nachzusehen, ob es vielleicht etwas gab, das es ihnen gestatten würde, über die Mauer zu klettern, anstatt später die Außenseite des Turms erklimmen zu müssen.

Die Mauern selbst waren gut dreißig Fuß hoch, und ein breiter Streifen Land um die Festung war gerodet worden und kahl, um Bogenschützen auf der Mauer freies Schussfeld auf einen angreifenden Feind zu gewähren, aber auch, damit niemand sich unbemerkt an die Festung anschleichen konnte. Die Gefährten waren aber darauf vorbereitet, denn auf Ferais Vorschlag hatten sie in Sabra Umhänge gekauft, die sich der Farbe des Geländes anpassten – graubraun auf der einen Seite und graugrün auf der anderen –, und diese Mäntel trugen sie jetzt zusammengerollt und auf ihre Rucksäcke gebunden. Während sie die freie Fläche und die Festungsmauern dahinter betrachteten, flüsterte sie, dass sie sich mit den Umhängen tarnen und unentdeckt über das kahle Land schleichen könnten, jedenfalls glaubte sie das.

Die Sterne funkelten am Himmel, während die Gefährten den dunkelhäutigen Wachen bei ihren Rundgängen auf der Mauer zusahen.

Da sie nichts entdeckten, was ihre Pläne geändert hätte, tauchten die Gefährten wieder im Dschungel unter, um nach Süden zu schleichen und an der rückseitigen Mauer wieder hervorzukommen. Lange betrachteten sie den Wall, während die Nacht voranschritt, und wie bei der Ostmauer schien es auch hier nichts zu geben, was sie zu einer Änderung ihrer Pläne veranlasst hätte.

Wieder tauchten sie im Dschungel unter und arbeiteten sich nach Westen vor. Als sie dort die Festungswälle betrachteten, schien ihnen das Erklimmen des Turms immer noch die beste Möglichkeit zu sein.

Dann marschierten sie durch Unterholz und Ranken und Bäume zur Nordwestecke des hohen Steinturms, dessen Innenseite von flackerndem Fackelschein beleuchtet wurde.

Delon murmelte: »Anscheinend war Eure Zeichnung exakt, Egil. Außen vor dem Turm scheint es keine Böschung zu geben.«

»Aber es gibt Schießscharten«, sagte Arin. »Und wenn im Inneren Wachen sitzen ...«

»Keine Sorge«, sagte Delon. »Nach allem, was ich gesehen habe, bestehen der Turm und auch die Mauern aus großen Steinblöcken, die aufgeschichtet wurden. Manche Teile sind mit Mörtel verbunden, andere nicht. Ich glaube, es gibt genug Spalten und Vertiefungen, sodass wir frei daran emporklettern können. Wir werden nicht einen einzigen Nagel in das Mauerwerk schlagen müssen, und unser Aufstieg wird lautlos erfolgen.«

Arin schaute zum Himmel. »Mitternacht naht.«

»Dann lasst es uns angehen«, sagte Egil, indem er seinen Umhang vom Rucksack losband. Er wandte sich an Ferai. »Die graubraune Seite nach außen?«

»Genau«, erwiderte sie.

Langsam und vorsichtig bewegten sie sich über das offene Gelände und lauschten dabei angestrengt auf ein Anzeichen, dass man sie entdeckt habe, während sie gleichzeitig alle Bewegungen auf der Mauer beobachteten und nach Verhaltensänderungen Ausschau hielten. Schließlich gelangten sie in den Schatten des Turms, und alles schien in Ordnung zu sein, doch plötzlich wurde es lebendig auf den Wehrgängen, und es gab viel Geschrei.

»Ruhig. Keine Bewegung!«, zischte Ferai leise. »Das gilt vielleicht nicht uns.«

Unter viel Geklirr wurde das Fallgatter hochgezogen.

»Haltet Euch zur Flucht bereit«, zischte Egil. »Es sind zu viele für einen Kampf. Wir müssen unter allen Umständen vermeiden, in die Gefangenschaft des Ungeheuers dort drinnen zu geraten.«

Aiko knurrte leise, sagte aber nichts.

Mehrere Drökha marschierten hinaus und schauten die Böschung hinunter auf die Bucht.

Entsetzte Schreie hallten von unten herauf, denen ein lautes Schluchzen folgte. Ein Trupp *Rûpt* kam um die letzte Biegung der Serpentine und marschierte zum Tor. Und mitten zwischen ihnen, gefesselt, flehend, bittend und bettelnd, wurde ein einäugiger alter Mann herumgestoßen.

Alos.

22. Kapitel

Als der Trupp den schreienden Alos in die Festung führte und das Fallgatter hinter ihnen herunterrasselte, verkündete Egil: »Wir müssen ihn retten.«

Aiko antwortete mit tonloser Stimme: »Wenn wir einen Rettungsversuch unternehmen, gefährden wir dadurch die ganze Mission.«

Egil wandte sich ihr zu und erwiderte: »Wenn wir es nicht tun, wird er auf eine entsetzliche Art sterben.«

Ferai zischte: »Aber das ist der Mann, der gesagt hat, wenn man uns erwischt, würde er keinen Finger rühren, um uns zu helfen.«

»Er ist gar nicht erst in die Situation gekommen«, erwiderte der Fjordländer.

Aiko sagte: »Wäre er in die Situation gekommen, hätte er versagt.«

»Und sollen nun wir versagen, Aiko?«, fragte Egil. »Denn in die Situation gekommen sind offenbar wir.«

Aiko sah Egil ungerührt an und sagte: »Verlangt Ihr, dass wir das Leben eines einzelnen Mannes gegen all jene aufwiegen, die verloren sind, sollte unsere Mission scheitern?«

Delon zischte: »Ob wir nun das Leben eines Mannes gegen das vieler aufwiegen oder nicht, wir müssen jetzt etwas unternehmen, solange die Wachen noch durch das Spektakel eines kreischenden alten Mannes in Ketten abgelenkt sind.« Delon schlich weiter zur Basis des Turms und verließ sich dabei darauf, dass ihn die Tarnung seines Umhangs ebenso wie die Ablenkung durch Alos' Gefangennahme sicher zum Ziel bringen würde.

Die anderen folgten ihm ...

... und hatten den Turm im Nu erreicht.

Die Schreie des alten Steuermanns waren immer noch zu hören, doch plötzlich wurden sie abgeschnitten, als habe sich eine dicke Tür hinter ihm geschlossen.

Delon stand in der Dunkelheit unter dem Turm und untersuchte das Gestein. Ferai strich neben ihm mit den Fingern darüber und sagte: »Ziemlich einfach, würde ich sagen.«

Delon nickte und wandte sich dann an die anderen: »Die Blöcke sind groß und rau, und der Mörtel ist spärlich verteilt. Eigentlich müssten wir alle ohne Hilfe daran emporklettern können, obwohl ich Dara Arin mit einer kurzen Leine absichern werde, während Burel mit Egil dasselbe tut.«

»Aber Burel und ich müssen beide unbehindert kämpfen können, falls sich die Notwendigkeit dazu ergibt«, protestierte Egil, während er das Gestein untersuchte. »Ich bin zwar unerfahren, traue mir aber den Aufstieg durchaus zu.«

Delon sah den Fjordländer an und sagte dann: »Burel bleibt in deiner Nähe, falls du Hilfe brauchen solltest.«

Aiko sagte: »Ich gehe voran.«

Sie legten alles Unnötige ab, und obwohl sie nicht die Absicht hatten, Kletterausrüstung zu benutzen, streiften sie dennoch das Klettergeschirr über und befestigten Seile, Laternen und Hämmer sowie Gesteinsnägel und Haken daran, denn Delon sagte: »Wir wissen einfach nicht, was uns weiter oben erwartet.«

Aiko und Burel veränderten den Sitz ihrer Waffengurte, sodass die Schwerter nun auf dem Rücken hingen. Arin schob sich Bogen und Köcher über die Schultern, und dann spannte Delon ein Seil zwischen sich und ihr.

Schließlich waren alle bereit und kletterten mit Aiko an der Spitze und Egil gleich hinter ihr die Festungsmauer empor, wobei die Ryodoterin beständig Anweisungen flüsterte, um die Hände und Füße des Fjordländers zu lenken. Links und etwas unterhalb von Egil kletterte Burel. Delon folgte mit Arin, und Ferai hielt sich neben der Dylvana.

So kletterten sie das raue Gestein empor. Manche Blöcke hatten Ausbuchtungen und scharfe Vorsprünge auf ihrer zerklüfteten Oberfläche, andere waren ganz glatt, wie bearbeitet. Doch in der Hauptsache waren es die Spalten und Lücken zwischen den Blöcken, die sie für den Aufstieg als Halt für Hände und Füße nutzten. Trotz ihrer Unerfahrenheit fanden weder Arin noch Egil den Aufstieg schwierig, obwohl sich die kleine Dylvana manchmal ziemlich strecken musste, um den nächsten Halt zu fassen zu bekommen.

Die Mauer lag im Schatten der auf den Festungsmauern brennenden Fackeln, und so kletterten sie in tiefer Dunkelheit. Sie erreichten die Höhe der Wehrgänge und verließen sich darauf, dass der Turm sie vor Entdeckung schützte. Auch an Schießscharten kletterten sie vorbei, und wären Wachen im Turm gewesen, hätten sie die Kletternden vielleicht entdeckt. Doch kein Alarmruf ertönte, und sie kletterten immer höher.

Es dauerte nicht lange, bis sie über die Hälfte der Strecke nach oben geschafft hatten. Dann waren es beinah drei Viertel. Plötzlich hielt Aiko inne, und im Schein der Sterne und der Fackeln sah Egil, dass sie seitlich nach unten zeigte. Während die anderen ebenfalls auf der Stelle verharrten, krallte Egil sich in der Spalte fest und drehte dann den Kopf, bis sein Blick Aikos ausgestrecktem Arm folgte. Unten in der Bucht konnte er im Fackelschein am Pier die *Breeze* sehen, die nun neben der Dau an Ordrunes Dock vertäut war. Egil fluchte im Stillen, denn die Drökha hatten nicht nur Alos hergeschleppt, sondern auch noch die Schaluppe direkt zu Ordrunes Türschwelle gebracht, und er wusste, dass sie ein Schiff brauchten, um die Höhle des

Löwen wieder zu verlassen. Doch wie sollten sie unentdeckt zur *Breeze* gelangen und dann noch unbemerkt fliehen?

Aiko kletterte weiter, und Egil schob das Problem zunächst beiseite und folgte ihr ebenso wie die anderen.

Schließlich erreichte Aiko die Ebene der obersten Fenster. Sie näherte sich der westlichen Öffnung und bewegte sich dabei auf eine Stelle zu, wo sie kaum verborgen sein würde, falls einer der Wächter nach oben schaute. Egil kletterte auf dieselbe Höhe und folgte ihr dann mit Burel dicht neben sich. Aiko bewegte sich langsam aus dem dunklen Schatten ins Fackellicht, dann verharrte sie, vergewisserte sich, dass sie guten Halt hatte, und beugte sich dann ein wenig vor, um am Turm vorbei an der Westmauer entlangzuschauen. Halbwegs überzeugt, dass kein Wachposten sie im Blickfeld hatte, näherte sie sich weiter dem Fenster.

Nach zwei Zügen war sie neben der dunklen Öffnung angelangt, lauschte angestrengt und riskierte schließlich einen Blick hinein. Dann zog sie ihr Schwert, trat auf das Fensterbrett und verschwand in der Turmstube.

Egil folgte ihr ohne jedes Zögern ins Innere.

Aiko hatte ihre abgeschirmte Laterne angezündet, und durch einen schmalen Spalt fiel ein wenig Licht in die runde Kammer, doch nicht genug, um von draußen sichtbar zu sein. Sie schloss die Vorhänge an den anderen Fenstern, wie sie es zuvor besprochen hatten, und Egil half ihr dabei, während Burel sich hineinzwängte. Dann folgten Delon, Arin und schließlich auch Ferai.

Delon löste das Seil, das ihn mit Arin verband, und schloss dann rasch die letzte Gardine vor dem Fenster, durch welches sie eingestiegen waren, sodass nun alle Maueröffnungen verhangen waren. Aiko und Burel stellten sich mit der Waffe in der Hand neben die Tür zum Treppenhaus, und Egil öffnete den Lampenschirm etwas weiter, um die Truhe zu suchen, die er auch rasch fand.

Dann zogen Egil und Delon die Waffen und gesellten sich zu Aiko und Burel, während Ferai und Arin sich vor die eisenbeschlagene Truhe mit den drei Schlössern kauerten. Mithilfe ihrer Laterne untersuchte Ferai sorgfältig die gesamte Truhe auf Fallen und Schutzvorrichtungen, ohne sie dabei anzufassen. Als sie keine fand, wandte sie sich an Arin. »Dara, setzt Eure besondere Sicht ein und seht nach, ob sie verzaubert ist.«

Arin nickte und starrte konzentriert auf die Truhe. »Die Truhe ist von einer schwachen Aura umgeben, Ferai.«

»Was bedeutet das?«

»Ich weiß es nicht.«

Ferai holte tief Luft und legte den Kopf auf die Seite. »Tja, Alarm oder nicht, Falle oder nicht, wir müssen sie öffnen. Beobachtet sie genau und gebt Acht, ob sich etwas verändert.«

Dann nahm Ferai sich die drei Schlösser vor und untersuchte sie ebenfalls sehr eingehend. Schließlich entrollte sie einen in Leder gebundenen Satz Dietriche, wählte einen aus, berührte das rechte Schloss und sah Arin an.

»Keine Veränderung.«

Jetzt führte Ferai den Dietrich in das Schloss, und wieder blieb die Aura unberührt.

Ferai bewegte den Dietrich vorsichtig im Schlüsselloch.

Die Zeit kroch dahin.

Klick!

Ferai sah Arin an. Die Dylvana schüttelte den Kopf.

Ferai legte das geöffnete Schloss beiseite und ging dann zum linken Schloss über, für das sie einen anderen Dietrich wählte.

Während die Augenblicke verstrichen, war an Geräuschen nur leises Atmen und ein winziges Kratzen von Messing in Stahl zu hören.

Klick!

Wieder schüttelte Arin den Kopf.

Jetzt ging Ferai zum mittleren Schloss über und sah sich das merkwürdige Schlüsselloch lange und ausgiebig an. Schließlich seufzte sie leise und wählte zwei Dietriche, die sie beide ansetzte.

Noch mehr Zeit verrann, und in der Ferne hörten sie einen Ruf und das Trampeln von Füßen, alles durch die schweren Vorhänge gedämpft. Egil sah Aiko an und murmelte: »Wachwechsel?«

»Vielleicht«, erwiderte sie.

»Was sagt Eure Tigerin?«

»Sie ist extrem aufgeregt, und das ist sie schon, seit die Festung in Sicht kam, obwohl es immer schlimmer geworden ist, je näher wir dem Turm gekommen sind. Im Moment verkündet sie laut jaulend, dass Gefahr droht.«

Egil sah die Ryodoterin fest an. »Trotzdem, Aiko, wir können nichts anderes tun als warten.«

Immer noch kroch die Zeit. Schließlich nahm Ferai noch einen dritten Dietrich und schob ihn an den anderen beiden vorbei ins Schlüsselloch. Schweiß stand auf ihrer Stirn, als strenge sie sich sehr an, und sie murmelte beinah unhörbar vor sich hin.

Klick!

Während sie den angehaltenen Atem entweichen ließ, sah Ferai Arin an. Die Dylvana murmelte: »Nein.« Ferai legte das dritte Schloss auf den Boden, dann strich sie mit der Hand über den Deckel der Truhe und hob ihn ganz vorsichtig an.

Arin keuchte auf. »Die Aura hat die Farbe gewechselt.«

»Eine Falle? Ein Alarm?«

»Ich weiß es nicht.«

Sie lauschten angestrengt, doch es war kein alarmierendes Geräusch zu vernehmen.

Schließlich hob Ferai den Deckel einen Fingerbreit an und hielt dann inne.

»Keine Veränderung«, sagte Arin.

Dann hob Ferai den Deckel langsam, aber stetig an, bis die

Truhe schließlich offen stand.

Sie wartete.

Nichts geschah.

Sie lugte hinein und sagte: »Verdammt! Nur Papier.«

Arin schaute ebenfalls hinein. »*Vada!* Sie leuchten alle.«

Mit Ferais Hilfe begann Arin mit der Untersuchung der Schriftrollen in der Truhe. Eine nach der anderen entrollten sie. Manche legten sie sofort beiseite, bei anderen bemühten sie sich, den Inhalt zu lesen. Jene, die Ferai nicht entziffern konnte, gab sie an Arin weiter. Bald war der Boden rings um sie her mit Schriften übersät. Plötzlich zischte Arin: »Hört Euch das an:

Hier habe ich den grünen Stein versteckt, einen Talisman der Macht, der nun in einer Schatulle aus Zwergensilber am Krakenteich angekettet ist. Der eigentliche Teich liegt tief im Felsen des Drachenhorsts, und es gibt nur zwei Wege dorthin. Ein Eingang, der zur Truhe führt, befindet sich auf dem großen Gesims, einem Vorsprung, den die Drachen eifersüchtig bewachen, denn er ist ihr Tor zur Welt Kelgor. Der andere Eingang liegt weit unterhalb des Vorsprungs, etwas unter der brodelnden Oberfläche des Borealmeers. Unter Wasser reicht ein Spalt eine Meile tief oder noch tiefer, ein großer Riss im Fundament des Bergs, und durch diesen Spalt schießt eine gewaltige Strömung, so stark, dass kein Schwimmer ihr trotzen kann. Ich nehme an, dieser Wirbel wird vom Großen Mahlstrom verursacht, der nicht weit entfernt davon tost. Von diesem Unterwasserzugang führt ein Weg vielleicht zweihundert Schritte weit zurück zum Krakenteich, wo die Truhe mit dem Drachenstein angekettet ist. Bei Flut steht der Weg beinah völlig unter Wasser, aber bei Ebbe befinden sich nur die äußersten hundert Fuß unter Wasser, obwohl niemand gegen die Kraft des Wassers anschwimmen kann.«

Arin schaute von dem Pergament auf. »Das ist es!«

In diesem Augenblick ertönte leises Gelächter, und eine Stimme sagte: »Ich hatte mich bereits gefragt, was Euch herführt.«

Glas splitterte, und ein beißender Geruch erfüllte das Turmzimmer.

Während Egil der Schwärze entgegentrudelte, die ihn plötzlich zu umfangen schien, tauchte aus einem undurchdringlichen arkanen Schatten neben einem der hohen Wandschränke ein dunkel gewandeter Magier auf.

»Ordrune, du Schwein«, keuchte Egil und hob schwach die Axt, doch sie entglitt seinen gefühllosen Fingern und fiel klirrend zu Boden. Für den Nordmann klang das Geräusch ohrenbetäubend laut, ein Läuten wie von einer großen Totenglocke in der absoluten Finsternis, die ihn rasch vollkommen verschlang.

23. Kapitel

Egils Puls hämmerte mit dröhnendem Schmerz durch seinen Schädel. Er lag in etwas Feuchtem, hatte einen säuerlichen Geruch in der Nase und verspürte Brechreiz. Ächzend wälzte er sich auf den Rücken, eine Bewegung, die von einem nassen Geräusch begleitet wurde. Er öffnete die Augen und sah flackernden Fackelschein. Wo er auch hinsah, begegnete dunkles Gestein seinem Blick. Er hob eine zitternde Hand an den Kopf, der unter den Nachwirkungen der Dämpfe pochte, die der Magier eingesetzt hatte. Vorsichtig richtete er sich in eine sitzende Stellung auf und nahm seine Umgebung genauer in Augenschein. Sein Blick fiel auf steinerne Mauern, Steinsäulen und in Stein eingelassene Gitterstäbe. Er befand sich in einer Zelle, und rechts und links waren ebensolche Verliese. Auch gegenüber befand sich eine Reihe davon. An einem Ende des Korridors zwischen den Zellenreihen war eine eisenbeschlagene Tür mit einem Eisengitter vor einem kleinen Guckloch.

Der Fjordländer saß auf nassem, fauligem Stroh, und direkt hinter den Gitterstäben seiner Zelle stand ein Eimer mit einem Seil anstelle eines Griffs, während direkt vor den Stäben ein Holzteller mit einem Holzlöffel wartete, beides mit lange getrockneter Grütze verkrustet. Er brauchte nicht zu fragen, wo er war, denn er war schon einmal hier gewesen, vor langer Zeit: Dies war Ordrunes Kerker.

In einer Zelle gegenüber registrierte er eine schwache Bewegung im Schatten. Sein Herz versank in den Tiefen der Verzweiflung, denn er konnte erkennen, dass es Arin war, noch bewusstlos und offenbar ebenfalls eine Gefangene des Ungeheuers Ordrune. Sein schlimmster Albtraum war Wirklichkeit geworden, und Egil erhob sich in schwärzester Niedergeschlagenheit. Er stand gerade auf den Beinen, als in einer Zelle irgendwo rechts von ihm jemand zu weinen begann.

Es war Alos.

»Egil«, jammerte er. »Egil.« Doch dann brach seine Stimme, und obwohl er zu sprechen versuchte, brachte er nur Schluchzen und Winseln heraus.

In den beiden Zellen zwischen Egil und Alos lagen Burel und Delon, die nach dem Einatmen von Ordrunes üblem Gas beide noch bewusstlos waren, obwohl sie sich langsam zu rühren begannen. Aiko und Ferai waren gegenüber in den Zellen neben Arin untergebracht. Ferai war vollkommen nackt, ihre Kleidung war in der Zelle verstreut. Aiko wälzte sich soeben auf den Rücken.

Egil trat vor das Gitter seiner Zelle und schaute in den Eimer. Wasser. Er kniete sich hin und griff hindurch, um eine Hand voll zu schöpfen. Es roch so, wie er es in Erinnerung hatte, faulig und abstoßend. Trotzdem rieb er es sich in den Nacken, um seine Kopfschmerzen zu lindern. Es brachte jedoch keine spürbare Erleichterung.

Aiko war jetzt auf den Beinen und ging ebenfalls zum Gitter ihrer Zelle. Ungerührt schaute sie zu Egil, dann wanderte ihr Blick zu Alos und weiter über ihre Umgebung, und ihre Augen bekamen einen hoffnungslosen Ausdruck.

»Ach, Egil, mach dir keine Vorwürfe«, flehte Arin. »Wenn jemand Schuld hat, dann bin ich es, denn ich hätte die Turmkammer mit meinen besonderen Sinnen absuchen müssen, dann hätte ich Ordrune in dem von ihm gewirkten magischen Schatten entdeckt.«

Aiko zeigte auf ihre Brust. »Dara, ich habe versagt, denn meine Tigerin hat beständig gejault, dass die Gefahr ganz nah ist, und doch habe ich nichts unternommen.«

»Uh«, ächzte Delon, der sich den Kopf hielt. »Wie ich einmal jemanden sagen hörte: Wir müssen das Problem lösen und nicht die Schuldfrage.«

Die mittlerweile wieder bekleidete Ferai bückte sich und hob den verkrusteten Holzlöffel von ihrem Essensteller auf. Nach einem Moment ließ sie ihn fallen und sagte: »Der ist nicht zu gebrauchen.« Sie schaute zu Delon und sagte: »Sie haben mir alle Dietriche abgenommen, sogar die in meinen Haaren.«

Delon hob die Hände und zuckte die Achseln. »Das liegt daran, dass Ordrune dich dabei beobachtet hat, wie du seine Truhe geöffnet hast ... und diesmal habe ich keine Gürtelschnalle, um ...«

Seine Worte gingen in einem Scheppern an der Tür unter. Das Guckloch öffnete sich, und ein Drökh lugte herein. Mit einem Klirren schob sich ein Schlüssel ins Schloss und öffnete es. Die Tür schwang auf, und begleitet von einem Trupp gut bewaffneter und gerüsteter Drökha trat Ordrune ein.

Der Magier blieb vor der ersten belegten Zelle stehen und schaute hinein. Alos kreischte und kroch in die hinterste Ecke seiner Zelle, wo er sich wimmernd niederkauerte, doch alle anderen Gefangenen blieben trotzig stehen. Höhnisch grinsend ging Ordrune weiter, um zuerst vor Aiko innezuhalten, deren Hand beiläufig zu ihrem Gürtel wanderte. Ordrune lachte. »Nein, nein, meine Liebe, der Stern, den Ihr in meinem Allerheiligsten so kraftlos nach mir geworfen habt, ging daneben, und die anderen stehen Euch nicht mehr zur Verfügung.«

Aiko gab keine Antwort.

Ordrune ging weiter und verharrte vor jedem Gefangenen. Zu Egil kam er zuletzt, wobei er stirnrunzelnd auf dessen rote Augenklappe starrte. Doch dann huschte ein Ausdruck des Wiedererkennens über seine Miene. »Nun, Kapitän, Ihr überrascht mich. Ich hätte nicht gedacht, dass Ihr diesen Ort wiederfinden würdet.« Ordrune lächelte. »Vielleicht sind es ja die angenehmen Erinnerungen, die Euch zurückgebracht haben, wie? Sagt, Kapitän, schlaft Ihr gut?«

Egils Hände umklammerten die Gitterstäbe so fest, dass seine Knöchel weiß hervortraten.

»Aber nun seid Ihr wieder da«, sagte Ordrune. »Vielleicht liegt es daran, dass Ihr Eure Lektion beim letzten Mal nicht gut genug gelernt habt.« Dann zeigte er auf die anderen Zellen. »Das ist ohne Bedeutung, denn hier habe ich mehr als genug Stoff, um Euch Eure angenehmen Träume noch mehr zu versüßen.«

Egil heulte wortlos, warf sich vorwärts und presste Hände und Arme durch die Gitterstäbe, in dem Versuch, Ordrune zu packen, doch der Magier war außer Reichweite. Im gleichen Augenblick zog ein Drökh Egil eine dünne Reitpeitsche über die Arme. Ordrune knurrte etwas auf Slûk, und der Drökh hielt inne. »Diesem hier darf nichts geschehen«, fügte Ordrune mit einem an Egil gerichteten Lächeln hinzu.

Der Schwarzmagier drehte sich um, ging zur eisenbeschlagenen Tür und gab ein paar Befehle auf Slûk. Alos' Zelle wurde geöffnet, und der alte Mann wurde schreiend und um sich schlagend aus der Zelle geholt.

»Vielleicht, Kapitän«, rief Ordrune über die Schulter, »können wir uns wieder einmal zu einer guten Mahlzeit und einer gepflegten Unterhaltung zusammensetzen.«

»Ordrune, du Schuft!«, rief Egil. »Lass den alten Mann in Ruhe!«

Die eisenbeschlagene Tür schlug ebenso zu wie das Guckfenster, und Alos' Gekreisch und Ordrunes finsteres Gelächter waren plötzlich wie abgeschnitten.

Vollkommen verzweifelt sank Egil auf den Steinboden und flüsterte: »Ordrune, komm zurück. Nimm mich stattdessen.«

Aiko kauerte sich hin, nahm ihren Holzlöffel und fing an, den Steinboden mit dem Griff zu bearbeiten.

Egil schaute mit verzweifeltem Blick auf. »Wir müssen hier raus, sonst wird das Schicksal, das meine Mannschaft ereilt hat, auch ...« Er geriet ins Stottern und verstummte, obwohl alle wussten, was er meinte.

»Ferai«, rief Arin, »könnt Ihr diese Schlösser öffnen?«

»Das kann ich, wenn ich irgendein brauchbares Werkzeug habe«, sagte Ferai. »Aber im Moment bin ich hilflos.«

Burel wandte sich an Egil. »Wann bringt der Wärter das Essen?«

»Habt Ihr bereits Appetit?«, fragte Delon. »Auf Drökh-Kost?«

Doch Egil beachtete seinen Einwurf nicht, sondern erwiderte: »Spät. Nach Sonnenuntergang, glaube ich. Wenn sie selbst essen, bringt ein Wärter den Gefangenen Grütze.«

»Vielleicht hat er etwas, das Ferai als Dietrich benutzen kann«, sagte Burel.

»Ach so«, sagte Delon.

»Falls wir uns befreien können ... Nein, vielmehr, wenn wir uns befreit haben«, sagte Ferai, »werden wir Waffen brauchen.«

Aiko unterbrach ihre Tätigkeit, mit dem Stiel des Holzlöffels über den Steinboden zu schaben. »Als sie die Tür geöffnet haben« – sie zeigte auf die eisenbeschlagene Tür am Ende des Ganges – »konnte ich so etwas wie einen Wärterraum dahinter sehen. Da gibt es bestimmt Waffen.«

»Augenblick mal«, sagte Egil und sprang auf. »Hinter dem Wärterraum ist eine Rüstkammer ... oder wenigstens war da eine, als ich zuletzt hier war.«

»Wenn wir also aus diesen Zellen heraus sind und durch die Tür da«, sagte Aiko, »haben wir die Möglichkeit, uns in den Besitz von Waffen zu bringen und zu fliehen.« Sie nahm ihr Schaben mit dem Holzlöffel wieder auf.

»Wir müssen immer noch durch eine Festung, in der es von Drökha wimmelt«, sagte Delon.

»Und zu Ordrunes Hafen, wo die *Breeze* jetzt vertäut ist«, fügte Egil hinzu.

»Wenn wir das Schiff nicht aufgeben und stattdessen durch den Dschungel fliehen«, sagte Burel.

Egil wandte sich an Arin. »Ist es Tag oder Nacht, Liebste?«

»Es ist früh am Vormittag«, erwiderte sie, mit der Sicherheit in der Stimme, die ihr durch ihre elfische Gabe verliehen wurde, immer zu wissen, wo Sonne, Mond und Sterne gerade standen.

Egil knurrte und sagte: »Dann haben wir, glaube ich, von jetzt bis morgen Zeit, um unsere Flucht zu bewerkstelligen, denn Ordrune tötet immer nur ein Opfer pro Tag. Er wird sich erst morgen ein neues holen.«

»Willst du damit sagen, dass Alos ...?«

»Ja, Liebste. Das ist Ordrunes Art.«

»Ach, *Chier.*« Arin schlug die Hände vors Gesicht.

Ferai sah Arin an und warf dann einen Blick in Alos' leere Zelle. Schließlich sagte sie: »Also schön, lassen wir seinen Tod nicht ungenutzt verstreichen. Angenommen, ich bekomme etwas in die Finger, womit ich uns befreien kann, was dann? Wie gehen wir dann weiter vor?« Sie wandte sich an Burel. »Welche Möglichkeiten haben wir, mein gläubiger Freund? Welchen vorherbestimmten Weg werden wir einschlagen?«

Burel grinste trocken und wandte sich dann an Egil. »Ihr wart schon einmal hier, Egil. Wozu würdet Ihr raten?«

Egil holte tief Luft und sagte dann: »Tja, vorausgesetzt wir können uns befreien und bewaffnen, würde ich Folgendes vorschlagen ...«

Wie Arin sagte, war es fast Sonnenuntergang, als ihre Überlegungen durch gedämpften Gesang von jenseits der eisenbeschlagenen Tür unterbrochen wurden. Das Guckfenster öffnete sich, und ein Drökh blickte in den Gang, während der lärmende Gesang nun sehr viel lauter hereinschallte. Dann wurde die Tür aufgestoßen, und zwei Drökha schleiften einen alten Mann herein, der aus vollem Halse sang:

»Einst segelte Snorri Borri weit übers Meer,
Das Gold und den Branntwein liebte er sehr.
Vor seinen vier Weibern war er auf der Flucht
und wurde in allen Ländern gesucht.
Doch Snorri der Rote war mutig und schlau,
Zum gewaltigen Mahlstrom trieb er die Dau.
Dort hauste die schöne Mystische Maid
Und machte willig die Beine breit.
Sie seufzte beglückt beim Seemannsverkehr,
Und Snorri Borri hatte einen Sohn mehr.«

Es war Alos.

Sturzbetrunken.

Die Drökha öffneten Alos' Zelle und stießen ihn hinein, und der Alte torkelte vorwärts und fiel mit dem Gesicht in das verfaulte Stroh.

Auf Slûk miteinander murmelnd, schlugen die Drökha die Zellentür hinter ihm zu, verschlossen sie und zogen sich zurück.

»Alos, alter Mann«, rief Delon, »Ihr seid am Leben!«

Alos wälzte sich herum und starrte an die Decke. »Wer hat das gesagt?«

»Wir hielten Euch für tot«, sagte Ferai.

Alos reckte den Hals und starrte rotäugig seine Umgebung an. Dann wälzte er sich wieder herum, stemmte sich auf Hände und Knie, kroch zu den Gitterstäben, strich mit einer Hand darüber und zischte dann: »O nein. Ich bin wieder im Gefängnis.« Er fing an zu weinen.

»Alos, Mann, reißt Euch zusammen und erzählt uns, was passiert ist«, rief Delon, der an den Gitterstäben zwischen ihren Zellen kniete.

Schniefend wandte der alte Mann sich an den Barden. »Wir sitzen in der Falle«, wimmerte er.

In ihrer Zelle gegenüber kehrte Aiko Alos den Rücken, doch Delon sagte: »Wohl wahr. Trotzdem, was ist passiert? Was hat Ordrune mit Euch gemacht?«

»Gemacht?«

»Ja. Wohin hat er Euch gebracht? Was hat er gemacht?«

»Na, er hat mir Wein gegeben. Hervorragenden Wein.« Alos lehnte sich mit dem Rücken an die Gitterstäbe. Dann blinzelte er mit seinem gesunden Auge und knurrte: »Und er hat mir erzählt, wer die *Solstråle* mit seiner Trollbesatzung geentert hat, von dem Schweinehund, der sie im Borealmeer versenkt hat.«

Aiko drehte sich wieder um. »Das ist alles, Alos? Mehr ist nicht passiert?«

Alos runzelte die Stirn, da er sich konzentrierte. »Es könnte auch noch mehr gewesen sein, aber ...«

»... Wirklich, mein Freund, es war Durlok und seine schwarze Galeere. Durlok hält sich für Gyphons Regent auf dieser Welt, aber stattdessen werde ich, Ordrune, in Seinem Namen herrschen ...

... Doch sagt mir, mein guter Alos, warum seid Ihr sieben in meinen Turm eingedrungen? ...

... Ein Deck-Pfau, soso. Du meine Güte, darauf wäre ich nicht gekommen. Hier, trinkt noch einen Schluck Wein ... köstlich, nicht wahr?

... Sie hat ihr die Hand abgeschlagen, sagt Ihr? ...

... Einauge In Dunklem Wasser? Was könnte das bedeuten? ...

... Womit ist sie aus dem Käfig des Hochkönigs entkommen? Das erklärt zumindest, wie sie die Schlösser öffnen konnte, die ich vor jedem Dieb sicher wähnte. Lasst mich Euren Kelch wieder füllen ...

... Sie haben Ubrux den Dämon erschlagen? Sie sind wirklich eine bemerkenswerte Gruppe ...

... Hier, mein Freund, atmet den Duft dieser Phiole ein, und dann trinken wir noch etwas Wein zusammen. Genau, einfach einatmen, während ich Euch trotz Eurer Befürchtungen sage, dass Ihr anders als bisher Eure Schiffskameraden in Zeiten der Not nie wieder im Stich lassen werdet und dass Ihr nichts von Bedeutung erzählt habt ... ja, ja, schön einatmen ... absolut nichts von Bedeutung ...«

»... aber ich bin sicher, dass ich ihm nichts von Bedeutung erzählt habe.«

»Ihr wart viel zu lange weg, als dass dies die ganze Wahrheit sein könnte«, sagte Aiko. »Worüber habt Ihr sonst noch geredet?«

Alos runzelte die Stirn. »Über das Wetter. Die schwüle Dschungelluft. Die blutsaugenden Insekten. Dass Durlok und die Trolle auf seiner schwarzen Galeere die *Solstråle* nur versenkt haben, weil Kapitän und Besatzung den Weg in die Schlangenbucht kannten.« Er drehte sich um und funkelte Aiko an. »Sagt, wessen beschuldigt Ihr mich eigentlich?«

»Dahinter steckt mit Sicherheit viel mehr«, zischte Aiko.

Die Sonne war bereits untergegangen, als das Guckfenster erneut geöffnet wurde. Dann klirrten Schlüssel im Schloss, und ein Wärter mit einem eisernen Kessel trat ein und stieß die Tür hinter sich zu. Er war allein, aber er war auch vorsichtig und bedeutete jedem Gefangenen – das heißt, allen bis auf Alos, denn der alte Mann war bewusstlos gegen die Gitterstäbe gesunken – mit Knurren und grimmigen Gesten, zur hinteren Zellenwand zurückzuweichen, bevor er Grütze aus dem Kessel auf den verkrusteten Holzteller vor jeder Zelle schüttete.

Aiko sah Ferai an, die nickte, und als der Drökh zu Aikos Zelle kam, rief sie scharf: »*Saté!*«

Der Wärter sah auf.

Der geworfene Holzlöffel, dessen Griff zu einer dünnen Spitze zurechtgefeilt worden war, traf ihn in den Hals. Der eiserne Kessel fiel auf den Steinboden, und der Drökh taumelte gurgelnd und sich an den Hals greifend rückwärts, bis er gegen die Gitterstäbe hinter sich stieß, wo er von Burel gepackt wurde, der sein Kinn in einer scharfen Bewegung zur Seite riss und ihm so das Genick brach.

Aiko griff durch die Gitterstäbe, zog den Kessel zu sich heran und bewegte den eisernen Henkel so lange hin und her, bis sie ihn aus den Ösen ziehen konnte, dann reichte sie ihn durch die Gitterstäbe an Ferai weiter.

Ferai klemmte die eiserne Spitze des Henkels in einen Spalt zwischen zwei Steinblöcken und verbog sie zu einem Haken. Rasch führte sie das hakenförmige Ende in das Schlüsselloch ein, und Augenblicke später – *klick!* – war die Tür geöffnet.

Sie ging von Zelle zu Zelle und öffnete jedes Schloss, Aikos zuerst, Alos' zuletzt.

Die eisenbeschlagene Außentür war noch unverschlossen. Vorsichtig zogen die Gefährten sie einen Spalt weit auf. Der Schlüsselring baumelte immer noch am Riegel, und der Wachraum dahinter war leer.

Aiko sah Egil fragend an.

»Vielleicht sind sie in der Messe und essen«, flüsterte Egil.

Lautlos schlichen sie weiter zur Rüstkammer, und siehe da, auf einem Tisch lagen ihre Waffen und ihre Ausrüstung.

»Irgendwas stimmt hier nicht«, knurrte Aiko.

Während sie sich bewaffneten, ging Delon zurück und holte Alos. Er trug ihn auf den Schultern, da der alte Mann vollkommen weggetreten war.

Sie nahmen so viele Laternen, wie sie finden konnten, und folgten Egil eine Steintreppe empor. Auf ebener Erde angelangt, spähten sie vorsichtig in den Hof. Ein Halbmond hing tief im Westen, und in den umliegenden Schatten war nichts zu sehen, obwohl auf den von Fackeln beschienenen Mauern Wachen patrouillierten.

Wieder knurrte Aiko etwas und schüttelte den Kopf, aber sie enthielt sich einer lauten Bemerkung und hielt mit Burel Wache an der Tür, während Arin, Egil und Ferai Lampenöl auf den Holzboden gossen.

Ferai zündete es an, und dann rannten sie in die Nacht hinaus, Delon immer noch mit dem bewusstlosen Alos auf den Schultern.

Als sie den Schatten der Mauer erreichten, ertönte ein Horn, und Drökha gaben lauthals Alarm, denn aus dem Gebäude hinter ihnen quoll Rauch. Mit viel Geschrei und Getöse eilten *Spaunen* von den Wehrgängen, während andere aus dem Hauptgebäude gerannt kamen. In der allgemeinen Verwirrung sah niemand die sieben, die in entgegengesetzter Richtung zu den Wehrgängen liefen und dann über die Mauer kletterten, wobei nun Burel Alos' zusätzliche Last trug, während sie im fahlen Mondlicht an den Seilen herabglitten.

Dann rannten sie durch die Serpentinen zum unbewachten Pier, wo einige die Segel der dort vertäuten Dau in Brand setzten, während die Übrigen die *Breeze* zum Auslaufen bereitmachten. Dann füllte die leichte, meerwärts wehende Brise die Segel der Schaluppe, und die Gefährten ließen die brennende Festung hinter sich zurück.

In seiner Turmkammer beobachtete Ordrune, wie die Schaluppe im rötlichen Licht der Flammen davonsegelte. Wenn auch unvorhergesehen, so war es doch kaum oder gar nicht von Bedeutung, dass die Festung brannte und die Segel seines Schiffs in Flammen standen, denn ansonsten lief alles genau nach Plan.

24. Kapitel

Während schreiende Chun das Feuer im Hauptgebäude bekämpften und andere Drökh und Ghok die Serpentinen zur brennenden Dau herunterliefen, ging Ordrune einen der Wehrgänge entlang zu seinem Turm. Dort angelangt, beschritt er die Wendeltreppe zu den tiefer gelegenen Räumen und folgte ihr nach unten, bis er schließlich in eine Kammer trat, in deren Schatten Handschellen, Ketten, Riemen, Tische, Gestelle, Haken, Messer und ähnliche Gerätschaften lagerten. Dies war ein Raum voller Echos vergangener Folter und Qualen, ein Raum, wo gequälten Seelen ihr inneres, astrales Feuer entrissen und zu schändlichen Zwecken missbraucht wurde.

Ordrune durchquerte diese Schreckenskammer und ging zu einer Eisentür, die mit drei massiven Metallbalken verriegelt war, einer Tür, durch die das Geräusch langsamen, monströsen Atmens und süßlicher Aasgeruch drang. Als der Schwarzmagier sich dem massiven Portal näherte, prallte etwas Massiges gegen das Eisen, sodass die Tür erbebte, und die Balken krachten ... und ein wütendes Gebrüll ertönte.

Ordrune hauchte ein einziges Wort, und Wut und Geschrei auf der anderen Seite der Tür legten sich. Dann nahm er einen der schweren Balken nach dem anderen weg, öffnete die Tür und trat in den Gestank dahinter.

Dort sah er sich einem monströsen geflügelten Wesen aus uralten Zeiten gegenüber, dessen flatternde Schwingen ledrig und schwarz waren. Aus jeder Schwinge ragte ein säbelartiger Sporn nach vorn, der lange Schnabel war mit spitzen Dolchzähnen gefüllt, und die großen Greifklauen hatten scharfe gekrümmte Krallen. Es zappelte inmitten einer Unmenge von Knochen umher, die zerbrochen und abgenagt waren, um an das Mark zu gelangen.

Ordrune schaute in eines der funkelnden gelben Augen der Kreatur und strich ihr über den langen Hals. Dann lächelte der Schwarzmagier und sagte: »Ich habe einen Auftrag für dich, mein Kleiner.«

25. Kapitel

Die *Breeze* floh mit gehissten Segeln durch den Kanal der Schlangenbucht, um den Rückenwind so gut wie möglich auszunutzen. Da Alos bewusstlos in der Kabine lag, saß Egil an der Ruderpinne, während Ferai und Delon sich um die Segel kümmerten und Arin, Aiko und Burel im Heck standen und mit Bogen und aufgelegten Pfeilen nach Verfolgern Ausschau hielten, obwohl nur Arin im Licht der dünnen Mondsichel wirklich gut etwas erkennen konnte.

»Irgendwas stimmt da nicht«, grollte Aiko.

Burel sah sie an. »Was denn?«

»Es war zu leicht«, erwiderte sie. »Als wollte Ordrune, dass uns die Flucht gelingt.«

Burel neigte den Kopf. »Mein Vater wurde getötet, nur weil er von der Existenz dieser Schriftrolle wusste, und er hat höchstens eine oder zwei Zeilen gelesen. Wir wissen aber noch viel mehr, denn wir haben den gesamten Text gehört, den Dara Arin vorgelesen hat. Warum sollte Ordrune einen Mann mit ganz geringem Wissen töten und anderen, die ganz genau über den Inhalt Bescheid wissen, die Flucht gestatten? Das ergibt keinen Sinn, Aiko.«

Im fahlen Mondlicht sah Aiko den großen Mann an. »Trotzdem, Burel, es war so, als wären absichtlich keine *kitanai kazoku* auf unserem Weg gewesen.«

»Kitanai kazoku?«

»Spaunen.«

»Ach so.«

Delon, der ein Tau hielt und in den finsteren Dschungel auf beiden Seiten spähte, sagte: »Selbst wenn Ordrune unsere Flucht gewollt hat, Aiko, wie hätte er von unseren Plänen wissen können – von Eurem zugespitzten Löffel zum Beispiel?«

Egil sagte: »Vielleicht hat er nichts davon gewusst, aber ihm muss klar gewesen sein, dass wir bei der ersten Gelegenheit einen Fluchtversuch unternehmen.«

Aiko nickte und fügte hinzu: »Haltet Ihr es für einen reinen Zufall, dass unsere Waffen bei der Hand waren, als wir geflohen sind?«

Delon zuckte die Achseln und sagte: »Schließlich haben wir unsere Sachen in einer Rüstkammer gefunden. Wo sollten Waffen sonst aufbewahrt werden? Ich glaube, Ihr sucht zu angestrengt nach einer Hinterlist, Aiko.«

Arin sagte: »Könnte es nicht einfach sein, dass uns das Glück hold war?«

Aikos Blick wanderte von Delon zu Arin, doch sie sagte nichts, und ihr Blick war scheinbar ausdruckslos ...

... Und die *Breeze* segelte im auffrischenden, meerwärts wehenden Wind weiter durch die Schlangenbucht.

Als der Mond untergegangen war und nur noch der Sternenglanz am Himmel etwas Licht spendete, ging Arin nach vorn und wies ihnen mit ihren Elfenaugen den Weg. Die Zeit kroch ebenso dahin wie die Meilen, während die Nacht sich dem Morgengrauen näherte. Die Sterne schienen auf sie herab wie stumme Beobachter, die mitleidlos betrachteten, was unter ihrem Licht geschah.

Es war noch dunkel, als sie an der Stadt im Schlund der Schlangenbucht vorbeiglitten, und die Morgendämmerung war nur ein bleicher Schimmer im Osten. Obwohl gerade Ebbe war und das Wasser auf dem Tiefstand, hatten sie keine andere Wahl, als in der Dunkelheit durch die Klippen zu segeln, denn mit jeder Verzögerung hätte sich das Risiko einer Entdeckung durch die Piraten vergrößert.

»Wir werden wieder alle Segel bis auf das Hauptsegel und das Klüver reffen«, rief Egil den anderen zu. Delon, Burel, Aiko und Ferai holten gemeinsam die vier übrigen Segel ein und verstauten sie unten im Boot. Arin bezog Stellung an der Steuerbordreling, um Egil an der Ruderpinne Anweisungen geben zu können, während die anderen sich für die schwierigen Manöver postierten, die vor ihnen lagen. Obwohl sie nur noch zwei Segel gehisst hatten, machte die *Breeze* noch gute Fahrt, denn der Wind blähte kräftig die Leinwand.

»Haltet Euch an den Tauen bereit«, rief Egil, um das Rauschen der Wellen zu übertönen, als sie nach Nordwesten auf die gestreifte Leitklippe zuliefen.

»Etwas nach steuerbord, Egil, einen halben Strich«, rief Arin, die sich über die Reling beugte. »So ist es gut. Genau richtig. Jetzt den Kurs beibehalten.«

Unter der Führung der Dylvana folgte die Schaluppe einem verschlungenen Kurs durch die zerklüfteten Fangzähne der Schlange, die nun bei Ebbe weitaus höher aufragten als bei ihrer Hinfahrt.

»Denkt alle daran«, rief Egil, »wir müssen volle zehn Strich nach steuerbord beidrehen, um Kurs auf die nächste Leitklippe zu nehmen. Haltet Euch bereit.«

Das Boot war jetzt zwischen den Klippen und hielt auf die erste Leitklippe zu. Doch während die scharfkantigen Felsen vorbeiglitten, rief Arin plötzlich: »O nein!«

»Was ist denn, Liebste?«, rief Egil, während in der Dunkelheit Gischt über die *Breeze* spritzte, während ihr Bug durch die Wellen pflügte.

»Ein anderes Schiff, eine Dau, kommt uns durch die Klippen entgegen. Es kann nur ein Schiff der Piraten sein.«

»Verdammt!«, rief Egil. »Wir können in diesen Klippen den Kurs nicht ändern. Uns bleibt gar nichts anderes übrig, als zu versuchen, an ihr vorbeizusegeln.«

»Wie können sie in der Dunkelheit etwas sehen?«, rief Ferai. »Haben sie auch eine Elfe an Bord?«

Arin antwortete nicht, da Wellen gegen Felsen brandete und die aufgetürmten Wogen über sie hinwegschwappten. Vielmehr rief sie: »Achtung jetzt! ... Aufpassen! ... Beidrehen ... jetzt! Jetzt, Egil, jetzt!«

»Jetzt!«, rief Egil. »Dreht bei!«

Zzzzz ... Nasse Taue surrten durch Klampen, als die *Breeze* rechtsherum um den großen geäderten Felsen schwang und hart nach steuerbord schwenkte, bis sie nicht mehr nach Nordosten lief, sondern nach Südsüdost. Egil zog hart an der Ruderpinne, und die Besatzung duckte sich, als der Segelbaum von steuerbord nach backbord schwang, um den Wind in den Segeln zu behalten, die nach wie vor straff gespannt waren. Just in dem Augenblick, als die Schaluppe Kurs auf die nächste Leitklippe nahm, begann die Dau der Piraten auf der anderen Seite der Klippen mit der Anfahrt auf die Bucht.

Arin wechselte rasch auf die Backbordseite, um sich an der nächsten Leitklippe orientieren zu können. Brecher krachten gegen die gewaltigen Felsen und schlugen über der *Breeze* zusammen, sodass Schiff, Segel und Besatzung durchnässt wurden. Arin fixierte den sich rasch nähernden Felsen, der größer war als die anderen.

»Steuerbord, leicht steuerbord, Egil!«, rief sie. »Und jetzt den Kurs halten!«

»Hallo zusammen«, ertönte ein undeutlicher Ruf, und Alos kam aus der Kabine nach oben gestolpert. »Was ist denn hier ...?«

»Bereithalten, um volle achtundzwanzig Strich beizudrehen«, rief Egil. »Alos, pass auf den Mastbaum auf!«

»Was?«, rief Alos, während er an Deck stolperte und das Schiff durch die tosende Schwärze raste, den Tod links und rechts.

Ohne ihr Tau loszulassen, trat Aiko dem alten Mann die Beine unter dem Leib weg, und als Alos aufs Deck fiel …

»Jetzt, Egil! Jetzt!«, schrie Arin.

»Beidrehen!«, rief Egil, indem er an der Ruderpinne riss.

Starke Hände rissen an den gegenüberliegenden Leinen. Der Bug der *Breeze* drehte sich, und auf der Backbordseite türmte sich nur eine Armspanne entfernt ein hoher Fels auf. Mit lautem Krach schwenkte der Mastbaum von backbord nach steuerbord, als das Boot herumschwang und das Heck durch den Wind schwenkte.

Wasser krachte auf Felsen und wurde in die Luft geschleudert, während die Schaluppe weiterraste. Arin wechselte wieder auf die Steuerbordseite und stieg dabei über den am Boden liegenden Alos hinweg. Sie beugte sich wieder weit über die Reling und spähte nach vorne, wo eine Dau der Piraten rasch größer wurde.

»Egil!«, rief sie. »Hart steuerbord!«

Während Egil die Ruderpinne herumriss, tauchte auf der linken Seite ein riesenhafter Schatten auf, und plötzlich knirschte Holz auf Holz, und die Schaluppe erbebte, als die Dau an ihr entlangschrammte. Alos kreischte vor Furcht, als die wogenden Wellen sowohl Schaluppe als auch Dau anhoben und die Backbordseite der *Breeze* gegen den Rumpf der Dau krachte. Im Windschatten des anderen Schiffes erschlafften die Segel der Schaluppe plötzlich, obwohl sie noch Fahrt machte, aber ebenso plötzlich war der Pirat an ihnen vorbeigezogen, und die Segel strafften sich wieder und ließen die *Breeze* einer neuen Gefahr entgegenrasen.

»Backbord, backbord«, überschrie Arin das Tosen der peitschenden Wellen und Alos' Gekreisch. Wieder riss Egil an der Ruderpinne, und die *Breeze* reagierte. Augenblicke später rief

Arin: »Jetzt einen Strich nach steuerbord und dann den Kurs halten.«

Während die Schaluppe durch Klippen, Gischt und Getöse raste, konnten sie achtern lautes Gebrüll auf der Dau hören, doch was die Piraten riefen, verstand keiner an Bord der Schaluppe.

»Kurs halten«, rief Arin, während der wimmernde Alos auf Händen und Knien zurück in die Kabine kroch.

An Klippen und Felsen vorbei und durch tosende Brandung segelte die beschädigte, aber immer noch seetüchtige *Breeze* aus der Schlangenbucht. Als sie endlich das offene Meer erreichten, dämmerte es im Osten bereits.

»Hisst alle Segel außer dem Rah«, befahl Egil. »Die Piraten werden uns vermutlich verfolgen.«

Während die Besatzung dem Befehl nachkam, sagte Arin: »Glaubst du, wir sind schneller als sie, *Chier*?«

Egil schaute nach achtern, aber die Einmündung der Bucht war hinter einer kleinen Landzunge verschwunden und nicht mehr zu sehen. »Ich weiß es nicht, Liebste, aber wir müssen es versuchen.«

Im Licht der Dämmerung segelte der Kapitän der Dau sein Schiff in die Bucht, dann ließ er sie wenden und machte sich auf den Rückweg durch die Klippen, um den Eindringling zu verfolgen. Er schaute auf die Klippen und dann auf den immer heller werdenden Horizont im Osten und stellte den Trank weg, der ihm für kurze Zeit ermöglichte, auch bei Sternenlicht zu sehen. Für diese Durchfahrt würde er ihn nicht brauchen. Außerdem wollte er nicht riskieren, für immer sein Augenlicht zu verlieren.

Wieder befahl er seiner murrenden Besatzung, die Segel für die Durchfahrt zu setzen, dann nahm sein Schiff Fahrt auf, während er die geäderte Klippe ansteuerte.

Die Dau hatte gerade die schmale Fahrrinne zwischen den

Klippen erreicht, als eine entsetzliche Kreatur krächzend aus dem Himmel herabstieß. Männer brüllten vor Furcht und kauerten sich auf das Deck, und einige sprangen sogar über Bord. Und je panischer die Besatzung wurde, desto mehr wich die Dau vom Kurs ab, bis die Wellen sie packten und gegen die Klippen schleuderten, an denen sie zerschellte.

Augenblicke später war die Dau gesunken.

Auf großen dunklen Schwingen flatterte das monströse Wesen davon und in den Morgenhimmel empor.

26. Kapitel

»Ich sage Euch, Alos, mein Alter, wenn sie Euch nicht zu Fall gebracht hätte, wärt Ihr vom herumschwingenden Mastbaum über Bord gefegt worden und zwischen den Klippen ertrunken.«

Alos funkelte Delon an, dann reckte er das Kinn in die Höhe und verkündete laut: »Trotzdem schuldet sie mir eine Entschuldigung.«

»Ha!«, konterte Ferai. »Von wegen Entschuldigung! Vielmehr schuldet Ihr Aiko ein ordentliches Dankeschön, weil sie Euren wertlosen Hals gerettet hat.«

»Ein Dankeschön dafür, dass sie mir beinahe den Arm gebrochen hätte?« Alos rieb sich wehleidig und verspätet den linken Ellbogen. »Und noch eins: Ich bin nicht wertlos. Es gibt keinen besseren Steuermann als mich an Bord dieses Schiffs.«

»Ja, aber wie lange noch?«, sagte Delon. »In Sarain habt Ihr verkündet, Ihr wolltet Euch ein für alle Mal von uns trennen, sobald wir die Bucht hinter uns hätten. Nun, die haben wir jetzt hinter uns.«

Alos funkelte den Barden an. »Ich werde mich von Euch trennen, wenn ... wenn« – Alos hielt inne, da sich plötzlich ein Gedanke wie ein geflüsterter Befehl in seinem Hinterkopf regte. Er schüttelte den Kopf und sagte dann: »Anders als bisher werde ich meine Schiffskameraden nicht in Zeiten der Not im Stich lassen.«

Delon warf Ferai einen Blick zu und wandte sich dann wieder an Alos. »Ist das Euer Ernst?«

»Natürlich ist das mein Ernst«, raunzte Alos.

»Dann bleibt Ihr bei uns, bis wir den Schatz haben?«, fragte Ferai.

Delon sah seine Liebste mit hochgezogener Augenbraue an. »Die Zeiten der Not werden erst vorbei sein, wenn wir den Drachenstein bei den Magiern abgeliefert haben.«

Doch Ferai schaute aufs Meer hinaus und gab ihm keine Antwort.

Kistan lag jenseits des Horizonts, gut dreißig Seemeilen im Westen, nachdem die *Breeze* einen Vierteltag nach Osten gesegelt war. Die Schaluppe hatte sich erst von der Insel entfernt und war dann nach Norden geschwenkt. Es war Nachmittag, und Alos, Delon und Ferai waren an Deck, während Egil, Arin, Aiko und Burel unten schliefen. Sie beabsichtigten, auf dem offenen Meer zu bleiben und sich von der Insel und ihren Schifffahrtsrouten möglichst fern zu halten, indem sie parallel zur Ostküste segelten in der Hoffnung, den Piraten so zu entkommen, die in den beiden Meerengen im Norden und Süden lauerten. Wenn die *Breeze* nach weiteren sechshundert Meilen an Kistan vorbei sein würde, wollten sie die Straße von Vancha passieren. Von dort würden sie in den Westonischen Ozean segeln, Gelen umrunden und weiter ins Nordmeer und schließlich ins Borealmeer fahren, denn ihr Ziel, der Drachenhorst, lag an der Grenze zwischen diesen beiden Ozeanen. Insgesamt würden sie auf dieser Reise fast neuntausend Meilen zurücklegen, obwohl es in Wirklichkeit aufgrund der Notwendigkeit, hin und wieder gegen den Wind kreuzen zu müssen, am Ende eher das Eineinhalbfache dieser Strecke sein würde. Natürlich gab es einen kürzeren Weg, denjenigen durch den Kanal zwischen Gelen und Jütland, aber nach allem, was in Königinstadt geschehen war, erschienen ihnen die Gewässer um Jütland zu feindselig und zu gefährlich, um sie zu durchqueren, und so verringerten sie das Risiko, indem sie den längeren Weg wählten. Wenn die Winde halbwegs günstig und das Wetter ihnen einigermaßen gewogen waren, würden sie den Drachenhorst irgendwann im Monat Mai erreichen.

Erst beim Wachwechsel bei Anbruch des folgenden Tages machten sie sich Gedanken darüber, wie sie den Drachenstein an sich bringen konnten.

»Folgendes wissen wir«, sagte Arin. »Der Stein befindet sich in einer Höhle in einer silbernen Schatulle.«

»Die an den Fels beim Krakenteich gekettet ist«, fügte Egil hinzu.

»Glaubt Ihr, das bedeutet, der Schatz wird von einem Kraken bewacht?«, fragte Ferai.

Egil zuckte die Achseln. »Das wäre jedenfalls ein Wächter aus der Hèl.«

»Besser als ein Hund allemal - zumindest in einem Teich«, sagte Delon grinsend.

»Das ist ganz und gar nicht zum Lachen«, sagte Aiko in sehr ernstem Tonfall.

Delon hob entschuldigend die Hände und sagte dann: »Das stimmt wohl. Außerdem liegt der ›Wachhund‹ auf dem Gesims und bewacht die Tür.«

»Der Wachhund?«

»Der Drache.«

Aiko schüttelte den Kopf und seufzte.

»Es gibt noch eine Tür«, sagte Ferai. »Die Tür unter Wasser.«

»Aber in der Schriftrolle steht, dass man nicht gegen die Strömung anschwimmen kann, die vom Großen Mahlstrom gespeist wird«, sagte Egil.

»Vielleicht könnte Burel es«, sagte Ferai. »Er ist ziemlich stark.«

Burel schüttelte den Kopf. »Ich kann nicht schwimmen.

Nachdem ich mein ganzes Leben im Tal des Tempels inmitten des Labyrinths verbracht habe, habe ich es nie gelernt.«

Arin hob die Hand. »Nehmen wir einmal an, dass stimmt, was in der Schriftrolle steht. In diesem Fall führt der einzige Weg zum Teich an dem Drachen vorbei.«

»Ha!«, tönte Alos. »Nicht sehr wahrscheinlich, dass wir dort entlanggehen können. Er würde uns als Leckerbissen verschlingen, bevor wir *Guten Tag* sagen könnten.«

»Wir könnten uns an ihm vorbeischleichen«, sagte Ferai.

»Nein, das können wir nicht«, verkündete Alos. »Drachen *wissen*, wenn jemand in ihrem Refugium ist.«

»Warum sagt Ihr das?«

»Na, weil es allgemein bekannt ist«, erwiderte Alos, indem er Ferai anfunkelte. »Jeder weiß das.«

»*Ich* habe es nicht gewusst«, grollte Burel.

Arin hob die Hände. »Bitte, meine Freunde. Lasst uns wegen der Kräfte und Fähigkeiten der Drachen nicht streiten.« Ihr Blick wanderte von einem zum anderen, und dann sagte sie: »Trotzdem, wenn wir an dem Drachen vorbei *müssen*, lasst uns alles zusammentragen, was wir über die großen Lindwürmer wissen. Vielleicht finden wir dann eine Lösung für unser Dilemma.«

Alos schnaubte missbilligend.

Arin seufzte: »Ich weiß Folgendes über Drachen: Sie bewachen das Gesims auf dem Drachenhorst; sie schlafen viertausend Jahre und wachen danach achttausend; sie sind furchtbar, wenn sie auf Raub aus sind, obwohl sie sich meistens nur an Vieh vergreifen, von dem sie sich ernähren; sie leben deswegen abgeschieden und sehr weit voneinander entfernt und versammeln sich nur in der Zeit ihrer Paarung mit den Kraken im großen Mahlstrom; das geschieht einmal alle dreitausend Jahre; das Ergebnis dieser Paarung sind die Seeschlangen, die, wenn ihre Zeit gekommen ist, in die Tiefen des Meeres abtauchen und sich verpuppen. Aus diesen Larven schlüpfen dann später entweder Kraken oder Drachen, je nach Geschlecht; Drachen scheinen an allem Freude zu haben, was funkelt und glänzt, daher häufen sie Schätze an, obwohl manche behaupten, dass Drachen ihre Kraft aus Gold und Juwelen und kostbaren Metallen beziehen, doch wie das sein kann, weiß ich nicht. Nach allem, was in der Schriftrolle erwähnt wird und was Arilla uns im Schwarzen Berg erzählt hat, stammen Drachen aus einer anderen Ebene von einer Welt namens *Kelgor*, und das Tor zu dieser Welt scheint das Gesims auf dem Drachenhorst zu sein, das sie eifersüchtig bewachen; Drachen sind buchstäblich nicht umzubringen, und außer in Mythen und Sagen habe ich noch nie von einer Person gehört, die einen Lindwurm getötet hat, obwohl es heißt, dass sie sterben können, wenn sie miteinander kämpfen.«

Arin verstummte, schaute von einem zum anderen und fragte schließlich: »Hat dem noch jemand etwas hinzuzufügen?«

Alos räusperte sich. Arin sah ihn auffordernd an. »Hm«, machte er. »Sie spüren, wenn Eindringlinge in ihrer Domäne sind, und können jede beliebige Gestalt annehmen, sodass sie manchmal in menschlicher Gestalt durch die Städte der Menschen streifen.«

Ferai schnaubte, blieb ansonsten aber stumm.

»Sie atmen Feuer«, sagte Aiko. »Und in Übereinstimmung mit Arillas Geschichte würde ich sie für eitel halten ... zumindest manche von ihnen.«

»Es heißt, sie mögen Rätsel«, fügte Delon hinzu.

»Sie können auch in völliger Finsternis sehen«, ergänzte Burel. »Jedenfalls hat Mayam mir das erzählt, als ich noch ein Junge war.«

»Da wir gerade davon reden«, sagte Alos, dessen verbliebenes Auge funkelte, »es heißt auch, dass Drachen verborgene und unsichtbare Dinge sehen können. Vielleicht können sie deswegen im Dunkeln sehen.«

Stille kehrte ein, die nur vom Knarren der Taue und vom Plätschern des Wassers gegen den Bootsrumpf gestört wurde. Schließlich sagte Egil: »Die meisten Drachen haben geschworen, keine Raubzüge zu unternehmen, solange die Magier den Drachenstein hüten.«

»Meint Ihr, sie wissen, dass der Drachenstein ... verlegt worden ist?«, fragte Delon.

Arin zuckte die Achseln und sagte dann: »Soweit wir wissen, hat es noch keine größeren Verwüstungen durch die Lindwürmer gegeben. Also wissen sie es vielleicht noch nicht.«

»In diesem Fall dürfen wir den Drachen dieses Geheimnis auf keinen Fall verraten«, sagte Ferai.

Alle nickten oder murmelten zustimmend.

»Gibt es sonst noch etwas?«, fragte Arin.

Burel stieß einen tiefen Seufzer aus. »Von anderen habe ich gehört, dass Drachen die Fähigkeit haben, ein Wesen mit ihrem Blick zu bannen, und dass sie mit ihrer Stimme auch die weisesten Männer und Frauen betören können.«

»Oh!«, rief Ferai. Während sich alle Augen auf sie richteten, sagte sie: »Die alte Nom hat gesagt, dass es im Panzer eines jeden Drachen eine Schwachstelle gibt, und wenn man weiß, wo diese ist, na ja, dann kann man ihn töten.«

Delon hob skeptisch eine Augenbraue, enthielt sich aber eines Kommentars.

»Vielleicht hat Gurd so das Ungeheuer Kraam besiegt«, sagte Egil zu Arin. Er bezog sich auf das Lied eines Barden, das sie im *Silbernen Helm* in Königinstadt gehört hatten. »Er hat seine Schwachstelle entdeckt und ihn so getötet.«

Arin schüttelte den Kopf. »Wie vieles, was mit Drachen zu tun hat, halte ich auch das für eine Legende. Trotzdem sollten wir diese Möglichkeit im Auge behalten.«

Wiederum senkte sich Stille über die Gruppe, und keine weiteren Vermutungen oder Tatsachen wurden geäußert. Schließlich sagte Egil: »Dann lasst uns sehen, ob wir einen Weg finden können, wie wir an dem Drachen auf dem Drachenhorst vorbeikommen.«

Ferai holte tief Luft und sagte: »Wenn sie so viel für Schätze übrig haben, können wir den Drachen vielleicht bestechen, damit er uns passieren lässt.«

»Ich sage Euch, er wird die Bestechung annehmen und uns trotzdem fressen«, verkündete Alos.

»Na, dann könnten wir sie vielleicht verstecken – die Bestechung, meine ich – und ihm erst sagen, wo sie ist, wenn wir haben, was wir wollen.«

Alos schüttelte den Kopf. »Er würde uns trotzdem fressen und nicht nur die Bestechung nehmen, sondern die silberne Schatulle und den Drachenstein obendrein.«

»Nun denn«, sagte Delon, »wenn sie Rätsel mögen, wie wäre es dann damit ...?«

Sie diskutierten bis kurz vor Mittag und verwarfen dabei einen Plan nach dem anderen, bis Egil schließlich sagte: »Das führt zu nichts, und einige von uns brauchen Ruhe, ehe sie wieder an der Reihe sind, das Boot zu steuern. Lasst uns darüber schlafen.«

So gingen Arin, Egil, Aiko und Burel nach unten in die Kojen, während Alos, Ferai und Delon die *Breeze* führten und weiterhin ihren Überlegungen nachhingen.

In der Nacht diskutierten auch Egil, Arin, Burel und Aiko das Problem in aller Ausführlichkeit, ohne jedoch eine Lösung zu finden. Außerdem sog Aiko in jener Nacht plötzlich scharf die Luft ein, wandte sich dann an Arin und sagte: »Meine Tigerin grollt. Sie spürt eine entfernte Gefahr«

Arin erhob sich und starrte im Licht des im Westen untergehenden silbernen Halbmonds rundherum in die Ferne. Schließlich sagte sie: »Ich kann nichts sehen, Aiko.«

Die Ryodoterin schüttelte den Kopf. »Trotzdem, Dara,

irgendwo lauert Gefahr. Letzte Nacht habe ich es auch schon gespürt.«

»Was meinst du? Verfolgt uns etwas?«, fragte Burel.

»Wenn ja, kommt es nur in der Nacht«, erwiderte Aiko.

»Vielleicht ist es ein Piratenschiff, das uns gleich hinter dem Horizont erwartet«, mutmaßte Egil.

Aiko hob die Hände, denn die Gefahr entfernte sich. Und niemand sah die große dunkle Silhouette hoch oben am Himmel zwischen den Sternen davonfliegen.

Eine Woche verstrich. Die Gefährten hatten immer noch keinen Plan gefasst, der sie zufrieden stellte, und nachts kam und ging die Gefahr, so sagte jedenfalls Aikos Tigerin. Die *Breeze* befand sich nun auf Kurs durch die breite nördliche Meerenge zur gut zweihundert Meilen entfernten Küstenlinie Vanchas und steuerte den Hafen von Castilla am Südufer des Landes an, wo sie die Schaluppe wieder mit Wasser und Proviant und allem anderen ausrüsten wollten, was sie auf ihrer Fahrt noch brauchen würden.

»Verdammt!«, zischte Egil. »*Deswegen* hat dieses Schwein Ordrune die Schatulle am Krakenteich versteckt. Es ist ganz einfach unmöglich, dorthin zu gelangen und sie zu stehlen ... wenn sie von Drachen, Kraken und einer vom Mahlstrom getriebenen Strömung bewacht wird, gegen die man nicht anschwimmen kann.«

»Vielleicht sollten wir zu den Magiern auf Rwn fahren und dort Hilfe suchen«, schlug Delon vor.

»Diese nimm mit, nicht mehr, nicht weniger«, zitierte Ferai. »Ich glaube nicht, dass die Prophezeiung uns gestattet, einen Magier mitzunehmen.«

»Wenn uns auch kein Magier begleiten kann, so besteht doch zumindest die Möglichkeit, dass sie eine Idee haben«, sagte Delon. »Schließlich hat Dara Arin schon einmal ihre Hilfe gesucht.«

»Vielleicht können sie uns einen Unsichtbarkeitsring geben«, sagte Ferai.

»Ha!«, brummte Alos. »Habt Ihr denn nicht zugehört, als ich sagte, dass Drachen verborgene und unsichtbare Dinge sehen können? Einen Unsichtbarkeitsring, pah! Er würde Euch einfach schnappen und herunterschlingen, unsichtbar oder nicht.«

»Tja«, sagte Ferai ein wenig überrascht, »wenn ein Ring nicht helfen würde, dann können sie uns vielleicht *irgendwas* anderes geben, um an dem Drachen vorbei und in den Tunnel zu kommen.«

»Nicht nur in den Tunnel, meine Liebe«, sagte Delon. »Vergiss nicht, dass wir auch wieder heraus müssen.«

In ihrer dritten Nacht in der Hafenstadt Castilla saßen Delon und Ferai im Schankraum der *Estrella Azul*, einer der raueren Hafentavernen, nachdem sie Alos gesucht und ihn volltrunken und bewusstlos unter einem Tisch gefunden hatten. Während sie selbst ein Ale tranken, lachte Delon plötzlich, zeigte zur Theke und sagte zu Ferai: »Sieh mal.«

Auf dem Tresen ließ eine Frau die Hüften kreisen. Die Tänzerin war nur mit wirbelnden, hauchdünnen Schleiern bekleidet, derer sie sich nacheinander entledigte. Ein lüsterner Gast bezahlte mit Kupfer oder Bronze für jeden abgelegten Schleier, wobei die Höhe der Bezahlung von der Stelle abhing, die das jeweilige Tuch verhüllte. Andere Männer hatten sich um den Tresen versammelt und johlten, klatschten in die Hände und feuerten die Frau an. Ihre Blicke verrieten ungezügeltes Verlangen.

Plötzlich weiteten sich Delons Augen. »Das ist es!«, rief er.

»Was?«

Wieder zeigte Delon nach vorn. »Der Mann dort: Stell ihn dir als Drache vor.«

»Der Mann mit den Münzen? Wie passend, obwohl es noch passender wäre, wenn er das Gold besser bewachen würde.

Aber was hat das damit zu tun, wie wir zum Schatz gelangen können?«

Delon wandte sich mit leuchtenden Augen an Ferai. »Stell dir die Tänzerin als Krake vor.«

»Als Krake? Sie windet sich zwar wie einer, hat aber nicht annähernd genug Arme.«

»Ja, ja. Aber hör zu, mein Schatz, und schau genau hin: Was will der Drache?« Delon deutete auf den Tresen.

Ferai sah sich den Mann mit den Münzen genauer an. Seine Erregung war nicht zu übersehen. Dann wandte sie sich an Delon, da ihr langsam etwas dämmerte. »Auf so etwas kannst auch nur du kommen, mein Schatz.«

Delon lachte. »Da magst du Recht haben.« Er stand auf, zog Alos unter dem Tisch hervor und hievte sich den alten Mann über die Schulter. Er wandte sich an Ferai. »Komm, mein Herz, wir wollen es den anderen sagen.«

»Was sollen wir ihm anbieten?«

»Liebe. Wir bieten dem Drachen Liebe an«, erwiderte Delon. »Ein Schäferstündchen im Heu ... oder in diesem Fall im Meer.«

Arin, die neben Egil im Bett lag, sah ihn an und wandte sich dann wieder an Delon. »Wie?«, fragte sie.

»Wenn ein Krake im Teich ist, müssen wir ihn für den Drachen herauslocken.«

»Was sollen wir tun?«, fragte Aiko.

»Ihn für den Drachen herauslocken«, wiederholte Delon.

Sie waren jetzt alle versammelt, Arin, Egil, Aiko, Burel, Ferai und Delon. Sogar Alos war da, obwohl er bewusstlos auf dem Boden lag und nichts von ihrem Gespräch mitbekam.

»Und wie wollt Ihr das anstellen?«

»Wir können vielleicht nicht gegen die Strömung anschwimmen, aber wir sollten ganz sicher in der Lage sein, mit der Strömung *nach draußen* zu schwimmen.«

»In den Mahlstrom? Seid Ihr wahnsinnig?«

»Nein, nein. Einige von uns werden die Klippe herabklettern und Seile anbringen. Derjenige, welcher den Kraken am Teich herauslockt, folgt bei Ebbe zunächst dem Weg und stürzt sich dann im letzten Augenblick ins Wasser, um sich von der Strömung nach draußen tragen lassen, wo ihn die anderen auf der Klippe retten müssen. Dann kann Ferai die Truhe öffnen und sich den Drachenstein holen. Der Drache ist dann aus dem Weg, weil er in den Armen des Kraken liegt und sich im Strudel des großen Mahlstroms der wilden, leidenschaftlichen Liebe ergibt.«

Egil wandte sich an Delon. »Was macht Euch glauben, dass wir eine Gelegenheit bekommen, auch nur mit dem Drachen zu reden?«

»Es heißt, Drachen sind wissbegierig«, sagte Delon, »jedenfalls wenn es um Rätsel geht. Ich meine, wir haben gute Aussichten, dass er neugierig sein wird, warum sich sechs von uns – oder sogar sieben, wenn Alos mitkommt – freiwillig in seine Höhle wagen. In diesem Fall machen wir ihm einen verlockenden Vorschlag, den er nicht ablehnen wird.«

Egil wandte sich an Arin. »Wenn Delon Recht hat und wir wirklich Gelegenheit bekommen, mit dem Drachen zu verhandeln, bevor er uns einfach tötet, könnte es sogar klappen.«

»Glaubst du, der Drache würde sich auf so einen Handel einlassen und uns den Zugang zum Drachenstein gewähren?«

Ferai schaltete sich ein. »Wir können ihm nicht sagen, dass wir hinter dem Drachenstein her sind, richtig? Stattdessen werden wir ihm sagen, dass wir die Schatulle haben wollen ... dass sie ein altes Erbstück ist oder etwas in der Art.«

Burel räusperte sich. »Ja, aber Dara Arin stellt eine berechtigte Frage: Wird der Drache sich auf so einen Handel einlassen?«

»Hört mal«, sagte Delon, »wenn Ihr nur einmal alle dreitausend Jahre die Möglichkeit hättet, Liebe zu machen, würdet Ihr dann nicht die Gelegenheit beim Schopf packen? Vor allem, wenn keine anderen Drachen da wären, die Euch den Anspruch auf die Dame Eurer Wahl streitig machen könnten?«

Burel sah Aiko an, die aus irgendeinem Grund errötete, obwohl sie den Blick nicht senkte.

»Glaubt Ihr, der Krake wird brünftig sein?«, fragte Arin.

»Vielleicht. Vielleicht auch nicht«, erwiderte Delon. »Aber ob er brünftig ist oder ob der Drache ihm gegen seinen Willen beiwohnt, ist ohne Bedeutung, solange wir den Stein bekommen.«

Plötzlich standen Ferai Tränen in den Augen.

»Ach, mein Herz, das war gedankenlos von mir«, sagte Delon, indem er ihre Hand nahm und sie sanft küsste.

Mit dem Ballen ihrer freien Hand wischte Ferai sich die Tränen weg. »Schon gut, Delon. Ich verstehe, was du meinst.«

Egil sah sich am Tisch um. »Mal angenommen, der Drache nimmt unser Angebot an, dann müssen wir uns teilen: Eine Gruppe klettert die Klippe hinunter, die andere geht zum Teich und holt die Schatulle.«

Delon nickte und lächelte dann. »Und einer spielt den Krakenköder. Und da ich den Plan vorgeschlagen habe, werde ich diese Rolle übernehmen.«

Arin schüttelte den Kopf. »Nein, Delon, Ihr müsst die Klippe herabsteigen, Ihr, Aiko und Burel, denn nur Ihr drei habt die Fähigkeit, eine steile, tausend Fuß hohe Felswand herab- und später wieder emporzuklettern, wenn alles erledigt ist. Egil, Ferai und ich kümmern uns um die Schatulle. Ferai löst sie von den Ketten, und Egil wird sie tragen. Also werde ich der Köder sein.«

Am Tisch brach eine hitzige Diskussion aus ...

... Doch am Ende setzte Arin sich mit ihrem Plan durch.

27. Kapitel

»Geradewegs in eine Drachenhöhle marschieren? Seid Ihr jetzt alle völlig wahnsinnig geworden?« Wutschnaubend blickte Alos in die Runde. »Er wird uns einfach verschlingen wie ein Kind ein halbes Dutzend Bonbons.«

»Dennoch haben wir genau diese Absicht, Alos, mein Alter«, erwiderte Delon, der an der Ruderpinne saß und der Küste Vanchas den Rücken zugewandt hatte.

Wieder einmal hatte Alos bei seinem Erwachen festgestellt, dass er sich auf hoher See befand, und als er aus der Kajüte gestolpert war, hatte er seine Gefährten im Morgengrauen an Deck sitzend vorgefunden, nachdem die Schaluppe bereits eine ganze Weile unterwegs war.

Dann hatte Delon ihm in groben Zügen von seinem wahnwitzigen Plan erzählt.

»Das ist lächerlich, sage ich Euch. Vollkommen absurd.« Alos wandte sich in einem stummen Appell an Arin. »Selbst wenn der Drache sich auf Delons verrückten Plan einlässt – und uns die silberne Schatulle als Gegenleistung für das Herauslocken des Kraken überlässt –, was macht Euch glauben, dass der Drache sein Wort auch halten wird?«

»Sie haben den Magiern des Schwarzen Berges gegenüber ihren Eid gehalten«, sagte Delon.

»Ja, aber das waren *Magier*, und wer würde ein Wort brechen, das er einem Magier gegeben hat? Wir sind aber nur ganz gewöhnliche Leute. Ich meine, der Drache könnte uns alles Mögliche schwören, könnte bekommen, was er will, und uns dann alle töten. Wo wären wir dann? In der Hèl, da wären wir dann. Keine Schatulle, kein Drachenstein, nur in der Hèl. Es ist Irrsinn, sage ich. Irrsinn.«

»Aber wir haben keine Alternative, Alos«, sagte Arin. »Nichts anderes bietet auch nur im Ansatz die, wenn auch geringen, Aussichten auf Erfolg, die uns dieser Plan eröffnet.«

»Geringe Aussichten?«, ächzte Alos. »Keine Aussichten, meint Ihr wohl.«

Aiko biss die Zähne zusammen, trat vor und begann damit, ein Seil aufzuwickeln.

»Hör zu, Alos«, sagte Egil. »Bei gutem Wind und Wetter bleiben uns noch drei Monate, vielleicht zwei Wochen mehr, vielleicht zwei Wochen weniger, bis wir den Drachenhorst erreichen. Wenn du eine bessere Idee hast, werden wir sie uns mit Freuden anhören. Aber bis dahin verfolgen wir Delons Plan, denn er ist für unsere Zwecke am geeignetsten.«

Alos stöhnte. Dann warf er einen Blick auf die Segel und sagte: »Delon, lasst mich ans Ruder und trimmt die Segel, denn wenn Ihr so entschlossen seid, einen schnellen Tod zu suchen, werde ich Euch gern helfen, dorthin zu gelangen, aber ich werde ... ich werde« – ein Ausdruck der Verwirrung huschte über das Gesicht des alten Mannes, und die nächsten Worte stieß er wie unter Zwang hervor – »anders als bisher werde ich meine Schiffskameraden in Zeiten der Not nicht im Stich lassen.«

Eine Woche später ließ die *Breeze* bei strömendem Regen die Straße von Kistan hinter sich und segelte in das aufgewühlte Gewässer des Westonischen Ozeans. An diesem Tag pflügten sie durch wogende Wellen und umrundeten die Landzunge, die Vancha bildete. Am nächsten Tag schlug Egil einen nordwestlichen Kurs zum Westteil Gelens ein.

Jeden Tag gingen sie ihren Plan durch und versuchten alle Schwachstellen zu berücksichtigen, doch sehr viel würde vom Drachen abhängen, und wer konnte schon die Reaktion einer solchen Kreatur vorhersehen?

Jede Nacht, in tiefster Finsternis, spürte Aiko eine entfernte Gefahr, doch sie entdeckten nichts, was die Warnungen der roten Tigerin gerechtfertigt hätte: Weder ein Schiff auf dem Meer noch eine Kreatur der Tiefe erspähten sie, und das dunkle geflügelte Wesen, das hoch über ihnen am Himmel flog, bemerkte niemand.

»Wo gehen wir an Land, Egil?«

Egil schaute von der Karte auf, die er gezeichnet hatte. Dann zeigte er auf eine Stelle. »Hier ist der Drachenhorst, am Ende der Gronspitzen. Und hier wogt der Große Mahlstrom, hier zwischen dem Drachenhorst im Osten und den Todesinseln im Westen. Hier im Süden des Drachenhorsts liegt Gron, ein schlimmes Land voller Rutcha und ähnlichem Gezücht, das angeblich von einem Schwarzmagier in einem Eisenturm regiert wird. Hier, im Norden und Osten, liegen die Steppen von Jord, wo es in erster Linie Gras und Pferde gibt.«

»Ja, aber wo gehen wir an Land?«, wiederholte Ferai.

»Nicht zu nah beim Großen Mahlstrom, hoffe ich«, sagte Delon. »Nach allem, was ich gehört habe, würde ich nicht in seinen Sog geraten wollen.«

An der Ruderpinne ächzte und schauderte Alos, sagte aber ansonsten nichts.

Wieder wies Egils Finger auf das Pergament. »Gerüchte besagen, dass es vielleicht zwei Wege den Berg hinauf und zum Sims gibt: Der eine beginnt in Gron und soll leichter zu erklimmen sein, der andere beginnt in Jord und soll der schwierigere sein.«

Aiko blickte von der Karte auf und sah Egil fragend an. »Gerüchte? Gibt es keine genauere Beschreibung?«

Egil schüttelte den Kopf. »Ich kenne keine. Es sind Berichte von Leuten, die dort schon mehr zu tun hatten als ich.«

»Hat schon jemand einen der Wege erklommen?«, fragte Burel.

»Wenn ja«, erwiderte Egil, »ist jedenfalls noch keiner zurückgekommen, um seine Geschichte zu erzählen.«

Alos stöhnte und schaute aufs Meer, während seine Augen sich mit Tränen füllten, dann murmelte er: »Er wird uns alle verschlingen.«

»Können wir das Schiff nah genug heranbringen, um uns selbst ein Urteil zu bilden?«, fragte Arin, während sie die Karte studierte.

»Der Mahlstrom reicht sehr weit, Liebste«, erwiderte Egil.

»Trotzdem, können wir hier hindurchsegeln?« Arin zeigte auf den Kanal zwischen den dem Mahlstrom am nächsten gelegenen Todesinseln.

Egil wandte sich an Alos. »Was meinst du, Alos?«

Der alte Mann schauderte und sagte dann in sehr bestimmtem Tonfall: »Schiffskameraden, meine Schiffskameraden.« Egil breitete die Karte vor dem alten Mann aus. Alos wischte sich die Tränen ab und starrte auf die Karte, wobei er sehr rasch und stoßweise atmete. Schließlich sagte er: »Vielleicht ... aber es ist zu gefährlich, sage ich Euch. Ich meine, auf dem Gesims sitzt ein Drache, der jederzeit herabstoßen und uns verschlingen kann, und in diesen Gewässern lauern Kraken, die emporsteigen und uns in die Tiefe zerren können. Und dann gibt es noch den Großen Mahlstrom, und wenn wir in den Strudel geraten, wird er unser Schiff mit Mann und Maus schlucken.«

Arin seufzte und sah den alten Mann an. »Wenn wir nicht nah genug heransegeln und uns selbst überzeugen können, müssen wir den Gerüchten vertrauen. Von den beiden Wegen, die Egil aufgezeigt hat, würde ich denjenigen auf der jordischen Seite bevorzugen, denn eine Durchquerung Grons, wie kurz sie auch sein mag, ist immer sehr gefährlich.«

Arin blickte in die Runde und erhielt ein Nicken von allen außer Alos, der stattdessen aufs Meer schaute, während ihm wieder die Tränen über die Wangen liefen.

Sie verbrachten drei verregnete Tage im Westgelener Hafen Anster, und Alos war in dieser Zeit praktisch ständig betrunken, da der alte Mann seine Furcht mit Alkohol zu betäuben versuchte. Aiko hatte es aufgegeben, ihn am Trinken zu hindern, denn schließlich hatte er sie in die Schlangenbucht und wieder hinausgeführt und hatte – abgesehen von seiner Funktion als Steuermann – ab jetzt nichts mehr mit der Wiederbeschaffung des Drachensteins zu tun, also war seine Rolle in diesem Abenteuer beendet. Daher ignorierte sie die Tatsache, dass er während ihres Aufenthalts an Land nie nüchtern war, obwohl sie von seinem weinseligen Gerede über das Verhängnis, das sie erwartete, gründlich genug hatte.

In ihrer zweiten Nacht in Anster – oder vielmehr kurz vor Morgengrauen des dritten Tages, als ein Blitz über den Himmel zuckte – wurde Egil von einem besonders furchtbaren Traum geplagt, in dem er noch einmal das Grauen nacherlebte, wie Miki die Haut vom Gesicht abgezogen wurde, sodass die winzigen Muskeln darunter in ihrer ganzen roten Nässe entblößt wurden, an denen dann einzeln gezupft wurde wie an den Saiten einer grausigen, blutigen Harfe, während Miki schrie und schrie und schrie.

Arin hielt Egil in den Armen, solange er weinte.

Egil schaute von seinem Teller auf. »Was?«

»Ich sagte gerade, leistet der Schinken noch immer Gegenwehr?«, wiederholte Delon.

Egil sah wieder nach unten. Der Frühstücksschinken auf seinem Teller war zerteilt und zerfetzt, als sei er von einer wilden Bestie angegriffen worden. Egil knallte sein Messer auf den Tisch und zischte zähneknirschend: »Ich bringe das Schwein um.«

»Wen?«

»Ordrune. Wenn das hier vorbei ist, kehre ich in die Schlangenbucht zurück und mache seinem Dasein ein Ende.«

»Ganz meine Meinung«, sagte Burel. »Er muss für den Tod meines Vater büßen.«

»Und für meine Männer«, fügte Egil hinzu.

»Wir werden eine Streitmacht zusammenstellen müssen«, sagte Aiko, »die groß genug ist, um die Mauern seiner Burg einzureißen, oder sie, wenn nötig, zu belagern.«

»Und wir brauchen ein, zwei Magier, um seinen Zaubern etwas entgegensetzen zu können«, fügte Arin hinzu.

»Das wird teuer«, sagte Ferai, »aber in seinen Mauern dürfte es genügend Schätze geben, um alles bezahlen zu können und auch noch etwas für uns übrig zu behalten.«

»Tja, dann wissen wir wohl, was wir tun werden, sobald diese Sache erledigt ist«, sagte Delon. Dann wandte er sich an Egil. »Doch sagt mir, mein Freund, warum diese plötzliche Wut?«

Egil schüttelte den Kopf. »Diese Wut ist ganz und gar nicht plötzlich entstanden, Delon, sondern braut sich seit vierzig grässlichen Tagen zusammen und wird seit Jahren in den Feuern des Zorns gehärtet.«

»Ja, schon, aber warum bricht sie gerade jetzt aus, heute Morgen?« Als sein Blick auf Arin fiel, sah er Kummer und Mitleid in ihren Augen. Ihm kam ein Gedanke, und er wandte sich wieder an Egil. »Ach so. Wieder ein Traum. Ein besonders schlimmer, nehme ich an.«

Egil holte tief Luft. »Ja, ein besonders grausamer. Und ich bin verdammt, Ordrunes ungeheuerliche Verderbtheit jede Nacht aufs Neue zu erleben.«

Burel sah Arin an und sagte: »Könnten die Magier auf Rwn den Fluch nicht von ihm nehmen? Wenn ja, warum dann nicht gleich dorthin segeln? Egils Karten zufolge ist die Insel nur etwa eine Woche entfernt – sie liegt nordwestlich von hier.«

Bevor Arin antworten konnte, sagte Egil: »Nein, Burel. Lasst uns zuerst den Drachenstein holen und dann nach Rwn segeln. Wenn sie den Fluch von mir nehmen können, ist das der richtige Zeitpunkt, es zu versuchen. Wir verfolgen unser Ziel jetzt seit fast einem Jahr ...«

»Seit fast zwei Jahren«, warf Aiko ein.

Egil sah sie an und nickte dann. »Ja. Es ist viel Zeit vergangen, seit Arin ihre Vision hatte.«

»Im Juli werden es zwei Jahre«, murmelte Arin.

»Im Juli wird es für mich ein ganzes Jahr, dass ich mich der Suche angeschlossen habe«, sagte Egil und fügte dann hinzu, »und für Alos. Aber egal, ich meine, wir wissen nicht, wann das Verhängnis eintreten soll, und je eher wir den Stein in sichere Hände legen können, desto besser für alle. Erst wenn wir ihn in Rwn abgeliefert haben, sollten wir sehen, ob die Magier diesen schrecklichen Fluch von meinen nächtlichen Träumen nehmen können. Aber ob sie es nun können oder nicht, danach knöpfe ich mir Ordrune vor.«

»Ich werde Euch begleiten«, sagte Burel entschieden, indem er seinen Becher hob und Egil zunickte.

Und das taten alle, außer Alos, der in seinem Zimmer oben immer noch wie ein Toter schlief.

Um Mitternacht des vierten Tages, nachdem sie die Hafenstadt Anster verlassen hatten, vollführten Arin und ihre Gefährten das elfische Ritual der Frühlings-Tagundnachtgleiche, denn es war der einundzwanzigste Märztag – Frühlingsanfang.

Am dreiundzwanzigsten änderten sie den Kurs von Nord auf Nordnordost, und am Abend des fünfundzwanzigsten segelten sie in die eisigen Gewässer des Nordmeers, und die *Breeze* steuerte den breiten Kanal zwischen Thol und Leut an.

Am sechsten Apriltag erreichten sie den Rand des Borealmeers und segelten unter einem zunehmenden, zu drei Vierteln vollen Mond in die große Hafenstadt Ogan ein, deren Hafen an der Küste Thols gelegen war.

»Wir segeln an den Küsten Thols, den Jillischen Höhen und an Rian vorbei, denn wir haben April, den launischten Monat, und das Borealmeer ist in dieser Jahreszeit ziemlich unberechenbar. Sollten wir Schutz vor plötzlichen Stürmen suchen müssen, haben wir so immer Land in der Nähe.«

»Schön und gut, Egil«, sagte Ferai, »aber sagt, wie viele Tage sind es noch bis Jord?«

Egil schaute auf seine Karten. »Je nach Wind und Wetter brauchen wir noch etwa einen Monat.«

»Und bis zum Drachenhorst?«, fragte Aiko.

»Einen Tag länger«, erwiderte Egil, »denn ich will in Haven anlegen, das dreißig, vierzig Meilen entfernt ist. Das ist der Hafen, der unserem Ziel am nächsten liegt.«

»Und da bekommen wir auch die Pferde und das Vieh?«, fragte Delon.

Egil nickte.

Alos trank den Rest seines Ales und bestellte sich noch einen Krug. »Hört mal. Ähem.« Er starrte in seinen leeren Bierkrug, als suche er dort den Faden, den er verloren zu haben schien. Dann hob er den Blick und sah Egil an. »Glaubt ... glaubt Ihr tatsächlich, dass der Drache es vorzieht, das Vieh an unserer statt zu verspeisen?«

Egil zuckte die Achseln, aber Ferai sagte: »Das ist ein Tribut für den Lindwurm, Alos. Der Drache wird uns ganz sicher anhören, wenn er sieht, dass wir ihm ein Geschenk bringen.«

Alos schüttelte den Kopf und sagte mit schwerer Zunge: »Ihr glaubt, ihm an unserer Stelle eine Mahlzeit zu servieren, aber ich glaube, stattdessen werden wir der Nachtisch sein.« Ein Schluchzen entrang sich der Kehle des alten Mannes, das vom

Eintreffen seines neuen Kruges nur vorübergehend unterdrückt werden konnte.

Am achten Apriltag setzten sie bei leichtem Regen die Segel und verließen Ogan in Richtung Jord.

Sie folgten der Küste Thols mehrere Tage und Nächte lang, in denen es unablässig regnete, nieselte und sogar schneite, denn der Frühling erreicht die Grenzen des Borealmeers erst spät. Als sie sich den Jillischen Höhen näherten, brach jedoch schließlich die Sonne durch die Wolkendecke, und eine Woche segelten sie bei gutem Wetter, bis sie in den letzten Apriltagen die Küste Rians erreichten. Sie segelten an Rian und am Rigga-Gebirge vorbei und die Küste Grons entlang, einem Land kalter Nebelschwaden. Hier steuerte Egil aufs offene Meer und setzte Kurs auf die westlichste Todesinsel.

Immer noch wurde Egil kurz vor dem Ende der Nacht von entsetzlichen Träumen heimgesucht, und immer noch spürte Aiko zu jeder Mitternacht irgendwo eine lauernde Gefahr.

Als sie die Klippen der Todesinseln umrundeten, sahen sie im Osten tief am Horizont ihr endgültiges Ziel aufragen – den Drachenhorst, dessen Spitze von weißem Schnee und funkelndem Eis bedeckt war, da auf dem Gipfel ewiger Winter herrschte. Doch Egil steuerte nicht diesen Berg an, sondern hielt auf die Stadt Haven in Jord zu. Dennoch wurde der Berg allmählich immer größer, je länger sie nach Nordosten segelten, und sie schienen den Blick nicht von der höchsten Kuppe der Gronspitzen nehmen zu können, deren Kette sich in einem Bogen nach Süden zog und sich dann im kalten Nebel verlor.

Kurz vor Mitternacht waren sie dem Drachenhorst am nächsten, und der Vollmond über ihnen tauchte die weiße Spitze in silbriges Licht. Doch sie segelten weiter nach Nordosten und ließen den Berg hinter sich.

Kurz vor dem Morgengrauen des neunten Maitags, sechshundertachtundsiebzig Tage nachdem Arin ihre Vision erlebt hatte, segelten sie in Haven ein und legten dort am Pier an.

Während langsam die Sonne aufging, schauten sie nach Süden, wo sie ihr weiß gekröntes Ziel nur vierzig Meilen entfernt vor sich sahen – vierzig Meilen bis zum Drachenhorst, vierzig Meilen zum Krakenteich, vierzig Meilen zum Drachenstein, vierzig Meilen zu einem äußerst ungewissen Schicksal.

28. Kapitel

»Aye. Es gibt einen Weg nach oben«, sagte der Gastwirt, während er die sonderbare Gesellschaft vor sich beäugte, *»aber man müsste schon ein verdammter Narr sein, auf den Berg zu klettern.«*

Egil nickte und wandte sich an die anderen, um ihnen die Worte des Gastwirts zu übersetzen, denn er hatte Jordisch gesprochen – nicht etwa Valur, die Soldatensprache von Jord, denn die war den Kriegern vorbehalten und wurde von den Einwohnern des Landes Fremden gegenüber nicht benutzt. Vielmehr sprach er übliches Jordisch, das Egil sehr gut verstand, denn Jorder und Fjordländer, so hieß es, hatten dieselben Wurzeln ... jedenfalls haben ihre Sprachen sehr viel gemeinsam.

Egil wandte sich wieder an den Mann. *»Wir brauchen Pferde. Und auch Vieh.«*

Die Augen des Gastwirts weiteten sich noch mehr als beim Anblick der Dylvana, sogar noch mehr als beim Anblick der seltsamen goldhäutigen Kriegsmaid. *»Ihr habt doch wohl nicht vor, auf den Berg zu gehen? In Raudhrskals Domäne?«*

»Doch, das haben wir. Aber wir werden keinem anderen erlauben, uns zu begleiten.«

»Na, was glaubt Ihr wohl, welcher dreimal verfluchte Dummkopf Euch begleiten wollen würde, hm?«

Im Morgengrauen des dritten Tages nach ihrer Ankunft in Haven verließen Arin und ihre Gefährten die Hafenstadt wieder. Einige Einwohner beobachteten, wie diese Fremden – vier Männer und drei Frauen – insgesamt sieben Dummköpfe – sich auf den Weg zum Drachenhorst machten.

»Der da drüben, der Einäugige, das ist ein Fjordländer, zweifellos ein Kaperfahrer«, flüsterten sie sich zu. *»Aye, aber findest du es nicht verdammt komisch, dass es unter diesen seltsamen sieben Fremden zwei Einäugige gibt? Und der Alte hat gewiss den bösen Blick, ich muss schon sagen. Obwohl er die meiste Zeit voll wie ein frisches Rumfass war. Habt ihr den Barden mit der lieblichen Stimme singen hören? Warum der wohl dabei ist? Ob er dem Drachen was vorsingen soll, was meint ihr? Der große Kerl da, das ist wahrscheinlich ein Krieger, und ein paar Leute haben erzählt, sie hätten ihn vor dem Elwydd-Schrein flach auf dem Boden liegen und beten sehen. Ha! Als könnte ihn ein Gebet vor dem Drachen bewahren. Die Frau mit den Dolchen – ich habe gehört, sie ist eine Gothonierin. Ja, aber die andere, die Kriegsmaid mit den Schlitzaugen, aus welchem Land kommt die wohl, was meint ihr? Die Elfe, das ist jedenfalls eine Dylvana, ganz sicher. Ich würde sagen, dass sie eine mächtige Zauberin ist. Und sie wollen alle zum Drachenhorst, was glaubt ihr wohl, warum? Habt ihr die ganzen Seile und das Zeug gesehen, das sie den Packtieren aufgebürdet haben? Um sich den Schatz zu holen, was sonst? Der Barde singt ihn in den Schlaf, der alte Mann bannt ihn mit dem bösen Blick, die Dylvana verzaubert den Drachen, die Kriegsmaid hackt ihn mit ihren magischen Schwertern in Stücke, und die anderen drei schleppen das Gold und die Juwelen. Aber welche Pläne sie auch haben, sie werden es nicht schaffen: Vieh oder nicht, Magie oder nicht, Schwerter oder nicht, der Drache Raudhrskal wird sie einfach mit seinem Feueratem verbrennen, und das war es dann mit ihren Träumen von Ruhm und Reichtum.«*

So in etwa verliefen die gemurmelten Unterhaltungen, als sieben Dummköpfe auf sieben jordischen Pferden mit drei beladenen Packtieren und vier Stück Vieh die Stadt verließen.

»Alos«, sagte Arin, »Ihr hättet nicht mitkommen müssen, sondern hättet stattdessen in Haven bleiben können.«

Alos schauderte, als er auf den weißen Gipfel vor ihnen starrte, leierte aber monoton: »Anders als bisher werde ich meine Schiffskameraden in Zeiten der Not nicht im Stich lassen.«

»Hm«, sann Ferai. »Das habt Ihr schon einmal gesagt ... Tatsächlich sogar mehrfach, Alos. Erzählt doch, hat es schon einmal eine Zeit der Not gegeben, in der Ihr Eure Schiffskameraden im Stich gelassen habt?«

Der alte Mann sah zuerst sie an und dann Arin. Die Dylvana lächelte. Alos senkte beschämt den Kopf. »Es war im Borealmeer«, murmelte er.

»Bitte?«, sagte Ferai. »Ich habe Euch nicht verstanden.«

Alos holte tief Luft. »Es war im Borealmeer«, wiederholte er.

»Was war im Borealmeer?«

Wieder sah Alos Arin an, und der Blick seines einen Auges war jetzt flehentlich, denn bislang hatte er noch keinem etwas von seiner ehemaligen Feigheit erzählt.

Arin lenkte ihr Pferd neben seines. »Ihr müsst nicht davon sprechen, wenn es Euch zu sehr schmerzt. Andererseits würde ich meinen, dass es eine Bürde ist, die Euch niederdrückt, und Bürden werden leichter, wenn man sie teilt.«

Dem alten Mann kamen die Tränen, als er von Neuem begann. »Es war im Borealmeer. Der Schwarzmagier Durlok und seine Trolle haben mein Schiff geentert, die *Solstråle*, und alle gefangen genommen ... alle außer mir. Ich habe mich in der Bilge versteckt. Durlok hat das Schiff versenkt.«

»Ah«, sagte Ferai, »jetzt fällt mir wieder ein, dass Ihr in Ordrunes Verlies etwas in der Art gesagt habt.«

»Ihr habt Euch versteckt und deshalb überlebt«, ergänzte Aiko.

»Ich kann es nicht ändern«, sagte Alos, dessen Kinn zitterte. »So bin ich nun mal.«

Aiko sah ihn weiterhin aus ihren dunklen Augen an.

Alos konnte ihrem Blick nicht begegnen. »Ihr habt selbst gesagt, die erste Regel des Lebens ist die, zu leben. Ja, ich habe meine Schiffskameraden im Stich gelassen, aber wenigstens bin ich noch am Leben.«

Aiko zuckte kaum merklich die Achseln. »Ist das auch ein lebenswertes Leben?«

Arin sah Aiko stirnrunzelnd an und sagte dann zu Alos: »Aber diesmal, mein Freund, seid Ihr anders als bisher in Zeiten der Not bei uns, Euren Schiffskameraden.«

Alos schaute nach Süden zum Drachenhorst, der im Licht der Morgendämmerung vor ihnen aufragte, und atmete keuchend ein und aus, bevor er nickte.

Das Vieh zu treiben, war eine mühselige Angelegenheit, denn die stoischen Tiere trotteten nur langsam und träge über das Gras am Rande der weiten Prärie, die sich nach Osten ausdehnte, so weit das Auge reichte, während im Westen endlos die Wellen über den Tiefen des Borealmeers wogten. Die sieben Gefährten ritten nach Süden, den gut vierzig Meilen entfernten Flanken des Drachenhorsts entgegen, und in dem von ihnen eingeschlagenen Tempo würden sie beinah drei volle Tage brauchen, um die entfernten Hänge zu erreichen.

Sie zogen den ganzen Tag dahin. Alos trank die meiste Zeit aus einer der Lederflaschen mit Branntwein, die er in seine Satteltaschen gepackt hatte. Die Sonne kletterte immer höher und sank dann langsam tiefer, brachte aber durchaus schon spürbare Wärme, obwohl der Wind noch immer kühl vom offenen Borealmeer hereinwehte.

Ab und zu hielten sie an einem der zahlreichen Bäche, um

die Tiere trinken zu lassen. Außerdem rasteten sie hin und wieder, um den Pferden und Maultieren etwas Hafer zu geben, und dann weidete das Vieh auf dem dichten Gras, das nun, da der Frühling mit Macht kam, zu sprießen begann. Gras, Pferde und Vieh, das war der Reichtum Jords, eines Landes, das nichts anderes war als eine riesige, üppige Prärie.

Als die Dämmerung hereinbrach, schlugen sie in einem kleinen Gehölz ein windgeschütztes Lager auf. Sie hatten zwölf oder dreizehn Meilen zurückgelegt, und Haven war gerade hinter dem Horizont verschwunden. In der Nacht wachten sie abwechselnd, alle bis auf Alos, der unter der Einwirkung des Branntweins tief und fest schlief, aber selbst im Schlaf vor Furcht ächzte.

Wie in jeder Nacht in den vergangenen Wochen spürte Aiko, die gerade Wache hielt, gegen Mitternacht die Anwesenheit von Gefahr in einiger Ferne. Und hoch oben am Himmel glitt etwas unentdeckt über die Sterne, da es darauf achtete, dass sich seine Silhouette nicht vor dem abnehmenden Halbmond abzeichnete.

In jener Nacht brachte der Wind vom Borealmeer einen dunstigen Nebel, der alles einhüllte. Am nächsten Tag ritten Arin und ihre Gefährten weiter durch die trübe Landschaft ihrem nun von weißen Schwaden verhangenen Ziel entgegen. Von den Reitern angetrieben, trottete das Vieh mit trägen Schritten durch das stille Land. Obwohl es heller wurde, als die Sonne am wolkenverhangenen Himmel höher stieg, blieben die Nebelschwaden zurück, und mit ihnen eine Kälte, die bis ins Mark drang.

Alos schauderte und trank eine weitere Flasche Branntwein. Dabei weinte er üppige Tränen und schwor, er werde seine Schiffskameraden in diesen Zeiten der Not nicht im Stich lassen.

Es gab keine Dämmerung, sondern die Düsternis wurde

einfach nur dichter, als die Sonne unterging, obwohl der Nebel im Licht der Mondsichel fahl leuchtete. Wieder schlugen sie ein Lager auf, diesmal in einer feuchten Senke, deren Grasnabe vom Nebel durch und durch nass war. Da sie kein Holz hatten, machten sie kein Feuer und nahmen eine kalte Mahlzeit aus Dörrfleisch, Schiffszwieback und Wasser zu sich.

Wie zuvor standen sie abwechselnd Wache, wiederum alle außer Alos, denn der alte Mann war vor Angst außer sich und weinte sich in den Schlaf.

Nahe Mitternacht knurrte Aikos Tigerin wieder, doch diesmal warnte sie vor einer Bedrohung, die wuchs und wuchs. In aller Eile weckte die Kriegerin die anderen und zischte: »Eine tödliche Gefahr nähert sich.«

In dem schwach leuchtenden Nebel wurden abgeschirmte Laternen entzündet, und die Gefährten machten sich für einen Kampf bereit. Waffen wurden in die Hände genommen: Egil hatte seine Axt, Aiko, Burel und Delon hatten ihre Schwerter und Ferai ihre Dolche. Arin hatte zwar ihr Langmesser in der Scheide gelockert, hielt aber lieber ihren Bogen bereit, obwohl es unwahrscheinlich war, dass sie ihn benutzen würde, denn die kalten Nebelschwaden wirbelten immer noch umher und sorgten für schlechte Sicht, selbst für die Dylvana. So standen sie in einem kleinen Kreis Rücken an Rücken, mit Alos in ihrer Mitte, der ganz leise vor sich hin jammerte und bereit war, beim geringsten Anlass die Flucht zu ergreifen.

Immer noch wuchs die Gefahr, vor der Aikos Tigerin warnte, und plötzlich flog etwas Gewaltiges über sie hinweg und stieß ein ohrenbetäubendes Brüllen aus – *RRRAAAAWWW!* –, das die Gefährten zusammenfahren ließ.

Das Gebrüll wurde von einem heiseren Krächzen hoch über ihnen beantwortet.

Alos kreischte, zog sich die Decke über den Kopf und kroch förmlich in den Boden.

Die anderen schauten angestrengt nach oben, konnten in den wirbelnden Nebelschwaden über sich aber nichts erkennen, obwohl sie ein gewaltiges Rauschen wie von riesigen Schwingen hörten.

Pferde und Maultiere brüllten vor Furcht und rissen an den Leinen, die sie an den in den Boden getriebenen Pflöcken hielten, und einigen gelang es, sich loszureißen und mit Leinen und Pflöcken im Schlepptau in den Nebel zu galoppieren. Auch das Vieh brüllte, riss sich los und floh.

RRRAAAAWWWW!, ertönte wieder ein Brüllen.

GRRRAAAKKKK!, krächzte es als Antwort.

Dann plötzlich ein lautes Tosen – und der Nebel flackerte rötlich, als loderten über ihnen grelle Flammen. Wieder ertönten Gebrüll und Gekrächz und das Rauschen riesiger Schwingen, und wieder loderten Feuergarben im Nebel. Und jetzt wurde das Krächzen leiser, blieb jedoch über ihnen, als fliege die Kreatur, die dieses Geräusch verursachte, höher empor.

»Wofür haltet Ihr ...?«, begann Ferai, doch ihre Worte gingen in tollwütigem Gebrüll unter, und plötzlich leuchtete der Nebel über ihnen in hellem Flammenschein, und Augenblicke später war ein Reißen zu vernehmen, bevor etwas ganz in der Nähe zu Boden fiel. Es klang, als stürzten – unsichtbar im nächtlichen fahlen Nebel – große Brocken vom Himmel.

Dann ertönte ein letztes gewaltiges Brüllen, und ein letztes Mal war das Rauschen ledriger Schwingen zu vernehmen, das sich nach Süden entfernte.

Als das Geräusch verstummte, war auch alle Gefahr vorüber, jedenfalls behauptete das die rote Tigerin.

29. Kapitel

An Bord der Dau hörte der Schwarzmagier Ordrune damit auf, eine Mischung aus schwarzen und grünen Kristallen zu zermahlen, hielt Mörser und Stößel untätig in Händen und schaute auf.

Aha, wie vorhergesehen, meine kleine Bestie ist tot.

Hervorragend! Denn das bedeutet, dass diese Narren sich ihrem Ziel nähern.

Er zischte einen Befehl, und der stumme, weil zungenlose Drik sprang von seinem Platz an der Tür auf und rannte nach oben. Kurz darauf betrat ein Ghok unterwürfig die Kabine.

»Schwenk nach Osten und lass meine Hèlrösser und den Streitwagen bereitmachen«, befahl Ordrune auf Slûk.

Der Ghok wartete noch einen Augenblick ab, ob sein Gebieter noch mehr von ihm verlangen würde. Doch als Ordrune sich wieder seinem Mörser zuwandte, eilte der Ghok nach draußen, harsche Befehle brüllend.

Augenblicke später liefen Taue über die Rollen von Flaschenzügen, und Segeltuch blähte sich knarrend im Wind. Die Dau legte sich auf die Seite und zog weißes Kielwasser über das eiskalte Meer.

30. Kapitel

»Adon!«, rief Delon. »Seht Euch das an.«

Die anderen gesellten sich zu dem Barden. Der Nebel umgab die brennenden Laternen mit einem trüben Schein.

»Was ist das?«, fragte Ferai, als sie sich bückte. »Ein großer Lederumhang?«

»Nein, Liebste. Das ist kein Mantel, sondern Teil einer Schwinge, glaube ich.«

Ferai holte scharf Luft und wich zurück.

»Teil einer Schwinge?«, flüsterte Alos, der ebenfalls zurückwich und sich dann umdrehte, als halte er im fahlen Nachtnebel nach Ungeheuern Ausschau. »Teil einer Schwinge wovon?«

Arin kauerte sich nieder und berührte die Lederhaut. »Von einer wilden Bestie aus uralten Zeiten, könnte ich mir vorstellen. Raudhrskal hat sie getötet.«

»War das der Kampf am Himmel?«, fragte Alos mit vor Furcht weit aufgerissenen Augen.

Arin nickte. »Die Bestie ist in das Refugium des Drachen eingedrungen und dafür von ihm getötet worden.«

Alos warf sich in die Brust, funkelte Ferai herausfordernd an und sagte: »Seht Ihr! Ich habe Euch doch gesagt, dass sie Eindringlinge spüren können.«

Ferai holte tief Luft und sagte: »Wenn das stimmt, heißt das, Raudhrskal kann uns ebenfalls spüren.«

Schlagartig verschwand der triumphierende Ausdruck von

Alos' Gesicht und wich Bestürzung, und der alte Steuermann gab ein leises *»Ooooohhhh«* von sich.

Aiko, die neben Arin auf den Fersen kauerte, erhob sich. »Ich glaube nicht, dass wir die anderen Pferde im Dunkeln wiederfinden. Die beiden, die noch im Lager sind, werden reichen müssen, um morgen Früh die übrigen wieder einzufangen.«

Arin erhob sich ebenfalls. »Sobald sich der Nebel lichtet, suchen wir sie. Schließlich können sich die Tiere hier in der Prärie nicht vor uns verstecken.«

Alos sah Arin beschwörend an. »Vielleicht sollten wir in die Stadt zurückkehren und warten, bis sich die Wut des Drachen gelegt hat. Ich meine, es wäre doch nicht gut, sich ihm zu nähern, wenn er wütend ist, oder?«

Arin schüttelte nur den Kopf, doch Egil sagte: »Wir sind immer noch zwei Tage vom Drachenhorst entfernt, Alos. Mehr als genug Zeit für ihn, sich zu beruhigen.«

»Das wissen wir nicht, Egil«, protestierte Alos händeringend. »Mir will eher scheinen, als könnte ein Drache sehr lange einen Groll hegen.«

Burel wandte sich an den alten Mann. »Und warum sollte der Drache einen Groll gegen uns hegen?«

»Na ja, zum einen sind wir Störenfriede, Eindringlinge«, erwiderte Alos und fuhr sich über die schweißbedeckte Stirn. »Und zum anderen war ja die Bestie, die er getötet hat, vielleicht hinter uns her und ist deswegen in seine Domäne eingedrungen.«

Aikos Augen weiteten sich, und sie zeigte auf die Stelle zwischen ihren Brüsten, wo die Tigerin eintätowiert war. »Vielleicht, *ningen toshi totta,* seid Ihr da auf etwas gestoßen. Vielleicht war es diese Bestie, die meine Tigerin in den letzten Nächten gespürt hat.«

»Aber warum sollte sie uns verfolgen, Liebste?«, fragte Burel.

Aiko schüttelte den Kopf. »Wer kann sagen, was in so einer

Bestie vorgeht?«, erwiderte sie.

»Trotzdem«, sagte Arin. »Ob wir die Kreatur hierher geführt haben oder nicht, wir reiten weiter zum Drachenhorst, sobald wir unsere Tiere wieder eingefangen haben.«

Alos stöhnte bei diesen Worten.

Der immer noch aus der Richtung des Borealmeers wehende Wind trieb die Nebelschwaden auseinander, und am Vormittag hatte die Sonne die letzten Fetzen aufgelöst. Aiko und Arin saßen auf den beiden verbliebenen Reittieren und trieben die durchgegangenen Pferde und Maultiere sowie das geflohene Vieh zusammen, die allesamt friedlich in der offenen Prärie grasten.

Kurz nach ihrem Aufbruch ritten sie am abgetrennten Schädel der Bestie vorbei, deren ledriger Hals aussah, als sei er von riesigen Krallen zerfetzt worden. Die gelben Augen waren jetzt glasig und matt und der lange, mit Reißzähnen gefüllte Schnabel für immer verstummt.

»Adon«, hauchte Delon. »Raudhrskal muss die Bestie förmlich zerrissen haben.«

Egil nickte und sagte dann: »Könnt Ihr Euch vorstellen, wie stark diese Bestie gewesen sein muss? Seht Euch die Größe dieses Schnabels an, und denkt auch an die Schwinge, die wir gesehen haben. Und jetzt stellt Euch vor, wie viel stärker ein Drache sein muss, wenn er eine derartige Kreatur so zerfetzen kann.«

Alos stöhnte und tastete nach einer der Branntweinflaschen in seinen Satteltaschen.

Sie ritten weiter zum Drachenhorst, und der Berg türmte sich immer höher vor ihnen auf. Das Land wurde hügelig und führte nun stetig aufwärts zu den steilen Hängen voraus. Auf dem Gipfel glitzerten Eis und Schnee in der Sonne. Hier und da schimmerte es blau und grau, wo gefrorene Felsvorsprünge ihre Schatten warfen.

Das Vieh trottete langsam und scheinbar vollkommen unbeeindruckt von dem Anblick weiter.

Die Sonne ging unter, und Dunkelheit legte sich über das Land, doch sie ritten im Mondlicht weiter, da sie zumindest einen Teil der Zeit aufholen wollten, die sie beim Wiedereinfangen ihrer versprengten Tiere verloren hatten.

Sie waren weitere zwei Meilen weit gekommen, als Aiko zischte: »Gefahr nähert sich auf raschen Schwingen.« Sie zeigte auf den Gipfel des Drachenhorsts, wo im Mondlicht eine riesige dunkle Silhouette vor dem weißen Schnee zu sehen war, die mit weit ausgebreiteten Schwingen auf sie zuschoss.

»Aaaahhhhh!«, rief Alos, sprang von seinem Pferd und lief voller Panik davon.

»Absteigen!«, rief Egil und, »Geht in Deckung!«, obwohl es kaum etwas gab, hinter dem man Schutz suchen konnte.

Trotzdem sprangen sie aus dem Sattel, und Egil und Aiko, die an den Zügeln ihrer Pferde zogen, gelang es, ihre Reittiere in eine kauernde Stellung auf den Boden zu zwingen, sodass sie nicht wieder hochkamen, obwohl sie sich darum bemühten. Burel rang sein Pferd ebenfalls auf die Erde, und hinter diesen drei Tieren warfen sich die Gefährten zu Boden, alle bis auf Alos, der in nördlicher Richtung über die Prärie floh.

Unter dem Brüllen des Viehs und dem Hufgeklapper fliehender Pferde und Maultiere stieß der Drache mit mächtigen Flügelschlägen herab und schnappte sich eines der fliehenden Pferde – Alos'. Mit dem Tier in den kräftigen Klauen hob sich der riesige Lindwurm wieder in die Lüfte, während das Pferd vor Entsetzen schrie … doch der Drache brüllte angriffslustig, als er mit seiner Beute zu seinem Berg zurückflog.

31. Kapitel

Als der Drache davonflog, hinderten Egil, Aiko und Burel ihre Pferde noch am Aufstehen, die wieherten und auskeilten, weil sie sich nicht erheben konnten. Schließlich war der Drache nicht mehr zu sehen, und erst dann gestatteten die drei Gefährten den Tieren, sich schnaubend und prustend zu erheben, die daraufhin mit vor Furcht geweiteten Augen nervös hin und her tänzelten. Doch mit besänftigenden Worten und Streicheln gelang es Aiko, Burel und Egil schließlich, die Tiere zu beruhigen. Daraufhin gab Burel sein Pferd Arin und sagte: »Dara, bei Nacht seht Ihr am besten, und unser Vieh ist schon wieder in alle Winde versprengt worden.«

Arin nahm die Zügel und sagte: »Aiko, ich möchte, dass Ihr mich begleitet. Egil, suchst du bitte Alos?«

»Wohin ist er geflohen?«

»Nach Norden, glaube ich.«

Egils Blick folgte Ferais ausgestrecktem Arm, mit dem sie die Richtung anzeigte, doch er sah nur Prärie im hellen Mondlicht. Trotzdem stieg er auf und ritt nach Norden, und nicht mehr als hundert Schritte weiter fand er den alten Mann, der auf dem Rücken im Gras lag und vor Erschöpfung keuchte.

Egil schloss sich Arin und Aiko an, und als sie Maultiere, Vieh und restliche Pferde zusammengetrieben hatten, war der Mond zwei Handbreit weiter über den Himmel gezogen.

Arin und Aiko trieben das Vieh vor sich her, und Egil folgte ihnen mit den Pferden und Maultieren, die er in einer Reihe hinter sich am Zügel führte. Als sie dort eintrafen, wo die anderen warteten, betrachtete Aiko den dort stehenden Alos mit unergründlicher Miene. Obwohl ihr Gesicht im Schatten lag, konnte der alte Mann der Kraft ihres Blickes nicht standhalten, und er wandte sich ab und schaute in Richtung des Borealmeers, dessen Fluten jenseits der Dünen anbrandeten.

Ohne abzusteigen, sagte Arin: »Lasst uns in den Schutz des kleinen Wäldchens reiten, eine Meile, nicht weiter. Alos, Ihr könnt hinter mir aufsitzen.«

»Hinter Euch aufsitzen?« Alos sah sich um. »Sagt, wo ist mein Pferd?«

»Das hat sich Raudhrskal geholt«, erwiderte die Dara. »Ihr hattet Glück, dass Ihr zu dem Zeitpunkt nicht mehr im Sattel wart.«

Alos bekam sichtlich weiche Knie. »Der Drache hat sich mein Pferd geholt«, keuchte er mit zitternder Stimme. »Und wenn ich im Sattel gesessen hätte ...« Er fuhr sich mit zittriger Hand über die Stirn. »Herrje, ich brauche einen ...« Er hielt abrupt inne. Dann stöhnte er: »Meine Satteltaschen. Er hat meine Satteltaschen.«

Sie machten ein kleines Feuer und erhitzten Wasser für Tee. Während sie ihn tranken, sagte Alos: »Warum pflocken wir nicht einfach das Vieh hier an und reiten nach Haven zurück?«

»Wie soll uns das in den Besitz des Steins bringen?«, fragte Ferai.

Alos funkelte sie an. »Gar nicht, aber wenigstens wird der Drache damit beschäftigt sein, das Vieh zu fressen anstatt uns.«

»Alos, Ihr könnt eines der Pferde nehmen und zurück nach Haven reiten, wenn Ihr das wünscht«, sagte Arin. »Dann machen wir ohne Euch weiter.«

Alos schüttelte mit jämmerlicher Miene den Kopf. »Wenn Ihr entschlossen seid, weiterzumachen, bleibt mir nichts anderes übrig, als Euch zu begleiten, denn anders als bisher werde ich meine Schiffskameraden in Zeiten der Not nicht im Stich lassen.«

»Ha!«, schnaubte Ferai. »So, wie Ihr Eure Schiffskameraden nicht im Stich gelassen habt, als der Drache auf uns herabgestoßen ist?«

Alos schüttelte den Kopf und starrte in seinen Becher. »Ich habe Euch nicht im Stich gelassen.«

»Ach, nein?« Ferai hob eine Augenbraue. »Wie würdet Ihr es sonst nennen? Oder war das Euer Zwilling, der nach Norden gerannt ist?«

»Ja, ich bin weggelaufen, das gebe ich zu, aber nicht weit. Tatsächlich konnte ich es gar nicht.«

Aiko sah den alten Mann durchdringend an. »Inwiefern?«

»Keine Ahnung. Es kam mir so vor, dass mir das Laufen umso schwerer fiel, je weiter ich kam, als wäre ich einen Hügel emporgerannt, der immer steiler wurde.«

Delon schaute auf die ebene Prärie. »Wann seid Ihr das letzte Mal eine nennenswerte Strecke gerannt?«

Alos zuckte die Achseln. »Vor zwanzig, dreißig Jahren.«

»Alos, mein Alter, ich würde einfach sagen, dass Euch das Alter eingeholt hat.«

»Denkt, was Ihr wollt«, raunzte Alos.

»Ich mache dir keinen Vorwurf, Alos«, sagte Egil. »Viele würden vor einem herabstoßenden Drachen voller Furcht davonrennen.«

Alos sah den Fjordländer an. »Ich wollte ihm nur aus dem Weg gehen, wisst Ihr?«

Delon lachte. »Ja, mein Alter, wie zum Beispiel in der Sicherheit der Stadt.«

Arin schüttelte den Kopf. »Von einer Zwergenfeste einmal abgesehen, ist kein Ort sicher vor einem Drachen.« Sie wandte sich an den alten Mann. »Und ich mache Euch auch keinen Vorwurf, Alos, denn wie Egil gesagt hat, kann jeder von dem Entsetzen übermannt werden, das ein Drache hervorruft.«

Alos neigte den Kopf vor der Dylvana und schaute dann zu Aiko. Doch von ihr kam kein Zuspruch, noch ließ sie in irgendeiner Form erkennen, dass sie mit der Dara übereinstimmte, denn Aikos Blick verriet nichts über ihre Gedanken.

In dieser Nacht, als Aiko Wache stand, schwieg die rote Tigerin, als Mitternacht kam und ging, im Gegensatz zu den vergangenen hundert Nächten.

Vielleicht hat meine Tigerin die ganze Zeit über die Bestie gespürt, die der Drache getötet hat. Wenn ja, warum sollte uns so eine Kreatur verfolgen?

Am nächsten Tag begannen sie mit dem Aufstieg in die Bergausläufer an der Nordflanke des Drachenhorsts. Allmählich wurde der Weg steiler und die Luft immer kälter. Ebenso allmählich begann Aikos rote Tigerin, sie erneut vor einer Gefahr zu warnen, die vor ihnen lag, und je näher sie der eisigen Spitze kamen, desto lauter wurde die Warnung. Dennoch setzten sie ihren Weg fort und trieben das langsame Vieh den steilen Weg entlang. Schließlich gelangten sie kurz vor Sonnenuntergang an eine Stelle, von der aus sie erkennen konnten, wie stark das vor ihnen liegende Gelände anstieg, und sie mussten einsehen, dass ihr Vieh auch das langsame Tempo der letzten Tage nicht würde durchhalten können.

»Seht dort«, rief Arin, indem sie nach rechts vorn zeigte.

Alle Herzen schlugen ein wenig schneller, denn in der Richtung ihres ausgestreckten Arms konnten sie die Anfänge des Weges erkennen, den ihnen die Bewohner Havens beschrieben hatten. Irgendwo tausend Fuß über ihnen und drei oder vier Meilen entfernt lag das Gesims, jedenfalls hatten die Stadtbewohner das behauptet. Diesem Weg würden sie in der Hoffnung folgen, den Ort zu finden, wo ein gewaltiger Drache lauerte.

Egil wandte sich an Arin und Alos, der hinter ihrem Sattel auf der Kruppe des Pferdes saß. »Ich glaube, an dieser Stelle müssen wir die Tiere zurücklassen und zu Fuß weitergehen.«

Arin musterte das Gelände und nickte dann.

Zwischen zusammengebissenen Zähnen hindurch zischte Alos: »Lasst uns umkehren. Lasst uns umkehren, bevor es zu spät ist.«

Arin schüttelte den Kopf. »Nein, Alos, wir machen weiter.«

»Aber der Drache, der Drache, er wird sein Wort nicht halten. Er wird sein Wort nicht halten.«, stammelte der alte Mann.

»Trotzdem, Alos, das Risiko müssen wir eingehen.«

In einer grasbewachsenen, engen Schlucht schlugen sie in der Dämmerung ihr letztes Lager auf. Aus Seilen fertigten sie ein simples Gatter, mit dem sie den Eingang zur Klamm versperrten, sodass die Tiere eingepfercht waren.

Den Abend verbrachten sie damit, die Gegenstände zu sortieren, die sie mitnehmen würden: Seile, Kletterausrüstung, Laternen, Proviant, Wasser und so weiter, auch Waffen, obwohl gegen einen Drachen Klingen und Pfeile nichts ausrichten konnten. Ferai nahm ihre Dietriche mit, Delon eine simple Flöte, Burel einen Wappenrock mit dem Kreis der Ilsitt ... alle wählten ihre Ausrüstung sorgfältig aus, obwohl niemand wusste, was einem Drachen gefallen oder wovor er Hochachtung haben könnte – alle außer Alos, denn nun, da sein Pferd und die kostbaren Satteltaschen nicht mehr da waren, hatte er nur noch sich selbst und seine erbärmliche Furcht.

Am nächsten Morgen schulterten sie kurz nach Tagesanbruch ihr nicht unerhebliches Gepäck und begannen mit dem Aufstieg. Aiko war immer noch bestürzt, dass Arins Rolle bei diesem Unternehmen darin bestehen würde, den Kraken aus dem

Teich und ins Meer zu locken, also an einen Ort, wo der Drache sich mit ihm paaren können würde, doch ihr wollte keine vernünftige Alternative zu dem von ihnen ersonnenen Plan einfallen: Nur sie, Burel und Delon konnten die steile Klippe herab- und wieder heraufklettern, und Ferai, die ebenfalls sehr gut klettern konnte, würde die anderen durch den Berg zum Teich führen. Außerdem konnte Ferai weder zu den Bergsteigern gehören noch Krakenköder spielen, denn sie musste die Ketten lösen, mit denen die silberne Schatulle gesichert war. Egils Kraft war nötig, um eben jene silberne Schatulle zurück an die Oberfläche zu tragen, denn sie konnten nicht einfach nur den Drachenstein mitnehmen, weil sonst der Drache bemerken würde, was sie sich aus der Höhle geholt hatten. Gleichermaßen wurden alle drei Bergsteiger für das Rettungsunternehmen benötigt, denn sonst würde der Krakenköder entweder ein Opfer des Ungeheuers, falls die Bergsteiger ihn nicht rasch genug hochziehen konnten, oder in den Großen Mahlstrom gerissen, falls sie ihn gänzlich verfehlten. Es gab noch viele andere Gründe, warum die Gefährten sich so aufgeteilt hatten, doch dies waren die Hauptüberlegungen, und Aiko hatte dem nichts entgegenzusetzen

Was Alos betraf, so hatte er keine Rolle zu spielen, und über die Gründe, warum er an dieser Stelle überhaupt noch dabei war, ließen sich bestenfalls Vermutungen anstellen. Tatsache war, dass der alte Mann sich den steilen Weg emporkämpfte, auf jedem Schritt des Weges eine jammernde Bürde, denn man musste ihm auch bei den kleinsten Hindernissen helfen und ihn über die größeren ziehen, und bereits nach kurzer Zeit teilten die anderen sein Gepäck unter sich auf. Doch obwohl Alos danach nicht mehr die kleinste Last trug, brauchte der alte Mann immer noch unentwegt Hilfe bei seinem mühsamen Aufstieg, während er beständig vor sich hin murmelte, »Anders als bisher, anders als bisher, anders als bisher ...«, als sei es ein Mantra ... oder ein inbrünstig gesprochenes Gebet.

Langsam wand sich der Weg aufwärts, manchmal steil nach oben, manchmal abfallend, selten eben, um hohe Felsnadeln herum und durch tiefe, schmale Spalten, rechts und links von kaltem, zerklüftetem Fels umgeben. Vorsprünge und Geröllfelder erschwerten das Vorankommen, und sie rasteten oft. Schließlich erreichten sie eine Stelle, wo der Weg über einen schmalen Grat führte: hoch aufragender, dunkler Fels zur Linken, ein steil abfallender, tiefer Abgrund zur Rechten, während das düster-graue Wasser des Borealmeers tief unter ihnen gegen die Felsen brandete und salzige Gischt aufwirbelte. Der Weg selbst führte dicht an der steil abfallenden Bergflanke vorbei, und der eisige Wind, der ihnen entgegenwehte, brachte ein nicht enden wollendes leises Grollen wie von einem unablässigen Donner von jenseits der Biegungen und Windungen mit.

Sie seilten sich an, wobei Delon die Spitze bildete, dann folgten Burel und Aiko, Alos in der Mitte, dann Egil, dann Arin und zum Schluss Ferai. Während sie weitergingen, entfernte sich der weinende, vor sich hin murmelnde Alos so weit wie möglich vom Abgrund und drückte sich dicht an die Felswand.

Schließlich umrundeten sie eine Biegung und erblickten dahinter in der Tiefe den brodelnden Strudel des großen Mahlstroms, der einen Durchmesser von vollen fünf Meilen hatte, ein riesiger, gewundener Trichter, in dessen Mitte ein dunkles, grollendes Loch klaffte, das sich immer tiefer in einen schwarzen, bodenlosen Abgrund schraubte und ihren Blick wie magisch anzog.

Über Alos' Schluchzen hinweg bemerkte Arin: »Ich habe einmal gesagt, der grüne Stein sei wie das Auge eines Mahlstroms, und hier schaue ich jetzt hinein.«

Ferai holte tief Luft und sagte dann: »Ach du meine Güte, wo wir von Augen sprechen, mir ist gerade ein Gedanke gekommen.«

Arin sah sich zu ihr um. »Ein Gedanke, Ferai?«

Ferai zeigte auf den tosenden Strudel. »Vielleicht ist das da unten das Einauge In Dunklem Wasser, Dara.«

Es war mitten am Nachmittag, als sie das riesige Gesims im Berg erreichten, ein weiter Vorsprung tausend Fuß oberhalb des wirbelnden Strudels im Ozean und vier Meilen von ihrem Ausgangspunkt entfernt. Als sie die letzte Klippe umrundet hatten und auf dem breiten Steinsims standen, drehte ein gewaltiger rostroter Drache seinen kantigen Schuppenkopf, fixierte sie mit seinen gelben Schlangenaugen und zischte: »Warum sollte ich euch nicht auf der Stelle töten?«

32. Kapitel

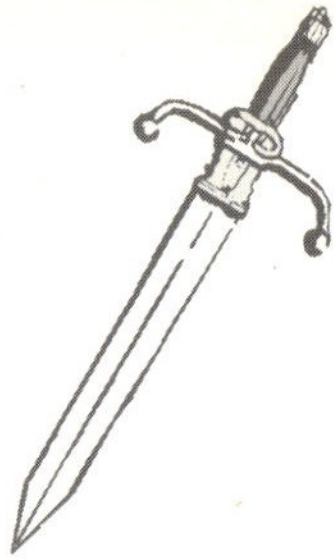

Der unzusammenhängend vor sich hin brabbelnde Alos wandte sich zur Flucht, wurde aber von dem Seil aufgehalten, das ihn mit seinen Gefährten verband.

Delon, der an der Spitze ging, rief: »Warum Ihr uns nicht töten sollt, o mächtiger Raudhrskal? Weil wir Euch etwas anzubieten haben, ein besonderes Geschenk nur für Euch, das Euch sehr gefallen und Euch große Freude bereiten wird. Und wir werden dafür nur um eine winzige Gegenleistung bitten.«

Der gewaltige, vom Kopf bis zur Schwanzspitze gut achtzig Fuß messende Raudhrskal verlagerte sein Gewicht. Seine langen, säbelartigen Krallen kratzten über den Felsvorsprung, und seine spitzen Reißzähne glänzten. Mit einer Stimme, die klang, als würde ein großer Messinggong geschlagen, brüllte der Drache: »Pah! Habt ihr geglaubt, wenn ihr mir ein paar Stück Vieh bringt, würde ich euch gestatten, in meine Domäne einzudringen? Tatsächlich sogar dieses Gesims zu betreten? Fehlgeleitete Narren! Vieh kann ich mir nach Belieben holen. Pah! Von allen Seiten stürmen geistesschwache Abenteurer auf mich ein, die den Tod suchen.«

Der Drache holte tief Luft.

Arin ballte die Fäuste. »Er will Flammen speien.«

Ein wildes Grollen drang aus Aikos Kehle.

Alos fiel auf die Knie und schlug die Hände vors Gesicht.

Während die anderen sich für das vernichtende Feuer wappneten, das über sie hereinzubrechen drohte, richtete sich Delon auf und rief: »Wartet! Ich verlange, dass Ihr uns anhört!«

Raudhrskals Augen flackerten vor Zorn. »Verlange? Du verlangst? Du, der du eine wilde Bestie mitgebracht hast, die in mein Reich geflogen ist, du, der du in mein Refugium eingedrungen bist, du *verlangst* etwas von *mir?*«

Delon öffnete seinen Mantel an der Hüfte, streifte seinen Rucksack ab und vollführte eine tiefe Verbeugung. »O mächtiger Drache, mit der Bestie hatten wir nichts zu tun. In dieser wie auch in jeder anderen Hinsicht sind wir uns keiner Schuld bewusst. Und, ja, wir sind in Eure Domäne gekommen, denn wir möchten Euch demütig um eine Kleinigkeit bitten, eine Kleinigkeit, für die wir Euch mehr als angemessen entschädigen werden. O Raudhrskal, wollt Ihr Euch nicht anhören, was wir zu bieten haben? Wir bringen nicht nur Vieh – das ist nur ein unbedeutendes Geschenk –, sondern auch etwas viel Bedeutenderes, etwas, das für jemanden Eurer gewaltigen Macht sehr viel passender ist.«

Jetzt verengte Raudhrskal die Augen zu schmalen Schlitzen und musterte Delon argwöhnisch. »Deine Stimme ist höchst überzeugend, Mensch. Wie kommt das? Ah, ja, ich verstehe. Du trägst einen Talisman um den Hals. Willst du mich mit deiner verzauberten Zunge betören? Wenn ja, wird es dir nicht gelingen.«

»Euch betören?« Delon wich scheinbar entgeistert einen Schritt zurück. »Nein, o Mächtiger, denn das wäre der Gipfel der Dummheit.«

»Du sprichst von einer großen Gabe, winziger Mensch, doch abgesehen von einigen wenigen bescheidenen Münzen und Edelsteinen, die ihr bei euch habt, spüre ich keinen großartigen Schatz. Willst du mich mit Arglist umgarnen?«

Delon schüttelte abermals den Kopf. »Euch mit Arglist umgarnen? Niemals, Drachenfürst, denn wir wissen, dass es unmöglich ist, Euch zu täuschen. Nein, wir bringen Euch keine gewöhnlichen Schätze. Vielmehr bieten wir Euch etwas weitaus Kostbareres, etwas, das Euch großes Vergnügen bereiten wird.« Der Barde warf einen Blick auf seine Kameraden und wandte sich dann wieder an den Drachen. »Dürfen wir näher treten?«

»Du weckst meine Neugier«, grollte Raudhrskal. Doch dann hob der Drache seinen großen Kopf, starrte wütend auf die ganze Gruppe herunter und zischte. »Doch wenn du versuchst, mich zu täuschen, töte ich euch alle, wo ihr gerade steht.«

Delon trat vor und bedeutete dann den anderen, ihm zu folgen. Egil richtete Alos auf. Der alte Mann murmelte beständig, »Seht ihm nicht in die Augen, seht ihm nicht in die Augen, auf keinen Fall in seine Augen«, immer und immer wieder, während er am ganzen Leib zitterte und das Gesicht abwandte. Egil musste ihn vorwärts ziehen, als alle Delon folgten.

Sie betraten den großen Vorsprung aus glattem schwarzen Fels. Links von ihnen türmte sich der Berg in steile, schneebedeckte Höhen, rechts fiel der Abhang tausend Fuß tief zum Borealmeer ab. Gut zweihundert Schritt breit und ebenso tief, war das Gesims eher ein Einschnitt im Berg, in dessen hinterem Teil eine riesige Höhle gähnte. Hier und da standen riesige Felsen, als seien sie absichtlich so aufgestellt worden, doch was der Zweck dieses arkanen Musters war, konnte keiner von ihnen erraten.

Raudhrskal betrachtete den Rest der Gruppe, als sie das Gesims betraten – die sechs immer noch durch ein Seil verbunden. Sein Blick strich rasch über sie alle hinweg, bis er an Arin hängen blieb. »Du, Elfe, deine Aura hat etwas Sonderbares an sich. Bist du vielleicht eine Magierin?«

Die Dylvana hob die Hände und sagte: »Manchmal kann ich Dinge sehen, die anderen verborgen bleiben.«

»Wie ich mir gedacht habe: wilde Magie.«

Nun richtete der Drache seinen funkelnden Blick auf Aiko. »Euresgleichen habe ich noch nie gesehen, wie dich und deine Begleitung.«

Aikos Blick huschte zu Burel.

»Nein, nein«, sagte der rostrote Drache, »ich meine nicht diesen Dummkopf von einem Menschen, sondern vielmehr deine verborgene Begleiterin. Die große Katze marschiert auf und ab und peitscht mit dem Schwanz, als sei sie aufgeregt ... und jetzt duckt sie sich, als wollte sie mich anspringen« – Raudhrskals Gelächter dröhnte – »aber nun hat sie ihre Meinung wieder geändert.«

Raudhrskal wandte sich von der erstaunt dreinschauenden Aiko ab und funkelte Delon an: »Und nun, kleiner Mensch, zu dieser Kleinigkeit, um die ihr mich bitten wollt, zu diesem Handel, von dem du behauptest, dass er mir gefallen wird. Ich höre.«

»In Honig eingelegtes Ogruauge, köstlich gereift«, verkündete Raudhrskal, dessen lange gegabelte Zunge dabei um sein schuppiges Maul leckte. »Hast du noch eins?«

Aiko schüttelte den Kopf. »Nein, Raudhrskal. Dieses eine zu beschaffen, hätte meine Gebieterin und mich beinah das Leben gekostet. Aber ich habe das hier ...« Aiko griff in ihren Rucksack und zog die Pfauenfeder heraus, die sie bei sich trug, seitdem sie am Teich von Königin Gudrun der Schönen gewesen war. Sie reichte dem Drachen die schillernde Feder mit den Worten: »Sie stammt von einem exotischen Vogel, den es hierzulande nicht gibt.«

Mit funkelnden Augen streckte Raudhrskal eine Vorderpfote aus und nahm Aiko die glänzende Feder mit zwei säbelartigen Krallen ab. Der Drache hielt sie hoch ins Sonnenlicht und drehte und wendete sie, sodass sie strahlend hell leuchtete. »Das stammt von einem Vogel.«

»Ja. Er wird Pfau genannt.«

»Wenn mir danach ist, werde ich auf so einen Vogel Jagd machen.«

Aiko nickte. »Sie sind auf den Inseln im südlichen Jingameer zu finden.«

Delon räusperte sich. »Einen gibt es im Garten der Zitadelle von Gudrun, der Königin von Jütland.«

Raudhrskal richtete den Blick auf den Barden und grinste. »Aha, das ist viel näher. Vielleicht fliege ich dorthin, um meinen Vogel zu bekommen.«

Delon sah Aiko an und lächelte, und sie erwiderte es. Die Gesichter von beiden zeigten einen Ausdruck argloser Unschuld.

»Habt ihr sonst noch etwas für mich?«

Delon schüttelte den Kopf. »Nein, o mächtiger Raudhrskal. Dara Arin und ich haben Euch ein Lied gesungen. Meister Burel hat in Eurem Namen Ilsitt angerufen. Die edle Ferai hat zu Eurer Unterhaltung ihre Kunststücke vorgeführt. Meister Egil hat Euch die Sage erzählt, warum Drachenschiffe diesen Namen tragen. Und die edle Aiko hat Euch das in Honig eingelegte Ogruauge und die schillernde Feder gegeben, die Ihr nun habt. Außerdem stehen vier Stück Vieh bereit, um Euren Hunger zu stillen, wenn die Tat, die wir vorschlagen, vollbracht ist.«

Der Kopf des Drachen fuhr zu Alos herum, und während der alte Mann sich unter seinem Blick wand, zischte Raudhrskal: »Was ist mit ihm? Bringt mir dieser Feigling keinen Respekt entgegen? Hat er keinen Tribut für mich?«

Alos ächzte, fiel auf die Knie und erniedrigte sich, indem er die Stirn auf den Steinboden legte.

»O Mächtiger, das Vieh ist sein Geschenk«, sagte Delon und zeigte dann auf das zerfetzte Geschirr, den Sattel und die Satteltaschen, die ein Stück weit hinter dem Drachen auf dem Gesims lagen. »Und vor zwei Nächten habt Ihr sein Pferd genommen.«

»Ich habe das Pferd genommen, um euch zu zeigen, dass ich über euer Schicksal bestimmen kann, wie es mit beliebt.«

»Ja, o Raudhrskal, was Ihr sagt, ist fraglos richtig.« Delon warf einen kurzen Blick auf die anderen, dann holte er tief Luft und riskierte alles. »Doch wir sind es, die Euch das anbieten, was ansonsten vielleicht für Euch unerreichbar ist.« Feuer loderte in den Augen des Drachen, doch Delon fuhr rasch fort: »Was ist mit unserem Angebot? Nehmt Ihr an, was wir Euch als Gegenleistung für das bieten, was wir wollen?«

Raudhrskal kochte sichtlich, denn anzudeuten, dass *irgendetwas* für ihn unerreichbar war, grenzte an eine verächtliche Beleidigung. Dennoch zischte er: »Diese silberne Schatulle, ich spüre sie tatsächlich in der Höhle unten. Was enthält sie?«

Delon schüttelte den Kopf. »Wir glauben, dass sie leer ist. Die Schatulle an sich ist ein altes Erbstück, das nur für die edle Ferai und ihre Familie von Wert ist. Sie verschwand vor ungezählten Jahren bei einem Schiffsunglück und galt als unwiederbringlich verloren, bis Dara Arin ihre Vision hatte. Wir glauben, dass sie von einem Kraken in die Höhle geschafft wurde.«

Raudhrskal brüllte vor Zorn, und alle fuhren erschrocken zusammen, während Alos vor Entsetzen laut aufschrie. Der Drache fixierte Delon wutentbrannt. »Hältst du mich für einen Dummkopf, winziger Mensch? Ihr wärt nicht hergekommen, wenn die Schatulle nur ein altes Erbstück wäre. Sprich die Wahrheit!«

Alos ächzte, fing an zu weinen und zischte: »Er weiß es. Er weiß es. Der Drache weiß es.«

Die anderen wappneten sich, während Delon tief Luft holte und den Kopf hängen ließ. »O Raudhrskal, es ist klar, dass wir keine Geheimnisse vor Euch haben können. Verzeiht mir, dass ich nicht aufrichtig war, aber die Wahrheit ist« – Delon drehte sich um und zeigte auf Ferai – »dass die edle Ferai mit dieser Schatulle ihren Anspruch auf die Baronie Alnawald geltend machen kann.«

Der Drache grinste hämisch und zischte: »Ich wusste doch, dass hinter eurem Eifer nur Gier stecken konnte. Meine Frage war eine Falle, denn ich wusste die ganze Zeit, dass die Schatulle leer ist. Ich kann nichts darin erspüren. Ha! Falls ihr damit gerechnet haben solltet, dass sie voller Schätze ist, habt ihr euch getäuscht. Was den Kraken angeht« – Raudhrskals

Schwanz schlug vor Erregung hin und her – »so spüre ich seine Anwesenheit ebenfalls, was für jemanden meiner Macht äußerst verdrießlich ist.«

Delon verbeugte sich tief vor dem Drachen. »Ihr habt unsere kleine Täuschung durchschaut, o Mächtiger. Und wenn die Schatulle auch leer ist, so wird sie doch den Anspruch der edlen Ferai auf die Baronie belegen. So bieten wir Euch den Handel dennoch an: die Gesellschaft eines Kraken für Euch und eine leere Schatulle für uns.«

Der triumphierende Blick des Drachen strich über alle Gefährten. »Also gut, ich nehme an. Falls und wenn ihr den Kraken von unten herauslockt, überlasse ich euch die silberne Schatulle. Aber gebt wohl Acht: Wenn es euch nicht gelingt, ist euer Leben verwirkt.«

Als die Sonne den Horizont berührte, lagen alle außer Alos, der sich abseits hielt, auf dem Bauch und lugten über die Kante des Vorsprungs in die Tiefe. Egil flüsterte Delon zu: »Gut gemacht, Delon. Jetzt verstehe ich, warum Ihr ein Barde seid, wenn Ihr einen Drachen mit nichts als Eurer Stimme einwickeln könnt.«

Ferai, die neben Delon lag, murmelte: »Die Baronie Alnawald, wie? Du kannst so gut lügen, Liebster. Als der Drache dir befahl, die Wahrheit zu sagen, dachte ich schon, wir wären erledigt, aber deine Zunge ist wahrhaft sehr flink und glatt wie Honig, mein Herz.«

Ferais Lob ließ alle schmunzeln ... alle außer Aiko, die nach unten zeigte und sagte: »Die Wand ist zwar steil, aber es gibt viele Spalten und Vorsprünge. Wir dürften keine Schwierigkeiten haben, nach unten zu klettern und eine Stelle zu finden, die zur Rettung geeignet ist.«

»Und der Drache sagt, dass die Spalte direkt unter uns ist, genau unter dieser Stelle?«, fragte Ferai.

Burel grunzte eine Bestätigung.

»Wie Alos fragen würde: Können wir Raudhrskals Wort trauen?«

Delon sah Ferai an. »In diesem Fall würde ich das bejahen. Es liegt in seinem Interesse, uns die Wahrheit zu sagen, sonst bekommt er nicht, was er begehrt.«

»Ah, die Macht der Liebe«, sagte Egil grinsend.

Aiko spürte, wie sie errötete.

Delon, Burel und Aiko verbrachten den Abend damit, sich auf ihren frühmorgendlichen Abstieg vorzubereiten und Seile und Ausrüstung zu sortieren, denn wenn die Ebbe ihren Tiefststand erreichte, musste unten vor der Spalte alles zu Arins Rettung bereit sein. Arin, Egil und Ferai fügten ihrer Kletterausrüstung zusätzlich Laternen hinzu, denn sie würden durch den Berg nach unten steigen und daher Licht brauchen.

Als sie fertig waren, betteten sie sich auf dem Sims zur Ruhe, obwohl sich der Schlaf erst kurz vor dem Ende der Nacht einstellte. Doch selbst in den wenigen Augenblicken seines Schlummers hatte Egil einen bösen Traum, und Arin drückte ihn fest an sich, denn nicht einmal die Anwesenheit eines Drachens hatte Einfluss auf Ordrunes üblen Fluch.

»Weh mir«, jammerte Alos, dessen Gesicht in der letzten Stunde vor Morgengrauen vom Laternenschein erleuchtet wurde. »Ihr könnt mich doch nicht einfach mit dem Drachen allein lassen. Er wird mich verschlingen wie ein leckeres Häppchen, wenn Ihr weg seid.«

»Wie ein sehniges, zähes Häppchen, meint Ihr«, sagte Ferai mit einem mutwilligen Grinsen.

Arin wandte sich an den alten Mann. »Alos, Ihr könnt weder die Felswand herunterklettern noch durch den Berg herabsteigen. Ich möchte, dass Ihr stattdessen hier Wache haltet.«

»Wache?«, ächzte Alos. »Ich soll Wache halten? Was bewache ich denn?«

»Sollten wir scheitern, muss jemand den Magiern davon berichten.«

»A-aber, Dara, wenn Ihr scheitert, wird der Drache alle anderen töten.«

»Trotzdem, mein Freund, solltet Ihr überleben, möchte ich, dass Ihr Zeugnis ablegt über das, was wir hier und heute versucht haben.«

Ferai befestigte eine letzte Seilrolle an ihrem Gürtel. »Was bringt Euch zu der Annahme, dass er nicht einfach wegläuft?«

»Anders als bisher«, sagte Alos mit zitternder Stimme, »werde ich meine Schiffskameraden in Zeiten der Not nicht im Stich lassen.«

»Ach, richtig«, knurrte Ferai. Sie sah den alten Mann an, dem die Tränen über das Gesicht liefen. »Ach, Alos, es tut mir Leid. Ich bin nur etwas nervös, weil ich gleich in eine Krakenhöhle steige. Tut Euer Bestes, mein Alter.«

Von einem eisigen Wind begleitet, der von der schneebedeckten Bergspitze herabwehte, kam endlich die Morgendämmerung. Beide Gruppen waren bereit, und nach einer letzten Umarmung, die auch den weinenden Alos einschloss, machten sie sich auf ihren jeweiligen Weg: Delon, Burel und Aiko gingen zu der auf dem Sims markierten Stelle, Ferai, Arin und Egil schritten an Raudhrskal vorbei in die Dunkelheit der riesigen Höhle hinter ihm.

Als sie die rückwärtige Wand der großen Höhle und die kleine Spalte erreichte, wo ein schmaler Gang nach innen und nach unten führte, drehte Arin sich noch einmal um. Sie sah gerade noch, wie Aiko, die Letzte in der Reihe, mit ihren Schwertern auf dem Rücken das verankerte Seil packte und rückwärts über den Rand kletterte.

Dann drehte Arin sich um und folgte dem schwankenden Lichtschein abwärts in die Dunkelheit. Nur Alos blieb allein auf dem Gesims zurück.

33. Kapitel

In luftiger Höhe kletterte Aiko die Felswand herab. Bis auf das entfernte Tosen des Großen Mahlstroms tief unten im Schatten des Drachenhorsts war alles still. Ein eisiger Wind wehte von den schneebedeckten Höhen herunter. Der dunkle Fels füllte ihr Blickfeld aus, während sie an einem dünnen Seil daran vorbeiglitt. Als Aiko auf dem ersten Absatz ankam und neben Burel innehielt, hatte Delon bereits den nächsten Absatz erreicht, und Burel ließ gerade fünfzig Fuß lange Seilrollen zu ihm herunter. Während Aiko ihren Haltering vom Seil über sich löste und ihm bei seiner Arbeit half, fragte sie: »Irgendwelche Besonderheiten, auf die wir achten müssen?«

»Keine«, erwiderte Burel. »Der Fels über uns ist solide, also seilen wir uns ohne Umweg ab.«

Aiko bestätigte mit einem Kopfnicken und schaute beim Herablassen ihrer Seilrolle zu Delon herab, der sich vor dem Hintergrund des unruhig wogenden Borealmeers abzeichnete. Der Barde nahm die Seilrollen von oben in Empfang und legte sie in einer Reihe neben sich auf den Absatz.

Die Arbeit war rasch beendet, und dann rief Delon zu ihnen hinauf: »Diesen Abschnitt können wir ohne Seil bewältigen, also bringt die Abwärtsleine mit.«

Während Delon einen Haken in eine gezackte Spalte schlug und prüfte, wie fest er saß, klinkte Burel sich in das doppelt geführte Seil ein und trat rückwärts über den Rand, während Aiko zurückblieb und wartete, bis sie an der Reihe war.

Die drei Gefährten stiegen durch die Dunkelheit abwärts, Ferai voran, Arin in der Mitte und Egil am Ende. Ferai und Egil hielten Laternen, um den Weg zu erleuchten, doch Arin ließ ihre Leuchte unangezündet, da die Dylvana im Licht der anderen beiden mehr als genug sehen konnte. Der Fels ringsumher war dunkel und dumpf, eine eisige Kälte hüllte sie unerbittlich ein, und das Laternenlicht schien alle Mühe zu haben, die Dunkelheit ringsumher zu durchdringen.

Der steile Weg abwärts zog sich nach rechts und links, führte steile Böschungen hinunter und wand sich um Ecken, Auswüchse und Felsbrocken, die den Weg versperrten. Spalten führten in schwärzeste Finsternis. Zeitweise tasteten sich die Gefährten über Simse voran, während neben ihnen nur wenige Fingerbreit von ihren Füßen entfernt gähnende Schluchten in stumme, pechschwarze Tiefen abfielen.

Und je tiefer sie kamen, desto kälter wurde es, bis sie schließlich einen Abhang herunterrutschten, um eine Kurve bogen und funkelndes Weiß vor sich sahen.

Auf dem großen Gesims kauerte Alos schaudernd im Schatten eines Felsblocks, da er sich nicht dazu bringen konnte, zum Rand des Vorsprungs zu kriechen und in die grauenhafte Tiefe zu starren, um seine Gefährten beim Herabklettern zu beobachten.

Es war ungerecht, absolut ungerecht, dass er hier einsam und allein zurückgeblieben war, denn wäre es andersherum gewesen, hätte er seine Schiffskameraden ganz sicher nicht im Stich gelassen. Er hätte ihr Schicksal ganz bestimmt nicht der Gnade eines furchtbaren Drachen überantwortet, so wie sie es getan hatten.

Was war das? Ein Geräusch. Es war Raudhrskal, der entsetzliche Raudhrskal, der zum Rand des Simses glitt und zu jenen herabschaute, welche die Felswand herabkletterten, um ihre Fortschritte zu beobachten. In dem Bemühen, selbst kein Geräusch zu verursachen, rutschte Alos auf Händen und Knien um den Felsblock herum, um Deckung vor dem rostroten Ungeheuer zu haben, das ihn ohne jeden Skrupel verschlingen würde.

Tränen liefen dem alten Mann ob seiner ungerechten Notlage über das Gesicht – im Stich gelassen und allein saß er in der Falle, ohne Freunde, ohne Hilfe, es gab niemanden, der ihn retten konnte, und eine schreckliche Bestie war bereit, ihn zu verspeisen ...

... Und dann sah er im Schatten der großen Höhle im hinteren Teil des Gesimses seine gestohlenen Satteltaschen liegen, unbewacht und ganz offenbar von dem Ungeheuer unbeachtet.

Aiko schaute nach oben. Über einem langen Abschnitt leicht zu erkletterndem Fels baumelte ein Seil von oben herab, und noch höher, über einem gleichartigen Abschnitt, baumelte noch eines – ein Seil, das obere, war hundert Fuß lang, das andere fünfzig. Sie hatten nicht genug Seil für den ganzen Weg bis hinunter zum Wasser mitgenommen, sondern vielmehr geplant, einen Teil des Weges frei zu klettern. Nur an den Stellen, die sie schwierig fanden, ließen sie ein Seil zurück.

Aiko schaute unter sich. Burel hatte das Ende des nächsten Seilabschnitts beinah erreicht, während Delon sich bereits weiter unten an einem anderen Seil herunterließ. Wenn Aiko an der Reihe war, würde sie am Seil heruntergleiten und es dann mitbringen.

Wieder schaute sie nach oben und an der hohen Felswand empor. Der Rückweg würde ganz sicher schwieriger sein als der Weg nach unten. Und dass sie dann Arin bei sich haben würden, machte alles noch schwieriger, denn die Dara war ungeübt im Klettern.

Als sie an die Dylvana dachte, krampfte sich ihr Herz zusammen, denn die Gefahr, der ihre Herrin sich stellen musste, war unvorhersehbar groß, und die Ryodoterin glaubte, sie müsse bei ihr sein und die Dara mit ihren Schwertern beschützen. Doch Aiko war nicht an der Seite der Dylvana, sondern bereitete stattdessen ihre Rettung vor.

Mit Dara Arin nach oben zu klettern, würde eine Erleichterung sein, denn das würde bedeuten, dass sie noch am Leben war.

Doch was, falls sie nicht kam, wenn die Ebbe ihren Tiefststand hatte? Dann würde der Aufstieg lang und kummervoll werden, denn das würde bedeuten, dass sie gescheitert war.

Aiko schüttelte den Kopf, um sich von allen derart trübsinnigen Gedanken zu befreien, und schaute wieder nach unten. Burel hatte sich vom Seil gelöst und traf die nötigen Vorbereitungen, die verbliebene Ausrüstung zu Delon abzuseilen.

Aiko hakte sich am Doppelseil ein und machte sich an den weiteren Abstieg.

»Was ist das?«, fragte Egil. Das Weiß funkelte im Laternenschein, während er die gewaltige Spalte betrachtete, die nach rechts steil in bodenlose schwarze Tiefen abfiel und nach links einen weißen Steilhang bildete.

»Eis«, sagte Ferai. Ihr Atem bildete eine weiße Wolke, und ihre Stimme hallte in der Höhle wider.

»Eis? Hier im Berg?«

»Vom Gipfel, würde ich meinen«, sagte Arin. »Diese breite Spalte muss bis zur Spitze des Drachenhorsts reichen.«

Egil nickte und beobachtete, wie sein Atem Wölkchen bildete. »Kein Wunder, dass es in dieser Höhle so kalt ist.«

Ferai hielt ihre Laterne hoch. »Der Gang setzt sich hinter dieser Spalte fort. Ich kann ihn auf der anderen Seite gerade noch erkennen.«

»Wie kommen wir hinüber?«, fragte Egil.

Ferai beäugte die Spalte. »Ich glaube nicht, dass wir es über den Fels auf der rechten Seite schaffen. Es ist ein Überhang, und ich kenne mich nicht gut genug aus, um es dort zu probieren. Also führt unser Weg über das Eis oder gar nicht weiter.«

Egil knurrte, während er ein Werkzeug aus seinem kleinen Rucksack holte. »Und ich habe Delon für verrückt gehalten, weil er uns gesagt hat, wir sollten eine Eisaxt mitnehmen.«

Ferai machte sich am Gürtel ihres Kletterharnischs zu schaffen und brachte schließlich einen Gesteinsnagel zum Vorschein. Sie wählte einen dünnen Riss aus, trieb den Nagel hinein, brachte einen Schnappring an der Öse an und zog ein Seil durch den Ring.

»Sichert mich ab«, sagte sie. »Ich muss unterwegs Vertiefungen für Hände und Füße ins Eis hauen.«

Egil nahm die Seilrolle so in die Hände, dass er das Seil langsam nachlassen konnte. Er schlang es sich über die Schulter und über den Rücken und stemmte sich gegen eine Ausbuchtung. »Ich bin so weit ...«

Alos beobachtete Raudhrskal. Der Drache war mit der Betrachtung der Kletterer beschäftigt. Der alte Mann zog verstohlen eine Lederflasche aus einer der Satteltaschen, entkorkte sie und nahm einen tiefen Schluck vom Branntwein darin.

»Das Gestein unter uns ist ziemlich brüchig«, rief Delon. »Ich weiche nach links aus.«

Chnk ... chnk ... chnk ... Ferai hieb mühsam Vertiefungen für Hände und Füße in die hart gefrorene, eisige Rutschbahn. Die Eisaxt drang tief ein, und silbrige Scherben fielen die Schräge herunter und verloren sich in der Schwärze darunter. Ab und zu hielt sie inne, um sich schwer atmend auszuruhen, doch jedes Mal machte sie nach einer kurzen Pause weiter.
Vi-vi-vielleicht sollte ich einfach von hier verschwinden. Ich

meine, schließlich wollen sie *sich diesen Stein holen, nicht ich.* Alos nahm noch einen Schluck aus der Flasche.

Delon hämmerte noch einen Nagel in die Felswand und brachte einen Schnappring an. Der Barde hinterließ eine Spur, die ihnen den Aufstieg bei ihrer Rückkehr erleichtern würde. Er sah sich zu der Stelle um, wo Aiko und Burel warteten, und ließ sich dann zur nächsttieferen Spalte in der Felswand herab, wo er den nächsten Nagel einschlug.

»Wie über dem Eis, wo wir zwei Rollen zurückgelassen haben«, sagte Ferai, während sie zu der weiter unten baumelnden Laterne herabstarrte, deren gelber Schein den vertikalen Schacht vor ihren Füßen beleuchtete, »müssen wir hier oben ein Seil verankern und für unsere Rückkehr hier lassen.«

»Dann können wir nur hoffen, dass wir nicht auf noch viel mehr von diesen Hindernissen stoßen«, sagte Egil. »Wenn wir eine Rolle hier lassen, bleiben uns nur noch drei.«

Während Ferai damit begann, einen Kletterhaken in einen geeigneten Spalt zu treiben, sagte sie: »Was glaubt Ihr, wie Ordrune hierher gekommen ist? Ich meine, ich kann keine Spuren erkennen, dass schon mal jemand hier war – keine alten Gesteinsnägel, Ringe oder Seile ... und auch sonst nichts.«

»Vielleicht kann Ordrune fliegen«, mutmaßte Arin.

Ferai unterbrach ihr Hämmern. »Kann etwas anderes als ein Vogel fliegen?«

»Drachen«, sagte Egil. »Fledermäuse, Bestien, die von Drachen zerrissen werden, Insekten und noch einige mehr.«

Ferai grinste und versetzte dem Gesteinsnagel einen letzten Schlag, während sie einen Schnappring in die Öse einhakte. »Ich glaube, eigentlich wollte ich fragen, ob Ihr wirklich der Meinung seid, dass Ordrune fliegen kann.«

Arin hob die Hände. »Immerhin ist er ein Magier, und es heißt, dass es Zauberkundige gibt, die sich durch die Luft bewegen können.«

Ferai zog ein Seil durch den Ring und prüfte die Verankerung des Kletterhakens. »Fertig. Macht einen soliden Eindruck. Gehen wir weiter.«

N-nein. Kann sie nicht im Stich lassen. Anders als bisher. Schiffskameraden. Meine Schiffskameraden. Ein Schluchzen entrang sich Alos' feuchten Lippen.

Während Burel wartete, schaute er auf das Borealmeer und den riesigen Strudel darin. Die gesamte, sich drehende Oberfläche schien spiralförmig in das entfernte Tosen des dunklen, klaffenden Lochs gezogen zu werden.

»Ich höre Wasser rauschen«, sagte Arin. »Irgendwo vor uns.«

Sie kletterten über Felsplatten, die glitschig und feucht waren, krochen über Vorsprünge, sprangen über Spalten und rutschten Halden von gesplittertem Gestein herunter. Kurz darauf konnten auch Egil und Ferai das Geräusch rauschenden Wassers hören, das zu ihnen empordrang.

Alos zog eine weitere Lederflasche aus seinen geretteten Satteltaschen. Dabei liefen ihm dicke Tränen über die Wangen, und er schluchzte verzweifelt. Er entkorkte die Flasche, hob sie an den Mund und trank zwischen herzzerreißenden, selbstmitleidigen Schluchzern einige große Schlucke der Flüssigkeit, die in seiner Kehle brannte.

»Seht Ihr die Spalte?«, rief Aiko nach unten.

»Nein, ich sehe sie nicht«, erwiderte Delon.

»Sie muss irgendwo da unten sein«, rief Burel. »Jedenfalls hat der Drache das gesagt.«

Aiko schaute nach oben und orientierte sich am obersten Seil, wo der Drache über den Rand des Gesimses starrte. »Weiter links!«, rief sie Delon zu. »Der Spalt müsste etwas weiter links von Euch sein.«

Delon bewegte sich auf dem Felsvorsprung weiter nach links und lugte nach unten in die wogenden Fluten am Fuß der Klippe. Der Barde suchte nach einem Hinweis, der sie zum Krakenteich im Berg führen würde.

»Da ist er«, hauchte Ferai, die ihre Laterne in die Höhe hielt, deren Licht von der Finsternis in der Kaverne vor ihnen förmlich verschlungen wurde.

Sie standen im Eingang einer großen Höhle. Ein kurzer Weg führte zu einem großen Teich, in dessen schwarzen Tiefen nachtschwarzes Wasser stand. Die Grotte war annähernd kreisrund und vielleicht hundert Fuß hoch. Ihr Durchmesser betrug zweihundert Fuß, und das entfernte Ende verlor sich in Düsternis und war nur von der Dylvana auszumachen.

Egil legte Arin beide Hände auf die Schultern und flüsterte: »Was siehst du?«

Die Dara sah sich in der Grotte um. »Rechts verläuft ein breiter, mit Felsbrocken übersäter Weg am Ufer entlang. Auf der anderen Seite verschwindet er in einem breiten Kanal hinter …«

»Der Schatz«, unterbrach Ferai ungeduldig. »Seht Ihr den Schatz?«

Arin nickte und zeigte beinah direkt geradeaus. »Gleich neben dem Weg, kurz vor dem Eingang in den Kanal ist eine kleine Vertiefung in der Wand, in der die Schatulle steckt.«

»Wie lange noch bis zum Niedrigwasser?«, fragte Egil.

»Vier Glasen«, erwiderte Arin.

Egil zog Arin an sich, und eine Weile sagte niemand etwas. Doch dann seufzte er und murmelte: »Hoffen wir, dass Delon, Burel und Aiko an Ort und Stelle sind und alles vorbereitet haben.«

»Ach, ganz bestimmt«, sagte Ferai, die angestrengt in die

Richtung starrte, in die Arin gezeigt hatte. »Wir sind zu weit gekommen und haben alles viel zu gut geplant, als dass an dieser Stelle noch etwas schief gehen könnte. Und der Schatz, tja, wir haben ihn doch schon beinah.«

Doch Egil starrte auf das unheimliche schwarze Wasser des Teichs. »Wenn es stimmt, was in der Schriftrolle steht, dann ist irgendwo in diesem Teich ein Ungeheuer, das uns diesen Anspruch streitig machen wird.«

Arin schaute ebenfalls auf den dunklen Teich und sagte dann: »Bald werden wir es genau wissen.«

34. Kapitel

Die Zeit verging quälend langsam.

»Aber was ist, wenn sie es *nicht* bis ganz nach unten geschafft oder den Unterwasserspalt nicht gefunden haben?«

Arin wandte sich an Egil. »Hab keine Angst, *Chier* ... und hab Vertrauen.«

»Aber wir wissen es nicht mit Sicherheit, Liebste. Wir wissen nicht, ob alles bereit ist. Hör mir zu, wir können zum Gesims zurückkehren und den Plan morgen ausführen. Erinnere dich, wenn die Ebbe kommt und geht und du den Kraken nicht nach draußen gelockt hast, sollen sie wieder nach oben klettern. Wir können sie oben erwarten und dann wissen wir, ob alles bereit ist oder nicht.«

»Wiederum sage ich, hab kein Angst, *Chier*. Delon und Burel haben beide gesagt, dass der Abstieg zwar lang ist, aber ziemlich leicht, und dass er schnell vonstatten gehen wird. Der Wiederaufstieg wird dagegen lange dauern.«

Egil seufzte und verstummte, und nur das Rauschen von Wasser in der Grotte störte die Stille.

Schließlich sagte Ferai: »Dara, könnt Ihr von hier aus erkennen, ob der Schatz mit einem Zauber belegt ist?«

»Es ist kein *Schatz*, Ferai«, sagte Egil mit Schärfe in der Stimme.

»Trotzdem ist es eine gute Frage, *Chier*«, sagte Arin. »Ich werde versuchen, etwas mit meiner besonderen Sicht zu erkennen.« Arin erhob sich und ging zum Eingang der Höhle. Einen Augenblick später sagte sie: »Vielleicht ist ein Leuchten da, aber wenn ja, ist es zu schwach, um es von hier aus zu erkennen.«

»Oh.« Mehr sagte Ferai nicht.

»Wäre Euch lieber, die Schatulle würde leuchten?«, fragte Egil.

»O nein«, erwiderte Ferai. »Mir wäre schon lieber, wenn sie nicht leuchtet, denn wer weiß, was ein solcher Zauber anrichten kann? Ich hatte nur gehofft, die Dara könnte erkennen, ob überhaupt ein Spruch auf der Schatulle liegt oder nicht.«

»Es wird Zeit, *Chier*«, sagte Arin und erhob sich.

Egil sah sie an, und sein Blick verriet seine Gedanken. Er wollte etwas sagen, stellte aber fest, dass er kein Wort herausbekam. Stattdessen nahm er ihre zierliche Gestalt in die Arme. Er küsste sie lange, ließ sie dann mit einem tiefen Seufzer los und trat einen Schritt zurück.

Ferai tauchte das Ende eines kurzen Stück Seils in Lampenöl und entzündete es dann. »Eure Fackel, Dara«, sagte sie und reichte Arin das brennende Seilstück. Dann gab sie der Dylvana eine angezündete Laterne mit den Worten: »Und eine Laterne, die Ihr bitte bei der silbernen Schatulle lasst, solltet Ihr die Möglichkeit dazu haben.«

Egil schlug das Herz im Halse, als Arin Fackel und Laterne nahm und dankend nickte. Doch bevor sie sich auf den Weg machen konnte, trat Egil noch einmal vor, nahm ihr Gesicht in beide Hände, küsste sie noch ein letztes Mal und flüsterte: »Ich liebe dich.«

»Chieran«, erwiderte sie, dann drehte sie sich um und ging rasch weg, wobei sie ein paar Tränen wegblinzeln musste.

Sie betrat die Grotte, holte tief Luft und rannte rasch den Pfad auf der rechten Seite entlang und ihrem Ziel entgegen, während Egil hinter ihr den Atem anhielt und die Zähne zusammenbiss und Ferai die Fäuste so fest ballte, dass die Knöchel weiß hervortraten.

Dunkles Wasser stand reglos im Teich.

Leichtfüßig und geschwind wich Arin den Felsbrocken auf dem Weg aus und sprang über kleinere Steine hinweg. Sie erreichte den letzten Bogen, und im Licht von Arins Laterne konnten Egil und Ferai eine Nische in der Wand erkennen, in der es silbrig funkelte.

Arin blieb stehen, stellte die Laterne in die Höhlung und rief dann über das Rauschen des Wassers hinweg: »Die Schatulle ist mit einem Zauber belegt!«

Das schwarze Wasser des Teichs begann sich zu bewegen. Es kräuselte sich, und kleine Wellen schwappten an den Rand.

Jetzt trat Arin an den Rand des Teichs. Sie spähte hinein und wartete. Das Wasser brodelte und stieg, bis es über die Ufer trat und in kleinen Rinnsalen zu dem ins Meer führenden Kanal floss.

Nichts.

»Vielleicht ist überhaupt kein Krake in dem Teich«, zischte Ferai.

Egils Antwort bestand aus einem tiefen Seufzer.

Jetzt drehte Arin sich um und ging zur Nische mit der Schatulle zurück, und während sie den Teich nicht aus den Augen ließ, streckte sie die Hand zur Schatulle aus ...

... und berührte das verzauberte Metall.

Wusch! Eine hohe Welle wurde förmlich aus dem Wasser geschleudert, und biegsame Tentakel schossen daraus hervor.

Wellen schwappten gegen die Höhlenwände.

Lauf!, schrien Egil und Ferai gemeinsam ...

... Doch Arin hatte sich bereits zur Flucht gewandt und rannte den Weg entlang zum Ausgang, dem offenen Meer und dem Großen Mahlstrom dahinter entgegen.

Und ein Ungeheuer raste ihr hinterher, dessen Tentakel ihm

voranflogen und nach der fliehenden Gestalt griffen und schlugen.

»Lauf! Lauf!«, schrie Egil ihr hinterher, während die durch das Auftauchen des Kraken verursachten Wellen gegen die Felswände brandeten und Spritzwasser in die Höhe geschleudert wurde. Als er wieder sehen konnte, war das Licht von Arins Fackel in der Dunkelheit des Kanals verschwunden. Und Egil flüsterte: »Lauf, Liebste. Ach, Adon, lauf!«

Arin rannte mit ihrer ganzen Behändigkeit. Hinter ihr raste ein Keil aus schwarzem Wasser durch den Kanal, eine gewaltige fließende Welle in der Dunkelheit, aus der sich windende Tentakel nach ihr griffen. Arin rannte, so schnell sie konnte, sprang über kleine Felsbrocken und Steine hinweg, auf der Flucht vor einem grässlichen Ungeheuer, das sie in Stücke reißen würde, sollte es sie zu fassen bekommen.

Auch die Welle raste immer weiter und ließ ein schäumendes schwarzes Kielwasser hinter sich zurück. Plötzlich griff ein riesiger Fangarm nach ihr, doch sie wich ihm geschmeidig aus. Die Wut des Ungeheuers brachte das Wasser zum Kochen, und der Krake packte mit seinen Fangarmen einen Felsbrocken und schlug damit nach ihr – *wack!* Steinsplitter prasselten gegen Arins Rücken, während sie immer weiterlief.

Wack! ... *Wack!* ... Lautes Krachen war zu hören, als schlage ein riesiger Hammer gegen den Fels. »Ach, Adon, Adon, was ist da los?«, rief Egil, während die Schläge durch die Grotte hallten.

»Jetzt, Egil!«, rief Ferai. »Solange das Ungeheuer beschäftigt ist. Jetzt ist die Gelegenheit, den Schatz zu holen, ehe das Ungeheuer zurückkehrt.«

»Was?«, rief Egil.

»Ich sagte, wir müssen uns sputen! Sonst werden ihre Anstrengungen wahrscheinlich vergebens sein«, fauchte Ferai.

Die Echos des Hämmerns entfernten sich und wurden schwächer.

Egil holte tief Luft. Er brummte eine Antwort, doch was er sagte, hörte Ferai nicht. Mit wutverzerrter Miene schaute der Fjordländer auf das dunkle Wasser und zur Schatulle, dann sagte er: »Wartet hier, Ferai, bis ich Euch rufe.«

Sie nickte und gab ihm ebenfalls ein steifes Stück Seil, dessen Ende mit Öl getränkt und angezündet war. Er nahm eine Laterne und die Fackel und trat in die Grotte.

Ferai beobachtete, wie er zur Schatulle ging, ein Auge auf den Mann gerichtet, das andere auf den wogenden schwarzen Teich.

Schließlich erreichte Egil die Nische. Er stellte die Laterne ab und zog seine Axt, dann streckte er, wie er es Arin hatte tun sehen, vorsichtig eine Hand aus und berührte das silberne Metall.

Wieder wirbelte der Teich auf und Tentakel schossen daraus hervor.

Arin floh durch den felsigen Kanal zum Ausgang, während nur eine Handspanne hinter ihr beständig ein großer Gesteinshammer niedersauste, und ihre Füße berührten kaum den Boden. Jetzt konnte sie voraus das Glitzern von Wasser und Licht sehen, das durch eine Öffnung fiel. In dem Augenblick, als einer der riesigen Fangarme direkt auf sie zuschoss, erreichte sie das Ende des Weges und warf sich in die kräftige Strömung, die sie nach draußen zog.

WACK! ... Wack! ... wack! ... Ferai lauschte den leiser werdenden Echos von Egils Flucht, der wie Arin zuvor von einem Ungeheuer verfolgt wurde.

Zwei Kraken. Zwei. Was für eine entsetzliche Falle. Und jetzt bin ich ganz allein.

Mit einer Seilfackel in der einen und der letzten Laterne in der anderen Hand betrat Ferai die Grotte.

Wack ... wack ...

Während das Hämmern in der Ferne immer leiser wurde, lief sie rasch den Weg entlang zu der silbernen Schatulle. Sie stellte die Laterne beiseite und wischte sich die schweißfeuchten Handflächen an ihrer Kleidung ab. Dann biss sie die Zähne zusammen, holte tief Luft, starrte auf das dunkle wogende Wasser ... und berührte die verzauberte Kassette.

35. Kapitel

»Haltet Euch bereit!«, rief Aiko. »Gefahr nähert sich!«

Auf der einen Seite des Vorsprungs nahmen Burel und Delon die Halteleinen des Netzes aus Seilen, das vor der Spalte im Wasser trieb. Auf der anderen Seite der Unterwasseröffnung hielt Aiko das dritte Seil und das Netz damit an der richtigen Stelle in der Strömung. Zu Füßen der Ryodoterin lag ein zusammengerolltes Seil zum Wurf bereit, falls Dara Arin das Netz verfehlte.

Der Warnschrei ihrer roten Tigerin wurde immer lauter, da die Gefahr sich rasend schnell näherte.

Von einer gewaltigen Strömung vorwärts gepeitscht wie von einer Schleuder, schoss plötzlich die Dara durch die Öffnung und an die Wasseroberfläche. Etwas Großes, Dunkles und Tödliches war ihr dicht auf den Fersen. Sie hätte das im Wasser treibende Netz beinah verfehlt, doch im letzten Augenblick gelang es ihr, sich mit einer Hand daran festzuhalten.

»Jetzt!«, rief Aiko, die losließ, während Burel und Delon mit aller Kraft zogen. Wasser speiend und nach Luft schnappend, packte Arin auch mit der anderen Hand zu und wurde gleich darauf seitwärts aus dem Wasser und zu den beiden Männern hoch oben auf dem Felsvorsprung gezogen. Der Krake wurde von der gewaltigen Strömung weiter- und an der Dara vorbeigerissen, und seine Tentakel fanden nur Wasser an der Stelle, wo Arin eben noch gewesen war. Dennoch konnte man

erkennen, wie sich der große, dunkle Leib unter der Wasseroberfläche drehte, um noch einmal nach seiner Beute zu schlagen.

»Beeilt Euch!«, schrie Aiko, die jetzt mit ihren Schwertern in der Hand über das Gesims eilte, obwohl sie sich nicht erinnern konnte, sie gezogen zu haben.

Jetzt zogen Delon und Burel die Dara nach oben. Beide Männer gaben ihr Äußerstes, doch Burel, der sehr viel kräftiger als Delon war, hatte die Hauptlast zu tragen.

Immer höher wurde Arin aus dem Wasser gezogen, während eine riesige dunkle Gestalt unter ihr die Klippe entlangschoss.

Ein riesiger Fangarm zuckte aus dem Wasser und griff nach ihrem Bein, doch Arin zog es an, und dann war sie außer Reichweite des Ungeheuers.

Riesige Tentakel peitschten voller Wut das Wasser und hämmerten gegen die Wand, als der riesige Krake sich an der Klippe in die Höhe reckte, doch seine Fangarme waren nur um ein paar Fingerbreit zu kurz. Wieder peitschte das Ungeheuer erzürnt mit den Tentakeln und wühlte das Wasser so stark auf, dass es schäumte.

Schließlich zogen Burel und Delon Arin auf das Gesims, und Delon half ihr dabei, sich aufzurichten, während Burel das Netz beiseite warf.

»Adon«, rief Delon, dem die große Anspannung deutlich anzumerken war, obwohl die Gefahr vorüber war, »das war sehr knapp.«

Arin stand unkontrolliert zitternd da, obwohl man nicht erkennen konnte, ob vor Kälte oder vor Furcht oder wegen ihrer nur knapp überstandenen Begegnung mit dem Tod. Burel trat vor, nahm sie in seine starken Arme und murmelte: »Seid ganz ruhig, Dara Arin, denn Ilsitt hat Euch beschützt.«

Doch dann legte Aiko verwirrt den Kopf auf die Seite, warf einen Blick auf den tobenden Kraken unter ihnen und schaute sich dann um. »Was ist denn, mein Schatz?«, fragte Burel, der die Dylvana immer noch tröstend umarmte.

»Noch mehr Gefahr kommt«, sagte Aiko. »Woher, kann ich jedoch nicht sagen.«

Doch in diesem Augenblick schoss wieder eine Gestalt aus der Unterwasserspalte, und auch diese wurde von einem entsetzlichen Ungeheuer verfolgt.

Es waren Egil und der zweite Krake, aber diesmal wartete kein Netz aus Seilen.

Die beiden Gestalten wurden von der gewaltigen Strömung ins Freie gespült. Egil kämpfte sich an die Oberfläche und schnappte nach Luft, um gleich darauf von einem riesigen Fangarm am Bein gepackt und wieder in die Tiefe gezogen zu werden.

Er bemühte sich, wieder nach oben zu kommen, doch seine Anstrengungen waren vergeblich, da seine Kraft verglichen mit der des Kraken unbedeutend war. Seine Axt hatte er irgendwo unterwegs verloren, und so zog er seinen Dolch und stach verzweifelt auf das Seeungeheuer ein, doch ohne Erfolg, denn die Klinge glitt wirkungslos von der zähen Haut ab.

Und nun, da der Krake sein Opfer gepackt hatte, schwamm er wieder zur Felsspalte zurück. Egils überlastete Lunge brannte in seiner Brust, und sein Leib zuckte wie unter Krämpfen, da alles in ihm nach Luft schrie.

Doch da war nur Wasser, und in den letzten Momenten, als die Finsternis sich auf sein Bewusstsein legte, konnte der Fjordländer dem Drang zu atmen nicht mehr widerstehen und sog in tiefen Zügen Wasser in seine Lunge.

So ertrank Egil Einauge im Griff des Kraken.

36. Kapitel

»Egil!«, schrie Arin mit vor Entsetzen weit aufgerissenen Augen. *»Egil!«*

Sie versuchte sich aus Burels Umarmung zu befreien, doch er hielt sie fest und sagte: »Dara, Dara, wir können nichts tun.«

Delon streifte hastig seine Stiefel ab, band sich ein Seil um die Hüften und machte sich bereit zu tauchen, doch Aiko hielt ihn auf und sagte: »Burel hat Recht, wir können nichts tun.«

So sahen sie ohnmächtig zu, wie der riesige Krake mit Egil in einem Fangarm lautlos unter Wasser zum Höhleneingang schwamm, während der zweite Krake kehrt machte, um sich dem ersten anzuschließen. Die einzigen Geräusche um sie her waren das leise Weinen Arins und das weit entfernte Tosen des Großen Mahlstroms.

Doch plötzlich wurde die Stille gestört:

RRRAAAAWWW! Von hoch oben hallte ein gewaltiges Gebrüll herab, und Raudhrskal stürzte sich mit angelegten Schwingen im Sturzflug an der Felswand entlang ins Wasser. Im Flug riss er das Maul weit auf und spie Flammen, sodass sich ein Feuerstrom vor ihm ins Wasser ergoss.

Und die Kraken kehrten um und schossen der Stelle entgegen, wo der Feuerstrom niederging.

Mit einem lauten Klatschen tauchte Raudhrskal ins Wasser, und eine riesige Welle schoss in die Höhe wie ein Geysir.

Gischt brandete gegen die Felswand und durchnässte jene, die auf dem Gesims kauerten.

Immer noch rasten die Kraken dem Drachen entgegen, als seien sie Rivalen und als wolle jeder als Erster dort ankommen. Und in ihrem Kielwasser ...

»Egil!«, rief Arin und zeigte nach unten.

Unter ihnen im Wasser, in der Strömung, die ihn langsam in die äußerste Spirale des Großen Mahlstroms zog, trieb dicht unter der Oberfläche und von den Kraken vergessen, der leblose Egil.

»Sichert mich ab«, befahl Delon und reichte Aiko das andere Ende des Seils, das er sich um die Hüften gewickelt hatte. Dann sprang der Barde von dem hohen Felsvorsprung ins Wasser, während sich hinter ihm das Seil abwickelte. Er tauchte sauber ins Wasser ein, und ein Strom silberner Luftblasen trieb in seinem Kielwasser an die Oberfläche. Unter Wasser wendete er und schwamm zu dem reglos dahintreibenden Nordmann.

»Halte dich bereit, Burel«, rief Aiko, indem sie ihm das Ende des Seils gab. »Sobald er Egil festgebunden hat, ziehen wir ihn hoch.«

Augenblicke später hatte Delon Egil erreicht, ihn gepackt und an die Oberfläche gezogen. Der Barde löste das Seil um seine Hüften, band es dem Fjordländer um und rief: »Zieht ihn hoch!« Während Burel und Aiko den leblosen Mann auf das Gesims hievten, kletterte Delon an der Felswand empor und rief ihnen zu: »Kümmert Euch nicht um mich. Ich bin wohlauf ... Aber Egil ... er ist ...«

Arin keuchte, doch Aiko sagte: »Zieh ihn trotzdem hoch, Burel. Vielleicht ist es noch nicht zu spät.«

Burel hob den schlaffen Körper jetzt vor Anstrengung keuchend allein in die Höhe, während Aiko hinter ihm das überschüssige Seil aufwickelte.

Als Egil auf dem Gesims lag, biss Arin die Zähne zusammen. »Dreht ihn auf den Bauch«, sagte sie, dann kniete sie sich auf Egils Hüften und drückte mit aller Kraft auf seinen Rücken.

Wasser quoll aus Egils Lunge, und Arin drückte noch einmal. Mehr Wasser floss aus seinem halb geöffneten Mund. Und noch einmal drückte die Dylvana zu. Diesmal kam nur noch ein dünnes Rinnsal heraus, und Arin erhob sich, drehte Egil auf den Rücken und strich ihm die nassen Haare aus dem Gesicht, das totenbleich und reglos war. Dann hielt sie ihm die Nase zu, drückte ihren Mund auf seinen, blies ihren Atem in ihn, drehte den Kopf weg und lauschte, wie die Luft wieder entwich.

Wieder beatmete sie ihn und wieder und wieder.

Doch er reagiert nicht ...

Aber die Dylvana hörte nicht auf, blies gleichmäßig Luft in seine Lunge ...

Und immer noch lag er kalt und reglos da.

Verzweifelt schlug sie auf seine Brust und rief: »Ach, Egil, mein Egil, atme, mein Liebling, atme ...«

Und plötzlich hustete Egil einmal, zweimal und fing von allein an zu atmen – hustend, würgend und Wasser speiend, aber von sich aus atmend.

Arin schlug die Hände vor das Gesicht und brach in Tränen aus.

In den kalten Strömungen des Borealmeers, in der Umarmung zweier Kraken, wurde ein von Leidenschaft übermannter Raudhrskal unter Wasser und dem tosenden Strudel des weit entfernten Großen Mahlstroms entgegengezogen.

37. Kapitel

Es war spät am Tag, als Delon den Rand des hohen Gesimses erreichte und sich hochzog. Kaum angekommen, drehte er sich um und half Arin hinauf, die ihm folgte. Dann kletterte Aiko auf den Vorsprung, gefolgt vom schwer atmenden Egil. Der Fjordländer war vollkommen erschöpft, geschwächt durch die Tortur im Wasser und von den Strapazen der langen Kletterpartie. Er stand vornübergebeugt, die Hände auf den Knien, schnappte nach Luft und hustete ab und zu dabei, während Delon die unterwegs gelösten Seile hochzog. Zuletzt traf Burel ein.

Ihre Blicke streiften über das große Gesims. Von Raudhrskal war ebenso wenig etwas zu sehen wie von Ferai. Weiter hinten fanden sie Alos hinter einem Felsblock bewusstlos zwischen mehreren Lederflaschen liegen. Der alte Mann hatte seine Satteltaschen umarmt und schlief in seinem eigenen Erbrochenen.

Delon sah sich mit sorgenvoller Miene um und wandte sich dann an Egil. »Wo ist Ferai?«

Egil schüttelte den Kopf. »Es tut mir Leid, Delon, aber es könnte sein, dass sie es nicht überlebt hat. Die Schatulle war mit einem Zauber gesichert. Die kleinste Berührung lockte die Kraken hervor.«

Alles Blut wich aus Delons Gesicht.

»Es gibt noch eine andere Möglichkeit«, sagte Aiko.

Mit einem Funken aufflackernder Hoffnung im Blick sah Delon sie erwartungsvoll an.

Die Ryodoterin zuckte die Achseln. »Sie könnte längst von hier verschwunden sein. Mit dem Drachenstein.«

Delon schüttelte den Kopf. »O nein. Nicht meine Ferai. Das würde sie nie tun. Sie würde niemals den Stein stehlen und mit ihm fliehen.«

»Ich sage es nicht gern«, sagte Egil, »aber Aiko hat nicht ganz Unrecht. Ferai hat den Drachenstein immer als Schatz betrachtet, den man dem Meistbietenden verkaufen könnte.«

»Wie könnt Ihr das sagen?« Delon presste die Worte förmlich heraus. »Sie war bis zum Ende absolut loyal.«

»Es tut mir Leid, Delon«, erwiderte Egil, »und wenn ich falsch liege, bitte ich inständig um Entschuldigung. Aber in Pendwyr wurde sie, falls Ihr Euch noch daran erinnert, die Königin der Diebe genannt.«

»Aber sie war unschuldig«, protestierte Delon.

»Jedenfalls hat sie das behauptet«, verkündete Aiko.

»Vielleicht hat sie sich irgendwo dort unten verletzt und kann nicht mehr so gut klettern«, mutmaßte Arin, indem sie auf die Spalte in der Rückwand der Aushöhlung im Berg zeigte.

Delon packte seine Kletterausrüstung zusammen. »Ich werde hinuntergehen und nachschauen.«

»Ich begleite Euch«, sagte Burel.

Arin wandte sich an Egil. »Ich kenne den Weg und gehe mit, aber du solltest hier bleiben und dich erholen, *Chier.*«

»Wartet«, zischte Aiko und zog ihre Schwerter, »meine Tigerin flüstert etwas von Gefahr.«

»Wo?«, fragte Egil, die Hand am Dolch, da er seine Axt im tosenden Wasser unten verloren hatte.

»Irgendwo in der Nähe. Und sie kommt näher«, erwiderte Aiko und setzte sich zum hinteren Teil der Höhle in Bewegung.

Alle hatten jetzt ihre Waffen gezogen und folgten Aiko, die

zur Spalte ging, wo der Weg nach unten begann. Bei jedem Schritt wurden die Warnungen ihrer roten Tigerin lauter.

Dann konnten sie aus dem Berg ein Kratzen und das Keuchen schweren Atems hören, und aus der Dunkelheit der Höhle tauchte ein Schimmer von Laternenlicht auf. Kurz darauf hallte ein gequälter Ruf nach oben: »Will mir denn niemand bei diesem dreimal verfluchten schweren Ding helfen?«

»Ferai!«, rief Delon und rannte los, während sie die silberne Schatulle aus der Spalte schleppte. Der Barde hob sie hoch, schloss sie in die Arme und küsste sie inbrünstig, während die anderen grinsend und lachend zu ihr traten, alle bis auf Aiko und Burel.

»Die Gefahr, Liebste?«, sagte der große Mann mit hochgezogener Augenbraue.

»Stärker denn je«, erwiderte Aiko, die sich in den langen Schatten der untergehenden Sonne umsah.

»Vielleicht ist es der Drachenstein«, mutmaßte er.

Aiko holte tief Luft und ließ sie langsam entweichen, während sie auf die Schatulle starrte, dann sah sie Burel unsicher an.

»Adon, was bin ich froh, Euch alle zu sehen«, sagte Ferai. Dann wandte sie sich an Arin und Egil. »Vor allem Euch zwei. Ich hatte schon befürchtet, die Kraken hätten Euch erwischt.«

»Ich nehme an, auf Euch hat kein Krake mehr gewartet«, sagte Egil.

»Nein. Ordrune dachte wohl, zwei wären genug. Aber ich hatte ziemliche Angst, das kann ich Euch sagen, und hätte mich fast nicht überwinden können, dieses verzauberte Silberkästchen anzufassen. Und noch eins: Es war verdammt schwer, diesen Mühlstein nach oben zu schaffen ... vor allem über das Eis – ich hätte die Schatulle mindestens ein Dutzend Mal beinah fallen lassen. Je weiter ich kam, desto schwerer wurde sie, so kam es mir jedenfalls vor – am Anfang hat sie vielleicht siebzig Pfund gewogen, aber jetzt müssen es mindestens tausend sein.«

»Aber du hast sie trotzdem nach oben gebracht«, sagte Delon und warf Egil und Aiko dabei einen vielsagenden Blick zu.

»Wo ist der Drache?«, fragte Ferai, als sie sich umsah und den Lindwurm nirgendwo entdecken konnte.

»In den vielen Armen seiner zwei Geliebten, mein Schatz«, erwiderte Delon mit einer Geste aufs Meer.

»Dann lasst uns nachsehen, was darin ist«, sagte Ferai, deren Augen funkelten, als sie sich neben die Schatulle kniete und ihre Dietriche aus dem kleinen Beutel an ihrem Gürtel holte. Sie wandte sich an Arin. »Ist die Kassette immer noch verzaubert?«

Arin sah die Schatulle an und sagte dann: »Nein. Die leuchtende Aura ist verschwunden.«

»Hm, wahrscheinlich ist der Zauber erloschen, als ich das Schloss an der Kette geöffnet habe. Das war übrigens ziemlich heikel – ich musste es erst zweimal zuschließen, bevor ich es vollständig öffnen konnte.«

Ferai untersuchte eingehend die Schatulle, das Schlüsselloch und die Schließe. Schließlich führte sie einen Dietrich ein, und ihr Gesicht nahm einen Ausdruck tiefer Konzentration an.

Klick!

Sie glitt auf eine Seite, hob mit dem Dietrich vorsichtig die Schließe und wartete. Zufrieden hob sie den Deckel einen Fingerbreit an und wartete wiederum. Schließlich schlug sie den Deckel gänzlich zurück.

Aiko keuchte. »Meine Tigerin. Die Gefahr.«

Wieder sagte Burel: »Der Drachenstein?«

»Vielleicht.« Aiko sah sich um, sah aber nichts in der Nähe stehen außer Felsbrocken, Alos, der sich langsam regte, sowie die offene Schatulle.

Ferai schaute hinein und holte einen Lederbeutel heraus. Sie legte ihn auf den Boden und löste das Verschlussband, mit dem der Beutel gründlich und sorgfältig zugebunden war. Dann griff sie bedächtig hinein und holte einen melonengroßen, hellgrünen, durchscheinenden Stein heraus, der glänzte und von innen schwach zu leuchten schien. Sie hielt ihn in die Höhe, sodass alle ihn sehen konnten.

»Er sieht genauso aus wie in meiner Vision«, hauchte Arin, indem sie die Hände danach ausstreckte. Die Dylvana nahm den ovalen Stein in beide Hände und sah die anderen an. »Dies, meine Freunde, ist der Stein von Xian, der Drachenstein.«

Im blutroten Schein der untergehenden Sonne flog plötzlich etwas Glitzerndes durch die Luft, Glas splitterte vor ihren Füßen, und ein gelblich grüner Rauch wallte aufwärts, während hinter ihnen ein scharfes Kommando ertönte: »*Akoúsete me! Peísesthe moi!* Und bewegt Euch nicht!« Egil versuchte, sich umzudrehen, stellte aber fest, dass er sich nicht rühren konnte, da sein Körper nicht auf die Befehle seines Geistes reagierte.

»Ich danke Euch, dass Ihr mir mein Eigentum zurückgeholt habt«, zischte eine Stimme – gefolgt von leisem Gelächter.

Dann schritt der Zauberer Ordrune auf Arin zu und nahm ihr den Drachenstein ab.

38. Kapitel

Ordrune hielt den hellgrünen Stein in den Himmel und lachte, als die rote Sonne die durchsichtige Jade in ihrem Licht badete und in ein Glitzern hüllte, das wie ein funkelndes Netz erschien. »Endlich bist du wieder mein«, rief der Magier und vollführte einige Tanzschritte, wobei er das Artefakt in den Armen wiegte.

Plötzlich hielt er inne und sah die Gefährten hinter sich an, die sich ganz in seinem Bann befanden und sich nicht rühren konnten. Wut loderte in ihren Augen, doch sie konnten keinen Muskel bewegen. »Ach, meine kleinen Narren, ich danke Euch, dass Ihr mir gebracht habt, was ich mir nicht holen konnte. Wie ist das möglich, fragt Ihr Euch sicher? Wenn ich den Stein hier versteckt habe, warum konnte ich ihn mir dann nicht holen? Da Ihr ihn mir wiederbeschafft habt, würde ich meinen, ich schulde Euch eine Erklärung, bevor Ihr sterbt. Begleitet mich ein Stück, dann erzähle ich Euch auf dem Weg in Euer Verderben die ganze Geschichte.«

Ordrune mischte sich unter die sechs und schlenderte gemütlich zum Rand des Simses. Vollkommen in seinem Bann und nicht in der Lage, etwas daran zu ändern, folgten sie ihm mit hölzernen Schritten, obwohl ihre Gesichter wutverzerrt waren.

»Schon vor langer Zeit, als der Schwarze Kalgalath, Daagor und der unbedeutende Quirm vor mir und vor dem Portal des

Schwarzen Berges standen, wusste ich bereits, dass ich dieses gewaltige Artefakt der Macht besitzen musste.

Aber ich wusste auch, wenn ich es mir damals genommen hätte, wäre ich von den armseligen Narren in der Festung gejagt worden, von den Magiern nämlich, die letzten Endes den Eid geschworen haben.

Und Quirm, den schwachen Quirm, den schwächsten aller Drachen, habe ich mir noch dort vor dem Tor gefügig gemacht, als der Drachenstein enthüllt wurde. Tief in seinen Gedanken entdeckte ich das perfekte Versteck für den Stein – den Ort, von dem Ihr ihn nun heraufgeholt habt.«

Ordrune blieb stehen und blickte ins Innere des Steins. Seine Gefangenen blieben mit ihm stehen.

»Anders als jene, die des Schwarzen Berges verwiesen wurden, gab ich vor, den Eid zu schwören, und wartete ab. Schließlich ging ich auf eine lange Reise – um die Welt zu studieren, behauptete ich. Doch in Wahrheit baute ich mir meine Festung, die Ihr in Eurer Verblendung angegriffen habt.«

Ordrune setzte sich wieder in Bewegung, und die sechs konnten nicht anders, als ihm zu folgen, denn so lautete Ordrunes Befehl, und nicht einmal Aiko mit ihrer roten Tigerin konnte den Bann des Zaubers brechen, obwohl es tief in ihrer Brust grollte.

»Ich wartete, bis Quirm hier auf dem Drachenhorst Wache hielt, dann stahl ich mich in den Schwarzen Berg zurück und holte mir den grünen Stein aus den tiefen Gewölben darin. Ich wusste, wenn sie am Ende sein Verschwinden entdeckten, würden die Toren in der Feste die ganze Welt danach absuchen, und ich wollte nicht, dass sie in meinem Turm eine Spur des Steins finden würden, obwohl es extrem unwahrscheinlich war, dass dies einem dieser Trottel gelingen würde. Bei einem solchen Artefakt – wer kann mir meine Tat verdenken?

Ich brachte den Stein hierher in einer Truhe aus Zwergensilber, kam an Quirm vorbei und kettete sie unten in der Höhle an, dann beschwor ich Kraken als Wächter – zwei, damit immer mindestens einer wachsam war. Sehr viel Lebensenergie war dafür nötig ... doch ich verbrauchte sie bereitwillig, denn ich hatte genug Gefangene, denen ich ihr astrales Feuer entziehen konnte.«

Wieder blieb Ordrune stehen und hielt die Kugel in die rötlichen Strahlen der blutroten Sonne.

»Ist das nicht köstlich? Die Drachen und die, mit denen sie sich paaren, bewachten unwissentlich das, wovor sie sich so sehr fürchteten.« Ordrune wandte sich an die sechs. »Wer sonst hätte einen solchen Plan schmieden können? Die blinden Dummköpfe im Schwarzen Berg oder die in Rwn etwa? Ha!«

Er setzte sich wieder in Bewegung, und die Gefährten folgten zwei Schritte hinter ihm, wie Marionetten, an deren Fäden der Schwarzmagier zog.

»Doch dann verschwand Quirm – von einem Rivalen getötet oder von einem Kraken ertränkt, wer weiß? Und als er nicht mehr da war, hatte ich keinen Zugang mehr zu dem Stein. Meine eigene Falle hinderte mich daran, das zu erreichen, was ich so findig an mich gebracht und anschließend so raffiniert versteckt hatte.

Obwohl ich ganz genau wusste, wo der Stein war, hatte ich doch schon fast jede Hoffnung aufgegeben, ihn je wiederzusehen, ihn je wieder in den Händen zu halten ... bis Ihr Narren mir über den Weg gelaufen seid und ich herausfand, dass Euch eine Prophezeiung zu mir geführt hatte, ein Rätsel, das mir der alte Säufer, der da hinten liegt, ganz genau erklärte. Aufgrund dieses Rätsels bestand die Möglichkeit – wenn sie auch nur gering war –, dass Ihr tatsächlich Erfolg haben würdet, und so band ich den Trunkenbold an Eure Mission und gestattete Euch die Flucht. Meine kleine Bestie habe ich Euch hinterhergeschickt, um Euch zu beobachten und ganz sicherzugehen, dass Ihr meinen illustren, verblendeten Brüdern, diesen Schwachköpfen auf Rwn und im Schwarzen Berg, nichts von der Schriftrolle berichten würdet.«

Ordrune erreichte den Rand des Gesimses und blieb ebenso stehen wie die sechs. Er schaute auf den Großen Mahlstrom, der sich in der Ferne erstreckte.

»Die Kraft dieses Meereswirbels ist nichts im Vergleich zu der Macht, die ich beherrschen werde, denn ich werde diesen Stein nehmen und seine Geheimnisse enträtseln, lernen, wie man über die Drachen gebietet, lernen ... aber warum erzähle ich Euch das alles, wenn Ihr doch gleich in den Tod stürzen werdet? Außerdem erwartet mich bereits mein Hèlrösser-Streitwagen in Gron, und ich muss mich beeilen, ehe Modru sich fragt, was ich hier in seinem Reich zu suchen habe.«

Ordrune trat einen Schritt vom Rand zurück, hielt den Drachenstein in die Höhe und sagte: »Lebt wohl, meine unwissentlichen Verbündeten. Ich danke Euch, dass Ihr meinen Schatz für mich geborgen habt, und nun ist, glaube ich, der Zeitpunkt gekommen, an dem Ihr alle zur Hèl...«

»Yaaaahhhh!« Mit einem lauten Schrei stürmte Alos aus dem Schatten auf den Magier ein und rief: »Anders als bisher! Anders als bisher!« Dann prallte der alte Steuermann gegen Ordrune und schlug ihm den Drachenstein aus den Händen, der langsam zum Rand kullerte, während der Schwung des alten Mannes ihn mitsamt dem Magier über den Rand beförderte.

Die Augen vor Entsetzen geweitet, standen die sechs verzauberten Gefährten wie Statuen da, unfähig, sich zu bewegen, und lauschten Ordrunes Schreien, die sich mit Alos' Rufen, »Schiffskameraden ... Schiffskameraden!«, vermischten.

Egils Herz schlug rasend schnell ...

... wie um das Verstreichen der Zeit zu messen ...

... und langsam, ganz langsam, rollte der Stein von Xian zum Rand des Abgrunds, einem tausend Fuß tiefen Fall entgegen ...

... *t-tmp, t-tmp, t-tmp* ...

... die beiden Männer segelten mit wehenden Mänteln durch die Luft, und Alos brüllte ...

... *t-tmp, t-tmp* ...

... Ordrune versuchte, eine arkane Rune in die Luft zu zeichnen und Worte in der Sprache der Schwarzmagier zu sprechen ...

... *t-tmp* ...

... doch Alos' Fingernägel fuhren dem Zauberer durchs Gesicht und störten ihn in seinem Wirken ...

... *t-tmp, t-tmp, t-tmp* ...

... und der Stein kullerte ...

... *t-tmp, t-tmp, t-tmp, t-tmp* ...

... und die Gefährten konnten sich immer noch nicht bewegen ...

... *t-tmp, t-tmp* ...

... in der kurzen Zeitspanne von nur achtzehn rasenden Herzschlägen stürzten Alos und Ordrune vom Rand des Simses ins Meer, das vom Licht der untergehenden Sonne in blutiges Rot getaucht war, und drehten und wendeten sich dabei, während der alte Mann sich an dem Magier festkrallte und unablässig etwas von Schiffskameraden schrie und Ordrune vor Wut brüllte und hektisch versuchte, einen Zauber zu wirken ...

... *t-tmp, t-tmp* ...

... und dann schlugen sie aufs Wasser ...

... und die Gefährten konnten sich plötzlich bewegen ...

... und der grüne Stein näherte sich dem Abgrund ...

Ferai schrie auf, hechtete vorwärts, glitt auf dem Bauch über den glatten Fels und bekam die ovale Kugel in dem Augenblick zu fassen, als sie gerade über den Rand rollte, doch dann glitt die junge Frau weiter, über die Kante, vor Entsetzen aufschreiend ...

... um vom starken Burel, der dabei vor Anstrengung stöhnte, am Knöchel festgehalten zu werden.

Jetzt packte auch Delon zu, und auch Egil griff nach ihrem Fuß, und gemeinsam zogen sie die immer noch schreiende Ferai und den Drachenstein wieder zurück auf das Gesims.

39. Kapitel

Vor Entsetzen zitternd, weinte Ferai in Delons Armen, während ihr der Barde über die Haare strich, sie sanft hin und her wiegte und dabei leise summte. Arin und Egil standen weiter hinten, wo die Dylvana den Drachenstein in den Lederbeutel steckte, um ihn wieder in der silbernen Schatulle zu verstauen. Aiko und Burel schauten auf das Borealmeer. Von Alos und Ordrune war nichts zu sehen, auch nicht vom Drachen Raudhrskal. Plötzlich wandte Aiko sich ab, umarmte Burel und fing leise an zu weinen.

»Was ist denn, Liebste?«, fragte der große Mann, der sie ganz fest hielt.

Sie sah zu ihm auf. Tränen strömten über ihr Gesicht. »Alos – er war so, wie mein Vater in dem Jahr nach meiner Entlarvung wurde, in dem Jahr vor meiner Verbannung. In dem Jahr, als er alle Ehre verloren hatte, wurde mein Vater *yadonashi, yopparai.*«

Burel sah sie an. *»Yadonashi? Yopparai?«*

»Ein Ausgestoßener. Ein Trunkenbold«, erwiderte Aiko. »Ich habe so gehasst, was aus ihm geworden war. Trotzdem habe ich ihn noch geliebt.«

»Es tut mir Leid, Liebste. Es ist gut, dass du ihn geliebt hast, aber ich bedauere, dass er jemand geworden ist, den du nicht mehr achten konntest.«

Aiko rieb sich mit den Handballen die Augen trocken und

schaute wieder aufs Meer. »Alos war auch so jemand ... jemand, den ich nicht kannte. Und ich glaube, ich habe ihn auch geliebt, zumindest ein klein wenig. Er ist ehrenvoll gestorben.«

Sie verstummten beide und schauten auf das vom Mondlicht beschienene Wasser, doch schließlich drehte Aiko sich um und schaute zu Arin und Egil, die vor der silbernen Schatulle knieten. »Meine Tigerin schweigt im Moment, obwohl sie sich in Anwesenheit des *Ryuishi*, des Drachensteins, unbehaglich fühlt, als ... als traue sie ihm nicht.«

»In dem Stein lauert eine Gefahr?«

»Das ist schwer zu sagen, aber eine offensichtliche Gefahr ... nein.«

»Dann muss die Gefahr, die deine Tigerin zuvor gespürt hat, Ordrune gewesen sein, der sich uns in dem Augenblick genähert hat, als Ferai die Schatulle aus der Höhle getragen hat, oder nicht?«

Aiko sah ihn mit großen Augen an, da ihr die Erleuchtung kam.

»In der Tat, Liebster, du hast vollkommen Recht.«

Während die Dämmerung hereinbrach, sammelten sie ihre Ausrüstung ein und trafen Vorbereitungen, noch in der Nacht mit dem Abstieg zu beginnen. Schließlich versammelten sie sich noch ein letztes Mal am Rand des Gesimses unter einem abnehmenden Halbmond und betrachteten den Großen Mahlstrom, der in der Ferne toste.

Ferai schaute über den Rand in die Tiefe und sagte: »Ich kann nicht glauben, dass ich beinah das Leben verloren hätte, nur um ein Stück Jade zu retten.«

Delon drückte ihre Hände. »Das ist kein gewöhnlicher Stein, mein Schatz, sondern ein lange verschollenes Artefakt der Macht. Vielleicht werden sich die Schrecken aus Dara Arins Vision jetzt nicht ereignen.«

»Trotzdem ...«, sagte Ferai.

»Ihr habt wahren Heldenmut bewiesen, Ferai, und niemand wird das je vergessen«, sagte Arin.

Egil schaute lange auf den Großen Mahlstrom und sagte dann: »Alos ist das Einauge In Dunklem Wasser, Liebste, also derjenige aus deiner Prophezeiung.«

»Nein, *Chier*«, erwiderte die Dylvana. »Er war nur eines der Einaugen In Dunklem Wasser. Du warst das andere.«

Ferai lachte. »Vergesst nicht das mit Honig bestrichene Ogruauge und die Pfauenfeder. Ohne sie hätten wir Raudhrskal vielleicht nicht überzeugen können.«

»Wo wir gerade von Raudhrskal reden«, sagte Delon. »Ich schlage vor, wir verschwinden von hier, bevor er zurückkehrt.«

Burel grunzte und streifte sich seinen Rucksack über die Schultern, auf den jetzt zusätzlich die silberne Schatulle geschnallt war. Er wandte sich nach Norden und ging über das Gesims zu dem Weg, der abwärts nach Jord führte. Und als Aiko am Ende des Gesimses angelangt war, drehte sie sich noch einmal um und flüsterte: *»Dochu heian no inori, Alos, sonkei subeki ningen toshi totta.«*

So stiegen sie vom Drachenhorst herab und folgten dabei dem Weg, auf dem sie gekommen waren, der ihnen nun leichter fiel, weil der alte Mann nicht mehr bei ihnen war, und der ihnen aus demselben Grund schwerer fiel.

Kurz vor Mitternacht erreichten sie die kleine abgesperrte Schlucht, wo Vieh, Pferde und Maultiere warteten. Die Tiere freuten sich, sie zu sehen, vor allem die Pferde.

Sie schlugen kein Lager auf, sondern ließen das Vieh frei, auf dass es selbst den Weg aus dem Hügelland zurück in die üppige Prärie finden möge. Sie beluden eines der ungebärdigen Maultiere mit der silbernen Kassette, sattelten die Pferde und machten sich sofort auf den Rückweg nach Haven.

Es war Sonnenuntergang, als sie in die Hafenstadt einritten. Sie erregten großes Aufsehen, denn schließlich waren die Fremden tatsächlich zurückgekehrt, alle bis auf einen – der alte Trunkenbold war nicht mehr dabei.

In jener Nacht war das Gasthaus *Zum Seepferd* gerammelt voll, aber die Fremden waren verschlossen und beantworteten keine Fragen dergestalt, wo sie gewesen seien und was sie getan hätten. Immerhin ließen sie verlauten, dass sie auf dem Drachenhorst gewesen seien. Sie erzählten, der alte Mann sei gestorben, um die Übrigen zu retten. Doch abgesehen davon enthüllten sie nur wenig. Allerdings bewachten sie eine kleine, in Segeltuch gehüllte Truhe, die sie mit zurückgebracht hatten. »... und ich würde mich nicht wundern, wenn ein Teil des Drachenschatzes darinnen ist«, sagte der Schankwirt, als sie nach oben auf ihre Zimmer gegangen waren.

Müde vom Schlafmangel legten sich die sechs gleich ins Bett. Und Wunder über Wunder, als der Morgen kam, schlief Egil tief, fest und traumlos durch.

»Keine bösen Träume, *Chier?*«, fragte Arin, während sie ihren Liebsten in den Armen hielt.

»Überhaupt keine«, erwiderte Egil.

»Vielleicht hören sie jetzt auf, wo Ordrune nun tot ist.«

»Vielleicht. Aber böse Träume oder nicht, die Erinnerungen bleiben.«

Drei Tage später, nachdem sie sich mit ausreichend Vorräten versorgt hatten, setzten sie die Segel ihrer Schaluppe. Viele Stadtbewohner kamen zum Pier, um sie zu verabschieden, denn schließlich waren sie auf dem Drachenhorst gewesen und hatten überlebt.

Die *Breeze* verließ Haven am zwanzigsten Maitag bei Flut und schlug einen westlichen Kurs ein, doch wohin ihre Reise gehen sollte, wusste keiner der Stadtbewohner.

Bei wechselhaftem Wetter segelten sie nach Westen durch das Borealmeer ins Nordmeer und schließlich in den Westonischen Ozean, wo ihr Ziel lag.

Schließlich, am zweiundzwanzigsten Junitag, dem Tag der Sommersonnenwende, liefen sie gegen Mittag in Kairn, der Stadt der Glocken, im westlichen Teil der Insel Rwn ein.

Wasser rauschte aus dem Fluss Kairn ins Meer, der mitten durch die Stadt floss und als Wasserfall über einen hundert Fuß tiefen Abgrund schoss, aber die Schaluppe erreichte den Katarakt nicht, weil sie sich den Hafenanlagen von Norden näherte.

Als die sechs die Klippe erklommen, auf der die Stadt lag, läuteten überall die Glocken zu Mittag.

Kurz darauf wurden sie zu der kleinen Insel im Fluss übergesetzt, auf der sich die Akademie der Magier befand, deren fünf Türme ein Pentagramm um einen sechsten Mittelturm bildeten.

Ein Lehrling führte sie in den Mittelturm und zu ihrer Audienz bei der Regentin – Magierin Doriane, die kürzlich aus Vadaria zurückgekehrt war, das sagte jedenfalls der Lehrling. Er führte sie zum Audienzsaal im Erdgeschoss, und nach kurzer Wartezeit wurden sie vorgelassen.

Die schwarzhaarige Doriane begrüßte sie, und ihre hellblauen Augen weiteten sich ein wenig beim Anblick der kriegerischen Ryodoterin und der Dylvana.

Burel stellte die Last, die er trug, auf einem Tisch in der Nähe ab, und nach der gegenseitigen Vorstellung, als Doriane fragte, was sie herführe, schlug er das Segeltuch beiseite und enthüllte die silberne Schatulle.

Obwohl sie es zu diesem Zeitpunkt noch nicht wusste, sollte Doriane an diesem Tag keine weiteren Besucher mehr empfangen.

»Meine Güte, welch eine Geschichte«, sagte Doriane. Sie betrachtete den Drachenstein, der auf ihrem Schreibtisch lag.

»Wir hielten das Artefakt für endgültig verloren, aber das ist tatsächlich der echte Drachenstein.«

»Woher wisst Ihr das?«, fragte Ferai.

»Nun, auch Dara Arin könnte die Echtheit des Drachensteins bestätigen.«

Arin sah die Regentin an. »Wie das?«

Doriane lächelte. »Betrachtet ihn einfach mit Eurer speziellen Sicht.«

Arin richtete den Blick auf den Stein und sagte dann verblüfft: »Er ist verschwunden! Ich kann überhaupt nichts wahrnehmen.«

Doriane lachte. »Ganz genau, Dara, denn es handelt sich um den geheimnisvollen Stein von Xian: Er entzieht sich allen magischen Versuchen der Wahrnehmung, und er scheint Macht über die Drachen zu haben. Dass Ihr überhaupt eine Vision von dem Stein hattet, widerspricht allem, was wir von ihm wissen. Ich kann es nur Eurer wilden Magie zuschreiben.«

Arin wandte sich an die Magierin. »Wilde Magie oder nicht, es ist tatsächlich der Stein aus meiner Vision. Aber eigentlich will ich wissen, ob sich meine Vision nun, da der Stein sich wieder in der sicheren Obhut der Magier befindet, immer noch bewahrheiten wird.«

Doriane runzelte die Stirn. »Das kann ich nicht sagen. Ich kann nur versprechen, dass wir den Stein in das tiefste Gewölbe sperren werden, und diesmal wird ihn niemand stehlen, denn wir werden ihn mit tödlichen Schutzvorrichtungen umgeben.«

Bei einem späten Abendessen sagte Doriane als Antwort auf Delons Frage: »Was das Schicksal des Drachen Raudhrskal angeht, so glaube ich, dass er nicht überlebt hat, denn zwei Kraken wären wohl für jeden Drachen zu viel – sogar für den Schwarzen Kalgalath und für Daagor.«

Delon grinste und wandte sich an Ferai. »Siehst du, mein

Schatz, aus diesem Grund sollte ein Mann nie mehr als eine Bettgefährtin haben, denn eine ist mehr als genug, um uns alle unsere Kräfte abzuverlangen.«

Aiko sah Burel an und errötete.

Um Mitternacht wurden in der Stadt erneut die Glocken geläutet. Nur viermal im Jahr erklangen die Mitternachtsglocken, nämlich an den Sonnenwenden und Tagundnachtgleichen. In dieser Nacht verkündeten sie die Sommersonnenwende.

Auf einer Waldlichtung auf Rwn feierten Arin und ihre Gefährten den Wechsel der Zeiten. Neumond fiel ebenfalls auf diesen Tag, doch ob dies ein böses Vorzeichen war oder einen neuen Anfang verhieß, konnte Arin nicht sagen.

Doch Neumond oder nicht, sie und die anderen vollzogen das Ritual, Frauen und Männer im Gegenrhythmus – Arin, Aiko und Ferai auf der einen und Egil, Burel und Delon auf der anderen Seite. Arin und Delon begannen den Gesang, und die anderen fielen in den Kanon ein. Gemeinsam vollzogen sie die Schritte des Rituals ...

... und der Tanz des Lebens ging weiter.

Epilog

Nachdem sie den Drachenstein in der Akademie der Magier auf der Insel Rwn abgeliefert hatten, trennten sich die Wege Arins und ihrer Gefährten:

Aiko und Burel kehrten nach Sarain zurück, um sich der Fäuste von Rakka anzunehmen, und die Ergebnisse ihres Feldzugs sind sehr eingehend dokumentiert und müssen an dieser Stelle nicht wiederholt werden.

Delon und Ferai machten sich auf Wanderschaft, er als Barde, sie als Entfesslungskünstlerin, und ihr Vermögen wuchs so rasch, dass sich dies nicht allein mit den Einnahmen aus ihren Vorführungen erklären ließ. Außerdem wurde Ferai zu ihrer großen Überraschung tatsächlich die Baronin vom Alnawald – wie Delon es Raudhrskal gesagt hatte –, denn Delon war Erbe dieser Baronie. Als sein Vater starb, kehrten Delon und Ferai dorthin zurück, um das ausgedehnte Anwesen zu verwalten. Ihr Sohn wurde ebenfalls Barde und außerdem ein ziemlicher Gauner und Schwindler, aber die Legenden von Fallon dem Fuchs werden im ganzen Land besungen und auch in diesem Fall sollen dem Leser diese wohlbekannten Geschichten erspart bleiben.

Was Egil und Arin betrifft, so stimmte es, dass nach Ordrunes Tod Egils Albträume endeten, denn der Fluch war beim Tode des Schwarzmagiers von dem Fjordländer genommen worden. Mit der Zeit kehrten außerdem Egils gestohlene Erinnerungen zurück, wenn auch nur langsam und Stück für Stück. Bei Egils und Arins Rückkehr nach Fjordland stellten sie fest, dass Fjordländer und Jüten in einen erbitterten Krieg gegeneinander verstrickt waren, der von Königin Gudrun der Schönen begonnen worden war, die erklärt hatte, der Verlust ihrer Hand sei eindeutig die Schuld der Fjordländer. Egil versuchte, Frieden zu stiften, um den Eid, den er Arin geleistet hatte, zu erfüllen. Doch der Krieg tobte trotz seiner Bemühungen weiter, obwohl er einige Fjordländer überzeugen konnte, Männer und Frauen, die fortan durch die Lande zogen und sich um Versöhnung bemühten. Den Rest seines Lebens folgte Egil unbeirrt seinem Kurs, obwohl er hin und wieder zur Axt griff, wie auch Arin zu ihrem Bogen, wenn es für sie keine andere Wahl gab. Egil lebte lange, doch schließlich wurde er vom Alter dahingerafft, müde, schwach und krank, doch immer noch geliebt von seiner kostbaren Arin, die jung, strahlend und fröhlich blieb. Die Dylvana weinte bitterlich am kalten Morgen seines Todes, und sie trauerte noch viele Jahre danach.

Was Alos' Opfer betrifft, so ist klar, dass der alte Mann gerade noch rechtzeitig aus seinem Rausch aufwachte, um die Gefahr zu sehen, in der seine Schiffskameraden schwebten, und da er durch Magie an sie gebunden war, konnte er sie nicht im Stich lassen und nicht weglaufen und sich verstecken ... anders als bisher. Die Gelehrten diskutieren immer noch, was Alos wohl getan hätte, wenn Ordrune ihn nicht mit jenem Zauber belegt hätte, den der Magier nur gewirkt hatte, um Arins Gruppe zusammenzuhalten. Es mag durchaus sein, dass Ordrune sein Schicksal selbst besiegelte, als er den alten Mann verpflichtete, bei Arin zu bleiben. Unabhängig davon sind sich alle Gelehrten einig, dass Alos' letzte Tat wahrhaft heldenhaft war.

Was die anderen Beteiligten an dieser Geschichte betrifft, so ist das bemerkenswerteste Ereignis in diesen unruhigen Zeiten die Vergeltung für das Fällen der Neun. Perin, Biren, Vanidar, Rissa, Melor und Ruar brachten vielen Königreichen im Land die Nachricht über das drohende Verhängnis, doch niemand wusste, was man dagegen anders tun konnte, als wachsam zu sein. So kam es, dass sich schließlich jene sechs Elfen dem Heer Coron Aldors und Hochkönig Bleys' anschlossen. Sie suchten die Festungen der *Rûpt* im gesamten Grimmwall auf, schlugen einige Schlachten und stellten als Mahnung die Überreste jener zur Schau, welche die neun Greisenbäume gefällt hatten. Zwar prahlten die *Spaunen* oftmals mit ihrer Tat, zogen sich aber voller Furcht vor dem Heer zurück. Und niemals wieder sollte ein *Rûpt* einen der kostbaren Greisenbäume fällen.

Was den Drachenstein angeht, so spekulieren einige Gelehrte nun, dass der Stein selbst für Dara Arins Vision verantwortlich war. Schließlich war er ein Artefakt der Macht, und solchen Artefakten stehen Möglichkeiten zur Verfügung, dafür zu sorgen, dass ihre Bestimmung erfüllt wird. Nachdem Arin und ihre Gefährten Doriane den Stein überreicht hatten, wurde er jedenfalls tatsächlich in die tiefen Gewölbe unter Kairn gebracht, und ein Netz tödlicher Zauber wurde um ihn gewirkt. Als Rwn dreihundertzweiundzwanzig Jahre später zerstört wurde, hielt man den Stein auf ewig für verloren. Doch gut acht Millennien später und eine halbe Welt entfernt fing ein Fischer im Jingameer nach ganztägigem Ringen ganz allein einen riesigen Fisch. Als er seinen Fang schließlich ausnahm, fand er in dessen Bauch einen sonderbaren grünen Stein, eiförmig, jadeartig und von der Größe einer Melone. Am selben Tag gebar in Moku nach vierundzwanzigstündigen Wehen die jüngste Frau des dortigen *chuyohan* ein Kind mit einem merkwürdigen Drachenmal auf der Stirn. Die Hebammen fielen sofort voller Verehrung auf die Knie. Gut zwanzig Jahre vergingen, bis der grüne Stein seinen Weg in die Hände des Kindes fand ... und natürlich wissen wir alle, was dann geschah.

Und schließlich, was die Debatte um freien Willen und Vorbestimmung angeht: Ferai und Burel sind nie zu einer Lösung gelangt … und das ist bisher auch sonst niemandem gelungen.

»Die erste Regel des Lebens ist die, zu leben.«

DANKSAGUNG

In dieser Geschichte werden diverse historische und lebendige Sprachen benutzt, um die verschiedenen Sprachen neben der Gemeinsprache darstellen zu können. Daher würde ich gern den folgenden Personen für ihre Hilfe bei den jeweiligen Adaptionen danken: Shoshana Green, Frühhebräisch; Daniel McKiernan, Altgriechisch; Hiroko Snare, Japanisch; Judith Tarr, Latein; Meredith Tarr, Deutsch; John Vizcarrondo, Spanisch. Die anderen benutzten Sprachen (darunter Französisch, Norwegisch, etwas Japanisch und die übrigen Sprachen) sind Beiträge von mir, und alle Fehler bei Übersetzungen und bei den Aufzeichnungen der Beiträge meiner Kollegen gehen auf meine Kappe.

ANMERKUNG DES ÜBERSETZERS

Die wenigen deutschen Beiträge wurden, da ihre Übernahme wenig Sinn macht und mir eine Übersetzung ins Englische wenig sinnvoll erschien, weggelassen. Deutsch wird übrigens in Jütland gesprochen, und alle Namen dort (auch Königinstadt) sind nicht übersetzt, sondern Originale.

Die Schaluppe heißt im Original *Brise* und wird dann von Ferai *Breeze* genannt. Ich habe mir die Freiheit genommen, diese beiden Begriffe zu vertauschen.

Christopher Paolini

Eragon
Das Vermächtnis der Drachenreiter

608 Seiten ISBN 3-570-12803-2

Als Eragon einen blauen Stein findet, ahnt er nicht, dass dieser Fund sein Leben verändern wird. Ein Drachenjunges entschlüpft der Schale und beschert Eragon ein Vermächtnis, das älter ist als die Welt …
An der Seite des blauen Drachen Saphira gerät Eragon in ein Reich voller Magie, Macht und böser Vorzeichen. Wird er das Erbe der legendären Drachenreiter antreten können?

6149

cbj

www.cbj-verlag.de

Monika Felten

Das Erbe der Runen – Die Nebelsängerin

464 Seiten ISBN-10: 3-570-30359-4
ISBN-13: 978-3-570-30359-7

Ajana lebt mit ihrer Familie ein ganz normales Leben zwischen Schule, Freunden und Musik. An ihrem sechzehnten Geburtstag gerät ihre vertraute Welt jedoch aus den Fugen: Sie erbt ein geheimnisvolles Runenamulett, das sie fort reißt in ein anderes, völlig fremdes Land – Nymath. Dort tobt ein gnadenloser Krieg zwischen dem finsteren Volk der Uzoma und den Vereinten Stämmen der Menschen. Die letzte Hoffnung der Menschen ist die Rückkehr der sagenumwobenen Nebelsängerin …

6204

cbt

www.cbj-verlag.de

Jenny Mai Nuyen

Nijura – Das Erbe der Elfenkrone

512 Seiten ISBN-10: 3-570-13058-4
ISBN-13: 978-3-570-13058-2

Ein unglaubliches Vergehen erschüttert den Frieden der Welt: Elrysjar, die magische Halbkrone der Moorelfen, wird von einem machtbesessenen Menschen gestohlen. Er schwingt sich auf zum neuen König, um die Welt mit seiner Schreckensherrschaft zu überziehen. Nur eine Waffe kann das Elfenvolk retten – das magische Messer der Freien Elfen. Das Messer braucht eine Trägerin. Alle Hoffnungen ruhen auf der jungen Halbelfe Nill. Sie ist die Auserwählte – sie ist Nijura.

6213

cbj

www.cbj-verlag.de